昔者共工与颛顼争为帝，怒而触不周之山，天柱折，地维绝。

——《淮南子》

不周山下

Under Mount Buzhou

文 青

Wen Qing

美国华忆出版社

Remembering Publishing, LLC. USA

Copyright © 2021 by Remembering Publishing, LLC. USA
RememPub@gmail.com

Under Mount Buzhou
Wei Qing

ISBN： 978-1-951135-90-4（Print）
978-1-951135-91-1（Ebook）

不周山下

作者： 文青

出版： 美国华忆出版社
版次： 2021 年 9 月第一版，第一次印刷
字数： 324 千字

美国国会图书馆编目号码 LCCN：2021 918757

作者前言

文化革命是中国历史上最奇特的一段历史。

故事就发生在这段在后人看来也许完全不能理解的特殊时期。

本书以中共一高级干部家庭在"文革"中的变迁为线索，着重描写了"文革"给一家人的生活、命运、思想、信念带来的冲击和变化。

故事主要围绕着化工部副部长陈辛吾、妻子某化工厂的党委书记李伟玉以及他们的五个孩子，其中三个大的分别是大学生、高中生、初中生在文革中的经历展开。

陈辛吾和李伟玉都是延安时期参加革命的老干部。陈辛吾是典型的党内知识分子干部，性情严谨、老练，严于律己，做事进退有余，不仅有专业知识，而且工作认真负责，能力强，因此提拔很快；李伟玉则是不甘心做太太，事业心强，性格豪爽、刚强。

三个孩子也各有突出的个性：老大是学习尖子，北大的高材生；老二既聪明又颇具叛逆性格；老三一方面性情愚钝，另一方面又具数学才能。在这样一个家庭中原本就有一些正常的磕磕碰碰，但到了文革时期，一切都被打乱了。

本书主要描写了文革最初的三年。从 65 到 68 年，即从文革的前奏开始写起，到红卫兵造反，"党内走资本主义道路的当权派"们被打倒，至上山下乡，将书中人物群带过一系列历史事件。

在这场运动中，他们或身不由己，或推波助澜，或困惑不解，或欣喜若狂，或在青春躁动中做出非理性的举动。其中每个人物又都有自己的感情纠葛和生活经历，以及自己的性格逻辑，和绕不开的归宿。

文革给中国人民所带来的影响不仅仅是命运、生活的改变，不仅仅让人看到世态的炎凉，——这样的事情在任何一个社会任何一个时期都会发生，更重要的是信念的全面的坍塌。书中的每一个人物几乎都有这样的经历，只是层面不同，认识不同，结果不同而已。这种观念的、信仰的变化对整个社会发生了十分深远的影响。而且它给人带来的痛苦、困惑、思想动摇甚至比肉体伤害、家破人亡还要严重。

时间过得久了，这段生活似乎就被淹没了。好像不承认，不面对就可以忘却，忘得好像从来没有这么回事，或者即使有这么回事，也只是个大概，只是个名词，只是史学研究的对象，只是个历史的偶然，生活的偶然。似乎我们没必要再讲述，再向任何人做任何交代，更不必让后代知道当时都发生了什么，是怎样发生的，或者为什么会发生，就让它像一个历史的真空，一个模糊的概念，不必细看，也不必深入地了解，匆匆翻过就是了。

那段生活像是一大块伤疤，发生了多少惊心动魄、荒谬、残酷却又真实的故事，没人愿意揭开这块伤疤。揭开它，确实让人疼痛难忍。但是，它已经烙印在整整一代人的心灵上，已经刻进他们的性格中，改变了他们的命运，同时还传给了下一代。

因此，这段生活是不能被淹没的，也不应该被埋没。这段生活不仅仅是历史学家研究的重大课题，也应该是文学表现的主题。如果不真实地再现那段生活，历史是不能宽恕我们这些"当事人"的怯懦、苟且和不负责任的。

一

教室里坐着 42 个女生, 42 双模样天差地别的眼睛神情各异地牢牢被老师的嘴牵引住了。当老师念完最后一个名字,瞬间的鸦雀无声,紧跟着"哇"的一声 42 条女孩子的声带同时振动,震得教室的玻璃窗都颤抖了,震得老师捂住双耳就往外跑,如果这时候灯泡从天花板上震落下来都不会有人惊奇,因为老师刚刚宣布的保送上本校高中的名单才令人惊奇!

这是一所北京市及其出名的重点女子中学,之所以重点,是因为这所学校的升学率极高,一旦上了本校高中,大学就已经在握了。而出名则是因为这里干部子弟云集,上至国家主席副主席总理元帅们的子弟,下至部长将军们的女儿,国家干部职员高级知识分子的子女就无以数计了,真正工人贫民子女到可说是凤毛麟角。

留下来,继续上高中几乎可以说是每一个人的心愿,但 42 个人,只有 4 个保送名额。这一切,就在刚才那一瞬间决定了。

4 个人虽然都在前 10 名中,但却并不都是顶尖的学生,只有一个是从一年级起就永远是班里第一名的宋月明。这是一个有点儿内向,少言寡语的长着一双小鹿一样灵活明亮的大眼睛的女孩子。她学习好是家传的,父母亲都是高级知识分子,只有她是无争议的。另外 3 个,一个是班长吴东东,另一个是副总理的女儿谭北平,这两个人的入选,既让人不服气,似乎还说得出点儿理由,而淘气包陈方菲的入选,简直就是匪夷所思!轮到谁也轮不到她呀!

陈方菲是一个模样并不出众,但却绝不会被埋没的人物。用老师的话来说是浑身的小毛病,什么上课接老师的下茬儿,时不时迟个到,说点子怪话儿,顶个嘴,是个典型的自由散漫孩子。因为有个小聪明,初一初二时学习成绩也还平平,作老师的拿这样的孩子最头疼。然而"女大十八变"的真理没想到竟然不单单是指外貌的。初三一开学,先就吓了大家一跳,陈方菲突然窜了半个头,不得不从三四排挪到了四五排,但形势发展之快,又从四五排挪到了五六排,和宋月明同桌,当老师还想给她挪到最后一排时,她死活不肯了,说,坐最后一排她害怕。有趣的是,她的学习成绩也像是蹿个儿一样从中下游变成了中游,又从中游变成了中上游,尤其是和宋月明同桌后,很快就进入了前10名,然后就在前五六名徘徊,不思进取了。她的成绩并不稳定,有时能考第一,有时还能跌出前十名。

仅仅论成绩,排在她前面还有好几个;要论德育,乏善可陈;要说家庭背景,她也不过就是个副部长的女儿,没啥新鲜的,班里就有好几个,而且学习也都不错,比如学习委员林洁丽。

事情如此地有悖常理,出乎意料,不仅同学们惊奇得出离了愤怒,连方菲自己都傻了,在跟着大家发出了最初的惊呼之后,就那样张大着嘴,失去了说话和思考的能力了。

吵闹不是原子弹爆炸式的,随最初的威力过去而渐缓,而是沙尘暴式的,越来越强,越来越猛,而且越来越让人窒息。满教室里,有摔书本的,敲着桌子的,大喊大叫的,挥舞双拳表示抗议的,连平日最老实的人都撇起了嘴,愤愤不平地嘟囔,"真不公平,凭什么呀?"忽然,一个非常漂亮的女孩子跳到讲台上高叫道,"咱们得上教导处去质问他们!凭什么?"马上得到响应,眼看一群人就要冲出教室。陈方菲突然崩地从座位上弹了起来,用超高音的尖叫将所有的人都震住了:"我不要保送了!谁爱要给谁!"

一屋子目光刷地集中在了方菲苍白紧绷的脸上,那漂亮女孩儿就是林洁丽。她站在门口,被这一声喊当头一盆冷水浇清醒了,不好意思地低声说道:"不是,我们不是冲着你说的……"而且脸红了,雪白的皮肤下洇出淡淡的玫瑰红,充分发育了的胸部起伏着。虽然在难为情着,却没有低下梳着两条又粗又黑的大辫子的头,而是毫不畏惧地直率地看着方菲。方菲和她虽然不是好朋友,但互相挺有好感,因此放缓了口气:

"没关系,我也不是冲着你们说的,我并不一定要上本校,我还想考清华附中呢……"话一说出口,她赶紧咬住嘴唇,自己也吃了一惊,难道这话真是从自己嘴里出来的吗?

两周后,发下志愿表的时候,方菲才真的犯难了。她该怎么办?第一志愿到底该添哪儿。

她给自己找了许多喜欢清华附中的理由。

在循规蹈矩的死板的教育界,清华附中似乎是一股新风。听说那里都是大学教授讲课,是清华大学为自己培养后备军的基地,思想活跃,办学独树一帜,讲究因材施教,即不埋没人才,也不歧视任何一个人。方菲是个求新奇的人,这很对她的胃口。

还有令她神往的是,学校在郊区,将来可以住校。这也让喜欢独立行动、自由散漫惯了的方菲十分中意。她不想老住在城里,待在家里,被人管束,烦。想象中清华附中周围又是北大,又是圆明园,离着颐和园、香山也不远,春天莺歌燕舞,夏天柳浪碧波,秋天满山的红叶,冬天,呃,冬天就回城里避寒了!

但这两个理由能够成立吗?

首先,清华附中再思想先进,最后还是要落实在高考上。因为两个学校的高考虑差不多,如果清华附中和女附中同样每班有六个上清华北大的,那么,清华附中的这六个人很可能五个都是男生,而女附中就不同了,六个都是女生。

其次,怕在家受管束,那么家里能有什么管束呢?

爸爸妈妈的工作都忙得要命,经常两头见不着人。妈妈李伟玉是一个化工厂的党委书记,因为厂子离家远,平日就住在厂里,只有周末才回家。爸爸陈辛吾是化工部的第一副部长,忙得厉害,时不时就出差了,五个孩子的生活平时是奶奶管着。而奶奶的话孩子们都当耳边风,可听可不听。再就是姐姐管,姐姐陈方蓉比四个弟弟妹妹大五岁,肩负着帮助弟弟妹妹们好好学习的任务,可自从她上了大学,方菲在家里就是老大了,因此,跟没人管也差不多。所以说这个理由也是不成立的。

但方菲心里还是冲动得厉害,还是非常想要把第一志愿报清华附中。这件事在家里终于引起了一场不大不小的风波。尤其是当李伟玉知道女儿自动放弃了保送的机会时，更是大为震怒，瞪圆了眼睛就臭骂了一顿：

"简直就是夜郎自大，成绩本来就不稳定，有这么个机会还不抓住！你脑子里都在想些什么？！万一没考好，哭死都来不及了！清华附中和女附中不都一样是一流的学校吗？放弃保送不要，去考什么清华附中？平时看着怪聪明的，到了关键时刻怎么就晕？"

见方菲梗着脖子不服气，又责令姐姐方蓉劝她。方蓉中学六年都是在女附中上的，现在在北大物理系，对方菲竟然想要跳槽考什么清华附中干脆就视为对自己的不敬。所以翻着白眼，不屑地说：

"不过，你够有意思的，不要保送？！更有意思的是，老师竟然会保送你，神经都不正常了吧。"

在一所男女合校的普通中学念初一的大弟弟方辉，口气挺大，说：

"清华附中算什么，还是四中棒！瞧人家金昌盛，四中！"

上小学六年级的男孩儿方平被逗得乐不可支，揭哥哥的老底儿：

"金昌盛怎么了，不就考上个四中吗？有本事你自己也考啊，别动不动就金昌盛。拍马屁的不挣钱。再说方菲是女的，能考四中吗？"

金昌盛是方辉的哥们儿，家就住在机关大院里，爸爸金广文曾是部里的一个司长，前两年调到市里任工业部长。金昌盛搬家之前常来找方辉玩儿。方辉没等方平把话说完就恼羞成怒地满院子追着比自己矮半个头的弟弟打。好像只有奶奶和最小的妹妹方敏没什么意见，或者说暂时提不出什么意见来。

方菲没想到区区小事会在家里引起如此轩然大波，而且让她饱受羞辱，终于当着大家的面公开宣称：

"首先，不管我上哪个学校，都要自己考，不要保送；其次，我从来不在乎别人说什么，我只做自己认定的事情。"

气得李伟玉连声说，"好，好，好，你有骨气，你有骨气……"

跑进书房，一看丈夫陈辛吾仍然若无其事地在看书，一边埋怨他不关心孩子，一边又把方菲骂了一顿，要陈辛吾去做做女儿的工作。

陈辛吾放下书，看着着急上火的妻子，沉吟了一下，终于发了话，

"你要尊重孩子的选择。"李伟玉气得没法儿，不满地嘟囔，"她才多大，15岁，能有正确选择吗？"但陈辛吾对家事一般轻易不发表意见，一旦发表了，就是最后决定。

再说学校这头，万想不到的是，老师也找她谈话。这可让方菲惭愧起来，觉得自己这几年没少给老师捣乱，可老师们竟然不计前嫌，说她是作为有发展潜力的学生被保送的，希望她慎重考虑学校的决定，不要怕别人说闲话，只要交表之前改变主意都来得及，甚至还要找家长谈。方菲赶紧声明：

"我爸爸说了，得尊重我的选择。"

老师看着她，半天，叹了口气说："有的孩子可比你有心眼儿得多。"

"我知道，但是我不想走巧取的路，我想更加理直气壮些。"结果，她真的理直气壮地走出了老师办公室，只是出门之后热泪盈眶得几乎不能自己。

那么，到底是什么力量把清华附中钉进了方菲的脑子里了？

刚冒出这个想法时，似乎只是嘴皮子犯了自由主义，压根儿没跟大脑商量过。但大声说出来之后，这想法就好像有了生命，开始在心里生根了，并且发芽了，最后在心里长成了一棵大树，想要动摇都难了。那么方菲在大脑里到底种进了一颗什么样的种子，竟然如此有生命力？

二

男女分校是一个有趣的现象，是人类特意精心设计出来为男女之大防所用，也是中国解放后依然存留的旧社会的痕迹，其目的就是要在人最容易犯性错误的青春少年时期，即中学时期，把他们关进保险箱，以确保他们思想道德上的纯洁无瑕。虽说这种性防范措施既不严谨也不科学，但奇怪的是，却颇有市场。特别是在天子脚下的北京城里，此风颇盛。

直到文革前，北京城里仍有数量相当可观的一批这样的男女分校。像男校中的四中，八中，35中等等；女校中的女附中，女三中，女八中，不一而足。这些学校大多历史悠久、都有几十年甚至上百年的历史。在这些学校里除了学生是清一色的男生或女生之外，自然还有一些从旧社会过来老教师。他们的存在就如同学校的悠久历史一样是一所学校的骄傲，受到格外的尊重。有些特级教师更是终生未婚，他们就像林巧稚为了科学终身未嫁一样，在天真未凿的少年心里引起了另一种幻想。这些人的存在就像一面旗帜，好像给这些本来就已经被禁锢在高墙之内的清一色的女孩子、男孩子们又标榜了一种或许值得效仿的生活方式。他们也像林巧稚一样一样，充分引起了学生们的好奇和肃然起敬。在表面的"团结、紧张、严肃、活泼"的校风之下，它只是一股潜流，一股上不了桌面但又确确实实会产生巨大影响的风气。这股风气比表面上的男女分校更有力，他禁锢的不仅仅是人的身体，而且还有心灵。

城外的一些附中们就截然不同了，这些男女混合的学校渐渐也声名鹊起，但大多没有悠久的历史、和传统的封建色彩，他们的名气是靠所依附的大学而来的。而大学则有着更为自由、开放的风气。虽然都在同一个城市，风气却大大地不同。

　　小学毕业时，方菲的志愿是随大流报的。班里学习好的孩子也都如愿以偿地分别上了男校和女校。方菲确实为自己考上了女附中而欣喜若狂过，直到现在她也还为自己胸前所佩带的那枚校徽而自豪。但就在保送风波之后，她突然被一种厌倦的情绪抓住了，好像第一次发现这种女校生活是多么的沉闷、单调、乏味，而她也在这残缺的世界里待得太久了。现在是冲出牢笼的时候了！她甚至奇怪，自己怎么就能在这个牢笼里待了那么久却始终安之若素？！

　　因此当她面对母亲的劝导时，她是坚定的，毫不犹豫的，就像是《红岩》里的革命烈士一样，抱了赴死的决心也要报清华附中。但当父亲出人意料地将最后的决定权交给了她，就好像她已经踏上了赴刑场的路，却忽然被释放了，结果原本顶得满满的一胸腔的英雄气概像是放了个屁，都撒光了。这种感觉即轻松又沮丧，让她突然对自己的一切所作所为都产生了怀疑，因为没人再逼你交出密电码的时候，你自己就会想，这个密电码真的有那么重要吗？都过了那么久了，密电码会不会已经改用新的了？我还有必要好好保存这张废纸吗？事情突然变得荒诞起来。

　　本来奔向自由的生活图景已经在方菲的心里栩栩如生了，现在，却突然变得模糊起来，清华附中真的有那么好吗？她又逐一地把上清华附中的利弊从头到尾撸了一遍，答案是显而易见的，单纯从升学或者生活以及各个方面来说，她根本就没有必要去上什么清华附中。那么为什么她会如此地心动神驰呢？

　　原因其实一开始就存在于方菲的内心最深处，尽管埋得很深，但却并不模糊，只是方菲不敢承认，也不愿承认罢了。那就是，她想认识男孩子，和他们坐在一起上课，和他们说话，感觉他们就在近旁，看见他们那让她动心的模样。总之，她明明白白地知道自己要什么，那就是除了要上大学之外，还想像上小学一样班里有男生。

　　但正因为她对自己的心思知道得太清楚了，反而必须小心地掩藏起来，不能让任何人知道，包括她自己。因为她更清楚地知道，她，一个15岁的女孩子，一个出身于革命家庭的无产阶级接班人，脑子里只能装着好好学习，胸怀祖国放眼世界，时刻准备着接革命父兄的班。而喜欢男生这样的念头，则是不健康的，肮脏的，可耻的，败坏的，低级趣味的，也是见不得人的，应该受到批判的。因此，这个最重要的也是最不能说的理由就不能成其为理由了。那么，她也就彻底失去了报考清华附中根据了。

这样的逻辑可能完全不符合逻辑，但这却是那个年代最正常的逻辑。因为方菲只有 15 岁，所以当她自己的逻辑和"正确的逻辑"冲突时，她变得十分无助和软弱。

老师见方菲已经执意不要保送了，只好求其次，又找她谈话，希望她能报考本校，而不是什么清华附中。当老师再三询问方菲为什么想起要报考清华附中时，方菲这一次表现得绝对够坚贞，铁嘴钢牙一口咬定自己就是因为听说那边有大学教授代课，还搞因材施教，自己到了那边也许会学得更好、更活。

老师轻而易举地就把她的理由驳斥得体无完肤。几乎是逼着方菲当时就在办公室里填报名表。若是方菲心里没鬼，单冲着这场逼宫戏，可能就会引发她激烈的反抗，当场填上清华附中，还以颜色。但是，面对老师那明察秋毫的眼睛，方菲早已方寸大乱，除了暗自庆幸着核心机密终于未被揭穿之外，已经毫无招架之功了。她红着脸，万般难为情地，盛情难却地，又深明大义地不情愿地添上了本校。

老师满意了，夸她到底是我们学校培养出来的学生，到了关键时刻，就能冲上去。

妈妈满意了，说方菲大了，懂事了。

方蓉说，别以为报了，就能考上，还不一定是什么结果呢。

爸爸什么也没说，送了方菲一个非常漂亮的用织锦缎包皮的日记本。在扉页上用毛笔题了一行字：人一能之己十之，人十能之己百之。父字。

只有方菲自己不愉快，好像不饿却被逼着吃了十个鸡蛋似的噎得慌，虽然死不了人，也伤不着人，只是不愉快，非常不愉快而已。当然，她也不能让方蓉的恶毒预言得逞，事已如此，只能全力以赴了。这点儿自信和把握她还是有的。

三

方菲收到女附中的高中录取通知书时心里一丝喜悦都没有，连应有的仅仅是针对姐姐方蓉的胜利感都微乎其微，有的只是一种浅浅的安全感，起码上大学应该没有问题了。

整整一个学期她心不在焉，成绩稀松，好像人整个儿松了弦一样，懵懵懂懂的，自己都不知道是怎么混到学期结束的。虽然她还是在告诫自己要继续为革命好好读书，但是，上初三的那股子读书热情无论如何也找不回来了。心里莫明其妙地乌涂着，就像她现在面对的家里客厅的窗户一样。这窗子有日子没擦了，落了一层细土，灰白、迷蒙。

转眼就到了寒假，立志要当居里夫人的方蓉整天待在楼上自己屋里做题。她计划利用寒假做一百道难题，本来方蓉就是个坐得住地好学生，加上题可能真够难的，以至于她常常会忘了吃饭，或姗姗来迟，颇有牛顿风范。奶奶却毫不以为然地愤愤着"吃饭还要三请四请！？"

方辉这个寒假则迷上了围棋，一有机会就往少年宫的围棋班跑。而他倒真是会忘了吃饭，回家晚了，奶奶会大加挞伐，骂他"玩死到外面去了"。最让奶奶省心的是方平，他会领着才上小学四年级的最小的妹妹方敏到机关大院办的寒假少年之家去，玩够了，准点儿回家吃饭。而最让奶奶看不上眼、看着心烦的是方菲。她倒哪儿也不去，而且什么事都不干，每天就在家里懒懒散散地闲逛着，在奶奶眼前晃来晃去，偶尔找本书看看，更多的时候却是睁着眼睛百无聊赖地大白天"发梦憕"。"发梦憕"是奶奶的土话，意思是做梦。

现在，方菲就正是处于这种状态中。她已经独自在窗前已经站了半天了，不知道自己到底要干什么，两只眼睛直勾勾地凝视着眼前这片灰白，脸色苍白，心里莫明其妙地一阵阵发紧，有点儿喘不过来气似的沉重、痴迷、混乱。客厅里没有人，家里非常安静，只有钟摆的响声强一阵弱一阵地敲击着她的耳鼓。她知道现在家里除了方蓉在楼上作题，王师傅在后厨房里做饭，就只有不知在哪儿忙乎的奶奶，她现在是绝对孤独着。尽管如此，但她还是紧张得入了定一般地不敢动，凝神屏息地仿佛在等着万一会有什么响动，然而，耳边只有沉重的钟摆声。宁静尘埃似的落下来，白日的宁静更比夜晚更沉重，压得人喘不过气来，连耳骨都压疼了。

客厅很大，向阳的一面有着四扇窗户，一头陈放着一个巨大的写字台，沿墙摆放着几个文件柜，一个绿色保险柜，敦实的矮柜。厚重的紫红色绒布全包沙发围绕着一个上下两层配着玻璃的茶几规规矩矩地摆放着。这些笨重的家具显然都不是从市场上买来的，而是从机关的仓库里拉来的，然后由工作人员按照办公室的格局一放了事。如果不是顺墙放了几盆绿叶植物，墙上挂了几幅字，矮柜上上赫然立着一台收音机、一台电唱机，还有沙发上乱扔着的报纸书本衣物，随地散放着的篮球足球冰鞋等杂物，简直就是间办公室。

由于宁静过于沉重了，方菲被迫长叹了一口气，偷偷地四下看了看，终于犹犹豫豫地伸出一只修长、柔嫩的手指，在落满了细细的灰尘的玻璃窗上写了一个"金"字。刚写完，怕被人看见似的赶紧擦了。等了一会儿，宁静重又重压下来，仿佛为了冲破这宁静似的，她艰难地又抬起了手，在旁边又写了一个"金"字，停了一会，又擦掉了。当她写第三个"金"字时，没再擦掉，而是失神地痴望着它，眼里充满了只有十几岁少女才有的天真、单纯同时又是痛切的苦恼。直至此时，她才彻底忘记了周围的世界，忘记了戒备，忘记了羞怯，无法自拔地深陷在自己的幸福和痛苦的战栗中。

就在这时候，客厅的门突然一声响，方菲惊跳起来，急赤白脸地去擦窗上的"金"字，而且擦开来，把整块玻璃都擦着，生怕漏出蛛丝马迹，待她张皇失措地涨红着脸，扭头一看，发现进来的是并不识字的奶奶。

奶奶其实只是陈辛吾的一个姑姑，因为丈夫死得早，又没儿女，便一直在娘家侍候父母，帮哥哥做些家务，照看孩子。解放后，陈辛吾才得知父母亲都已过世，族人正设法为姑姑寻个人家改嫁，便把这位姑姑连同另外几个侄子侄女接了出来。李伟玉嫌叫姑奶奶难听，怕有人问到，孩子们又说不清楚，把事情搞得复杂了，索性就让孩子们叫她奶奶了。

奶奶长得模样一般，只有一咀的牙雪白，都六十多岁的人了，仍像三十多岁的人一样，一张嘴一口的碎玉。奶奶仿佛自己知道似的本来就格外话多，终于看见方菲在擦窗子，喜得露出一嘴的晶莹冲方菲笑：

"哎哟，太阳几时从西边出来了？二小姐肯擦玻璃了？"说着向前走来，递上抹布。奶奶常常讥讽地把三个大孩子称为"少爷、小姐"，只有对她从小带大的方平和方敏例外。

方菲因为吓着了，气得惊叫起来："吓死人了，偷偷进来也不吭声！"

奶奶递过去的抹布被方菲推开，于是变了脸："日头亮晃晃的，就吓死了？怎么又不擦了？一天站在窗前看雀儿打架，发梦憧，什么也不做。现在的丫真好活，不上学堂，不念书，爹妈的银子都白白糟蹋了，女孩子家家，连针线也不会做……"挥舞着手里纳了一半的鞋底子，尽管孩子们早就穿上了白色的塑料底黑色灯芯绒面的鞋了，她自己也穿不了两双鞋，但还是手不离活儿，在人前挥舞着。

"人家放寒假了！懂什么叫寒假吗？我干什么，不用你管！"方菲冲过去，抓住奶奶转了个圈，双手扶着奶奶的肩膀就往外送。

"我不懂，就你懂……"奶奶分辨着，挣扎着，踮着"解放脚"，一路被推出门去。

"去去去，这没你什么事，别来烦我……"

方菲现在长个儿了，比奶奶高半个头。奶奶早已不是对手，那里禁得住方菲一路的推搡，只能一路地高叫着：

"莫要推，莫要推啥，你这个死丫头，待你爹妈回来我要……"话没说完，已被方菲送出门外。奶奶气咻咻地站在门外，接着发狠："我要报送你爹，报送你妈……"

11

奶奶是最怕孩子们放假的，越怕，便越觉得孩子们老在放假。似乎有放不完的假，寒假、暑假、周假，还有节假。一放假，就像没了王法，满屋子、一院子、甚至一树上都是孩子，幸亏房顶高而且陡，没两下子上不去，上去了也待不住。即使这样奶奶还是心里乱，提心吊胆的，头昏脑涨的，一个孩子就像一只猫在她心里抓，被抓急了她就叨叨，逮谁骂谁，除了方敏，剩下的有一个算一个，都不是好东西。男孩子淘气就自不必说了，女孩子也都没个女孩子样儿，平时上学忙，放了假，就该帮忙做做家务。可恨这二丫头，懒得筋疼，做点家务难死了。偏偏这两年李伟玉又在家里搞革命化，动不动就把保姆辞了，说放假更是锻炼孩子们干家务活的好机会，结果没把孩子们锻炼了，倒把奶奶忙得够呛。气得奶奶说，这哪里是锻炼孩子，明明是为了省钱锻炼我呢。

奶奶侧耳听听门里没动静，放高了嗓门又叫道：

"下午店里要来豆腐，你要跟我去排队！"但方菲躲在屋里仍不出声，奶奶急了，"我看你在里边躲到几时，我看你就不吃肉了？"

奶奶见平日就喜欢吵嘴的方菲竟然还不回话，想了想，又说：

"那个小子没得公干，一天打几个电话，问了少爷问小姐，今天早上又来电话问咸问淡……"

话没说完，门，"呼啦"一下被拉开了，探出方菲一脸的焦急："他说什么了，他今天来吗？"

奶奶龇出雪白的牙齿，得意地说："没讲。"

"你没告诉他我马上就能回来？"方菲气急败坏地问，知道奶奶说的"那个小子"就是金昌盛。

"鬼才晓得你几时才能回来，你何时向我报过到，一个个走得鬼影子没有，我一个人忙得每天脚打后脑勺，要排队买肉，要打扫卫生，还要跟在你们后头擦屁股，一个二个都是有前手无后手，我不拣，一样东西也找不到，还要给你们传电话，我比王师傅工作还要忙！王师傅只管做饭还发薪水，我有什么，公家不发我薪水，你爹也要把我钱，可怜我……"奶奶操着一口的家乡话叨叨着，其中还夹带着一些像"薪水"这样的新名词。

若在平时，方菲必定会呲答奶奶，王师傅就是机关派来做饭的，买菜是他的本职工作，你爱干，活该。王师傅挣钱为养家，你要钱干吗用？！但现在，奶奶的数道已经变成了一片无意义的音节，只有那一句话对她是有意义的，闹得她一脑门子心猿意马，激动得心脏突突地急跳，慌乱得不知如何是好。为了克制住浑身的颤抖，她紧咬着嘴唇，双手紧攥，想要强使自己镇定下来，结果反而更加激动了。她不胜懊恼地想，早晨出门的时候，就怕他会来电话，才破天荒地起了个早，而且她就是上同学宋月明家去取两本内部发行的黄皮书，《麦田的守望者》和《带星星的火车票》，专门想借给金昌盛的。为了早晨能拿到书，还硬逼着宋月明连夜看完。不想还是错过了。懊恼之余，无数的问题在她脑子里跑起了马：

"他今天还来吗？什么时候来？还来不来电话？我要不要给他打电话？如果打电话的话，又该说什么？要他来吗？我是不是太上赶了？或者，再耐心地等等他的电话，可是他要不来电话了呢？天哪，我该怎么办？"

金昌盛在父亲金广文没调走之前，常来找方辉玩，和陈家所有的孩子都很熟悉，后来搬家了，有好几年大家只能偶尔从方辉嘴里闻其消息，却没再见其人了。但从这个寒假起，他突然开始频频造访，就连方辉不在家时他也来，而且似乎只有方辉不在时他才来，来了就和方菲坐在客厅里瞎胡聊天，常常一坐就是半天。有话没话的，有事没事，听听唱片，借本书。更经常的是两个人听着音乐什么都不说，相视而笑。一个好像假装是在等着方辉，而另一个似乎只是替方辉陪陪客人而已。每次来之前，金昌盛都会先打个电话来。今天，方菲就知道他会来电话，结果还是错过了。

因为想不出什么好的办法，方菲急得在客厅里团团转，懊丧、悔恨得只想哭。她抓着自己胸前的衣襟，低声对自己说：

"噢，天哪，怎么办？我该怎么办？嗷，真可恶……"她快速地走了几个来回，突然停住了脚步，稳下心来，浑身一冷，"我这是怎么了？像个傻瓜，完全失去了理智！冷静点，亲爱的，冷静！"她命令自己，模仿着外国小说和电影里的人物管自己叫"亲爱的"，在生活中没人这样叫她。同时，用颤抖的手找出一张施特劳斯的圆舞曲，放在唱机里。不知道是自我劝诫起了作用，还是轻松华丽的音乐安抚了她。总之，她渐渐平静下来了，决定什么也不做，既不给金昌盛打电话，也不要瞎费心地等他来，自己该干嘛就干嘛。

但是，她显然没什么事情好做，便顺手从桌上拿了一张纸，用笔瞎划拉起来，手好像没和大脑商量似的又写出了一连串的"金"字。等她突然醒悟过来，看着那张纸吓了一跳，问自己，"我干嘛老写他的名字？难不成我爱上他了吗？"如此一想，倒真的又出了一身汗，紧接着，顺手把纸揉成团往纸篓里一扔，擦擦汗，赶紧安慰自己说，"别吓唬自己了，我不过是因为今天等着他来拿书罢了。"

方菲知道自己应该喜欢的人是什么样子，可比金昌盛要"高级"多了，不像他一样，什么都不懂，不懂托尔斯泰、巴尔扎克、连简•奥斯汀是谁都不知道，更别说音乐和美术了，一点文化都没有。当然，"高级"的标准也不完全是这些，至于还有什么，她一时也说不清楚，只知道反正不是金昌盛这样的毛头小子，虽然他挺聪明，也挺英俊，可仍然是个愣头小子，除此之外什么也不是了。

当然，她是喜欢他，但仅仅是喜欢。就像是喜欢一件衣裳、一件好东西一样，绝没有其他意思，他可不是她要爱的人。

然而，就当方菲一边这样想着的时候，一边却又忍不住的微笑起来。因为她眼前出现了金昌盛那张顽皮中略带腼腆的笑脸，和刚刚抽条的瘦高瘦高的身形。她看着他就不能不笑、不能不满心的喜悦，就好像花看见太阳不能不开似的，哪怕他人不在眼前，只要想到他，她都会这样兴奋不已。

但是，她很快就发现了自己的愚蠢，又收起了笑脸，一脸郑重地对自己说，"不，不可能，我没那么傻，不会爱上一个傻小子的。"

可是，"傻小子"这三个字又逗得她微笑起来。

这一上午，金昌盛没有露面，但却没有妨碍方菲坐在客厅里，听着音乐，一会儿严肃，一会儿微笑，一会儿喃喃自语，痴坐了一上午，被自己心里的喜悦、矛盾和思想折磨得痛不欲生。

中午吃饭的时候，方辉冷不丁地冒出了一句话：

"今天我看见金昌盛了，他问你上哪儿去了，借给他的书拿来没有？是什么书啊？"

方菲的脸变白了，压制住心跳，说："没什么，小说，你也不爱看。你在哪儿看见他了？"

"就在院里，他和那帮哥们儿滑冰去了。"

就在院里？！方菲觉得事情太可笑了，他们就这样被岔开了，错过了！不过，听起来金昌盛玩得挺乐，方菲突然没来由地心绪全无。

下午，方菲闷坐在楼上自己的房间里，对着窗外发愣神。从二楼望出去，正前方一片开阔，方菲知道下面是自己家门口的那个花园，窗子的左前方是一座和她们家一样的白色的小楼，住着另一位副部长张川柏，右边是几棵高大的老槐树干枯的枝权，大院里的红色楼房的边角在这些枝权后面影影绰绰的。当阳光西斜的时候，远处能够看到山影，这景象让方菲心里充满了淡淡的哀伤。

她从抽屉里取出爸爸送给她的心爱的日记本，开始胡乱写起来，以减轻她涨满的无以名状的苦恼。就在这时候，奶奶在楼梯口喊方菲跟她去买菜。方菲急忙藏好本子，嘴上答应着马上就下来，但仍然未能从满心的飘忽状态中醒过来。她懒懒地逼上鞋，一出门刚好看见方蓉从屋里出来，被墨水染蓝的手指捏着几张草稿纸，好像要下楼的样子，便顺口对姐姐说道：

"姐，奶奶叫你赶快去帮她排队。她拿了副食本、肉票、菜篮子已经先去副食店了。"

出乎意料的是方蓉连问都没问，下楼穿上大衣就出门了。方菲得了意外的便宜，高兴得踮着脚转了两个圈。下楼进了父亲的书房，从书架上找了一本小说，又回到了楼上自己屋里，靠在床头，看着，痴着，笑着，傻着，直到楼下大门重重地被撞开，传来奶奶尖利的说话声，还有方蓉带气的埋怨声，她才一蹴溜跳下床，心虚虚的，跑下楼去迎。

"买回什么好吃的了？豆腐和肉都买着了吗？"一边去接奶奶和姐姐手里的大筐小篮，方蓉悻悻地说：

"奶奶不是让你去排队的吗？你倒挺精的，把我给支去了。"

"谁去不一样？奶奶不就是想找个人帮她排队吗？"方菲虽然嘴硬心里还是虚。

"你又没事，我还有好多事没干完，今天忙得连英语都还没念呢。"方蓉一脸的不高兴。方菲脸上挂不住了：

"噢，合算就你会读书，我就是那个该干活儿的，凭什么啊？别以为你上了个北京大学就高人一等。不就是个大学吗谁不会考啊。"

方蓉本来只是抱怨一下，不想方菲嘴快，堵得她说不出话，把篮子往地上一墩。奶奶心疼地大叫起来：

"哎呀呀，我的豆腐，排了好长的队呀。我的大小姐！"

"那你怎么不说她呀！骗人倒有理了！"方蓉只好冲奶奶发火。

"别说那么难听好不好，谁骗人了？骗房子还是骗地了？不就是去买买菜吗，干嘛这么无限上纲？还想把人打成右派是怎么着。又不是就我一个人吃，凭什么老得我干活！？"方菲明明是在搅理，因为方蓉不仅要打扫卫生，而且还常常帮弟弟妹妹洗衣服。但方蓉嘴笨，被方菲搅昏了头，一句话也说不出来，气得憋红了脸咚咚地跑上楼，重重地把门一摔，整幢楼都被震动了。奶奶吓了一跳，说：

"哟，这么大的脾气呀，要算这个大小姐脾气坏，都是她妈惯的她。要星星不敢给月亮，发起脾气连他亲妈还要让三分，看她将来找个男人怎么过日子。"

方菲从来没像现在一样爱听奶奶的叨叨，笑得前仰后合，笑得连眼泪都出来了。

四

方菲自己有一间房是上了初中以后的事。

陈辛吾家刚搬进这座部长楼的时候,孩子们都还小,因此,陈辛吾夫妇的卧室、书房和客厅就都集中在楼上。孩子们则跟着保姆、奶妈、奶奶以及老家来的堂哥、表弟们一群人混住在楼下。

方蓉考高中的时候,李伟玉说得给她创造一个安静的环境,就把她一个人搬上了楼和父母同住一层。第二年,轮着方菲考中学了,她自己就提出来,也要住二楼。李伟玉说,你还小,等考高中再说。方菲没办法,但一有机会就说,都是要考学,凭什么方蓉就可以住二楼!偏向!李伟玉被"偏向"这两个字刺痛了,说,动不动就是偏向,难道不都是我生的吗?

其实李伟玉也知道孩子们渐渐大了,是该分开住了,但因为忙,抽不出时间来搬,才一直拖着。结果被方菲吵嚷不过,楞挤出时间来,趁着放寒假,一咬牙,搞了个大动作,自己搬到了楼下,把孩子们都搬上了楼,而且分了房间。

方辉和方平住进把着楼梯口的一间,奶奶带着方敏住隔壁,里面两间一大一小,给方蓉和方菲。方菲一口咬定要住尽头那间小的,让方蓉搬出来住大间。方蓉觉得妹妹可笑,说,那间不一样?我无所谓。不就是搬一下吗?方菲可不觉得姐姐是让着自己,因为她说她无所谓的。

方菲一搬进去,便立刻体会到了预期的好处,那就是不管什么人要上她的房间里来,她都可以早早地有所察觉,这样可以免去许多的尴尬。因为她有那么多的事情需要避着人,小到一个人发愣神儿,偷偷地照镜子,研究脸上的各种起伏。大到细细地研究自己的身体,在日记本儿上胡写乱画。还有好多不希望任何人知道的小秘密。住得久了，她还发现了一个好处，就是不会有人因为顺脚而拐进她的房间，像进入奶奶和男孩子们的房间一样。唯一需要堤防的只有方蓉，只有她可以像小鬼子一样出其不意地就悄悄地就进了村。

方蓉虽然只比方菲大五岁，但在家里的角色却绝不仅仅是个孩子。当忙碌的陈辛吾和李伟玉不在家的时候，弟妹们的许多生活琐事就都由她来替父母亲做了。小至辅导、监督他们做功课，带他们上医院看病，大至替父母亲去开他们的家长会。若说是穷人的孩子早当家，那么，方蓉便是忙人的孩子早当家了。而且，这个家并不比穷人的家好当。穷人家愁的是钱，没钱不好管；忙人家倒是不愁钱，愁的是没一个服管的。对方蓉来说，最难管的就是两个大的，而方菲又是尤其难办。

粗看上去，姐妹俩长得毫无共同之处。方蓉明显得像妈妈，浓眉大眼，鼻方嘴阔，气色鲜艳，个子不高，略显丰满；方菲却更像爸爸，眉清目秀，小鼻子小嘴，皮肤象牙般细腻黄白，瘦高笔直，没什么线条。但细看，两人又说不出是哪儿相像，是脸型还是骨骼？总之，有暗含着相像的地方，让人一望便知是姐妹俩。姐妹俩的脾气秉性关系也像她们的长相一样相去甚远。方蓉自幼就是好学生，班干部；方菲则永远是白丁一个，淘气得厉害。闹得李伟玉常常觉得是自己当年生方菲的时候抱错了孩子，要不就是方菲的奶妈有问题，否则，她怎么一点都不像姐姐那么安分，让人放心。

这一次，又是方菲正在写日记的时候，方蓉推门进来了。

方菲像每次不管是什么事被人撞破时一样，都会吓一大跳，然后一把将日记本儿压在胳膊下面，不高兴地叫着，"也不敲门！吓人一跳。"

方蓉站在门口并不进来，说："你怎么一天到晚老是在跳，吃饭了，都叫你好几遍了。"

方菲见姐姐并不是来找碴儿的，开起玩笑来："哟，你今天怎么想起吃饭来了？"

"是啊，我也奇怪呢，你今天怎么想起做功课来了？"

俩人不约而同地大笑起来，然后学着奶奶的土话同时说："阳坡打西边出来了呗！"

可方蓉很快就发现方菲并不是在写作业，马上收了笑脸，不屑地说："我还真以为你在写作业呢。看来太阳还得从东边升起。"

方菲做贼心虚的脸都红了，叫："怎么不是作业呀，是爸爸留的作业，要我每天写一篇日记。不信，不信等爸爸回来你问……"有点儿急了。

方蓉心情似乎不错，并不较真儿，和解地说："行了，急什么呀，算做作业，行了吧。"

方菲还不服气，嘟囔："什么叫算，本来就是。"

方蓉搂了一把妹妹的肩膀，不再还嘴，倒让方菲好生奇怪，看了一眼方蓉，心想，难道阳坡真的从西边出来了吗？但方蓉并不理会，仍是一脸的喜气，进了饭厅见弟弟妹妹们都在，才终于忍不住笑开了花，说：

"告诉你们一个好消息，你们猜过些日子谁要来咱们家？"见所有的目光都被吸引过来了，才笑得跳起来，拍着巴掌说，"是小彬哥哥！你们想不到吧！"

方菲第一个笑了起来，说："我说呢，原来不是阳坡打西边出来了，而是小彬哥哥要从南方过来了。"

方蓉那儿还有心思接妹妹的话茬儿，兴奋地自顾自地大谈特谈小彬哥哥来。讲小彬哥哥小时候对她怎么怎么好，怎么领她上学，怎么给她讲故事，怎么在他家的大花园里玩捉迷藏，特别是讲到她怎么傻乎乎地经常上个小当，成了男孩子们无伤大雅的小恶作剧的替罪羊，笑得饭都吃不下去了。接着又讲到洪妈妈对她怎么怎么好，感动得眼泪汪汪的。

"小彬哥哥"叫孟树彬，母亲洪苏延是李伟玉的中学同学、好朋友，父亲是南方的一个军区副政委。解放初期，陈辛吾一家曾和他们在同一个城市里工作，后因陈辛吾调到北京，李伟玉怕当时正在上小学的方蓉耽误了功课，便把她留在好朋友洪苏延家，直到放了暑假才把女儿接到北京。从那以后，方蓉便称洪苏延为洪妈妈了。

但弟弟妹妹们谁也没见过小彬哥哥，只知道方蓉小时候在他们家待过大半年，所以，除了才上小学三年级的方敏傻乎乎地跟着姐姐一会儿笑一会儿哭，其他人就只能听着。最后方辉喝完汤，临起身之前，总结了一句：乌克兰女人，不哭不笑的时候没有。

方蓉气得差点儿被汤呛着，说她这一辈子竟给别人当姐姐了，她只是想有个哥哥，没别的意思。

方菲站起来拍了拍方蓉的肩膀，也往外走，说，方辉那个傻东西能有什么别的意思？

方蓉问："那你什么意思啊？"

"我还没想出来，反正挺吊胃口的，想见见这位'哥哥'。"方菲皮笑肉不笑地说，出去了。饭厅里就剩下方敏和方平，俩人吵吵着说当老大多好啊，可以管人，如果方蓉不想当，他们想当。方蓉气得一个人发怔，满心的欢喜一扫而光了。

晚上给方辉将数学题的时候，照死了骂方辉笨，"朽木不可雕"，把方辉骂急了，回嘴道：

"一共三道题，你也就会两道，一道还是我自己想出来的，没觉得你就多聪明。少跟我摆臭架子。"把方蓉从屋里轰了出去。

方辉是陈家的活宝贝，从小笨得出奇，都五岁了还分不清左右手，本以为没指望了，一辈子就当个低能儿养着吧，不想上了小学竟然对数学颇有兴趣，到了五六年级便成了班里解难题的能手，继而上了初中竟被老师捧成了数学天才，李伟玉高兴得如同拣回块石头却发现是金子一样，送他去学围棋，上数学班，一心要培养出个华罗庚来。现在，学习倒是不发愁了，可其他方面依然低能，衣服永远穿的乱七八糟，扣子错着扣，鞋带散着，帽子歪着，新衣服在他身上不像是穿上的，就像是歪挂上的。奶奶气得骂他"真是叫花子命"。陈辛吾看着儿子直摇头，说"都被人惯坏了，从小就衣来伸手、饭来张口，一天到晚没头没脑的，将来看你怎么办"！

辅导方辉是李伟玉交给方蓉的任务，方蓉虽然没看出方辉有多能，却依然忠于职守，但方辉却越来越不服姐姐了。不仅如此，自从两个男孩子住了一屋，连方蓉平时最喜欢的方平渐渐也有了自己的主意，常常弄出些小花样来，不太听话了。方蓉找李伟玉告了一状，为此，方平还被安排跟着方蓉住了两年，直到上了六年级，才又搬回方辉的屋里。

也就方敏还小，因为学习不错，长得漂亮，深得老师的喜欢，当上了班长，暂时不用太管。

被方辉撵出来，方蓉气鼓鼓地下楼上客厅里看报纸，一进门就看见方菲坐在沙发上，面前茶几上堆着一堆报纸，可她手里举着个白信封，只顾对着阳光来回地照着看，专心得都没听见方蓉的脚步声。

"谁的信？"方蓉问。

"你的，也不知道是谁这么神秘，还'内详'？"方菲随手把信递过去。

方蓉立刻认出了这是一个小学男生来的信，脸都羞红了。这已经是第三封。前两封她都没有理睬，想不到还会来第三封。见方菲盯着自己看，恼羞成怒地叫起来："你怎么这么缺乏公德？随便看别人的信件！"

方菲并不知道底细，吓了一跳，条件反射似的就回嘴："谁看啦，我根本没拆开。别诬蔑人好不好！"

"那也不行，没拆开也不行！懂什么叫私密权吗？"

方菲一愣，心想还真没听说过这三个字，便答不上话来。趁着方菲发傻，方蓉连珠炮似的赶紧说：

"每个人都有权保守自己的秘密，别人无权过问，那是我的信，你根本就不该动。"

"不看我哪儿知道是你的？我又没拆，……"方菲企图辩解。

"不管怎么说都不行，都是没教养！人家外国人，别人的私人信件就是放在鼻子底下，就跟没看见似的，动都不能动，像你这样还举到脑袋顶上看个没完，这就算是侵犯了人家的私密权了。这是起码的礼貌！"说完拿着信甩头上楼了，扔下方菲一个人站在客厅里眨着眼发呆，并且开始苦思冥想那个新名词，叫什么来着？秘密度？秘密权？不对，好像是……对了，私密权！

其实这三个字方蓉也是前不久才从同学哪儿听来的。

考试前，方蓉的上铺班长刘秀梅生病落了几天课，借方蓉的课堂笔记本抄抄，还给她时千恩万谢，话是这样说的：

"人和人就是不一样，我也曾找过王小云借过笔记，你猜她怎么着？不但没借，还大谈了一气什么私密权，说连学习笔记都是这个范畴。你也是高干子弟，就没她那么大架子。"

王小云的爸爸是个中央候补委员，在班里不但学习好而且为人拔尖儿，所有的同学都远她三分。刘秀梅的褒奖，或者说是她褒奖的方式让方蓉感激涕零，倒像是自己抄了刘秀梅的笔记一样，同时还学了个新名词，特别是刚才方菲一副斗败了的公鸡模样，就更感激了。在和方菲的争斗中方蓉很少能占上风，方菲的"常有理"比赵树理小说中的人物还要无理搅三分，是轻易不会服输的。

被新名词儿彻底打垮了的方菲足有十分钟坐着没动窝，沮丧得如同一堆灰烬，恐怕拿破仑的滑铁卢之役、蒋介石被打到台湾去时也不过如此了。她挑了一张贝多芬的"悲怆"放进唱机里，音乐刚一响起，她已经泪水涟涟了。一种无法言喻的悲哀随着音乐水一样在心底流过，这悲哀似乎已经和新名词儿没有任何关系了，而是一种仿佛只和窗外的风、暗淡的月，还有跑在琴弦上那拨动人泪腺的声音有关的东西了。这种无名的悲哀使她觉得自己是那么孤独，仿佛这世界上再没有别人，只有她自己孤零零地站在大地上已经几个世纪了，还有这风、这月，以及无尽的流水一样的琴声。

五

　　尽管暂时把妹妹弹压住了，但方蓉回到屋里却不胜其烦。

　　前两封信也就是问她好，说自己在一所外地名牌大学念书，问方蓉有没有其他同学的消息，最后表示非常想念童年生活，对方蓉印象深刻。

　　由于是小学同学，所以方蓉对那个男孩子的印象已是非常淡漠了，她以为不回信可能就过去了，想不到还会来第三封！这可把方蓉惹恼了，更要命的是还被方菲知道了，真不知道她会怎么想呢。

　　方蓉现在连看都不想看一眼那个毫无廉耻的白信封，更别说拆开了。仿佛自己的清白全都被那个不清不白的白信封玷污了。她越想越别扭，方菲肯定觉得她干了什么见不得人的事情。于是，第二天方蓉特地找到方菲，说：

　　"那封信……你说多烦人，一个小学同学，瞎写什么信，真讨厌。"

　　人家想着你还不好吗？"方菲其实已经忘了昨天的事情了。

　　"你不知道，是……一个……一个男生。"方蓉费了好大劲儿才说出口，而且脸红了。

　　看着姐姐尴尬的样子，方菲心想这可真够"私密"的，但她假装满不在乎地说：

　　"那有什么可烦的，想理他就回封信，不想理，别回信不就完了？"

　　"谁想理他了，我连看都不看，臭流氓。真想给他交老师，可惜……"方蓉红着脸，掏出那个没拆封的白信封在眼前晃，但又不真的递给方菲，就在手里捏着。方菲见方蓉窘成了一块大红布，还问："可惜什么？"

"可惜我们不在一个学校，交了也没用。"

方菲嘴上认真地回答："确实太可惜了。"心里却想，"那家伙可太走运了。"问，"那你想怎么办？"

"你给我个信封。"方蓉在方菲拿出来的信封上写好地址，然后，稀里哗啦几下，把那个白信封连皮儿带瓤儿撕成了几片，又把碎片统统装进了信封，封好了口。

方菲开始看愣了，紧接着笑起来，叫道："我的天哪，你可真够绝的！能想出这种办法？！"

"谁叫他那么流氓的！"方蓉狠狠地说，仿佛还没解气似的，"你要没事，能陪我一块去寄信吗？"

"你自己去吧，我得写作文了。题目是什么来着？"方菲故意歪着脑袋翻着眼睛问。

"《为革命而努力学习》，猪脑子，什么都记不住。"

方菲平日里最烦姐姐骂她笨，今天被骂却像是得了彩儿，乐成了一朵花：

"对对！我想起来了！我可真够没脑子的，确实跟你没法比，搁着我，打死也想不出你那么高明的招儿！"

方蓉原本只是想洗清自己，但这会儿不仅没找回清白，反而被臭损了一通，添了新堵，气得乱骂：

"有什么可笑的，本来就是他思想肮脏，品质恶劣，是罪有应得！"摔门出去了。

留下方菲还在吃吃地笑，一边好奇地想，不知道是什么样的天字第一号大傻瓜才给方蓉这样的人写"情书"？！哈哈！真有意思，情书！

吃晚饭的时候，弟弟妹妹们都知道"大流氓"写情书的事了，方辉一通瞎起哄，说"窈窕淑女，君子好逑"；方平说姐姐可真够狠的；方敏则着急地问哥哥姐姐们什么叫情书？什么叫"好逑"？

方蓉一脸大义凛然地宣称自己是"独身主义"，说搞科学就得有献身精神，这一辈子也不结婚。奶奶在一旁撇着嘴，说：

"鬼才信呢，有那么大的志气，作贞节烈女？！新社会是不兴抛绣球了，不然你妈早就搭起绣楼来了。"

其他人并不确切地懂得贞节烈女和抛绣球是什么，只有方菲笑得直不起腰来，而方蓉的脸一下子涨得通红。

"笑，笑，就会傻笑，你可别做那美梦，就是有个绣楼，也未必有你一份。"

方菲在家不得宠并不是秘密。方蓉是李伟玉的第一个孩子，又是她在艰苦的战争年代亲手带大的，自然宝贝异常；方辉是接连两个女儿之后的头男，自不必说；方敏不仅最小，而且像个大洋娃娃一样漂亮，也能分得一份宠爱；就连方平都因为是个男孩儿也不算太吃亏；唯独方菲，上下不靠，左右不沾，说是个多余惹人厌的，一点儿不过分。奶奶私下里偷偷管方菲叫"老嫌"，只因为方菲嘴快，厉害，才不敢经常挂在嘴边。而方菲是个越没人宠爱，越自己要强的人，偏偏她的地位居中，和弟弟妹妹吵，妈妈就说她是姐姐，要学会谦让和爱护弟弟妹妹；但和方蓉一吵，就又成了要听姐姐的话，做个好孩子。因此，永远是个没理的。往往越是没理的，越爱争理，就此磨快了一张刀子嘴。

"哼！还以为我多稀罕呢！我又不是什么千金小姐万金太太，不过是小姐的身子丫环的命罢了。让千金小姐去抛绣球吧。"

此时方蓉早已气得横眉立目，又找不出好词儿，就剩下最后的杀手锏："你们再说？！再说这些封建糟粕我回来告诉妈妈！"

没等方菲回嘴，奶奶早就接了话茬儿："哎哟，你们娘们俩一个鼻子出气，穿一条裤子，未必就成了霸王了，别人连话都说不得，看您有能耐把我定个死罪？一天到晚都是封建封建，你们在外头是革命，我在家里就不算革命？……"

奶奶的理论实在是高明，逗得方菲越笑个不住。方蓉气得饭也不吃了，扔下筷子，咚咚地跑上楼，重重地把门一摔，整幢楼都被震动了。奶奶吓了一跳，说：

"哟，这么大的脾气呀，要算这个大小姐脾气坏，都是她妈惯的她。要星星不敢给月亮，发起脾气连他亲妈还要让三分，看她将来找个男人怎么过日子……"

饭都吃完了，人都散了，奶奶的话却还没完。而方蓉一撤，方菲也立刻就不笑了，因为奶奶那些无时不刻地忿忿不平的老生常谈的唠叨也确实没那么可笑。它就像是一曲不会变调的"从前有座山，山上有座庙……"一样给光阴和无趣到了极点的日子伴着奏，用毫无新意的平凡和郁闷给生活做着注脚。

人前的兴奋是短暂的，方菲独自回到客厅，又站在了窗前。

已经两天了，依然是无缘无故地情绪低落，没人招着她，也没人惹着她，就是心里难过得要命，好像呼吸都困难了。她总觉得应该有点什么事情，但却不知道是什么事这样魂牵梦绕地牵着她的心。她瞪着两只眼看着窗外，却不知不觉地竟又流下泪来。正在她沉浸并享受着自己的孤独时，突然方辉咚咚咚地从楼上跑下来，一边叫着：

"方菲姐，方菲姐，走啊。"方菲迅速地抹去了脸上的泪，同样迅速地脱离了"私密"的世界，应声问道："上哪去？干吗去？"

方辉进来时奶奶急匆匆地跟在后面，叫着："慢些，慢些，我的针，我的针。急什么，急什么，那个要砍你脑壳，跑那么快，我的大少爷。针还带在身上呢。"

于是，方辉站在客厅门口，被奶奶揪住缝扣子，动弹不得，对方菲说："你忘了，昨天方蓉姐姐让你今天跟我上书店去买数学参考书。"

方菲想起来了，她是答应过，可昨天她是见方蓉被方辉纠缠不过，自告奋勇要替替姐姐的。而此时她的心情变了，便说："少烦我，自己去吧。"

"那方蓉姐姐不给我钱，要不你去找她说说，让她给我钱我自己去。"钱放在方辉手上就好比扔在了垃圾桶里，就是没丢也翻不出来。所以他要去买书，没人陪着不行。

"我不管，你自己去要吧。"方菲不耐烦地说。

"你，你，怎么不讲理啊，那你昨天瞎答应。不行，我今天就找你。"方辉一着急就有点儿结巴。

"你烦不烦，自己的事老赖在别人身上，今天我就不管，你能怎么着？"方菲今天实在是没兴趣。

"那你今天就别想干别的，我就赖上你了。看你怎么着！"

此时奶奶已经揪断了缝扣子的线，方辉将奶奶一推，冲上前去，气势汹汹，攥着拳头，一副要打人的样子。方菲一看架势不好，跳起来绕着沙发转，一边嘴硬：

"怎么着，还想打人是怎么着？"方辉一看方菲有点儿害怕了，倒气粗了，更来了劲，不由自主地也开始跟在后边跑了起来。嘴里一边说："叫你骗人，打你有什么新鲜的？"

奶奶以为真要动手，跟在方辉后面也瞎叫："做什么又要打人？再打，我喊人啦。"

几句话倒助了方辉的气焰，因为他知道家里没人可叫，又好像给他搭了个台子，这戏他唱也得唱，不唱也得唱了。

方辉只比方菲小两岁，从小两个人打打闹闹一直吃亏。自从一年前方辉忽然窜了个儿，有了力气，动嘴不行，动手到有便宜可占。一来二去便学会诉诸武力了。

方菲自从沾不着便宜了心里始终不大服气。可男孩子大起来简直就像是中国人民有了原子弹，轻易不能惹了。而方菲就像是老牌儿帝国主义，又总改不了轻视中国人民的习惯，方辉真的一逞凶，又害怕了，绕了两圈，见方辉不舍，来了个急转弯，直奔父母亲的卧室去了。方辉长了个大脑袋，平衡能力本来就差，被方菲一晃，身子一闪，脚下一滑，"叭"，响响亮亮地摔了个狠的。方菲听见响，站住了，本能地回过头来想要去扶。方辉疼得咧嘴，人还趴在地上就脸红脖子粗地嚷起来：

"你小丫廷的，敢摔我，看我起来不揍死你。"一边急着往起爬，一边发狠，"你别跑，有本事你别跑！"

方菲冲进父母亲的卧室，一把上了锁，隔着门大喊：

"想得美，不跑站着让你打？！干气你，打不着，就是打不着。看你怎么着。"而且越说越乐，最后乐得唱起了歌，一支接着一支："我们工人有力量，嗨，我们工人有力量……社会主义好社会主义好，社会主义国家人民地位高，……帝国主义夹着尾巴逃跑了，……"

方辉则气得在门外跳脚，有门隔着，门里的便撒开了气门外的，

27

而门外的用嘴却出不来气，便"咚咚咚"地用拳头捶门，用脚踹门。奶奶在一旁风助火势似的大呼小叫。楼下都打成一锅粥了，方蓉在楼上才听见，急忙跑下来问。方菲和方辉一个在门里一个在门外告状，奶奶也夹在里面捣乱，方蓉被吵得头疼，说谁谁都有理，最后反而她自己好像最没理，因为事情毕竟是从买书引起的。方蓉一旦从局外人变成了当事人，双边冲突便迅速地升级为地区性的混战，正不可开交，有人来了。

进来的是个与方辉差不多高的少年，长得圆头方脸的，眉眼虎里虎气，粗莽之中暗带着一丝精细，他先叫了一声"奶奶，姐姐"，回过头来就问方辉"干吗呢？我敲了那么半天门？"奶奶看见来了人，知道不会再吵了，先撤了。方蓉见是金昌盛，敷衍了一句，"来了，找方辉来玩儿了？"也扭头回楼上去了。

方辉见是金昌盛，马上也就平静了，简单说了一句"没事儿，方菲臭来劲，把门锁上了。"自从方辉突然长个儿后，当着外人的面儿，他就改口不管方菲叫姐姐了，管一个只比自己大两岁的女孩子叫姐姐让他觉得太丢脸。

金昌盛一边跟方辉往客厅走，一边回头看，问："锁门干吗？叫她出来咱们玩儿去。"

"甭理她，咱们自己玩儿去。"

"你今天不是有事吗？怎么没走？"金昌盛的声音里带着一丝失望。

"没什么了不起的事。你要没事，咱们找老五滑冰去。"

金昌盛有点儿勉强地说："行吧，也行。"两个男孩子又坐了几分钟，一块儿走了。

金昌盛来得突然，走得更突然。大门"哐"的一声巨响之后，将死一般的宁静留了下来。

方菲迅速地拉开门，好像身不由己地要追出去一样，但马上停住了脚步。就在这一刻，她明白了，两天以来她所有的烦躁不安都来自于金昌盛，来自于不知道什么时候他会出现，来自于每时每刻都准备接到他的电话的紧张期盼中。现在他来了，在最不该来的时候来了，

28

而且又突然走了，走得如此匆忙，连一句话都没来得及说。

　　人去楼空，寂静像刀一样锐利地割裂着她的心。仅仅一门之隔，就将他们断然分开了。绝望的被隔绝被抛弃之感将方菲的五脏六腑都被掏空了。她明知道这什么也不能证明，什么也不能说明，但仍无法克制内心的悲凉，仿佛全世界的人此刻都离她而去了，没有一个人在乎她，没有一个人理会她，任凭她孤零零地一个人被扔在了一所空荡荡的大房子里，游魂一样飘荡。

　　可惜这不是呼啸山庄，天刚擦黑，游魂还没飘多久，家里便又着了大火似的热闹起来。所有的孩子在方蓉的领导下擦桌子的擦桌子，扫地扫地，拖地的、收拾屋子的，再加上你多了我少了的从未休止过的纷争和吵闹，不论多么寞落的心境都会被淹没在这片混乱之中了。而这，是孩子们每晚觐见父亲的必修课。只要父亲晚上回家，不管白天闹成什么样，哪怕是把房子烧成了灰，这会儿，也得把这堆灰收拾得有模有样儿。否则，就会有更惨的等着他们了。

六

　　于志鹏看看手表，离下班还有 5 分钟，便夹着公文包快步走进陈辛吾的办公室。

　　于志鹏是个长得毫无特点的男青年，中等个子，架一副眼镜，给陈辛吾做秘书已经有两年了。当时部里给陈辛吾派了另一位有多年工作经验的女秘书，陈辛吾说他还要用男秘书。人事部犯了难，只好让从未做过秘书工作的于志鹏先试试。

　　于志鹏曾作为技术人员跟着局领导出差时和陈部长有过一点儿接触，印象中陈部长是个不苟言笑、精通业务、为人严谨，喜怒不形于色的人，以至于志鹏都不敢确定若是在机关食堂里遇见，陈部长是否真的记得自己。当人事部门通知他去给陈辛吾当秘书的时候，他还以为是搞错了。难道是陈部长还记得他，对他印象不错，只是没有放在面上？瞎胡揣摩领导意图的结果使于志鹏受宠若惊，一门儿心思地要报答首长的知遇之恩。

　　但毕竟没做过，开始，陈辛吾用着并不顺心，只是轻易不表露。越是这样，于志鹏就越努力，他本来就脑子活，办法多，眼头见识还好，很快，不仅分内的工作做得很好，许多分外的事他也主动帮着做。连李伟玉都开始喜欢他夸奖他，倒是陈辛吾很少表扬他。当然，要想受到陈辛吾表扬也不是一件易事。

　　于志鹏知道陈辛吾习惯把每天没看完的文件带回家看，临下班，他做的第一件事就是整理文件。他先把放在桌子右上角的没动过的文件塞入公文包，然后又把摊在桌子上的其他文件往一块敛，准备锁进柜子。陈辛吾一边收起钢笔，一边扫视着于志鹏的动作，然后指着一份显然看过的文件说，"这份我带走。"于志鹏拿起这份文件往公文包里塞，临放进去下意识地扫了一眼，是中央五个领导写的关于文化工作的指示，心里有些奇怪，这和我们的工作并没有太大的关系呀。但他不问，他很知道什么是该问的什么是不该问的。

陈辛吾已经提着包往门口走了，于志鹏三步两步赶上来，替陈辛吾抢着拿包儿，另一只手去开门。到了楼下，一辆吉姆车早已等候在楼下了。一个黄瘦脸的中年男人站在一旁为陈辛吾打开车门，自报家门说：

"老童明天才能回来，今天我来替他。"老童是专为陈辛吾开车的司机。

陈辛吾没说话低头钻进汽车后座。汽车开动后，只简单问了一句："知道地址吗？"

"您放心，都交待好了，是不是就在机关宿舍大院的里院儿？我认识。住您隔壁的是张川柏部长，我也送过他。像我们这样的替班司机多一半的领导家都认识。您就放心吧。"司机话多，但陈辛吾的沉默很快就给谈话打了句号。其实陈辛吾一点儿都不着急回家，如果是老童开车，他肯定要上琉璃厂先去转一圈儿，看看又有什么新东西。

离开机关的时候，陈辛吾满脑子还是机关的事情，但远远看见自己家的那条街的时候，他脑袋就嗡的一声大起来，想想看吧，要同时面对五个孩子！别看只有五个，却比机关里几百号人还难管！子不教，父之过。这教子的重任可全压在了他的身上了，妻子只有周末才回家，也就是说，还有两天才能见着。

十年前李伟玉生完最后一个孩子方敏，便要求下基层工作，说她不愿意坐大机关当夫人。当时陈辛吾心里就一百个不愿意，嘴里能说出来的只有一个，那就是孩子的教育问题。但李伟玉说，大的有学校管小的有幼儿园，而且都住校，能有多少问题？把陈辛吾顶了回去。

陈辛吾本来就不是个凡事强求的人，见李伟玉态度坚决，无奈只好提醒她以后要注意改进工作方法，遇事多动脑子，不要老像个炮筒子。李伟玉反而说基层都是工人，不像机关知识分子多，说话还得讲究方式方法，也许到适合我这个直来直去的人。不知是妻子的话真有道理还是因为毕竟没出化工系，下基层后，李伟玉工作得十分顺手，工厂连连被北京市评为先进单位，在本系统内也成了全国的标兵。

陈辛吾当然替妻子高兴，也很欣赏她的自尊自强，唯一的缺憾就是他常常不得不独自面对五个孩子，尤其是寒暑假。所以说来说去，当初没生那么多就好了，可又有什么办法呢？那时候还没有好的避孕方式，国家还鼓励生育，孩子一生下来就有公家给养着。陈辛吾还记得当时苏联有个因为生孩子多而被称为英雄母亲的，很受崇拜。加之战乱一过，休养生息，生产要发展，人口要增加似乎也是一种史训，多生孩子几乎成了为国家做贡献了。于是，想都没多想转眼就生出了五个！幸亏56年广泛推行了结扎术，否则后果难以想象。

陈辛吾怀着无从后悔的后悔从汽车里钻了出来，走上自家大门的台阶。陈辛吾在台阶上迟疑了一会儿，隔门仿佛就已经看得见里面的纷乱似的。正当他终于准备进门，忽听到门里"咕咚"一声巨响，没等他反应过来，大门"哗啦"一声在他面前撞开了，幸亏他站得靠边，忙不迭地往后一闪，里面冲出一个孩子，没等他看清是谁，紧跟着又冲出一个，嘴里喊着："看你往哪儿跑！你给我站住！"听声音是方平。

又在打架，陈辛吾沉着脸，嘴巴绷紧了，一声不吭，看他们到底还想干嘛。方平一出来便发现有人，马上停住了脚步，知道是爸爸，吓得不敢再喊。方辉站在院子里还在叫：

"就不给，就不给，看你怎么着。那天你还拿我的呢……"见没人答话了，才发现爸爸就在身后，缩着脑袋一溜烟儿地钻进屋去。陈辛吾沉着脸，一言不发，押着逃犯似的跟在两个孩子后面。刚才还一锅沸汤似的屋子里立刻变得鸦雀无声，五个孩子齐刷刷地来到陈辛吾面前，向父亲问好。最后进来的是方蓉，她听见爸爸进了门，才赶紧把墩布往厕所一扔，跑到客厅来见爸爸。

陈辛吾一脸阴云对孩子们的问候答都不答理一声，环视了一圈周围。地是刚擦过的，桌面也是刚收拾过的，沙发似乎是刚被推回原位，还有点儿歪。

孩子们的脑袋随着父亲的目光转，一脸紧张地等着下一个节目。如果爸爸心情好一扭头进了自己屋，大家便拣了个便宜；如果开始问话，问到谁，算谁倒霉，当然也有能过关的时候，那得看个人的造化；

有时候，陈辛吾偶尔也会先问问方蓉，弟弟妹妹们的表现，没什么出大格儿的事也就算了。怕就怕所有的事都赶到一块儿，一罚就是重的。小时候还可以打打屁股，现在长大了就改打手板儿，写检讨，罚一顿饭不许吃。这可便宜了奶奶，终于得着痛痛快快骂人的机会了。她一边背着陈辛吾偷偷地给被罚的孩子吃饭，一边儿可着劲儿地数落这被罚的孩子。

今天陈辛吾进家门的时候是有些烦躁，但男孩子打打架毕竟不算什么大事，再看看家里基本上还算干净，显然是在他临回家之前刚打扫过，一个个都还知道惧怕，这就好，就管得住。他忽然觉得很累，什么也不想再说了，便简单问了一句，"功课都做了吗"？由于问得并不具体，所有的人不管做没做的都使劲儿地点头。他挥挥手，没给方蓉告状的机会，马上说了一句，"都快洗洗手，准备吃晚饭吧"，扭头回自己屋里了。两个男孩子一吐舌头、一缩脖子，赶快溜了。奶奶不甘心地嘟着嘴，只好自己叨叨，"那么调皮的丫仔，都不骂他，二天把房子都拆了，他老子也不教育。"悻悻地退回厨房去了，把王师傅做好的菜一样一样地端出去，一边批评说，这样炒老了、那样太咸了。好在王师傅耳朵不大好，也不好和她计较，由她指责。

饭厅与厨房相连，一张大圆桌放在屋子中央，靠墙放一张小方桌，上面放些油盐酱醋和餐具之类的东西。陈辛吾有一个固定的位置，李伟玉在家的时候就坐在丈夫的左手，奶奶则靠通向厨房的门坐，这里离着小桌子也近，一顿饭总是看见她在跑，不是拿东就是拿西，很少能消消停停地地坐着不动。她除了要给陈辛吾递些调料、盛饭，不管那个孩子少了什么她也马上站起来。陈辛吾总是对她说，"让他们自己来"，但她却总是回答，"我离得近"，依然故我。后来陈辛吾说得多了，大孩子们的事奶奶不管了，可方敏和方平的事还得管。偶尔，嫌方辉笨手笨脚，也忍不住还要管。闹得陈辛吾一点儿办法也没有，生气起来就说孩子们"都被惯坏了"。孩子们不服气，恨奶奶多管闲事，就冲奶奶又撇嘴、又瞪眼。奶奶则恨恨的，说，都是些没良心的，狗咬吕洞宾，不识好赖人。一大堆掰不清的理，当然，谁的理都得以陈辛吾的道理为大。陈辛吾的家长地位可不是仅仅体现在户口本上的，在饭桌上也体现得非常充分。他没进饭厅之前，孩子们都要先在饭桌前坐好；这时，奶奶可能已经给每个人盛好了饭，就摆在鼻子尖下边，但陈辛吾不进来，不先动筷子，谁也不敢先吃；饭吃完了，也是陈辛吾先起身，先离开饭厅。

当然这只是规矩，坏了规矩的时候也是有的。譬如说方辉，譬如说今天。陈辛吾出现在饭厅门口的时候，方辉就没有像其他孩子一样端坐在饭桌前，而是紧跟在陈辛吾后面，显然是才从厕所里出来，边走还边提裤子，嘴里问着"今天有什么好吃的？"然后，一屁股坐在方菲旁边，伸手就抓筷子，一点儿都不"懂规矩"。

若是别的孩子如此行径，陈辛吾可能早就把他修理得整整齐齐了。唯独对方辉，他只能暂且视而不见。这倒不是因为陈辛吾特地优待方辉，而是方辉实在是"孺子不可教也"。比如说，在陈辛吾没动筷子之前，连方敏都知道等着。再香的饭菜，一桌子的人眼巴巴地看着，口水都咽进肚里也不敢动。就父亲那一声不吭的威严，那偶尔一瞥的目光就足以吓退任何出轨的愿望。唯独方辉只要看见的肉，脑子里就会只剩下肉，抄起筷子就直奔肉去了。

又比如说，"食不言寝不语"这话虽是从奶奶嘴里说出来的，但却是陈辛吾身体力行的行动准则，平时话就少，在饭桌上更是沉默是金。孩子们在这沉默的威严之中，都小心翼翼的。然而就在这小心翼翼的安静之中，总能听到方辉巴叽嘴的声音，一旦吃高兴了，嘴里发出的声音就复杂了，连哼哼带巴叽，时不时还插上两句"好吃"，"真不错"的喃喃地自言自语。因为方辉并没有特意跟任何人说话，所以也不需要别人的应答，陈辛吾只能看着儿子摇头。

再比如说，"站要有站相，坐要有坐相，吃自然就也要有吃相"。吃饭端碗，不要出声，夹菜要从盘子上面夹。奶奶对女孩子们还多了一层规矩，说要看菜下饭。意思是说，不能死盯着一个好吃的菜死吃，如果菜不多了，就要少夹菜，多刨饭，这才像样儿。但方辉的吃相简直就是对这一切规矩的全面颠覆。饭碗是从来也不端，只把两个胳膊肘叉开靠在桌子上，用嘴去够放在桌上的饭碗，一下就把旁边的人挤到角落里去了。夹菜时只管在菜碗里乱刨、乱翻，捡着爱吃的旁若无人地一连气地加进自己碗里，嘴里吃着哼哼着同时两只眼睛还不错眼珠地牢牢地守着这盘菜，眼神饿得能连盘子都吃了。这还不算，遇上味道合口的菜，还没吃一半，他就要端起盘子来到菜汤泡饭吃。

陈辛吾说一次，方辉就好两分钟，一会儿还是他。气得陈辛吾不指名不道姓地说都是惯坏了，冤得李伟玉又气又笑，说我才回家几趟，还是奶奶惯的。奶奶自然不服，开始叨叨。陈辛吾一筹莫展，只能骂儿子连只猪都不如，"是个猪，喂久了听见叫还知道过来，说了多少遍的事情为什么就改不了"。他真的不明白这个宝贝儿子到底像谁。他家祖上几辈儿也没这样一个呀。

什么事情只要到了这一步，也就到了让人无话可说的境界了。

今天，方辉一进饭厅一眼就看见了肉丸子，伸筷子就要去夹，陈辛吾还没动筷子，只好先咳嗽了一声。方辉的动作顿了一下，看了一眼爸爸，勉强等着陈辛吾伸手拿起筷子，结果先夹起第一筷子的还是方辉。

有两天没吃整肉了，都是什么肉末肉丝的，不过瘾，香得方辉吃得直哼哼，害得陈辛吾又不由得要瞪两眼方辉。可方辉就如同一只发现了一片嫩草地的羔羊，只顾自己高兴，边吃边叫，那还能想到其他人的感想。倒是其他孩子被陈辛吾的样子吓住了，都顺着爸爸的目光看着方辉，可方辉此时已然成了个绝缘体，不管是陈辛吾还是其他人，都白白放了电。

而陈辛吾今天没心情，连骂人的心情都没有，很快就吃完饭，放下碗起身出了饭厅。一般情况是只要陈辛吾不在场，立刻就会天下大乱。今天最先发难的是方平，其实他早就想说话，一直憋着，现在终于站了起来，指这一盘菜叫：

"好哇，奶奶，又偷吃我的蒜苗！"奶奶并不抵赖，张开一口雪白的牙，笑着说：

"炒豆腐干子，就少点儿蒜苗，街上没卖的。种在屋子里不吃，就闻见一股蒜臭味儿。"

"我种什么你都给我吃了！"

"我早就想告诉你奶奶偷你的蒜苗，可你老不在家。"方敏讨好哥哥说。

"得了，不就是几根蒜苗吗？别生气了。"方蓉安抚着摸摸方平的脑袋，方平一甩头，躲开了：

"那是我的科学实验！"说着，又气又心疼，放下碗，去看他的蒜苗，惹得女孩子们都笑了起来。

方平一直在种，而奶奶则一直在"偷吃"，方平又总是在抗议和继续地种着。方平跑进屋子里，看着被剪秃了的蒜苗，气得眼泪都快掉下来了。

方平和方辉虽然是兄弟，但所有的一切却截然相反着。不仅长了一张女孩子一样细致的脸，像女孩子一样常常会脸红，羞涩，而且还有着女孩子一样温和的脾气。尽管他也像男孩子一样淘气，却深得女人们的喜欢，近从奶奶到妈妈以至姐妹们，远则女老师、女同学甚至院子里的女孩子们。由于方平的声音非常好，学校的音乐老师把他推荐到少年宫的合唱队唱歌，弄得更加掉进了女人堆里，李伟玉开玩笑地叫他贾宝玉。

但这个绰号其实并不准确，因为方平本人并不喜欢往女孩子堆里混，甚至可以说总想避开她们，拼命要做得像个男孩子一样勇敢、坚强、甚至捣蛋。当然，这并不说明方平就讨厌女孩子们，相反，正是因为他太喜欢她们了，太敏锐地感觉到了她们美好的外表和温柔的心灵，反而不愿意接近她们。她们每一个无意识的爱抚会在他那像女孩子一样敏感、细致的心灵里引起激烈的冲动和强烈的不自在，这使他很早就挣扎着想要脱离女性的包围。为此，一上六年级方平就到学校假称妈妈说他"搞文艺"会耽误学习，坚决地退出了合唱团。虽然他不愿意承认，但内心深处还是泛起丝丝的惆怅。为了证明自己是个男爷们儿，开始跟在方辉后边耍棍弄枪，到大院里充起"男子汉"来。尽管如此，他还是逃不脱经常被"女的""蹂躏"的"耻辱"。

只有比他小两岁的方敏当他的小尾巴，站在他旁边悄悄安慰他说："蒜苗真香，我可爱吃了。"

方平还真的有些释怀了，但嘴上说："你这个吃货。"

七

陈辛吾出了饭厅，远远地听见了孩子们在身后立刻吵得山响，皱了皱眉。却无心去管，自己在书房里坐到很晚，把白天那份中央文化革命小组发的文件又看了一遍，是关于批判海瑞罢官的，说学术批判要以理服人，不要以势压人，在真理面前人人平等，等等。陈辛吾感觉这提法还是蛮公允的，报纸上关于海瑞罢官的大辩论确实有点儿一边儿倒。但是，谁知道其中还有什么事情呢？他摘了眼睛，往后一仰，暗想，幸亏自己有意识地避开宣传文化口这个是非之地，否则，现在可没这么潇洒。

上床以后，随便找了本书看着，然后闷闷地睡了。

梦，来得突然而且清晰，以至陈辛吾都醒了半天了仍以为梦里的一切都是真的。他一头虚汗，神志不清地睁大了眼睛望着天花板，心，仍如刀割似的疼痛。他躺着不动，伸手从枕下摸出毛巾，擦汗，半天，才安定下来。梦，又历历在目清晰地想起了那个梦。

梦里他仿佛在一个什么很盛大的场合，人都似曾相识。他在人群里搜寻，开始他并不明白是在找谁，突然李伟玉出现了，他这才明白他要找的人正是妻子。李伟玉似乎也看见他了，两眼放光地朝他微笑，并向他这边挤过来。他心中热热的，急切去迎，结果却发现妻子并没有看见他，而是朝他身后的另一个人走过去了。他急得大声叫喊，却仿佛被人捂住了嘴，闷得他胡乱撕挣着拼命挣扎，但浑身软得如同瘫痪了似的，一点儿力气也使不上，嘴里一点儿声音也发不出来，眼睁睁地看着李伟玉和另一个好面熟的英俊男人手挽手地谈笑风生地离去了。

那人是谁？陈辛吾睁大了眼睛竭力回忆，调动了记忆库里所有的面孔，但那张刚还历历在目的面孔却随着他渐渐地清醒而在脑海里一片一片地溶化了，消失了。陈辛吾忽然觉出了自己的可笑，难道他还想根据自己的梦去定妻子的罪吗？但他再也睡不着了，眼睁睁地看着曙光从窗棂泅上来，心里空落落的又痛又酸，说不上是个什么滋味儿。梦不是真的，但却比真的似乎更让他惆怅，茫然，不知所措。

今天是星期六，晚上妻子就会回家了。难道是思念过度才引起这吃醋的梦？陈辛吾上大学的时候看过一些弗洛伊德的书，自己胡乱猜想着，照例带些书或报纸先到厕所耽搁了半小时，然后又到浴室里洗了个凉水澡，冻得张大嘴出着气，又用干毛巾浑身上下擦得发红，再来到院子里打上一套太极拳。

清晨，世界宁静得像一块玻璃，透明、平板、微凉，它使得陈辛吾的心一下变得如止水般清澈、平和、安详。所有纷扰的杂务、烦恼、浮华仿佛被高墙挡在了院外似的，眼前只有灰蒙蒙的宁静的晨光、和在晨光笼罩下的虽然干枯却依然方圆有序的花园。

宁静一丝丝、一扣扣地潜入陈辛吾的心底，渐渐占据了他的整个灵魂。一个完全不同于白日的自己在陈辛吾的身体里生长起来，壮大起来。他知道这也是他，但却不是白天人们所知道、认可的陈辛吾，而是另一个只有他自己知道、熟悉并且了解的他。这个他的生命是静止的、始终如一的、没有任何变化的，不论是当陈辛吾在他美丽而又贫穷的家乡打着赤脚去上学的时候，还是他得到人家资助到省城去念师范，以致后来闯到北京，考大学，奔延安、上前线，还是现在儿女成群地住着大房子，当着部长，有司机、秘书、厨子侍候着。陈辛吾是变了，但他却没有变，他始终都是他。他不计得失，没有荣辱，近似一片空白，连喜怒哀乐都没有，有的只是宁静和对生命的知觉。他似乎是脱离陈辛吾独立存在着，只是这种存在是隐蔽的、难以确定的和不被人承认的。他的虚无与实在犹如梦境，既虚幻得你可以当它并不存在，又真实得让人疑惑，难道还有一个世界？

陈辛吾已经去世的母亲虔信佛教，当他还是个孩子的时候，就熟知了来世、阴间和上天，这些他并不认真相信的东西在参加革命之后好像全都被当成精神垃圾彻底扫光了，可是现在，每当他在这样片刻的宁静中，默默地感受着清晨清爽的空气，独自默守着另一个自我，清晰地感觉到血液在血管里汩汩地奔流的时候，一切就又都变得不确定起来。然而，这只是片刻，陈辛吾知道"他"很快就会被淹没，被赶跑，被陈部长所代替。

果然，第一个来撵走"他"的是大女儿方蓉，她站在二楼阳台上大声地用俄文腔念英文。方平管这叫"莫斯科英语广播电台开始广播"，通常广播大约要持续一小时。

然后是方辉拿着他的数学题哗啦哗啦地扇达着来到院子里。他一出现宁静便彻底消失了。因为他除了手底下弄出翻书的、揉纸的声音之外，嘴里还发出嘟嘟囔囔的声音，连屁股底下的凳子都吱吱嘎嘎地响。

再往后，奶奶尖锐的四川话伴着炊事员王师傅闷闷的山东话隐约可闻。这两个人打的是一场口味的持久战。奶奶是打着陈辛吾的旗号坚持着川味儿，王师傅则是根据李伟玉的要求尽可能地注意营养搭配和多变花样。

如果李伟玉在家，战事常常会升级，结果也多半是以奶奶的失败而告终。可奶奶从来都没有真正服气过，她总是较一个真儿，既然陈辛吾是一家之主，口味当然要以他为主，凭什么事事都要迁就老婆？所以只要李伟玉一不在的时候她便会反水，孩子们称她是"还乡团"。陈辛吾最怕的事就是战火烧到自己头上，为了息事宁人，宁可经常改变口味。李伟玉说要吃饺子了，他便可以吃碗面；说要吃包子了，他就可以只喝稀饭。但这种时候毕竟不多。他知道，奶奶一吵，早饭可能会有可口一点儿的东西吃了。这样想着宁静便荡然无存了。他深深地吁了一口气，又围着花坛转了转，尽可能地再多享受一点儿宁静，马上他就该用另一一副面孔来面对世界了。

司机童师傅来接陈辛吾时看见他满面红光，便微笑着对他说："陈部长，早啊。"

"老童啊，回来了？家里还好吗？"边说边钻进了汽车。老童看出来陈辛吾心情还挺好，上车后便随便拉了几句家常。

陈辛吾从老童嘴里知道，农村里都在学"大寨"，但收效很不一样，有的小队好，有的不好。老童的母亲生病到不利害，就是花了些药费，哥儿几个不在一个队，光景就差多了，收入大不一样。因为药费分摊不均，还闹了点儿矛盾。老童抱怨说都以为城里挣钱多，可不知道花钱的地方还多呢，跟谁说都不信，简直没处说理。陈辛吾问，有困难没有。老童说，没什么大不了的，都解决了，心里还是感动。

　　一天的忙乱很快就过去了，尽管从梦里就开始想念妻子，但当陈辛吾真正拉开自己家的门，听到妻子和孩子们连成一片的吵嚷声，看见到处乱扔的妻子的大衣围巾皮包等物，闻见厨房里飘过来的炖鱼炖肉的香味儿，一种说不清的暖意烘上头来，他觉得自己连眼睛都莫名其妙地潮润了，心里有种想哭的感动。他不慌不忙地脱掉大衣，看见最先奔出来的是方敏，然后是一群而是一窝蜂地拥上来，而不是像平时一样溜溜地站成一排迎候自己，叫着："爸爸，爸爸，妈妈回来了。"

　　陈辛吾眉开目笑地回答"知道了，知道了"，一边把公文包外衣等物让孩子们拿走，一边抬头看着迎面过来的妻子。

　　如果说李伟玉显得年轻，毕竟也是四十好几的人了；如果说李伟玉年轻时很漂亮，毕竟也是五个孩子的妈妈了；如果说她精神很好，毕竟也上了一天的班了。但陈辛吾就是奇怪为什么每次乍一看到妻子，都有种说不出的倾倒，仿佛妻子是他心仪了一辈子的情人，特别使他心动的是李伟玉那直盯盯地望着他的痴了似的目光。李伟玉本来眼睛又大又黑，凝起神来便亮得发蓝。每次看到陈辛吾都会身不由己地就被这目光拉进了她的怀抱。

　　连他自己都没明白是怎么回事他和李伟玉就已经把孩子们都关在了自己的卧室的门外，并且顺手上了锁。李伟玉一声不响地投入了他的怀抱，在他迫不及待地亲吻妻子的时候，就听见大女儿方蓉在门外郑重其事地对弟弟妹妹们说：

　　"爸爸妈妈是在谈工作，他们有好多话要谈，咱们就别等在这儿了。"又听见方菲不服气的声音说，"你倒挺会的，把我们先支开，然后你恶人先告状。""随你便，我是有理走遍天下，愿意等，等着吧。"陈辛吾和妻子都笑了，的确，他们确实有许多"工作"要谈。

　　周六的晚餐不仅是食物的饕餮，更是孩子们一周见闻的盛宴。为首的坏了"食不言寝不语"的规矩的就是李伟玉，除了问东问西地关心每个孩子的学习和生活之外就是劝菜，这个太瘦了得多吃点儿这个，那个正在蹿个儿得多吃点儿那个，还忘不了给陈辛吾夹菜，一顿饭忙个不停。

孩子们也都抢着说自己的见闻，说说同学老师、朋友对头、计划和打算甚至看过的好书，谁想起什么随口就说什么。陈辛吾此时只能笑眯眯地在一旁听着，一言不发，以至他的离去都没人注意。李伟玉虽然早也吃完了，但却舍不得离开桌子，还在饶有兴趣地听着孩子们你一言我一语地瞎聊。

方蓉喜滋滋地告诉妈妈说校广播站招播音员，刘秀梅要去试试，非得拉着她一块儿去，结果，没想到竟把她招上了，说她的口音比刘秀梅的纯正。刘秀梅可气不忿儿了，说都是北京人，有什么区别？李伟玉歪着脑袋，一脸笑模样地看着方蓉，说：

"除了口音之外，可能音质好也很重要。"

"那我倒没想到。"方蓉说着，难掩得意之色。

"不过我想，如果你没去的话，她就能招上了。"方菲却说。

"还真没准儿，女生特少。"

"那她还不恨上你了？"

"不至于，她跟我挺好的，她也没真的生气，说说罢了。她才不像你那么小心眼呢。"

"姐，你知道我前边窗户底下种的什么菜吗？"方平冷不丁插进一句不着边儿的话，问得方蓉莫名其妙，说：

"你不是说种的是心里美萝卜吗？"话还没落地，明白了，气得跳起来就要收拾方平，边笑着骂，"叫你变着法儿地骂我，让他们都长成小糠萝卜，辣死你。"方平得逞了，虽然被姐姐揪住了耳朵动不了，还是笑得喘不过气来，嘴里嚷着：

"君子动口不动手！我不跟你玩儿了。"方蓉喜欢方平，没事儿还想逗他，这回逮着了，哪儿能轻易撒手。

"你不跟我玩儿，我跟你玩儿。求饶吧，说句好听话……"

奶奶从厨房奔进来，帮着方平拉偏手：

"他只有你一半儿高，你就下得了手？！"方平趁机从方蓉手底下溜了出来，隔着桌子羞方蓉，"大萝卜，大萝卜，心里美的大萝卜。"

李伟玉早就笑得喘不上气来。方蓉不理方平又说她们系里有一个元帅的儿子，学习溜差，就因为体育成绩好，竟然也挤进了校门……方平插进来问，只要体育好，分不够也能上北大吗？方蓉一本正经地回答说，体育有加分儿，但也不能差得太多，再说你也不是元帅的儿子。方菲说没准儿他也是树大招风，加分的肯定不止他一人。方辉说围棋班下周比赛，他得赶紧走了。李伟玉这才跟了出去，说要给方辉带点儿零钱，免得饿着。

很快，饭桌上就只剩下方蓉和方菲。方蓉因为吃得多，而方菲则因为盛多了，吃不进去正在发愁。奶奶急着收拾桌子，守在一旁催：

"眼大喉咙小，每天都人前吃到人后，少装饭，不够了再装。"

这几句话是说方菲的，"那么大的姑娘家，吃饭还打架，不晓得要食不言寝不语？"这几句是说方蓉的，"女孩子家一天到晚嘴呱呱的，讨人嫌。"最后又把两个人一勺烩。

"你才一天到晚地嘴呱呱呢。"姐妹俩异口同声。

"我们当年做姑娘可没像你们，没人问到哪敢多一句话。爹妈跟前婆婆跟前小心服侍着，都是看别人的眼色行事。若像你们这样子，恶名早就出去了，再不要想有媒人登门了。一辈子嫁不出去！"

方蓉一听又是那个话，立刻把脸拉长了二尺，狠了一句：

"你老人家一天到晚脑子里除了嫁人就没别的了？"万想不到的是一大把岁数的奶奶竟然还会脸红，而且被噎得半晌没话，终于回过神来，恨道：

"你，你，污人清白……，说这样的话不怕折了你的福？像我这样的贞节烈女，你爹都该给我立贞节牌坊的，……"

奶奶的狼狈，姐姐的一句顶一万句逗得方菲把一嘴的汤都喷到桌子上了。

方菲不知道这两天为什么无缘无故地老想笑，就连方蓉骂她小心眼都没惹恼她。是因为前两天虽然作文只写了一半，却没被发现？还是因为妈妈吃饭时竟然也劝她多吃点儿鱼？再不就是因为金昌盛又来过？或者干脆什么都不为，她就是傻高兴。

夜里起风了，窗外漆黑寒冷，但床上被褥温暖柔软，紧贴着肌肤，滑滑的，散发出淡淡的肥皂香味。方菲蜷缩在被窝里，充满了感激地想，没有比现在更舒适，更幸福的时刻了。一种比真正的睡眠还要甜蜜的感觉将她淹没了，她觉得自己像是坠入了一大片柔嫩的凉丝丝的粉红色的花瓣之中，花瓣水一样一直淹没到脖子上，微凉的香气沁入心脾，她深吸了一口气，甜蜜在胸中弥漫开来。

忽然，一张阳光般灿烂地微笑着的男孩子的脸向她伏下来，用柔软温润的嘴唇轻轻地压在她的嘴唇上，一股热流从喉咙迅速地延伸到胸腔、到胃部到肚子，然后又下沉到小腹，类似疼痛却又不完全是痛苦的快感在她体内燃烧起来。这温柔而又飘忽的一吻所带给她的感觉是如此强烈、新奇，是她有生以来从未有过的，好像她忽然不完全是她自己了，或者说她在自己身上又感受到了一个过去她从未发现的另一套生理系统。这种要命的感觉使她更深地坠入温凉的花瓣丛中，她拼尽全力向上浮，想要摆脱身子下面的虚弱、无力，正在恍惚之中，那张脸又一次凑上来，她睁大眼睛，终于看清这是金昌盛的脸，她又吃惊又震动以至一下子清醒了。

方菲睁开双眼，梦清晰得就像真的发生过一样，她竭力回忆梦中的那个情景，想要确定是不是真的被金昌盛贸然地吻过。当她明白是个梦，微笑了，有生以来她还没做过这么美妙的梦呢。她闭上眼睛，重新躺好，企图返回梦境，想要再被他吻一次，再体验一次那动人心魄的感动，哪怕是在梦中。

然而，很快方菲就发现梦境是不能重返的。她眼睛虽然闭着，但心里却清醒得就像是把头扎进了冰水池，别说梦了，连幻影都没有。无奈，她只好睁开双眼。冬日的阳光缓缓地在窗上洇开来，将墨黑洗淡、洗灰、洗成一片蒙蒙的月白色。她头枕着两臂，依然躺着，但脑子却紧张地清醒着、飞快地胡思乱想着，恋恋不舍地回味着清晨的美梦，就像回想一件真正发生过的事情一样，甜蜜，满足，历历在目，丝毫没注意到时间的流逝。

在同一个屋檐下，甜美的不只是方菲一个。

八

　　方菲不漂亮，她知道这一点，从小就知道。人前人后妈妈时不时地会皱着眉头说她长得像爸爸，丑死了。方菲上小学六年级的时候，芭校的老师来挑学员被挑中了，这让李伟玉着实大大地吃了一惊，不明白像方菲那样瘦得像麻秆儿，丑得一塌糊涂的女孩怎么会被舞蹈学校挑中？！方菲自己也像做梦一样，难道她也能像乌兰诺瓦一样穿上羽毛做的短裙跳芭蕾？尽管她并不知道自己是否真的喜欢跳舞，但有好一阵子仍然激动得每天站在镜子面前好奇地看着自己，趁着没人，摆出各种芭蕾舞的姿势，幻想着自己这只丑小鸭一夜之间变成白天鹅。

　　然而，美梦只做了几天，妈妈发话了：

　　"你还小，要受正规教育，否则没出息。再说，女孩子也不适合搞文艺，人容易变得轻浮、浅薄。我和你爸爸都不同意。"

　　一句话将一个美梦变成了一场噩梦。原先方菲仅仅是一只想变天鹅的丑小鸭，现在则成了一只想要吃天鹅肉的癞蛤蟆，爱慕虚荣、思想复杂的嘲笑和讥讽随即而生，前后只有一个月，方菲经历了从平地到顶峰的飞升，然后又从顶峰重重地跌进了山涧的重挫。幸亏她早就知道，自己并不漂亮，并不是公主，所以很快就平复了。这件事只留下了一个后遗症，那就是原本并不特别爱好舞蹈的方菲后来常常热望着跳起来，舞起来，飞升起来。趁着没人她会长时间地站在门厅的大衣镜前，悄悄地摆摆姿势，手舞足蹈地跳上一阵。奇迹就随着她的舞蹈发生了，她会突然发现，原本并不出色的五官现在有种说不出的协调美，细眯眯的眼睛里放出的光彩让整张脸都红润起来，毫无血色的小嘴显出了鲜明的轮廓，平日里像张白饼一样没滋没味儿的没个看头的脸顿时生动起来。

"难道这真的是我吗？我怎么会这么漂亮呢？这简直令人难以相置信！"方菲吃惊地、难以割舍地长久地从镜子里观赏自己，感激之情油然而生，仿佛面对的不是她自己而是一件由上苍鬼斧神工创造出来的完美的艺术品。它魅力无穷、令人爱不释手。有时候，一面镜子看不够，就找来两面，互相照映着看。她对着镜子作出各种表情，微笑、甜笑、天真地笑、媚笑、冷笑、嘲笑、恶意地笑、心里暗笑，然后又来回转动头部，从不同的角度看，仿佛着了魔。

今天，一夜的美梦使得她又身不由己地来到了宽大的镜子面前。

先是静静地站着，一动不动地看着镜子里的人，忽然嫣然一笑，踮起脚尖，挥舞着胳膊，扭动着腰肢，想要像《红菱艳》里的女主角一样飞舞起来。她半眯起眼睛转着圈儿，想象中的飘扬让她完全沉醉了，好像又能回到了梦境。就在这一刻，恍惚中出现了方蓉的影子，梦吓醒了，一扭身撞在了衣架上，差点儿坐在地下。

方蓉是到客厅里来看信、报的，从鼻孔子发出不屑的一声哼哼，小声嘟囔了一句，"还是贼心不死啊"。她打心眼里看不上方菲一天到晚老在镜子前面晃悠，再照不也就是那副样子吗？就算可以越照越美，没有真才实学光靠外表美又能如何？！

这些潜台词儿方蓉不说，方菲也明白，一时间沮丧羞耻得恨不得一头碰死在衣架上。

现在，镜子里的方菲已经惨不忍睹。颓丧，像变魔术似弄皱了她的脸庞，挤小了眼睛，拉垂了嘴角，抹黄了皮肤。整张脸皱在一起，显得没鼻子没眼的难看。方菲又失望又伤心，大家是对的，自己是三姐妹中最难看的一个，不怨妈妈更喜欢姐姐和妹妹。不，她谁都不怪，因为她确实长得太丑了。

她别过脸，垂头拐进相邻的爸爸的书房。

书房里只放了一张大书桌和两张小沙发，四周摆满了书架。

陈辛吾的藏书大致分三类，一类是最整齐、装帧最精良的马恩列全集和鲁迅全集这些干部必有、干部必读的书籍，摆在最醒目最靠近写字台的书架上；一类是一些专业类的书籍，多半与化工有关，放在了更顺手可及的地方。再有就是些文史哲类的书籍，这类书最多，也最杂，所涉及的门类十分广泛，可以说古今中外、天文地理、正传野史、文史哲无所不包。正是这些杂书在这样的时候最能抚慰、开解方菲的心绪。

果然，在换了两本书之后，她已经平静下来了，又想找本儿更新奇的，看见角落里堆着两捆落了灰尘的书，翻来一看，《性心理学》！方菲忽然记起很久以前见过这书，问过大人什么叫性心理学，大人含义模糊地笑而不答，此后这书就失踪了，想不到竟然在这里！

方菲紧张、好奇得心里咚咚直跳，哆嗦着手，怀着犯罪的心理，刚想翻开看一看。就在这一刻，门铃乍响，吓得她胡乱把书塞回原处就往外溜，本能地做出一副"光明正大"的样子跑了出来。

先她出来的方敏刚好打开门，门开的一瞬，阳光从一个又高又宽的人背后刺目地挤进几缕来，这人黑压压地挡住了大部分光亮。望着一堵墙似的陌生人，方敏张大了嘴，说不出话来。方菲迎着光，眯缝着眼，冷冷地问："找谁？"

来人犹豫着，似乎在分辨，不能确定地问："也许你是方蓉？"

方菲反问："你看我是吗？"一边躲进那人的阴影中，想要看清楚来人的模样，但只看见一个像阳光一样灿烂的笑容，和魁梧的身形。

"那么说你不是啦？"仿佛在逗趣儿，方菲拼命在想这会是什么人。"那我猜你是方菲，"青年大大方方地伸出手来自我介绍，"孟树彬。"几乎是同时方菲也叫了起来："是小彬哥哥！"身后的方敏惊惊乍乍着往楼上跑着叫着："姐姐，是小彬哥哥，小彬哥哥来了！"

楼上"咕咚"一声打翻了什么东西，随着急促的脚步声，方蓉出现在楼梯拐弯处，身穿一件褪了色的带补丁的蓝布衣服，头发长短不一地搭在耳后，整个儿一个不修边幅的"居里夫人"打扮站在楼梯口，愣愣地往下看着，本来就呈玫瑰色的皮肤喝了烈酒似的涨得通红，从脖子一直红到脑门儿，连眼白都红了。在浓黑的眉眼衬托下鲜艳之极，从哪儿钻出来的方平问，"姐姐，你不是喝酒了吧？"

"废话！"方菲悄声骂道，"你才喝酒了呢！不喝酒就不许脸红了？！"

孟树彬愣着，往上看着。方蓉梦游似的一蹭一蹭地从楼梯上走下来。

"怎么，不认识了？"孟树彬勉强笑着，轻声问。

"你……不是说……寒假……后才来……"方蓉挣扎着嗫嚅。

方蓉窘迫倒给了孟树彬勇气，他的笑容放松了，显然是开玩笑地问：

"要不然我先回去，过几天再来？"

"没，没，我……不是那个意思……"方蓉不仅没被逗笑，反而认了真，急得差点哭出来，噙了满眼的泪光。

孟树彬初看见方蓉着实吃了一惊，没像到那个常常嚎着嘴、爱生气的小女孩竟然变成了一个完全陌生的出人意表的美貌姑娘。就像乍一看见所有的漂亮女孩子一样，他突然感到了畏缩。但紧跟着这张脸上的表情又把他拉回了童年，让他自然而然地想要拉拉她或拍拍她。事实上他并没有真的走过去，只是微微前倾着胳膊欲抬又罢，但方蓉迅即不易察觉地往后一缩。孟树彬忽然清醒了，两人不知所措地僵住了，面对面地站着，互相看着，语言全部丢光了。方平和方敏看看这个又看看那个，不明白为什么都站着不说话，也跟着站着发傻，盯着孟树彬看。孟树彬明白过来了，一时却找不到适当的话，还是方菲笑着打趣说：

"如果姐姐不是那个意思，客人也不打算回去，是不是先进屋，别在这儿罚站呀。"

孟树彬大松一口气，感激不尽地转过身向方菲微微一颔首：

"那就请带路吧。"

方菲忍不住模仿孟树彬的口气、姿态，俏皮地也一转身，向着客厅的门一伸胳膊，拖长声音说："那就请吧。"暗含着调皮、嘲弄，开心的笑意在眼睛里闪烁，孟树彬好生奇怪地发现怎么方菲也像方蓉一样漂亮，刚进门怎么没看出来？就像自然而然地想要保护方蓉一样，自然而然地就想和方菲开玩笑，一边做出请的手势一边裂咀笑着说："女士优先，女士优先。"

落座之后，孟树彬已经完全恢复了镇定自若地风度，开始对着方菲侃侃而谈：他现在住在父亲的一个老战友，外贸部的副部长赵伯伯家，估计要在北京待几个月，同学都很羡慕他能分到北京来实习，这对将来分配很有好处。实习要到开学才开始，这些日子先转转，玩玩，看看叔叔阿姨们。孟树彬嘴里跟方菲说着话，眼光时不时地瞟向方蓉。

方蓉此时仍未完全镇定下来，红着脸坐在一边。方菲跟孟树彬开玩笑的样子让方蓉非常愤懑，可孟树彬非但不生气反而跟着耍，两个人倒是自来熟，让她反而不知所措，便闷闷地坐在一旁听他们聊。

方蓉无论如何接受不了眼前这个魁梧高大、彬彬有礼的青，想不通在空白的几年岁月里怎么就把那个圆圆脸，有点儿小大人的瘦高瘦高的男孩儿变成了另一个人。但是细看，看久了，那神态，那说话的口气，那随和而又老练的态度，又渐渐让方蓉"承认"这的确是她的"小彬哥哥"。除了感到震惊，陌生，还有一种难以言喻的尴尬，因为她必须把那样一个亲切的圆脸男孩子和眼前这样一个完全成熟了的潇洒的"男人"联系起来，必须把她对那个男孩儿的感情移植到这个男人的身上，这总有点儿搭错了车的感觉。但这感觉却让她莫明其妙地兴奋着，激动着，因为不知道前面会有什么在等着她。各种感觉在她心里混乱着，冲突着，乱七八糟地搅成一团，使得她只能像个大傻子一样手捧着一杯水，四肢冰凉，脑子里一片空白，双腿好像不胜重负似的紧张地哆嗦着僵坐在一旁。当方菲被孟树彬逗得哈哈大笑时，她只是尴尬地微微赔着笑，嘴里喃喃地应和着她自己都不明白从哪儿冒出来的一些白痴话，因为她根本没太弄明白方菲为什么笑成那样。就好像孟树彬不是来看她的，而是专程来找方菲聊天的。幸好孟树彬知道她就是这个样子，便尽可能地不去看她，尽可能地只和方菲说话，直到她能够开口说话了，才把脸转向她，平平淡淡似的说：

"临来之前妈妈非让我给你带点儿麻糖，说你爱吃，那玩意儿太酥，都碎了，也拿不出手了，我干脆在火车上就给人分吃了。没事儿吧？"

还没等方蓉开口，方菲马上好奇地问：

"什么是麻糖,北京有吗,咱们吃过吗?"

"你在南方时没吃过吗?可能你那时候太小,不记得了。"

然后又回过脸来对方蓉笑了一下说:"下次我一定再带好的来。"

方蓉本来以为自己可以说话了,但刚一张嘴,喉咙又被塞住了,她拼尽全力才迸出几个字:"没事……不用……谢谢洪妈妈……"

看着方蓉困窘、腼腆、常常不知所措的表情孟树彬心里洪水般地被温情淹没了,从看到她起就一直在嘴边的话终于脱口而出:

"你还和小时候一样……"方蓉的脸深红起来,本来就汪在眼里的泪几乎掉了下来,孟树彬赶紧转过脸继续和方菲聊天儿,用很平常的口气提到些要拜访或已经拜访过了的很不平常的人物,有元帅有副总理,都是爸爸妈妈的老上级老朋友们。

方菲听着并不答话,而是用戏谑的目光看方蓉。方蓉明明知道孟树彬并不是在吹嘘,而是真的在谈自己的计划,就像刚才谈到他住在赵伯伯家里一样,那只是个事实,但面色却还是渐渐平板了起来,甚至不自觉地皱了皱眉。方菲突然笑眯眯地,上不着天,下不着地地问了一句:

"能到新华社实习恐怕很重视政治条件吧?"

孟树彬一愣,不知道话是那儿引出来的,但马上回答道:"当然,恐怕不仅是重视,而是首要条件。"

方蓉吃惊地看着方菲,可方菲不理,头一歪,明显地带着讽刺口气又问:"所以你就入选了?"

孟树彬没觉得话里有什么不妥,认真地回答道:"那可不是唯一条件,学习成绩也非常重要。"

但方蓉知道方菲话里带刺儿,脸红了。

"话是这么说,你们那儿肯定有比你成绩好的,却不能来。"方菲并不放松,尖锐地说。

"方菲!"方蓉小声呵斥,急得脸又白了。

"姐,你不是最讨厌干部子弟不学无术,仗着老子吃饭了吗?"

"你……"方蓉瞪着妹妹,咬着嘴唇,气得说不出话来。孟树彬赶紧插进来打哈哈:

49

"干部子弟确实有那么一批人不学无术，我也最看不上这种人了……"于是手到擒来地就讲了个干部子弟的笑话，说有个干部子弟到了农村，到农民家吃派饭，除了白饭就是点儿咸菜，就说，知道你们为什么老觉得粮食不够吃吗？就是因为你们不吃菜。要主食副食蔬菜都吃，才顶饿。农民一听特高兴，每顿都给他煮一锅水煮青菜，结果没两天他自己就跟那锅菜一样绿了。

除了方蓉，几个孩子笑得前仰后合的。方蓉有点儿不好意思地对孟树彬说：

"这不是春秋战国里的故事吗？鲁僖公问人饿了干嘛不吃肉。"

孟树彬赶紧承认这是自己的春秋战国的演义版，问方蓉：

"你不是学理科的吗？"言外之意"你怎么会知道这些？"

"这不是常识吗？"方蓉不屑地说。

"那只能说你的'常识'可够宽的，我们是学文的，好多同学都没你这个学理的有'常识'。"于是就像他乡遇知音一样对着方蓉大谈特谈起《评新编历史剧海瑞罢官》来，方蓉愣愣地听着，没再发表意见。倒是方菲兴趣盎然地问东问西，结果方蓉又成了旁听。

快中午的时候孟树彬仍在天南海北地神聊，奶奶进来叫吃中饭的时候看见所有的人都在伸着脖子安安静静地围坐在沙发上，好生奇怪：

"是猫儿回来了吗？怎么都那么乖？"奶奶把陈辛吾叫猫，把孩子们叫老鼠。陈辛吾不在家，孩子们一吵闹，她就说是"猫儿不在家，耗子打粮仓"。

孟树彬告辞的时候，心中懊悔，如果没答应赵伯伯的大女儿赵延丽一起去看电影的话还能多坐坐。他推说还另外有事。

九

又是一个周六的晚上，孟树彬站在政协礼堂前的台阶上耐心地看着人群一帮一帮地涌进大门。

到北京以后，孟树彬已经跟着陈家在这里看过一场内部电影了。今天是赵延丽请他，约好7点门口见。他尽可能地站在高处张望着，渐渐失去了耐心。他几次抬起胳膊，曲肘，伸腕看看手表，已经过了一分钟了，在偌大的、空旷的礼堂门前只剩下收票员和偶尔一两个匆匆奔来的观众。女收票员不时地瞄过来，让孟树彬实在没脸再等下去了，悄悄地走下阶梯，正犹豫着是否离开，一辆黑色的大吉姆汽车飞速驶来，兹的一声停在台阶前，跳下大大小小的几个孩子，为首的是一个中等个头儿皮肤微黑的大眼睛姑娘。她笑着叫：

"哎呀，来晚了，小彬，等急了吧，快，快，快进去吧。"

孟树彬顿时笑逐颜开，进门时特意要和女收票员对光，总算找回了面子。赵延丽还真有办法，居然把他爸爸派头十足的大吉姆车开了出来。虽然只在她家只住了几天，但孟树彬已经知道赵伯伯的为人，他从不让孩子们随随便便"占公家的便宜"。

孟树彬笑容满面地低头听赵延莉叽叽呱呱地说她怎样送了司机一张票，怎样又从老娘哪儿知道老爸不用车，这才偷偷抓了个飞差。

赵延莉和孟树彬同岁，现在正在外贸学院读四年级。两人以前并不熟悉，但现在却像是多年的老朋友。

整整一场电影，赵延莉坐在孟树彬身边不是在说话就是在笑，要不然就是在哭，反正没有一分钟不让孟树彬感到她的存在。电影散场的时候，孟树彬笑着对赵延莉说：

"跟你在一块儿真是有趣，仿佛同时跟好几个人在一块儿。"

赵延莉不解地看着孟树彬问："怎么？"

"一个在笑，一个在哭，还有一个在说。有时候我都糊涂了，不知道到底是跟谁在一块儿了。是赵延丽还是李延丽还是张延丽。"

不等孟树彬说完，赵延丽已经笑得喘不上来气，用拳头直捶孟树彬，一边说："你真会损人，你才是孟树彬李树彬张树彬呢。"

孟树彬没想到这一句话会招得赵延莉如此"亲热"，赶紧说：

"没有，没有，绝无贬低的意思。其实是夸你呢。"

"我怎么听不出来？怎么就是夸？"

"那我就别再具体说了，你不怕太肉麻了吗？"说着讨饶似的看了一眼赵延丽，发现赵延丽也正在看他，目光大胆、直率，由于离得近，他第一次注意到她那微黑色的皮肤是如此紧绷、细腻、均匀，让人想起梅里美的小说里的吉卜赛女郎卡门。而她定定地一直盯着他看的样子似乎在诱使他伸手去摸摸她的脸一样。他被她那样子吸引住了，忍不住又看了她一眼，赵延丽仍然没有挪开目光。孟树彬终于沉不住气了，本想再开个玩笑，又开去，但忽然想起这一切都是因为开玩笑才引起的，话到嘴边儿，又咽了回去。他有生以来第一次碰上一个并不完全受他左右反而想要左右他的女孩子。这使他觉得又新鲜又好玩儿。

"我不怕肉麻，我倒想听听你能怎么奉承我。"赵延丽挑战似的一扬头。

孟树彬嬉皮笑脸地说："你聪明、美丽、温柔、可爱、高贵、自信、潇洒、幽默、直率、诚实、可靠、勇敢、坚强……"

"坚贞不屈、深明大义、大义凛然、砍头只当风吹帽，我成革命烈士了。"赵延丽接过话来，两人哈哈大笑。

"小彬，你是个滑头。"赵延丽沉默了一分钟，说，"而且又坏又滑。"孟树彬不再接碴儿，回过头去应答赵延丽的弟弟赵北方，一个傻头傻脑的大个儿中学生的话，尽管他仍能感觉到赵延丽那一双热辣辣的目光在自己的脑后勾冒着大火。

如果说所有的高干子弟都是"天之骄子"的话，那么外省的部队高干子弟则是骄子之中的骄子，而孟树彬的骄应该无人能企及了。不过，他自己可不这么认为，他只觉得老天爷还算公平，他对自己还算满意罢了。的确，这种满意随时随地地浮现在他粲然微笑中，渗透在他匀称高大的四肢中，跳跃在他弹性洒脱的步伐里。他因为满意而脾气极好、待人亲切随和而很有人缘，尤其是深得女孩子们的青睐。好人缘又给了他更多的满意，让他不仅习惯并且迷恋上了这种满意的感觉。他清楚地知道自己绝不能傻乎乎地一个跟头跌进某一条爱河中，那样，他所得到的满意会大打缩水。人为什么不能像章鱼一样，充分地张开了每一个触角去摄取生活赐予他的每一点恩惠，细细品味上天创造的众多美丽女孩子们各异的姿彩，这种站刀锋上欲坠还休、游刃有余的感觉令他心醉神迷。

带着美好的心情，度过了一个美好的夜晚，钻进被窝了还挂着笑意。但当他想到明天还要去一个副总理家看父亲的这位老上级时，笑容消失了。

孟树彬的父母亲在北京的老战友、老上下级、以及老朋友虽然很多，但只有几家他必须去。去的最少的就是这位副总理家。其实副总理对孟树彬到挺和蔼的，和所有其他叔叔伯伯甚至他自己的父亲都大同小异，露面不多、话也少，总理夫人于阿姨待他也还亲热，只是孩子们一个个都冷若冰霜，带搭不理的，仿佛因为他爸爸是副总理老部下，于是他也顺理成章地成了他子女们的老部下了似的。尤其可气的是那个比他小点儿的老三，一个长得还算可以的正上大学一年级的女孩子，干脆就以公主自居地一天到晚翘着鼻子，跟人说话都用鼻子哼哼，真不知道是有鼻炎呢还是成心，还习惯如此。就算她的鼻子长得还不错，也不至于翘得那么高啊，怕人看不见吗？

去得最多的是赵伯伯家。赵伯伯和父亲一样也是个老红军，待人厚道、直率，家里经常人满为患，亲戚朋友，老战友家的孩子，或哪个孩子的同学，再加上他们自己家的七个孩子，谁来了都不特殊招待，但谁都可以来，来了坐下便可以吃，开饭时也用不着等谁，谁先上桌子谁就先吃。当然，饭菜也相对简单粗糙些，这种轻松随便的感觉多少有点儿像孟树彬自己家里。因此，不管是周末还是平时，只要有空，或者想改善一下伙食他都会不请自到。

孟树彬最想去但又不敢太经常去的是陈伯伯家。

陈家既不像副总理家那么拘谨，也不像赵家那么随便。比起赵延丽的妈妈，李阿姨更客气更热情，也更重视他的到来。她会特意地做一桌子好菜招待他，特意地叫陈叔叔出来陪他坐一会儿，然后，两人又特意离开，让他单独和孩子们在客厅里坐坐，聊聊天。但不管他什么时候告辞，只要他们在家——更经常是李阿姨会送他至家门口，再让方蓉和另一个孩子一块儿把他送到大门口。这使他觉得自己像个真正的大人，既骄傲、又有点儿不自在。唯一的缺憾是他不能更经常地造访，像去赵延丽家那样随时随地。因为一正式，一尊重，自然就让他想到了分寸，也就不亲热不随便了。不知不觉地，孟树彬和本来最熟悉的方蓉倒不如和新认识的赵延丽来往多了。

孟树彬决定明天只到副总理家打个照面，之后就去陈家，他有两个礼拜没见方蓉了。

到了副总理家坐了没一会儿，没想到副总理本人竟然也露面了，不仅如此，还坐下来仿佛随意闲聊似的和孟树彬谈起历史上海瑞这个真实人物来。

孟树彬虽然是学文科的，但到底不是专攻历史，只能泛泛地就其所知瞎扯了几句，但就这几句瞎扯，似乎还是得到了出乎他意料之外的重视。结果，他紧张得汗都下来了，真是学到用时方恨少，只能就最近报纸上登的一些材料漫无边际地一通发挥，然后自然而然地把话题转到了这场争论在大学里引起的反响。孟树彬看出来副总理对这个话题同样感兴趣，放心了，捕捉现实新闻是他的长项。

时间一晃，就该吃午饭了，于阿姨一定留他吃午饭，这是他第二次在副总理家吃饭。饭桌上于阿姨仍然饶有兴味地听孟树彬谈外面的新闻，就连平日都不正眼看他的老三竟然也参加进谈话来，但毕竟是学医的，知道的远不如孟树彬。这更鼓舞了孟树彬的谈兴，大谈这场论战在新闻界的引起的风波，说大多数人还都认为这只是一场史学争论，也有少部分人觉得来头太大，不像是单纯的学术争论。副总理对少数人的观点很感兴趣，问孟树彬怎么看。孟树彬原本对少数人的看法并不以为然，但就在他分析阐述自己所了解的情况的同时，看着副总理看似平淡的表情，突然意识到事情的确不简单，但是到底怎么不简单他却并不清楚，只能信口雌黄，云山雾罩了一通。

当他终于告辞出来的时候，去陈家显然已经来不及了，但他兴奋得必须和什么人谈谈，谈谈他这一天的受宠若惊，他的才思敏捷，他的新想法，双脚带着他又来到了赵延丽家，又是一通臭聊，很晚才回到宿舍，但兴奋得还是不能自已，躺在床上，反复回味，睁眼躺到了半夜，仍然毫无睡意，而且越想越觉得有必要将今天的谈话记录下来。他一骨碌爬起身来，找出一个采访笔记本，将谈话的内容尽其所能记忆的，其实大部分是他自己说的话记了下来。直到他记了好几页，写到钢笔都没水了，才罢手，这才卸下了包袱一样上床安然入睡了。

十

北京的初春难得有好天气，这好天气又难得碰在星期天，而更难得的是陈辛吾一家能在这一天聚齐了，没人开会，也没人出差，甚至连方辉的围棋班都因为老师生病而停了课。

吃完早饭，李伟玉告诉孩子们今天要上公园玩，立刻就被吵得耳朵都聋了。

方平立刻说他参加校图画比赛的作业就是画马，还没说完，方敏已经跳着脚地喊起来要去动物园；方辉和方菲则一个说去颐和园，一个说去香山，总之是越远越好；方蓉则提议去玉渊潭，离家越近越好，还可以早点儿回家做几道习题。

为了使五个孩子达成一致，李伟玉一会儿劝劝这个，一会儿劝劝那个，谁都不听，吵得更凶了，最后还是陈辛吾说：

"这样吧，我们还是先上动物园玩儿，然后再上莫斯科餐厅吃顿中午饭，你们看怎么样？"两个小的欢喜雀跃得把巴掌都拍红了。三个大的一听有西餐吃，也就都没了话说。李伟玉笑着嗔怪丈夫，"老说我惯孩子，你不是也一样？"

事情一决定下来，方敏便飞也似的跑回屋，叫奶奶赶快给她拿新衣服，扎蝴蝶结，换新皮鞋，兴奋得两颊红扑扑的，眼睛直放光。奶奶被催晕了头，边找东西边叨叨，"我的小祖宗，忙什么，上花轿也得先缠好裹脚布，哪里就忙成那样了。"

李伟玉听见了不高兴，说：

"老是给孩子们灌输些封建迷信思想。她一个孩子，说那些干吗？"一回头看见方平还穿着一条方辉穿剩下的打了补丁裤子，就问奶奶，方平还有新裤子没有。奶奶说，有是有，他死活不穿嘛。李伟玉从奶奶手里接过裤子，哄方平，"好孩子，把那条旧裤子换下来，待会儿照相穿条旧裤子多难看。"

方平扭成一股麻花糖似的就是不想换。所有的人都穿戴整齐了，站了一圈儿，等着，看着。一个是今天非得换不可，另一个则地下工作者似的坚贞不屈，方蓉给妈妈帮腔：

"至于吗？换条新裤子，也掉不了一块肉，怕啥？"

"我就不爱穿新裤子，穿上特别扭，干吗非得穿？"

"出门儿不穿新衣服什么时候穿？听不见你妈妈说还要照相呢。"奶奶也跟着劝。

"真烦，他实在不乐意，就别逼他了。"方菲在一旁小声嘟囔。被李伟玉听见了，说：

"那像什么样子，一家人就他穿件破衣服。"李伟玉顿了一下，欲言又止。奶奶却接口说：

"给人看见了，不当是他自己不要，还以为他是庶出的呢。"

方敏问："奶奶，什么是庶出的？"

李伟玉气得眼睛都绿了，呵斥方敏：

"小孩子家，大人说话不要多嘴。"自己又低声嘟嘟，"这花岗岩脑袋简直要一直带进坟墓去了，永远没个进步。"

李伟玉原本就恨奶奶满脑子封建思想，这个"庶出"更让她不爱听。原来，李伟玉的父亲是江南的一个大地主，母亲本是抵债进李家的一个劳动妇女，由于生得高大美丽，没多久就做了地主的填房。因为对那个腐朽的家庭恨透了，才投奔了革命。奶奶当然不知道底细，只是随口说说，但还是让李伟玉心里腻歪。更重要的是她不愿意让这些旧社会的乌七八糟的事情影响孩子们。她希望自己生在新社会，长在革命家庭的孩子像新社会一样纯洁、全新、没有污点。这个封建老太太影响太坏了，更让人哭笑不得的是，奶奶接受新思想不容易，但对新名词儿却挺敏感，马上小声问旁边的方菲，什么是花岗岩脑袋。

方菲忍着笑对奶奶说：

"是说你的脑袋特别坚硬，象花岗岩一样，就是一种最硬的岩石。"奶奶眯着眼睛看方菲，终于不大自信地问："我的脑袋有那么硬吗？"

李伟玉撑不住了，笑着骂女儿："就你知道得多，真是歪批三国。瞎乱解释。"

奶奶明白过来："二丫头哄我呢？"

"没有没有，她解释得对……"李伟玉放大了嗓门儿、哈哈哈的喘不过气来，带着大家都跟着笑，懵懵懂懂的方敏也傻笑，连陈辛吾也有些忍俊不禁。

终于，经过再三劝说，方平终于换了一条没打补丁的旧裤子，一家人高高兴兴出门了。

进了动物园没一会儿，陈辛吾就发现来得简直太是时候了。

初春，放眼看去依然灰黄，绿色只是隐蔽着，藏在胀鼓鼓的花苞、枝条里，盖在枯黄的草皮下，但人立刻就能感觉到这些充满了汁液的生命力在拼命地挣扎着，奋力地挣脱着，想要趁着大好的春光赶紧绽放。

动物们却已然按捺不住养蓄了一冬的生命力，躁动着，顺着自己生命的本能拼命地叫着、吼着，释放着它们对春天的渴望。

孩子们被这盎然的生机点燃了，兴奋地东奔西跑地大叫着"快看哪，快来看哪！"

李伟玉轻轻地挎着丈夫的胳膊，心满意足地微笑着，慢慢地跟在奔跑跳跃的孩子们后面踱着步子。幸福、真正的幸福、让她透不过气来的幸福，像这满园的春意一样在她全身涌动。

想到当年一起参加革命的熟人朋友们，现在有的是婚姻不幸，有的是碰上运动出了政治问题，有的工作不顺利，还有的是身体不好、家庭关系复杂、孩子不争气等各种不如意。而她，这些问题都没有，更让她骄傲而且充满希望的是孩子们个个健康、聪明、漂亮。方蓉和方敏就不用说了，人见人夸，已经不止一个有儿子的女友郑重地或开玩笑地说要和他们结亲家了。甚至从小就最没出息的方菲近一年猛窜起个儿来，都忽然变了个人似的让人刮目相看。男孩子们更是聪明、有才能，她甚至想不出有什么可以妨碍自己的孩子们前途无量的因素！由于自己的幼年充满了歧视和羞辱，她发了毒愿再不能让这样的事情在自己的孩子身上重演。现在她做到了，她的孩子们在社会上是有地位的，受尊重的，而且，没有一个人会受到一点委屈。当年生方菲的时候，有个男婴的母亲想把孩子送给她，她动心得要命，但是，前思后想，还是咬牙没同意，她不想让任何有可能造成复杂化的因素出现在自己的家庭里。她真的是太感激这一切了，用力地挟紧了丈夫的胳膊，感慨道：

"辛吾，二十年前你能想到我们今天会在这里像这样……在一起吗？"声音中充满了不能掩饰的幸福感。

陈辛吾不用看也能想象到妻子的脸明媚得就像这春光一样，他按照自己的理解以为妻子仅仅是想说他们有幸相遇、相爱，而且相爱至今，感动得心都软了，冲动地用手去抚握胳膊下面妻子的手。李伟玉的手细柔但却有力，握在手里充实、丰满、富有弹性，就像她人一样。陈辛吾不由自主地深吸了一口气，如果不是在这大庭广众之下他会把她整个人都握住。一个礼拜他们只能见一次，这对他来说是太少了。但他现在只能尽力用平静的声音回答：

"是啊，真是物换星移，人事沧桑，我第一次到北京来动物园，收门票的还是一个畸形的巨人，那时候我只是一个穷学生。想不到几十年后是这样。"

李伟玉明显地感觉到了丈夫的冲动，那只被陈辛吾满满地紧紧地握住的手使得李伟玉从头到脚地被激情震荡起来，自己都觉得脸上起了一阵一阵的潮红，失去了正常应对的能力。她无法像丈夫那样维持表面的平静，继续若无其事地谈些很平常的话，为了不显得太可笑，她转开脸去，看见跟在自己侧后边的方蓉，极力压稳声音："过来，过来，妈妈跟你说句话。"

方蓉紧走两步跟上来，用胳膊挽起妈妈另一边的手臂，问："什么事？妈妈？"

李伟玉自然而然地松开了被丈夫握住的手，回过头去和女儿说话。

陈辛吾突然被甩开了似的拉了下来，前一分钟还紧握妻子的手，只留下一点余温和似有若无的脉脉柔情。他不明白妻子的情绪怎么能变换得如此迅速，如此决绝，让他感觉十分狼狈、失落，再看见妻子亲热地拉着方蓉在附近的长椅上坐下来，他微微噘起了嘴，像个受了委屈的孩子，有些寥落地在不远处的一张长椅上坐了下来。

但春色太美了，不触目，不张扬，暗暗地蕴含在貌似枯黄的草根里，柔柔地潜藏在仍未返青却已经飘逸了的枝条中，淡淡地散发在湖水的清凉之气中。人看不见它，但却能踩到它，呼吸到它，被它抚摸。陈辛吾很快便醉了，眯缝着眼，让近处妻子和女儿的声音时断时续地飘入耳中，远处流翠在眼前晃动，方敏鲜艳的大蝴蝶结跳进来又跳出去，再一会儿，就是方辉和方平刺耳的叫声和追赶的脚步声。有妻子在的时候，连孩子们的淘气都是美好的。

但是，方菲呢？他大睁开眼，向周围张望，终于发现方菲远远地绕着水、低着头、垂着手朝这边走过来。

她什么时候突然变得这么细高、苍白的？不经意间已经变成了一个大姑娘了。陈辛吾忽然对远处这个女儿感到十分陌生。她一副若有所思的派头，边走边随手抚弄路边的小树，嘴里叼着一片树叶之类的东西，不时地看看天，又看看远处，一副孤独、闲散、知愁善感的模样儿。这样子让陈辛吾怦然心动地想起自己遥远得几乎找不到了的类似心绪，那心绪远得只剩下模糊的轮廓和一个大概其的印象，就好像是一幅失去了色彩的画儿、一个丢失了具体细节的故事，远得仿佛一朵夹在书页中的花儿，东西虽然还在，但颜色和香气早就荡然无存了。尽管如此，他还是能够理解女儿那满腔的愁绪，一种怜惜之情油然而生，就像他第一次看见女儿刚生下来的丑样子的时候一样。

陈辛吾没见过方蓉出生，当时他正在前线。方蓉已经三岁了他才第一次看见，当他满心欢喜地想要抱她的时候，孩子却大哭起来，弄得他挺扫兴。大人是不能计较孩子的，但他莫名其妙地始终对方蓉总感觉不亲。生第二个孩子的时候，两个人都希望是个男孩儿，李伟玉一看还是个女孩儿，便有三分的不乐，再看又丑得厉害，越不高兴了，嘟嘟说：

"这孩子像谁？怎么这么丑？方蓉刚生下来的时候漂亮多了。"

在此之前，陈辛吾从没见过这么小的孩子，这哪里是孩子，分明是一摊软软的红肉球儿。她虽然也在哭，但哭得可怜巴巴的，拼命皱着小脸，无助地舞着小拳头。陈辛吾立刻就宽容了她的性别。不仅如此，他还对妻子的话很不以为然。心想，刚生下来的孩子还不都一样，哪能看出什么好看不好看？因为是个女孩儿不高兴，就说不漂亮。后来，陈辛吾渐渐有了经验，才知道妻子的话是对的，方菲确实太丑了。但奇怪的是，他越发现妻子是对的，反而越可怜这个小丑丫头儿。也许是他觉得女孩子太丑比男孩子太傻还要可怜？也许是他自己从小也不漂亮，尝过被人褒贬的滋味儿？总之，他对方菲的特有的怜惜之情从她一降生就从未中断过，即使是后来男孩子们如愿以偿地出生了，最小的而且也最漂亮的方敏也降生了，这些都未能改变他对方菲的独一份的怜惜。

只是因为工作忙，无暇顾及，并且他为人又刻板、严谨，这种感情好像便被淹没了，连他自己都以为他对每个孩子是一视同仁的。可是现在，当他不经意间看见方菲这样孤零零的一个人满腔愁绪地赏天看地，才感觉到对女儿的怜惜之情依然如故。他多么希望她更开朗些，更坚强些，别这么落落寡合、多愁善感的，像个"林妹妹"。

方菲越走越近，依然沉浸在自己的内心世界中，丝毫没注意父亲就坐在路旁的长椅上等着自己。眼看女儿就要走过去了，陈辛吾只好干咳一声。方菲吓了一跳地猛一扭头，不留神脚下一绊，好像有什么见不得人的事被父亲抓了个正着似的，脸"刷"地红了。陈辛吾却作出一副什么也没注意到的样子，站起身来，用最公式化的口气问："方菲呀，学校里最近怎么样？"

方菲偷眼看了一眼父亲，没看出任何情况，心里依然惴惴，含糊其辞地回答说，还好。

"一年之计在于春，开学了，要抓紧学习，加紧思想改造。你已经是大孩子了，不能再让爸爸妈妈操心了。不能还像小时候一样，靠小聪明吃饭，要学学你姐姐，人一能之己十之，学问的事可来不得半点虚假。功夫不负苦心人。"

几句话说得方菲满心的不乐意，知道是指考高中的事。

事儿确实有点儿"惊天动地"。事后，李伟玉骂方菲"净瞎逞能"。方菲却得意洋洋地说，"我就有这个把握"。方蓉说，"有什么可得意的？我上学校问了，方菲的分数只比录取线高一分"。李伟玉说，"听见没有？多悬！班里的同学都比你分高，可不能等高三再耍小聪明了。这可是高中了。"

方菲愤恨的厉害。甭管做出多"有出息"的事儿在她都是撞大运，可是方辉考初中的时候因为偏科，只考上了一所普通中学倒成了数学天才苗子，倍受重视。天下真的没有公平可言。

如果是妈妈这样教导，她早就翻了，但对爸爸她不敢。另外，她自己心里还有一个鬼，前几天物理考试刚刚得了个三分，还瞒着没人知道呢。因此，她只能耐着性子简单说了三个字：我知道。偏偏陈辛吾此时注意力就在女儿身上，哪儿能像这样就了结谈话，而且他很不喜欢方菲这样的回答。"我知道"，一副满不在乎的样子。

"知道就好。"陈辛吾的语气中带出了微微的嘲讽。方菲不吭气了，垂下眼皮，嘴唇抿成一条线，一副戒备、厌倦的神气。见女儿的样子，陈辛吾一时没话了。两人前后拉开半步又走了一会儿，陈辛吾问："最近看报纸了吗？"

"看了。"

"学校里有什么反应？"

报纸上最近登了许多关于评《海瑞罢官》的文章，方菲一听是谈这件事，便松了口气，来了精神，开始说东道西：

"大部分人都挺关心的，有些自发的讨论。不过也有人还是两耳不闻天下事，一心只读圣贤书，我们班里颇有这样一些人。大部分是些高知子弟。"

"国家大事还是应该关心，不过你也要注意搞好同学关系，团结大多数人一起工作。你那个同学还来和你做功课吗？"陈辛吾在家里见过两次宋月明，那是个长着一双像小鹿一样明亮机灵的大眼睛的女孩子。

"其实我对他们到没有成见，宋月明和我还挺好的。我也知道学习是学生的本分，重视学习没错误。我就是觉得他们这些人私心太重，老怕得罪人，对谁都唯唯诺诺的，碰上大是大非问题更是含糊其辞，不敢明确表态。"

"那多数人是什么态度？"

"当然是欢欣鼓舞。这是无产阶级向资产阶级正式开火了。只有彻底批判资产阶级，肃清他们的影响，毛泽东思想才能取得最后胜利。但大部分老师都取观望态度，尤其是对毛主席关于教育革命的一些谈话和指示，他们即不敢说'不'，也不敢叫'好'，态度暧昧，就会一个劲儿地叫我们安心上课。可教育再不革命，我们都被培养成了修正主义苗子，书念得越多，越坏事。"

见女儿态度激昂，陈辛吾沉吟了一下，平和地说：

"你要多看别人的长处，多向普通同学学习，不要以干部子弟自居，脱离群众。"

方菲撅起嘴，不高兴地嘟囔：

"我什么时候以干部子弟自居了，人都说我一点儿也不像干部子弟，说我穿得比工农子弟还旧。我们班的干部子弟都戴手表了，有的高知子弟也带，我还得怎么样啊？"

陈辛吾没说话，因为他并没想把女儿搞得太紧张。他只是想和她随便聊聊。停了一会儿，他问："金叔叔家搬走多久了？"

"记不太清了，有几年了。"方菲回答，好生纳闷儿，为什么猛不丁会提这样的问题？金叔叔从部里调到市里之后仍然在工业口，妈妈的工厂也受他的领导。这么近的关系怎么问我？没等张口问，只听父亲又说：

"好像看见他们家的一个孩子常来找方辉？"方菲更是一惊，心跳得按也按不住。

"啊。是金昌盛，他们家的老二。也没老来，就是前一段放假来了几趟。怎么了？"

方菲拼命稳住自己的声音，陈辛吾还是捕捉到了那种"用力"，微微诧异着，脸上却平平，看都不看女儿，接着问：

"方辉是个没头脑的孩子，金昌盛这孩子怎么样？"

陈辛吾听方蓉说，她去开家长会，老师反映方辉最近比较调皮，问是不是接触了什么坏孩子。

"他人到聪明，学习也不错，就是有点儿顽皮。男孩子嘛，难免。"方菲放心了，尽量超脱，尽可能地拿出大姐姐的口气说道。但话一开头就没搂住，又跟上了一大堆废话："我听他们学校的同学说，有一次，他从四层楼教室窗外的排水管往下爬，把校长老师都吓坏了，站在院子里干看着，不敢叫。他可好，下地后嬉皮笑脸地对大家说，'是够悬的'。把校长都气晕了。还有一次，他和几个孩子在筒子河里滑冰，有一个掉冰窟窿里了，他愣把那孩子拉了上来。人还是挺仗义的。……"

方菲说着，突然觉得怪怪的，金昌盛的一家子爸爸又不是不认识，他干嘛这么一言不发、一本正经地听我胡诌？我犯什么傻呢？她心虚地满腹狐疑地抬头看爸爸。陈辛吾一脸淡然，好像并没有认真听方菲说话的样子。方菲放心了，可仍留下一点儿不自在，一点儿懊悔，还有一点羞惭，她的话戛然而止。

事实上，陈辛吾何止是认真，简直多少有点儿紧张地在听。方菲和方蓉不一样，方蓉不管有什么"活思想"都会找母亲一点一滴地倒出来，可方菲在想什么，谁也不知道。他原本只是想了解一下方辉的事情，结果却奇怪地敏感到金家的孩子可能不单单是和方辉有关系，会不会和方菲也有什么关系？但是他不敢问，也不能问，只能装作若无其事。等了一会儿，陈辛吾明白了方菲不会再谈这个话题了。这倒使他心生疑窦，难道方菲真的喜欢那个男孩？那个一看就是个养尊处优的干部子弟？

陈辛吾并不是只对金昌盛有成见，大多数干部子弟在他看来都像他小时候陪读的东家少爷一样，或像自己那个没出息的大舅子一样，一身的没落习气，不是一生碌碌无为，就是走错了路，毁掉了终生。他实在太担心自己的孩子也会像他们一样没出息，不由得语重心长起来：

"方菲啊，你是个聪明人，爸爸和妈妈都非常希望你将来成为一个有用的人。但是人只凭聪明是很难成事的，世界上聪明反被聪明误的人太多了。"陈辛吾还想说干部子弟调皮捣蛋都是有恃无恐，见女儿咬着下嘴唇，皱着眉，知道她不爱听，咽住了，沉吟了一下，又说："你不要嫌爸爸话多，这都是为你好。干部子弟条件优越，从小养尊处优，容易自高自大，目中无人。大部分人现在不能清醒地认识到这一点，不能有意识地去改正，将来养成一身的纨绔气，长大了也一事无成，最没出息。……"

"古人云，'水至清，则无鱼；人至察，则无徒。'看人要多看优点，待人宽厚，自己守身要严，与人从宽。满招损，谦受益，是个千古不变的道理。爸爸希望你做事要更加踏实、认真些，多学习别人的优点，……"

陈辛吾这番"苦口婆心"在方菲听来已是老生常谈了，她不仅听不进去，而且不胜厌倦、不胜反感。她常疑心爸爸对干部子弟有深仇大恨，否则干嘛一说起来就咬牙切齿地。为了打住这个话头儿，她赶紧答应道：

"爸爸你放心，我懂，我知道干部子弟没出息，我不会和他们搅在一起的。我的毛病我自己改。"

陈辛吾再不好说什么了，孩子有自己的路，他们没有一个会按别人的经验去生活，必定要用自己的生命去体验并收获所有的成败。半天，他说：

"我只希望你能明白一句话，'爱之深，责之切'。"

就这一句话，也只有这一句话让方菲深沉得浑身冰凉。心，一直沉入深深的湖底，仿佛永远也浮不上来了。

十一

在买粮油肉蛋糖布都要票的年代，下馆子无疑是一件奢侈的事情，即便是对高收入的陈辛吾一家来说，也得隔两三个周末，人齐了，才会去开开荤。

上北海公园玩儿的时候，他们顺路会去仿膳；上颐和园去的时候会去听鹂馆；有时不上公园玩，到了中午，偶尔还专程去四川饭店或者丰泽园去吃顿饭。这些中餐馆有的对陈辛吾的口味，有的孩子们喜欢，有的李伟玉偏好，唯有莫斯科餐厅是让每个人都顺心遂意的，只不过这个心和意是不同的罢了。

对陈辛吾来说这里多少有点儿怀旧的意思。他少时上过几年教会学校，五十年代又曾到苏联学习过两年，除了对黄油面包产生了点儿感情外，好像对那种与中国文化截然不同的生活方式也颇感兴趣。一进入莫斯科餐厅，他仿佛又隐隐约约看见了华丽的俄国宫殿的影子。这使他不由自主地又会感受到那只有亲身去过苏联的人才能闻到的俄罗斯气息，未曾吃饭就已经心旷神怡的感觉是在任何别家饭馆里都找不到的。

李伟玉也是怀旧，但却是更为实惠的怀旧。三年困难时期许多饭馆都停了业，只有莫斯科餐厅不仅仍旧开业，而且相比之下油水比别处更足些。孩子们正在长身体，需要营养，李伟玉便只要一有闲钱就带孩子们来吃饭，不仅吃，而且带一个铝制的饭盒装，连汤都舍不得留下。

对孩子们来说，却另是一番意思了。这个餐厅勾起的更多的是幻想，是关于托尔斯泰，普希金，俄国旧贵族，苏联文学的，是父亲从苏联带回来的一本本画册、画报上的图片、父亲周游苏联时拍的彩色照片，还有一辆苏式自行车和一大摞无所不包的从苏联歌曲到柴可夫斯基、莫扎特、贝多芬、施特劳斯、肖邦的密纹唱片，而所有这一切关于外国、苏联、俄罗斯的幻想就凝固在这座建筑中，这个餐厅中，这顿西餐中了。

餐厅是原苏联展览馆的一部分，还未进餐厅，俄式建筑本身的异国情调就先让人心动。推开餐厅沉重的玻璃大门，进入高大的、富丽堂皇得只有在小人书中才能看到的外国童话中的宫殿般的餐厅，踩在细木镶嵌的地板上，沐浴在从天而降的挂着沉重的帷幔的窗户里的阳光中，坐在带雕花的高椅背儿的椅子里，有打着领结、穿着黑西服彬彬有礼的男侍和穿着黑裙子白围裙、头顶王冠似的小白帽的俏丽的女侍悄无声息地在一旁侍候着，所有的这一切都让人产生一种强烈的幻觉，仿佛他们不是在花钱下馆子简简单单地吃顿饭，而是受到异国王公贵胄的邀请，进到了他们的城堡中赴宴来了。

事实上，也许那女服务员的态度不见得多好，那男服务员的脚步也并不轻，但桌子与桌子离得那么远，雕花的大柱子将餐厅衬得那么豪华，于是所有的龃龉便都化成了优雅，平凡化成了高贵，在一袭雪白的桌布上，一堆亮灿灿的餐具中，每个人都会平添几分自尊，几分拘谨，连淘气的孩子们乍一进来脚步也会放轻些，嗓门儿压低点儿，不像在别处一样抢椅子、吵嘴、追追打打，行动自然也变得尊贵些了。

除了这些令人目眩的外在感受之外，吃，也使孩子们大为振奋。他们既不像父亲一样完全能接受它的口味，也不像母亲一样很看重它的油水，对他们来说，吃得新奇是最重要的，这里所有的东西都与日常吃法不同：土豆即不是红烧也不是切丝爆炒，而是白煮熟了切块儿放奶油凉拌；肉则是切成大块烤或者裹上什么东西炸；牛肉、鸡肉用番茄汁焖；鱼更是做得蹊跷，竟然用奶汁烤！还有那些在任何市场上都见不到的味道怪怪的红似玛瑙、黑似墨玉的鱼子酱。餐具不是筷子，是一堆刀叉勺子，乒乒乓乓来回得换。吃得程序也是反着的，先喝汤后吃菜，饭后还可以吃甜点。凡此种种，都使得吃变成了一种花样儿翻新的乐趣，因为新鲜，好玩儿，于是才有了好吃。这样的好吃比仅仅是好吃更加魅力不可挡。

当孩子们簇拥在父母身边脚步拘谨、两眼放光地走进永远比印象中还要高大、华丽的得多的大厅时，温暖的阳光、奶香、蛋香夹着叮当作响的刀叉声，排浪似的朝着他们迎面扑来，被春风抚弄了一上午的饥饿和热望那里经得住这样的刺激，胃液和口水自不必说了，连眼里都汪满了兴奋的泪光，一个个小饿狼似的盯着路过的每一张餐桌。

李伟玉紧跟在领班身后，两眼也在不停地扫描着路过的桌子，精明地暗暗盘算着要点那些菜。

就在这紧要关头，忽然有个女人的声音叫李伟玉，李伟玉站住了，紧接着，那女人又叫"辛吾"。跟在母亲身后的一队人马无可奈何地刹住脚步，忍着口水和泪水眼巴巴地看爸爸妈妈和叔叔阿姨堆了一脸笑容热情地握手寒暄，然后又被推上前去叫"郭叔叔罗阿姨"。

罗阿姨拉着方蓉的手问多大了，在哪儿上学。李伟玉抢先替女儿说，在北大，而且一脸得意地歪过头来看着方蓉。方蓉被母亲毫不谦虚的炫耀搞得十分难为情，脸红了，低头往后缩，用手扯妈妈的衣服。李伟玉笑女儿：

"有什么不好意思的？又不是什么见不得人的事。"方蓉窘得连眼白都红了。李伟玉非但不觉，反而迫不及待地告诉这位多年不见的延安时期的女友，方蓉上的这个系是搞尖端科学的。罗阿姨点头微笑，连声说太好了，然后又转头看了一眼方菲，问这孩子脸色不好，这么瘦，有没有病？李伟玉顿时没了高兴劲儿，叹气说，都是小时候奶妈没请好，长大了脸色竟像奶妈了。罗阿姨安慰说，女孩子，再长长就好了。其余几个孩子也都领到了不同程度、不同方面的夸赞。

两个女人乍一见面的热情和没话找话的亲切，本来对所有人的耐心和胃口都是一个可怕的考验，而当面的评头品足更是对孩子的自尊的残酷折磨。两个大女儿，一个红得像熟樱桃，一个白得像蜡烛，另外几个小的则东张西望地流着口水。只有两个男人若无其事地坚守在一旁，静静地赔着笑，似乎以此表示自己也正在参与谈话。

领座的服务员翻眼儿望天儿等了一会儿，终于做出要走的样子。方蓉从背后使劲地扯着母亲，李伟玉这才赶紧把话打住，一边领着自己的这一群跟上服务员，一边还不停地回头着头告别，笑得张大了嘴，那点儿热情、灿烂全都摆在脸上了。

方蓉不高兴地小声嘟嘟着，"也不瞧瞧这是聊天的地方吗，没完没了的。这个罗阿姨也真是的，问得怎么那么仔细，像个查户口的。"

"多年没见面了，人家关心一下有什么关系？罗阿姨自己没生过孩子，看见你们喜欢，也很正常。"

"我没觉得她有多喜欢，倒觉得你挺得意。而且，我觉得你怎么笑得那么假惺惺的。"

李伟玉知道方蓉是为自己当人面夸她而生气，却没想到她竟然看出自己是"假惺惺的"。她装作没听见，故意大声说，点菜点菜。

其实，吃西餐对主妇是件颇为麻烦的事情，除了点菜要跟孩子们大费一番口舌之外，还得把整块的猪排、鸡卷切成小块，把面包上抹上奶油和果酱，把菜从桌子的这头递到那头。对孩子们来说也并不轻松，先是眼巴巴地等着服务员一一摆上刀叉；汤来了，却不能每种都尝尝，必须事先就决定自己要哪一种；上来菜了，也不能像吃中餐一样马上就下筷子，还得等着切块儿；面包不能抓起来就吃，也得加工。

而陈辛吾又是个讲究礼仪的人，于是，不管孩子们再饥渴、再贪馋也只能用热烈、紧张的目光死盯着妈妈手里闪亮的刀叉，按捺住性子"君子动眼不动口"了。

遗憾的是，凡事都有个例外。视陈辛吾那张震慑全桌的面孔而不见的只有方辉，除了肉，别的一概变成了盲区。没等李伟玉把分好的红菜汤放在他面前，自己站起身，用叉子去捞服务员刚端上来的放在远处的罐焖牛肉。陈辛吾不悦地皱皱眉，斜了一眼儿子，没说话。李伟玉看见了，赶紧说："快吃吧，都动手啊。"

陈辛吾这才慢慢地伸手拿起刀叉，眼睛却没收回来，看着儿子傻乎乎地把一大块牛肉塞进嘴里，烫得直哈气，来回在嘴里翻倒，可又舍不得往外吐，心疼又无奈地低声喃喃道，"蠢哪，真蠢，怎么就那么蠢？"脸皱得像酸倒了牙，一直看着方辉脸红脖子粗地愣把那块肉吞了下去，然后龇牙咧嘴地发傻。

为了"眼不见心不烦",陈辛吾抬眼看看四周,看看大厅里的小喷水池和壁画,再低头仔细地品味盘中的佳肴,用叉子一小块一小块地叉起李伟玉切好的肉排放入口中,又抿一两口红酒。他不时地停下来靠在椅背上好像是歇口气。

在李伟玉的眼里即没有水池也没有壁画,尽管也在吃,但吃得匆忙而且马虎,目光都落在了孩子们的盘子里了。她不时地站起身来不是切开肉饼就是给每个人递菜,照应着每个她认为应该照应的人:像丈夫那样心不在焉的吃法,你不给他布菜,他自己就不会上手;像方蓉那样坐在桌子的尽头,那怎么能拘得着每样菜呢?方辉虽然吃得很猛,但净拣大块儿肉吃,一点儿都不懂得搭配;方平就更没出息了,只因为今天有道菜叫了个奇怪的名字,"骑兵式通心粉",于是一顿饭几乎只吃这一样,其实那只不过是番茄酱拌面罢了。于是她只好除了用嘴指挥还得亲自上手,劝这个说那个,又递菜,又指挥,忙个不停。陈辛吾好不耐烦地说:

"孩子们都不小了,让他们自己来。"

李伟玉像个明知故犯的孩子被老师点破了,一脸的尴尬,给自己打圆场,"都自己来吧,自己动手……",眼睛却还不甘心地看着她还没来得及照顾到的地方,而且趁机又顺手给身旁的方敏盘子里放了一块牛肉。

方菲是李伟玉唯一不需要照顾的孩子,也是到目前为止吃得最安静、最有技巧的一个。李伟玉发现她很会找地方,在长长的桌子上选了个居中的位置。然后,趁妈妈一个劲儿瞎忙的时候,不声不响地埃盘儿把上桌的菜一一尝遍。她既不像姐姐那样找些费时费力需要细细地啃的鸡骨头吃,也不像妹妹那样净吃黄油面包,更不像两个弟弟一样死盯住一样儿吃,而是一口酸一口甜一口咸一口辣地换着味吃,又是汤又是水儿又是菜的调着吃,悄不急儿地有滋有味儿地品尝着一桌美味。正当她把所有的饭菜都尝了个遍还想看看有什么没尝过的菜的时候,服务员端上来一盘刚出炉的奶汁烤鱼放在李伟玉面前,银盘子里白白的奶汁被烤得焦黄焦黄的,冒着热气还发出吱啦吱拉的响声。这盘鱼一下便吸引住了方菲的目光,她嘴里慢慢地嚼着一块肉，心里盘算着怎么能尽快弄一口鱼来吃吃。

李伟玉一看到这盘鱼就想到这是方蓉最爱吃的一道菜，在她的大脑还没来得及转动之前，手和身体已经先行了一步，叉起了一大块带着脆皮的热气腾腾的鱼肉起身往远处方蓉盘子里递。

"伟玉，不要这样。"陈辛吾愠怒的声音严厉起来，简直不能容忍妻子的缺乏自制，明明多次私下对她说过，不要溺爱孩子，一定要尽可能地做到公正，哪怕是表面的，但妻子还是这样感情用事。李伟玉这才猛地醒悟过来，一脸的难为情，已经悬在桌子上方的胳膊伸缩两难，擎着一块鱼僵在半空中。桌旁的几双小眼睛看看爸爸又看看妈妈，再看看姐姐。李伟玉咧嘴笑着给自己找台阶："我怕她……她坐得太远……够不着。"

"她已经是大学生了嘛，自己能照顾自己了。"

"好了，好了，就这一次，不管了，不管了，再也不管了。"李伟玉一边打着哈哈，一边把那块鱼几乎是扔在了方蓉的盘子里，坐下来，冲着傻看着自己的孩子们大咧咧地一笑，"快吃，快吃，看我干什么？"

孩子们赶紧低下头看自己的盘子。方蓉面对自己盘子里的那块飞来之物眼泪都涌上来了。父亲责备的是母亲，但句句都打在她的脸上，让她既不能把那块鱼送回去，也不能把它咽下去，更无法为自己分辩。从小父亲就苛求她，为了一些微不足道的小事而说些听起来是严格要求但却常常让她无地自容的话。就是去年，接到入学通知书的方蓉大喜过望得尖叫着抱着妈妈的脖子刚跳了两下，爸爸就在一旁冷言冷语地说，人得意不怕，就怕忘形。妈妈赶紧跟着说，就是，虽然考上了北大，可是万里长征的第一步哟。一盆冷水浇得方蓉所有的高兴都变成了一摊稀泥，再也捏不起来了。方蓉原本就害羞，现在变得更加敏感，只要表扬她考上了北大，让她感到的绝不是骄傲，倒是那两个刺心的字眼："忘形"。而妈妈偏偏爱在人前显摆，根本不理会她的心情，在罗平阿姨面前已经很不愉快了，现在，但是现在她又有什么错吗？

方蓉心里委屈，脸已经红了，嘴巴一张一张地要想说什么，嗓子

71

眼儿却发不出声来，一桌子人能听见的只有方辉巴达嘴的声音。就在这时候，忽然桌面上传出吃吃吃的笑声，先是拼命压抑着，接着越来越响，再看方平为了忍住笑，已经憋得面红耳赤了。一桌子目光又转到他身上了。

方平知道自己不该笑，但姐姐就像一条刚从水里钓上来的鱼一样嘴巴一张一张的，太逗了。而妈妈则活像是个犯了错误而又无计可逃的小学生，而且还耍赖皮！爸爸简直就是自己生了气的班主任老师。他极力想停住笑，但却做不到，又怕被误会，急得直摆手，挣扎着说："不是，不是……我不是……那意思……"

大家好奇，越看着他，想知道"那"到底是什么意思。那么多好奇的目光更让方平觉得可笑，干嘛都这么瞪着我，难道我揣着金子吗？于是，越笑得东倒西歪，连嘴都张不开了。方平爱笑简直是管不住的，常常在很严肃的场合比如说上课的时候笑起来没完，气得老师把他撵到教室外面去，站在外面他还是能够笑个不停。知道为此常常倒霉，但还是忍不住，谁让他们老逗我呢？就是前不久，妈妈领着他上儿童医院，硬要从离家近的后门进，被门卫拦住了，李伟玉声称找人，问找谁，曰，小儿科护士。问什么名字，忘了。出来了还嘴硬，说真的认识，就是忘了叫什么名字了。方平笑得简直要晕，损妈妈说，上儿童医院说要找小儿科护士，这不是废话吗，都是小儿科护士！李伟玉本来是个爱笑的人，被儿子抓了把柄，也笑得止不住。现在，见儿子笑得死去活来，撑不住又跟着笑起来，边笑边骂：

"傻儿子，傻笑什么？一天到晚，像吃了笑妈妈尿似的，就知道笑。"

陈辛吾依然绷着脸，看了一眼妻子，心想，怎么也像个孩子似的一逗就笑，总没个大人样儿。

这时，从一开始就盯着那盘鱼的方菲现在终于忍不住了，妈妈递给方蓉的那块鱼在她的鼻子底下停了好一会儿，早就招得她一嘴的口水、一鼻子的香味儿、满眼的焦黄香脆，现在妈妈在笑、爸爸在呷酒，似乎可以自由行动了。她半站起身，伸长了胳膊，想去够盘子里所剩不多的几块鱼。李伟玉只是无心地看了一眼怯怯的女儿，不想却吓到了方菲。她不假思索地辩解似的小声说：

"我想吃块鱼，行吗？"但说着已经后悔了，恨不得咬下自己的舌头来。

"吃就吃呗，谁还能拦着你了？"

李伟玉看见方菲那可怜巴巴的样子满脸的笑容立刻消失了，难道我不让你吃吗？这次轮到方菲进退两难了，僵持了足有两秒钟。方蓉此时已经平静下来了，看见方菲涨红着脸，缩回了手，坐了下来，连忙把自己盘子里的鱼叉起来像扔火炭似的就往妹妹盘子里搁，一边说："我这块给你吧，我并不想吃它。"

方菲此时羞愧得已经无地自容，那儿还有心思吃鱼？方蓉丢过来的简直真的就是一块火炭了，她忙不迭地又丢了回去。

一块鱼被丢来丢去，李伟玉不乐意了："姐姐好心好意给你你就吃呗，还来回丢？"

这话让方菲生疼地意识到了自己的可怜、可悲、可悲和下贱，眼泪"刷"地夺眶而出。

方菲的样子真的把李伟玉激怒了，干嘛作出一副受气小媳妇的样子？！她不明白方菲为什么要这样，难道自己真的就那么不公平？最可气的是丈夫在一旁一言不发地看着。更让她难堪的是，也许始终远远地"有人"在关注着他们，而且可能已经看出他们不那么"美满"来了。由不住地痛恨不已地数落女儿：

"就为了一块鱼，值得当吗，还掉眼泪？越大越没出息了，一天到晚像个林妹妹，动不动就……"

方菲赶紧放下刀叉，低声说了一句，"去厕所"扭脸从桌旁跑开了。她在混乱、悲愤的心情中，跑出了餐厅。

对饭桌上发生的这一切，只有方辉丝毫没有看见，此时他吃得正香，一抬头，刚发现那盘只剩了两块的烤鱼，自言自语了一声：

"嘿，这儿还有个鱼，得来点儿尝尝。"说着站起身来，连盘子带大家的目光一起端到自己面前来了。只不过，他只看见鱼，没看见目光罢了。

方辉其实已经吃饱了，但还是馋，于是一点儿一点儿地扒着皮地硬塞，又吃了口鱼肉便实在吃不动地住嘴了。他对今天的饭菜挺满意，一直吃到了嗓子眼儿了，美中不足的是饭后的咖啡太苦了，记得妈妈偷偷带他一个人去北京饭店吃饭时，饭后的甜点心真棒。他脸上露出了满足的微笑，往椅子上一靠，看大家都在看着自己，便说：

"还不如要冰激凌或布丁，比咖啡好，咖啡太苦了。"

十二

方蓉噘着嘴，跑到洗手间挨间儿找，不见方菲，气嘟嘟地回到餐厅，老远就感觉到母亲迎向自己的目光中乌云般压过来的焦虑，为此她恨死方菲了。

"她不在？"李伟玉一下就猜中了。

"没有，哪儿都没有。"

"周围看没看？小卖部、前厅、院子里也没有？"

"废话，"方蓉大声不满地丧了李伟玉一句，又小声嘟囔，"就差没去男厕所了。"招得方平又笑了起来，李伟玉没听清，问：

"什么？你说什么？"顺手给了方平一屁板，"别笑了！就是你笑笑笑，现在人都没了还就是笑。"李伟玉真的急了。

"又不是我把她撵跑的，冲我瞎叫什么？"方平有点恼羞成怒。

李伟玉已经顾不上理儿子了，冲大家挥挥手，说：

"都分头去找找吧。"一边气得骂："真是太任性了，还没说她什么，就跑了。这么敏感，真是岂有此理，一点都碰不得……"

见李伟玉急成这样，陈辛吾只好绷着脸，一声不吭。

方菲跑开本来只是想在洗手间里躲一躲再出来，但一看镜子里脸已经成了一只熟透了的桃子，以鼻尖为首红成一片，泪水再次波涛汹涌地流成河，止都止不住，哪儿还能再回到饭桌上去？只好顶着好奇的目光掩面而逃，奔出了大门，来到了僻静的杂草丛生的后湖，这才心潮彭拜得泣不成声，就仿佛心里积攒了一个世纪的酸甜苦辣、郁闷不平。

方菲不明白为什么从来、从来她都得不到母亲的喜爱？哪怕是最起码的公正都没有得到过，永远是她的错。所有人都厌弃她，鄙视她，而且每时每刻都会受到不公平待遇。她怎么这么倒霉地会生在这样一个家庭里？！怎么会有这样一个偏心眼的母亲？！甚至偏心眼儿地单单把她一个人生的这么难看！把她生在了一个人嫌狗不待见的排行中。她怀疑李伟玉压根就不是她的亲生母亲！因为只有这样才能解释她对她做的一切！

她更不能理解的是，为什么像爸爸那么聪明、完美的人会看上妈妈这样刚愎自用、冷酷、简单粗暴的蠢女人。他到底爱上她什么了？漂亮吗？也就是方蓉这样说，把一个老得满脸皱纹，胖得完全没有线条老女人说成漂亮，不知道真的瞎了眼还是昧着良心拍马屁。更可笑的是，妈妈居然不以为谬，反而自信满满地总说方蓉和方敏眼睛大大的，鼻子直直的像自己，而且动不动就嘲笑爸爸的小眼睛大嘴巴，难看死了。好吧，就算她年轻的时候确实漂亮，可人品呢？思想水平呢？像她这样喜欢谁立刻就把人一直捧上天；不喜欢的，恨不得立时三刻地把人就地政法了，从来都不会一分为二地看人看事，真不知道有什么可爱的？！更加让方菲想不通的是，这么一个浑身都是缺点的人在外面怎么还能当了一个大官？一个大厂的党委书记？她这样的人是怎么胜任她的工作的？又是什么傻瓜蛋选了她当市人大代表的！所有的这一切都是怎么回事？

方菲痛恨地诅咒："我讨厌这样的人，不，是痛恨，是恨透了！怎么我就没有一个像卓娅的妈妈一样聪明公正、善解人意，懂得人心的妈妈。我恨这个家，恨不得马上离开这个家，离开这一切烦恼远远的，远远的。"

天色暗了下来，她怀着无限的悲凉，走到了大街上。春风柔软而又温和，暖暖地拂面而来，凉丝丝地钻进领子里，清爽爽地从鼻腔深入到肺里，夜幕下，方菲抬头看着满天的繁星，想起《安徒生童话》中关于每一颗星就是一个灵魂的说法，她就是天上最暗淡，最微不足道，最无意义的一颗星。压根儿她就不该出生，就不该来到这世界上，生命对她只意味着忍受痛苦。

"天哪！为什么，为什么我要生到这个世界上来？我真想现在就死了，死了就没有屈辱，没有不公平，没有痛苦了。我真想看看如果我死了，她会怎么样？是的，死，是唯一的解脱。"

马路上时不时地有汽车开过，这让方菲想起安娜扑身在火车轮下的情景，这种联想让她又快意，又解恨。然而，当一辆大公共汽车从身后冷不防轰然开过时，却吓得她一下子就跳上了人行道，出了一身冷汗，发现原来死也并不那么容易。

拼命跑了整整一个下午，中午那顿美餐早已化成了泪水和忧愤，流干了消散了。方菲忽然感觉到了饥饿，伸手一摸兜，掏出两块糖来，一块奶油糖，一块水果糖。借着路灯光，她一手攥着一块，仔细地观看着，不能决定是先吃好吃的奶油糖呢，还是先吃水果糖。此时，她已经完全冷静下来了，脑子里闪过一个奇怪的念头，也许我真的就是这块水果糖？

就这么一个简单的念头，世界似乎完全翻了一个个儿，也许不是妈妈偏心眼儿，而是她自己不好，行事不当，懒、馋、自私、讨人厌。如果我是母亲，有这么个孩子，可能我也会讨厌，谁不喜欢奶油糖啊！满满的自信心突然崩塌了，痛恨转了180度，完全指向了自己，是自己没出息，是她自取其辱，招人讨厌！终于，连长得丑自己都有错儿了，一定是她自己心灵不美，所以外貌才这么可怖，这让她绝望到了极点。

难道她就不能变美吗？不行，她可不想当个自以为是、永远敏感、有理得让人厌烦的简·爱或者嘴尖毛长浑身是刺儿的晴雯。她听得出来，当爸爸妈妈说她是"林妹妹"的时候分明是贬义。她要向爸爸妈妈证明，只要她愿意，她就可以成为薛宝钗和《奥涅金》里的塔吉亚娜那样可人疼的人。仅仅是为了改变自己的悲惨境遇，争得自尊，她也要改变自己。要想拯救亚非拉的被压迫阶级就从拯救自己开始做起吧。

她决心以后对任何人，任何不公平的话，都不还嘴。因为不管有理无理，她只要还嘴，就一定会被认为是"刻薄"。所以首要的一条就是决不分辩，不管对错，只管往死里装温柔，咬着牙地装温柔，哪怕全世界都冤枉她了，也不吭一声！方菲想，这点儿自我控制的能力都没有的话，其他一切都是空谈，就变成小人鱼吧，忍痛、沉默。

到家已经很晚了。一进大院的门，季大爷就惊呼起来：

"哎呀，我的二小姐！你可回来了！"都没意识到竟然沿用了奶奶的用语，"你妈妈都快急疯了！到底上哪儿了？现在都十点了。"

方菲吓了一跳，才想到事情的严重性，惊慌地问："真的都快十点了？"

"还不快回家，当然十点了。"

看见爸爸妈妈的卧室亮着灯，方菲硬着头皮，蹑手蹑脚地溜进了家，见没动静，三步两步窜上了楼。奶奶和方蓉跳进屋里压低了嗓门儿把她臭骂了个够，方菲乖乖的一声不吭，赶紧钻了被窝，在黑暗中蒙头蜷缩着，虽然忐忑不安地等待着另一场暴风雨，但温暖和困倦却混乱了她的意识，让她很快就沉沉入睡了。

李伟玉听见门响，实际上已经身不由己地跳了起来，只是被陈辛吾低声叫住了："不是说好了先不理她吗？"

"可是……这都几点了？一个女孩子家，深夜了，一个人！这还了得？"

"好了，不要这么冲动！"

"她真是急死我了，真是气死人了！简直无法无天了，才多大！"

"她这不是回来了吗？"

李伟玉泄气了，回到床上，叹了口气，靠在丈夫肩上，眼泪流得收也收不住，"那也得找她谈谈哪，不能就这样算了。"

陈辛吾嘴上说："那现在也不是谈话的时候。"心里却想，如果你多少听我一句话，也不至于闹到那个地步啊。但他知道现在也不是数落妻子的时候，让妻子依偎在自己怀里，等她平静。李伟玉的眼泪来得快，收得也快，似乎只要有陈辛吾在身边，再难的事，也不怕。因此，当她问出，"辛吾，你说罗平变化大吗？"的时候，倒吓了陈辛吾一跳，不知道女人的脑瓜里都想什么了，但他连想都不想地接口就回答：

"大，比你显老多了。"和李伟玉生活的时间长了，对这种突发的没头没脑的醋意已经有了足够的心理准备，一套绝不会引发事态的答案随口就来。但李伟玉也并不是好糊弄的：

"不会吧，她连孩子都没生过，体型保持的那么好。"李伟玉怀疑地抬起头来看着丈夫，眼睫毛上的泪迹还未全干。

"可她显得很憔悴，你没发现吗？"

李伟玉放心了，开始真心地为罗平难过了：

"她肯定过得也不太如意，老郭打成了右派，她的压力一定也很大。老郭下放了几年，就她一个人，连个说话的人都没有，也没孩子，真可怜，幸亏她心眼儿宽，要是换了我，真不知道该怎么熬，……"

陈辛吾沉默了，听着妻子东一句西一句地感叹着，心里冒出些难以言喻的酸楚，其实他明知道自己用不着这样，但还是连自己都没意识地长长地叹了口气。

"为什么叹气？是后悔了吗？"李伟玉又警觉地看了一眼丈夫。

"又瞎想，我不过是像你一样，可怜她罢了。"

"你怎么能和我一样？你是男的，"见陈辛吾要张嘴，李伟玉一手去捂他的嘴，一手紧紧地搂住丈夫的腰，"得了，得了，别狡辩了，我又没说什么。"一边把头更紧地贴在陈辛吾的胸前，发出舒适而安逸的哼哼声，不一会儿，就像孩子一样发出了细微的鼾声。陈辛吾才发现自己也累得再也支持不住了，再也不能像年轻时一样整夜地让妻子这样靠着他睡着。他轻轻地抽出身来躺好，酣然入睡了。有妻子在身边，不管出了什么事，他似乎都能睡安稳。

十三

巨大的操场光秃秃的，缘边有几棵才吐出新绿的树。人站在操场上被亮堂堂的阳光直晒着，被风卷起的浮土眯得睁不开眼。中午第四节课上体育纯粹是"饿其体肤，空乏其身"呢。

体育老师站在仅有的一点儿稀疏的树荫下喊口令，用嘴指挥着学生在操场上前后左右地齐步走。四十多个学生排成四行，两行男生、两行女生。一会儿男生在前，一个后转弯变成了女生在前，再一个右转弯，变成并排走。男生一边走一边儿小声议论那个女生身段好，那个女生屁股大，一边还发出些可疑的笑声。女生则时不时地回过头来冲男生瞪几眼，用目光在骂，"小流氓"。男生不理，照旧评头品足，而且笑得更放肆了。

方辉人虽然排在队伍中，但周围的一切似乎与他毫不相干。他不仅无暇顾及别人的屁股，甚至无暇顾及自己的脚。他晃着大脑袋，跟着队伍在移动但步子却完全不对，不是被后面的踩了脚就是踩了前面的人的鞋。别人被踩了，最多骂一句，一边跳着一边跟着队伍一边就把鞋提上了。可方辉自己被踩了，就只能蹲下来，而且还半天提不上鞋。见他手脚不利落，男生女生都故意和他逗着玩儿。他刚提上又被踩掉了。与方辉走并排的一个大个儿长辫子叫王凤英的女生不时地侧过头来看看方辉，微微笑着，大眼睛弯成了一对月牙儿，虽然也在笑他的笨拙，却并没和大家一块儿捉弄他。

体育老师远远地没发现其他人的恶作剧，只看见方辉不断地蹲下，队形在他周围形成一个漩涡。如果是别的学生，他一定会让他出列，站在一边儿"参观"。但对方辉他只好照旧把他个别叫出来，让他跟在队伍的最后。同学们叽叽咯咯地笑，方辉满不在乎，跟在队尾小个儿女生后面，高出别人大半个头，眯缝着眼，仿佛在另一个世界似的若有所思地看着操场尽头的绿树，跨着大步，一点儿不合拍地溜溜达达地跟在队伍后面。老师一喊立正，方辉没反应过来，一跤差点栽在前面的女生身上。引得同学们又哄笑起来。

被撞的是个瘦小、尖脸、黄发的女生，叫蒋素兰，家里是个中级干部，因此很有点儿"自尊"，平日得理不饶人，想不到被方辉撞了一下非但没生气，反而脸红了。

方辉不仅在班里是个特殊人物，而且在全校也尽人皆知。从外表就一眼能认出他来。家境不好的孩子也有些衣冠不整的，但方辉却是挺好的衣服不是扣子掉了就是系错了位；裤脚莫明其妙地一高一低；新新的鞋子，却把鞋跟儿踩塌了，一脚有袜子，一脚露着后脚跟儿。再加上他当大官的父亲和数学天才的名声，除了校长全校都认识的人几乎就是他了。倒是方辉自己浑然不觉，一天到晚脑子里只有他那点儿题呀棋呀天文地理的，还有就是吃，对女生还没有太多的想法。当然，还有一件重要事，那就是要考个好高中。当初考中学的时候，方辉作文写跑了题，一吐撸到底，就近分配到了这所只有初中的男女合校里来了。李伟玉在开市人大代表会上认识了四中的校长，想要给方辉转过去。陈辛吾坚决反对，说，"路要由儿子自己走，你替得了一时，替不了一世。"方辉现在踌躇满志的，觉得自己一定能考个好高中。

队列在笑声中解散了，一个个东倒西歪地找树荫下歇着，等着跳远。大多数孩子此时已经饥肠辘辘了，早上那点馒头稀粥，差点儿的则是剩饭或窝头，到不了第四节课早就饿了，再经过一通的跑跑跳跳，现在只剩下喘气的份儿了。正当大家垂头丧气地坐着，忽听方辉自言自语似的长叹了一声，说：

"唉，这会儿要是有个奶油冰激凌吃就好了。"

这句话像拔开魔瓶的塞子，一下子放出了藏在每个人心中的大大小小的馋嘴小魔鬼，七嘴八舌地大聊特聊起美食来。有的说特想吃炒鸡蛋、有的说还是红烧肉好吃，就连包子、馒头、面条、凉粉之类的家常吃食也都是美味，因为粮食都有定量，粗粮细粮都有比例管着，能把这些东西吃个够也不易。冰激凌是什么东西？不就是冰棍儿吗？那能顶饿吗？大家不理方辉，都被一个精瘦的尖脸圆眼的男孩子吸引住了。他得意洋洋地显摆说，有一次上姥姥家竟然正好碰上了吃纯肉包子，一咬一包油，香得他一气儿吃了仨。大家直替他遗憾，怎么才吃仨，他只好坦白说，一共就六个，为了他嘴快，已经挨了他姥姥一嘴巴了。另一个长得精瘦的孩子马上问，"那你吃过三鲜包子吗"？大家好奇地问，什么叫三鲜？这句话引发了激烈的争论，有的说是鸡肉、虾肉、鱼肉；有的说是猪肉、鸡蛋、虾皮；还有的说是羊肉、牛肉、猪肉。几个人越说越急，开始有点儿脸红脖子粗的了，正闹得不可开交，忽听方辉在一旁悠然地说：

"那算什么好吃的？你们吃过松鼠鱼吗？吃过葱烧海参吗？炸猪排、罐儿焖鸡、苹果派都见过吗？"几句话立刻将所有的人镇住了，大眼瞪小眼地看着方辉，没人敢接碴儿了。半天，那精瘦的外号叫"猴儿三"的说：

"那有什么新鲜的，你敢说你吃过鱼肉丸子吗？"其实"猴三儿"自己也没吃过鱼肉丸子，只是听自己南方来的亲戚说过这东西，也只是搬出来抬抬杠而已，巧就巧在方辉有一次放假跟妈妈到南方去，有人请客，刚好吃过这东西，便大大咧咧地说：

"那谁没吃过，不就是鱼肉丸子吗？"还顺嘴吹个牛，"净吃。"

这下把所有的人都镇住了，心想，连肉丸子我们都吃不上，你竟然净吃鱼丸子？！一个个脸上露出讪讪的样子，猴三儿也蔫了，但方辉自己忍不住先坏笑起来。猴三一跃而起，嘴里叫着"好哇，你丫骗人！"冲过去骑在方辉身上，两人半真半假地互相抓挠起来，没注意体育老师过来了，厉声问：

"怎么回事儿？不跑动着，都聚在这儿干嘛？"

猴三儿一骨碌爬起来，大家都不敢吭声，只有方辉满不在乎地仰着头，东看看，西看看，无辜得像个局外人。

"问你们呢，都哑巴了？"老师盯着猴儿三问。"不说话？待会儿你下课先别走。"

"不是我，不是我。"猴儿三一听下课不能吃饭，急了，"还有方辉呢。"

体育老师扫了一眼方辉，冲猴儿三说：

"甭管别人，今天就说你。"说完扬长而去。猴儿三在后小声骂：

"欺软怕硬，什么东西。"体育老师装没听见，走了。猴儿三恨得直想拿眼剜方辉一块肉，方辉却一脸的得意，看着猴儿三坏笑。

其实老师使的也是太子犯错误罚太监的办法，然而，这一切对方辉来说根本就不起作用。因为方辉对自己在学校的特殊地位毫无感觉，受到特殊待遇对他来说是天经地义，与生俱来的。像所有的多子女家庭中长大的孩子一样，总有一个孩子是长辈的特选。有的是因为长得特别漂亮，有的是特别聪明，有的是因为家中女多男少，还有的是因为头男，甚至有的是因为身体或心智上的不足，都有可能成为这个特选。方辉几乎占足了所有的理由，这样的特选便成了特特选。这种特遇又常常被许多人有意无意地助长着，结果必然也被许多人有意无意地痛恨着，方辉对此同样浑然不觉。

下午，上数学课的时候，教数学的班主任柴老师一上课先强调了一遍要加强科任课的课堂纪律，说着拿锐利的细长眼瞟了一下猴儿三，接着拿出数学卷子讲评。

"一张卷子，就是一张脸，有的脸，眉清目秀的，有的灰眉土眼的，还有的缺颗牙少个眼，整个儿二级残废，还有的倒是哪儿都不缺，就是有点儿小毛病，也让人看着别扭。我想谁都愿意自己漂漂亮亮的，招人喜欢。不管会不会，卷面儿要整洁，让人看着舒服。"几句话说得大家都笑了，课上得很顺利，最后讲到难题部分时，他接着说，"全班这两道题都解对的只有四个人，这四个同学都值得表扬，但这里我要特别提醒一下，我们不鼓励用现有教材还没讲到的方法来解题，在大考中这样做不给分。"老师虽然没点名，大家还是齐刷刷地扭过头去看陈方辉，方辉咧嘴一笑，随随便便接了个话碴儿："这不是没大考吗？"

柴老师装没听见，继续讲课。

柴老师和方辉一样，在学校里也非等闲之辈。他本是一所名牌大学里的高材生，已经都留校当了老师，后因爱人被打成右派，他又不愿离婚，便被下放到这所中学来当老师了。也许是都有点儿怀才不遇，虽然表面上对方辉一视同仁，但骨子里却是惺惺惜惺惺。而方辉对柴老师更是崇拜有加，当成楷模，当成老哥。

放学后，方辉背着书包，手里拿着一本高中的数学习题集到教研室，见柴老师正在收拾东西准备下班，便赖皮赖脸地一笑，说：

"柴老师，能帮我看看这道题吗？"见老师没笑模样儿，又说，"就一道题，耽误不了一会儿。"弄得柴老师没法儿，只好又坐下，说："那咱们有约在先，只讲学过的。"

"那点儿玩意儿还用讲吗？太学龄前了……"

"那今天我有点儿事，等我有时间再说吧。"

"我就一道题，真的就一道，您瞧。"说着打开书，送到老师眼前。柴老师扶了扶眼镜，不由自主地顺着方辉的手看书，同时拿出一张纸来。两人一边做一边讨论，等把题做出来，天已经黑了。柴老师这才着急了，说：

"不行了，不行了，我今天确实有点儿事。得赶快走了。"一边儿站起身来，一边儿冲着方辉又爱又恨地说，"你呀。"方辉却心满意足地说：

"还是您高明，连我姐姐都做不出来，她还是北大物理系的呢。"

柴老师不动声色，只淡淡地说：

"打好基础很重要的，难题常常有点儿像是智力游戏，偶然玩玩儿就行了。"

两人往外走的时候，街灯已经都亮了。柴老师问方辉，将来想学什么。方辉说，想学数学，想像华罗庚一样，当数学家。柴老师看了一眼方辉，又看了一眼深蓝、莫测的天空，没说话。方辉问，你觉得我行吗？柴老师只好说，你行，但口气犹疑，目光迷离。路两旁的街灯在他眼中幻化成一片灿烂，这也曾经是他的梦想。不过，也许他真的行，他比我有条件，他有个好爹。于是他又重复了一句，"我想你应该能行。"

方辉没看见柴老师游移不定的眼神，只听见他最后一句话，美得晃着大脑袋、挺着小胸脯、迈着外八字脚，回家了。

十四

吉普车刚从家驶出来的时候，李伟玉还满脑子想的都是方辉。

方辉前两天在学校和同学打架，被开了瓢，缝了两针。等李伟玉回到家里，见方辉裹着一脑袋的白纱布，肿着半边脸，口口声声被同学欺负了，心里又痛又急，直奔了校长室，坚决要求校方严查。校长诚恐诚惶，一再表示打人的孩子已经给了处分，并赔了医药费，等李伟玉稍微平静了一点儿才又说其实并没有什么大事，就是班里做大扫除，方辉站在一边指手画脚不干活儿，可能班长说了他一句，他不服，吵吵就打起来了。

"这个班长太没水平了，怎么还用武力来解决问题呢？"

"但确实不是班长打的。"

"那也不能鼓动其他同学打人哪！这样的班长也是不称职的！"

校长千般不是万般不对地又替别人道了歉，答应改日再找班主任谈谈，保证在不发生类似事件。

李伟玉后悔得要命，当初就不该听了丈夫的话，上了这个"流氓"学校，不到三年，出了多少麻烦！跟同学闹着玩，七八个孩子，偏偏就把他一个人的腿摔骨折了；和同学打赌，把一顶新新的帽子输给人家了。现在再找熟人转学，又不是时候，只差一学期就要毕业了。不行，李伟玉打定主意，万一方辉再没考好，说什么也不听丈夫的了。一个好环境，关系到孩子一生的成长。幸亏儿子傻，还没真的学坏，上了高中，再早恋，不就全毁了吗？！

汽车从光滑的城市马路上拐下一条碎石子铺成的乡间公路，明显地开始有些颠簸，路两旁早已变成了一片庄稼地，隔着车窗都能闻到积肥的大粪味儿。李伟玉坐在后座上被颠得一晃一晃的，脑子里的思绪也随着车子的摇晃而一东一西地拐了弯。

这条路又该修了……几年前这还是条土路……铺柏油的话要多少钱？……从哪儿出这笔钱？……全年的利润还差多少？……生产进度应该再快些……多出点儿劳模就好了……还要大力宣传他们，得找宣传科长谈谈……

进了厂汽车又平稳了，车窗外是花坛、林荫、厂房和办公楼，大粪味儿也被机油味代替了。李伟玉迅捷地跳下车，秘书小黄赶紧迎上来，李伟玉边往办公室走一边已经开始给小黄下了好几项指示了，最后说："通知十点整开会。"

"到哪一级？"

"中层。在大会议室，先把宣传科长叫来，我们先碰碰。"

李伟玉进办公室后没两分钟一个微胖的中年男人敲敲门后也进了办公室，毕恭毕敬地双手捧着一个记事本儿，问："黄秘书说您找我？"

"坐，小李。"

宣传科长李富贵挺直了腰坐在李伟玉面前的沙发上，打开记事本儿，李伟玉一边说他一边记，同时还一边点头，偶尔发出同意的"嗯，嗯"声。李伟玉说完了，问："你看还有什么？"

"李书记说得非常全面，我把记下来的再重复一遍。"

李伟玉点点头。李富贵貌似照本宣科，其实在重复的过程中又作了一些补充，完善了一些细节，同时用询问的口气把大致日程做了个安排，李伟玉满意地点点头，说：

"你想得很周到，就这样吧。有什么困难直接来找我。"

李富贵忙不迭地点头称是，但却没有马上起身，李伟玉问："还有什么事吗？"

李富贵犹豫着，李伟玉马上明白他准是有什么事。便又说：

"有话就讲，不要吞吞吐吐的。要本着对工作负责的精神，知无不言，言无不尽。"

"……是这样……咱们厂的劳模中……我听有人反映……"

"什么？"见李伟玉一下睁大了眼睛，李富贵顿了一下，才接着小声但却比刚才坚决地说，"好像生活作风不大好。"

李伟玉一听是这个就烦了，眉头不由自主地皱起来了，她最讨厌这种婆婆妈妈捕风捉影地胡传谣言。她知道李富贵爱打小报告，可没想到竟然把这种事情也拿到桌面儿上来了，更何况现在正是要用这些劳模的时候。李富贵像是看见李伟玉的心思了似的马上把话一转：

"不过，我马上就制止他们了，没有证据不要瞎传，要维护劳模的声誉。"

"这就对了，说话要有根据，特别是在这种事情上。好了，没别的准备开会吧。"李富贵点着头往后退了出去。

李伟玉虽然并不完全相信李富贵的话，但心情一下子败坏了。她闷闷不乐地看着手中的笔，一支漂亮的派克钢笔，然后一甩，扔在了一摊文件上。她知道，无风不起浪，男人，唉，男人。男人怎么都一样。难道真的别的女人就那么好吗？这是谁呢？

李富贵从书记办公室出来有点儿蔫头耷脑的，在走廊上迎面碰上副总工程师张凯，他哈着的腰一下就挺了起来，脖子也硬了，眼也直了，脸也板了，直到看见张凯先向他点点头，他才赶紧露出个笑脸。其实他和张凯并无什么直接关系，也谈不上有什么好感或恶感，他们几乎是同时进厂的，张凯是大学生，自己是复员军人。但自从张凯两年前被提成副处级起他心里就系了疙瘩，一看见他就别扭。他死活不明白李书记到底那点儿看不上自己，他觉得自己不论从工作能力还是对领导的忠心耿耿还是脑瓜儿转得快都只在张凯之上，结果却这么不公平，真是人比人气死人。

李富贵心里那股不平之气顶得他一上午都绷着脸，只是在和头儿突然打照面儿的时候愣扯出个笑脸给人看，手底下的工作人员都吓得小心翼翼的，生怕被找了碴儿。李富贵蕴了一上午的气愣是没找着突破口儿。中午在大食堂里他正独自往嘴里刨饭，一个壮大汉子来到他身边坐下，他斜瞟了一眼没打招呼。汉子问，"怎么样？"一句话勾得李富贵起火儿，就是这个小工会干部害得他今天差点儿挨呲儿。他咬紧牙骂道：

"栓福子啊，栓福子，不好好过自己的日子管别人的咸淡事，你可真够害人的。"

栓福子摸不着头脑，两只小眼睛快对上了。待弄明白李富贵是因为打小报告差点儿挨呲儿之后，叹了口气，说：

"本来我也不想管这事儿，可三车间主任王大头求到我头上来了，不好不管。都是咱们一批转业下来的兵，没想到给你找了麻烦。"

"倒不是我管不了，而是这太不像个事儿，劳模乱搞和他有个屁关系，他也是咸吃萝卜淡操心。"

"哪儿能没关系？劳模齐万强就是他们车间的，关键还是她妹夫。"

"他真缺心眼儿，县官不如现管，还用绕那么大圈子去告状？！"

"李书记一天到晚吹捧劳模，刘淑贞又是八车间的劳模，他敢随随便便动人家一个手指头？"

"说到这儿，我还真得告诉你，最近又要表扬先进了，你回去劝王大头忍着点儿吧，下次别再选他妹夫当劳模就行了。"

栓福子悻悻地说："现在也只好如此了，这是人家的天下，人家说了算，真是没处说理去。"

李富贵瞧了一眼栓福子，心里说不上是可怜他还是感慨，他知道栓福子的老婆前几年精减家属工时，李书记让中层干部带头，点着名地把栓福子的家属树了典型。现在，他老婆在厂里只是个临时工，有活儿干着，没活儿歇着，看病、吃药、劳保全都没有。李富贵暗自庆幸没娶个老家的老婆，否则一样的下场。人真是比上不足比下有余啊。李富贵下午再回办公室的时候气色好多了。

下午，是李伟玉给自己订的下车间劳动的时间，她换好了一身劳动服，问推门进来拿文件的秘书小黄："衣服紧不紧点儿？"

小黄点点头说，"有点儿，不过显精神了。"

李伟玉带着自嘲高兴地说："哪儿还有什么精神？都胖成什么样儿了。"

"您胖得挺有精神、挺有派头的，女同志上点儿岁数太瘦了穷气。"

"有钱难买老来瘦。"李伟玉嘴上说，心里高兴，和小黄一块儿出了门，路过光荣榜的时候，她像接着刚才拉家常的口气随便问：

"听说哪个劳模有作风问题了吗？"小黄吓一跳，不敢说话了。

"没关系，我不是问是不是真有其事，我是问是哪个。"

"是闹得满城风雨的，因为两个都是劳模。男的叫齐万强，三车间的；女的叫刘淑贞，八车间的。"李伟玉的心一沉，两个？！

顺着小黄的指点李伟玉看见一个浓眉大眼、挺精干的小伙子笑模笑样儿地从光荣榜上看着自己，心想，难怪。可再看刘淑贞却瘦条脸、木呆呆的没个精气神。李伟玉有些疑惑，怎么会是这么个女的？她脑子里出现了另一张非常年轻的女孩子的脸，洋娃娃似的娇嫩、明媚、单纯，笑起来甜蜜蜜的。虽然都过去十几年了，那样子却依然历历在目。她的心，猛地缩紧了，而且隐隐作痛。男人爱上那样一张脸她不会感到奇怪，可刘淑贞这张脸？她有点儿不大相信。

像每次下车间劳动后一样，李伟玉夜里上床前没吃安眠药。她一躺在那张硬板单人床上，就觉得每一个骨节都松开了一样摊放在床上了，很快便滑进无知的黑暗中去了。但睡眠非常短暂，尽管即无梦也无人打扰，甚至也没有尿，她却莫名其妙地半夜一下子清醒了。眼睛睁得老大，睡意全无，在黑暗中看着天花板。她不敢开灯看时间，怕那样更睡不着，只能又闭上眼睛。但黑暗忽然变成她胡思乱想的最佳背景，不论多么荒诞的念头都能在这块土壤上疯狂的、迅猛地长大、蔓延、最终吞噬掉整个世界。她惊慌地发现，自己完全被野草般疯长出来的烦扰纠缠住了，所有白天不成为问题的问题现在全都变的严重起来，全都让她焦虑得不能入睡了。

都怨方辉的事分了她的心，她差点忘了昨天在市里开会，金副部长还特意问起厂里的安全措施，按说他对这个厂应该非常熟悉，难道厂里真有安全隐患？对化工厂来说，这可是大事。怎么白天忘了这件事啦……金副部长那张英气依旧的脸在眼前晃动着，那是一张年轻时肯定非常英俊的脸，真不知道怎么找了那么没出息的一个老婆……丈夫的秘书小于来电话，说辛吾后天出差，明天下班后得回家……还有，最近孟树彬这孩子好像常来家里，不知道有没有别的意思……那张洋娃娃似的笑脸又出现了，还有一个她连样子都没见过的女人，躲在角落里。终于，她不得不坐起身来打开灯，一看表才三点多，后悔昨晚没吃安眠药，现在再吃已经来不及了。她翻开放在枕边的《毛选》读起来，边读边做笔记，并用本子把方方面面的事情又在脑子里过了一遍，记下来。

下夜值班的人看见李书记的窗户一直亮到天明。

十五

整整忙了一天，李伟玉到家腿都软了，进门就看见方辉在跑，方敏在唱，方蓉在噘着嘴扫地，奶奶在吆喝着方菲，屋子里盆朝天碗朝地的乱，这才忽然想起陈辛吾出差了，憋了一个礼拜的话没处说了，心里空落落的，于是，坐在客厅里看着一帮无法无天的小兔崽子直着嗓子骂了几句：

"一天到晚都不干正事儿，爸爸妈妈不在家就放了羊！"

奶奶听见了忙来告状，连周一周二的陈年老芝麻一块儿搬出来数道，方辉又和院子里的孩子爬树上房，方菲窝着一堆臭袜子不洗，从方蓉抽屉里翻出一抽屉长了毛的剩窝窝头：

"造孽呀，口口声声勤俭节约，艰苦朴素，就喜欢吃窝窝头，了，了，骗得了别个，骗不了自家的肚子。"

李伟玉已经叫得没了劲儿，方敏给妈妈端来一杯水，方蓉又帮她把书包和大衣挂好了，李伟玉脸上渐渐松开了，有了笑模样，问方蓉：

"爸爸什么时候走的？说没说什么时候回来？"

方蓉递给李伟玉一封爸爸的来信，说刚收到的。

奶奶还在一旁不死心地唠叨："一个二个出门都没件好衣服，稀帕拉烂，衣服吊在肚子上，裤子露出半截腿子，传到我们敏子身上的衣服都融了，该买还得买。"

这句话李伟玉到听进去了，问："好好，这个礼拜就去买，都需要什么东西，你说说。"

边说边撕开方丈夫的来信：

玉：

给你写这封信已经是凌晨两点了。大家都睡了，我一个人坐在灯下给你写信。夜很静，静得只有桌上的钟声嘀嘀嗒嗒清晰可闻。

因为静，你的样子便历历在目，是二十几年前的样子，我从前线回到边区。你抱着方蓉，远远地站在县委的院子里，一头乌黑的头发迎风飘拂，看着同志们跑上来和我打招呼，站着不动。 直到我走到你面前，才发现你满眼晶莹地含着泪。

你那样子像是刻在我心里了，不知为什么，会常想起你那样子，并且一想起来便会心疼。

我想睡了，可是一阵阵桂花香飘进屋来，夜越深，香气越浓， 好像你伴着香气缭绕在我的周围，想着你，一定会有一个美梦。

不知你现在怎么样了？一切还好吧？孩子们听话吗？恐怕这里的事一时完不了，还要过几天才能回家。有事写信，或等我回家再说。

好好保重。别太累着自己了。

吻你！

辛吾

李伟玉两只眼睛看着信，躲避着方蓉好奇的目光，满耳朵里充斥着奶奶的叨叨："那么有筐，还舍不得给丫仔买件衣服。自家打扮得整齐算什么？人家要看你孩子的穿戴，孩子穿戴好了，才是好主妇。"

在奶奶的土话里，有筐就是有钱。李伟玉气得哭笑不得，忙回答："忙得没时间，哪里是舍不得？"完全没明白丈夫的信里说了些什么，似乎没什么要紧的事。

奶奶还在嘟嘟着："忙，忙，国家规定也就八小时工作，你当厂长的还有当部长的忙？还有我这当老妈子忙？"

李伟玉被奶奶聒噪得不行，吃过晚饭刚缓过点劲儿来就和奶奶到孩子们房间里挨个儿看。从方菲开始，翻箱倒柜的一件件把孩子们的衣服检出来，跟奶奶商量着该给谁买什么，该把谁的衣服给别人，哪件衣服该怎么改，可以给谁穿。跟奶奶磨完了嘴皮子，又跟孩子们絮叨，一晚上，吵得头发昏、眼发花，嘴发干，比上一天班还要累。等终于忙完了，坐下来喝口水，才注意到方蓉始终跟在自己身后，再仔细一看，女儿沉着个脸、嘟着个嘴、恼得满脸通红。李伟玉笑了，怪心疼地问：

"什么事这么不高兴？"

方蓉脸一别，嘴撅得更高了，不理妈妈。

"是谁又惹着你了？"方蓉还是不理，李伟玉逗女儿说，"你不说我可就不管了啊。"

"你管过我吗？你本来就没管！"方蓉终于气呼呼地横妈妈。

"咦？这才怪事了，我不管你，你自己能长这么大？"李伟玉说着委屈地抬头看看周围，见奶奶在旁边，便求救似的又冲奶奶说，"今天这是怎么了？怎么又是我不对了？"

奶奶趁机帮腔："你妈要算偏疼你了，要算拿你当头件大事了，屈死人也要让人死个明白，你妈问你呢，什么事生这么大气。"

奶奶这乱七八糟的一大堆话都不对味儿，只有最后一句是有用的。只是这会儿李伟玉也顾不得理会了，冲奶奶摆摆手，说，

"别管她了，她不说，我也不问了。"

方蓉气得说："看看我说什么来着，你就是不想管我。谁的衣柜你都看了，为什么就不看我的？！"

一句话倒真把李伟玉说愣了，她看着女儿，好一会儿没转过弯儿来。莫非方蓉也要买新衣服？

"你不是不买新衣服的吗？这也不要，那也穿不出去，非要做两套劳动布的衣服穿……"

方蓉急了："谁说不要啦？！我也不能老穿着劳动布的衣服啊。"

奶奶在旁边说："你那衣服结实得很哪，又不破，也不小，给别人又穿不得，做什么又买？"李伟玉虽然心里奇怪，却笑着说：

"那有什么难的？明天一起去上街，喜欢什么，就买嘛，何至于生这么大气？这么大了还耍小孩子脾气。"

方蓉气得一摔门出去了。奶奶在身后骂道："好大的脾气，冲着娘老子还摔门？！"

李伟玉忙说奶奶："行了，行了，都少说两句吧。"

奶奶十分不满地哼哼着："连她娘老子都怕她，二天连她老子都

一齐降服了。新社会就是怪事多，男人怕老婆，女人怕女仔。

真是狗咬吕洞宾，不识好赖人。……"颠着小脚也出去了。

第二天清早，方蓉本想在家看书，有什么好东西妈妈替她买就行了。李伟玉却说，给别人她知道该买什么，唯独给她却不知道该买什么，所以还得她亲自出马，其实只是很想和女儿一块儿出门转转，散散心。

方蓉虽然被拉出了家门，但恼怒就像是裹在粉红透亮的皮肤下面的一包水，一碰就会破。李伟玉便小心着说些哄女儿高兴的话，先问学校里的情况，又说衣服什么样的好看，见方蓉都提不起兴致，最后又说下周孟树彬的妈妈要到北京来出差，方蓉这才抬头看母亲，问："到咱们家来吗？"

"只要有时间，应该来吧。"

其实，这个话题李伟玉并不愿意谈及，洪苏延半个月前已经来过一次了，半开玩笑地要李伟玉把方蓉许给孟树彬。当时李伟玉打了个哈哈，前两天，洪苏延又打来长途电话，说这次来京，要专程拜访的。李伟玉心里便打起鼓来。

"妈妈，你是和洪妈妈特别好吗？"方蓉接着问。

"她人老实，应该说是她和我特别好。当年在延安是我救了她一条命。你洪妈妈嫁给孟伯伯之前有一个恋人，可没多久就上前线牺牲了，洪妈妈大病一场。大家都说她活不了了，是我一口水一口汤地把她喂活了。直到现在她都叫我姐姐。"

方蓉眼圈红了，直要滴下泪来：

"真是生死之交！这么伟大的友谊也就是你们那个战争年代才可能有。现在的人都庸俗极了。不过，要是我是洪妈妈，我就不活了。"

"傻孩子，净说傻话，人一生的路长着呢，哪能动不动就说死呢？人活着再大的困难都得克服。"

"真正的爱情，人一生只能碰上一次。这是《船长与大尉》里的话，我觉得挺对。"

"那又怎么样？没有爱情活着的人多了，都去死？那生命也太廉价了。"

"起码可以不再结婚哪。干嘛非得有丈夫？居里夫人就自己独居了几十年。"李伟玉摇摇头一笑，说：

"那都是书里写的理想中的爱情，实际生活中要复杂得多。"

"我不这么觉得，你看你和爸爸多好！延安时期那么多人追求你，结果你就看上爸爸了，而且一直那么相爱！"

方蓉这么说李伟玉倒是爱听，由不住大笑起来：

"哪里是我看上的？是你罗阿姨看上的。一天到晚在我面前说阿说啊，后来又拉他到窑洞里来玩儿，这样……"

"喝！原来你们仨是三角关系？难怪……"这是方蓉第一次听说，激动得直跳，真没想到爸爸妈妈的故事也像书里写得那么浪漫。

"哪有什么三角，罗阿姨是单相思，……"

"是义务红娘。"方蓉说，李伟玉被女儿逗笑了。方蓉却没笑，若有所思地说，"罗阿姨都老了还挺漂亮的，"方蓉历历在目地想起罗阿姨的样子感叹说，"爸爸怎么没看上她呢？"

李伟玉被女儿问得有点儿难为情了，脸上浮起一片红晕，又带着几分自豪和幸福说，"这得问你爸爸。你别看你爸人长得并不起眼儿，却是内秀，会写诗、是大学生、还会跳舞，很受器重呢。人重要的是要有真才实学，外貌好不好并不重要。"李伟玉本想加上一句，"你看金叔叔人虽然长得英俊，喜欢他的人太多了，也并不是什么好事。"连自己也不知为什么咽住了。

"妈妈，你觉得怪不怪，小彬长得一点儿不像他爸爸妈妈。"

方蓉这么突然又把话题拉回孟树彬身上，李伟玉的心绷紧了，难道女儿真的看上了那个牛高马大的绣花枕头了吗？李伟玉并不是讨厌孟树彬，只是觉得还不够优秀，而且学文的是个空架子，不如学理工科的。她刚想问方蓉是不是看上孟树彬了，忽然想起丈夫的叮嘱，千万不要直通通地捅破窗户纸，要留余地，把到嘴边的话咽了回去，顺着女儿说道：

"还是有相像的地方，他五官多少像爸爸，轮廓、骨骼像妈妈。"

"那个儿头呢？他爸爸妈妈都不高啊。"

"现在孩子营养好，当然长得高。你看方菲方辉不都比爸爸妈妈高吗，"方蓉脸一沉，李伟玉赶紧说，"你也比妈妈猛一点儿啊。"

"他可比咱们家孩子都高。"

"高是高，就是显得太大块儿头了。脸也太宽了。"

方蓉嘴上说"我倒没觉得"，心里却动摇起来没了兴致，转开了话题。

母女俩边逛边聊，逛完了西单又逛王府井，把单子上开的衣物都买好了，在东安市场的绸缎庄还给奶奶买了做夏衣的香芸纱和白夏布，虽然贵点儿，但奶奶稀罕，还不用布票儿，省下布票儿可以给孩子们多买件衣服。逛累了，俩人顺脚到馄饨侯一人吃了一碗馄饨，又拐到东来顺吃奶油炸糕、豌豆黄，香得方蓉一个劲儿说好吃。李伟玉说，你还不想跟我出来呢。方蓉使劲儿搂着妈妈的脖子撒娇说：

"哪儿啊，我只不过是想多看点儿书，做几道题。你知道那些农村同学多用功吗？我不能拉在他们后头。其实，我特喜欢和你一块儿出门，而且就我们俩。"方蓉特别加重语气，说"我们俩"。李伟玉一边笑着往外挣脱，一边儿说：

"你快勒死我了，死丫头，你就是太挑剔，别人的东西都买到了，走到现在，你还没看上一件，真是太难侍候。我们就是转上三天，把妈妈的脚累断了，也还是徒劳无功。还是回家用功去吧，学理工当然要累些，那是真本事啊。"

李伟玉只是顺嘴说的，可方蓉变得若有所思了，说：

"我也觉得学文没什么出息，我们班考大学时，学不了理工的才学文科呢。总觉得学文有些虚，可有可无，不如理科扎实。"

李伟玉微微笑着不说话，暗暗佩服起丈夫来。陈辛吾同意妻子对孟树彬的看法，说他是有些浮夸，但却不同意她横加干涉，说只可以泛泛地谈谈自己的看法，谈谈择偶的标准，千万不要针对某个人。李伟玉心想，那不是跟不管一样吗？可是她怎么能不管呢？要不先等等看，不得已时再挑明。万没想到自己的几句话竟然立刻见了效果！

谈话是成功了，但东西却买得并不成功，因为方蓉却没挑上一件可心的东西。最近连方蓉自己都不明白为什么忽然觉得自己浑身上下一片灰的形象暗淡得要命，她并不是想要丢掉朴素，而是想要在朴素之外加点儿雅致，但什么颜色和样式的衣服才能让自己显得美而不俗，漂亮却又不失优雅？怎样打扮才是恰如其分呢？她又没主意了，于是，只能是看见什么花色、样式的衣物就比划一下，再想象一下，结果不是太俗气就是太土气，要不然又太洋气了，根本穿不出去。可再买蓝色和灰色的衣服，又实在不甘心，就这样两人大包小包地转了一家商店又一家，跑了一条街又一条，几乎跑遍了西单王府井，累得李伟玉真有些走不动了，方蓉只是撅着嘴委屈地说：

"不是我要求高，是确实没好东西。"

"得啦，别人的东西不也都买了吗？"

"我是说没有适合我的东西。"

"还是的，还是要求高呗。"

方蓉脸一垂，半天不说话了。见方蓉又不高兴了，李伟玉赶紧又说：

"得啦，我的小气包子，妈妈只不过看你跑了这么一天，累了，却没买着称心的东西替你着急罢了。"方蓉这才觉得拎着沉甸甸的大包小包是累得够呛了，但还不死心：

"那你别再看别的了，好好替我看看不就得了？"

"别人的东西都是捎带手的，一直好好给你看着呢。"

这样说着，两人又路过一个毛线、毛衣柜台，一件高高悬挂着的深红色的毛衣一下吸引住了李伟玉的目光。她伸过头去仔细观望，发现它不仅显得更光亮、平整，而且价格也比较贵，她不由自主地伸手去摸，觉着也更厚实、柔软，便站下来和售货员搭话。方蓉见状赶紧说：

"都快夏天了，谁还买毛衣？沉死我了，咱们快回家吧。"

"一分钱，一分货，毛衣是上等精纺线织的，难得碰上。现在买了，等秋天可以穿。"方蓉一听急了，忙说：

"我不要，我可不要啊！那么红，谁能穿出去？"

"你不要，别的孩子可以穿啊。"

方容气得直要哭："你刚才还说是要给我买衣服呢，瞧瞧，又给别人买了吧？"

"这不是碰上了吗？"李伟玉舍不得走开，可售货员却不等，见母女俩闹别扭，带搭不理地扭过头去要走。李伟玉忙叫住人，说："好了，好了，就这件吧。"

"你非要买，你自己拿着吧。我不管了"方蓉真生气了。李伟玉看着女儿生气时都依然光亮、鲜艳的脸，越衬出一身劳动布衣服的难看，她又气又疼，无可奈何地说：

"就你和方平难侍候，一个是见新衣服就跑；一个是要么不要，一要就是摘星星摘月亮，刚才那件墨绿色的衣服我看着就挺好，你非说穿不出去，怎么碰上你这么怪的脾气？真拿你们没办法。"

方蓉不理妈妈了，扭头就往车站方向走。李伟玉抱着一大堆东西，吃力地跟上女儿，一边儿还在说：

"行啦，下次我们再上街，一定买上你称心的东西。别生气了。"方蓉仍然噘着嘴，沉着脸，不吭气。李伟玉好言相劝着，两条腿沉得迈不开步子，肩膀、后背隐隐作痛，一头一头地出汗，却仍然赔着笑脸。上了公共汽车后，她几乎瘫坐在椅子上，再也说不出话来，这一瞬间，全身的力气就像是毛巾里的水，被拧得一滴不剩，于是，变成了纸，变成了灰，变成了塑料，完全改变了性质，再也恢复不过来了。

十六

奶奶接过两块衣料高兴得呲着一口白牙笑迷缝了眼，却说：

"还有衣服呢，做什么又花钱？"

"该花的当然要花，我也再没工夫上街了。"

李伟玉缓过劲儿来，跟奶奶上楼给孩子们试衣服。奶奶把兰咔叽布衣服套在方辉身上，衣服松松垮垮的，没型没样儿地耷拉在邋遢的方辉身上，不像是依型号专给方辉买的，到像是偷的，而且偷得匆忙，偷错了，裤脚挽了两圈还长。奶奶却满嘴的夸奖，拉着方辉转来转去地看，还用手指捻着袖子，说李伟玉好眼力，会买东西，说这咔叽布结实，将来还能给方平穿。方蓉路过，忍不住挖苦道：

"跟人家售货员一个劲儿地说我儿子大高个儿，拿最大号的！别说方平接着穿了，方辉都不知是何年何月才能穿着合适呢。"

"你懂什么，还要缩水呢。"李伟玉头都不回地说。

方辉早被摆弄烦了，甩手脱了："行行行行，有完没完，烦死了。"

方敏穿着一条长到膝盖下的裙子噘起了嘴，说，太长了，是给我买的吗？方平嘻嘻嘻地乐起来，说：

"怎么不是？难道是给我买的吗？"

奶奶马上说，长点儿好，能多穿几年，你下面没人了，就要买长点儿。别学着方菲，衣服穿得紧绷绷的，腿子露在外面，什么样子？方敏哭了起来，说这么难看的裙子我不要。

"好了，好了，长了还不好说，长了可以改短，短了就没辙了。"奶奶连忙说我给你绷一绷，保证好看。李伟玉闹得头大，便把给方平买的袜子裤衩、还有一些棉毛衣裤一股脑交给奶奶，拿着红毛衣走了。

方菲的屋门关着，一推，锁着。

"大白天的锁门干嘛？没听见我们回来了吗？"

"干嘛？"里面传出方菲的声音闷闷的。

"快开门，试试衣服。"

"没说要给我买呀。"

"你就开开吧，买了。"李伟玉不耐烦了。

门终于开了，方菲低着头，不自在地扭，眼睛红红的，像哭过一样。

"一个人锁着门干嘛呢？"

"没……没干嘛，……看书呢……"方菲忸怩地回答。李伟玉走到桌子跟前，随手翻翻，一看是本儿《牛虻》，忍不住噗嗤一声笑出声来：

"傻孩子，看书也哭？真是越活越有出息了。得了，看我给你买了一件衣服，来试试吧。"

方菲低着头，鼻子囔囔地急着解释说：

"没有，我没哭。"硬抬起头来，隔着雾蒙蒙的泪光看了一下衣服，说，"毛衣大点小点都能穿，别试了。"希望妈妈赶紧走。

"你倒真好对付，能穿就行。还是试试吧。"李伟玉一屁股坐下了。

方菲无法，接过毛衣："那还要怎样？毛衣还能有什么可挑的。"

李伟玉笑了，说："都像你这样，不挑不拣的，就省事了。"

方菲听出妈妈话里有话，本想说，我倒想挑呢，谁答理我呀，但咬牙忍住了。连奶奶的呵斥她都可以忍耐，这算什么。因此，只温温柔柔递给了妈妈一个同情、理解并且十分退让的微笑，沉默着。

李伟玉像是看见狗尾巴草开出了牡丹花一样稀奇，心中诧异，怎么从来没见过女儿有这么温柔可爱的表情，更不可思议的是脸上还出现了一个浅浅的酒窝！李伟玉开始仔细端详女儿，人，依然瘦，但却瘦得不那么病恹恹的，而是匀称、苗条、直挺；脸色还是不如方蓉好，但黄色似乎正在褪去，透出白净，显出点儿水色了；眼睛依然不大，但晶亮有神，比大眼睛似乎更会说话，另有一种迷人的风采。就像花开了似的，哪怕是朵野花儿，只要开放，便自动人。真是女大十八变，越变越好看。再仔细一回想，除了模样最近这孩子连说话行事都变了。李伟玉第一次意识到，这已经是个大姑娘了。

方菲非常熟悉妈妈这种爱惜、专注的目光，只不过这是第一次落到自己身上。这让她忽然狼狈起来，低下头，脸上一阵潮热。李伟玉看着方菲，却发现自己一点儿也不了解这个女儿，她一个人关在房间里都常干些什么？她有没有知心朋友？她在想些什么？她能成为什么样的人？或者说她想成为什么样的人？她为什么从来不对我说说她自己，就像方蓉一样？不，我必须了解她，这是我的职责，对女孩子的管教必须从了解开始，而且是一个这么漂亮的姑娘。这是李伟玉第一次将漂亮这个字眼儿用在方菲身上。想着，她便伸出手臂搂住比自己高半个头的女儿的肩膀，亲切地说：

"都长成大姑娘了，比妈妈还高了，再也不能拣姐姐的穿了，得单买了。"见女儿站着没动，又说，"以后心里有什么事要对妈妈说，别闷在心里，好吗？"

方菲没想到妈妈会伸手搂住自己，更没想到妈妈会说出这么"肉麻"的话来，又腻歪又别扭，本能地一缩，但马上忍住了，生怕伤着妈妈，僵在那里，说不出话来。母亲那只仍然放在她肩上的手又热又重，急得她出了一头的汗，忽然想起手中的毛衣，便借着试毛衣的动作从母亲的臂弯里挣了出来。当她七扯八揪地从毛衣里钻出头来，看见妈妈依然用惯常罩在其他孩子头上的那种亲爱的目光看着自己时，鼻子有些发酸。为了装得若无其事，赶紧低头找毛衣袖子，两只手在毛衣里笨拙地乱伸乱拉，还嘟囔着：

"袖子呢？我怎么找不着袖子了……"

毛衣穿好时方菲已经出了一头的汗了。李伟玉对女儿的窘态似乎并没大注意到，倒是女儿架好了毛衣之后，越显得秀拔直挺的身段引得她赞叹不已地上下打量着。她情不自禁地喃喃着：

"多漂亮的毛衣，穿在我女儿身上多好看，你姐姐还跳着脚地不要……"一边拉扯着方菲在自己面前转着圈子。当方菲再面对母亲时，看见方蓉刚好来到自己的房门口，正在母亲身后，便说：

"姐姐穿上也一定漂亮……"说着就往下脱。李伟玉按住她的手，说："不去管她，这毛衣就是给你买的，"

方蓉扭头跑了。李伟玉听见脚步声，回过头去，没看见人，方菲小声说："是姐姐。"

李伟玉满脸的灿烂凋谢了，比晚霞依山而尽还迅速，还黯淡，说："毛衣收好吧。别看小说了，先做功课。"转身出去了。

方菲等母亲出去后，关上了门，往床上一仰，不出声地任泪水顺着太阳穴簌簌地流淌，枕巾很快就湿了一大片。她想要忍住不哭，知道只不过是因为自己长大了，漂亮了，满足了妈妈的虚荣心，妈妈才一时兴起地关爱一下，她即不必为此得意忘形，以为自己就有空可钻，从此就变成了天鹅，也大可不必为它的转瞬即逝而难过，更不必因为看见它是多么地稀薄、轻飘、浅显和判若云泥而伤心。她在鸭妈妈的眼里永远只是个丑小鸭，是个永远也变不成天鹅的丑小鸭，是个即使变成了天鹅也得不到鸭妈妈承认的丑小鸭。她不能这么软弱，为了这么一丝丝、一分钟、一点点的爱而如此伤心，不，她不需要任何人的爱，因为任何人的爱都是靠不住的，除了自己对自己的爱。

> 到底爱谁？到底相信谁？
> 谁是不会背叛我们的人？
> 谁永远都不会使我们厌烦？
> 空虚幻影的寻求者啊，
> 不要徒劳地白费了功夫，
> 爱你自己吧，
> 我的可敬的读者，
> 这事情是值得的，
> 确实没有比它更可爱的了。

方菲虽然心里明镜似的，但仍然缱绻郁郁，眼泪干了，梦来了。梦中的她是个蓝眼睛、睫毛向上翻卷着的金发美女，像以前看过的苏联电影里的女主角一样，不仅被电影中英俊的男主角爱着，而且被坐在黑暗中看电影的千千万万个男女老少热烈地爱着，被全世界的人爱着，如果有全宇宙的话，如果童话故事是真的话，如果……

醒来，依然泪眼迷蒙、心痛得人都痴了。

她变得更加沉默，更加退让，脸色苍白，抱着一本书，在屋子里游来荡去，如果没有俄罗斯地主的田野，那就在屋子里梦游吧。

没有人注意到这一切，只有奶奶很高兴了一阵子，方菲突然变得那么听话，那么温顺，而且省心，饭后竟然还帮着收拾起桌子来，难道是被花子拍了吗？

十七

报纸上关于历史剧的讨论越来越热烈，陈辛吾的关注也日益详尽，不但每篇都看，而且看得很仔细，连作者的名字都注意到了。如果不是前些时候那份中央文件，陈辛吾很可能就把这些报道只当成学术讨论来看，可是现在他越来越觉得事情不这么简单，延安时期的整风运动就是从文艺批判开始的。

陈辛吾上大学虽然学的是工科，但一直对文史哲有着浓厚的兴趣，还曾经在校刊和杂志上发表过一些小杂文。因此，一到延安他便面临选择，即可以上抗日军政大学，也可以上鲁艺。陈辛吾原本就有实业救国的思想，考大学的时候就已经懂得要把兴趣和事业分开，加上学而优则仕，仕而不成才文的传统思想也在脑子里作怪，使他毫不犹豫地选择了军政大学。只是偶然来了兴致，还会写些报道、散文等，有些还颇受赏识。但自从 1942 年的春天，延安的肃反运动之后，他干脆连兴趣都放弃了，再也没有胡乱发表过任何自由言论，而且只要有工作调动，在征求意见时，他都坚决地避开宣传文化意识形态方面的工作。

除了谨慎的天性和对中国历史的稔熟使然，陈辛吾也确实深感自己不宜作意识形态方面的工作，因为当时他就没有看出《野百合花》《三八节有感》有什么政治问题，等运动开展起来，他才后怕。

后来，在历次意识形态的斗争中，陈辛吾都是怀着一种极其复杂的心情关注着，尽管这一切都与他无关，或者说几乎无关。

现在，他又闻到了一些味道。

陈辛吾坐在书房的大圈椅内，慢慢抽着一支烟，正在凝神地挨篇读着文件和社论，虚掩着的门推开了，李伟玉一只手捂在衣襟前，鬼头鬼脑地先往身后看了看，然后仔细地关好门，神色紧张，压低声音焦虑地张口就说：

"辛吾，你可得好好管管你这宝贝女儿了……"

一听宝贝女儿几个字，陈辛吾就知道是指方菲。他抬起头，疑问地看着妻子。李伟玉从衣襟下掏出一个红色织锦缎封皮的本子，杵在陈辛吾眼前。

"是方菲的，……你自己看吧。"李伟玉侧耳听了听门外，还是一副神神鬼鬼的样子。

这本子是陈辛吾认得，是他送给方菲的生日礼物，翻开来，扉页上还有他用毛笔写的题字："人一能之，己十之；人十能之，己百之。父字"

"是方菲给你的？"陈辛吾好生奇怪。

"这你就别问了，你先看看内容吧，……"

"这样似乎不大好吧。"陈辛吾犹犹豫豫地说，但却已经翻开了本子，被妻子闹得也鬼鬼祟祟起来。

厚厚的一本日记几乎写满了，其中大部分内容是方菲检讨自己学习不够刻苦，学习目的还须端正，世界上还有三分之二的受剥削、受压迫的人民等待她这个革命接班人去解放，不好好学习，就辜负了革命先辈的期望等等。其中还有些普希金、果戈理、司汤达等世界名著的精彩名言，这些内容陈辛吾一扫而过，让他有感触的是类似这样的话：

"姐姐可以学理工、学高能物理，为国争光，为什么我就不行？我就是个低能儿？只配学外语、或学医？！真太小看人了。"

他记得好像是跟方菲提过学文还是学理的事，方菲说想学理工，自己大概说了一句，"学学医或者外语也挺好的。"想不到这都惹恼了她，真让人哭笑不得。

"今天又和方蓉大吵了一架。我讨厌她一天到晚拿我和方辉作比较，动不动就是他如何思路广、肯钻研，我不开窍、不可救药。老以高人自居，就爱训人，她还真的以为自己就是爸爸妈妈了？！讨厌！"

日记中充斥着愤世嫉俗的情绪和对母亲的怨恨：

"不论我长得多么丑，他们也不能那样随便当着我的面儿评论我。妈妈拉着我在罗阿姨面前扯来扯去，说长道短、评头品足，就好像我是一件见不得人的次品，就不该把我拿上柜台似的。我真受不了他们这样拿人不当人。"

"公平！我要的仅仅是公平而不是爱！为什么连这点儿最起码的要求都得不到满足！？我痛恨这个没有平等，得不到公正的家！痛恨'偏心眼儿'的母亲。宁可她没有把我带到这个世界上来，让我从一出生就尝到了人世的不公！"

陈辛吾知道妻子就在身边，却不敢抬头看她一眼，更不敢轻易张嘴说话，只是很快地翻过这些篇章，脑子里在飞快地转着，待会儿该怎样劝慰妻子，一面继续往下翻阅：

"不知道是我的错觉还是真的，只有他并不觉得我丑。他没有过一句溢美之词，但他的目光比语言还要清楚、还要热烈、还要明确地告诉我，在他眼里我是漂亮的。他不用说我就能感觉到。"陈辛吾开始以为这个"他"是指自己，但接下去的描述却越来越暧昧，有些话虽然是抄录，但却读起来像是暗示：

"我狂热地爱您……我行为很小心，我沉溺于可爱的习惯，天天看见你和听你说话的习惯……——普希金 《暴风雪》"

不对，不是自己。天天看见？是谁？难道是男孩子？……

"智慧是生命的精神，是它的灵魂；而诗呢，是生命的笑，是它明亮的眸，其中有迅速变换的感觉所透露的各种色彩。我们时常碰到一种女人，自然赋予了她们稀有的美貌，然而他们异常端正的面容令人觉得有些严峻，举止也不够优雅；这种女人可能是艳丽夺目，令人惊讶；但她们却不能令人莫名其妙地激动地心跳，他们的美不能引起爱情，因为其中没有生命，没有诗。——别林斯基"

陈辛吾直想笑，心想还怪有品位的。

"他来的时候，我没注意；

他在的时候，我不经意；

他走的时候，我不介意；

可他仿佛时刻就在我的心里，

就在我的眼前，就在我的睡梦中和脑海里。

那么他是谁，他为什么要来到我的面前？

我该把他当作什么？告诉我，万能的主。"

——摘自《克莱尔日记》

《克莱尔日记》？哪有这么本儿书，都学会写诗了？！陈辛吾终于微微皱了皱眉，李伟玉这才急说：

"就是为这个，'早恋'！她才多大，16！"好像陈辛吾不知道方菲多大似的。原来如此，陈辛吾放松了，淡淡地回答：

"16？是早了点儿。"

"怎么才是'点儿'？你不觉得'点儿'得太多了吗？"李伟玉急了，"这男孩子是谁都不知道！万一弄出个三长两短的，后悔可来不及了！"

"这也太耸人听闻了吧，你的女儿你还不了解吗？要信任她……"陈辛吾脑子里立刻出现了一个浓眉大眼、精瘦高个儿男孩的影子，应该就是他，金广文的儿子。

"我不是不信任，可她才16岁啊……你得和她谈谈。她对我的态度你也看见了，其实，我何尝不希望她也成个好孩子，她就是小心眼儿，难道她就不是我亲生的孩子了吗？……"李伟玉说着滴下泪来，"没想到……我真的没想到……"

陈辛吾摆摆手不让妻子说下去了，他知道在这个问题上和妻子没理好讲，也不想多讲，而且现在也不是讲的时候：

"好吧，我找她。不过，你千万不要捅破。否则，谈都不好谈了。"

"我知道，偷来的锣鼓敲不得。更何况，她这么敏感，……我想……确实也应该注意我的方式方法了，已经是大姑娘了。"

陈辛吾点点头，妻子的坦荡和从善如流每每让他既意外又感动，目光软和得像是拥抱，说：

"我就担心你会受不了，不过你能这样想，事情就好办多了。"

"看看，把我混同于一般老百姓了吧。我哪儿能这么没觉悟？"李伟玉笑了，拿过日记本往怀里一揣说，"我看还得及早还回去"。

看着妻子如同小孩子般鬼鬼祟祟，陈辛吾好笑又好气。

李伟玉找到方蓉，把日记本还给她。方蓉见妈妈平静的样子试探地问："妈，是不是特可气？"

"行了，你要好好帮助妹妹，别让她走上歪路，多谈谈心。"

"她那么厉害的人，我能谈得过她？还是你们来谈吧。"

"日记赶紧退回去，还有谁看过了？"

"不知道，好像都看过，……"

"什么？你这孩子，怎么能这样！"李伟玉急了。

"她那屋又没锁，谁都可以进，而且就塞在褥子下面，我可没给她到处宣扬。"

"好了，好了，以后可别再干了，听见了没有？"李伟玉气急败坏地说。

"是说我不该告诉你们日记的事吗？"

"你怎么也变得这么小心眼儿？爸爸妈妈当然应该了解每个孩子的动向，只是别闹得沸沸扬扬的。"方蓉乖乖地点点头，不分辩了，李伟玉拍拍方蓉的肩膀，"去吧，好孩子。"

李伟玉出乎意料的平静让方蓉除了失落，更加百思不得其解，这么宽厚，仁慈，善解人意的妈妈，简直就是世间少有的完美无缺的人，怎么就会被方菲这个昧着良的坏东西诬蔑成了坏人！？忍不住低声骂着，"这个小人！"

"不要这样，要和妹妹搞好团结，要帮助她。你是姐姐。"

而李伟玉越是宽容大度，方蓉就越痛恨方菲，她噘着嘴，气哼哼地说：

"她是孺子不可教也，我哪儿能管得了她？物理考试得了个 3 分，还秘着，把卷子偷偷藏了起来！"

"这是什么时候的事情？"李伟玉关心地问，两人一路上楼来。

李伟玉一头茂密的发丝白得很早，为了不露馅儿，只好常上二楼的卫生间来染发。

方蓉说"你等着，我拿给你看"，扭头走了。李伟玉穿上一件旧衣服，对着墙上的镜子小心地往头发上刷颜料。

一会儿，方蓉回来了，手里挥舞着一张纸。李伟玉正在洗头，斜

108

眼一看，果真是张三分的卷子。方蓉说：

"你看，都半个月了，藏在床底下，想混过去。"

方菲偶尔得个把三分并不是什么新鲜事，李伟玉让方蓉提着水给自己浇头，一边问道："她没告诉你吗？"

"没有。是我自己发现的……"方蓉的声音放低了，"……和日记本一块……"

李伟玉没吭气，擦着头，动作越来越燥。方蓉低声说：

"本来不想马上说，可是，我觉得应该让你知道……"

早恋加三分，完了。这个年纪的女孩子一旦走上邪路，拉都拉不回来。李伟玉心里毛躁着，半干的头发被梳子一团一团地拽下来。再不管，会出大问题的。李伟玉再也按捺不住，甩甩头发，直奔方菲的房间去了。

方菲白天和宋月明去美术馆看展览，然后顺路又去找宋月明的一个小姨，中央美术学院的学生，大谈了一通世界绘画史，现在人虽然回了家，可满脑子还是列维坦，彼得罗夫，莫奈和凡高的。她翻出一本作文选，里面有一篇姐姐的中学同学孟晓云写的作文《我爱生活的画卷》，躺在床上正细细地品味。文章写得回肠荡气，里面净是华丽的没见过的好词儿，而且还有那么美丽丰富的联想，让方菲又惊叹又羡慕。就在她浮想联翩，激动得两眼发直，妈妈和姐姐突然气势汹汹地上门来，方菲扔下书，一崩子跳了起来了。

李伟玉手里捏着那张卷子，挥了挥，劈头盖脸地问道："这是怎么回事？"

方菲一看就知道完了，干瞪着两只眼睛，说不出话来。李伟玉把卷子往桌子上一拍，"你的物理卷子！"

天哪，这是怎么落在妈妈手里的？方菲瞟了一眼半藏在妈妈身后的姐姐。

"你甭看别人，得了三分，藏起来就没事了？为什么不告诉大人？"

方菲低头不说话。

"我跟你说话呢，我在问你，为什么？回答我为什么！"

"你不在家。"方菲只好小声说。

"姐姐在家，为什么不给她看呢？"

又是沉默。但李伟玉今天憋了一肚子火：

"不说话就能解决问题了？不能一犯了错误就以沉默对抗！"

"忘了。"

"不要狡辩，怎么会忘？明明是想蒙混过关！我以为你长大了，懂事了，没想到学会骗人了。"李伟玉提高了声音，"告诉你上了高中要抓紧，要抓紧，可不能再靠耍小聪明解决问题了，结果可好，不但不好好学习，还学会了靠坑蒙拐骗过日子了？这还了得？！"李伟玉越说越气，把骗人两个字说了一遍又一遍，没注意方菲的脸色由白变红，又由红变白，目光渐渐冷漠锐利起来，终于爆发出一声尖叫：

"我没骗人！"

"那你是怎么回事？"李伟玉吓了一跳，但更来气了。

方菲终于忍不住了，头一偏，理直气壮地说：

"没怎么回事。我不认为得个三分有什么了不起，不过就是个三分而已。没什么可汇报的。更何况它并不能代表我的真正水平！学生不能成为分数的奴隶，得三分的学生不见得就不如得五分的学生。"方菲拿眼睛瞟着方蓉，言外之意"少拿这个三分做文章，不就是会打小报告吗？我才不怕你呢。"

这理论的发明权是伟大领袖毛主席的，话说到这儿，就等于把话说到头儿了。李伟玉一败涂地地喘着粗气：

"好，好，我说一句，你就有十句等着。这么说你得三分还有功了，我还得向你道喜？！"

一直站在幕后的方蓉跳出来增援：

"你少拿大帽子压人，毛主席说的三分是你这样的三分吗？"

方菲本来想说，三分就是三分，就像两只苍蝇一样，没什么本质的不同。如果非说有不一样，也不过是一个传染痢疾，另一个传染肠炎。眼看一场唇枪舌剑的大战在即。但就在这一瞬间，方菲忽然觉醒地想起了自己起过的毒誓，嘴都张大了，愣没射出子弹来，目光也如剧场里的灯光一样渐渐暗淡下来。足足有半分钟，等待反击的李伟玉才终于明白方菲已经撤了，她简直不敢相信这是真的，心软了：

"妈妈知道你是个聪明孩子，但聪明不能当饭吃。还得下功夫。不要总怪别人说你，管你，姐姐也是为你好。"方菲默不作声地听着，收尽了眼里最后的光芒，变得超乎寻常的冷静。她神态超然地看着妈妈和姐姐，耐心地、平静地等妈妈训话的结束，不再看姐姐，心里说不出的悲哀，其实她早该知道事情会是这样。姐姐依然永远是对的，她觉得自己真蠢，真可笑，竟然以为只要自己好好做，一切都是可以改变的。

李伟玉见方菲不吭声，也渐渐平静下来，接着说道：

"好了，妈妈并不是说你不能得三分，关键是如何对待它，不要一扔了事，有什么不会的、不懂的要去问姐姐，不要老那么小心眼儿，要虚心点儿。听话，好孩子。"

尽管李伟玉这一席话对方菲来说已经是前所未有的温和了，但方菲已经一句也听不进去了。她只是极好地保持了听的姿态，心，却像一块落满了灰尘的平坦的冰面，寒冷、暗淡、不为所动。现在她已经不恨这个三分了，因为所有该受到的惩罚似乎都已受完了，现在她恨的是物理，她想把物理书一把火烧掉才解气。

李伟玉错误地估计了方菲的思想，对女儿的变化吃惊并且满意，谁说"三岁看小，七岁看老"，应该是"女大十八变，越变越有出息"，领着方蓉走了。

十八

早晨，方菲起的有点儿晚，急急忙忙蹬上自行车就飞也似的往外冲。路过传达室的时候，忽听有人叫她，回头一看，是一个胖胖的、个子不高的姑娘。

"你吓死我了！"方菲叫起来。

姑娘是方菲的高中同学史培玲，是从一所普通中学考进来的，因为家住的近，经常借故来找方菲。但方菲不知道是不喜欢她长得那个没出息的模样儿和愣了巴几的性格，还是不喜欢她没事儿老找碴儿跟自己套近乎，总之从刚认识就不喜欢。而最近对她的厌恶更是陡增，可这并没有妨碍史培玲不知趣地还要来找，还要表示友谊。闹得方菲只能厌恶着同时又没法翻脸地和她继续交往着。

传达室的季大爷说："这姑娘等了你好一会儿了"。

"快走，快走。"方菲没下车，火烧屁股似的往外冲。史培玲跳上车就追。两个人一前一后，叫着"季大爷再见"，撅着屁股骑得没影儿了。

季大爷摇摇头，自言自语，"真是两个疯丫头。"

史培玲气喘吁吁地追上方菲，问："今天有物理课，你的卷子改了吗？"

方菲一听这话，气得差点儿撞车。一股打心眼里泛起的腻歪充斥了全身。这次小考前，就是史培玲死缠烂打地要和她一块儿复习，说全班只有方菲最有头脑，学得活，不死读书，她可不想变成宋月明那样的死读书的"好学生"。可发下成绩来，她和史培玲成了全班"唯二"不是"唯一"的两个3分，倒是宋月明是全班唯一的5分+。对这个结果，方菲都快气糊涂了，以至搞不清到底是史培玲缺心眼儿，还是自己白痴。自此，好像史培玲满脸都写着物理成绩似的那么令她厌烦，现在她竟然还敢厚颜无耻地谈这件事！

还有那个物理老师丁知文，看他上课就像看一部不知所云的电影。一上讲台他就满堂课叨叨叨叨，也不知道哪来的那么多话，可他一住嘴，就好像电影放完了，银幕上只留下一片白光，人的大脑也像这片白一样连个影儿都没留下。方菲并不觉得自己有多聪明，但却不能承认自己低能到连课都听不懂的地步。

方菲心里窝火，不理史培玲，猛地又加快了速度，急得史培玲一边追一边叫：

"等我会儿，等我会儿，干嘛骑那么快，还来得及呢。"

直到进了教室，方菲也没回头。史培玲傻愣愣地跟到教室还问：

"放学后咱们还去书店买物理参考书吗？"

方菲心里恨不得回手就给这个不开眼的家伙一拳，咬牙忍着，装没听见，头也不回径直往后走向自己的座位，把史培玲晾在了前排。这学期方菲又和宋月明做了同桌，她故意大声跟宋月明打招呼。宋月明微微笑着，收起抹布，像初三时一样，只要她到得早擦桌子的时候都顺代手给方菲也擦。

方菲坐下整理着位子，所有乱七八糟的各种情绪郁结在心里。她借着和宋月明有一句没一句地说着话，想要让自己平静下来，忘记所有的不愉快。

宋月明不是个多话的人，因为和方菲太熟悉了，看得出她正在压抑着自己。因为不知道原因，也不便多问，只是应付着方菲的话，小鹿一样的大眼睛来回转着，目光中略显出她怯生生的谨慎。就在这时候，物理课代表的林洁莉站起来对全班同学说，"大家把改好的物理卷子交上来。"方菲无可奈何地把叠成四折的卷子放在了桌面上。

林洁莉拿着一大沓卷子收到方菲面前时，哗啦哗啦地将方菲的卷子抖开了，分明是假装同情地对方菲说：

"嗨，别当回事，不就是个阶段考试吗？老师爱给得几分就得几分，这也不代表人的真才实学。"声音大得绝不是说给方菲一个人听的。

方菲没吭气，应付地咧了咧嘴，想让事情快点过去。但林洁莉并不罢休，继续说：

"别看有人得了个 5 分+，未见得就比你这个三分质量高。"声音大到盖过了教室里的嘈杂，引得许多人回头看他们，同时还故意用眼睛瞟着宋月明。由于保送的名额最终也没能落在林洁莉的头上，她对宋月明始终憋着一口气。

宋月明低头收拾位子，假装没听见。和自己同样的理论，同样的观点，但方菲此时却只感到无地自容的羞惭。三分原先仿佛只是烙在胸前衣服上的红字，经林洁莉如此一"抬举"，这字，便烙进了方菲的肉里。自从知道自己是"唯二"的三分开始，这种被烫红了，被烫伤了的感觉就一直跟随着方菲，现在，这伤口又被林洁莉又撒了一把盐。

上课了，方菲无精打采地坐在教室里，百无聊赖地看着老师们走马灯似的在讲台上你去我来。有的老师是在废话连篇，有的则是云山雾罩、不知所云，还有的简直是在浪费时间。她和所有人一样看着黑板，但黑板上写的是什么却一个字也没印在脑海里。她人被关在教室里，心则被关在一个听而不闻、视而不见的狭窄、黑暗的胸腔里。而能够进入她脑海的都是与上课无关的事情，是站在窗外枝头跳来跳去的小鸟和它们快乐的叽叽喳喳的叫声，还有缓缓移动的日头，和微风吹拂的嫩柳。当然，还有这些事情在她心里引起的无限的惆怅和哀伤。

第一节数学和第二节政治课就这样混了过去，直到第三节课预备铃响了，物理老师丁知文那张年轻、红润、娃娃般的浓眉大眼的脸在教室门外晃过，仿佛蜷缩在另一个世界里的方菲才突然伸展开来，不但睁开了眼，支起了耳，而且浑身上下的每一个神经都突然活跃了起来。现在，她不仅听得见，看得见，而且对任何一个小小的动静都产生了超乎寻常的敏锐的反应。当丁知文随着铃声一步跳上讲台，方菲几乎是同时也惊跳起来。丁知文垂着眼并不看着向他起立行礼的四十多个同学，迅速点头回礼。但方菲并没有等他回礼早已经又坐下了，因为她知道即使自己没有站起来，丁知文也不会知道。丁知文翻开书，从粉笔盒里挑了根长短合适的粉笔，一掰两半，然后一昂头，两眼往天花板一翻，开始对着天说起话来。

方菲甚至预先就知道他下一步要做什么，这一套习惯了的动作细节方菲是那么熟悉，而且也那么地厌恶，而今天这种厌恶简直让她无法平静地坐着。她扭来扭去地改换了几种坐姿，仍然不能除去心里的反感，看着他气就不打一处来。

丁知文仿佛知道自己年轻、面嫩，知道自己是这间屋子里唯一的男性似的，一进了课堂便紧绷着脸，目不斜视，尽量作出严厉、傲慢的表情。极力与女孩子们拉开距离，这里即有年龄距离、师生距离还有性别距离，似乎指望用这种对距离的强调来获得尊严和服从。但不幸的是，他长了一张仿佛随时都在微笑的嘴角微微上翘的嘴和一双弯而大的亮眼，即使紧绷着脸，即使眼望着天花板，依然不会产生丝毫的威严，反而被女生们认为是摆架子，臭来劲。因此，在他的课上永远也没有绝对安静的时候，他从来也没有让女孩子们对他肃然起敬过。

这让丁知文非常恼火，为了获得尊重，也为了维持课堂纪律，他不时地中断讲课，用沉默来表示自己的不满，警告学生。而这充其量也只能使下面一片嗡嗡、喳喳的嘈杂声象征性地暂时地降低一些。只要他一张嘴，下面又是嗡嗡一片，女学生们漫不经心的目光、随随便便的笑声、毫无拘束、有时候是不着边际的提问都令他难以忍受，一句话，都是不把他放在眼里的表现，都大大地伤害了他这个名牌大学的高才生的男性自尊心。于是，他像个大孩子一样发脾气地将那张娃娃脸便越绷越紧，越做出傲慢自负的样子。由于这个表情与他那张脸并不相称，非但起不到震慑作用，反而暴露出他的无能为力和无可奈何，越让女孩子们得了逞。

十六七岁的女孩子本来是最精灵古怪的，最情绪化的，他们对情绪的感应力能精确到头发丝的千分之一，更别说像丁知文这样臭来劲地摆出一脸的表情了。你不高兴，我们还更不高兴呢。

丁知文上课时很少将目光停留在学生们的脸上，而是越过学生的头顶，看着后黑板或者是天花板。但他依然能够分明地感觉到四十几双少女的目光不信任地停留在他的脸上。他气馁地发现他应付不了这些既像孩子一样好奇得令人难堪又像个成熟的女人那样挑剔苛刻的目光。这些目光有时候老练镇静得像个考官，又有时候一瞥之下会如惊鸿般飞散，只留下一张红脸。丁知文常常迷失在这些谜一样的目光中，更失了自信。

他的课时而讲得飞快，离下课还有十分钟就结束了；时而东拉西扯完不成大纲上规定的内容。有时候一口气倒是讲完了，回过头一想却发现匆忙之中丢掉了一些枝蔓，或者说没有突出重点，只好反过头来再补充。而女孩子们要不就是提出许多不该提出的问题，要不就是一片沉默，让他搞不清楚他们是否真的听懂了，反正一片晶亮有光的明眸牢牢将他罩住，如同黑夜里迎面而来的汽车强光，照亮了世界却迷失了道路。

这次考试的成绩尤其令他失望，他的两个班不如另外两个老师教的班，而仅有的两个三分中陈方菲尤其令他不解，因为他一直认为她不笨，虽然课上有时会提出些钻牛角尖的问题。

今天丁知文还没上课，心里已经带着三分气了。开始讲课时，他尽量让自己保持平静，但是中间仍不得不长时间地中断了两次讲课，他沉默的时候，教室里也安静了，但只要他一张嘴，下面就又是一片嗡嗡声。周而复始的噩梦又开始了，丁知文知道自己又失去了主动，发现女孩子们并没有因为成绩不好而痛下决心好好听讲，而是依然故我，不求上进，当然，他的教学业绩也就根本不可能有所改观，便气上加气了。

丁知文本来是个白皮肤的红脸人，一生气，脸红的像公鸡冠子了。讲话的速度也不由自主地越来越快。课堂上的一切都是个最难控制的变量，女孩子们马上察觉出了丁知文的焦躁，并且很快就受到了传染，有的开始交头接耳，有的自己看书或做其他科目的功课，更有的则开始身体力行地实践伟大领袖毛主席的指示"老师讲得不好，就可以睡觉嘛。"丁知文眼看着教学秩序的完全瓦解，束手无策，草草结束了课程，气得往黑板侧面一站，把粉笔头儿远远地啪的一声投进粉笔盒儿，其精确、响亮、有力连他自己都吓了一跳。霎时间，四十几道吃惊、好奇的目光齐刷刷地扫向丁知文，教室里前所未有地安静、注意力集中。丁知文颇为解气地说：

"有什么问题现在问吧，课讲完了。"

教室里一片肃静，女孩子们明白，丁知文又生气了，所不同的是，今天好像气得格外厉害。如此气鼓鼓的哪里是让人提问题，分明是要耍脾气的预报，是又要训人的一个开场白。知趣的都不吭声了，更不会在这时候提什么问题，而是无奈地等待着下一幕好戏的开始。丁知文正在沉默的僵持中打着腹稿，突然陈方菲忽然举起手来，丁知文一怔没想到会有人举手，但马上又镇静下来，问："说罢，哪儿不懂？"

"哪儿都不懂。"陈方菲冷静、坚决地大声说。下面马上有几个小声附和说："就是，没听懂。"

丁知文一下气蒙了，想不到有人如此放肆，冲着全教室吼：

"都不懂？！上课都干嘛了？我讲了那么半天课，你们都干嘛去了？"

"都在看你讲。"陈方菲答道。丁知文一愣，没太明白这个"看"字的意义，怒火已经冲昏了他的头脑，他连表面的尊严都忘了，糊里糊涂地就卷入了和学生的唇枪舌剑中去了，并且提高了嗓门儿，似乎指望用怒火镇住对方：

"那为什么不懂？你们到底是什么意思？"方菲此时脸色发白，极力稳定住自己的声音：

"意思是你讲得不好，我们听不懂。"

仿佛是证明"我们"这个字，下边一片声音跟着起哄：

"就是，我们听不懂"，"什么乱七八糟的"，"越听越乱，越讲越糊涂"，"还不如自己看书呢"，早就对丁知文大为不满的女孩子们趁乱嚷成了一片。

丁知文的吵嚷被这一片声音淹没了，已经乱得听不清是丁知文在喊还是同学们在叫了。丁知文涨红了脸，夹起书，抓着粉笔盒，且战且退，刚退到教室门口，下课铃也哗然打响。他气急败坏地拉开门，向外冲去，几乎和等在门外准备上下一节英语课的班主任李贤英撞个满怀。李贤英把辫子甩到身后，扶了扶眼镜，吃惊地看着连眼白都涨得通红的丁知文仓皇离去，连欠都顾不得道。教室里轰轰然像着了大火，一个锐利高亢声音在说话：

"本来自己就没本事，还爱生气，谁吃他那套啊！真是活该。"

李贤英听出来是林洁莉的声音，心想，这个孩子也太大胆了，口气太粗，这干部子弟就是不好管。其他人七嘴八舌地也跟着嚷：

"这样的老师就不应该上讲台，什么水平？"

"还谈教改？！连怎么教都不会，改字从何谈起？"

"好，就得这么顶顶他！"

李贤英听出来说话的多数是班里的几个干部子弟，不对，不是几个，而是十好几个。想了一下，她没进教室，而是去了卫生间，直到打了上课铃她才若无其事地出现在讲台上。

第二天，李贤英被叫到教导处的时候丝毫不感到意外，但当她知道挑头闹事的学生是陈方菲的时候，多少有点儿吃惊，因为昨天她似乎并没听到她的声音。教导主任要她找陈方菲谈谈，向老师道歉。

李贤英和丁知文毕业于同一所大学，只比他高一届，也才教了两三年书。这是她第一次接手当班主任，光是那天在教室外面听见的情况就让她慌了手脚，吓得只敢回家与新婚爱人念道，这北京的孩子怎么都那么大胆？尤其是干部子弟，还真和咱们不一样。但一听要她插手这件事又有些为难，她小心地、拐弯抹角地表示是否应该先调查一下再做决定，因为在此之前，她也听别的班同学反映过，丁知文的课好像是有点儿问题。教导主任生气地说：

"老师的问题另说，即使老师真的有问题，也不能这样对待老师，如果不严肃处理，学校还不都乱了！"

李贤英吓得没再敢说话，退了出来。

十九

天蓝成那样，把嫩粉嫩粉的桃花都映成了透明的，让方菲心里透亮得像一块水晶。原以为阴霾会永驻，不成想老天爷怜悯，弄出个美得让你都不忍心沉着脸的天来逗你高兴。

课间，方菲站在教室外的桃园里一心想醉死在花下。然而，天作美，人却不饶人。就在这时候，方菲被李贤英叫到了办公室。

李贤英很温和，耐心地听方菲辩解。但没有对手，方菲的狡辩很快就词穷了。李贤英这才说话，有意见可以提，但不要采取那种方式，至少不要搅乱课堂纪律，建议方菲和丁老师当面谈谈，道个歉。方菲没法拒绝带着微笑说出来的要求，出了办公室，沿着阴暗的走廊慢慢地蹭向教室，看着眼前的四方棱角的门窗、走廊、楼梯心里垒起了一片疙瘩。一进教室史培玲早就关心地迎了上来：

"怎么了？李老师和你说什么了？"方菲不回话，"出什么事了？"史培玲又问。

方菲一扭屁股转到自己的座位上，史培玲跟过来，招得一帮同学都围上来，七嘴八舌地问，"怎么了？怎么了？"

方菲被吵得发闷，往桌上一趴，把脸藏在臂弯里，仍旧谁也不理。坐在旁边的宋月明凑到方菲耳边问：

"是因为物理丁老师的事吗？"

"让我找丁老师检讨……"方菲这才小声说。

"凭什么！"史培玲第一个大叫起来，"就因为咱们上课听不懂？！这也太过分了。"

"就是，像丁知文那样的根本不配当咱们的老师，什么德行，狗屁不通。"林洁莉也跟着说。大家炸了窝似的开始嚷嚷：

119

"教改就应该从教师改起，实行聘任制，讲得不好，学生可以把他哄下台。"

"毛主席说，上课可以打瞌睡，可以不听讲。讲那么多干嘛？越讲越糊涂，发了讲义自己看嘛。"

"就不能给这样的老师做检讨，我看他倒应该给大家作检讨。检讨检讨他的课是怎么上的。"

方菲像一只蔫气球，大家的每一句话就是一口气儿，三下两下就把她吹涨了，对啊，好像他们是有点儿过分。

"你别怕那个丁知文，我们都觉得真理在你手里。准是他上教导处告了你一状，教导处就让李贤英出面来管……"

"不管是谁，也得先调查研究，凭什么一有事就是学生的错？不写，就不写检查。"大家七嘴八舌地鼓动着。

丁知文那傲慢而又鲜艳的面孔清晰地出现在方菲的眼前，让她厌恶和憎恨得直闭眼睛，她恍然明白了，她打死也不会去找他，更不要说去认错了。但她心里还是虚，问，"行得通吗？"

"废话！当然不应该你写检查了！"

"瞧丁知文那德行，课讲得臭屁，架子挺大，一天到晚下巴翘到天上去了。我给你们学他啊。"一个胖乎乎的姑娘说着一步跳上讲台，拿起一根粉笔，往黑板上写了几个字，一回手，远远地把粉笔头儿往粉笔盒里"啪"地一扔，然后下巴一翘，学着丁知文的南方人讲普通话的口音说，"好啦，你们呢，太笨；我呢，是个高材生，教不了你们这些笨蛋。下课。"说完扭着屁股、踮着脚尖儿，往教室门口走。然后站在门口一回头儿，又添了一句，"你们不要小看我，我个子不小，瞧我穿着高跟鞋呢。"说着一抬脚。

即兴表演逗得全班的女孩子们哄堂大笑，都叫："葛保华，小心丁知文也叫你写检查！"

"你可真是个宝贝。以后干脆你来上物理课吧，咱们把丁知文送回大学当他的高材生去。"

教室门口早围拢了一圈儿其他班的同学，纷纷向里面探问，"怎么了，怎么了"。起哄、吵闹从一个班一下子扩散到了一个年级、一层楼。几乎所有人都知道了让方菲作检查的事了。

临放学，方菲跑去办公室告诉李贤英，她不能做检讨。

李贤英看着陈方菲半天没说出话来，她想劝劝她，别这么顶着，会把事情弄大。而且这也不是她个人的意见，可转了转脑筋，话到嘴边儿又咽回去了，兜了个圈子说：

"要不然这样吧，有功夫你也和爸爸妈妈谈一谈，看他们怎么说。"

"我爸出差了，我妈星期天才回来，我姐也得星期天回家。他们都比我忙。反正谁来谈我也不写。因为我觉得我没错儿。"陈方菲镇定自若，冷静却又强硬地说，然后，扭头就走了。李贤英干看着陈方菲把她撂在办公室里扬长而去。

李贤英当年考大学在全省考了个第五名，是全县的状元，但之所以报了师大而没报北大，就是因为师大免收学费。她家里穷，交不起学费。从小她就是和老老实实的乡村孩子打交道，从未接触过城里孩子，更别说是高干子弟。刚当老师时，她对他们十分好奇，总想看出他们的不同之处，但教了两年书，发现高干子弟和一般孩子并没什么大不一样。尤其是从穿戴用度看压根就无法分辨，他们同样都有爱打扮的和不大在意的；长得模样也是有好有差，如果不知道谁是谁的孩子，谁是高干子弟，混在同学之中她根本分辨不出来。

只是在她当了班主任之后，有了更深入的了解，才感到确有不同，然而到底是什么不同，她也划不出一个明确的杠杠。所以，后来她想干部子弟之所以特殊，只是因为人们用特殊的眼光看待他们罢了。

然而现在，她突然有了真的不一样的感觉了。

在她的家乡，在她的生活道路上，老师可是至高无上的！对，这就是不一样，他们天不怕地不怕，完全不把老师放在眼里。

其实，她哪里知道，方菲从办公室里跑出来之后也是紧张兴奋得浑身打抖，好像干完了一件惊天动地的大事一样，一路风似的跑回教室想向大家报捷，但楼道里静悄悄的，只听见她自己咚咚的脚步声。她慌了，撞开教室门一看，教室里空无一人，四十多套桌椅在扫除后微微可闻的尘土气味儿中寂寞地站着，黑板冷淡地泛着黑光，讲台上乱扔着一些交上来的作业本。她没想到人散的竟那么快，那么彻底，仿佛从来就没有人给她打过气，撑过腰，起过哄似的。安静，是种挖空了人心的寂寥，是被喧闹衬出来的空旷，是仿佛能听见心里敲着响鼓般的震人心肺的沉寂。

她木立在教室当中，起了一身鸡皮疙瘩，从头到脚冰凉如洗。好像抛弃她的不是一个班的同学，而是整个世界。

骑在车上，潸然而下的泪水模糊了眼前的道路和车辆，她应该想到人是不可信任的，出了事，只能她自己顶着，难道她还能够幻想有什么人会替她遮风挡雨吗？万一事情闹大了，爸爸妈妈知道了，该如何是好。可是再去找老师认错多没脸哪？再想起丁知文那副嘴脸，不行，打死也不能认错！

方菲正一脑门子官司地进了机关大院儿，迎头碰上金昌盛笑嘻嘻地走过来，近了，瞪大眼睛地看着方菲问：

"怎么了？哭了？谁欺负你了？"说着眼睛都瞪圆了，好像马上要找人打架似的。方菲鼻子发酸，但拼命眨着眼，硬装没事人，赶紧说：

"没有，没有。"想赶紧结束谈话，一个人待着。"你干吗去？"

"我正要上董太行家去，今天约好了一块去打篮球。"

董太行原来和金昌盛家住一个单元，是大院里的孩子王，金昌盛的哥们儿，"你别怕，谁欺负你了，我去找他！"金昌盛还不放心，又说，脸都涨红了，真准备打抱不平去了。方菲被他逗得开心了，头一歪，坏坏地一笑，说：

"是老师，你想打老师吗？"

一脸怒容的金昌盛先一愣，随即笑了，问：

"你跟老师能怎么着？你那么乖。也就是像我们这样地跟老师打打架，你怎么能招着老师啊？"

"我自己也纳闷儿呢。"方菲把事情的经过大致讲了一遍。

金昌盛说："我明白了，你也别说了，告诉你吧，我哥哥他们学校一帮高中的同学也正跟校领导干仗呢。"

金昌盛的哥哥是清华附中高二的学生，叫金昌浩。

"为什么呢？"方菲眼睛都亮了。

"我也闹不清，这也是听我哥说的。好像是为了什么选班干部，或者入团什么的，反正说校领导是修正主义，什么不执行阶级路线。反正闹得挺凶。"

"结果呢？"方菲追问，虽然心里很不以为然，一个班干部有什么好抢的，没劲，但一听是和学校对着干，就像捞着根儿稻草一样兴奋。

"不知道了。"金昌盛露出了惯常的腼腆的微笑，一脸的抱歉。

"真傻，就知道'闹，闹''反正，反正'的，到底怎么回事都说不清。回去给我问问你哥，然后告诉我。"

金昌盛孩子一样乖乖地点了点头。方菲被他驯顺的样子招的心软，差点儿伸手拍拍他的脸，但忍住了，只是让目光在他脸上来回爱抚着。金昌盛被看得脸都红了，却没有移开目光。目光柔和、晶亮，如同两颗星在闪。方菲就一头栽进了这两颗星里去，随即融化在星星摄人心魄的光芒之中。心想为什么他不是真的弟弟？和方辉换换该多好。

分手的时候，方菲似乎心情好些了。但夜里，不安重又降临。她忽然对金昌盛说的事情失去了信心，就算别的学校有那样的事情和自己又有什么关系呢？自己仍然逃脱不了惩罚，事情仍然不知道会闹成什么样子，该怎么办呢？她茫茫然地看着漆黑的夜空，难以入眠。

二十

　　方蓉老觉得自己在校广播室的工作是误入仕途，刚开始播音的时候，听见自己的声音响遍全校感觉即新奇又兴奋，但随着文艺革命和教育革命在报纸上越喊越凶，校广播室的播音时间也越来越长，惜时如金的方蓉渐渐便悔不当初了。退，又说不出口，便开始找借口缺席。台长张波洛不是托人就是亲自上女生宿舍来找，方蓉逼不得已，想要辞职，刘秀梅说：

　　"你别傻了，现在都什么时候了，没去也就算了，去了再退，跟上战场临阵脱逃一样，你还想不想好好待着了。"

　　"有那么严重吗？不就是播音吗？有的是人想去，要不你替我去得了。"

　　"你怎么头脑那么简单，喉舌！这是党的喉舌，谁想去谁去吗？"

　　见刘秀梅一副党支部书记的嘴脸，方蓉吓得不敢再提辞职了，加上张波洛见面就表扬方蓉，说她播音质量高，比中文系的还棒，而且有雷锋精神，党叫干啥就干啥。两下里胡萝卜加大棒，方蓉想退都没法儿退，只好硬着头皮坚持着。只是对张波洛的"表扬"她实在不解，她有雷锋精神？得空就溜，能跑就跑，能赖就赖。"喉舌"二字的分量，方蓉也是后来才渐渐明白的。

　　广播站里一直为了稿件的播发而呛呛，最近为了播谁的不播谁的越发吵得凶了。只有方蓉一直是个置身于外的，站长说播谁的她就播谁的。连她现在也注意到来广播站闹着要播稿的人越来越多。

　　这天，校广播室门外的走廊上又有七八个学生，把张波洛团团围在中间要求播发自己的稿件。为首的学生手里举着一打稿子，一群人七嘴八舌地帮腔说这篇稿子如何重要，如何好，必须马上就播出。张波洛说，所有的稿件都必须经过编辑加工才能播发。

"我们都是中文系的，学的就是中文，文字上绝对没有问题。"

打头儿的学生说话带点儿山东口音，中等个头儿，宽肩、方下巴，架一副黑边眼镜，不耐烦地挥着手说。

"是啊，能上咱们学校中文系的肯定都是才子，"张波洛推一推鼻梁上的白框眼镜说，"文字或许没问题，那内容也得审，再说，我们的工作也得有个安排，不能谁来就给谁发。"

"我们的稿子就是关于教育革命的，内容也没问题。是与形势紧密结合的。"

"那也得有领导，有安排呀。你们可以先把稿子交给我，我先看看再与你们联系。"张波洛伸手要拿稿子，对方反而不松手了，仿佛怕稿件被抢走似的一缩，同时放大了嗓门儿嚷起来：

"你们不能就许州官放火，不许百姓点灯。只能有一个声音说话，发表一种观点。稿件我可以给你，但不能随意删改，否则……"

其他几个人一起随声附和，走廊里吵得成了一锅粥，最后谁也听不见谁的话，但谁也不肯让对方先说。同时谁也没有注意外面大喇叭里的广播已经停止，等有人忽然注意到广播室里有人出来了，广播室的门已经被出来的人随手锁上了。

这群人一拥而上，才发现出来的是个女生。她衣着朴素、留着齐耳短发，浓眉大眼、面色鲜艳、十分漂亮。张波洛留在原地没动，担心地看着突然出现的方蓉，不知道会出什么事。只见方蓉坦然地向这群人转过身来，人群顿然止步。他们默默地相持了约有一分钟，方蓉拿着钥匙的手往蓝制服的兜里一插，镇定自若地看着这群男生，目光冷冷的，带着点儿挑战性，仿佛在问："干嘛？想干嘛？"

这群人还未从第一次吃惊中缓过神来，继而又被方蓉非常的气度镇住了，没等有人反应过来，她一扭头走了。有人醒过来，叫了一声，"哎……"

方蓉扭过头来看了一眼，似乎在问"有事吗？"一群人又没了声音，眼睁睁地看着方蓉带着钥匙扬长而去。前后一共只有两分钟的工夫，但却像是有一束强烈的聚光灯骤然照射过来，还没等人明白是怎么回事，灯光熄了。但那个强光照射下的影像却长久地留在了每个人的眼前。正当大家还在品味着刚才的一幕，张波洛的声音从背后传过来：

"得，今天就这样吧，广播室也锁门了，等下星期吧。"

回头一看，张波洛一脸的俏皮、一身的轻松走过来，对打头的学生说：

"当然，如果你还打算播出这篇稿子的话，请交给我吧。"

带黑边眼镜的领头学生竟一句话也没有，失魂落魄地还举着那打稿子，被张波洛一把抄过去，竟没有抗议，而是默不做声地扭头走了。

过了几天，刘秀梅上系里开完会回来神秘兮兮地找到方蓉，问："怎么回事？你怎么什么都没告诉我？"

"告诉你什么？出什么事了？"

"你还什么都不知道啊！你受表扬了！为你在广播室的工作。"

"是吗？我有什么可受表扬的？对广播台的工作我真的没那么大的兴趣了，下学期我绝对不干了。"方蓉不以为然地说。

"可能是你们广播台的台长向党委汇报了，说你维护了广播台的正常工作。到底是怎么回事？"

方蓉瞪着两只眼睛茫然地看着刘秀梅，疑疑惑惑地想起难道是那天锁门的事儿，这才笑了，说：

"值当的吗，这个张波洛，小题大作，我可不稀罕什么表扬。"然后简单解释了两句。刘秀梅大惊小怪地说：

"这还不算事儿？！你可真是个白专！一点儿政治头脑都没有。"

方蓉知道刘秀梅说她白专并无恶意，所以并不在意，反而叹了口气："可惜啊。"

"什么可惜？"

"那篇稿子啊，后来我看了那篇稿子，写得还真有点才气。可惜被张勃洛留可夫斯基毙了。"

"谁是张波……斯基？"

方蓉大笑起来："张波洛呗，老以为自己是大批评家，一心要与车别杜齐名。台里的人开玩笑管他叫张勃洛留可夫斯基。"

"谁是……"刘秀梅才问了半句，不好意思了。

"你真的不知道？"见对方老老实实地摇摇头，只好说，"俄国有名的思想家、文艺批评家杜勃罗留可夫斯基，和车尔尼雪夫斯基、别林斯基齐名，被称为车别杜。"

刘秀梅做出恍然的样子，但方蓉知道她还是并不明白张波洛和这几个人有什么关系。这让方蓉觉得有点儿尴尬，她不想给人留下炫耀的印象，但却发现许多她认为是常识性的知识对许多人来说并不是常识，特别是对学理工科的人。她赶紧转开话题：

"作者好像叫什么袁大宝。"她暗想可能就是那天那个带黑边眼镜的中文系的家伙。"还真有些真知灼见。"

"什么真知灼见，我们开会的时候说，他们是闹事儿，矛头是对准学校的大政方针的。"然后又压低了嗓门神秘地沙沙地说，"我告诉你，你可千万要保密，学校都派人到山东去调查了。在校内也开始了解他们那伙人的情况了。"

"干嘛那么大惊小怪，不就是一篇稿子吗，不用就不用被呗，学校是不是有点儿过于……"方蓉不以为然地说，见刘秀梅眼睛都瞪大了，赶紧又打住了话头儿，安慰刘秀梅，"这事儿反正和咱们也没关系，你放心，我不会说出去的。"

刘秀梅这才收缩了双眼，板平了面孔，她知道，方蓉只要答应的事，绝不会出差错，但下一回她可得小心点儿了，别这么嘴上没遮拦的，她的转正期还没到呢。

方蓉见刘秀梅双唇紧闭的紧张样子，登时没有了说话的兴致。心里感叹，到底不是一种人。跟王小云说话就不用这么小心，尽管她身上有许多不招人喜欢的东西，至少在这一点上却是投契的，别说学校里这么点儿小破事了，就是国家大事，又有什么可大惊小怪的？

二十一

星期天上午，李伟玉把所有的孩子都打扮得漂漂亮亮的，连方平都穿上了一件不太扎眼的新衣服，站在楼下客厅里，动员方蓉跟大家一起去密云水库玩儿，说不仅有活鱼吃，而且还能坐船游览，你不是就爱吃活鱼吗。

方蓉面对着母亲，眼睛却看着母亲身后的方菲穿着新买的深墨绿、黄色相间的格子线呢外衣，站在门厅的镜子前偷偷地来回地扭，暗暗地瞄，越发坚决地对妈妈说，自己必须留在家里，有好多作业要做。用一天的时间去换一顿活鱼，实在是浪费时间和生命，还说鱼和熊掌不可兼得。最后，连奶奶都被李伟玉动员走了，方蓉依然死硬着，说宁可自己在家下挂面，也不跟着去瞎起哄。

李伟玉无可奈何地摇摇头，说真是个傻孩子，又犟又倔，还死性得要命，一点儿也不知道什么是好，这是市里专门招待劳模和人大代表的，别人想这好事都轮不上呢。方蓉说，你也别骂我了，反正我就是不去。李伟玉一看没办法，只好留下收点心糖果柜子的钥匙，千叮咛万嘱咐别忘了吃东西，才好不情愿、好不放心地领着大队人马走了。

方蓉虽然打定了主意不去，但当她真的只剩下自己一人的时候，仍然禁不住心里空落落的，总是乱哄哄的家突然这样安静，倒让她有些懊丧，甚至不知所措了。难道她真的就在乎这一天吗？可现在已经全然没有后悔的余地了。她叹了口气，准备上楼去做题，她知道，只要一开始工作，所有的不快都将会烟消云散的。

然而，正当她坚定了决心，准备上楼的时候，门铃锐响起来，方蓉吓了一大跳。铃声在空房子里回荡，比平日格外刺耳。她竭力镇静下来，不知道是谁这么会吓人，当她开门一看是孟树彬时，意外得眼睛都快掉出来了。难道他来过电话，接电话的人忘了说了？

"怎么？你怎么……？"

孟树彬一看方蓉吃惊成那样儿才觉出了自己的冒昧，赶紧解释："昨天，没来得及打电话，太晚了。"

方蓉窘迫着，抱歉地望着孟树彬，喃喃道："他们……他们都出去了，……你没来电话……所以不知道……"

这下轮到孟树彬感到意外，但却是高兴的意外，咧嘴笑了：

"坏了，真是太不巧了，补打电话看来也来不及了。"站在门口，等着方蓉让他进去。可方蓉愣着两只眼睛看着孟树彬，堵着门不动窝儿，脑子里一锅浆糊，心里一阵扑腾，既不明白事情怎么竟这么巧，也不明白孟树彬的话到底是什么意思，还在傻想该怎么办。

孟树彬只好不情愿地试探说："实在不行我下次……"

"哦，进来吧，进来……"

方蓉这才让开路，进了客厅，让座，端茶倒水，脑子却依然没转过弯儿来，还是那个话，"他们，他们都去密云水库了……"

"是的，"孟树彬说，心想我知道了，已经知道他们都去玩儿了，问，"你怎么没去？"。

"我？打算在家做题来着。"

不，是老天让你在家专门等着我的，孟树彬心里笑着："幸好。"

真是太幸好了，孟树彬不能相信自己竟有这么好的运气。

"幸好什么？"方蓉不解。

"幸好你没去，否则我不是该碰锁了吗？"孟树彬笑容满面。

"可惜今天家里没人做饭，咱们得自己下挂面了。"方蓉还在为没法儿好好招待孟树彬而感到抱歉。

"那肯定有趣，我敢保证这事儿你不如我。"孟树彬是个没有话题也能侃侃而谈的人，现在得了个合适的话题，忙说，"你可别小看煮挂面，这里面学问大了，弄不好会又糊又夹生，我就干过一回这事儿，煮得没法吃，刚好同屋的回来，只好硬着头皮往下咽，那滋味……"孟树彬苦着脸咧着嘴，逗得方蓉忍捂着嘴笑，"最可气的是，那人后来到处传我坏话，你猜是什么？"

"说你笨，连挂面都不会煮？"

孟树彬摇摇头。

"说你搞特殊，我们宿舍就有人说王晓云自己用电炉子做饭是搞特殊。"

孟树彬还是摇头，见方蓉一脸孩子气地看着自己，便瞪圆了眼睛认认真真地说：

"说我自私，吃独食儿！"方蓉扑哧笑出了声，"我赶紧解释说，是不会煮，难吃得要命，不好意思请人。人说，那也是精白面啊。"

方蓉哈哈大笑起来，笑得眼泪都出来了。

"现在，我连洗衣服都学会了，告诉你一个秘诀，洗得又快又干净，本来我是最头疼洗衣服的了。"方蓉忍着笑问：

"你还能有什么秘诀？"

"真的，不骗你。刚开始，我不会，白衬衫洗出来跟蜡染过了一样，一块白一块蓝的，后来我才知道，不能混着洗。要想洗得白，领子上用点儿牙膏，再用牙刷刷……"

"哎哟，……"

"要想省力气，别用搓板儿，打好了肥皂以后用脚踩……"

"天哪！"方蓉笑出了声，脸红得从额头到脖子。孟树彬的脑子和嘴唇都像加足了润滑油，转得飞快，从日常小事、时事见闻到天文地理、政治文化，想起什么就说什么，格外地才思敏捷。

方蓉也从来没有像今天这样如此爱听孟树彬"夸夸其谈"过，被逗得不停地笑，目不转睛地看着孟树彬，好像随时都会跌进孟树彬的眼睛里去。在转变话题的短暂的间隙，那目光让孟树彬会突然觉得浑身一阵发紧，血液直往上冲，脑子里一片空白，有两次他眼睁睁地看着方蓉，差点儿找不到适当的话题，连汗都下来了。方蓉却丝毫不觉，像发现新大陆一样对孟树彬说：

"有时候和学文的在一块儿，真的挺有意思的，老能让人开开心心的。"

"你也一点儿不像一般学理工的，知识面儿挺广的。"

"……也有人这样说我……"方蓉有点儿羞涩地承认，想起张波洛和刘秀梅都说过这样的话。

孟树彬就怕看见方蓉这种表情，就怕她忽然地这样腼腆起来，那样子会让他猛地想起小时候，心便呼地沉了下去，仿佛再也浮不起来了似的。幸亏方蓉自己又接着说：

"可能是受我爸爸的影响吧，别看他学的是化工，但也曾经写过诗，"见孟树彬笑，脸红了，怕被当作了吹牛，方蓉认真地说，"真的，真的，还在校刊上发表过呢。"

"我没不信，我只是觉得他们那一代似乎离我们太遥远，远得仿佛他们从没有过年轻似的，从来就是那么个样儿，既没有年轻，似乎也不会太老。"

"那我给你看他们年轻时的照片。"方蓉说着跳起来，跑去拿照相本来。

照片已经发黄了，但李伟玉年轻时的样子仍让孟树彬吃了一惊，轻声叫道"我的天！"

方蓉得意地笑了，"怎么样？我像她吗？"

孟树彬抬头看着方蓉，"虽然像，但……"

"什么？"

"又不太一样，好像……"孟树彬头一回不知该怎样措词才能把话说圆溜了，因为相片上的女孩子不单单是漂亮，"漂亮"一词用在这个女孩子身上是太单薄了。

"我知道你想说什么，说妈妈比我……"方蓉把"漂亮"一词省略了，她不好意思说出来，这个词儿对她来说简直轻浮得无法出口。

但孟树彬明白她的意思，知道她用了"漂亮"这个词儿。

"不，我不是那个意思。我是说，……算了，我也说不好，反正不能用漂亮这个字眼儿。"孟树彬端详着照片上的女孩子，她半斜着身子，微微低着头，一把乌黑的短发斜在前额上，一双大眼睛被挡住了半只，露在外面的一只半眼睛显得深沉凝重，目光直逼前方。是端庄大方吗？不，似乎也不是。孟树彬想，下意识地摇了摇头，他在琢磨，到底是什么呢？是什么东西这么深地触动了他？但不管是什么，他就是无法将照片上的女孩子和李妈妈联系起来。

"你不知道我特为妈妈骄傲，觉得她简直是世界上最了不起的人了。"方蓉满脸放光，热切地看着孟树彬。

"真的是让人过目不忘，"孟树彬真诚地说，"我真没想到李妈妈年轻时是这么……对，我想应该说是有派头儿！"他看着方蓉，在她的脸上寻找着照片上的影子，结果发现，方蓉只有外形上和母亲略有相似，但气质完全两种人。尽管如此，孟树彬似乎还是觉得眼前这张脸更亲切，更可人。他转开话题：

"我妈妈最早的照片是在延安照的，土得不得了，真真正正的两个土八路，衣服都没抻直，头发都是解放式，但自我感觉极好，个个英姿飒爽的，那时候的人好像都那么单纯，阳光得要命。"

"我挺羡慕他们那一代人的，现在的人都私心那么重，没劲。"

"就是，嘴上都说是为了革命事业，其实个个都有自己的小九九，特能假积极。我们班的班长就是个典型，平时特能唱高调，什么到最艰苦的地方去，到祖国最需要的地方去，可私下里，猛拍系总支书的马屁，本来都定下来到一个县城去实习了，结果愣是把别人顶了，去上海实习了。像这种人，根本就不应该受到重视，要在解放前，肯定是叛徒。"

"我们班好像还没这么有心计的人……"

"那是没到关键时刻，'疾风知劲草'，斯大林不死，赫鲁晓夫哪儿敢跳出来，到时候你就知道了。而且，你是个'两耳不闻天下事，一心只读圣贤书'的人，就是有什么事儿，你也不知道啊。"

"我其实挺关心政治的，真的……"方蓉急红了脸，想要解释。孟树彬宽容地微笑着看着方蓉窘急的样子，"我还是校广播室的呢，而且……"方蓉住嘴了，不好意思再接着说受表扬的事，因为，把本来并不在乎的事拿出来炫耀就好像是手忙脚乱地抓了一件亵衣来遮羞一样，只能让自己更加羞愧，况且，她分明感到孟树彬不相信也不在乎她是否关心政治。她脸红了。

方蓉这样不断地脸红，简直要了孟树彬的命，他慌不择题地不住嘴地说话，道听途说的内部小道消息，过去的大学生活，现在的实习单位，什么话到了嘴边就说什么，他不能停嘴，也不敢停嘴。幸好，在一切场合都能找到合适的话题原本就是一个学新闻的人的看家本领。

阳光透过窗户落在墙上的线条倾斜着、暗淡着、金黄着，飞快地收敛着自己的恩惠。孟树彬知道该告辞了，方蓉也知道该开口说再见了，他们互相看着，清楚地读出对方的难以割舍，又清楚地默默告诉对方必须站起身了。但他们依然坐着，依然嘴里说着许许多多言之无物的空话，依然不能自拔，仿佛就这样相互看着，到天荒地老。

最终还是一个不相干的电话才帮他们下了决心，孟树彬站在门厅里，回过身来和方蓉握别。阳光柔软了他那张"嘴太大了、脸太宽了，眉毛太重了"的脸，收缩了他"过于庞大了的身个儿"，融化了他晶亮的目光。他向方蓉倾着身子，轻轻地握着她的一只手，低头凝视着她的眼睛，半天，想说什么，却始终沉默着，握着方蓉的那只手开始慢而有力地揉搓着。方蓉站在他的目光里，分明感到被挤压的不单单是自己的一只手，而是整个儿心脏，乃至整个儿身体。突如其来的热浪猛烈地撞击着她的喉咙、心脏、小腹甚至泪腺，它在她的身体里左突右奔，迅速地膨胀着。这种感觉是那么陌生，那么地粗野，她被吓呆了，惊恐地认定自己看上去准是眼泪汪汪，而且脸红脖子粗的，又傻又可怜。她猛地抽出自己的手，扭头奔上楼去。孟树彬也突然醒悟过来，仓惶而逃。

二十二

李贤英按照学生登记卡上的地址先找到西城区的一个机关大院，门口传达室的老工友告诉李贤英顺着林荫路走到头儿往右拐，看见三扇小红门，挨着汽车房的那扇就是陈部长家。

李贤英被五月的骄阳炙烤了一路，热得掏出小手绢擦汗，躲在树荫下顺路进去，只是脚步越来越慢，对这次家访她实在很踌躇。

学生的情况现在很不稳定，尤其是高干子弟中间流传着各种小道消息，传抄着毛主席对毛远新的讲话，对王海容的讲话。报纸上也批东批西，闹得学生们已经念不下去书了，借着毛主席"教育要革命"的指示，经常会有些不服管教的事情出现。有些老师的课堂纪律很难维持了，校领导一再开会要班主任管好自己的班，不要受干扰，要听上级领导的指示行事。在这种形势下，陈方菲的事其实已经是小事一件了，李贤英本想睁一只眼闭一只眼混过去算了，可丁知文又到教导处去反映说，由于陈方菲的事情没处理，影响极坏，逼得李贤英不得不走这一步。

回家爱人见她愁眉不展，出主意说，事先不要联系，撞过去看，能有什么结果是次要的，重要的是已经采取了措施。

走在机关宿舍大院里，李贤英心里还是忐忑不安，她从来没见过这么"高级"的干部，他们是什么样呢？陈方菲如此强硬会不会是得到了他们的默许？他们会不会架子大，不把自己放在眼里？或者像宣传的那样平易近人？今天会看见谁呢？

门铃响了好一会儿才有人开门，李贤英看着面前这位整洁、利索、头发光光的在脑后挽成髻，皮肤细致、保养很好的老太太客气地问：

"老大妈，请问这里是陈方菲的家吗？"额上冒出一头汗珠，"陈部长是住这里吗？"

老太太隔着门缝上下打量着李贤英，一双深陷的眼睛审贼般盯着她看，却不答话。李贤英只好又说：

"我是陈方菲学校的班主任，来家访。"

老太太这才眯起眼睛脖子一歪，用浓重的四川口音问："么个？"

李贤英已经不心慌了，放大嗓门儿又说了一遍。老太太摇摇头，不放李贤英进去说："没人，都出去了。"

"什么时候回来？"

"不晓得。"说完就要关门。李贤英赶紧用手顶住，反倒下定决心想要进去了。老太太似乎看出了李贤英的心思，却并不让步，李贤英横下一条心，说：

"那我进去等等他们吧。"口气坚决得不容商量，趁老太太拿不定主意，挤进门去，眼前豁然一亮，出现一个精心修整得错落有致的大花坛，花坛中央是一个葡萄架，架下安置着白色的石桌石凳。花坛被石子铺就的车道围绕着，车道通向一座灰色的小楼。

李贤英想到方菲家一定很大，但她却没想到竟是这么大，而且不像是住家，竟像是公园的一角。她张望着，双手下意识地抻抻衣服，理理头发，跟在老太太身后，一不留神，差点儿被台阶绊了一下。

一进楼门是个高大敞亮的门厅，带穿衣镜的衣帽架、鞋架、自行车、两盆绿色植物依次而放，门厅尽头能看见楼梯，两边还有几扇大玻璃门。

一头大汗的李贤英被室内的凉气一激，只觉浑身一爽，汗全干了。回头看看外边的大太阳依然曝晒着，这让她想起刚到北京时也是这么个大热天，和同学去参观故宫进了大殿时的感觉。她左顾右看，却不见老太太指路，只监督似的站在她身后，李贤英无奈，只好问：

"您是陈方菲的……"

"奶奶。"老太太截断问话，忽然一点儿也不聋了。

"您今年高寿？"

"么个？"老太太又送过一只耳朵来，然后大声回答："七十啦。"

"您好福气，身体还挺硬朗。多子多孙。"

老人露出一口白牙，皮笑肉不笑地说：

"哪里有什么福气哟，都是造孽啊。"终于收起了拒人于千里之外的样子，问，"你是老二的老师？没听说你要来，出了什么事？你喝口水吧，进来坐。"

奶奶推开右手的一扇门，一个有大半个教室大的客厅赫然出现在眼前。屋子很高，窗户很大，窗外绿茵茵的爬山虎半遮半掩住了阳光。高高的天花板上吊着几盏大玻璃灯罩，墙上挂着条幅字画，整间屋子出乎意料地气派，好像是哪儿的会议室。这让她忽然胆怯起来，就像小时候到公社里见到乡长一样，就想往妈妈身后躲。

李贤英回头看看身后的奶奶，突然感到非常庆幸，幸亏她只需面对一个没文化的老太太，她端着水，开始想象和体味住在这里的感觉。一个在这样的环境里长大的孩子能不自信、不自尊不强硬吗？李贤英突然明白了，什么叫干部子弟，那区别不是外在的，而是由于她住在这样的地方，有着这样的父母亲，已经养成了无忧无虑，无所顾忌，敢说敢干的性格。说好听了，是坦率、有正义感、是非分明，敢于斗争。说不好听了，就是胆大妄为，天不怕地不怕。是啊，她怎么会把一个小小的校长放在眼睛里？！更别提老师了。李贤英联想开来，颇有所悟。

她坐在沙发外沿儿，脑子里转着自己的念头，听着老太太用不大好懂的方言叨叨：

"……有一个算一个，那要算是懒，要算是馋，他爹妈又不在家，没个管束，还嫌我话多，不是我每天叫他们起床，统统都迟到……爹妈有筐，修的好命，先生还到家里来了……"

奶奶一点儿也不慈祥地夹七夹八地骂了这个骂那个，李贤英听不太懂，也不好多问，更无从插嘴，一任老太太越说越来气地叨叨。坐了只有几分钟，她便忽然觉得自己凉快透了，不仅身上凉了，而且，连手脚都凉了，赶紧告辞。奶奶还追着她说话，她却逃似的离开了这栋大房子，跳进了炎热的阳光中。路上，天更热了，她却不再紧追着树荫，而是从从容容地让太阳晒着，让炎热烘烤着，让汗水顺着脖子梗往下流。

快吃晚饭时，李伟玉才带着孩子们从陈辛吾开会的郊区回家。一进门，奶奶马上汇报了李贤英家访的事。李伟玉一愣，回头看看方菲，问："出什么事了？"

方菲吓了一跳，先瞪了一眼奶奶，惊魂未定地脱口说："没，没什么大不了的事。"

"妈妈没问你事大事小，问你是什么事。"方蓉赶上来帮着妈妈着急地问，她才不信什么"没什么大不了的"呢，看方菲那样儿就知道事儿小不了。李伟玉扭头看奶奶，问：

"老师说什么了？"奶奶傻了，既而镇定下来，振振有词地辩解说：

"鬼晓得说了什么，我也亡魂了，没记住，总是犯了王法了，来告她。"

李伟玉听着觉得更不像个话，只好又问方菲。方菲无法，只好避重就轻地说了几句，知道躲不过骂似的，赶紧开脱自己：

"我们班同学都对物理老师有看法，都觉得他教得不好，都觉得这事不怪我，他也有责任。"看姐姐要张嘴，气都不喘地马上又堵上一句，"凭什么只让我一人作检讨，我可不干。"

方蓉边回头看着妈妈边替说道：

"我就说准有事儿，自己得了三分，上课就和老师无理取闹，还'都，都，都'的，谁有意见谁提去，你充什么能啊，就你长着嘴。"

方菲恨得用眼睛瞪着方蓉，都准备好了咬牙顶一场骂。然而，出乎意外地是妈妈竟然没有生气，连一句责备的话都没有，而是心不在焉地半天才给方蓉撂下了一句，"有时间去趟学校，找老师谈谈"，之后，竟扭头进自己的房间去了。

方蓉傻了，方菲更是意外之中的大喜。方蓉回头看看方菲，似乎是在问：怎么回事？我怎么不明白？方菲耸了一下肩，做了个鬼脸，乐不颠儿地哼着"东风吹，战鼓擂，现在世界上究竟谁怕谁，不是人民怕美帝，而是……"扭着秧歌步上楼去了。

方蓉推开母亲的房门，见妈妈脱了外衣，默不作声地站在镜子前梳头，撅着嘴凑到跟前去说：

"就我自己去开家长会阿，我可担不了那么大的责任。"

李伟玉又是半天没说话，若是平时，方蓉早急了。可母亲的样子怪怪的，脸上一点儿表情都没有，只一心一意地看着镜子里的自己的头发。方蓉这才觉悟，妈妈一路都是这样若有所思的，紧张起来，问：

"妈妈，你怎么了？出什么事了？"

李伟玉没情没绪地说："你先出去吧，让妈妈一个人待会儿。"

"到底怎么了？你告诉我！"

"傻孩子，妈妈累了，先出去，好吗？"

"不行，你得告诉我，你到底怎么了？"

"这孩子，告诉你没事儿没事儿，去吧，不要耍小孩子脾气。"

李伟玉半推半哄把方蓉弄出了门，关上门，瘫坐在沙发上，一脑门子的官司，那儿还有心思管方菲？只要没犯法，现在，什么事都不重要了。

昨天傍晚李伟玉下班晚了点儿，走的时候厂里已经没什么人了。当她乘坐的汽车路过单身宿舍的门前时，看见楼下围了一群人，让司机放慢了速度。一个寡瘦寡瘦的小个儿男人眼尖，看见汽车就飞跑过来。李伟玉认得是保卫科的副科长秦有德，叫司机停了车。秦有德上气不接下气没头没脑地就喊：

"打起来了，打起来了，可了不得，还，还带了剪子……"

"你慢点儿说，怎么回事？谁和谁打？"李伟玉看不上秦有德慌慌张张的样子，有点儿不耐烦地问。秦有德人乖巧，马上镇定下来了，添了舔嘴，恭恭敬敬地说：

"是咱们厂劳模齐万强的老婆要找劳模刘淑贞拼命。"特地把"劳模"两个字重重地重复了两遍。

李伟玉刚听着还有点儿蒙，这时恍然想起什么人向他汇报过劳模乱搞的事儿，没理秦有德对司机说，"开过去看看"。

人群中只见一个披头散发的胖女人手里举着什么东西，两三个人拉不住地往前扑，一边哭一边叫，嘴里还不三不四地骂着，什么"拼个你死我活"，"同归于尽"，"老娘今天就要比试比试，说出个子丑寅卯来"，"有你没我，有我没你"，高喊二叫的正骂得热闹。

李伟玉下了车往跟前走。人群自动地闪出一条道，都安静下来了。那女人没了吵嚷的人声助威，先自软了两分，扭头看是李伟玉，又炸着胆子撒疯，说，"先杀了那小娼妇，我也不活了"。

李伟玉最见不得女人撒泼打滚儿，断喝一声：

"像什么样子，这是什么地方，由着你胡来！"又冲周围说，"都看什么，还不给我捆了。"

那浑身横肉的胖婆娘一听要捆，吓得翻身一轱辘趴在地上，又磕头又求饶，咧开大嘴哭开了，一把鼻涕一把泪地哭诉起小娼妇的罪行，要青天大老爷李书记给她做主。

李伟玉让人群散开，叫秦有德过来，要他处理一下，先把人稳住，再让有关部门星期一过问过问，千万不要闹出人命官司来。这事儿暂时由他负责。秦有德一边点头儿一边保证说，李书记放心，我有办法。那女人见李伟玉要走，扯住不放，要马上给个说法，秦有德叫两个工人把那女人拉住，吓唬她，"再闹就关保卫室。李书记说了，星期一给你解决，不乖乖地，没你好果子吃。"

外面刚刚按住，里面又抱出一个浑身带血、头发蓬乱的女人。这时，医务室的护士也赶到了，李伟玉指挥着大家七手八脚地把女人抱上自己的汽车，让司机赶紧往医院送。李伟玉回过头来，命令秦有德一定要把那胖女人看好。那年一个女工因恋爱问题跳楼自杀，给她找了好大麻烦，千万不能再出这种事。等一切都安顿好了，她才自己坐公共汽车精疲力竭地回了家。一路上她都在生气，一定要对这件事严加处理，非得狠狠地处理得谁都不敢再轻举妄动，否则，谁不高兴都这么闹起来还了得？

陈辛吾在郊区的一个风景区开了十几天的会了，李伟玉带着孩子们去玩，想顺便也跟丈夫聊聊这些烦心事儿，不想还没等她张口，陈辛吾便先说最近中央有些新动向，要她在工作中谨慎些。

从批《海瑞罢官》起，陈辛吾就一直密切关注着形势的发展。过去说赫鲁晓夫就睡在我们身边，说反革命修正主义分子上台，就要千百万人头落地，认为只是一般性的理论原则，可现在传出话来说毛主席批评北京市委是"针插不进，水滴不入"，可能"彭、罗、陆、杨"

要出事。毛主席最近有些内部讲话，似乎也都不是随随便便说的，而是有所指的。

李伟玉急了，问丈夫，事情会朝着什么方向发展，没想到陈辛吾只能说些"看样子""很有可能""我估计"，毫无定见。

但有一点陈辛吾说是可以肯定的，那就是，"看来运动是不可避免的了，就看他的范围、性质、规模、和时间以及在什么层次搞。"

"搞运动"李伟玉并不陌生，就在两年前，她的厂子还接受了四清工作队的清理整顿。因为工厂是受市委和部里双重领导的，人是部里派来的，也作了结论，提了些意见，但在重要问题上是肯定的。北京市对这个结论没提出异议。她从参加工作以来，大大小小的运动她也参加过不少，只要自己历史清白，工作上没有私心，她觉得倒没什么可怕的。

再说，她的直接领导是老金，从部里调到市里时间也不长，应该不会被卷进"反党集团"里去。从报纸上看，即使有运动和生产部门似乎关系还不太大，现在是搞"教育革命"。因此，她倒没有太紧张。

可是，陈辛吾却说，运动都是从文化教育界开始的，但最后都会波及其它方面，现在很难说事情会发展到那一步。李伟玉说车到山前必有路，可现在厂里就出了件大事，陈辛吾听完了似乎也没拿出更具体的办法，只是叮嘱李伟玉谨慎为好。

李伟玉知道应该谨慎，但前思后想，两个老娘们儿打架，劳模搞出桃色新闻这种事，好像和丈夫说的大形势似乎不太沾得上边儿，不处理的话，影响太坏，不好工作了。李伟玉尤其痛恨那个齐万强，给了他那么大的荣誉不珍惜，乱搞，还搞了个劳模，最后又管不住自己的老婆，真是一错再错。齐万强的样子在李伟玉脑子里其实很模糊，但她已经认定主要责任都在他身上。不行，她不能不管，而且还不能不痛不痒地管，得管出个样来，杀一儆百，在现在这样的形势下，纪律还是很重要的。

李伟玉去看了一趟丈夫，非但没有得到期盼中的支持和好主意，反而被他对形势的看法闹得有点心神不宁，方菲的事情自然就成了小菜。

　　方菲捡了个便宜，一晚上都高高兴兴低哼着"东风吹，战鼓擂"，自以为万事大吉了。然而，当她一个人夜里躺在床上时，一想明天还得上学还得面对老师，忽然紧张起来。现在爸爸妈妈的责骂已经成小事，学校会怎么处分倒成了块心病。方菲虽然淘气，但从来还没有闹到老师到家里来告状，莫非真要处分我？他们到底打算干什么？真敢给我背个处分吗？或者大会点名批评？

　　方菲越想越怕，就像鸵鸟钻沙似的用被子蒙住了脑袋，闷出一头汗来。如果真敢给个处分，我就死给他们看！想到死，又是千思万绪地难以自处，她钻出头来，拧亮台灯，拼死一搏的劲头儿又来了，心想有意见的不是我一个，也不是我们一所学校，毛主席都说教育要革命，老师讲得不好就可以不听，我就不信没处说理了？！他们敢处分我，我就敢跟他们干到底！

　　似乎是灯光给了方菲光明、勇气和信心，今天侥幸混过了一关就是个好兆头，也许什么事都没有呢？也许所有的一切都是一场虚惊呢。

二十三

方菲的确是幸运的，很快报纸上就刊登了聂元梓的大字报，本来就已无心念书的学生们更是人心浮动，学校也接到上级的指示改成半天上课半天讨论教改了。方菲终于松了一口气，表面上也显得若无其事，只是心里隐隐的还是揣着一段公案似的，不大安生。

这天刚吃过中午饭，教室里聊天的看书的，还有个别人在做作业。只见史培玲旋风一般刮进教室，直冲着方菲的座位飞过去，兴奋得满脸通红，眼睛喜得眯成了一条缝儿大喊道：

"快，快去看哪，高三的三个学生党员给学校领导贴出大字报来了！真带劲儿！"跟在她身后跑进来的葛宝华咋咋呼呼地也叫，"红卫兵，他们成立红卫兵了，大字报署名红卫兵！"

教室里哗然，李贤英刚好要紧教室，赶紧在门口伸开两臂冲着教室提高嗓门儿喊：

"同学们，同学们，不要乱……"可已经没人听她的了，一窝蜂地涌出了教室，把她挤得贴在墙上，跟在史培玲后面奔向主楼。

三张红纸高悬在主楼门前最醒目的地方，周围早已里三层外三层地人头攒动，方菲挤在人群中和大家一起仰着脖子读大字报，但是，除了大标题《给校领导的几点意见》的意思是明确的，末尾叶和平、郑彬彬、李德秀三个人的签名是清楚的，其他字句已不能真正被她的大脑读懂了。她被周围一层一层压上来的人前拥后挤着，被一张张愤怒的脸包围着，耳边是一片用粗糙字眼儿厉声表示的支持与赞同。人群的激愤如热浪般一阵阵的直往脸上扑，方菲身不由己地被这股浪潮没头没脑地卷走了，大字报上的红纸黑字都变成了恍惚的、浮光掠影的一个个单字，大脑已经没有能力把他们拼接成条理的、明确的、有逻辑性的思想。尽管如此，眼前的这个阵仗、这个架势却使她突然感到前未有过的振奋。是党员，是高三的三个党员，全校一共四个党员就有三个共同站了出来，而且是用这种集体的旗帜鲜明的公开亮相的方式来给整个校方提意见！相形之下，她只是给小小的物理老师提提意见又算得了什么？她心里暗藏的那点儿惴惴不安也瞬间消失了。这回她彻底没事了，这想法如一道电光在她心里哗地闪亮起来，她不必再写检讨了，不仅不必写检讨，闹不好还会听到丁知文的检讨！老天！方菲根本没过脑子，连自己都不知道是怎么回事，手臂就挥了起来，压抑了好一阵子的痛苦突然释放了，被彻底解放浑身通泰从喉咙里冲了出来：

"坚决支持红卫兵的大字报"！"坚决要求参加红卫兵"！

最初的一刻，她被自己吓了一跳，既而看到并没有人笑话她，相反周围马上就有一片声音响应她，为她喝彩，她心里这才"轰"的一声奏起了一支雄伟的交响乐。有生以来第一次有血有肉地体会到了她从枯燥的政治历史课本上学来的"翻身获解放"这几个字究竟说的是什么。那种痛快淋漓的感觉、那种豁然开朗的心境、那种一身轻松想要飞升的飘飘然的快乐，比实际上脱离地球的吸引力真的飘起来了还要快乐十倍。

有人搬来一张桌子，一个女孩子跳上去开始声嘶力竭地讲演。下面一片人声鼎沸，并没有人真正听清确切的内容，反正有人一喊口号就有人响应。这个人还没说完，另一个就跳上去，后一个并不是因为不同意前一个的观点，只是嫌前一个的姿态不够高，态度不够激烈，只是想要表示自己更有资格加入红卫兵而已。

听着他们那些空洞无物的讲演，方菲觉得自己到可以上去以现身说法讲讲。还没等她下定决心，只见站在她身旁的史培玲不知哪儿来的那么大的力气，虽然个子矮小，却一步跳上了桌子，两手一挥，镇定自若、有头有尾地讲起陈方菲如何受迫害，自己如何带领全班同学和封资修的代表人物丁知文做最坚决的斗争。

"我们被这套教育方法害得够苦的了，死读书，读死书，动辄就是分、分、分，想用分数把我们攥在他们的手心里，由他们摆布！想让我们完全失去独立思考的能力，成为分数的奴隶，成为他们的奴隶！我们如果不摆脱分数的束缚，就无法成为真正的革命事业的接班人！"

台下哗的一声响起了热烈的掌声，方菲在这一片掌声中感动得热泪盈眶，终于有人替她申了冤，不仅如此，而且还得到了那么多的同情和支持。史培玲跳下讲台时她恨不得上去拥抱她，奇怪自己以前为什么竟没发现她有这么知心的一个好朋友。但等她挤上前时，史培玲已经不见了。周围有人告诉她，是三个党员之一的郑彬彬把她叫走了。方菲心里空落落的，魂像被史培玲一块儿带走了似的。

正当方菲站着发傻，葛宝华挤到了她的身边，喜气洋洋地跟过节似的拉着方菲说：

"走，咱们到老师办公室看看去，找丁知文算账去！"方菲失落的心这才重新拾了回来，是啊，她是该会会丁知文了。

学校已经乱了套了，没有一个教室在上课了。所有的学生各行其是，方菲和葛宝华到办公室时，只见一大堆同学早把丁知文团团围在中央，尖叫着，吵闹着，要求他承认错误。丁知文那张鲜红的脸一反往常地苍白，深栗色的眼睛失去了光彩，嘴唇微微哆嗦着，半天才强使自己张开口说话：

"同学们，我个人承认错误倒没什么，我是为你们担心，你们太年轻，没经过反右斗争。你们一定要警惕，千万不要走错路啊。"他与其说是被学生们的围攻吓坏了，不如说是被他自己预见的这群孩子们将要面临的可怕前途吓坏了。天哪，都吃了豹子胆了！不怕当右派？一想起"右派"这两个字，丁知文就觉得瘆得慌，那简直就是精神麻风病，人见人怕，一辈子完了。虽然这群女孩子们让他摸不着头脑，束手无策，尤其是那些干部子弟的张狂劲儿可以说简直让他厌恶，但他还是忍不住要警告他们，他的话激起了更大的愤怒：

"丁知文！你什么意思？说清楚点儿，我们怎么走错路了？明明是你错了，你就应该检讨，怎么反倒说我们走错了路……？"

"别拿你那一套陈词滥调来吓唬人，你这叫黔驴技穷。不老老实实作检讨，还拿我们当右派，你才是右派呢。"

葛宝华夹在人群中大声说："丁知文！你还不赶紧认错，顽固到底只能成为历史的垃圾堆！"

"右派"这件事，女学生们是知道的，但具体的反右斗争的经过，却是非常模糊的，甚至可以说是一无所知的。但是，丁知文却知道得清清楚楚，反右斗争也是先在报上鼓吹"大鸣大放，大字报，百家争鸣百花齐放"然后发动群众提意见，结果，所有那些积极参加鸣放的人一个个都成了被引出洞来的蛇，打成了右派。丁知文认为历史肯定又在重演！

但是在学生们看来丁知文就是逆历史潮流而动的十足的傻瓜。报纸上都说得那么清楚了，批三家村，《燕山夜话》《海瑞罢官》、搞教育革命，还有毛主席亲自写按语的聂元梓的大字报，所有的目的就是要推翻现行的教育制度。怎么丁知文就不明白这个大势所趋呢？为什么他就要干这种螳臂挡车的事，简直不可理喻。

葛宝华锐利的叫声吸引了丁知文的目光，在沸沸扬扬的一堆人头中，他瞥见陈方菲似乎也在其中。他有些疑惑，又扭回头来看，果然，是方菲！这个本来应该叫喊得最凶的人只是默不作声地望着自己，目光中既无愤怒也无指责，倒好像一个旁观者似的冷静。这让他忽然产生了一丝希望，刚想再说两句，但七嘴八舌的吵闹声、辩论声完全将他的声音淹没了。他张了张嘴，脸色从苍白转成了深红。目光里突如其来的愤怒随着脸色又渐渐变白而变成了惶惑的无奈。丁知文索性闭上了嘴，愤怒地想，让这些不知死活的、天不怕地不怕的愚蠢的干部子弟自食其果去吧，她们终将会为自己的冲动付出代价的。

葛宝华扯着方菲，鼓励她说："别跟他客气，现在是咱们说话的时候了。"

其实方菲何尝不想冲着丁知文大喊大叫，何尝不想像史培玲刚才那样有理有利有节地讲演一番，将憋了一肚子的委屈好好倒一倒，但丁知文那早已失了威风，现在倒是满脸真诚的担忧，竟使她无论如何也张不开嘴，愤怒和委屈似乎已经宣泄过了，担忧和恐惧似乎也都烟消云散，针对丁知文个人，她好像已经没什么要说的了。她不顾葛宝华的吃惊与不解，说：

"丁知文已经都成了死老虎了，还跟他废什么话。走，咱们到别处瞧瞧去。"葛宝华被她连拉带扯地跟着糊里糊涂地走了。

两人回到班里，几个同学也正在和李贤英辩论，双方态度尽管缓和得多，但也是驴唇不对马嘴的各说各的理。只不过李贤英头脑比较冷静，平日和学生又无大冲突，说话也缓和些，所以眼看就说服了大部分人，不去造校领导的反了。见方菲平平静静进教室来，两个人四目一对，李贤英感觉方菲和她似乎并不互相抵触，就有所指地又添说：

"你们回家也可以问问，特别是有些干部子弟，你们的家长未必赞成你们现在的做法。"

方菲最讨厌动不动就被冠以"干部子弟"之名，本来父亲一天到晚把这几个字挂在嘴边地数落，已经够窝火的。现在又从李贤英嘴里出来，就颇带点讽刺意味了。自从家访未果之后，方菲还没和李贤英这个两面派交过锋，现在这句话刚好撞在了她的枪口上，她张嘴就来：

"但也未必不赞成，历史不可能是机械重复的，上一次大鸣大放当了右派，这一次阻碍大鸣大放的可能就是右派。社会主义革命都到了什么时候了，修正主义都快复辟了，你们还在这儿瞻前顾后的，前怕狼后怕虎的，生怕自己成了右派，怎么就不怕修正主义改变了国家的颜色呢？……"

方菲在心里憋了许久的一再受到压抑却一直未得抒发的自以为绝对正确、高人一筹的见解一泄而出。她站在教室门口神情激昂，自我感觉像是站在高山之巅，慷慨陈词，挥斥方遒，真有点儿气吞万里如虎的派头，马上就把李贤英几乎已经控制了的场面一下子扭转过来了。教室里顿时又炸了窝似的吵了起来，话题又都回到教改问题上来，矛头都对准了校领导和老师们。谁想说什么就说什么，方菲看着又被鼓动起来的革命热情心里那份儿痛快，如果有人这时来对她说是她挽救了革命，她绝对认为自己是当之无愧的，嘴上也许会谦虚两句，那不过是个姿态而已。

李贤英对形势的急转直下毫无准备，眼看着所有的苦口婆心化为泡影，一怒之下扭头离开了教室。她这个不智之举真乃兵家大忌，

"敌退我追",同学们一窝蜂地跟了出去,追着她身后辩论,真有点儿宜将剩勇追穷寇的场面。

意想不到地轻轻松松就报了李贤英家访的一箭之仇的方菲忍不住笑了起来,没追出去,却回到座位上,一边自言自语着:

"什么叫鲁迅先生的痛打落水狗精神?我今天才算真正懂了。大师说的话就是有劲儿,可以回味无穷。"

看见同桌宋月明仍在座位上坐着,调皮地笑着,问:"你说是不是?"

其实她也没指望宋月明会说什么,但总以为会看见一个笑脸。但宋月明却低垂着眼睑,面部凝然不动,连眉毛都未颤动一丝,像是一座石雕。方菲以为她没听见,又说了一句:

"李老师今天可傻透了,自愿当了一回穷寇。"

仿佛是被逼无奈,宋月明终于抬起眼睛看了一眼方菲,目光中既无笑意,也无怒气,只是如惊鸿般一瞥,随即转向了别处。方菲明白她又在回避和自己谈"政治"了,知道这是她惯用的态度,就是不表态。丝毫没有感觉到在她的目光中有一种本能的惊恐和胆怯,就如同一只随时准备逃奔的小鹿。

这时,方菲听见楼下有人在叫她。她跑到窗口往下看,操场上一堆一堆的人在辩论,对面教室里也在沸沸扬扬地争吵,连走廊上都有人在高声叫嚷。她顾不上再理宋月明,扭头就往楼下奔去,楼下仿佛就是革命的洪流,在这个关键时刻,可不能掉了队!

二十四

红卫兵的第一张大字报是清华附中高中的一些颇有政治头脑的学生们在聂元梓大字报之后贴出来的，如果要问什么是政治头脑，它最大的特点就是自认为是根正苗红当然的革命接班人。抱同样信念的在一些高干子弟成堆的名牌中学里很不乏其人，而且他们大多是学校重点培养的党团员干部。他们纷纷跑到清华附中去取经，然后又回自己的学校效法成立了红卫兵。但这些人多半是些有头脑的高中生，像方辉念书的分配学校只有初中，因此第一波革命浪潮影响较小，还没来得及大乱就进驻了工作组，仍继续边上课边教改，表面上似乎还算平静。

下午，方辉踩着上课铃声抱着书包一头撞进教室的时候，全班同学都哄的一声笑了起来。因为，下午不上课，没人带书包。

方辉才不管别人笑不笑，他自然有带书包的理由。书包里并不是教科书或者数学习题集之类的正经书，而是《三侠五义》《封神榜》《小五义》之类的武侠小说。

教育革命让方辉其烦无比，他不明白报纸上那些事有什么可讨论的，看着平日许多老老实实的同学都吐沫星子乱溅地发言，涨红着脸尖着嗓子念社论，他甚至觉得讨厌。见猴三儿每天乐得上跳下跳的，问他，你爸当校长了？猴三儿我连书都不念了，他当校长干嘛？方辉纳闷儿了，那你高兴什么？

猴三儿骂他就你丫贱，不念书就活不了？！我早就念够了。要不然我借你几本好看的书吧。于是就有了这些"禁书"。

方辉一连看了两本儿，便爱不释手，不但下午讨论教改看，连上午的正课都偷偷看起来。他以前还不知道中国有这么好看的书。

武侠小说对男孩子就像爱情小说对女孩子一样，只要迷上了就拔不出来。陈辛吾最知道厉害，说它们是迷情乱性，尤其是血气方刚的男孩子看不得，所以家中一本没有。方辉本是个一根筋的人，连作数学题都会入迷，看这样的书，更是沉迷得不能自拔。只要有书看，教室里不管吵成什么样，他都一概听不见，哪怕他的大名被一再提起时，他会依然毫无知觉。

讨论中有同学就说，像陈方辉这样的同学就应该因材施教，不应该和咱们上一样的课本。有的同学反对，说，肯定一人一个水平，都分起班来，得分多少班呢。大家你一言我一语，开始还心平气和地，说着说着就有点儿急了，越吵越凶。有的站在椅子上，有的冲到了讲台上，有的为了让人听见自己的话，用书卷成了一个大喇叭，声嘶力竭地喊。

班主任柴老师急得直拍巴掌，让大家要以理服人，一个说完一个再说。可没有一个人听他的话，因为他和大家一样也在喊。所有的人几乎都被卷进了这场辩论的风暴，只除了一个人，就是这场风暴的起因，陈方辉。他就像是台风中的风眼一样虽然处在中心却保持着绝对宁静，纹丝不动地座在位子上，低头看自己的书。

正当教室里吵成一片之时，方辉却看到了有趣之处，忍俊不禁，竟肆无忌惮咯咯笑出了声。声音虽然不大，却清晰、脆亮、极有兴味，在一片吵闹声中怪异得让人吃惊。因为这声音实在太意外了，以至大家不是由于吃惊而是由于不知所措才不约而同地安静下来。方辉却不合时宜地又发出两声笑，四十条目光如舞台上的聚光灯般把他锁定在中央。此时，有人捅了他一把，他这才抬起头来，仍是笑意盈盈，却不明白出了什么事，低头看看自己，抬头又冲着大家傻乐。一全班同学反倒变得无奈，只是气得柴老师冲全班挥挥手，那意思是说咱们甭理他，继续讨论咱们的。

女生吃吃地偷笑，坐在方辉斜前方的王凤英，长辫子往后一甩，回过头来，朱唇弯弯的、眼亮亮的毛毛的，忽闪着笑。她是班里男生公认的"满分儿"人物，模样长得好看还在其次，由于脾性随和，使她最得男生人缘，一班的男生，都为能和她说句话而脸热心跳，只除了像方辉这样的满脑子数学的人从没感觉。

不知道是最近看书看出了感觉还是碰巧今天有了闲情，总之，王凤英的举动竟然被方辉注意到了。他一抬头刚好看见了一个美丽的笑容，便将书上的艳词顺嘴诌了两句，"红袖添香""秉烛夜游""其乐融融也"。这两句话倒未必真有人听明白了，但方辉那毫不掩饰地一脸得意的坏样儿却人人都看明白了。王凤英羞得赶紧把头埋在臂弯里，再也不敢抬起来了。

男生们从不敢公开表露的爱慕忽然被方辉好不顾忌地捅了出来，顿时大受刺激，一个个像打了激素的小公鸡，脸红脖子粗地噢噢叫起来，一通起哄。秩序又是一阵大乱。

柴老师被这群小男人们气得哭笑不得，不得不点了方辉的名，问他，你到底打算不打算上课了？方辉傻乎乎地笑着回答，这哪儿上课了，不是都在说话吗？又一阵笑声，柴老师只能说，讨论教育革命也是上课，但说得无可奈何，连自己都不信服。而且不说还好，一说，倒让人觉出他对方辉的批评完全言不由衷。

事情眼看就要过去了，忽然，教室前排响起一个激愤的叫声，吓了大家一跳：

"这是在讨论教育革命！是不是有点儿太不严肃了？"

声音锐利、高亢，原来是蒋素兰瞪着一双大眼睛怒视着后排这群男生。

男生送了蒋素兰一个外号，叫"升高"，取自"矬老婆声高"之意。并且暗示她虽然个儿矮，还老想充大个儿，自我提高。

男生们被这突然袭击吓住了，鸦雀无声地面面相觑，愣了足有一分钟。最先反应过来的是柴老师，他扶扶眼镜儿，干咳了两声，说：

"每个人都要端正态度，积极参加讨论，这是我们教育界的大事，领导让停了课讨论，足见其重要。每个人都要认清形势，认真思考，一切与教育革命无关的事下课再说。"

这几句话的缓冲使男生醒过梦儿来，都来了气，他小丫廷的敢训咱哥们儿，她是什么东西，平时见不着人的哪个耗子洞里藏着的黄毛丫头。她不就是个小队长吗？！什么时候有了她这一分儿了？别瞧模样不济，全班女生倒着数，她都得排着负数里去，可什么事都爱管，于是都七嘴八舌地说：

"咱们讨论得好着呢，瞎叫什么？"

"干嘛这么横啊，显摆你利害呀"。

坐方辉后面的猴三儿低声对方辉说：

"这个蒋素兰也不撒泡猴尿照照自己，老以为自己是革命领袖，没她这世界还不转了？"见方辉没反应，又接着说，"她还老在背后造你的谣，说你和王凤英好，我看，其实是她自己想。"

方辉猛地回过头来，那种真心吃惊的样子逗得猴三儿险些从椅子上摔下去，笑得直不起腰来，说：

"合算就你傻 B 一个人蒙在鼓里呢！"

方辉还是傻睁着两只眼睛，定定地看着猴三儿足足又过了一分钟，脸色才渐渐涨红起来，红色从上至脑门子顶儿，下至脖子，深入衣领里面广泛地蔓延开来，红得连眼白和眉毛似乎都充血了。猴三儿甚至低头看了一眼，觉得方辉似乎连脚趾豆都红了，而且他敢保证，那个最见不得人的地方红得最厉害。猴三儿忍不住打趣说：

"别人是一颗红心向着党，你是一根红萝卜向着……"

话没说完，方辉的赤红的脸色和向前凝视的呆滞的目光让他不敢再接着说完。顺着他的目光，猴三儿看见斜前方的王凤英背后那两条又长又粗的大辫子。而方辉在吵翻了天了的教室里如入无人之境，根本就没听见猴三儿的俏皮话，半天自己微微笑了起来，自言自语道，"还真不愧是满分儿"。

在剩下的时间里，方辉连武侠小说也看不进去了，要么就一个人坐着发愣，要么就和猴三儿起劲儿地开玩笑，笑得满脸通红。

吃晚饭的时候，方菲在饭桌上大力鼓吹教育革命，讲学校里停课闹革命的情况。方菲现在已然成了消息传播者和理论家，在学校里产生的那种翻身做主人的感觉一直延续到家里。她充满了自信，长篇大套地侃侃而谈，不是大讲革命形势就是列数老师们代表了修正主义路线的罪状，慷慨激昂，浑身正气，把饭桌子当成学校的辩论会了。唯一的缺憾是辩论对手太弱，老是在唱独角戏。

不知不觉中陈辛吾也改了规矩，他不再用皱眉、板脸、沉默来禁治孩子们的吵闹，即便是在饭桌上，对孩子们的辩论，他非但不加阻止，相反还很注意。这无形中大大鼓舞了方菲，常常说得来了劲儿，都顾不上挑肉吃了。

这天晚饭时，正当方菲拿着金昌盛给她的清华附中三论造反精神的大字报念得起劲儿，方辉忽然没头没脑地说了一句：

"女的好像梳长辫子是好看。"同时用批评的眼光向方菲梳着一根朝天辫的短发看了一眼。方辉原本并不是一个闹革命的角色，他说点什么方菲也从不介意，可如此不着调、不合潮流对于一脑门子革命的方菲无异于亵渎，气得眼睛都瞪圆了，叫道：

"好看？都什么时候了还好看！那都是四旧！"

"就你新，你跟我们班的'升高'一样，假积极！"从来没什么观点的方辉突然敢抨击革命派，这还了得，方菲义正词严地训斥道：

"什么叫假积极？你懂什么！一点儿都不关心国家大事，就知道你的数学题，整个儿一个修正主义苗子！"

"你少给我扣帽子，你也不见得就是正确路线的代表！"

两个人你一言我一语地吵了起来，陈辛吾并不制止，只是放下碗，一言不发地出了饭厅。方辉像没看见一样还在继续地抨击方菲，倒是方菲突然住嘴了，然而，但这并不是像从前一样是看父亲的眼色，而是忽然觉得自己的愚蠢，跟方辉这样不懂马列，毫无理论水平的人辩论简直就是自我降低。

只有奶奶看不下去，气得骂，越来越没有王法了，哪里还像个世界！

二十五

　　一间十六米左右大的房间，门对着窗户居中，将空间一分为二。顺两边墙放着八张上下床，看起来似乎绝对平均，无好坏之分。实际上，住过这种大学生宿舍的人都深有体会，他们是绝不一样的。

　　一般来说，上床比下床干净、安静、私密性也好；靠窗户的又比靠门的亮堂、空气好；藏在门背后又比冲着门的好些，即使是冲着门，也是上床比下床稍稍优越一点儿。

　　刚入校时，方蓉的床是在靠窗的位置，但最晚来报到的山东姑娘张宓沉着个脸，好几天不说话。团支部书记预备党员刘秀梅找她谈心，她吞吞吐吐半天才说出自己不愿睡在靠门处，说她一个大姑娘孤身在外，也没人照应，心情不好，说着说着还哭了一鼻子。刘秀梅问他愿不愿意和自己换床，张宓斜眼往上瞟了一眼，小声嘟囔说，不还是靠门吗？刘秀梅一想，只能问问北京同学看谁能发扬发扬风格。除了自己，北京同学只有王小云和陈方蓉，两个人她都不熟。因为王小云不但周末回家，平时也常常不在，刘秀梅便决定先问问她。

　　王小云听完了刘秀梅的话，一双细长的丹凤眼转了转，反问了刘秀梅一句，"你觉得她这种要求合理吗？"刘秀梅傻看着王小云不知道该说什么好。王小云把刘秀梅撂在一边，低头又接着看自己的书。

　　因此，当刘秀梅找到方蓉时，见她也在看书，灰心得几乎不打算张口了。倒是方蓉回头主动问了一声，"有事？"

　　"也没什么……是有点儿，不过也没什么，没什么大不了的……"

　　"到底是什么？"

　　使刘秀梅万没想到的是，方蓉竟笑着一口答应了，"我以为什么了不起的事，把你难的，至于吗？什么时候搬？"

就这样，方蓉和刘秀梅不仅成了上下铺，而且也成了好朋友。

刘秀梅父亲死得早，母亲只是个机关的勤杂工，方蓉便常常有意做成无意地给刘秀梅一些经济上的帮助。刘秀梅的母亲夸方蓉宅心仁厚，这是后话。

换床的时候，从没住过集体宿舍的方蓉没当回事儿，等真换过来，她才明白这一换，绝不是从北大转到清华的感觉，而是从北大到了北工大，表面只差一个字，实质却差了一个档次。

在这张床上，随时随刻只要有人开门，她就被一览无余地亮一次相，有时她在穿衣服，有时在睡觉，有时甚至刚好在脱衣服。外宿舍来个人，尤其是男生，通常会一屁股就坐在她的床上。晚上不管谁没回来，她都睡不踏实，总要等到最后才能真正安静。正常上课期间好歹还有熄灯铃管着，方蓉并不很在意，但从开始搞运动，铃虽然照打，却没人听，更没人按时作息。害得方蓉为了躲乱，只好经常去广播站。

广播站一共有四间办公室，三间都在走廊上有门，冲院子里有窗户，只有播音室是个里外间，和一间办公室连着，对外没门没窗的，是个黑屋。一般人都嫌闷，不爱在里面待着，播完音就出来了。方蓉图清静，常常在里面一待就是半天。在这里，只有她的声音会通过大小喇叭传出去搅扰别人，却听不到别人的声音使她受到搅扰。当她不播音的时候，这里几乎是绝对安静的。

方蓉打开从家带的一本《古文观止》，用一个大本抄录"触龙说赵太后"中的警句，"近者祸及身、远者祸其子孙……位尊而无功、奉厚而无劳、而挟重器多也。……一旦山陵崩、何以自托于赵……"

这是毛主席对毛远新的讲话中提到的一个名篇，抄录既可以提高文学素养，又可以深入理解毛主席的革命思想，是方蓉的最爱。然而，抄录却不能占满她的脑子，手动笔动的同时又在想：

毛主席的这段话说得不就是干部子弟吗？像赵太子一样无功而位尊、无劳而奉厚、绣花枕头的、不学无术的、养尊处优、没有出息，无责任感，对这样的人千万不可信任。难道所有的干部子弟都是这样的人吗？那孟树彬呢？好像妈妈也对他有看法……

　　然而就这样想着，双手渐渐地犹如又被孟树彬紧握般地火热起来，火焰从指尖一波一波地涌流进心脏，然后灌进胃里，既而沉入小腹，火烧火燎般地从下而上地燃烧起来。这种奇怪的感觉让方蓉不禁再次骇然，她张皇失措的脸都吓白了，浑身冰凉。她这是怎么了？难道自己也变得下流肮脏，见不得人，就像个坏女人？她可是清白的，干净的。她低头看看自己的双手，痛苦地觉得自己肮脏透顶，恶心无比，牵衣断臂之恨油然而生。她冲出播音室，跑到女厕所拧开水龙头，哗哗地冲洗双手，水还在流着，她猛然醒悟，我这是在干嘛？低头捧起一掬清凉的自来水洗脸。凉水猛地一激，人顿时清醒了。

　　回到广播室里，脑子里还是乱糟糟的，但人仿佛已经干净多了。

　　对于孟树彬到底算是什么样的人她还是想不清楚，但她相信妈妈是不会错的。她是过来人，有经验，一眼就能看透每一个人。她说过像孟树彬这样外表太漂亮，招女孩子们的喜欢的人一般都会比较浮华、轻薄。至少，追他的女孩子肯定很多，千万不能感情用事，我只是像爱哥哥一样爱他。仅此而已。

　　这样想着，坚定和自信又回到了她的身上。张波洛进来递给她一篇稿子，说："准备一下，现在能播音行吗？"

　　"当然。我先看看。"

　　稿子和最近一段所有的稿件内容差不多，都是些工作组要求同学们恢复秩序，要在党的领导下继续搞文化革命等一些方蓉认为是大面上的话。文章写得呆板乏味，连个生字或生典都没有，但口气却更加强硬了，正是方蓉最烦的官样文章，然而，眼下却对了她的情绪。她嗽了嗽嗓子，关上门，打开机器，将自己的坚定、冷静、无情和正义统统向着播音器喷泻出去。二十几分钟的稿子连一个磕绊儿都没打，真正是一气呵成。

　　结束播音后，方蓉开门迎面看见张波洛两眼放光地盛赞她是"中央人民广播电台社论水平"，方蓉一向讨厌张波洛的捧臭脚，但今天却例外地神清气爽，也开玩笑说：

　　"那还是你领导得好啊"。张波洛连忙说"哪里哪里"。见张波洛那一本正经地谦虚，方蓉实在忍不住笑，咧开了嘴，一笑又收不拢了。张波洛毛了：

"你播的确实是好，我并不是成心要表扬你。不过大家最近表现都不错，"他特意又提高了嗓门儿冲着全屋的人，"现在学校里斗争很复杂，我们要站稳立场。有的学校的工作组有问题，并不说明我们学校的工作组也有问题，广播站是敏感部门、是喉舌，搞不好会成为斗争的焦点，大家要提高警惕……"

方蓉不笑了，心里懊悔着不该跟这样的人打趣，给了他长篇大套说空话的机会，真是瞎耽误工夫。

就在这时候，吵吵嚷嚷的声音由远而近，张波洛住嘴了，一瞬间，窗外门外忽然已经满是人了，一个个脸红脖子粗地乱哄哄地吵，有的挥着拳头，有的抓着一本《毛主席语录》比划，仿佛在比试嗓门儿，在一片吵嚷声中有一句话最清楚，就是"无产阶级要坚决夺资产阶级的权"。

张波洛脸色惨白地被人团团围在中央，双手不能自主地微微抖着，时不时地扶一扶眼镜，完全失了几分钟前的神气。有人让他交出广播站的钥匙，他嘴抖着牙打着架说：

"那，那，那怎么行？"

"你别不识时务，看来你这个保皇派是当定了？先是保校领导，现在又保工作组，就是不保卫毛主席的革命路线。"

"对这样的死心塌地的保皇派该怎么办？"一个人问。

"坚决革他的命！"一群人呼应，举起手中的红皮毛主席语录。

方蓉人虽然没被围着，但听到交钥匙时，心里依然一紧，伸手不由自主地摸了一下口袋，触到了硬邦邦、凉冰冰的一堆，那是张波洛前两天刚给她的。她本能地就往播音室里缩，并试图关上门，有人回头看了一眼又漠然地转了回去，但稍远处的一个尖脸小个儿的目光和方蓉碰了个正着，然后悄悄地走到一个高个儿带黑边眼镜的人身旁耳语了一阵。方蓉再想溜出门去已经晚了，两个人已经绕进播音室，来到方蓉身边。

像在梦里一样，方蓉眼看着那张带着黑边眼镜的似曾相识的脸近了，她眼睛看着他，脑子里却在飞转，他是谁？我认识他吗？为什

156

么这么面熟？他会拿我怎么样？我该怎么办？在她连一个答案都没找到时他已经在对她说话了，声音很低，在一片嘈杂声中，只有方蓉能听清：

"我知道钥匙在你手里，而且我想你不一定真的那么赞成你刚才读过的那篇稿子。我知道我不能强迫你拿出钥匙，但你至少同意真理面前人人平等，是非越辩越明，总得让人人都有说话的机会吧。"

方蓉看着他，想起了他，认出了他，他就是袁大宝，上次就是他有篇文章被毙了。如果袁大宝来硬的，方蓉丝毫不会示弱，她可不是张波洛。但袁大宝这样认真地看着她，让自己紧盯着她的每一寸目光都进入她的心里去了；他低声地对她耳语，让自己说的每一个字都送入了她的耳朵。这让方蓉迷惑起来，并且感动。他的声音坚定而且不容置疑，让方蓉不自觉地想要服从，连她自己都没明白是什么力量扯动着她的手，慢慢伸进了口袋，掏出了钥匙，正在犹犹豫豫地抬起来，忽听张波洛声嘶力竭的一声大喊：

"陈方蓉，你想干嘛？"

方蓉一震，钥匙哗啦一声掉落在地上，袁大宝身旁的尖脸小个儿手疾眼快，一把从地上捞起钥匙，塞进兜里，扭头就跑。方蓉木鸡般呆望着袁大宝。隔着黑框眼镜，方蓉看到那目光中吃惊只是一瞬，马上变成不能抑制的兴奋，转换之间若隐若现地闪过一丝抱歉的难为情。隔着闪白光的眼镜片，方蓉认为自己看见了这专对自己而发的歉意，宁静了，心安理得了。

人退的比涌上来的快，等方蓉完全清醒过来时，发现自己面前只剩下张波洛对着自己火山爆发般地轰轰嘶嘶沸腾，两只手臂风车似的狂舞。然而这一切都犹如无声电影般失去了威慑力只剩下了滑稽，连"我要把事情的全部经过向上面汇报"的威胁都没能触动方蓉，她只轻描淡写地说了一句"随你便"，甩开了张波洛扣在她头上的一撮帽子，离开了空空荡荡的被夺了权的广播站，一路看也不看满眼满世界的大字报回了宿舍。

二十六

事情都已经做过了方蓉还没有意识到它究竟意味着什么，只想到终于可以不再播音了，即轻松又有点遗憾。但过了两天，她觉得不大对头，刘秀梅好像有意识地避着她，尤其是在领导面前。方蓉本想找她问个究竟，但刘秀梅似乎并不接碴儿，闹得方蓉闷闷的。

又过了没多久，听说袁大宝因为广播室事件被隔离审查了，而刘秀梅的声音也从大喇叭里传了出来，方蓉这才明白，自己已经被划到了造反派一边。至于为什么没有人找她的麻烦她连想都没想，对于自己被当成了哪一派也并不介意，但对受到冷眼却很敏感，自此不仅再不主动找刘秀梅，甚至绝不主动和任何人说话，仿佛把自己当成了传染病源，为了别人的健康而远离别人。

方蓉从小便是个人见人爱的孩子，从来不曾如此地与人隔绝过，一种从未体验过的空虚突然降临，仿佛托着心脏的支撑物被掏空了，心随时都会从高空落下来摔得粉碎，为了装得完全不在乎，一直低着头走路的她，现在反而把头昂了起来，把目光投向人群的头顶上。只有回到家里，那颗心仿佛才落了实地，家里所有的人都变得珍贵起来，甚至方菲一身红卫兵打扮跑进跑出的都好像给她打了气儿。

史培玲现在已是学校里的活跃人物，方菲跟着她东跑西颠四处联络，不仅参与了校内的红卫兵活动，还和外校也建立了各种联系，互通消息。所以，每天回家都能发布一大堆新闻。流行的新观点，最新指示，红卫兵的动态情况，社会上的传闻杂乱而匆促地从她嘴里炒崩豆似的往外喷，生怕被人打断似的提高了声调，加快了速率，不容反驳地吵架般放大了嗓门儿，学着别人挥舞着手臂来加强语气。

从她急促的叙述中，方蓉知道了前不久，方菲学校里也有几个同学因为发表了反工作组的言论，被批斗，被围攻过，可这几个人听上去在学生中没什么威信，用方菲的话来说是"也不知道是从哪儿钻出来的几个无名鼠辈抢风头呢"。

"那他们的观点你们觉得怎么样？"

"观点嘛……"方菲有些含糊起来。但此时几双眼睛都盯着方菲，如果光是姐姐她也许就一走了之，但爸爸妈妈也十分认真地看着她，"反正清华附中那帮红卫兵是反工作组的。"

这句话让方蓉立刻觉得心口暖暖的，她舒了口气，不再问了。但陈辛吾却希望知道得更多：

"能不能再讲得具体一些，都反对工作组的什么问题。"

"当然是大方向啦。"方菲想都没想就回答道，"现在谁还会为了一两件小事辩论，都是讨论大方向问题。"

"大方向"这三个字像石头一样砸在陈辛吾心里，部里也按照中央的要求向化工口的大专院校派了工作组，这些日子也闹得厉害，几次部委会上分管的副部长都把事情提交上来讨论，而恰恰在此时，中央却消失了，从孩子们主要是方菲道听途说的"小道消息"里知道了中央文革中"有人"以个人的名义支持这个支持那个，再细问到底都说了什么，就像今天这样，或者蹦出一句吓人的结论，或者就是"反正，反正"，"就是这么回事，就是这样"，不仅让人摸不着头脑，常常还让人掂不准斤两。

现在是孩子们都有观点，倒是大人们找不着北了。上面会也不开了，中央精神全都在报纸上，都通过小道消息传播，到底该听谁的？谁是正确的？听谁的才能不犯错误？一向以中央文件为行动准则的他们，变成了被置放在颠倒的强磁场中的罗盘，完全失去了方向感，而每天都还在发生着让他们应接不暇新鲜事情。

这天，方菲回家很晚，一脚踹进门就大声嚷起来：

"今天我们和团中央的书记胡启立辩论来着，真他妈带劲儿。"奶奶正弯腰在门厅里整理孩子们乱脱的鞋，吓了一跳，问：

"么事？各子凶险，吓死人了。"

"去去，没你什么事，"方菲不屑地呵斥开奶奶，对闻声跑出来的方蓉和方敏接着说，"姐，你就想不到吧，这家伙还真他妈能言善辩，特能说。而且，长得还真年轻，小白脸儿，戴副眼镜，又高又瘦，穿件小白褂。据说原来还是你们北大的学生会主席呢。"

两人一路说着一路往饭厅走，方菲和坐在桌旁的父母打过招呼，心里对自己提了个醒儿，千万可别顺嘴溜出个"国骂"来。这"国骂"也是新近的风气，似乎不如此不足以表现革命似的。方菲开始"国骂"还有点儿心虚，渐渐习惯了，倒发现这词儿用着别提多解气了。唯独在父母面前留点心就是了。

"那你们谁辩赢了？"方蓉问。

"当然是我们了，我们人多，把他里三层外三层地围在教室中间，他再能说也只有一张嘴。"

方蓉忍不住噗嗤笑了："闹了半天是以少胜多啊。"

"你还真别说，是有点儿孤胆英雄的味道。"

方菲也跟着露出了笑容，方蓉笑嘻嘻地添了一句：

"舌战群芳。"大家哄笑起来，连陈辛吾都忍不住咧了咧嘴。没等笑声打住，方菲赶紧崩住脸，觉得自己太不严肃：

"他对我们提出的问题没有一个回答的令人满意。净他……大道理，"差点儿溜出一个"国骂"，"一个劲儿地强调工作组是中央派的，有意见要逐级反应。我们一跟他提工作组的大方向问题，他就回避，不敢做正面答复，兜着圈子一通胡搅蛮缠，真能诡辩。再有口才也是个老油饼、保皇派。"

"那你们想怎么着，想让他支持你们？说你们对，工作组错了？或者校党委错了？"李伟玉问。

"最起码明确表个态，哪怕说我们错了，他对，或者他错了。他可倒好，凡是实质性问题一概不表态。"方菲气愤地涨红了脸。陈辛吾默默地看着女儿，心里替这个胡启立盘算，马上便体会了他的难处，知道他大概只能如此。

"你们也真够可以的，愣把团中央的副书记给围攻了。"

"这年头，不能看谁官儿大，得看谁手里有真理。别说是一个胡启立，就是胡跑步、胡跳高通通不在话下。工作组一看镇不住，就去请团中央，这年头儿，谁还怕官儿？真理面前人人平等。"

方平忍不住嘿嘿笑了起来，逗得方敏甚至方辉也跟着笑。只有方蓉没笑，方菲如此出语不敬使她有点儿尴尬，偷眼看了一眼父母。倒是陈辛吾并没计较，没有任何反应，只关心地问：

"团中央除了派人来辩论外，他们还采取什么措施了？"不自觉地也用了"他们"二字。

"他们能有什么措施？！一帮官僚，能有什么高招。只会老调重弹，什么你们要冷静阿，考虑问题要全面啊，可废话多了。党内都出了修正主义了，还冷静呢。老师们更可笑，竟然还威胁我们，说反右斗争抓了不少学生右派，说开始也大鸣大放来着。真逗，只有对党和毛主席有刻骨仇恨的人才会当右派，我们是忠于毛主席的红卫兵！能成右派，笑话，他们才是右派呢。"

陈辛吾和李伟玉互相看了一眼，沉默了一下，李伟玉才说：

"那老师也是真心为你们好，怕你们年轻不谙世事、犯错误嘛。"

"哼，谁用他们假慈悲，他们是修正主义在学校贯彻错误路线的爪牙。培养的都是五分加绵羊。我们才不受骗上当呢。"

方蓉见妈妈被妹妹冲得不吭声了，小声嘟囔："话说过头了吧。"

"过头？毛主席说矫枉必须过正，革命不是请客吃饭……"思路一转，又说，"我们学校和西城区的其它几个学校的红卫兵明天还准备杀到团中央去革他们的命呢。"

陈辛吾问："都那几个学校？领头的都是些什么人？"

"有四中、八中、我们学校，还有女一中、师大一附中，领头的有……"方菲一口气说出了一大串儿各校红卫兵头头的名字，其中有不少是现任中央首长的子女。

"去那儿有什么安排？"

"还不是去跟他们继续辩论呗，"因为方菲并不是核心人物，只是跟着跑，怕爸爸再问，赶紧把话题一转，"姐，听说你们学校也挺热闹的？"

"啊，不过理科系没文科系热闹，"方蓉含含混混地说，想到了袁大宝，想到他那个并不令她十分反感的观点和态度，嘴里却接着说道，"我们学校的事其实并不能全看报纸上……有些人听说人品挺次的，纯粹是投革命的机……"

"那你不能光看他的个人品质，还得看他的大方向。"方菲马上打断了姐姐的话。

"当然也得看个人品质了，同样是反工作组，有的人是投机，捞取政治资本，有的是真革命，当然不一样。中国历史上就不乏这种先例，蒋介石怎么样，当初不也追随过孙中山吗？袁世凯也曾是维新派，结果怎么样？事情都坏在他们手里了……"

"但是当他的行为是革命的时候，就是大方向正确，叛变是后来的事情，只能说他是钻进革命队伍的坏人，却不能否定他们当时在历史上的先进作用，革命队伍就是在不断地自我清洗中完善自己……"

"反正我不这么认为……"

方蓉死不认头，却又说不出更高明的理论。辩论基本上就是吵嘴的高级版，一个小学都没毕业的人当然考不了大学。所不同的是，吵嘴没词儿了可以不服气，可以生气，而辩论没理了心里就发虚。见方蓉气短了，弟弟妹妹们就跟着搅和，李伟玉急得喝道：

"小孩子不懂，别瞎插嘴！"

方平一听这话不干了："人人都要关心国家大事，凭什么我们就没有发言权？毛主席说书读得越多越愚蠢，我们书读得少，最聪明！"

"就是！就得听我们的！"

李伟玉哭笑不得："好好，听你们的，先吃饭，吃饱了饭才有力气干革命啊。"

陈辛吾任饭桌上吵成一团，仿佛置身事外，但对吃的是什么似乎也没大注意，专门为他下酒准备的平日里的最爱松花蛋就在面前放着，他都没动，直到李伟玉给他夹了一块，并没有细细品味就咽了下去。嘴里留下了苦苦的、怪怪的味道。不知道是松花蛋有什么问题，还是自己的味觉出了问题。

临睡前，李伟玉照例把孩子们召集在客厅里集体念语录。

"打开毛主席语录第9页，念第二段，预备齐。"

孩子们高一声低一声地念起来，方蓉用标准速度、标准音高念；方菲用超快速度、超高声音念；方辉用超低声音、方平用超慢速度念；方敏字儿还认不全，跟着瞎搅和，一会儿就乱成一锅粥了。李伟玉急忙喊停：

"停停停，要齐声念，高声念，念得像个样儿，像姐姐一样。"

"是，像姐姐一样。"方平站起来，敬了个军礼。李伟玉忍不住笑，喝道："不许捣乱，预备齐。"

孩子们仍是鸡一嘴鸭一嘴地乱念。李伟玉一边跟着念，一边点名批评：

"我们应该相信群众……方辉！……相信党，这是一条根本的……方菲慢点儿……"

方平提意见："妈妈，你这是在念毛主席语录吗？毛主席认识咱们家方菲和方辉吗？"李伟玉气得笑，伸手去打方平说：

"他们不好好念嘛。"

方平一缩脖儿，回嘴道："那也不是相信群众……方辉，相信党……方菲。"

被捏住小辫子的李伟玉气得笑，骂方平故意捣乱。秩序顿时大乱，方敏趁机偷偷溜走了。李伟玉只好宣布：

"各念各的，谁先背会谁先走，被不会的一直念到背会才许睡。"

没过十分钟，方菲说会了。李伟玉睁大眼不信，方菲说你听着，一口气把指定段落背了下来，李伟玉半信半疑地问：

"你以前背过？"

方菲冤屈得跳着脚嚷："不信你再另找一段，随便。"李伟玉认输："好好好，算你完成任务了。"

"什么叫算我完成任务了？完了就是完了……"方菲顶着嘴，喜笑颜开地做着鬼脸儿，蹦跳着走了。

很快，所有的孩子都以令李伟玉吃惊的速度背会了，连方敏都被方蓉找回来摁住背会了，只剩李伟玉自己仍然捧着书，半闭着眼睛，一句一句地专心默念。双目时而紧闭，时而向天翻着，时而又皱起眉头。方蓉看没人了，悄悄劝妈妈算了。李伟玉睁开双眼，认真地说：

"那怎么行？我得以身作则。"

"那你明天还得上班呢，等有时间再补呗。"

　　"那怎么行，孩子们都会了，我到偷懒儿？你先去睡吧。"

　　李伟玉一直念到很晚才背会。睡觉时她心情舒畅，好像终于完成了一件重要工作一样踏实、充实，想试着不吃安眠药就睡觉。陈辛吾劝她不要试，万一睡不着折腾半夜再吃第二天没精神。李伟玉不听。陈辛吾自己吃药躺下了，半夜李伟玉悄悄爬起来找药吃他一点儿也不知道。

二十七

李伟玉失眠已经有几年了，但她并不是每天都吃安眠药，一般来说只是在心脏感觉不好的时候或者有什么让她心神不宁的事情的时候才吃，这样既不会形成依赖还不影响第二天的工作。

她想不清昨天晚上怎么就睡不着觉，家里暂时似乎还没出什么大差错，厂里虽然有些人心浮动，但比起学校、机关单位来说要好多了，即没有人贴大字报也没有成立什么战斗队，生产还在正常进行。劳模乱搞的事情已经严肃处理过了，最近也没再闹出新的乱子，那为什么？李伟玉一路瞎想着进了办公楼，心不在焉地用习惯性的友好表情迎着对面过来的几个中层干部，直到近了，他们昂首直视的样子才在她的眼睛里清晰起来。这时，她才恍然明白了，是脸色，是丈夫的脸色让她不安。一个难得把什么事情都摆在脸上的人昨天脸色那么难看自己当时怎么没问问呢？

为了不让这事挂着心难受，李伟玉换上工作服下车间劳动去了。车间主任看着李书记的蓝色工作服脱口说：

"李书记，今天不是您劳动的日子啊。"

"深入群众还分什么日子？"

围上来的工人们也都说，是啊，李书记什么时候来劳动我们都欢迎，天天来我们都欢迎。看着工人们善意的笑脸，李伟玉心里软软的，一早起来的烦恼全都化成了一股青烟，散了。

工间休息的时候，有人对她说，李书记什么时候也深入我们家属院看看？她愉快地答应了，最初盖家属院的时候她还上工地去看过，现在应该很热闹了，小日子也肯定挺红火。但她做梦也想不到情况或许另是一番景象。

家属宿舍区在厂区的东边约三站路，一条专修的土路与厂区相连，半路有个岔道通向城市公路。周围都是农田，荒地，灌木丛和矮树林。黄昏时分，厂区高大的厂房、矗立的烟囱衬着夕辉清晰可见，站在一排排砖木结构的平房宿舍区便更觉得这里低矮、嘈杂和暗淡。

所有的宿舍房不仅结构一样，面积一样，格局一样，甚至许多人家的窗帘都是一样的花色，像士兵一样一排排站得整整齐齐的。所不同的只是各家门前堆放的杂物不一样，虽然都是些破铜烂铁、坛坛罐罐、各种木料砖瓦，也许摆放的方式不同或者此多彼少，数量不同。这使得家属院就像是一支杂牌儿军，乍一看，站得挺整齐，细看，却装备各异。这些不知从哪儿划拉来的以备不时之需的宝贝废物多数是一搁就好几年，从来没派过用场，但体积却在不断地膨胀。渐渐地公用的道路被挤得只剩一条缝儿，两个人对面各推一辆自行车都不能顺顺当当地过去。

密集使得人们很少有秘密，吃饭时，一家炸辣椒，整整十家得打喷嚏；一家吃臭鱼烂虾，三四排房子得捂鼻子；偶尔有一家炖了肉，全住宅区得跟着精神会餐三天整。若有夫妻打架的，父子吵骂的，婆媳不和的，其中细节、来龙去脉更是尽人皆知，而且比着当事人还条理得清楚。到底是观战的比参战者多了一份客观、冷静、全面。加之多数人上班是同事，回家是邻居，谁是怎么回事，瞒都瞒不住。在没事的时候，日子还算平静，一旦谁家有个三长两短，那就显眼了。

齐万强刚分到这间十四五米大外带一间三四米的小厨房的房子时美得就差没给他大兄哥车间主任跪下磕响头了，可从集体宿舍搬了出来，有了自己的小家了，比评上劳模了还高兴。

然而，好事能走得这么快，快得他都来不及眨眼，快得令人难以置信。他仍然觉得这不像是真的，劳模称号没了，媳妇带着孩子回了娘家，刘淑贞住了医院，自己则从人前一朵花变成了过街耗子，灰头土脸的连人都不好见了。现在他就像玻璃缸里的观赏鱼似的无处可逃，只好大白天拉着窗帘关着门一个人坐在炕上抽烟，把烟灰随便乱弹得满世界。如果有个什么地方可去，他恨不得永远不再看见这间房才好呢。

烟在嘴里苦丝丝的，看看满地的烟灰，他知道老婆在家他不敢这么胡来；胡乱堆在床上的被褥，几天没刷的碗，东一只西一只的鞋，孩子写字桌上的一层土，乱了，一切都乱了。他是怎么落到这一步的呢？事情发生的时候快得就好像人坐在电影院里，只管看着一幕接着一幕地演了下去，还没来得及想灯就亮了。直到人去场空，剩下满地的狼藉，他才醒过梦儿来回头细琢磨，这一切到底是怎么发生的。

齐万强和刘淑贞是在市里参加劳模大会才真正认识的。

刘淑贞长得瘦小、干巴，脸色寡黄。开始齐万强并没注意她，听人介绍过她的事迹后好奇地想，就这么个瘦小身子，是怎么承担起那么大的劳动量的？他牛高马大的胖老婆比她干得少多了，下了班还哇哇地喊累呢。

市劳模大会一共开了五天，住在招待所里，因为是一个厂的，两个人自然比别人多接触些。刘淑珍开始主动帮他洗洗小东西，他也没在意。在他看来，女人侍候男人是天经地义，自己老婆回家再喊累照样洗衣做饭都一个人干，他很少插手。

闲聊中齐万强知道刘淑贞是顶工伤回老家的丈夫的缺，原先在农村，鸡、猪、狗、柴、孩子、婆婆、家里、地里全是她一个人，厂里这点儿活不算什么，就是太孤单了，和集体宿舍里的姑娘们也没话。她愿意多干活，下了班也不愿意闲着，省得胡思乱想。她说自己并没想要当劳模，只想老老实实多干活、多挣钱寄回家去，家里一大群人等着她这点儿工资补贴呢。

刘淑贞说这些话的时候眼里含着泪，鼻尖儿发红。齐万强心肠软，跟着难过，不知所措地陪着叹气。他从来不知道女人有这么可怜，自己的老婆一天到晚凶神似的常有理，弄得他以为女人都那么可恶。刘淑贞也没想到随便拉了几句家常，竟惹得齐万强跟着自己叹气，感动得心都抖了。但她马上想起这是劳模大会，赶紧抽了一下鼻子说"一个先进净想着自己和自己家太不光彩，我得努力克服这些缺点，多想想为人民服务。"让齐万强一定要替她保密，千万别让人知道她有这么肮脏的思想，而且，说着吓得脸都绿了。

齐万强一看她吓成那样儿，发誓赌咒地要替她保密，并说连老婆都不告诉。说完自己先觉得不大对劲儿，再看刘淑贞的脸也红了，一时间亲亲密密的谈话戛然终止了。

过了两天，会议上组织劳模们上香山去玩儿，两人一见面多少有些不自在，并排坐在车上，看着车外的景致，才慢慢又恢复了常态。一路没话，却挨得很近，心里也觉得和平日不大一样似的。

下了车，两人和大家结伴上山，有说有笑，热热闹闹，高高兴兴。

回程路上，刘淑贞叹了口气，轻声说："明天就要回厂了。"黯然看着窗外。

"到我家来玩儿吧，我家离厂子近，就在家属院儿……"齐万强急切地想要安慰刘淑贞，脱口就说，遇到刘淑贞幽怨的目光，话又粘在舌尖上吐不出去了。"我……我……是说……"

"你来找我吧，同屋的一个姑娘回家探亲去了，另外两个不和我一个班，"他们是三班倒，顿了一下，又说，"领导不是还让咱们一块儿总结材料吗？"

血，一涌而上，堵住了齐万强的喉咙，又沉下丹田，然后在脑袋里嗡嗡作响。齐万强直到现在都想不明白，为什么自己当时除了有强烈的性冲动之外还会有一种心疼的感觉。他想都没想就拿起了刘淑贞瘦弱的手轻轻地摩挲着。刘淑贞的手在他的抚摸中越来越柔软，越来越温润，也越来越有劲儿。齐万强恨不得此时此刻就化在身边这个瘦小的妇女身上，他挣扎着，尽力维持表面的镇定，木着脸看着窗外。

刘淑贞从来没有领受过如此温情的抚摸，虽然只摸着她的一只手，也许正是因为只能摸着她的一只手，才使她觉得如此温柔。她的心化成了一池春水，全身都酥软了。后来当他们回到厂里，有了机会，她反而再也没有了这种感动。

事实上，这两个人真的在一起时，都没有太好的感觉。

齐万强最初压在刘淑贞那干瘦如柴的身子上时，先是一种意外，他没想到她竟然瘦的连一点儿乳房都没有。摸着她远不像媳妇那般丰硕结实，这使他心里到更怜惜她了，依然冲动的利害。只是刘淑贞对他猛虎扑食般的态度毫无准备，畏缩起来，他使她一下子又想起了自己的丈夫那没完没了的性要求。她白天累得要死，夜里面对只是肢体残疾生理却因白天无所事事而更加健康的丈夫，简直不堪重负。但她毕竟是结过婚的人，毕竟懂得不能在这种时候再打退堂鼓，便强打起精神来应付齐万强。

一开始齐万强并没注意，只顾宣泄自己的感情，乐够了才发现好像有点儿不对劲儿，问，"你怎么了"。

"没什么，你来吧。"

他以为是自己弄疼了她，以后，便更小心了。但有过两次以后，他才觉得好像刘淑贞远不像自己想象的那么热烈。便对她说，"算了，你不喜欢就算了。"

刘淑贞却说，"你觉得好，就来，随你。"还说，"不管怎样，我都愿意。"但齐万强渐渐失了兴趣，两人见面依然是刘淑贞想方设法地帮齐万强干些活，而齐万强也愿意听刘淑贞唠唠家常。事情几乎就在自生自灭了。忽然不知是哪个好事者到老婆那儿一挑唆，就害苦了他。

完了，一切都完了。他颓丧地喷着烟圈儿，两眼发直。尽管他和刘淑贞异口同声地咬定无事，可泼妇似的妻子差点儿把人打坏，又恰被李书记撞上。听说李书记大发雷霆，说劳模应该在生产上带头，搞得这么满城风雨不像话。两个人要深刻检讨，当然，打人的妻子也背了处分。车间主任的大兄哥也圆脸一抹变长脸，群众都绕着他走。真是背透了。他真想找出那个背后嚼舌头根子的，狠狠揍他一顿。

老婆走了三个多月了，一个快乐、热心、满足的齐万强人明显见瘦，而且，失了主张，不知道怎样才能改变这一切。早就该吃饭了，但看看那一堆冷锅冷灶，脏盆油碗，心里一阵儿起腻。咽了半天难过，终于下定决心动手做饭，却忽然想起上个星期天就没粮了，还得上粮店现买去，齐万强背晦得只好又点了一根儿烟。

刚听见有敲门声时，齐万强甚至都没抬头，还以为是隔壁的声音。终于听见外面高声问："强子在家吗？"才明白是在找自己的。他心里纳闷，这么陌生的声音，这个钟点儿，能是谁呢？

开门看见秦有德那张瘦条脸一时他竟愣住了，首先想到的是难道我借过他什么东西忘还了吗？秦有德露出一嘴被劣质烟熏黄的长牙，皮笑肉不笑地说：

"大兄弟，一个人闷在家里干嘛呢？喝，瞧这一屋子的烟，这还进得来人吗？"

"科长大人，除了抽烟，我还能干吗？"

"吃饭哪，该吃饭了。"

齐万强苦笑了一下，"是啊，是该吃饭了，我也知道。"心里却骂，看我笑话，是不是，真是虎落平川被犬欺，想当年……

"走吧，大兄弟，上我家去吧，你嫂子请你去吃个便饭。"

齐万强直不敢相信自己的耳朵，难道太阳真的打西边儿出来了？秦有德请客？而且请我这个倒霉蛋儿？但此时已顾不上多想了，竟有送上门儿的这等好事？脚下已经动弹了，脸上却还狐疑着。秦有德堆起一脸的褶子，弄出个不惯笑却非要笑的笑脸来，说：

"你嫂子说你一个人，连个做饭的都没有，怪可怜的，来吃个便饭吧。别的也不用带，带几两粮票就成了。"

秦有德老婆？那个有名的只占便宜不吃亏的磁耗子？和邻居们三天两头的为了一根葱两瓣蒜吵得翻了天的女人？但由不住没出息的肚子早已经咕咕地叫起来了，齐万强跟到了秦有德家。

一进门，齐万强看见除了秦有德正在忙着的老婆，桌子旁已经坐着两个人，一个是宣传科长李富贵，另一个是工会干部栓福子，便回头儿看秦有德。秦有德一边把齐万强往桌旁让，一边寒暄：

"没外人，没外人，都是老战友，你也都认识。坐吧。"

齐万强心想，你们是老战友，都是转业军人，可我算干嘛的？脑子转着，眼睛却在桌子上扫着。桌上放了四个碟子，一碟白菜帮子切成细丝拌上几根红辣椒丝；一碟水萝卜丝；一碟焖黄豆；一碟炒鸡蛋连盘子底儿都盖不住。旁边竖着大半瓶二锅头酒，一人面前放了一个拇指大的小酒盅。齐万强口水都涌上来了，心里却别提多后悔了，绕顶着吃请的名儿，没得着口福，却把馋虫勾起来了。想当初劳模大会的伙食，那才叫棒。同样是四菜一汤，红烧大狮子头，炒木须肉，糖醋鱼，还有青菜，今非昔比，今非昔比啊。

秦有德端起小酒盅站了起来：

"今天大家伙儿到舍下吃个便饭，聚聚，没别的意思，叙叙旧，把心里的苦水倒倒，不单图个肚饱，还求个心里亮堂。来，都端起来，先干一杯。"说完，一仰脖子，吱地一声先干了，然后亮亮底，以示喝光了。拿起筷子，指点着盘子，"吃菜吃菜，请随便，都是自家人，不必客气。"

一小杯酒下肚，热辣辣的温暖在胃里点着，又呼地燃烧起来，火焰迅速地顺着粗粗细细的血管窜进全身的每一个细胞。温暖，久违了的温暖，将齐万强包裹起来，轻轻地托着他，抚慰着他，感动得他几乎落下眼泪来。几个月来，他不记得有什么人理过他，更别提拿他当自家人了。他有一肚子委屈要诉一诉，有一肚子苦水想倒一倒。还没等他张嘴，栓福子先长叹了一声：

"哎，咱们哥儿几个一块儿进厂也得有个小十年了吧，想当初，还觉得自己是个人才，现在回头想想，真好像一场梦。"

这两句话马上得到了三个人的回应，李富贵接口说：

"可不，瞎忙活了半天，捞个芝麻大的官儿，想想真没劲。我们上锅炉厂的几个战友，都弄了个副处级。咱们可好，整整差了两级。"

"你好歹还是个科长，我呢，到现在也还是个副的。坏事儿，全是我们的，好事儿可一件也轮不上。白辛苦了还不说，几面儿落个不是人。"秦有德说，齐万强多少有些不自在起来，想起自己的老婆打刘淑贞的事儿大概也属于这坏事一类。

"甭管正副，你们谁也没我倒霉，老婆自打精简下去，我们家到现在都买不起个收音机，瞧我儿子穿的，想喝口酒都没个闲钱。"栓福子皱着眉已经三杯酒下了肚。秦有德站起来，赶紧又给续了一杯，堆起个挤出来的笑脸：

"喝酒，喝，趁着现在有，再来一杯。"

几杯酒下肚，这几个老转的苦衷齐万强全听明白了，虽然还不太知道为什么非得拉上自己，但却觉得跟他们挺亲近，有心跟着说两句，可自己的事儿似乎有点儿张不开嘴，只能听着他们越说越热闹，自己红着个脸闷头喝酒。

三个人里，其实要数李富贵境遇最好些。论官儿，他略比别人高一点儿，妻子是个护士，一家子住在老丈人家，孩子还有老丈母娘管。老两口带着大孙子住一间房，小两口带一个小的住一间房，住的也还算宽敞。但也数他怨气最大。见齐万强一直喝闷酒，便对他说：

"你是咱们厂的劳模，是大家伙选的，怎么就凭一个人一句话就给摘了？害得你现在都抬不起头来？老婆也走了。可怜哪。"这句话像是给齐万强一肚子苦水插了个合适的嘴儿，不用倒就喷了出来：

"瞧我现在还是个人吗？秦科长去我家看了，简直连叫化子都不如。那不叫个人日子，都让那个嚼舌根子的胡说八道，害得我是家破人亡……"

"造谣可耻，这没错，可李书记怎么就不调查调查，到底有没有那么回事儿，就给人定了案！让人有口难辩，跳进黄河也洗不清了。"

"就是的，她有什么证据就凭她一张嘴就置人于死地了！"

"她就没把咱工人的事儿放在心上，高高在上，当官做老爷，……"几个人你一言我一语，说的齐万强鼻子一热，哇的一声号啕起来，接着酒劲儿，边哭边骂：

"凭什么，凭什么让我做深刻检讨？她有什么证据血口喷人？！我齐万强是那号人吗？搞得我妻离子散，人不人鬼不鬼的，名声扫地，抬不起头来……"连他自己都没有想到事情竟是可以如此轻易地就改变了，委屈和愤怒也可以自然而然地就此能找到发泄之处，但是否他的痛苦就可以全都怪罪在李书记身上他却并没有时间多想，只觉得郁积了很久痛苦一下子决堤而出，趁着酒劲儿将满腔的气愤和悲痛一吐为快。他捶胸顿足、大呼小叫地喊着儿子的小名，闹得惊天动地，招得窗外早聚集了一帮看热闹的老婆孩子，秦有德站在门口趁着哄人的机会，只要有人问，就说齐万强是厂里的一大冤案，被迫害得妻离子散，再有人问，"是谁干的"。秦有德便神神秘秘地说，"还有谁，头儿呗"。"那个头儿"，爱刨根问底的人问。"自个儿长着眼睛，长着脑子没有？"然后又冲着大家伙儿嚷，"有什么好看的？有什么好看的？去去去，都别围着了。"

等秦有德再回到屋里来，该吵的，已经没什么新鲜的了；该闹的，也折腾得劲儿不大了；有气的，也出得差不多了。这时候，只见李富贵点起了一支烟，慢慢悠悠地说：

"是啊，每个人都有一堆的不痛快，都一笔难算的帐。问题是这笔账该怎么算，你们闹了半天都没抓住重点。"

三个人一听这话一愣，问，什么是重点？

"重点？"李富贵啜了一口酒，"还用我说吗？擒贼先擒王，要想彻底给咱们翻过身来，不打到咱们厂里的头号走资本主义道路的当权派全都没戏。"

栓福子倒吸了一口冷气，问："李书记？"

齐万强吓了一哆嗦，酒也醒了一大半儿，脸色从通红变得煞白。

"不那么容易把，"秦有德眨眨眼问，"一个十一级的高级干部，男人是部长……"

"那又怎么样，现在是造反有理，彭罗陆杨大不大，怎么样，照样倒台了。北京市委已经完蛋了，她的后台已经到了一半了。听说，学校里的校长们说话都没人听了。再说了，法不责众，咱们多联络点儿人，成立个战斗队，大家一块儿干，我就不信搞不倒她。"又圆又胖的脸上两只眯缝眼闪闪发光地盯着三个人，见秦有德和栓福子点点头，把目光转向了齐万强。

"这个，这个……"齐万强打心眼儿里开始发怵，说不出话来。李富贵说：

"你瞧你，你得闹清楚，是谁害得你妻离子散，是谁整得你丢了劳模称号，这仇，此时不报更待何时？再说了，咱们现在只是筹备，一定要在适当的时机才行动，绝不会让你吃亏，你怕什么？"

齐万强咬咬牙，狠狠心，说："反正家也没了，横竖都一样。我听你们的。"

李福贵马上接口说道："那好，咱们这几个人里就你是最最无产阶级的，也最有发言权，你说咱们叫个什么名字……"

齐万强带了个高帽心里挺美，但又没这个脑子，只能傻笑。大家开始你一言我一语地讨论各种事宜，就这样，厂里的第一支战斗队已经成型，只待时机成熟就可以进行战斗了。而李伟玉对这一切还一无所知。

二十八

北京的六七月份热得像个火炉，李伟玉下了班一进宿舍，午休进门时那种一凉的感觉没有了，相反，闷热扑面。她有些急躁，换着衣服就出了一身的虚汗，心里奇怪着前几年都是怎么在这间宿舍里度过酷暑的？

现在不论是部里还是市里的上级领导基本上已经不再下指示，不再开会，也不再视察、报计划、评比、选举，总之，已经没有那么多的会议要开，也没什么事情要做了。工厂的运转全凭着惯性在继续。李伟玉也不再住厂里了，不管多晚，多累她都每天回家，仿佛只要回家一天的劳累才能解除。倒是陈辛吾更忙了，不能天天回家，在机关里搭了一个临时的床铺，两人还是不能经常见面。即使两个人都回家了，也没个准点，为了不打扰对方休息，在书房里也放了一张床。

父母亲的这些变化孩子们浑然不觉，因为依然是常常两头见不着人，每天还是奶奶照料着家务。

太阳已经老高了，奶奶各处转着收拾屋子，冷不丁看见方辉还躺在床上，吓了一跳，一把把他拍起来：

"哎呀呀，好端端的又不上学了吗？赖在床上装死，二小姐走了都一个时辰了，连敏敏都走了半点钟了。别个学校都更忙了，你的学校到放假了吗？"

方辉迷迷糊糊地爬起来，穿上衣服就往门外走，嘴里嘟囔着：

"反正又不上课了，着什么急？人家正梦见一大堆好吃的，被你打没了……"

方辉趿拉着鞋，上衣只系了三个扣子，大剌剌地往学校走。

自从学校成了红卫兵的天下，校长、老师靠边站了，非但不能上课，闹不好还得挨斗。方辉的脑子里原先是只装得下数学和围棋，现在几本武侠、话本小说占了数学围棋腾出的空儿，就又没地儿了，再多余的事儿就插不进来了。他觉得每天这样乱哄哄的，一点儿都不觉得好玩。快到学校了，方辉的脚步慢了下来，开始思谋着不如到什么地方去溜达溜达，找点好玩儿的，又一转念自己一个人玩没劲，不如先到班上去找猴三儿。

进了学校，只见学生们到处围成一群一伙的，有的在为什么事情辩论或者说正在激烈争吵，有的围住老师比手话脚地嚷嚷，还有的甩着宽宽的皮带没事儿三三两两地瞎溜达着。教室的门大敞着，学生们干什么的都有，唯独没有上课的和念书的。

方辉进了楼道，看见几个初一的小姑娘正围住一个比她们高些的女孩子，只因为这女孩子留着两条长辫子，引得方辉停了脚观看。

"你坦白，你怎么耍流氓来着？臭圈子！"其中一个领头模样地问道，其他人你一句我一句地跟着问，表态似的，一个比一个凶。被围在中间的那个"圈子"委屈地说：

"没有，没有，……"声音低得刚能听见，眼睛惧怕地斜视着那些孩子手里的武装带。

"还敢抵赖？！"好像被提醒了似的，领头儿的恶狠狠地举起宽宽的板带威胁。

"真的，求你们了……"恐惧渗进了声音。怕什么，来什么。高举的板带"呼"地往下落，方辉眯起眼，只听啪的一声，应声而起的是一声惨叫。

"瞎叫唤什么？""那是居委会造谣呢！？""还不老实交代！臭流氓！"七嘴八舌。

"不是，不，没有，……"她无以回避，又无法承认。

但围攻她的人并不放松，她们根本就不相信她是无辜的，因为她确实长得有几分姿色，这种人能是好人吗？"别装像！臭圈子，破鞋，资产阶级败类！"他们冲她甩皮带，啐吐沫，骂她。

方辉有点明白了，那女的是居委会送来的女流氓，让红卫兵小将们教育她呢。但看了一会儿，就那几下子，没啥新鲜的了，方辉不耐烦了，回了教室。

教室里也和别处一样，乱哄哄，吵嚷嚷。方辉只顾着寻找猴三儿，并没注意教室里正在发生什么事情。忽然一声尖叫，像一把利剑，直刺方辉的耳膜，震得他竟不由得举起双手去捂耳朵，再抬眼看时，只见一个女生正双手抱头在教室里翻桌子越椅子地乱窜，后面一个手举亮晃晃的东西的小个儿紧追不舍。方辉吓了一跳似的条件反射地随口说：

"干嘛呢，这是？"

"破'四旧'呢呗，傻哥哥哎，"猴三儿从地底下冒出来似的突然露头了，"还晕着呢？"

前边跑着的那个女生也一步窜到了方辉面前，直往他身后躲。方辉这才看清，是王凤英两眼含着泪，双手紧捂着她那两条又黑又粗的大辫子。后边追着的"升高"手里举着剪子也随后到了跟前。

方辉被挤在中间，自然而然地好像自卫一样双臂放在胸前，就像他的动作一样，话也自然地出口了：

"别，别，别闹了……"

教室里所有的人都愣住了，都转过头来看着方辉，安静得就像是在上课。不仅大家不明白方辉要干什么，连方辉自己都不知道自己要干什么，更不知道将会发生什么事。因为，刚才事情虽然看似闹得有点儿邪乎，但人人都知道，包括王凤英自己，她的辫子迟早要被剪掉的，她那又叫又跳的不过是一个类似仪式的表演，就好像是新娘上轿之前必要号哭一阵似的。她并不是真的逃避剪辫子，就像她躲到方辉身后一样，也是情急之中的一种应激反应，连她也没想到方辉会伸手阻拦。

倒是猴三儿明白得快，从后面扯了扯方辉的衣服。倘若是一般人这会儿也就明白了，偏偏方辉的才能在见风使舵上最有限：

"你干嘛，你干嘛？"

"升高"气咻咻地对着方辉喘着气，比划着，挥舞着，叫喊起来，声音之大震得方辉耳膜疼：

"谁闹了，你才闹呢，我这儿'破四旧'呢，那大辫子是'四旧'！你还拦着！"

方辉看着蒋素兰手里的剪子，有点儿怵："四旧谁不知道啊？"方辉傻呵呵地笑了。

"那你拦着我？！阻碍我的革命行动，还不赶紧给我让开！"

说着蒋素兰伸手去推方辉。这样被一个不起眼儿的小个儿黄毛丫头吆来喝去，方辉当然不干，回手一推：

"嘿嘿，别动手动脚的，男女有别……"

"好哇，还跟我来封建残渣余孽！我看你这保皇派是当定了怎么着！"

"嘿，你怎么张口就骂人？我招你惹你了？"方辉一听给自己扣了这么大一顶帽子，真急了，眼睛也瞪起来了，拳头也攥紧了。蒋素兰吓得一缩，举着剪刀的手软了。方辉来劲了，狠狠地骂道，"我看你小丫挺的才是保皇派呢！你净保皇了！"

"我是保皇派？！"蒋素兰一听就知道方辉还糊涂着呢，问，"我保谁了？你说啊！"

方辉果然被问住了，软了，问："那你说我保谁了？说啊！"

"你保王凤英！你保柴老师！你就差没保校领导这个走资派头头儿了。"

方辉本来对这些革不革命的事就没概念，气虚了：

"我怎么保王凤英了？我怎么保柴老师了？他们跟保皇有什么关系？"

"你不让剪她的辫子！"蒋素兰一看方辉没了主意，来了劲儿，把剪子往前一擩，指向站在方辉背后的王凤英。方辉回头看看，又转过头来看着蒋素兰，脑子还是转不过弯来，仍然没闹明白保皇派、王凤英还有剪辫子之间到底有什么联系。蒋素兰一看方辉犯晕，用话激方辉：

"你要是革命派，你就把资产阶级的辫子给剪了！你要是不敢剪，你就是口头革命派。我看你就不敢，所以……"

蒋素兰的话还没落音，方辉一把抢下她的剪子，回身就抓住王凤

177

英的辫子就剪，心想说那么多废话干嘛？不就是剪辫子吗？那还不容易！

由于来得突然，所以王凤英连反应都没有，即没有叫唤，也没有跑，而是呆立着一动没动，就像一只被猛兽追赶的小动物，不只是吓傻了还是认命了，总之一动不动地眼看着方辉咯吱咯吱几下子就把一条又粗又长的辫子剪了下来。

男生们嗷的一声开始起哄，女生也开始发出惋惜的惊叹：

"那么长，那么黑。""多可惜啊。""真漂亮的长辫子。"

王凤英抬起双手捂住脸，还是站着一动不动，没人注意到眼泪顺着指缝流了下来。方辉就像平日干了什么出彩的事，又被喝彩一样傻得意着，说：

"这有什么了不起的？革命派谁不会当啊！还有吗？"

蒋素兰第一个鼓起掌来，其他人也都跟着连起哄带开玩笑地跟着鼓掌。蒋素兰跳上一把椅子，胳膊一挥，说：

"陈方辉同学是好样的，不愧是革命干部后代，无产阶级接班人，大家要向他学习，向资产阶级法权开炮！"

方辉被蒋素兰表扬得有点得意忘形，从文化革命开始以来，他还从来没有受到过表扬，顿时来了精神，满不在乎地说：

"不就是革命吗？有什么稀奇的？还革谁的？谁的命咱都敢革。"

"革学校走资本主义当权派的命，你敢不敢？待会儿全校就开大会，你敢吗？"

"别说学校的走资派，我姐姐他们还上团中央去闹革命哪，有什么了不起的。少见多怪。"

方辉虽然嘴上吹着牛，两条腿却止不住地抖，脸也涨红了，连他自己都没想到他竟那么轻易地就做出了一件惊天动地的事情。但他还是觉得事情有点怪怪的，王凤英的头发留在他手里那种凉凉的、柔软的、光滑的感觉依然没有消失。心里也有一种说不出来的憋闷，他还是觉得如果能溜号就好了，于是忍不住地偷眼看着门，随时准备开溜。

　　猴三儿在一旁看得清楚，本来他是最能起哄架秧子的，见着热闹事总少不了他一份，但他讨厌蒋素兰。她从一名小队长摇身一变成了班红卫兵头头儿，果然应了他给她起的那个外号，"升高"了，美得她好像连个儿都长了点儿，再看方辉傻得没边儿，眼看就要给"升高"当走狗了，悄悄地拉了一把方辉，说：

　　"走，跟我去看大字报去。"

　　蒋素兰一步抢到门口儿，伸开双手，说：

　　"都不许走，马上就要开全校大会了，一个也不能缺席。"

　　猴三儿被"现管"了一遍，狠的牙痒痒，一双小眼睛瞪得骨碌骨碌转，过了一会儿，才故意懒洋洋地说：

　　"蒋素兰，我怎么觉得咱们校红卫兵总部太没眼力了，应该让你上哪儿去才能真正发挥你的才能。"

　　谁知这话竟说到蒋素兰心坎里了，她赶紧说：

　　"那你得到校红卫兵总部去提建议，跟我说没用。"

　　猴三儿气得没话，不知道蒋素兰是真傻还是官迷了心窍，连好赖话都听不出来了，只好乖乖地坐到位子上去了。

　　全校开大会的时候，方辉为了表现自己并不"保皇"，跳上台去，不仅亲手把一顶高帽子戴到柴老师头上，而且还跟在大家身后，气宇轩昂地喊着口号，在操场上游了一遍校长、老师的街。放学的时候，他冲蒋素兰得意地说：

　　"怎么样？我告诉你我不是保皇派吧。"

　　蒋素兰微微脸红了，一歪头，一噘嘴，说：

　　"你别太得意了，以后得天天按时来上学。"

　　"是，红卫兵队长同志。"

　　"你要天天来的话，我们'破四旧'小组就吸收你参加。"

　　两天之后，方辉把班里的'破四旧'小组领回了家，将自己两大抽屉的数学参考书搬到院子里，付之一炬，发誓赌咒地说自己再也不当'白专'典型，修正主义苗子了。书烧成灰了他还上去蹦着高地踩了几脚，跟自己发狠似的骂：

"有什么用？有什么用！学数学有什么用？！"恨得眼泪都快出来了。

"升高"说方辉革命最彻底，在班里表扬了一番，在学校也一夜之间成了红人，"升高"为此被提拔到校红卫兵总部去了。

猴三儿为此有感而发："我发现女的要是真干的话，比男的狠。"

"可不，我小姐姐她们学校的校长都给斗死了，那还是女校，都是女生呢。"方辉说。

"听说咱们学校初一那帮小女孩竟然活活打死了一个女流氓，我真服了。都说那女的长得倍儿靓，梳两条大长辫子。"

方辉一听，两只眼睛发直，两条腿开始微微发抖，猴三儿奇怪地问：

"哥们儿，你怕什么呀？跟你有什么关系？"

"没，没，我什么都不知道，没我什么事啊。"

那个长辫子女孩儿的样子一下子在方辉脑子里清晰起来。而且越想越觉得她哪儿长得像什么人。

方辉晕着，顶头看见蒋素兰。蒋素兰张口就问：

"你怎么不找身军装穿上？你们家没有吗？"

"干嘛？"

"参加红卫兵啊！"

方辉像没听见一样，晕着走了。

二十九

夏天了，方菲没穿裙子，不仅她没有穿裙子，大街小巷几乎整个北京城，可以说见不到一个穿裙子的人。裙子作为一个符号，连同它所代表的资产阶级，已经在全中国销声匿迹了。

她穿上借来的一件绿军装，腰里扎了一条宽宽的武装带，下穿一条褪了色的旧兰咔叽布裤，裤腿高高地挽到膝盖下面，光着脚穿一双白色的塑料凉鞋，肩上斜挎着一个尼龙丝编的小兜兜，里面刚好装一本红塑料皮的毛主席语录，站在门厅里对着镜子左右照着。

光脚穿塑料凉鞋其实并不舒服，有点儿黏黏的，一进屋，地凉它也凉，在晒得滚烫的马路上走立刻就烫脚。但这些都算不了什么，关键是这身装扮使得方菲显得更加细柳、高挑、笔直，她越看自己越像是芭蕾舞《红色娘子军》里的舞蹈演员，美得咧开嘴笑了，亲热地点了一下镜子里自己的鼻头儿，悄悄说道，"玉树临风"。然后踮起脚尖，做了一个高抬腿的旋转动作，看看周围没人，接着学着娘子军的动作舞了起来，最后以一个笔挺的小八字脚来了个定格。

她挑剔地低头看看自己的蓝裤子，叹了口气，如果是条绿军裤就好了。可惜葛宝华说他们家箱子底儿都被翻了个够，从来都没人穿的旧军装被抢了个光，纷纷送同学了。幸亏她手快，才抢了这么三件上衣，裤子确实找不到了。

史培玲比方菲的运气好，不知从哪儿弄到了一身儿，连衣服带裤子，还真的挺神气。其实，这还不是真正让方菲心里疙硬的事，她看着自己光溜溜的手腕，泄气地想，她真正想要的其实只是一块手表！

班里的干部子弟有好几个都戴手表了，像史培玲、林洁莉、葛宝华她们都有，就连宋月明都带着一块劳力士表，她恨恨地想，妈妈就是偏心眼，还不许人说！方蓉还没上高中就有手表了，可自己都上了

181

高一了，妈妈连提都不提这件事，一样的都是女孩子，一样的都考上了好学校，但是却受到了完全不一样的待遇。这块手表虽小，不注意几乎看不见，但却是这一身装扮的点睛之笔，没有了它，感觉就差多了。

穿军装，系武装带，带军帽，这股风是从城外的红卫兵发祥地清华附中、北大附中、人大附中那儿传过来的，而且立刻就在全北京的红卫兵中间风靡。而挽裤腿儿、光脚穿凉鞋、用尼龙网兜装毛主席语录则是女附中的女孩子们的更为独特的标志，它是从高三的学生党员、红卫兵头头叶和平这儿起始的。

叶和平从小在南方农村长大的，不爱穿鞋。上高一的时候随父亲调进北京，上了女附中，夏天，仍是光着脚在校园里走来走去。后来在学校的坚决要求下，叶和平勉强算是穿上了一双塑料凉鞋。别人都裙子，只有她依然穿着长裤，热极了，就像农民一样挽起裤腿儿，有时裤子上还打着补丁。不但夏天不穿袜子，就连冬天仍然是光脚穿鞋。

女附中里不乏我行我素之人，推个男式小平头、或穿一身大红连衣裙以求标新立异的大有人在，叶和平这样也并不算出奇，只是显得过于朴素而已。

当然，叶和平的朴素仅仅是"显得"而已。因为她的父亲是个真正的高级干部。不仅认识她的人知道这点，就是与她偶然邂逅的人也能猜得出来，除了她那种比工农子弟的坦率、热情、以及更多了几分大胆的态度之外，手腕儿上那块珍贵的手表也能使人马上明白她并不是一个真正的穿不起袜子的工农子弟，而是一个"非常朴素"的干部子弟。她的装扮正是"朴素"与"显示"的完美结合，而这种结合将干部子弟们显示朴素的强烈愿望充分地表现了出来。于是，女孩子们纷纷剪短了头发，挽起了裤腿，斜背着语录，打起了赤脚。

但是，即使是崇尚艰苦朴素，爱美的天性仍使得女孩子们不甘于简单地照搬，而是不显山不露水篡改了一些不起眼的小细节。比如，用一条宽宽的武装带可以勒出少女纤细的腰肢；高高卷起的裤腿刚好显示出小腿的健美又掩饰了发育过于丰满的大腿；斜挎语录的细细的尼龙绳则刚好深陷在起伏的胸前，一切的一切仿佛都在不经意间，一切又都恰到好处地并不惹眼地显示出了最值得显示的部位。然而，正是这些细枝末节的微妙的"修正"，使得在叶和平身上原本是朴素的体现，变成了体现朴素、炫耀朴素、显示朴素和刻意追求朴素。"朴素"成了一种标志，标志着"革命"，标志着我是"左派"。当然，也没忘了显示她们的革命干部的高贵出身。

可见这块手表标志作用是多么地重大，它几乎就是这身装束的灵魂。

尽管有着这样不可弥补的缺憾，方菲还是渐渐找回了自信，因为镜子里的她实在是令人难以置信地"精神"。她不用"漂亮"来形容自己，因为那不仅不准确，而且还亵渎了这身衣服，只有资产阶级才说漂亮呢。她知道即使没有那块手表，就凭着她那飘飘洒洒的风度，她一样可以显得很出色，一样显得很有身份。

奶奶走过来，在她身后叨叨：

"几多的好衣裳不穿，哪里寻得了这几破的衣服当宝贝穿上。"

方菲不睬，仍美自己的，心想，"懂什么？就这件都差点儿轮不上呢。"方辉过来问：

"姐，能不能给我也借一件？"

"去去，去去，你瞎凑什么份子，我都没弄全，上哪儿再给你找去？歇着吧你。再说，你也不是红卫兵啊。"

"你怎么知道我不是，不就是穿上一件军装吗？有什么了不起！"

"我得开会去了，没工夫和你吵嘴。"

方菲说罢开门就往外冲，奶奶赶忙追着问：

"这么晚了还开什么会？"

"去展览馆开辩论会，各校的红卫兵都参加。"

方菲大声回答着跑远了。气得方辉在后面嚷嚷：

"你有什么可神气的，不就是一件军装吗，你能弄着，我就弄不着了？"

奶奶见不得方菲的张狂样儿，嘟嘟囔囔地骂：

"这才怪了，一件烂衣服也你抢我夺的，哪里就成了真解放军了？还不是一时喜欢这样，一时又喜欢那样了。偌大的姑娘家，袜子不穿，打起赤脚，五个脚趾头都露在外边，成什么样子。现在的丫，没个样子，马不知毛长，不知自丑。爹妈也不管教，就让在外面撒着野。共产党千样好万样好，就这样不好，养的女丫子家家没个体统，我们当年做姑娘，大门不出二门不迈，人前不多话，笑不露齿，食不言，寝不语，各才叫规矩多。现在革命革的讲话像吵架，嘴巴像机关枪了，比上学堂时又厉害了，哄得她娘老子都得听她的，那里来的各子多话……每天跑进跑出，比上班的还忙，在外面开过会回到家里还要开，学校开机关了，还要听她作报告，岂有此理……"

让奶奶最不理解也最不服气的是，不知道从什么时候起，原先最不受待见的二小姐忽然成了人物，一家人都要听她讲话。她一个黄毛丫头话多也就算了，奇怪的是，不但当大干部陈辛吾拿她当回事，连一向见不得女儿嘴呱呱的李伟玉也不再和方菲吵，竟然也跟着丈夫听她胡扯。兴头儿得方菲越发没个样子，不知道从哪儿弄来的一肚子理论、一脑子看法、一大堆消息，骗得娘老子问长问短，吃饭都不得消停。

以前奶奶最恨的是没有夫纲，气陈辛吾样样事情都听老婆做主，现在连连父纲也没了，真的不成世界了。她想都想不到更不成世界的事情还在后面。

三十

天安门广场最让人惊叹的是它的大，它的开阔和宽广。

广场的三面坐落着的天安门、人民大会堂、历史博物馆都是雄伟、高大的建筑，然而，由于广场面积过大，相形之下，它们的高度消失了，而由高度产生的威严也随之淡化了，剩下的便只是农家场院般的平阔、广大了。

这里车多人多，本应十分喧嚣，然而由于广场的阔大，声音消失了，嘈杂平息了。站在广场中央，来来往往的车辆行人无声电影般在远处滑过。近处只有铺在地上的浅色花岗岩，一块块、一片片、整整齐齐地镶嵌在一起，满满当当地占据着满视野。它比那些在广场的阔大的衬托下失去了高度的建筑和失去了声势的车马行人显得更有气势。仿佛使得这广场雄伟壮丽的不是周围的建筑，也不是繁华的景象，而是这一大片沉默的花岗岩，以它的众多，广大，平平展展，千篇一律，一块接着一块，绵延不断。

如果在这片坚硬的花岗岩上密密麻麻地站满了身着蓝、绿色衣服，举着旗帜、扛着横幅标语，人手一册地挥舞着小红书的数以万计的人时候，当他们全体挽着袖子，挥起拳头、高呼口号、发出喊叫一样的歌声的时候，坚实、平整、硬冷的花岗岩广场便中了魔法般顿时变成了动荡起伏、炽热柔软的岩浆发出隆隆的响声，呼啸着变成了一个活动的此起彼伏的波涛汹涌的海洋，呼啸着冲击着如同岸边岩石的建筑物。而这些建筑似乎被压得更扁，缩得更小了，岌岌可危地站在海浪中，任凭海浪的冲击。它们涌动着，翻滚着，以摧枯拉朽的力量要挣脱周围仿佛不够坚固的建筑物的阻挡，盲目地冲向低洼处，卷走绿树、吞没小草、推倒房屋和一切可能阻挡它们的障碍物。

1966 年的 8 月 18 日这一天，方菲站在观礼台上，一分钟一秒钟地亲眼目睹了这个令人震惊的变化。

在华灯未灭的夜色中，方菲就已经跟着学校红卫兵的队伍站在了天安门西侧的观礼台上了，那时候，广场上还空旷漆黑的一片。随着清冷的白色远远地从天边蒙蒙亮起，华灯渐暗，半明半暗之中一支支队伍像一条条的游龙，开始游刃有余地在阔大空旷的广场上盘来扭去。东方的白色渐渐被浸染成橘红色，广场上的队伍的动作也越来越慢，在游动中渐渐粗大起来，充实起来，凝重起来。终于，当橘红色的朝霞被金色的光芒刺破时候，人流汇成了海，填满了整个广场。

观礼台上挤满了来自北京各个学校的红卫兵。他们大都像方菲一样，穿着洗旧了的蓝制服或者绿军装，腰里扎着武装带，臂上戴着临时用墨印在红布上的红卫兵袖章。这些十六七岁的少年尽管个头儿已经和成年人差不多高，但仍未发育充分的骨骼、紧绷的皮肤、男孩子嘴上覆盖着的一层细细的绒毛、脖子上突起尖尖的喉结，女孩子娇嫩的肤色，或者胖鼓鼓的像个发面团，或者细高细高地浑身哪儿哪儿都没有肉，使他们看上去仍然充满了稚气。然而他们的目光却是庄重、严肃的，就好像世界革命的千斤重担就挑在他们稚嫩的肩上，他们个个挺胸昂首，自信满满，仿佛在向世界宣告，他们不仅有头脑，有思想，而且也有能力承担起重大的历史使命。这种虔诚的使命感带着狂热，带着神圣，还带着天真和自以为成熟的幼稚。

方菲穿着那身军民合璧服，戴着临时用墨印在红布上的袖章，左边是史培玲，右边是林洁莉，眼看着整个广场随着东方越来越亮而渐渐温暖起来，拥挤起来，活动起来，涌动起来，激动得热泪盈眶。

史培玲大声感叹："真是人民的海洋！"

"我从来没见过这么壮观的场面！"林洁莉跟着说。

这时，校红卫兵头儿郑彬彬，一个高个子脑后梳着两个小刷子，戴一副白框眼镜的高三女生，站在大家面前，就像道出了他们的心声似的激动热烈地领着大家念诵毛主席语录：

"人民，只有人民才是创造历史的动力。"

红卫兵们面对眼前的世界深有感触地激情地呼应着。他们稚嫩的声音立刻被广场上更加澎湃咆哮的更巨大更有力的声音吞掉了。

186

血红的太阳在天尽头将瑰丽的金灿灿的阳光洒向广场，洒在红色的宫墙上，洒向万人头上，也洒在一张张年轻、意气风发的脸上。阳光不仅给前一分钟还埋没在蓝灰色之中的世界改变了颜色，还为它镀上了一道道金边，一洗暗淡与平凡，将世界变得辉煌、灿烂、光彩夺目，而且，它还像是一把火，将千百万人内心的激情点燃了，给每个人心中都注入了更巨大的热情，更瑰丽的梦想，更激昂的斗志，和更浪漫的憧憬。世界在每个人眼中都一下子变成了崭新的，前所未有的。

郑彬彬仿佛有感而发地又高声将红卫兵们的心声用一条语录大声念了出来：

"世界是你们的，也是我们的，但归根结底是你们的，"……

这语录仿佛就是对情对景地专为这个时刻而写的似的。红卫兵们挺胸昂首，豪情满怀地应和着：

……"你们年轻人就像早晨八九点钟的太阳，……世界是属于你们的！"

此时，世界真的就在这些年轻的红卫兵们的脚下汹涌着，翻滚着，辉煌着。他们站立的观礼台此时仿佛变成了红色的沙滩，而广场上汹汹涌涌的人潮则像是蓝绿色的海浪，而他们此起彼伏的歌声、吼声、口号声则有如涛声阵阵向红色的沙滩拍打着，扑过来，退下去，又扑过来，又退下去，一浪高似一浪。这景象以它的壮观和气势恢宏雄辩地证明了毛主席语录所说的每一个字都是真理，并向这些充满了梦想的少年庄重地许诺了未来的一切。不仅向他们许诺了整个世界，而且，将解放全人类，解放世界上被压迫的阶级这个伟大的历史使命庄重地交与他们手中。让他们感觉到重任在身，任重道远。

自豪和骄傲在这些单纯的少年们的心里膨胀起来，扩大起来，每个人都意识到这个时刻的庄严和荣耀，在这一瞬间，生命显示出它的全部崇高的意义，人对生命的理解只剩下神圣的使命感，世界被净化得只剩下两个字：献身。

少年们的神情变得更加严肃、凝重、同时也更加自命不凡，狂热的信仰的光辉在一双双年轻的眼睛里闪动。正是这种狂热使他们暂时忘却了自身，忘却了缠绕着他们的种种烦恼和痛苦。

然而，这样的激昂和辉煌并不能长久地支持下去。

随着太阳的升起，阳光从金黄、瑰丽、柔和变得白炽、炎热、刺目。人们的热情像是一壶坐在炉子上的水，随着温度的升高而温热、沸腾、终于渐渐挥发消散。太阳毫不留情地越升越高，天气也越来越热，广场上的口号声稀稀拉拉起来，观礼台上的红卫兵们也开始东一片西一片的席地而坐，懈怠起来。就在这时候，各校的红卫兵头头被招走了。人群紧张地期待着，很快，叶和平和郑彬彬就回来了，宣布要选二十个红卫兵代表整队待命。

被炽热的阳光晒皮沓了的红卫兵们像是遇了一阵风，一片云，一阵雨似的立刻精神起来，骚动起来，一崩子跳起来，不安的兴奋和焦急的好奇迅速地出现在每个人的脸上。

叶和平、郑彬彬站在队伍前面开始点名。首先被点到的是各班的红卫兵头头，接着是学校里颇有知名度的人物，他们有的是因其父母亲是中央首长，有的是因为能说会道有能力有影响而出名。

所有被点到的人一脸兴奋，赶快出列，叽叽喳喳地互相打着招呼。

点名还在继续，每个人都还有希望入选。焦急、紧张、渴望却又无可奈何的表情呈现在每一张脸上。方菲站在队伍里，睁大了眼睛，攥紧了双拳，微微踮起后脚跟，全身紧张的像一根绷紧的发条，挺得笔管条直，以为这样便能引起注意。

叶和平往方菲这边走过来，目光在一队队人脸上滑动，从方菲脸上视而不见地划过，嘴里叫着她熟悉的名字。当那目光又划回来的时候，在方菲脸上一顿，方菲恨不得大叫出声：

"我叫陈方菲！还记得我们一块儿去过团中央吗？你应该记得我，天那！你姐姐和我姐姐是同学，见鬼。"恨不得双眼能够射出箭来，射中叶和平或郑彬彬。但就在这一瞬，郑彬彬叫道，"林洁莉。"

站在方菲旁边的林洁莉像根弹簧一下子就弹出了队伍。方菲睁大了眼睛还不放松地仍然盯着叶和平看，这次，叶和平好像有所悟地张嘴又叫，"陈……"，"方菲，方菲，叫啊，忘了我的名字了吗？"

方菲在心里大叫着。正在这时候，站在队伍另一头的郑彬彬冲着这边喊了一句，"够数了。"叶和平扭过头去，翻过去了，这一页永远地翻过去了。

如同被判了死刑一样，紧绷在方菲身上的那根弦突然断了，她人像散了架一样松塌下来，蔫软了。完了，一切都完了，如果这时候有人告诉她天马上就要塌下来了，她都会只剩下一个念头，快点儿，快点儿，快点儿塌吧。

然而，世界是不会因为人的失望而崩塌的，也不会因为人的痛苦而动容，它甚至连眼都不会眨一眨。面前依然是人山人海，耳畔依然是山呼海啸，红宝书翻卷起的浪花依旧夺目，只是所有这一切在方菲的眼中已不再鲜艳、热烈，就像一部褪了色的旧电影，影像依旧，故事犹存，只是已经引不起强烈的喜怒哀乐了。

方菲呆呆地看着幸运儿们雀跃着下了观礼台。有生以来第一次尝到了与机会擦肩而过的失落，而且她直觉地知道，这是一个千载难逢的机会，以后再也不会有这样的机会了。想想看，他们都已经站在观礼台上了，再挑选出来，只能是更大的好事儿，然而，她却落选了。

她的生活充满了强烈地想要却又得不到，充满了失望，失败，落选，受冷落，各种各样的倒霉的事情会时不时地发生，但她总有的可怨，总有的可开脱，总明白是什么地方出了问题。她知道自己既不听话，也不漂亮，还不讨人喜欢，学习更谈不上不努力，总之，所有得不到的都是因为她自己不好，或者是妈妈偏心眼儿，老师有成见，或者是她本来也并不想当干部，并不想当三好学生，并不在乎能不能去学跳舞，等等；总之，都是事出有因，都还可以排解；而所有她能够得到的，又都是那么轻易，轻易得她从来没觉得有什么珍惜可言。因为只要她付出了，就必能得到回报。只是回报的多寡之分，快慢之分罢了。唯独这次不同，她不但付出了，而且付出了很多。她视这次革命如自己的生命一般，是她投入了全身心去参加的，她几乎觉得它就是自己的革命，但现在她又被排除在外了，而且是被自己的人排除在外的，这是她始料不及的，和难以接受的。

从参加这场史无前例的大革命以来，方菲第一次感到自己仍然是渺小的，微不足道的，仍然是孤独的和被排斥在外的，就像眼前这汹汹涌涌的人潮一样，远看他们似乎是连成一片的，都是一气的，是一个整体，但实际上谁和谁都不挨着，谁和谁都没关系，他们都是孤立的，单独的，只是暂时站在一起罢了。他们都害怕孤单，所以站在一起给自己壮胆儿，于是显得那么不可一世，那么伟大，那么强有力，那么坚不可摧。多么虚伪的强大啊，"纸老虎"，这词儿用的，虽说是形容帝国主义，但那叫一个入木三分。领袖就是领袖，说出的话就是不一样。

以后，她的生活中还有许多次与机会擦肩而过，但都没有这一次这样令人痛惜，这样只是偶然性在起作用，这样无奈，这样叫人一时难以承受。

这时候，她还想不到人的命运和机会之间的关系，想不到人的一生是怎样由无数个机会左右着，也没想到这次的失落对她到底意味着什么，或怎样暗示了她的未来的命运，她只是被这个打击弄得一时间心灰意冷，不仅天都不蓝了，而且阳光的灿烂也变成了难耐的炽热，周围的一切一切都失去了光彩。再看看剩下的红卫兵们，也好像正午阳光下旱地里的秧苗一样，早已失去了早晨的那股水灵劲儿，一个个蔫头耷脑。

史培玲一双本来就不大的眼睛现在更显得失去了神采，有些茫然地看着前方。她现在已经不像前些时那么吃香了，毕竟，她是高中才来的新生，不论是人缘、长相、更重要的是出身都比不过林洁莉有来头，所以，林洁莉现在是班里的红卫兵头头了。史培玲总是高昂着的头此时也微微有些下垂。方菲仿佛寻找依靠似的向史培玲身边靠了靠，史培玲感激地看了一眼方菲，默默无语。

这时候，叶和平又在队伍面前出现了，看来两个头儿只走了一个。这可大大出人意料，剩下的红卫兵们似乎又有了主心骨，在叶和平的组织率领下又开始喊口号，念语录，挥舞红宝书，重又热闹起来，虽不够热烈，却也像模像样了。

风暴是从广场上刮起来的。

攒动着的人群忽然骚动起来，紧接着爆发出震耳欲聋的欢呼声，

"毛主席万岁!""毛主席万岁!"一阵高过一阵,如海浪般冲向观礼台。

站在观礼台上的红卫兵尽管还什么也看不见,但却本能地涌向离天安门最近的制高点,向着空荡荡的城楼角拼命地跟着欢呼"毛主席万岁!"

朱红色的城楼角高高的高高地耸立在蓝天中,两块如此鲜亮刺目的颜色直愣愣地契合在一起,那种纯粹,那种鲜明,那种绝不调和、毫无过渡的生硬和棱角直逼人眼目。红卫兵们疯狂地向着这片纯粹色块挥舞着手中的红宝书,冲着那一片红蓝绿玩儿命地扯着嗓子狂喊,"毛主席""毛主席""毛主席",仿佛毛主席真能听他们招呼,真能走过来似的。

蓝天沉默、辽远、空旷,挥舞着的手臂和红宝书火焰般跳动着,燃烧着,呼喊着。时间停滞了,仿佛永久;空间凝固了,仿佛永远是一片虚空的蓝天。

然而,奇迹就在这时候出现了,不折不扣的千真万确的奇迹出现了。

穿着绿军装,戴着红袖章的毛主席,神话般他真的就出现在那片红蓝之间了,一个人,清清楚楚地绝对不会有错。这和站在广场上,从一大堆人里面寻找哪个是毛主席时的感觉完全不一样。毛主席向下挥着手,然后又摘下帽子来向红卫兵们挥动,似真亦幻。

喜极而泣的红卫兵们跺着脚,挥着臂,嘶哑着喉咙,拼命地睁大了眼睛,仰着,向着那个仿佛是他们的生命的终极目的似的人物仰望着,恨不能将生命化作一团火焰,向他喷射而去。

方菲没有流眼泪,但却惊呆了。

毛主席的样子既遥远又近切,既陌生又熟悉,那种感觉之奇特,让方菲一时竟忘了喊叫了,只呆呆地尽可能多地,尽可能清晰地盯着那个形象看着,仿佛要在这稍纵即逝的几秒钟里永久性地将这个形象刻在脑子里。

对于一个几乎随时随地都能在画像上看见的人,一个只出现在大礼堂、教室、和天安门城楼上的人,他是熟悉的。他脸上的每一根线条，每一块颜色，每一个凸凹，以至那颗痦子，都熟悉到了只要他一出现，哪怕是远远地，裹在一群人中间，都能立刻被认出来。但他又是陌生的、僵硬的，因为他只是一张照片，一幅画，一个平面的保持着一种表情的僵硬不动的形象。现在，当这个形象突然出现在离方菲不到五米的距离并且向大家摇动着手中的帽子时，虽然他就是方菲在照片中熟悉的那个人，但毕竟这事情显得太不平常，太令人不可置信了。一个画中人竟然像常人一样活动起来，而且那么近切，近到她可以清清楚楚地看见他，看见他比照片中还要红润的脸，还要多的褶皱，还要少的头发，作为一个偶像他似乎离得她太近了一点儿。然而，他却并不说话，并不把目光投向某一各人，而是泛泛地向大家招手，向着对他来说也是一片的概念的人示意，他作为一个有生命的和她一样的活人，这个距离似乎又太遥远了。

周围的喊声在方菲耳边失去了音节，失去了字眼儿，失去了音色，混成一片地嗡嗡着，就像是把一个大海螺扣在了耳边，分不出一个个的浪花，一阵阵的海风，一声声的鸟叫，只剩下嗡嗡地一片巨响。

消失与出现一样突然，一样迅速，一样没有任何预告，眼前又只剩下一片湛蓝。尽管每个人都知道，这是迟早的事，但他们还是不能马上就认可，以为重新提高了声音呼喊着，"毛主席万岁！"，"毛主席万岁！"奇迹就会再次出现。然而，过去了就是过去了，当广场的另一端爆发出雷鸣般的欢呼声时，连最固执的人都明白了，那一瞬间已经过去了，奇迹不会再次出现了。但刚才那一幕仍使他们兴奋不已，他们蹦跳着，呼喊着，相互告诉着，"看见了，看见了，我看见了！"

后来的大会，红卫兵代表和国家领导人的讲话，自始至终都淹没在口号声、欢呼声中。红卫兵的革命行动得到了毛主席的充分肯定，领袖英明、伟大的思想和群众的革命热情完全彻底地融为了一个整体。一个崭新的世界就要出现在眼前。虽然没人知道它具体是什么样子，但都坚信它肯定是向着共产主义又前进了一大步，它比以往任何一个时期都更伟大，更辉煌，更加激动人心，更值得人们为它而战，而献身，而奋斗。每个人都怀着真诚的信念和巨大的热情沉浸在这个崇高、美好的憧憬中。

如果生活在某一时刻停止，许多事情就会永留它的辉煌和不朽。如果人在某一时刻停止感受，完美便不但是可能的，而且是能够追求到手的。遗憾的是，世界上没有一件事是可以戛然终止的，可以永存魅力的，可以亘古不变的，几乎每一件事都要走向反面好像才真正完成了自己的生命历程似的。

就在大会已经结束了，广场上的队伍已经在撤离了，观礼台上的红卫兵们也准备整队离开时，出口处忽然热闹起来，原来是那些被点名离开的红卫兵们回来了。他们像是一股新喷发出来的熔岩，带着新的热力，新的能量，流进了几乎正在冷却的旧有的熔岩上。

"我们上了天安门城楼了！"

"我们看见毛主席了！"

"毛主席和我握过手了！"

灰烬重又燃烧起来，红卫兵们一拥而上，团团围住了这些幸运儿，和他们一起重又体验了一遍兴奋与激动。一群人混在一块儿又跳又叫，抢着和那只被毛主席握过的手握手。

林洁莉满脸放光地扑向方菲和史培玲，兴奋得满脸通红，惯性地不能自已地伸出手来，抓住方菲：

"毛主席和我握过手了，是这只，就是这只。毛主席的手又大又软，可温暖了。"

得意、激动、胜利感让林洁莉忘记了一切，她拼命地跳着，使劲地握着方菲的手。

几乎被遗忘的痛苦这时候在方菲心里突然潮水般全面复辟，将她好不容易给自己穿上的幸福外衣淹没，让她这才发现，自己的外衣原来是纸做的，在林洁丽的绸缎般华丽的幸福的映衬下是那么脆弱，不堪一击。但方菲不想让林洁丽看出来，她强忍着，敷衍着也握住林洁莉的手。然而，林洁莉立刻敏感到在方菲不自然的热情背后掩藏着深深的怨恨和灰心，她迅速地放开方菲的手，转向史培玲，不由分说地又抓住史培玲拼命握手。此时此刻，她太需要分享了，太需要有人和她一起欢喜雀跃，其他的一切已经都不重要了。

方菲向后退缩着，退到角落里，林洁莉的每一句话、每一个字、甚至每一个笑声都在她心里勾引出一大堆说不清道不明的感情，失望、怨恨、遗憾、渴望、羡慕、嫉妒和愤愤不平全都交织在一起，捏碎了她的心。她想要不听，却不能不支起耳朵，捕捉着刚回来的这些幸运儿们的只言片语，倾听着每一个小小的细节；想要不看，却又不能不睁大眼睛，让每一张极度幸福的脸闯进自己的眼帘，甚至不放过每一个心满意足的笑靥；想要不知道，却无法拉走自己的双脚。她站在那儿，傻子一样地愣着，疯子一样地机灵着，被乱七八糟的各种心情扯得七零八碎。

她想要理出头绪来，想要告诉自己这样痛苦完全是虚荣心作怪，如此痛苦无非是失去了可以向人炫耀的资本。事实上，不管是和毛主席握过手也好，触摸过他也好，近处看见他也好，远处听见过也好，是没有本质的区别的。因为，作为毛主席来说，他不认识我们之中的任何人，也不可能和我们之中的任何人进行任何真正的谈话，也不需要我们任何一个人。而对于我们来说，没有一个人会因为握过手而变得更聪明或者更有价值。有意义的是，红卫兵作为一个整体得到了他的支持，作为个人，什么意义也没有。我今天也看见他了，近得如同对面，不管对谁说我见过毛主席都完全可以。所以，我这么难过是没有理由的，可笑的，浅薄的。

但是，五分钟前的极度幸福早已荡然无存，剩下的只有不幸，是整个生命都毁灭了的极度不幸。

广场上的人已经散得差不多了，刚才还呼声震天，热闹火爆的场面，现在只剩下一片狼藉。地上满是散落的碎纸片，偶尔一两只遗落的鞋，依了歪斜地扛在肩上的标语口号，和稀稀散散的人群。

这么快就散了，这么快就面目全非了。起伏动荡的海洋沉寂了，火山岩浆板结了，建筑依然雄伟，广场依然开阔、宽广，花岗岩依然坚硬、沉重、一块接着一块袒露在炎热的阳光下。

三十一

　　红卫兵总部设在教导处。几张办公桌集中拼放在办公室的中央，桌上堆满了写大字报用的纸张、墨汁、毛笔和做红袖章用的裁成小条的红布。地上铺着准备用来写大标语的红布，顺墙根儿放着几桶浆糊，墙角竖着一些游行用的彩旗和临时赶制的红卫兵旗帜。墨迹未干的横幅"炮打司令部"摊放在一个报架子上。戴着红袖章的红卫兵们神色匆匆地走进走出，他们严肃而混乱地干着各种临时碰到手上的杂活儿。有的被差去抄大字报，有的去找纸，有的去张贴，有的去安排批斗会的会场，所有的人都是抓到什么就干什么，见到什么人就差遣什么人，被叫去干什么就干什么。在看似毫无头绪的混乱中，一批批的大字报贴了出去，一场场的批斗会开起来，而且还向外地派出了几支串联小分队。

　　史培玲站在红卫兵总部的门里，方菲和葛宝华站在门外。她们已经商量了好几天，看怎么能上外地去串联串联。但她们既不知道要上哪儿去，也不知道能去干什么，只是急煎煎地就想往外跑，可一说出来就被林洁莉回绝了，说他们目的不纯。气得史培玲干瞪眼，说要到总部去告状。方菲更是悲愤痛恨，说林洁莉自以为和毛主席握过手就真的变成女皇可以一手遮天了！唯有一直跟着林洁莉跑的葛宝华有些心虚，虽不敢吱声，但也不轻言放弃。三个人路上还自以为真理在自己手上，到了门口渐渐不大气粗了。只有史培玲依然气壮山河，一步跨进了门。只见屋里每个人似乎都忙得不可开交，站了两分钟，无人理睬，走到她跟前了都只拿她当个木桩子绕过去完事。方菲拉拉葛宝华刚想撤，忽然身后有人问："有事吗？"

　　三人得了救星似的，原来是叶和平正要进门。史培玲抓住机会赶紧答道：

"我们三个打算到外地去闹革命。来总部开介绍信的。"

"呃？"叶和平关切地看着她们，笑眯眯地问："你们打算去那儿串联？"

"还……没定。"史培玲说，充满了期望第看着叶和平。

叶和平关切的笑容被其他人的冷漠一衬，已经让方菲心里酸酸的，"你们仨一班？叫什么？"叶和平又问。听见方菲的名字露出似曾相识的样子问道：

"你叫陈方菲，你和陈方蓉是不是……？"

"方蓉是我姐姐，我叫方菲。"

"嗨，你姐姐和我姐姐是好朋友，经常上我们家来，我记得她曾提起过有两个妹妹，以前我就疑惑着，想不到真的就是你！"

这样的相认，彻底冲破了方菲的感情防线，半个月前天安门广场上那痛苦的一幕重又生动地回到了眼前，尽管后来她还参加过几次毛主席在天安门的接见，甚至有一次，毛主席乘坐的轿车就从她的眼前开过。然而，只有那一次，红卫兵们是与毛主席面对面地握过手；只有那一次，红卫兵们有机会与毛主席交谈；也只有那一次，她有机会像看见、接触一个常人一样接触到伟大领袖毛主席。尽管后来她觉得自己已经想清楚了不论怎么见、如何见毛主席，都是一样的，她根本没有必要如此介怀，但是，现在，在叶和平平易近人的微笑中，才发现她只是装作平静，装作忘怀，装作不介意，其实她不仅在意，而且根本不能原谅，她还像当初一样感到锥心的痛楚和深深的遗憾。说不清是委屈还是相见恨晚，总之喉咙紧得鼻头儿酸得让方菲突然失声痛哭起来，哽咽着：

"早知道，早知道是这样……"她说不下去了，她没法说她是多么遗憾这迟来的相认怎样使她痛失良机。眼泪完全塞住了她的话头。

方菲突如其来的激动，不仅让叶和平有点措手不及，而且还吓了史培玲一跳，只有葛宝华只要看见别人哭，自己也就跟着心软地流眼泪。叶和平像个大姐姐似的耐心劝慰方菲说：

"别着急，别着急，有话慢慢说。"

而她越是体贴，方菲便越是委屈，此时已是泣不成声，红头涨脑的竟然说不出一句话来。

站在一旁的史培玲马上插进来说，这都是因为她们受够了班红卫兵头头林洁莉的气，她不准她们闹革命。她们要去串联，可她就是不给她们开介绍信。于是借机告了林洁莉一状，说她任人唯亲，只批准自己要好朋友到总部来开介绍信，说这样的人根本就不配当班红卫兵头。

方菲虽然在哭，却一个劲儿地点头，葛宝华一边哭着也一边点头附和，史培玲说他们坚决要求去串连全国的造反派把火种带到全国各地。叶和平看着这三个如此坚决要求闹革命的小红卫兵挺感动，沉吟了一下，说：

"这样吧，你们三个回去准备一下，听我的招呼。方菲，你们家电话号码我姐姐有，等我的电话吧。"

史培玲兴奋地握住叶和平的手，连声说"太好了"，然后挺着胸脯下保证"一定完成任务，随时听从总部调遣，绝不辜负总部的期望。"

叶和平冲着葛宝华笑笑，说，"我发现史培玲挺有闯劲儿的。"

三个人离开总部的时候擦着眼泪，高高兴兴，叽叽喳喳，抢着赞叹叶和平的平易近人和他们的好运气，终于英雄就要有用武之地了。

方菲因为对自己刚才的冲动羞愧之极，笑得格外高声，仿佛为了给自己在大庭广众之下就没皮没脸地、不顾一切地痛哭找回面子而叫得格外响。她紧紧地搂着史培玲的脖子，幸亏有她替自己开脱，否则，她怎么跟大家解释呢？怎么能把自己那点见不得阳光的感受遮掩过去呢？她兴奋地挽紧了葛宝华的手臂，感谢她陪着自己哭泣，才使得一切都显得那么顺理成章，未被察觉，并未被揭露。于是，她越想越觉得真是万幸，以至兴奋得又不能控制了，开始大笑，红肿着一双泪汪汪的眼睛大笑着，在满是人的教室里、操场上目中无人地高声地唱起来：

"我们走在大路上，意气风发斗志昂扬，毛主席领导革命的队伍披荆斩棘奔向前方。"葛宝华和史培玲马上和着她唱，"向前进，向前进，革命队伍不可阻挡。向前进，向前进，奔向胜利的前方。"

唱完，又一起旁若无人地嘻嘻哈哈地大笑着，疯着，因为只有三个人分享的秘密而得意地交换着眼色，因为刚刚结成的战斗友谊而自豪着，互相勾着脖子并排搂抱着往前走。他们并不是没看见有人侧目而视，有人投来好奇、羡慕的目光，更多的人当他们招摇过市而硬装着视而不见，但她们已经高兴疯了，不唱不跳心里边已经搁不下那么多的高兴了，这秘密的不容分享性使得这高兴更多了一层神秘的魅力。当林洁莉和另外几个红卫兵从她们身边路过的时候葛宝华笑得格外响。然后，三个人约定这几天不来上学，就在家里等通知。

本以为无论如何也得等几天，但第二天一早，方菲就接到叶和平的电话，她简单告诉方菲当晚的火车票已弄好了，让他们到火车站去与郑彬彬会合，由她带队，事情比较严重，武汉的革命派急需支援。

能够跟郑彬彬一起去革命！自从毛主席在天安门上和郑彬彬握手的照片印满了全国各大报刊，和她的谈话"要武嘛"已经让她一夜之间成为红卫兵里最红的人物了。三个人简直兴奋得忘乎所以，看谁以后还敢不让她们闹革命！林洁丽算什么？不过就是班里的红卫兵头头罢了。他们只顾高兴，想都没想这次行动到底是谁的主意，为什么选中了她们三个，武汉到底有什么严重情况，到底是哪一派要她们去支援。上了火车，没有大人陪同的三个小兵仍然兴奋地叽叽呱呱地说个不停，又背毛主席语录，又讨论时局，又谈看法。葛宝华望着窗外从没见过的景致惊叹着，大呼小叫地"看""看"。对于最远只到过市郊的她们，不论是广阔的田野还是绿树丛中的村庄，都好似一幅绝美的画作，让她们激动不已。

等她们闹够了大半天，才注意到郑彬彬始终话不多，对她们的谈话似听似不听的，默默地看着窗外。郑彬彬的沉默，渐渐地使得三个小兵觉得颇具权威，更显成熟，更有力量，也更有深度。史培玲最先跟着也变得深沉起来，方菲和葛宝华也尽可能地绷着，即使看见窗外再令他们兴奋的景致，都只是互相捅捅，最多葛宝华发出一两声难以自抑的惊叫，方菲站起身来过去看看，只有史培玲坚守着沉默，像郑彬彬一样最多微微一笑。

这是他们长大第一次自己出这么远的门。

三十二

"武汉市地处交通要道，京广线和长江这两条全国最重要的交通大动脉在这里交汇。"这是方菲上初中时地理老师在课堂上的一句话，但真正身临其境之前，方菲却绝没想到这个大交通枢纽竟是这样。

武昌火车站应该起码是 20 世纪初就有的建筑，月台上并行着好几条铁道和好几个月台，看起来比北京站都大，显得好气派。但满地都是废弃物，哪儿哪儿都蒙着一层黑灰，连墙面和立柱的绿色都只能是透过黑灰才可以想见而不是看见。站门一开，挑着大包小筐行李货物的扁担一个挨着一个、一条挤着一条，人不让人地往前冲，听不懂的土话的叫骂声，争吵声，孩子的哭声混成一片。而在这一片之上的则是操着一口湖北话地扒着车门的列车员的尖声呼叫。所有这些巨大、陈旧、肮脏、拥挤还有陌生的语言都让人一时竟失去了现实感，变成了电影中战乱的旧中国了。

站在硬卧车厢门口准备下车的方菲一时竟看愣了，葛宝华下意识地拉住了方菲的书包带，好像生怕走丢了一样。史培玲说：

"真没想到内地的大城市这么落后！"

三个人下了车，跟在郑彬彬身后站着，并不跟着旅客乱挤，似乎是在等人群渐渐散开。但就在这时候，远远地一个比周围人高半个头的大个儿姑娘招着手向他们走来，快到跟前几步跑，热情地和郑彬彬久别重逢似的紧紧握手。郑彬彬回过头来简单向身后的三个小兵介绍说："这是王南征。"但却没有将他们的名字向对方介绍，只简单地说了一句，我们学校的红卫兵。

方菲看着王南征觉得似曾相识，一时却又想不起来是在什么地方见过，心里有些别扭着也上去握了握手。

　　王南征身后的两个纯朴憨厚的青年抢上几步来帮着提行李。其实所谓行李也就是随身带的不大的旅行包。葛宝华难为情地涨红了脸，往后退。史培玲一甩，把包扛上了肩，一个劲儿地躲着拒绝说：

　　"不用，不用，我们能行。"

　　王南征回过头来，吩咐说："没事儿，让他们来吧。"

　　方菲忽然明白了，这是两个穿便衣的小战士，便把包交了出来。葛宝华也跟着方菲不再推辞，只有史培玲仍不明戏，再次重申：

　　"我们女校不兴这套，自己的事自己做。用不着这套虚礼。"

　　两个小战士显然不大明白是什么意思，脸红了。

　　站外，早有两辆吉普车等在路旁，王南征和郑彬彬坐一辆在前，三个小红卫兵坐一辆在后。汽车相随着在粥一样的闹市人流中缓慢穿行，上了大街，经过了挤满小贩的闹市，拐入一条僻静、清洁、被浓密的梧桐遮盖的街道，最后进了一个被花草树木、大片草坪覆盖的处所。汽车开向深处，暮色中，一座座风格各异的别墅式的房子从树荫花丛中或一闪而过或露出一角。三个小红卫兵如同做梦一样已经站在一幢有着沙发、地毯、弹簧床的十分漂亮的别墅里，而十几分钟前的混乱嘈杂的世界似乎仍未从视网膜上褪尽。

　　"你们就住在这儿。"王南征简洁温和地命令说。

　　郑彬彬环视着周围，脸上并无表情，对三个小红卫兵说：

　　"你们收拾收拾，先休息吧。"说完，独自和王南征坐车又走了。门一关，三个人跳上弹簧床滚成一团，嘻嘻哈哈地大笑着，吵闹着，互相咯吱着，然后心满意足地吃了些服务员送来的水果，安安稳稳地睡了。郑彬彬什么时候回来的她们一无所知。

　　第二天一清早，又来了一辆汽车把四个人一车拉到闹市区附近的一个招待所。这里，一屋四张木板床、两张三屉桌、几把木椅子，门外几步就是大街。郑彬彬满意地笑着说：

　　"好了，咱们就住这儿。"

　　"当然，咱们是来闹革命的，当然应该住在这儿。"史培玲应声赞成。

　　"咱们收拾好东西，到附近熟悉一下环境，今天下午五点钟左右到省委去，有首长接见。"郑彬彬说。

"首长？是中央首长吗？"史培玲一下子就停了手里的活儿，急切地问。

"你就往大里猜吧。"方菲抢先打趣说。

"会是中央文革？！"史培玲竟以为真，两只眼睛都亮了。葛宝华也来劲了，问："会不会是江青？"

见郑彬彬不点头，史培玲孤疑着问：

"再大还有谁？不可能是毛主席吧？"方菲笑得喘不上气来了。郑彬彬终于被逗笑了，赶紧说"是省里的首长。"

"嗨，那你就说是省领导嘛，干嘛还说首长。"史培玲这才发现是方菲在逗乐，跟着笑了起来。

"嗨，我说呢，咱们前脚到，怎么中央文革的首长后脚就到了。"葛宝华也大笑起来，几个人笑得前仰后合，比见到了大首长还高兴。

傍晚，他们又被拉出了闹市，来到一个更加宽敞美丽的别墅，窗外，近处繁花似锦、绿树成荫，远处是一望无际的烟波浩渺的东湖。

接见他们的首长是个姓张的省长，粗壮伟岸得像个军人。他长了一对很有特点的浓眉。方菲一看见他就忽然明白了，王南征是省委书记、现在的中央文革小组副组长的女儿。去年，爸爸在京西宾馆开会的时候，方菲去送东西，爸爸曾和他们一块儿吃过一顿中午饭。当时在座的也有这位张省长，不知道他是否还记得自己。张省长紧紧地握住郑彬彬的手，声音洪亮地说：

"欢迎你们，北京来的红卫兵小将。"

"张叔叔好，这几位是我们学校的红卫兵。"

"都叫什么名字啊？"张省长和蔼地低下头依次看着站在郑彬彬身后的几个小红卫兵问。凡事都喜欢往前站的史培玲尊敬地说："我叫史培玲。"

"爸爸叫什么？"省长又问。郑彬彬赶紧替史培玲回答说她亲生父亲是烈士。史培玲接着话茬说，自己的亲生父亲活着的时候也是党的高级干部。是**省的书记。张省长点点头，又问史培玲旁边的葛宝华叫什么名字，父亲叫什么，在那里工作啊。

"叫葛安刚，在纺织部工作。"葛宝华腼腆地回答。张省长仰头想了想，又摇摇头，意思好像是"没听说过"。葛宝华的脸更红了。

轮到方菲面前，张省长就简单问了问叫什么名字，不再多问了。他显然并不记得她。

但方菲却提着颗心，一直在等待，等着看张省长听到自己父亲的名字后会露出的一脸惊喜，会像熟悉的叔叔伯伯们一样向她问东问西，还会表示一些特殊的关怀和熟悉，可能还会多和她说几句话，……然而，想不到询问偏偏在她面前戛然而止，让她所有的准备突然都落空了。如果方菲够机灵，够大胆，能像史培玲那样不管别人怎么想只管将想说的和有利于自己的事情及时地说出来，还来得及。但她毕竟不是史培玲，被这变故打得有些发蒙，声音被卡在嗓子眼儿里，眼睁睁地看着能说话的那一瞬间过去了。很快，几个人被省长拥着，跟随从的人们一道呼噜呼噜地走进了隔壁的餐厅。

在饭桌前张省长致了一大篇欢迎辞：

"欢迎红卫兵小将到我省来进行革命大串联，你们来自首都，来自毛主席身边，最有革命性，也最有权威。来了以后到下面基层去看看，看看工人群众都在想些什么，干些什么，这对你们正确评价我省的革命形势大有好处。有什么困难尽管提出来，……"

其他人纷纷附和什么"我们省的运动形势发展良好，这和红卫兵小将们的支持分不开。""有了你们的大力支持，许多事情会好办一些。""你们带来了毛主席对我们的关心。"……

但是，面对着一大桌子丰盛的菜肴，和这些热烈的欢迎词，方菲如鲠在喉，彻底从心理上被击垮了。如果说上一次被忽略是碰巧，那这一次，面对面的就在面前，都问到了，就在自己面前戛然而止了。

又一次地被忽视，在大人物的不经意间，她又一次地被抹掉了。

方菲不知道自己失去的是什么，就像上次一样，也许她什么也没有失去，但感觉却是失去了非常宝贵的东西，宝贵到了可以让她长长久久地遗憾着。

她又为自己开脱说也许这只是个巧合，只是一个小小的擦肩而过，完全不必如此在意。但即便如此，她仍然在想，为什么这种倒霉的巧合总是落到自己的头上，总是让她成为中负彩的那一个呢？

方菲虽然生长在干部家庭，但官场上无论大事小情都论资格、排座次对她来说还是太突然、太陌生，也根本想不到连一个省长接见几个红卫兵都从打头的问起，而且可以随意地改变，任意地取消了本该每人一份的机会。

这种愤愤不平除了感觉不公之外，还触动了她的另一根神经。自打文化革命开始，方菲已经逐渐地忘记了自己曾经是多么地卑微，长得太丑，不讨人喜欢，不受欢迎，开始感觉到了自己的重要性，尝到了受人另眼相看的滋味，得到了不论是父母亲还是外界的友善对待，但就在她几乎相信这一切是可能的，是真实的时候，一切又都恢复了老样子。她又开始怀疑自己是不是真的招人烦，真的讨人厌？丝毫没有想到只要她往前站一站，一切的苦恼就都不存在了。但她始终不愿意往人前站的性格已经形成，根本想不到这一前一后，其实就已经预示着人生道路也许就是从这里开始分歧了。

席间除了省长有说有笑，郑彬彬有问有答，史培玲偶尔也跟着说两句，方菲和葛宝华都只是低头吃饭。吃饭成了她们的正事了，然而，不幸的是，筵席散了之后，方菲才发现她连正事都没办好，因为她根本不知道自己吃的是什么。更可恨的是，她竟然没有吃饱。一回到招待所就又饿了，只好拉着葛宝华偷偷上街又买了个粑粑充饥。

葛宝华笑方菲，说省委请吃饭时方菲把嘴落家里了。方菲也跟着笑，说现在自己又把心落在省委的饭桌上了，因为她现在非常想要知道她们到底吃了什么菜，心里却被饭外的另一种滋味充斥着，滋味莫辨。

三十三

第二天一早，郑彬彬领着几个小兵来到了坐落在洛伽山上的武汉大学。

学校若不是贴满了大字报简直就是一个大公园。满山的苍松翠柏前拉起了大字报栏，当人拾级而上的时候，两旁密密实实、层层叠叠的大字报便伴随着行人的眼目一直将人从山脚送到山顶。

郑彬彬并没有认真地阅读这些飘带样缠绕着珞珈山的大字报，而是走马观花地一路就把大家领到了山后一幢坐落在树草丛生的林子里的三层小楼前。楼前早有一位老师模样的中年妇女等候着，见四人渐渐走近，开口笑着问：

"是郑彬彬吗？欢迎，欢迎。"说着几步上前，伸出双手，"来来，请进，请进。"

"兰老师，这是我们学校的红卫兵，史培玲、陈芳菲、葛宝华。"兰老师并不注意分辨谁是谁，而是转过身来，一手拉着方菲，一手搂着葛宝华，脸对着史培玲微笑，眼睛却望着郑彬彬，"太欢迎你们到来了，你们来得太是时候了。"亲热地把大家拥进屋里。

女孩子对中年妇女的美大都不敏感，一般来说人到中年会大同小异地全身上下哪儿哪儿都鼓胀着，松懈着，过度发育着。因此，在女孩子们的眼里，兰老师乍看上去像所有的中年妇女一样，引不起她们的兴趣。但坐下来，开始侃侃而谈，女孩子们渐渐就被她那双热烈地盯着人看的漆黑的眸，那张口齿清楚的丰润鲜红的唇牢牢地吸引住了。

兰老师对北京的情况只是简单地问了问，紧接着就滔滔不绝地介绍起本校的情况。郑彬彬掏出笔纸开始记录，史培玲慌忙向兰老师借了纸笔亦步亦趋。

兰老师说了整整一个上午，不仅毫无倦意，而且犹恨时间太短似的赶着说，连水都顾不上喝一口，本来白皙微黄的面色渐渐泛出了桃粉色，而且语速还在不断地递增。

因为情况错综复杂，其中缘由瓜葛纠缠不清，在短短的几个钟头内，一条一件地都要说清楚也并不是件易事。所幸兰老师的头脑极其清晰，说话极有条理，逻辑性极强，不仅心思转得快，话也到得快，更追加上目光的灵活、敏锐，很快就让每一个人都听明白了，兰老师所代表的这一派坚决反对本校的校长兼学术权威，但不反党委，因为党委和校长之间早在文革之前就存在着两条路线的斗争；而省委又早在"文革"还未真正开始之前就同意并支持她们批判校领导了。因此她反对校领导却支持省委。

凭着多年做老师的经验，兰老师很快就断定郑彬彬念书时是个好学生，而且是个不错的学生干部，得了知音似的越发把注意力集中在了郑彬彬一人身上，偶尔也对其他人转过脸去，然后重点又落回到郑彬彬身上。由于史培玲时不时地还提两个问题，所以兰老师也多少给面子似的敷衍一下她。

方菲和葛宝华则一言不发，只是默默地听着。而方菲又坐在最不受注视的位置上，便放松地歪在椅子上，从侧面以解无聊地看着兰老师干练姿态和一开一合的美丽红唇，感觉着手上仍然留着被兰老师那双凉滑白腻的手心不在焉地握过，耐着性子地听着兰老师如数家珍地桩桩件件地细数某人、某天说了什么，某人、某天又干了什么，某人、某件事、某派的所作所为又说明了什么。

在随后的几天里，四个人骑着从王南征处借来的自行车挨着盘儿地跑遍了各大专院校，去看大字报。

九月份的武汉依然炎热，自行车又极破，城外的公路高高低低，上坡下坡，骑得人满头大汗，嗓子眼儿发干。方菲奋力骑着一辆脚镫子咯噔咯噔乱响的破车，咬着牙与迎面吹来的热风搏斗着，拼命要跟上史培玲。葛宝华勉强跟在方菲身后，喘着粗气说：

"革命果然不是请客吃饭，还真得有两把子力气。"

"革命也得有请客吃饭，省长不是还请咱们了？"方菲裂开被风吹干的嘴，喘气笑着。

史培玲的车好些，人也有劲儿些，扭过头来说：

"别净想着请客吃饭！想想当地革命群众借给咱们自行车，咱可不能辜负人家的期望，得多跑几个地方，好好深入了解情况。"

葛宝华伸伸舌头和方菲相视一笑，被风顶得追不上史培玲了。方菲小声说：

"听见没，还得多跑几个地方。"

"你觉得咱们能弄明白人家的运动情况吗？"葛宝华怀疑地小声问道。

"不知道，既然来了，而且是带着支持左派的任务来的，总得尽力而为吧。"

"我老觉得咱们算老几？就算弄清楚了，谁听咱们的？"

"也是。可现在能怎么办，别瞎想了，还是跟着跑吧。"

就这样，郑彬彬领着三个小兵每天顶着烈日，听辩论会，抄大字报，找各派的头头谈话。不论到哪儿，除了了解那个小单位的情况之外，还有一个必问的问题，那就是"你们认为省委是好的吗？"实际上这是一个非常难以回答的问题，而且也是这队红卫兵从下了火车以来一直在问自己的问题。

大学里的各派对这个问题的答复是五花八门的，有的支持、有的反对、有的主张一分为二，说什么的都有。

对这个问题回答最干脆、最一致的是钢厂的工人，不仅厂领导是好的，省委领导也毫无疑问是好的。而且异口同声地说厂里的造反派大都是不好好劳动的二流子，再不就是与领导有个人恩怨的谋私利的人。但工人不像大学生那么能说会道，再多问两句对政策的理解或理论性的问题，他们便开始忆苦思甜，讲些最简单的事实，然后就没话了。可郑彬彬还不死心，还在工厂里找工人谈话。

葛宝华小声嘟囔："好像这些工人都是一样的观点。"

史培玲听见了，转过头来说：

"工人阶级嘛，当然是用一个声音说话啦，都像咱们，一人恨不得一个观点，还不乱了套了。"她正在和一个模样极老实的工人大谈工人阶级领导一切的理论，那人被她说得一头雾水，涨红了脸。

"那倒是，让他们评论省委，不等于让蛋评论鸡吗？能吗？敢吗？"方菲的话只是听上去是同意史培玲的，史培玲却毫不察觉，跟审贼似的继续和那个老实巴交的工人谈话。

葛宝华悄悄地笑，说："我发现工人真老实。你瞧史培玲，不把人问出个观点誓不罢休。"

方菲笑了，冲葛宝华挤挤眼睛："你不觉得史培玲也挺老实的吗？"

"是，就她自己把自己当盘菜。"葛宝华忍不住咯咯笑出了声。

"笑什么呢？怎么回事？"史培玲又赶紧扭过头来问，那工人趁机端起杯子去到水，一去不复返了。

"笑咱们快成省文革小组了。"方菲赶紧回答说。

"那咱们可得抓紧学习，提高水平，否则会犯错误的。"史培玲认真起来。方菲和葛宝华看看周围已经没有人了，放开声音嘎嘎笑得直不起腰来。

"是啊，如果犯了方向性的错误，除了……整个湖北省的运动要受影响，关键是没法儿……向中央交代呢。"葛宝华笑得说不出话来。史培玲恍然明白了，笑着追着要打葛宝华。三个人拉成一团。

郑彬彬看着，也想笑，咧了咧嘴，却没笑出来。她们的玩笑无意中道破了事情的真相。

郑彬彬的父亲与省委书记、现任的中央文革副组长之间的关系是那种经历战争洗礼的亲如手足的关系。南下之前，副组长在钓鱼台接见过他们，在场的还有清华附中的几个红卫兵头头，是他特邀他们来武汉支左的。因为叶和平的父亲原来就是武大的党委书记，一来为了避嫌，二来学校里还得有人留守就没有来。兰老师在叶和平父亲未上调中央之前是他的手下得力干将，现在受到了校长代表的错误路线的打击报复。这些详情三个小兵都一无所知。现在，让郑彬彬着急的是，答应一起来武汉会合的清华附中的红卫兵直到现在还不露面，弄的孤军奋战，好多事情都没人可以商量。尽管来武汉就是应副组长的邀请，但她还是竭力要作出自己的判断，而且尽可能地不受各种因素的干扰，更加公正一些。

但什么是公正？

当郑彬彬在学校发难造反时，她曾坚信自己是正确的，校领导是错误的，执行了一条修正主义教育路线；后来在反工作组的斗争中她就开始犹豫了，认为他们有对有错，最终由毛主席定了案，是错的；现在，她在省里已经做了好几天的调查了，对于她们一再问别人也问自己的问题"湖北省委是好的还是坏的"心里其实已经有了倾向性。特别是工人们的答案更加坚定了她的信心。如果湖北省这样的错误也是路线错误的话，那么毛主席所说的百分之九十五的干部是好的，这百分之九十五在那里？所有的人都声称自己是左派，没有人承认自己是"保皇派"，但对有的左派郑彬彬天然地就反感，倒不是因为他们的观点而是因为他们本人。郑彬彬此行的目的就是支左。但谁是左派？能不能以省委划线？

她很想有人能再谈谈，这两天清华附中的红卫兵怎么着也该到了。于是在回招待所的路上她告诉三个小兵：

"可能清华附中的红卫兵最近也要来。"

"真的！？我早就想和他们认识认识了！"史培玲兴奋地大叫起来。

"太棒了，他们可是鼻祖啊！"葛宝华满怀崇敬地说。方菲虽然没有跟着叫起来，但那只是强作镇定，其实心里热切得厉害。脑子里马上开始想像，他们不仅长得英俊帅气，就像在游行和集会时常常擦肩而过的那些男校的高大男孩一样，而且思想睿智，深刻，高人一等。她读过他们写的《三论造反精神》的文章，简直绝了，能那么自由地运用马列主义的语录，理论水平就是高，能认识这些红卫兵的精神领袖太荣幸了。

晚上，郑彬彬应兰老师的约，又出去了。对郑彬彬时不时地独自外出早就习以为常的三个人留在招待所里学《毛选》。

史培玲趴在灯下，不仅看，而且还做着笔记，方菲则仰在椅子上，举着书看，葛宝华躺在床上，头枕着被窝卷捧着书看。没多久，方菲就发现葛宝华靠在被窝垛上不动弹了，怕她睡着了，故意大声问：

"葛宝华，你说人民内部矛盾的范畴在文化革命中有变化吗？"

葛宝华哆嗦了一下，嘴里哼哼唧唧地发梦癔了。史培玲悄悄地捂嘴笑了，说：

"这回我可知道了，她这一身肉是怎么长的了。你别打搅她了，她正在梦里学《毛选》呢。"

方菲说："而且正学《论正确处理人民内部矛盾》。"

两人大笑。葛宝华被笑醒了，揉揉眼睛，迷迷糊糊地说，"我没睡，我才没睡着，史培玲，你是乌鸦落在猪身上，嫌猪黑，我哪有你胖啊。刚才我真的是正在背诵呢。"

"背得口水都流出来了！"

"背食谱呢吧？"

葛宝华扑上来，三个人扭成一团，笑成一片。

三十四

郑彬彬还在走廊里就听见笑声，那么响亮、清脆，笑得那么开心，那么无忧无虑。她第一次觉得这笑声竟十分好听，不由自主地也跟着笑了起来，推门进去，说：

"老远就听见你们在笑，什么事那么高兴？"

今天，她在兰老师那儿和一群观点相近的各派组织头头共同讨论了将近五个小时。讨论的气氛热烈、严肃，有些发言尽管有些过头儿，却十分精彩、切中要害、酣畅淋漓。也许正是因为过头，到让郑彬彬如醍醐灌顶般对一些吃不准的事情感觉茅塞顿开。她感觉从未有过的精神振奋。

三个人看见推门进来的郑彬彬不同寻常地一脸神采飞扬，笑声同时顿住，史培玲最先恢复了笑模样，回答：

"有人做梦还在学《毛选》呢。"

"有什么好消息吗？"方菲直冲着郑彬彬问。葛宝华脸上还残留着吃惊的样子。

"倒没什么好消息，只不过觉得咱们已经来了快十天了，也做了不少调查，应该可以亮相了。"郑彬彬一改平日的木然态度，两眼激动地在白镜框后面闪闪发亮，脸上一片红润。三个人被这突如其来的宣言又吓了一跳，面面相觑，史培玲问：

"干嘛这么着急？"

"我们已经拖得够久了，现在的形势挺紧迫的，再拖，会使情况变得更严重。"郑彬彬回答。

方菲不明白她指什么情况，怎么就严重得如此迫不及待，还没等问，史培玲就说了：

"行，你说怎么办吧。"

郑彬彬一反常态地长篇大套地讲了起来，说通过调查我们现在已经有了充分的发言权，应该说，湖北省委不仅仅是好的，而且是站在全国文化革命的前列的。全省百分之九十五以上的群众都支持省委，特别是广大的工人阶级更是坚定地站在省委一边，而且越说越激昂。史培玲一边点头一边接下碴儿，附和着郑彬彬的话。郑彬彬从书包里拿出一大堆稿纸，说干就干地铺开了就要动笔，而且明天要送印刷厂，后天就能印出来散发了。

方菲终于忍不住了，问："就这样马上写大字报是不是太匆忙了。"

"那你还有什么看法？"郑彬彬问。

"倒没什么太不同的看法，我只是有一个问题，什么叫炮打司令部？"

《炮打司令部》是毛主席的一张大字报的题目，所以当方菲提出这个问题的时候，郑彬彬愣了一下，不知道这个问题和他们现在所讨论的事情有什么联系。史培玲赶紧插进来说：

"就是要炮打资产阶级司令部。"

"如果是那样的话，就叫炮打资产阶级司令部，而不叫炮打司令部了。是不是应该理解为炮打所有的司令部，现在不正是这样吗？好的打不倒，坏的，一打就垮。"方菲说。

这些话也不是方菲自己发明的，而是中央文革对炮打司令部的解释。史培玲看看郑彬彬一脸的难色，回过头来对方菲说：

"如果是这样，咱们就不必调查了，来了直接就打就算了。"

"那还是不一样，调查是为了打，如果是好的就打脚，是坏的就打头。"

"那你认为我们现在是该打头还是打脚？"郑彬彬接过史培玲的话问方菲。

"当然是打脚，但也必须打，也许和成绩比起来省委的缺点只是九牛一毛，那咱们也不能搞一个什么坚决支持省委的大字报。"方菲振振有词。

其实，方菲与其说是对郑彬彬的观点有看法还不如说是对她的做法不满意，从来不讨论，从未酝酿过，突然这样马上就亮相，只凭着她一个人一时的冲动，就急着写出文章来。方菲忽然有种被当枪使的感觉，自从到了武汉，所有受到的漠视和忽略一时间全都涌上心头。难道他们就真的那么高人一等？真的就是英雄，自己就是被运动的群众？

郑彬彬马上感觉到了方菲的抵触，这种抵触像是一桶凉水劈头浇了她一身。从理论上讲，郑彬彬知道方菲没说错，但是，从感情上讲，她却一时无法接受。要知道，像兰老师她们这样的革命左派如果没有得到省委的及时支持，现在恐怕早就被校领导迫害成了屈死鬼了。而武钢的工人们那么支持省委，就是因为厂里有那么一小撮捣蛋份子反对党委反对省委，如果不站在广大工人阶级一方，坚决支持正确的，岂不长了坏人的志气？对这样好的领导有必要抓住一点点缺点不放吗？

但她知道只要一开口就有可能引起争论，因此，她看着方菲，一时竟不知该说什么好，她的不情愿而又无法反对却又清晰地写在脸上。样子显得十分无助。

方菲忽然惭愧起来，郑彬彬那样子使她觉得自己不是在坚持一个正确观点，而是成心在为难一个好人似的。她一下子气馁了，说：

"好吧，这只是我个人的希望，并不说明我反对写大字报。"

郑彬彬低头想了一下，有些无奈，却也平静些了，说："我们也写写缺点吧。但要措词得当，千万不能授人以柄。"

四个人又讨论了一番该怎么写，分几段，都写些什么。葛宝华先撑不住和衣睡了。看郑彬彬和史培玲一个执笔，一个口述，干得挺带劲，方菲便自己洗脸洗脚也上床睡了。

苦干了大半夜的郑彬彬和史培玲终于黎明时分完稿了，也睡了一会儿，吃过中午饭，几个人坐在一起念稿。其实就是念给葛宝华和方菲听，大字报肯定了省委的大方向，激烈地抨击了反对派，结尾如同抚羽毛扇般地给省委提了两句不关痛痒的意见。最后的签名是："郑彬彬、史培玲、陈方菲、葛宝华"。

稿子念完了，郑彬彬说大家提提意见吧，葛宝华点点头，没说什么，史培玲问方菲，你有什么意见？

方菲知道即使自己有意见，也没有任何意义了，只好嘟嘟囔囔着：

"我可以签名，但还是有保留意见。"

郑彬彬脸上又露出方菲那么不忍多看的尴尬表情，空气顿时有些紧张，史培玲不满地看了一眼方菲，想说什么，又忍住了。正在僵持中，走廊里有人一脚踏进她们敞开的房门，同时接口问道：

"谁有保留意见？保留什么意见？"随着问话，几个高高矮矮、胖胖瘦瘦的红卫兵出现在房间的门口。为首的是一个高个儿大眼睛长脸的男生，说话的是他身边一个戴眼镜的黑黑的小个子，周围簇拥着两男三女，一群人呼啦啦就进了屋，将紧张的空气一扫而空。郑彬彬赶紧站起来，笑眯眯地和为首的高个儿及问话的小个儿握手，一边说：

"真不容易，你们可来了。说好一块儿走，结果你们晚了快十天，介绍一下吧，"郑彬彬回过头来说，"他们是清华附中的红卫兵，"指着高个儿，"李小华，"又指着刚才问话的小个儿，"何延平。就是写《三论造反精神》的。"郑彬彬话没说完，史培玲早就一步迈上前去，和两个男生握手，惊喜异常地说：

"久闻大名，久闻大名，你们来了就好了，大家可以一起讨论讨论，并肩战斗。"李小华忍不住地微笑着，嘴里一个劲儿说，哪里，哪里，脸上却不由自主地透露出得意。葛宝华跟上去也握手，李小华心不在焉地、看起来并不情愿地伸了一下手。

方菲僵直地站着，惊喜异常。没想到大名鼎鼎的清华附中红卫兵们就在眼前，更没想到在报纸上看到的造反宣言的作者就是这么一个黑黑的小个子。她本想跟着也上前去握手，但强烈的害怕受到轻视和嘲笑的心理使她的四肢僵硬了，在李小华的脸上她似乎已经看见了证据。她僵立着，一动没动，涨红了脸，心里激烈地冲突着，不知道要不要像史培玲那样上去大大方方地和他们握手打招呼。就在这时，何延平冲着她笑了，不仅眼睛在笑，同时又一遍重复刚才问过的问题：

"是你有保留意见？"这问话使所有的目光一下子集中在了方菲身上，所有的目光都在期待回答地凝视着。怕被忽视的恐惧瞬间变成了受到瞩目的恐惧，就像一个本来并没有准备演节目的人被突然推进了聚光灯下。方菲的脸唰地又变白了，丝毫没有想到自己竟能引起红卫兵创始人的注意，更没想到突然就可以和他们谈话，就像和普通的同学谈话一样。但她知道现在必须回答问题，就如同乐队的前奏已经响起，不管她能不能唱也得张嘴，于是，她听见一个自己都觉得陌生的声音回答："是的。"

"怎么不一样？"何延平一双孩子般乌黑的眼睛在一对浓眉和两片闪光的镜片后好奇地看着，仿佛丝毫没有注意到方菲的窘迫。

血液呼地重新涌回头部，方菲竭力控制着自己，想显得大方自然，显得思想深刻、能说会道，但为了保持外表的自如，她已经用尽了自己全身的力气，脑子里变得一片空白，一时间，不知从何说起，就如同歌手在慌乱中找不着调儿了一样。而观众的耐心似乎只有几秒钟，前奏曲不能一奏再奏，却听不到歌声，注意力也就转移了。站在李小华身后的那两个女生咯咯的笑声很快就蔓延过来，遮蔽过来，伴着一片嗡嗡地说话声，聚光灯散了，方菲重又退回黑暗中。如释重负和懊丧同时袭上心头，她已经登台了，却没能唱出来。她有了多好的一个展示机会，却没能挥洒自如地表演一番。原来过分地受到重视和被忽视一样，都能给人带来难以下咽的痛苦。

史培玲对那两个女生在讨论严肃的问题时发出的放肆笑声，而另两个男生也跟着嬉皮笑脸很是吃了一惊，不满地朝他们斜了一眼，绷着脸向李小华一连气提了几个问题："红卫兵的诞生有没有必然性？""你们如何看待自己在运动中的作用？""对湖北省的形势如何看待？"……

李小华自始至终都在笑，他笑着向何延平扭过头去：

"真够尖锐的，延平，你来说说。"

何延平有点儿无奈似的也笑了，只好打哈哈：

"呵，这题目可够大的。现在谈这些似乎还不是时候，许多事情还只是个开头儿。不过，有一点是可以肯定的，不管我们愿意不愿意，我们已经参与到这个历史事件中来了。"

对何延平不温不火的回答方菲大感意外，文章写得那么锋芒毕露，话却说得如此不着边际，心里开始感到隐隐的失望，同时，也为史培玲感到难堪，显然对方尤其是李小华这会儿根本就没有谈话的诚意。但史培玲却全然不觉，丝毫不看别人的脸色，却一定要问出个子丑寅卯来：

"那先放下这些大的，谈点儿具体的，你们对这儿的形势怎么看？"

何延平和李小华互相对看着，李小华只好说：

"目前还没形成什么看法，看看再说吧。"就想打住谈话，哈哈笑了起来。他们同来的那两个女生捧场似的跟着咯咯地也笑。史培玲直眉瞪眼地就像没听见这些笑声一样，穷追猛打：

"那你们是怎么理解炮打司令部的？是好坏都可以打呢还是要区别对待？"两个女生先笑起来，似乎在笑史培玲的不知趣，但这回李小华没笑，于是，那刚起的笑声仿佛自知冒昧似的又胆怯地自动停止了。

"原则上讲，这只是个精神，所有的当权者都要在这次运动中经受考验，在打坏的时候也会冲击好的，我主张还是要保好的。"仿佛知道不能轻易过关似的，李小华非常认真地回答史培玲。

"那么，好与坏的标准是什么呢？"方菲一时间忘记了羞怯，从旁脱口问道，因为这个问题对她来说太重要了。

何延平看着方菲，眼睛在镜片后面笑，很轻松随意地回答："看他支持不支持革命派呗。"

"没人承认自己是反革命派，都说自己是左派。"

"光说不行，还得看行动，看他是否执行毛主席的革命路线。"

方菲不吭声了，突然觉出了这个问题的混乱和不合逻辑。因为毛主席革命路线眼下就是"炮打司令部"。于是，一个司令部革命不革命，标准就是看你炮打不炮打司令部，换句话说，就是自己打不打自己。省委现在只有炮打自己才算是站在了毛主席的革命路线上，才可以去保。但一个司令部自己在打自己，因此而变成了好的，你就得听他的指挥，也跟着打，才算革命。根据这个原则，所谓好的就保，压根就不存在。所以这个问题是无法辩论的，也不可能辩论清楚的。

但史培玲觉得终于谈到了问题的要害，兴奋地接过话头，一通发挥，大谈这十来天的调查情况以证明省委是好的。葛宝华悄悄拉了方菲一把，俩人出去了，在走廊上葛宝华说：

"还有什么好听的？去趟厕所。我看他们也没什么高明的，和咱们一样，一锅浆糊。"

"真怪，我还以为他们多革命、特高级呢。"

"我就不信他们能高明到哪儿去，开始是让他们赶上了。现在，顶多是有点儿名气，能接触中央首长，消息快些罢了。如果毛主席没给郑彬彬改个'要武'的名字，谁买咱们的账啊。"

葛宝华一句话点醒了方菲，一方面突然觉得挺悲哀的，但另一方面也感到了轻松，事情原来是如此简单、同时又如此地虚伪，她不由地笑了：

"也就史培玲傻乎乎地还觉得自己是个人物呢。"

"不过她也确实比咱们人物，最起码比咱们想当人物。"

"可这年头又有谁不想当人物呢？"

"我就不想，起码想得不厉害。"葛宝华原本就是想跟着到处看看，玩玩，确实没想那么多。

"真有不想当人物的人，我看到真的是人物了。"

说到这儿，方菲突然觉得这个定义也如同革命的定义一样简直就是个悖论，不由自主地大笑起来，招的葛宝华跟着傻笑，而且后来一直笑个不停。晚上郑彬彬要大家在大字报上签名的时候，方菲想都没想，再也不提什么"不同意见"，痛痛快快地就签上了自己的名字。

三十五

大字报以意想不到的快速、大量印了出来。

郑彬彬举着送来的一大张铅印的大字报发愣。

标题没有改，仍然是《炮打资产阶级司令部》；基本内容也没有改，用批驳对立面来肯定省委；只是通篇加进了无数的国骂和"滚蛋""混蛋""王八蛋"之类的污言秽语，那两句郑彬彬勉强同意加上的温和的批评省委的话也被删除一空。签名中"郑彬彬"改成了"郑要武"。

但就这样一点点改动，文章就面目全非了。辩论变成了谩骂；公理变成了强权。

郑彬彬没敢读第二遍。

当国骂开始在红卫兵中流行时，她已经规规矩矩地在学校里当了十几年的好学生，已经被培养成了即使想要骂人都张不开口，想要打人都抬不起手，想要骗人都会脸红的党员干部了。文章里的脏话像火炭一样灼烧着她的双眼，再看一眼都是可怕的。

她茫然失措地傻愣着。

葛宝华像当头挨了一棒似的尖叫起来："怎么回事？！怎么成了这样！"

方菲涨红着脸，嘟囔着，"天哪！天哪！"扔下大字报冲着郑彬彬就问："这都是怎么回事？"

史培玲闷头儿看到最后的签名，气得破口大骂：

"政治投机！纯粹是政治投机！卑鄙无耻透了，是谁允许他们这么糟蹋咱们的？！真他妈混蛋，这他妈那儿是战斗？太他妈没水平了……"

郑彬彬抬了一下眼皮，又垂下了，脸色发白，嘴角不自然地咧着，一句话也说不出来。因为，她也不明白事情为什么会变成了这样。事情实在过于超乎想象了，因此，即便是白纸黑字就放在面前她都不敢正视，不敢相信自己已经被公然欺骗、毫无顾忌地利用了。她根本不能想象她如此尊敬、信任的聪明、坚强、美丽、有教养的兰老师怎么能对她做出这样的事情，而且将自己降至一个初中生的水平。震惊、不解、尴尬和委屈使得她像被亲人出卖了一样，傻了。

郑彬彬的样子实在令人不忍再看，显然，她比所有人受到的刺激更大。

葛宝华闷声说："我数了一下，全篇共有 58 个国骂。"

方菲想要开个玩笑，缓和一下："加上史培玲口头补充的三个，一共 61 个。"

葛宝华笑了，但笑得比哭还难看。史培玲仍然咽不下气，接着嚷："这完全是政治阴谋，骗局，背信弃义！太可恶了。他冒用了咱们的名义，骗取了咱们的信任！简直是政治流氓！"

"那咱们能怎么着，不是没辙吗？你骂有什么用？"葛宝华瞥瞥眼睛说。

"咱们上法院去告他们！"

"对！咱们还可以登报启事，说明真相。"

"不能善罢甘休，让他们得逞。"

"咱们还可以串联其他红卫兵组织，向他们讲明真相。"史培玲和方菲你一言我一语，三个人吵成一锅粥。

"真的，他们真是太不像话了，怎么能这么做事？真让人想不到。"

"也许是政治需要吧。"

"那也不能这么明目张胆呀。我们这不是在保他们吗？"

"是不是还嫌不够劲儿？"

郑彬彬始终一言不发，坐在床上，将一张大字报一折一折地叠起来，直到叠得不能再叠，然后又打开，又叠上。不管三个小兵把话说得多么难听，嗓门儿提的多高，主意出得多么极端，她始终不说话，只是那么抱歉无奈地看着她们。三个人忽然同时住嘴了，仿佛一下子都明白了，她们什么都不能做，什么也不能说，而且什么解决办法都没有。而这，就是政治。

第二天下午，招待所就被激愤的人群团团围住了。他们举着旗，打着标语，戴着红袖章，高喊着口号，要往招待所里冲。

"揪出郑要武！"

"打倒省委！打倒王××！"

"揪出'红造总'的黑后台！"

"誓死捍卫毛主席的革命路线！"

从屋里向外望去，看不见一个人，只有高墙外的树影和破碎的灯光，被汹汹涌涌的呼喊声震得摇摇曳曳。手电筒射出的白色光柱在夜空中扫来扫去，仿佛随时能照进黑暗的屋里，照在人脸上。墙外似乎有千军万马，而房间则仿佛是纸做的，只有墙，暂时阻挡着即将漫过来的武力。

葛宝华像是怕被灯光照到似的向方菲身后靠过去，叽叽喳喳地问：

"怎么办？你说咱们怎么办？会不会……"眼泪就在眼睛里打转儿。

没人回答，因为，没人知道会发生什么事。屋子里死一样寂静，外面的叫喊声格外清晰：

"有种的你们就出来，缩在里面算什么英雄？"

"交出郑要武！打倒郑要武！滚回老家去！"

"你们开门！开门让我们进去！""她们不住在我们这儿。"

"现在已经过了会客时间了，找什么人明天再来。"工作人员和门外的围攻者吵成一片，接着传来摇晃铁门的声音和硬器叮叮当当的撞击声。那声音比真正的铁器扎在皮肤上还要刺激，方菲紧张地说：

"不能坐等，得想个办法。"

"别怕，"郑彬彬面色苍白，"这里是省委招待所，他们一时还进不来，我先去打个电话。"

郑彬彬走了，屋里又是寂静，三个人坐在黑暗中傻呆呆地看着窗外，葛宝华的抽泣声越来越清晰，史培玲不耐烦了，用胳膊肘触了一下方菲，方菲只好问：

"怎么了，葛宝华？"

"我想回家，想我妈妈了。"

方菲非但没有引起共鸣，相反，她简直不明白葛宝华在这么紧急的关头怎么会想起家，想起妈妈来。从出了门到现在，家和妈妈这件事在方菲脑子里压根就没出现过，她愕然地看着葛宝华。史培玲回过头来凶葛宝华说：

"就你胆小，碰上紧要关头就被吓倒了，幸亏没别人看见，就咱们仨，还不赶紧擦眼泪。"

葛宝华不好意思了，强忍着泪。方菲拍拍她的肩，葛宝华眼泪干了，怯生生地凝视着窗外。窗外的喊声有增无减，听起来人越来越多了。葛宝华悄声问方菲，郑彬彬什么时候才能回来。

"该回来的时候就回来。"史培玲硬邦邦地顶了一句。

"哎，你们觉不觉得咱们像是被国民党围困的共产党？"方菲双拳紧握，两眼放光，一种游刃于恐惧之中的快感使她浑身冰凉。葛宝华噘着嘴，不高兴地说：

"等你英勇就义的时候，不会有人追认咱们是烈士。"

"那有什么，革命就得有牺牲，怕死就别干革命……"史培玲的话音还没落，只听院子里的大门哐的一声被冲开了。那声音响得像是一个霹雳。葛宝华一下子惊跳起来，夺门就跑。方菲脚下仿佛有根弹簧，不受大脑指挥似的被别人的动作刺激着做出自己的反应，不等大脑明白，人已经抢在葛宝华前面上了二层楼了。史培玲在最后头紧追着跑，叫着：

"等会儿我，等会儿我。"不敢放大声音，急得直抖。

葛宝华呼哧呼哧地悄声说："不是不怕死吗？你跑得也不慢呀。"史培玲只听见后一句了，越急越跑不快，说：

"方菲你慢点儿，知道你腿长。"

三个人连滚带爬一口气上了三层楼。从楼道的窗子里往下看，院子里挤满了人，但细看除了造反派还有看热闹的，有招待所的客人，还有工作人员。这样居高临下的感觉似乎让她们突然脱离了险境，而且忽然意识到，造反派就是站在对面，难道他们脸上写着字？知道谁是谁？再一想刚才的狼狈相，三个人忍不住面对面地哈哈大笑起来。葛宝华学着史培玲气急败坏地叫：

"等会儿我，等会儿我，方菲，知道你腿长。"史培玲扑上来就打。

"还英勇就义呢，跑得比谁都快……"

"别闹了，别闹了，快看！"

三个人又扑向窗口，只见手拿皮带、短棍的一群人围在楼梯进口处，正和一个有点儿负责模样的人鼻子顶着鼻子脸红脖子粗地在吵，忽然一只手轮了起来，啪的一声打在对方的脸上。局势顿时大乱，人们互相拳打脚踢，你拥我搡起来，马上就有人挂了彩，看着一点儿也不可笑了。恐惧又重新回来了，葛宝华的脸变白了，三个人面面相觑，正不知道下一步还该往哪儿跑的时候，郑彬彬奇迹般地出现在她们面前，简单地说：

"快，收拾一下从后门走。"

他们回到屋里，哆哆嗦嗦手忙脚乱地收拾好东西跳上停在招待所后门的一辆吉普车里。汽车的发动声惊醒了人群，他们呼啦一下子围了上去，有人大喊：

"别让她们跑了！"

"拦住她们！"

"揪住郑要武！"

棍子、皮带、愤怒的脸孔在汽车的后窗上往上追赶，眼看就触到了，又三晃两晃就消失了。葛宝华吓得闭上了眼，史培玲抿紧着双唇，方菲脸色苍白，只有郑彬彬平静得像是什么也没看见，什么也没有发生。她只是尽力做了她该做的一切，现在，既没有愤怒也没有恐惧，有的只是失望后的平静，以及平静后的茫然。

她们登上了北上的火车，落荒而逃。

湖北省的大规模武斗在他们走后没多久就开始了，死伤不计其数。武斗在全国范围内普遍开花。

三十六

时局变化之迅速、出人意料，如同万花筒，只不过转动它的不是孩子的手，而是中央首长在某一个接见群众的大会上的某一个看似随口而出的讲话和这些讲话的传抄件，或者报纸上某一天忽然登出的某一个指示。

当李伟玉还没想清楚该如何处理厂里出现的第一张匿名大字报，红卫兵就已经串联到了厂里。一些工人要求组织战斗队，个别人开始了停工闹革命，有些车间也开始了相互串联，厂外的一些组织也趁机打了进来。

每出一件事，李伟玉都只能被动地承认它的合法性，因为每一次和丈夫商量，陈辛吾都会一无例外地先叮嘱她不要站在运动的对立面上，要站在革命群众一边，要相信群众，相信群众大多数是好的，是有判断是非的能力。尽管她每一次都觉得这样处理太没有原则，而事后总证明丈夫的"指示"颇有先见之明。她一边竭尽全力地维持生产正常秩序，一边尽可能温和地处理一些她很不以为然的事情。

李伟玉本来是每个周末回家，变成了一有事就回家，渐渐又变成了天天回家，因为，现在已经天天都有事了。倒是陈辛吾忙得并不一定每天都能回家了。对李伟玉来说，见到丈夫变得格外重要。每天一到家，不管是哪个孩子来开门，第一句话永远是"爸爸回来了吗？"一脸的警觉和惊疑，那急切的模样仿佛不是回了自己的家，而是专门来找人的。她或者直冲进书房去找陈辛吾说话，一说就是半天，或者一脸不能掩饰的失望，一屁股坐在沙发上，两只眼睛发愣儿。奶奶向她告孩子们的状，她也无心去听，只是敷衍地答应几声。

李伟玉天天回家使得陈辛吾喜忧参半，终于能够一回家就看见妻子了，多少年来他一直就盼望着这种生活。然而，李伟玉惶惶不安的样子和一肚子烦心事又使得陈辛吾不免既心疼又沉重，还隐隐地有些说不出口的怨恨，如果好好在机关待着哪儿来的这许多烦恼？无奈之中只能紧紧地抱着妻子，轻轻地吻她的头发，抚慰地拍拍她的后背，希望这样能使她平静下来，然后等着她自己开口倾诉。

陈辛吾这时候常常需要耐着性子，因为他知道，不等李伟玉安静下来就急着问她，只会把事情搞糟，引得李伟玉狠狠地抨击他自以为高人一等，就想给别人下指示。刚结婚的时候，陈辛吾还为自己辩护，但都以失败告终。但心里暗暗觉得人要强到这份儿上，未必是件好事。所幸李伟玉一直工作得很顺利，倒是自己在延安肃反运动中险些翻车，以后，他更加谨慎，也更加小心，对李伟玉更少批评了。但在内心深处，他始终埋藏着一个永远也弥补不了的遗憾，始终只能暗暗地梦想，女人应该更有女人味儿些，也就是说，更柔顺些，聪明些，浪漫些……，就像……当然这只是个非分之想的梦。

原来陈辛吾以为李伟玉过于要强只能影响到自己的私生活，充其量，自己多担待些，替她管管孩子，还与其他无碍，但现在看来，情况远不是这么简单。孩子们也变得更加难管了，方菲是一出门就没了音信，是死是活都不清楚，方辉更是成问题。今天，陈辛吾特意早回家一步，打算在李伟玉回来之前先找儿子谈谈。进了家门，还没坐稳，就听见大门哐的一声重响。知道是方辉这个没轻没重地回家了。

陈辛吾皱起了眉头，最近，这孩子疯了似的到处"闹革命"，"破四旧"，像一匹野马，常常很晚才回家，一问干什么去了，"没干嘛"，再问上哪儿去了，就是"没上哪儿"，但偶尔带回一些莫名其妙的贵重物品，过几天又消失了，又带回些其它东西。有些东西大人能发现，还有些，谁都不注意。

陈辛吾想起前些时，方辉夜里很晚才回家，扛着个大包袱，被他撞个正着，人赃俱在，便一定要问出个所以然来。方辉理直气壮地说是去资本家家里去抄家，太晚了，革委会下班了，只好他先带回家来。第二天一清早，陈辛吾就让方辉赶紧把东西送走。包袱里古玩字画金银首饰，银元珠宝，什么都有，但真正值钱的东西并不多。陈辛吾问方辉给主人留下清单没有，方辉顺口说了一句，"还什么主人哪，早搁儿屁了。"陈辛吾听不懂方辉的话,不明白什么叫"搁儿屁",说,不管怎么样,做事总要有个交代,当年红军留下的白条,解放后都兑现了。现在搞运动很乱,你可不能乱来。方辉急了,说,"我还乱来?他们还老嫌我没革命性,就因为咱们家地儿大,才让我先拿回来的。"陈辛吾摇摇头,知道儿子虽然浑,但是胆子却不大,也相信他可能是"革命性"不强,但仍然觉得不是个事儿,可又说不出什么来。

现在,方辉一进门就看见父亲,吓得一缩头,身后影影绰绰地几个孩子稀里呼噜地一溜烟地赶紧退出大门去了。方辉撺着空空的两只手就要上楼,被陈辛吾叫住了,问:

"刚才那几个孩子都是谁?你今天和他们干什么去了?"

"说了你也不认识,我们又没干什么坏事。"

"你不愿意告诉我也罢。我可再一次郑重地警告你,爸爸妈妈现在忙得很,没时间老盯着你。你已经不小了,要对自己的行为负责任了。千万不能糊里糊涂地办傻事,出了事,可没人救得了你。"

方辉一副满不在乎的样子,叉着两条腿坐在沙发上,歪戴着个军帽。

"没事,出什么事啊?我干什么了,我什么时候说让你来救我了?"

"好,好,没事就好。等有事就晚了。爸爸在你这个年龄不但不让家里操心,反而要为父母分忧了……"陈辛吾一肚子话还没说几句,李伟玉就回来了,只好给儿子撺下几句话:

"你可千万不要跟着院子里的那些干部子弟瞎跑,不要以为现在乱,就可以没了王法,想怎么样就怎么样,那你可就大错特错了,总有一天你会后悔的。"

方辉歪着头,不服气地出去了。李伟玉问,方辉出了什么事,陈辛吾叹了口气说:"等真出事就晚了。"

听见并不是有什么事情,李伟玉放松了,只要没事就好,她已经顾不上再多想了。她告诉陈辛吾,今天厂里的一些中层干部也到党委来请示,要求参加运动。陈辛吾问:

"都有哪些人?"

"表面看是工会的王栓福和保卫科的秦有德，但背后肯定有其他人主使，光这两个人没那么有头脑。他们要求设立专门的大字报区，要求也能组织战斗队，还要拨出时间来脱产闹革命，还要求拨出一些物资，比如纸张浆糊等物。"

"那你打算怎么办？"

"还没想好。"李伟玉半天才回答，"这些人和普通工人不一样，他们有文化，了解情况，有一定的理论水平。一旦他们也造起反来，党委会很被动。"顿了一下，又说，"这几个人在厂里一贯表现私心重，个人品质差，现在趁乱，公报私仇。我想揭露他们一下，再警告警告他们，再在中层干部会上强调一下纪律。"

"在现在这种形势下行得通吗？万一矛盾激化了，会有什么后果？还有没有其他更好的办法？"

两个人商量来商量去，直到方蓉来敲门说饭好了，也没商量出个结果。

孩子们早就饿了，坐在饭厅里谁也不敢先动筷子。方辉急的直敲筷子，盯着一盆米粉肉做出垂涎欲滴的样子，方蓉瞪着他，小声呵斥道：

"就你没规矩，不许敲盆打碗儿，爸爸最讨厌这样了，看待会儿来了呲儿你。"

"不许敲我就得先吃，饿死了。"

"一天到晚在外边瞎跑，成天不着家，回家就闹事儿。"

"你他妈管得着吗……"

话音没落，陈辛吾在前，李伟玉在后进了饭厅。陈辛吾皱着眉头环视了一周，目光停在方蓉和方辉头上。方辉虽然不吭声了，但歪着脖子表示不服。方蓉窘得满脸通红，她最恨的就是父亲这种不分青红皂白地无言的责备，因为这使她连申辩的机会都没有，好像她真的和方辉一样做错了事。李伟玉瞄了一眼丈夫，打岔似的明知故问：

方菲还没消息吗？"没人搭话，又说，"一个二个都这么不懂事！一走就是一个月，杳无音信，外边这么乱，一点儿都不知道大人操心。"

陈辛吾缓缓地坐了下来，眼睛依然看着两个孩子，一点儿都不关心面前的米粉肉、熬冬瓜、闷豆角、炒辣椒，仿佛不得已似的拿起了筷子。

方辉照旧在父亲责难的目光中已经把米粉肉加进碗里，闷头大吃起来。李伟玉也照例为缓和气氛赶紧劝丈夫尝尝放在他面前的新做的狗肉。

陈辛吾常常要喝一小杯酒，李伟玉让厨师变着法儿地专为他一个人备点儿下酒菜，有时候是几片香肠，有时候是一个松花蛋，或者是点儿花生米，在当时都是点儿稀罕物，而狗肉又是陈辛吾的最爱。听妻子的劝，他点点头，提筷子夹了一点儿，放入口中，目光却仍未离开儿子。见方辉抻着脖子翻找瘦肉，一盆米粉肉被他翻了个底儿朝天，终于找到了一块可心的，张大嘴，送入口中，然后旁若无人地大声叭唧着，露出满意的样子。李伟玉眼睛看着丈夫，没等他开口说话，抢先呵斥儿子：

"吃就加一块，别翻。"

方辉对妈妈的话从来也不当回事儿，所以照旧吃完一块又去盆里翻找，而且不端着碗，趴在桌子沿上，一点儿吃相都没有。陈辛吾今天本来就烦，一直想要和方辉好好谈谈，却被李伟玉打断了，不知道是气儿子，还是气妻子，反正心里憋着气，现在越看儿子那副样子越觉得活脱得像自己小时候学校里的有钱人家的少爷，终于爆发了，说：

"说过多少次了，就是不改，是猪碰了头还知道回头呢……"

方辉抬了一下头，抬起左手扶了一下碗，算是听见父亲的话了，仍然不撒嘴地接着吃。

"吃，吃，就知道吃，我看你能吃到那一天？"

李伟玉见自己再三阻挡都不见效，看出来今天躲不过去了似的，顾不得丈夫的面子，公开劝解起来：

"好了，先吃饭吧，吃完饭再说吧。"

陈辛吾两口子很少当着孩子的面吵架、斗嘴，就是私下里陈辛吾也总是让着李伟玉三分，所以，只好叹了口气，一仰脖子干了杯子里的酒，不再单单冲着方辉，而像是自言自语：

"我的孩子们哪，不知道要到什么时候你们才能懂事，才能像个大人，爸爸妈妈不能陪着你们一辈子，想想真是我的几个钱害了你们，穷人家的孩子早就当家了，可你们呢？还就是在父母亲的卵翼下养尊处优，还只是就知道吃，吃。脑子里什么都不装着，这样迟早会吃苦头的！"

陈辛吾痛心疾首地挨个儿看着孩子们，仿佛每个人都有了错似的。于是，除了方辉，所有的人都做错了事一样不敢接着吃饭，而是作出低头挨训的样子沉默着，衬得方辉叭唧嘴的声音格外的响。

三十七

在饭桌上把孩子们臭训了一顿，按说陈辛吾就应该气顺了，但奇怪的是，他非但没有平静，到更心烦了。

他坐在客厅里看报纸，脑子里乱七八糟地转着，犹豫着要不要告诉妻子部里的运动情况。看样子，自己很快也会受到冲击，已经有大字报贴到部里来了，虽然眼下他还不是主要目标。说了，怕增加妻子的思想负担；不说吧，事到临头又怕她没有思想准备，打击太大。正在拿不定主意，隐隐约约就听见饭厅方向传来碰翻了桌椅板凳的声音，紧接着是叽叽喳喳的争吵声，然后就是几声高喊，"你放下，你放下。你给我放下。"没等陈辛吾站起身，后面已经吵成一团了，忽然传出奶奶一声尖叫：

"陈方辉杀人啦，陈方辉杀人啦！"

陈辛吾浑身一机灵，急忙向厨房走，只见方辉手里举着菜刀，正从厨房往饭厅里冲，被李伟玉拼死拦在门口，奶奶顺势抱住方辉的胳膊正在和他抢夺，并发出那么可怕得叫声。方辉涨红着脸，急得跳着脚地喊：

"放开我放开我，今天我非杀了这小丫挺的。你个两面三刀的臭奸细，你再敢胡说……"

方蓉站在饭厅里，隔着桌子，揉着脑袋，头上已经被方辉用盛汤勺子打起了两个大包，疼得她满眼的泪水，但仗着有妈妈和奶奶，也并不示弱，睁圆了眼睛，激动地满脸通红，挺着脖子作革命志士样：

"你想吓唬人？！笑话！士可杀不可辱，怕你？怕你还算人吗？"

"你有种？你有种就过来呀！"说着又往前扑去。李伟玉疯了似的狠抓住方辉的手，冲着方蓉厉声叫道：

"还不闭嘴！赶快走！"

方蓉脚下却像生了根，一副大义凛然宁死不屈的派头。方辉手里挥着菜刀，眼里布满血丝，脑袋上青筋直暴。方辉虽然是个浑人，也和兄弟姐妹们动手打打架，尤其是近一两年，忽然窜了个儿，动手的时候更多了些，但敢抄菜刀却是头一次，而且如果不是有人拉着，真不知道会有什么后果。

陈辛吾在一旁看得震骇万分，气得血冲印堂，头皮都乍起来了。真正让他震骇的还不是方辉手里的那把菜刀，而是方辉那完全失去理智的冲动样子。儿子的狂暴激怒了他，浑身着了火一样燥热，他用从未有过的震耳欲聋的声音大吼一声：

"你这是干什么！土匪？！"

这一声怒吼不仅吓了大家一跳，也吓了陈辛吾自己一跳。趁着方辉一愣神，李伟玉和奶奶一块拼命把刀夺了下来。奶奶大叫着："王师傅，收起你的家伙！"

王师傅吓得哆哆嗦嗦地接过刀来，嘴里念叨着：

"哪里想到会抄家伙……这孩子……吓死人了……"

方辉手上没了凶器，李伟玉才松了口气，骂道：

"什么事就急成这样，问问都不行！"

原来，陈辛吾离开饭厅之后，李伟玉便问方蓉，今天爸爸怎么了？是方辉出什么事了？方蓉说方辉跟着院里一帮孩子胡折腾，抄家打人，李伟玉问都是跟着谁跑，方蓉说好像有学校的，也有大院里的，还有金……话还没说完，方辉就急了，跳起来骂方蓉，说她小人告恶状，质问方蓉，什么叫抄家打人？！那是破四旧，斗地主资本家！方蓉也不示弱，俩人吵了起来，越吵越急，方辉耍起混来。

见方辉被陈辛吾弹压住了，奶奶才开始数落方辉：

"你才多大？胆子也太大了，知道不知道杀人要偿命的？"

方辉并不服气，虽不敢再大闹了，但仍然歪着脖子，嘴里还在嘟囔：

"她净告黑状，胡编乱造，诬赖好人，坑害忠良……"方辉嘴里出来的"忠良"让人一愣，方平忍俊不禁：

"忠良？嘿嘿嘿，忠良？"经方平一点，才让人觉出好笑，方敏

229

捂着嘴忍着笑，连方蓉的怒气似乎也消了，"还有他这样的忠良？屎壳郎爬铁轨上，冒充大铆钉。"

大人只听得懂前半句，但李伟玉还是最先撑不住了跟着孩子们笑，紧接着瞟了一眼丈夫，见陈辛吾依然黑着脸，一言不发，觉出自己的不合时宜，便骂：

"哪儿来的那么多废话，还不赶紧离开这儿。都走吧，走吧。"

方平缩缩脖子，先溜了出去，小声嘟囔着，"以为忠良那么好当的？那样的话，都成了忠良了。"方敏紧跟在他身后。直到方辉也拧着脖子被轰出了饭厅，李伟玉转头对丈夫说，"没事了，没事了，咱们也别在这儿待着了，王师傅你也回家吧。"

李伟玉赶紧遣散了大家，奶奶一个人留下收拾桌子，陈辛吾被妻子拉回了房间里。

"你怎么还能笑得出来？！"只剩两个人的时候，陈辛吾责备妻子，"你看不出来这孩子现在有多么危险？！碰上现在这个局面，他又正是青春期，搞不好就要出事情的。"

"我怎么不知道危险，可是我们又不能不上班，每天在家看着他们，我们怎么能管得了？"李伟玉其实也是一身冷汗。

陈辛吾沉吟了一下，说：

"你去给每个人的房间都安把锁，嘱咐孩子们睡觉时候要锁门。"

李伟玉心里一沉，当然明白丈夫这话暗示着什么，虽然她并不认为儿子有这么可怕，但是，回想起刚才方辉的疯狂样子，变得后怕起来：

"简直太可怕了，什么时候变成这样了？简直不可理喻！这孩子以后怎么办？"

"怎么办？现在抓紧也许还来得及，再不抓，将来哭都哭不出来。可惜我们都太忙了。"陈辛吾的话其实是有所指的，是暗含着对李伟玉的不满。李伟玉当然听出来了，但有意不接下茬，不给丈夫翻旧帐的机会，转了话头：

"幸好方平还小，脾气也好，否则，可真是够麻烦的。"

"没有一个孩子是省心的，不过是没到时候罢了。"

李伟玉见陈辛吾还气哼哼的，便借口说方平说也要出去串联，她去看看，来到楼上方平屋里，见没人，又拐上了阳台。

陈辛吾家的房子有前后两个阳台。一个在方蓉和方菲的房间外面，不很大，向阳冲着院子；另一个非常阔大，是厨房和饭厅的房顶。阳台门在走廊的尽头，与两个男孩子的房门毗邻。

李伟玉推开阳台门，一片血红的残阳用锐利的光剑直刺她的双目，天空被映得瑰丽、辉煌，连绵的树影在这片光亮的下方拉出了一道起伏动荡的脊梁，线将光明与黑暗截然分成了两大块。深沉的黑暗静寂地潜伏着，往四周蔓延着，丝毫不为耀眼的上半部所动。

李伟玉用手搭在额上，竭力想要在黑暗中看清楚，但，她一上阳台最先看见的是上半部的那一片灿烂，阳光已经刺伤了她的眼，使她在黑暗中再也无法看见任何东西，只好瞎子一样地做出看的样子，但又什么都看不见，嘴里无助地叫着方平。

方平此时就在她眼前，就蹲在几步远的角落里喂鸽子。见妈妈视而不见地瞎叫，方平乐了，猫着腰，等妈妈往前走了两的步，一跃而起，从后面拦腰将她抱住，吓了李伟玉一跳。李伟玉笑着骂道：

"傻孩子！把妈妈吓出心脏病来了！"李伟玉回手拉住了方平，终于恢复了视力，看着小儿子白团团的脸蛋，怜惜地说："就知道玩这些没用的，看你长大了去当饲养员？"

方平挣脱了手臂，妈妈的柔情流露让他变得羞涩起来，假装硬气地说：

"我也要当科学家，也要当工程师，才不当饲养员呢！也别想让我去唱歌。"

李伟玉笑了，一脸的灿烂。

方平的出生虽然没有带着对方辉那样的期盼，长大一点儿也没看出有什么大出息，但李伟玉说不上来为什么就是对他怀着一份特殊的心疼和喜爱。她把钱给了方平，又特地简单问了问都是和谁一块出去，但被方平很快撵下了楼，说她一来，鸽子都跑了，影响它们吃晚饭。

这群鸽子是方平一个同学家的，因为他家被抄，寄养在方平这里。方平做这件事几乎没人赞成，方菲说鸽子粪臭，弄得人都没法儿上阳台来享受阳光和微风了，讨厌；方蓉说那是纨绔子弟，玩物丧志没出息，也不待见这些鸽子；方辉倒是蛮有兴趣，说他一个哥们儿也养鸽子，来过一次，跟他说了好几回想要那对儿灰色的鸽子。方平急了，说那不是自己的，不能给。最后要跟方辉玩儿命，事情才作罢。

刚开始，方平也只是尽义务，上来给鸽子打扫打扫笼子，喂喂食，换换水，放放飞。没想到，几天之后他发现这些小动物竟那么动人怜爱。当他把一把一把的碎玉米粒撒出去，这些鸽子仿佛表示感谢似的便咕咕叫着，围着他脚下转着啄食。他们有的吃着吃着会停下来，偏起头，歪着眼睛看一眼方平，好像在和新主人说话。有的大胆些的会飞上他的肩膀，或者直接跳到他的手心里来啄食，似乎它们从来就认识这个新主人一样。方平被他们的样子感动了，常常也拿它们当人看，冲它们笑一笑，努努嘴，轻声说，"吃吧，吃吧"，就像是在逗孩子。

方平尤其喜欢看它们飞。鸽群一上了天，他眼里便只剩下一片开阔、空旷、深远的蓝天。那天空蓝得似一泓无底的湖水，鸽子呼啦啦地一头扎进去，迅速地变小，眼看就要消失在树梢后面，一眨眼，又唿哨着冲回来，从头顶飞越，再远去。看得迷了，方平便闭上眼，在模模糊糊的一片光亮中，耳边响着忽远忽近的鸽哨声，脸上只有阳光一片，微风一缕。恍惚中，他常有种飞升的幻觉，这幻觉是如此逼真，他不仅能感觉到飞行的速度，俯冲时心头的压迫，升腾时双臂的用力，而且还有滑翔时悬空的漂浮感。心好像失去了主宰，软绵绵地向天空深处、白云后面滑去。这种感觉不仅白天在阳台上会有，偶尔夜里梦中也会有，醒来之后一整天都会有种奇怪的兴奋和轻松的感觉。他因此心里生出一个奇怪的念头，也许自己真的能飞？或者他上辈子真的就是一只飞鸟？如果有一天他真的飞起来，他一点儿也不会感到奇怪，因为他觉得自己已经飞了那么多了，他甚至觉得已经飞累了，需要安安静静地休息休息了。他拉过来一把小凳子坐下来，看着这些可爱的动物，忘记了一切。

　　一家人只有方敏偶尔来和哥哥做伴儿。方敏上来的时候，方平正望着这群鸽子出神。方敏刚悄悄叫了一声"哥哥"，方平就冲她竖起一根手指头，"嘘"，神神秘秘地微笑着，对妹妹指着面前的一对雪白雪白的鸽子轻声说：

　　"看见没有？这是一对儿，多漂亮，瞧，它们还亲嘴儿呢。"声音亲昵、温存、充满了欣喜。方敏顺着指点看去，惊奇地问：

　　"真的吗？他们真的是一对儿吗？"

　　"是真的，我不骗你，鸽子和鸽子互相认得。有一次，我把他们拆开了，和别的鸽子配对儿，它们不干，乱啄。瞧，它们飞上天了也在一起。"

　　"多有意思，真的像人一样呢。"方敏仰起小脸来看，一双大眼睛里充满了好奇。

　　"有时候它们比人可聪明，你瞧，它们还互相梳理羽毛，"方平温柔、亲爱的看着他的鸽子，喃喃地仿佛是自言自语地说，"它们可从来不打架，可温和了。你喜欢他们吗？"

　　"喜欢极了，"忽然又有所动地补了一句，"刚才真吓死我了，方平哥哥，你说他会真的杀人吗？"方敏眼睛里还留着恐惧。

　　方敏是这个家里唯一把方平叫哥哥的人，也是唯一常常求助于他的人，只有在她面前，方平才感觉自己是个男子汉。

　　"别怕，有我呢。"

　　方平的目光没离开鸽子，平静而又自信地说。

　　方敏点点头，往小哥哥身边凑了凑，忘起了恐惧，也津津有味地跟着方平看鸽子吃食。

　　阳台上除了鸽子咕咕的叫声，一片宁静，仿佛一切纷争都是在脚下的什么地方发生的，在这里，他们是可以与世隔绝的。

三十八

王师傅在陈辛吾家工作了快十年，忽然冒出了个爷爷，一家人只当是新闻。只有陈辛吾心里明白王师傅要在这个时候回家探亲的真正原因。王师傅低着头，用手揉搓着雪白的厨师帽，不安地说：

"其实，是一个堂房爷爷没了，……我说不去……非说有遗产，几间破房……"

"你去吧，我知道，快去快回。"陈辛吾嘴上说。王师傅也嘴上答应："当然，当然。"完成了一件艰巨任务似的松了口气。

机关里已经贴满了本机关本系统各造反派组织贴出的大字报，尽管陈辛吾的大字报并不太多，也没有提出什么实质性的问题，但王师傅所在的行政处里大部分工友都起来造反了，有的控诉部长夫人们如何虐待工作人员，有的控诉部长们当官做老爷，都的还揭露隐私……王师傅周围的人都劝他起来闹革命。王师傅前思后想，才想出了这么个两全其美的办法。

王师傅一走，奶奶还向团似的冲进了厨房，清点其实早已心里有数的那点儿"财产"。为了庆贺自己的大权在握，全家结结实实地吃了三天正宗川菜。吃的时候都夸，奶奶做的饭就是好吃。可没过几天都开始抱怨，孩子们说拉屎烧屁股眼儿。奶奶也抱怨，说越有钱越小气，真真巧妇难为无米之炊。尤其让李伟玉恼火的是，奶奶说这话是不分对象的，买菜碰上邻居何部长的老丈母娘说，出门路遇传达室的老太太也说，就差没上机关去贴大字报说了。气得李伟玉冲她发脾气，都什么时候了，什么事都不懂，瞎吵吵。奶奶并不示弱：

"什么时候？什么时候也得吃饭，吃饭舍不得花钱怎么办？"

"不是给你钱了吗？"

"那么几个钱？王师傅做饭时，我可知道给多少钱……"

李伟玉气得直倒气：

"我的祖宗，那是什么时候，你又不识字，没看见人家大院儿里贴大字报说我们家大吃大喝？点名点姓地批判我们。"见奶奶傻了眼，又接着数落，"一点儿政治头脑也没有，就知道鼻子尖低下这点儿事……"

奶奶还是不服气，一边按照没钱的吃法儿，做四川泡菜，辣子炒酸豆角，炒包谷辣子，用一点点肉做出一碗肉臊子，吃四川凉面……一边还在说自己的理。

方菲串联回家的时候，正是家务事一团乱着，进门先被奶奶的叨叨烦了个够，晚上妈妈回家又被劈头盖脸地一顿臭训：

"我这个家就是旅馆，就是饭馆，一来一去也得跟伙计打个招呼啊，怎么说来就来，说走就走，这还是不是你的家，我还是不是你的妈妈？"，"这么大孩子了，一点儿都不懂事。干脆死在外面，别回来了，简直都玩野了！"李伟玉连衣服都没换，手里还提着包，站在门厅里就训斥上了。

方菲在外面待久了，见得多了，心也乱了，想不通的事情也越来越多，本来是带了满脑子的问号回的家，可妈妈连一句她在外面看见了什么，听到了什么，想到了什么的话都不问，就抓住一些陈芝麻烂谷子的家庭琐事说个不停，闹得她又憋气又烦闷，暗暗后悔真不该回来，应该继续在外面串联。她不耐烦地顶了一句：

"怎么没打招呼？走的时候不是告诉你了吗？"心里暗想怎么她回家了，今天不是周末啊，爸爸呢？爸爸为什么没回来？

"那回来呢？什么时候回来？这么长时间你写过信吗？"

"我又没什么事，写信干嘛？"

"没事就不写信？怎么那么没心没肺的，难道就不知道家里人担心？现在外面这么乱。万一出点儿事情怎么办！？"

"一个女孩子家，胆大包天得哪儿都敢去，将来还了得？"奶奶伸过头来帮腔。

看着妈妈脸红脖子粗地叫喊和奶奶的狐假虎威，不耐烦之中，方菲突然明白了她们是担心。这让她先是差点笑出来，会出事？！想什么呢！她能出什么事？但武汉被追的一幕突然出现在脑海里，不笑了。继而便感到非常吃惊，她丝毫没有想到自己这个从不"不受待见的人"竟然会被人惦记着，更没想到自己的行为是"没心没肺"。这场好骂使她有生以来竟然第一次有了回家的感觉。

见方菲不吭气了，李伟玉便不再多说。只有奶奶自打做饭掌了权，似乎事事都跟着涨了行市，不依不饶还不停嘴，只是话说说就又离了谱了，什么"我们过去这么大的姑娘都大门不出二门不迈，现在的女子，了了，一跑跑到几千里地外去。""胆子也太大了，就不怕被野男人……"李伟玉还没来得及制止，方菲到先忍不住笑了起来：

"一天到晚就你老惦记着野男人。告诉你，你们南方的野男人还没我一半高，一巴掌就能扇南头儿去，还不知道谁拐谁呢。少拿你那一套封资修的东西来毒害青少年。"

这趟出门方菲可长了见识，压根就没把南方那些只及自己的腰眼高的瘦小寡黄的男人放在眼里，当然，人家也拿她当怪物看，回家再看见矮小的奶奶，越觉得有趣。

"我怎么就成了'疯子修'？我哪里就敢毒害你？你不在家，没见哪一个被毒死了。"奶奶被方菲给她戴的那顶帽子吓了一跳，气愤地问。气得李伟玉笑起来，骂：

"明明大字不识，还偏偏爱赶时髦。"

方敏告诉奶奶："不是真的用毒药，是用思想。是说你话说的不对。"

奶奶知道又闹了笑话，不再辩解，但心里却系了个疙瘩。因为近些日子，她出门买菜，碰到一些家庭妇女，好像从她们嘴里也听见过这个词。

过了几天，吃过晚饭，饭厅里只剩下方菲在"数米粒"，奶奶又坐在方菲身边，收拾这桌子，小心翼翼地问方菲，'疯子修'到底是什么意思。方菲差点儿把嘴里的饭喷出去，刚想编派奶奶，李伟玉忽然进来对奶奶说：

"方菲吃完让她收拾桌子吧，你来我跟你说句话。"

奶奶睁圆了眼睛，被李伟玉的一脸严肃显然吓着了，紧张地问：

"做么事？有么事？"

"一句两句说不清，你放下东西，这里有方菲。"

"那二小姐懒脱了，收拾桌子她还怕跛了手。我耳不聋，什么话这里讲不得？"她不相信有什么事比收拾桌子更重要。

李伟玉见奶奶不走，有点儿起急，脱口说道：

"懒？她能躲一辈子懒？你不在了，她不干谁干？这么大姑娘了，比我都高了，得好好锻炼锻炼……"

方菲一听不干了，急了："哎哎……这儿有我事儿没我事儿，怎么一说话就把我拉上，我怎么懒了？"

"说你懒还冤枉你了？你看看全家有你一个这么懒的没有？"

"谁比我干活儿多了？是方辉、方平还是方敏？"

"亏你好意思比？你不是姐姐吗？那男孩子能干什么家务？你还和方敏比，干脆你当妹妹吧。"李伟玉只顾和女儿吵，差点忘了自己到底是来干什么的了。奶奶冷不丁插了进来：

"怎么我就不在了？这是在咒我呢还是撵我呢？"

一句话问得李伟玉醒过神来，明白自己失言了，直愣愣地看着奶奶，欲言又止，半天，才叹了口气：

"这死丫头搅得我头都昏了。去吧，好孩子，我和奶奶在这儿说会儿话，你先出去吧。"

一见妈妈这样，方菲反而泄了气，知道事情非同小可，放下碗，赶紧一溜烟上楼去打听到底出了什么事。不一会儿，方蓉和方辉就跟在方菲后面又回到了饭厅门口。门虚掩着，只听奶奶正一把鼻涕一把泪地哭诉：

"……好呀，这会儿嫌我不中用了，我真是'伍子胥的忠义之心，无人赏识。'撵我老婆子走，茅房里拾的帕子，好意思开口。你男人口口声声要养我一辈子荣华，了了，一场空。你让我回老家去投靠哪一个？知道我孤寡人家，无依无靠，早知今日，当年就另作打算了……"说着说着，扑通一声跪在了李伟玉面前，双手作揖：

"行行好吧，就算放我一条生路，看在我拉扯大几个孩子的分上，我没有功劳也有苦劳，不看僧面看佛面……就算我求你啦，你高抬贵手，给你烧高香了……"越说越不像话了，李伟玉急得直跺脚：

"嗨，你老人家怎么还这么糊涂，不是告诉你了？不是我让你走，是红卫兵……"边说边拉奶奶。奶奶赖在地上不起来，还在作揖：

"你们是大干部，找红卫兵说说，他们会答应的。"

站在门口的几个孩子这才明白，破四旧，已经破到自己家里来了。方蓉见奶奶不讲理，一把推门进去，拉着奶奶起来，说：

"奶奶，又不是妈妈让你走，是居委会下的通知，街上到处在轰'黑五类'，打死打伤了多少？！你赖着不走，万一出了事谁负责任？"

"好！好！我的大小姐，我晓得你和你妈一个鼻子眼儿出气，……"

"奶奶，这是真的，你可别等出了事说我们没告诉你。"方菲挤上前去作证明。奶奶一看人多，便对着方菲撒起赖来：

"你妈说是红卫兵，你们说是街道。是居委会，我找他们评理去，我怎么就是黑的，嫁到婆家不到一年，男人就死了。你爸爸出来革命，我也在你们家革了十几年的命，就不算了吗？找红卫兵，我就找你，你不是也是红卫兵吗？"一骨碌从地上爬了起来，扯住方菲不放，"婆婆家有几亩薄田，我却一天地主也没做过，在家里侍候婆婆。婆婆好生利害，一不顺心，就不把饭吃，我还要纺纱织布养活自己，哪里有一天好日子过，眼泪流了几大缸，有谁知道！现在就成了地主？谁来为我作主，你红卫兵也要讲道理……"

方菲一向并不怕奶奶，可今天奶奶疯了似的又哭又骂，一时也有些慌了，听到奶奶最后一句话终于抓住了小辫子，赶紧打断奶奶：

"奶奶，你说话可要小心，攻击红卫兵，不怕将来跟你算总账？"

趁奶奶还没明白过来，赶紧溜了，李伟玉也边退边留了一句话："这样吧，等老陈回来，你自己跟他说去。"

饭厅里已经只剩下她自己孤身一人了，但这也并不能使她停住嘴：

"找他？找他有什么用？他还不是都听你的！"见人都走光了，放大了声音接着数落，"大侄子本来是最孝顺的孩子，都是有了你这个狐狸精，他还那儿能听我的？……"边说边伤心，眼泪顺着苍老的脸往下流，"……从做姑娘起就没有穿过金戴过银，到了婆婆家，每天纺纱织布，从没见过一分钱，到了这里，连保姆都不如，没有工资，怎么又成了黑五类，我才是无产阶级呢，……你革命成了功，我王宝钏等薛平贵似的哭等着，本应当戴凤冠霞帔，立个贞节牌坊，了了，老了老了，一场空……"

愤愤不平之气使得奶奶有说不完的话，洗碗的时候在说，扫地的时候在说，洗脸、洗脚、铺被子的时候在说，睡前坐在床上又说了半个多钟头，方敏就在她的唠叨声中安然入睡了，连梦中奶奶的嘴唇都在蠕动，仿佛仍在诉说不平之意。

三十九

倒下，并不是在一瞬间一次完成的，而是一片一片、一块一块、一堆一堆然后是一大批一大批地倒下。

每天都听说有新的人倒下，就连宣布别人完蛋的人自己也在莫名其妙地倒下，如果说穿绿军装和蓝制服是服装时尚的话，那么，倒下就是政治时尚了。

被点名是最上等的倒下，因为只有够了级别，或者有了知名度，是个人物了，才会被点到名。成千上万的人都是由于他的上级倒下了，他就不攻自破地跟着成了千万张随之倒下的多米诺骨牌中的一张，默默地倒下了。因此，什么人倒了或者被点名了，已经变成了每天都会听到的新闻。被点名的人地位越高，或者和自己越有关系，不论是曾经还是目前，也不论是熟人、同事、上下级、还是朋友，便越引起注意。人们即震惊，又害怕，同时又异常平静地接受着所有这些不幸的消息。所以，听说有谁倒了，已经没人大惊小怪了。

这天，当陈辛吾一家人围坐在饭桌前，准备吃饭时，方辉和方平满脸通红地冲进饭厅，方辉大口地喘着粗气，结结巴巴地抢先说，"张川柏……张川柏……完了……"。

看着方辉大家都有些莫名其妙。张川柏在六七个副部长中虽然排最后，但却资格最老，就住在另外一座小楼里。文革开始没多久不知怎么搞出了一个"特嫌"，早就被停职反省了。他的大字报也已经过了季，现在站在风口浪尖上的热批对象并不是他。方蓉瞪了他们一眼，嫌他们故弄玄虚。奶奶则一连几声地叫着"先洗手，先洗手。洗了手才吃饭。"

方平趁方辉喘气的功夫赶紧说：

"说是被从中苏边界抓回来的，刚才被拉到外面去游街，是他们

240

家老二和小四子还有学校的造反派，拉出去的……"

低头吃饭的陈辛吾停住了筷子，李伟玉嘴张得老大，一块冬瓜烫得她合不上嘴。时间在这一刹停顿了，半天没人作声。

被打倒并不惊人，惊人的是他竟敢往苏修跑，投敌叛国，多么可怕的罪名啊。令人震惊的也不是游街挨斗，而是由他自己的孩子挑头儿干这事儿。

陈辛吾的脸色阴沉得如同憋了三天雨的乌云。方平端起饭碗，看了爸爸一眼，没敢再开口。方辉依旧是谁都不看，塞了一嘴的饭，继续自己的发布会：

"这张川柏还真有稀的，听说是一个人带了杆猎枪，一点儿干粮，愣敢去闯两狼山口，要往苏修跑，投敌叛国。都到了后山了，才被当地红卫兵发现了。他可真够反动的，竟敢投敌叛国，往苏修跑……"

"张川柏家的孩子平时看着挺老实的……真想不到。"方蓉打断了方辉的话，感叹说。方平小声告诉姐姐：

"街道一看他们家自己孩子闹革命了，就把张奶奶也拉出去跟着陪斗……"

这句话还没落地，奶奶急着就问："什么……什么是陪斗？"

"真笨，这都不知道，陪斗就是陪着张川柏挨斗呗。"方辉呲嗒奶奶说。

"为么个？张老太太不是地主出身。"奶奶还问。

"你真没脑子，她不是地主婆，可是叛徒的妈，这有什么奇怪的？"方辉自以为聪明地说。

"简直太他妈混蛋了！"方菲终于忍耐不住，骂了起来。李伟玉吓了一跳，扭头看看丈夫，但陈辛吾却好似对所有的吵闹都没听见一样继续吃饭。方辉竖起眉毛问：

"你骂谁呢？"

"街道！一群势利小人！"

"他们自家的小孩儿也够没人味儿的。"方平说。

"人之初性本恶，为了保自己干缺德事儿他们又不是首创。"

　　孩子们炸了窝似的你一言我一语地吵起来，方蓉坚信人有好坏之分；方辉说好坏还不都由着人说；方平说人和动物一样，有夜猫子那样不认娘的，也有……，他本想说鸳鸯鸟，可又害羞地顿住了。

　　奶奶看陈辛吾竟然一声不吭，由着孩子们闹，看不下去了，叫了起来：

　　"食不言寝不语，吃过饭再辩论。"

　　陈辛吾仍然没有任何表示，在一片毫无顾忌地吵闹声中匆匆扒完了碗里的饭，放下碗，出了饭厅。

　　见父亲走了，吃了一半饭的方菲紧跟着也放下了碗，飞奔了出去，方敏跟在后面也往外跑，一边大叫着"等等我"。

　　听说游街的队伍已经出了大门，方菲刚跑到大门外，迎头看见一小队人往大院里走，为首的张川柏脖子上挂着一块大牌子，上面写着"打倒特务、叛徒、走资派张川柏"。"张川柏"三个字用红笔打上了叉子。跟在张川柏后面的一群人挥着拳头还在喊口号，但显然已经进入尾声。只有几个小一点儿的孩子仍紧跟在张川柏身后，不知轻重地还在用皮带抽打着。

　　张川柏被一根细绳子拖着，脚步踉踉跄跄的，勉强往前挪动着脚步，一绺白发搭在脑前。

　　方菲两脚钉在地上了一般再也挪不动步子了。平日那么气宇轩昂的一个老人忽然变得肮脏破烂，全身汗湿混着血迹，令人惨不忍睹。眼看队伍就到了跟前，方菲立刻认出领着喊口号的是张家的老三，一个女大学生，跟在后面混在队伍还有两个男孩。他们面色苍白，似乎比其他人更严肃，更认真，也更显得革命。张川柏抬了一下头，用毫无生气的目光扫了一眼方菲。方菲明明知道他也许什么也没看见，什么人也认不出来了，但就那么一瞬，就是这木然的一瞥，使方菲刚才还浑身冒着泡嘶嘶作响的沸腾的血液立刻冻住了，冷得她浑身打抖。

　　方菲不是没见过游街、批斗会，也不是没见过流血，这样的事情不论是在大街上，还是在学校里，或者任何有打架、武斗的地方，随时都有可能发生，哪怕坐在飞驰在大马路上的公共汽车里，都有可能瞥见人行道上从车窗前一闪而过的斗殴。尽管每一次看见血，看见有人被打得满地打滚或者头破血流，她都会不由得浑身战栗，但这一次的战栗，却让她感觉一直冷进了骨头缝里，牙齿咬得咔咔作响。

眼看着这一群人从眼前走了过去，方菲才终于缓了过来，又浑身燥热。她绕了一个大圈子往家飞奔，一路上眼泪不由自主地直往外冒，后悔不该跑出来看热闹。

但就在她快要到家门口的时候，却又和刚要散去的那群人碰上了，张川柏已经不在其中了。方菲她自己都不知道哪儿来的勇气，牙齿打着架，攥着冰凉的拳头忽然举起胳膊哆嗦着喊了一句：

"要文斗，不要武斗！"

这一嗓子先是吓了她自己一跳，因为那声音是那么颤抖、尖细、可怜。紧接着也吓了别人一跳，大家都愣住了。一个外院的不认识芳菲的十三四岁的男孩子先骂了起来：

"你丫的是保皇派，你他妈的也想挨斗？！"呼啦啦一下子上来把方菲团团地围在了中间。

血液又冲上了头部，流回了四肢，在全身沸腾。眼看着几个横眉立目的比自己高半头的男生气势汹汹地围过来，方菲有点儿慌了神儿，不知道他们想干什么。但另外几个人显然是本大院的孩子，认识方菲，把她严严实实地围在了中间，辩论开始了：

"革命不是请客吃饭……"

"矫枉必须过正……"

"枪杆子里面出政权……"

"一个阶级推翻另一个阶级……"

七八张嘴，五六条语录，一个观点一起冲向方菲。方菲毫不示弱地坚持：

"武斗只能触及皮毛，文斗才能触及思想……"

"你到底站在谁的立场上说话？是甘当历史的罪人，为叛徒特务鸣冤叫屈还是站在人民一边……"

"我举双手赞成文化革命，而且一定要把文化革命进行到底。但我坚决反对武斗。"

"我们是文攻武卫。"

"你们是自欺欺人,三大纪律八项注意,解放军还优待俘虏呢。"

一场"以子之矛陷子之盾"的毛主席语录大战,越吵越热闹。正在方菲寡不敌众的时候,只见方敏领着哥哥姐姐们飞奔而来,见都是大院里的孩子,还有几个是方辉跟着金昌盛刚认识的没多久的,躲在后面的方辉赶紧上去打招呼,给方菲解围。方菲边战边退,临走还放下一句话,"历史将为我们作出公正的裁决。"

男孩子们说,你姐够辣的。方辉笑笑,说,我们家的"常有理"和"惹不起",利害着呢。没事儿你们和她瞎贫什么嘴,我在家都不和她废话。

"你姐可比你精神多了。"

一个叫董太行高个儿皮肤微黑的青年说,他是院儿里这帮人的头儿,金昌盛的铁哥们儿,说:

"多废话,她是女的。"

一个小个儿尖脸人称"坏小子安三儿"的男孩子,也过来斜了一眼方辉,说:

"哥们儿,你这条武装带挺不错的,怎么样,借哥们儿戴几天?"

安三儿虽是这帮人里最不起眼儿的,却最狠,最手辣,方辉也早有耳闻,一听这话,赶紧自己就解了武装带,递给安三儿说:

"一条皮带,喜欢就给你。"

"够意思,"安三儿一推,"逗你玩儿呢。"

"怎么你们也跟着斗张川柏?"方辉问,因为这伙人本来只上院儿外破四旧。

"跟着瞎起起哄,本来没想管这事儿……"董太行轻描淡写地说,"丫安三儿说张川柏家特有货,去了一瞧,早他妈被人抄没了。走,上我们家待会儿去。"

方辉乐不颠儿地就跟着走,仿佛得了奖赏似的高兴。方平跟在方辉后边也要去,方辉不耐烦地哄:

"去去,去去,没你小孩儿什么事,回家去。"

方平一气之下，扭头要走，说："我还不爱理你们呢，有什么可臭美的？"

一看方平生气了，方辉拉了一把弟弟，神神秘秘地小声说：

"别生气，我和他们不熟，下次，下次一定带你玩儿。"

方平假装不介意地哼哼道："你丫就给人舔屁眼儿吧。"高高兴兴地走了。

方菲进了家门热血仍然未从两颊退下去，脑袋里嗡嗡作响，心脏通通地撞着肋骨。大门被她撞得哐当一声巨响，她头也不回地就往楼上冲。

陈辛吾早就等在客厅里，一看是方菲，叫住了她，问：出什么事了？

"没什么。"方菲应付了一句，放缓了脚步。

"没什么使那么大劲摔门。"陈辛吾招手说，"你来，你来。"

方菲只好强压着内心的激动，进了客厅。

"出什么事了？到底怎么回事？"

陈辛吾知道一定有什么事情，坐在沙发上尽力维持着表面的平静。

方菲也竭力平静地说："其实也没什么，方辉他们已经说过了，……"

"那你为什么那么不冷静？"

"我……我只是……我没不冷静。我只是不能理解，老说百分之九十五的干部是好的，可这百分十九十五在哪儿？如果都是资产阶级当权派，那谁是无产阶级当权派？"方菲说着说着口气激烈起来，"有些人长期当官做老爷是得批批，是得反对资产阶级法权，可是为什么要打？为什么要把人往死里打？地质部的何长工就在批斗大会上被矿院的造反派当场打死，他们用皮带抽，用大皮鞋踢……张川柏也许就是反动派，就是叛徒，也许够得上枪毙，即便如此，也轮不上这帮人来动手……"方菲再也不能假装平静，热泪盈眶地越说越快，嗓门儿越来越高，言词也更加激烈，"难道谁好谁坏就全凭一两个人的一两句话？别人都是坏的，就他们自己是好的？别人都是右派，就他们自己是左派……"

方菲的话前半截也是陈辛吾自己也在思考的问题，只不过他不敢说出来，但后半截却让他根本不敢去想。干部子弟真是胆大包天什么都敢想，什么都敢说，真是不知天高地厚，以为老子天下第一，这样会闯祸的！真出了事，谁都跑不了。陈辛吾紧张地想要阻止女儿继续说下去，但方菲却越说越激动，终于说出了那几个在陈辛吾看来是非常忌讳的字眼儿：

"除了中央文革自己是左派，百分之九十五都成了右派了……"

陈辛吾终于抬高了嗓门儿，喊了一嗓子：

"你怎么能这么看问题？这是毛主席亲自发动的文化革命，怎么能这么看？"

"毛主席发动的文化革命就能随随便便打死人？用那种残酷的手段？用大皮鞋踢，用带铜头的皮带抽？用细铁丝挂个大牌子勒？张川柏……"方菲哽咽着说不下去了。

陈辛吾对女儿的眼泪和感情冲动反感之极，她怎么敢随随便便就批评中央文革？她难道不懂这是犯忌的吗？传出去足以给一家子都定罪！恐惧、震惊和忧虑在他心里塞得满满的，但在无法否认的事实面前又他说不出什么可以服人的话来，束手无策的尴尬使得他终于失去了一向的理智，尖酸刻薄地愤然问道：

"你哭什么？他是你什么人，你有什么好哭的？"

方菲果然停止了哭泣，睁大眼睛，看着父亲，像看陌生人一样，一时还不明白是怎么回事，难道非得有什么关系才能抱不平吗？

陈辛吾紧接着痛心疾首地说：

"不要这么冲动，缺乏理性，这么大的运动难免出现这样那样的问题，要相信党的政策，相信毛主席……"

方菲不说话了，但眼泪却止不住地顺着面颊往下流，简直不相信父亲竟然能说出那么冷酷无情的话。对父亲的好言相劝，她只是固执地保持着沉默，用敌意的目光看着父亲。陈辛吾再次被激怒了，恶狠狠地叫了起来：

"你不要这样看着我！等爸爸挨斗、挨打你再哭也来得及。"

这是方菲有生以来听见从父亲嘴里出来的最不可思议，最尖酸刻薄的话。她捂着耳朵，咬紧牙关不让自己哭出来，低头冲出客厅，跑上楼，关上门，蜷缩在床上，为了忍住不哭而浑身哆嗦着。她发誓赌咒地对自己狠狠地说，"不！我不会再哭了，即使是斗你，我也不再哭！"但终于，泪水还是止不住地洗脸一样流下来。

楼下，陈辛吾也气得浑身发抖，颓然倒在沙发上，痛心疾首地对早就进来站在一旁的妻子说：

"一个二个都这么偏激，冲动，缺乏理智。我不明白这是为什么，为什么就不能冷静些。现在是什么时候了？再不长长头脑，会坏大事的……"再向周围扫一眼，见方蓉也在一旁，话锋一转冲着她就去了，"你是老大，已经成人了，懂吗？要劝劝弟弟妹妹，该懂事了。不能再给爸爸妈妈添麻烦了，干部子弟，说话是有影响的，搞不好会出大事……"

陈辛吾虽然嘴里数落着方蓉，但却解不了气，因为他心里最想说却又最不能说的人不是别人，而是妻子李伟玉。就是她把孩子们一个二个惯得如此张狂，如此没样儿，如此不知天高地厚。

李伟玉平时虽然总要占上风头儿，但只要陈辛吾真的生了气，便会小心翼翼站在一旁不多话，毕恭毕敬地让人心生怜悯，使得陈辛吾没法儿再说什么。他无可奈何地挥挥手，方蓉跟在妈妈身后赶紧退了出去。

陈辛吾非常担心，任凭他怎样小心谨慎，厄运还会落到头上。

四十

陈辛吾虽然已经有了思想准备，对方辉和方菲的行踪格外注意，但没想到最先给他找麻烦的竟是一向老实规矩的方平，虽然麻烦不算大，但却让他吃了一惊。

由于张川柏最近成了部里运动的主攻目标，陈辛吾在单位里相对的压力小多了。他平日的谨言慎行也得到了回报，满院子的大字报数他的少。

最近，报纸上天天登着要革命干部站出来，"亮相""表态"，"支持革命派"，所以，陈辛吾现在只是机关里的几只战斗队轮番重点"帮助"的对象，并不是批斗对象，各派都在逼迫他"表态"，都要他承认自己是革命派。

部里已经有几个中高级干部已经响应号召，贴出自己的大字报，明确表示支持一派。陈辛吾也在犹豫，要不要像他们一样亮明观点。但几天下来，被各派的头头轮番轰炸了一遍，才发现不论支持哪派都一定会得罪另一派，且不说到底哪派更革命很难判断。

一白天，他谨言慎行地疲于应付，下班回了家，已是筋疲力尽。进门虽然看出妻子已经到家了，但他并不急于见到她，而是进了客厅，仰坐在客厅里的沙发上，想一个人安静安静，好好理一理一脑子的乱麻。

现在历史问题看来是重中之重，想到这里，他头皮有些发麻，虽然知道自己并没有什么可怕的，那件事已经有了结论，但张川柏的事情不是一样都曾作过结论吗？

他连水还没来得及喝一口，就听见大门外乱哄哄的，紧接着高声地叫越来越近，声音也越来越清晰：

"……仗着你们家官儿大欺负人，都文化大革命了，还想当官做老爷，……""今天我这条老命也不要了，跟你们拼了……"

陈辛吾正不知出了什么事，准备出去看看，便听见自己的名字被人吼了出来。他气急败坏地开门一看，一个老妪牵着一个哭哭啼啼、浑身是土、衣服也破了的男孩子正在门前吵闹。

传达室的季大爷赶来拉住老妪，并且皮笑肉不笑地对陈辛吾说，"别跟女人家一般见识"，又转过去假意虎着脸骂老伴儿，"你孙子溅招，谁叫他没事儿和人家方平抢鸽子的？不瞧瞧自己什么身份，配吗？"一把扯着老伴儿就往家走。

陈辛吾虽然知道方平从不闹事，但一听是因为鸽子而闹，就含糊了。被一个村妇这样高声指名叫骂还真的有些难堪，他忍住气，厚着脸皮一面赶紧低声下气地向看门人两口子赔不是，说定要好好教育孩子，一面回过头气得声音发抖地大叫方平。方敏怯生生地说，哥哥不在家。陈辛吾又回过头来赔着笑脸，说等方平回家一定让他上门儿去赔礼道歉。在一个很少露出笑容的脸上勉强挤出来的笑已经算不得是笑，而能算是无奈、委曲求全的自嘲，它掩盖着深深的屈辱、愠怒和尴尬。

老妪却并不领情，人虽然被季大爷揪着，但却挣扎着边退边骂：

"怎么了，他部长就兴欺负我们平头百姓吗？我倒要评评这个理，大字报我们也会贴，想欺负我们不识字？没门儿……要叫你们这些官老爷吃不了兜着走！"

陈辛吾回到屋子里，脸色发白，为了这么点事就被一个粗人指名道姓地骂得这么难听，正浑身颤抖着不知何以自处，方平恰恰回来了，脸上挂着几道抓痕，进门就往楼上跑，见了陈辛吾连招呼都顾不上打。陈辛吾厉声问道：

"急急忙忙到哪里去？！"

"看看我的鸽子去！"方平一反常态地没有被爸爸的严厉吓住，反而跑得更快。

原来，传达室季大爷家的孩子也养了几只鸽子，方平的鸽子来的时间短，被勾走了两只。方平去要，两个孩子动手打了起来。这已经不是第一次为鸽子发生冲突了，以前也吵过两次，但没动手。这次，那孩子动手吃了亏，刚好又被大人看见，这才打上门来。

陈辛吾一听还是鸽子，窝了一天的大大小小、五颜六色、四面八方的各种邪火腾地一下子被点燃了，脸色由白又变得通红，吼道：

"鸽子，鸽子，就知道鸽子，跟地主家的少爷有什么区别？我看你再敢去搞你的鸽子！"说着，翻身从门后摸出一把笤帚，一把抓住方平，没头没脑就是一顿狠手打下去。

方平嗷的一声惨叫，凄厉得如同被打断了腿。但陈辛吾却充耳不闻地接二连三地打下去，李伟玉不顾一切地冲上前去，抱住儿子时，方平身上已经被打起了一楞一楞的血印子。

李伟玉下班后，见陈辛吾还未回家，上楼上和方蓉说话，本没听见陈辛吾回来，等外面吵闹起来，以为哪儿的造反派来揪斗张川柏，也没警惕起来，直到方平进了家，听见楼下吵闹，才发现大事不好，奔下楼来，但已经晚了。

陈辛吾很少打孩子，更少这样不先讲道理直接就动武。李伟玉看着火冒三丈手里仍然举着笤帚的丈夫说不出话来，从认识陈辛吾以来，还从没见过他这副表情，再低头再看儿子身上的血道子，心疼地连连用手抚摸，眼里汪着泪，半天，才喃喃地说：

"这到底是怎么了，这到底是怎么了，发这么大火，打坏了怎么办？"但陈辛吾理都不理，冲着方平咆哮：

"去！你给我到季大爷家赔礼道歉去！"

方平疼得直咬牙，但却一滴泪也没有，他挣开妈妈的怀抱，挺着脖子喊：

"凭什么！我犯什么罪了？他们家偷了我的鸽子，我去问问都不行？！"

陈辛吾知道方平不会撒谎，也知道也许他有理，但现在大道理在别人手里，他那点小道理只能招来更大的麻烦：

"还敢提你的鸽子！明天你就把这些鸽子统统给我处理了！你不处理，就不要再回我这个家！你先去道歉！不管你有理无理都要去道歉！现在就给我去！"

方平固执地站着不动，李伟玉赶紧拉着儿子往大门走。方平被拖出了门，快到传达室时，李伟玉没抓住，还是被他泥鳅一样逃脱掉了。他站得远远地冲妈妈叫：

"谁爱去谁去，反正我不去，不让回家就不回家，那我也不去，……"

李伟玉其实并不在乎儿子去不去道歉，只是怕儿子真的不回家了，便假装和气地向方平招招手，说：

"你来，你来，不去就不去，咱们回家吧。"

"我知道你骗我，我又没错。你自己先回家吧。"李伟玉假装摸兜，然后好像忽然摸出什么东西一样惊喜地说：

"你来，你看我摸出什么东西了？"

"我知道你骗我，……"方平说着，却忍不住走了过去，伸过脑袋看妈妈紧攥着的手。见小花样儿得逞，李伟玉忍不住想笑，赶紧伸手一抄，方平一低头又溜了，不进不远地保持着一个安全距离，说：

"我地李向阳的，大大的有，不会上当受骗……"李伟玉已经笑得喘不上气来，骂：

"见你的李向阳的鬼去吧，还不赶紧给我回家！"

"那你得答应我不去他们家了。"

"不去就不去，你个鬼头儿……"方平这才放心地挨上来，李伟玉伸手充满爱抚地在方平头上呼噜着、在胖嘟嘟的脸上捏着、在背上轻轻抚摸着。方平一边躲，一边推，说太痒痒了，被妈妈的爱抚羞红了脸。

方平腼腆的样子逗得李伟玉咧嘴想笑，可眼里却不由自主地汪满了泪。

过了三天，季大爷的孙子在放学回家的路上被一群孩子截住了。七手八脚一顿臭揍，打得他鼻青脸肿，而且打完就跑，问同路的同学，都说不认识那些人。

季老太太有心再去闹陈辛吾，被季大爷拦住了，说，"没用，找陈辛吾一点儿用也没有，他哪儿管得了他那无法无天的儿子。"老太太气得骂，"那帮小兔崽子，该天杀的，就没人能管得了了？都乱了套了！"

季大爷的孙子有好几天不敢出门，等伤好了，领着一群外院的孩子跑到陈辛吾家附近转过几次。方平不怕，照旧放鸽子，还说大话，"我爹都没敢把我的鸽子怎么样，看谁有本事动我的鸽子？！"。其实，陈辛吾只是再没有时间管儿子的事罢了。

而小小季虽然怀恨在心，却并不敢轻易动手，他知道方辉在大院里也有一群哥们儿，只是放出话来，迟早要收拾陈家哥俩儿。

两边就此结下了仇恨。

四十一

方平羞涩的笑容，委屈的翻白眼的样子加叠在季老太太张狂的骂声中搁在李伟玉心里，老也放不平，但比起丈夫手里的笤帚疙瘩，又都算不了什么了，一个知识分子、高级干部，用笤帚疙瘩打孩子？！完全就是个老粗，没文化的老粗。李伟玉想不到一向尊重敬佩的丈夫竟会如此失控，有再大的精神压力，再多的烦心事，再惹不起那些"工人阶级"，也不该拿孩子出气，太没修养了。

陈辛吾偶尔也打孩子，但都是伸出手来打手板，打屁股都很少很少，像这样用笤帚不分头不分脸地暴打，明显是在向孩子撒火却从没有过。晚上躺在床上，李伟玉背对着陈辛吾，一声不吭，在黑暗中睁大了眼睛，但并不睡着，提着心，好像在等什么。五分钟过去了，十分钟也过去了，身后的陈辛吾依然没有动静，没有任何想要解释一下或赔个不是的表示，而是也背对着李伟玉躺着，一声不吭。

对他们俩来说这确实太不同寻常了，因为过去只要陈辛吾发现李伟玉不高兴一般都会先来屈就。偶尔，李伟玉也会先弄出一点动静来，使得丈夫来道歉。不管多大的事儿，从来没有过了夜的。

可今天李伟玉太累了，累得甚至顾不上生气，委屈或说话了。陈辛吾习也不但无心和解，反而担心妻子先挑头说话，因为一说起话来，就会泄露他深藏在内心的忧虑。他只想快些睡了，积蓄起精力来应付第二天的事情。好在李伟玉并不是个小心眼的人，对丈夫的沉默只是有些吃惊，没多久吃过的安眠药就起了效力，也就睡了。

陈辛吾不喜欢黑夜。年轻时，他就觉不好，梦多，而且多半是噩梦，幸亏常常忙得睡不成觉。进城以后，生活相对安定了，开始还好，随着年龄的增长，他越来越害怕失眠，害怕伴随着失眠出现的噩梦。

他暗自常想，但丁干嘛要煞费苦心地编造出的那么多层地狱，那么多种磨难，那么怪异的惩罚，其实只要有一种，就足矣了，失眠。别的惩罚都不算可怕，毕竟那都是以后的事，可眼下他就面临每一个必然降临的黑夜，和必需的睡眠。他不知道在漆黑的夜里，等着他的是失眠还是噩梦。

当然，他也有睡得香的时候，那多半是有妻子在身边。她使得黑夜变得不那么狰狞，不那么可怕，有时还会给他带来温暖。但自从李伟玉常回家之后，这种神效渐渐消失了。夜，重新变成了地狱。即使吃了安眠药，依然效果不好。

这一夜，陈辛吾长时间地浑身僵硬着，不能入睡，直到李伟玉发出了微微的鼾声，他才敢翻翻身。

清晨清凉的空气终于把陈辛吾从噩梦似的似醒非醒的夜晚中解脱出来，天终于亮了。他站在院子里伸伸懒腰，扩扩胸，锤锤背，踢踢腿，仰头看看微白的天空，和叽叽喳喳的小麻雀，心中莫名其妙地宁静，平淡，放松，就像这浸润着他的清新微凉的晨光。但这只是一瞬，很快，"亮相""表态"的事情又占满了他的大脑。

吃早饭时，李伟玉还绷着脸，陈辛吾却视而不见。还是李伟玉先绷不住了，成心咳嗽了两声，陈辛吾仍然没有反应。就在这时候，方平进来了。陈辛吾看了一眼儿子，问道：

"让你做的事情做了吗？"

方平哼哼着正不知道该怎么回答，李伟玉插话了：

"还问呢？！方平，撸起胳膊来让你爸看看！"

方平看看爸爸又看看妈妈，不敢动。李伟玉拉过方平，扒下衣服让陈辛吾看，说：

"哪儿有你这么不分青红皂白就打孩子的，……"

李伟玉话还没说完，陈辛吾就打断了她：

"是你拦着没让他去？我说你怎么就不多动动脑子！只是感情用事？事情虽小，处理不当会激起民愤的！"陈辛吾扭过脸来冲方平说，"不要以为事情就能这样混过去，"又对李伟玉说，"事情不能你想怎么样就怎么样的！"

李伟玉从没见过丈夫这样不依不饶的，而且当众训斥自己，一时

253

倒失了主张，愣了。就在这时候，站在一旁的奶奶忽然说道：

"那还不是她想怎么样就怎么样？那个管得了？没了王法。"

竟敢帮腔数落李伟玉，所有的眼睛都朝着奶奶瞪圆了，连陈辛吾都抬起了头看着奶奶。奶奶一步抢上前来，哭丧着脸，带着哭腔说道：

"辛吾啊，你知道不知道，你的媳妇要撵我走啊？我辛辛苦苦一辈子，帮你带大了儿女，做人可要有良心，现在一脚把我踢开，……你知不知道，你那媳妇好狠毒哪，……"

因为没人会想到半路上杀出个奶奶来，一时间没一个人能说出一句话来。奶奶一看有机可乘就势扑通一声向陈辛吾跪下来，一把揪住陈辛吾的衣角，一把鼻涕一把泪开始哭闹上了：

"辛吾啊，我一辈子清清白白，你是最知道的，从没造过孽，苦熬苦挣一辈子。你是部长，现在是青天大老爷了，可不能没有良心，不能不管我老婆子，把我远远地打发了。你可是我从小一手带大的，小时候我还奶过你，不看经面看佛面，……"生怕陈辛吾跑了似的死死扯住他的衣服痉挛地往下拉。

陈辛吾此时已经明白了，只是奶奶闹得他没处下嘴解释，想不到竟胡说起什么奶过自己，一下子窘住了。脸涨得紫红紫红的，张着嘴说不是，不说也不是。奶奶自己连个孩子都没生过哪里来的奶水？再说，陈辛吾已经八九岁了，母亲才死，这种事情是能造谣的吗？天哪！当着一群孩子的面，说出这种话来，陈辛吾羞得无地自容。可奶奶是真的急了，把许多闻所未闻的陈芝麻烂谷子都抖了出来：

"当年那个老徐要娶我，你不让，说有你养我的老。说你不在了还有孙侄儿女们，了了，如今哪个是靠得住的……我白养活了你一场……"

孩子们都瞪大了眼睛看着大人，好奇地支着耳朵，方敏小声问，"谁是老徐"。陈辛吾急得直摇头，攥着拳头跺脚，坐不是站也不是地团团转，"奶过你"这三个字简直要了他的命，实在让他挂不住，吃不消，脸上窘得一阵红一阵白，又没法分争，直怕奶奶顺嘴再说出些不三不四的话来。他这样子别说孩子们，就是李伟玉也从来没有见过，等李伟玉终于醒悟过来，赶紧上前拉奶奶：

"谁说过不管你啦，你急我们比你还急，光着急也不是办法啊……你先起来……"

方蓉给妈妈帮腔说："让你回老家又不是我妈妈说的，那是为你好，先避避以后再说，你怎么狗咬吕洞宾，不识好赖人哪？"

"我还不晓得，把我孤老婆子一个人撵到乡下去，我去了能靠谁啊？！你们这么有钱人都嫌弃我，那穷乡僻壤的，……老天爷啊，你开开眼吧，怜恤怜恤我寡妇人家吧，辛吾啊，我给你磕头啦，……"

奶奶说着就要往地上叩头。李伟玉和方蓉赶紧架住她的胳肢窝，连劝带哄带呵斥，三个人又撕又扯。"奶过你"这种鬼话把陈辛吾禁制得像是被如来佛念了咒的孙悟空，动弹不得。奶奶就是不起来，跪在地上嚎，热闹非凡。

冷不丁方菲在一旁说了一句话："奶奶，你回了老家有的是亲戚，我们给你按月寄钱，你到底怕什么？"

这句话立刻见了功效，奶奶登时不嚎了，睁大着两只眼睛看看陈辛吾又看看李伟玉，好像是说，那个黄毛丫头说话不当真，我得听你们一句话。两个大人一看闹了半天是为这个，差点儿背过气去。

"你真把个明白人都能气糊涂了，哪能不给你寄钱呢？这还用说吗？"李伟玉好不丧气地说，奶奶又回头儿看着陈辛吾，陈辛吾此时也只剩下倒气的份儿，直摇头，看见奶奶盯着自己，又赶紧改成点头。奶奶这才松了手。

这时候，一阵强忍不住的吃吃的笑声引得大家都回过头去看，原来是方平正一个人脸憋得通红竭力不笑出声来。见大家回头看，吓得一溜烟儿跑了出去，几个姐妹跟了出去，方蓉一把扯住弟弟，问有什么好笑的？方平把头藏在双臂中，笑得出不来气了：

"奶奶真是咱们家的活学活用的标兵，学造谣学得真快，你瞧爸爸被她气得，吃她的奶……"几个人顿时笑做一团：

"就你老能听见这邪乎的……"

"还有老徐……"

"老徐是谁？"

几个人推开饭厅一看，爸爸已经不在了，便问奶奶谁是老徐。

"讲也没得用了，都是你爹拦住，了了，坏了我的姻缘。老徐人要算老实了，又有力气，只长我五岁，在部里做杂工，一个月也有几十元钱工资呢……打后，娶了个乡下婆……"

奶奶的恋爱史让孩子们笑弯了腰，都说这回才知道奶奶真的命苦。一提命苦，奶奶的话匣子又打开了，吓得孩子们赶紧溜了。

奶奶的独白除了抱怨命苦，不再抱怨陈家，但只要周围没人便大骂红卫兵，骂得吐沫星子乱溅，什么脏话都能出口，仍不解气。现在红卫兵成了她的头号敌人了。

陈辛吾被奶奶这一闹，窝着一肚子火去上班，嘴里又干又苦，到了班上，连口水都没来得及喝，就被一个叫"反戈一击"的战斗队找去"谈话"。说是谈话，可陈辛吾像犯人一样站在桌子前面，四五个人坐在桌子后边。陈辛吾进门就看见坐在边上的于志鹏，仍然是那个陈辛吾熟悉的相貌平平，还算聪明的年轻人，只是现在仰着头，直视着前方，好像根本不认识他似的面无表情，对于冷眼陈辛吾其实已经见怪不怪了，但是今天连他自己都不知道怎么就忽然沉不住气了，面对逼问，他脱口而出：

"是不是革命派还不都是自封的，何必一定要得到别人的承认？！"

话一出口，连他自己都吓了一跳。又看见所有的人都愕然看着自己，他再想往回缓转，已经晚了。因为陈辛吾一向出言谨慎，这话从别人嘴里出来可能说明不了任何问题，也引不起太大的反响，但从他嘴里出来，就等于表态不支持他们的战斗队了。

陈辛吾口苦得像是含了黄连，恨不得连舌头一块从嘴里吐出来。祸从口出啊，自己怎么就忘了这血的教训了？不知情的人都以为陈辛吾的谨慎是天生的，但只有他自己知道，所有的谨言慎行都是环境所迫。也许有些从小就生活在不能乱说话的环境里的人还可以说是天生谨慎，但陈辛吾可并不是这样的人，他的谨慎是生给逼出来的。现在完了，练就了几十年的工夫竟然还是经不住考验。好在话说得模棱两可，还有强词夺理的余地。现在只能这样安慰自己了。

　　得罪了于志鹏那个战斗队，其它战斗队以为有机会了，更加紧了对陈辛吾的围攻。形势急转直下。陈辛吾本来就犹豫着能不能"亮相"，现在提前明白了此事的厉害。他决定再也不能鲁莽行事了，拖延，尽可能地拖延是眼下唯一的办法。尽管陈辛吾的良心为此倍受折磨，为了保全自己而不响应中央的号召，不敢站出来支持革命派，是懦夫的表现，但他安慰自己说，我不是不支持革命派，而是还没有想清楚谁是真正的革命派。

四十二

奶奶回老家已是定局，但最后走得竟是那么匆忙却是出乎意料。

张川柏因服过量的安眠药自杀了，张老太太当时就气倒了，第二天就撒手人寰了。"自杀"是了不得的罪名，叫"畏罪自杀"，罪加一等。张川柏的家很快就被抄了，其家人也随之消失。

陈家与张家虽然住一个院里，平日却无甚来往。一来大家都很忙，二来陈辛吾与张川柏一个是三八式的知识分子干部，一个是老资格老红军的工农干部，历史上有没有渊源，所以淡得很。张川柏前妻的两个孩子年龄很大，现任妻子的两个孩子又很小，和方敏相仿，所以孩子们也无甚交往。倒是只有奶奶和张老太太偶尔相遇会打打招呼，但张老太太身体不好，不常出门，因此交往也是有限的。

尽管如此，毕竟好好的一家人突然从眼前消失，而且被蒸发了似的完全不见了踪影。

居委会原本限期一周奶奶必须走。可张川柏家的事故把奶奶吓坏了，急着吵着要立刻回老家，叫方蓉赶快买车票，说她要有个三长两短，方蓉得负全部责任。

临走，奶奶见人便叮嘱要给她寄生活费来，说做人要有良心，闹得人见她就躲，只有方菲不吝，还没等奶奶张口，便先把那两句话连珠炮似的重复着，让奶奶没处插嘴，只能"好好，"地败下阵来，放下一句"知道就好，你红卫兵说话要做数的"。

奶奶大包小包地被方蓉一直护送回了老家。

奶奶一走，家乱成了一锅粥。所有的东西都移了位，所有的东西都出现在最不该出现的地方。针，落在沙发上；脏碗，在水池子里堆着；笤帚和簸箕永远不在一处；脏衣服、臭袜子、篮球、书本儿到处都是；从椅子上拿起一块布，哐啷会掉出一把剪子。奶奶走后的第三天，楼上的厕所就堵了，但却没人知道皮搋子放在哪儿？只好又新买了一把；又过了两天，保险丝又烧断了，想找个改锥用用，却翻遍了放工具的地方也没有。

所有的人只要不是自己的东西，要用了，就到曾经放这东西的地方鸡刨食一般翻个底儿朝天，侥幸找到了，用完一扔。万一没找到，就在家里大叫大嚷，问东问西，再不肯动动脑子动动腿再找找。都是真正的"衣来伸手饭来张口"的"少爷小姐"。

孩子们你进我出，有的是去上学，有的是去"串联"，真正的串联其实早就结束了，所谓"串联"就是去游山逛水，而且理直气壮地用毛主席的话说是去经风雨见世面，还有的天知道都干什么去了。

奶奶一直渴望得到的承认直到她人走了，才加倍地得到，奶奶原来竟是如此地不可或缺，不仅孩子们深有体会，连李伟玉都发现奶奶那永不休止的唠叨、告状竟然都有着十分重大的意义，能让她迅速地了解孩子们的动向。

但很快，大家就都适应了，混乱似乎已经成了一种生活方式，家里乱，单位里乱，哪儿哪儿都乱，而最乱的还是李伟玉的心。

陈辛吾始终是个话不很多的人，不太吃紧的事情有时候倒爱和李伟玉随便聊聊，但真正要紧的大事，反倒瞒得死死的，藏得滴水不漏。一些重大事情因为某种机缘，多少年之后，也许她才知道；她相信，她知道的也只是冰山一角，而深藏在海平面下的更多的秘密，她可能今生今世都不会知道。好在李伟玉自己也曾做过党的地下工作，明白有些事情不该她知道的，问也没用。而该她知道的，陈辛吾会主动找机会向她透露一句半句的，所以倒并不怪罪。但有一件事，让她心里一直很不舒服，那就是结婚之后她才知道陈辛吾曾经有过一个妻子，要不是延安审干时抖搂出来，她可能一辈子都不会知道。

当李伟玉愤怒异常地质问陈辛吾为什么瞒着自己，陈辛吾的解释是，组织上了解这件事，要他保持沉默的。李伟玉尽管委屈，却干气没话。但是战争年代，没给她充分的机会发泄怨气，一切都被淹没在对安全的担忧、日常生活的紧张、渴望相见和稍纵即逝的短暂的相见之中了。而十几年后又发生了一桩让李伟玉永志难忘的"保密事件"，这一次，她给了陈辛吾的保密意识迎头一击，让他知道，在工作上，他爱怎么保密就怎么保密，但在女人问题上，休想！

但自从文化革命开始以来，由于党内机密似乎还不如小道消息来得准确及时，加之正常的工作已经停顿了，所有该说的不该说的都被写在了大字报上，贴在了墙上，保密突然之间变得毫无意义。陈辛吾不仅必须和李伟玉互通消息，分析形势，对机关里、工厂里发生的是是非非，运动进展，共同分析，连孩子们的小道消息都要打听。陈辛吾几乎变了个人，变得多话了，所有的保密原则都被放弃了。

然而，最近一段，陈辛吾又明显地变得沉默了，更多的是听李伟玉讲厂里的情况。陈辛吾又变得像个坚守核心秘密的地下党员。已经沉埋在李伟玉心里的几十年前的和十几年前的旧痛都被兜了出来，这次虽然也许不关女人，但正因为如此，倒更让李伟玉寝食不安，不知道丈夫瞒着什么更重大的问题。

这天，她不顾厂里还有许多事要处理，便提前下了班，穿着一身工作服，戴了一顶工作帽，一个人偷偷地进了机关。

大字报铺天盖地，无处不在，几个部领导中陈辛吾的大字报算少的，但就这有数的几张大字报却颇有干货。

陈辛吾不像别的人，有的是生活作风有问题，有的是对某革命群众打击报复，有的是工作中横行霸道官僚主义之类的事情。这类事情容易激起公愤，大字报量虽然多，但重复性大。而陈辛吾的罪名却是拉山头、搞宗派、利用老婆关系向彭罗陆杨反党集团靠近。其中一张叫"反戈一击战斗队"写的大字报尤其要命，有时间、有地点、有内容地揭发了陈辛吾与黑线顶头人物的会面，连两个人说了什么话都一字一句有鼻子有眼儿。虽然明眼人看得出来这只是一般性的工作会谈，但却吓得李伟玉出了一身的冷汗。使李伟玉感到震惊的不是大字报所揭发的事情本身和给陈辛吾扣的帽子，而是这张大字报所表现出来的知情程度。如果这些细节都了如指掌，那么，还有什么事情是能藏得住呢？

恐惧犹如悄然袭来的一阵凉风，激起李伟玉一身的鸡皮疙瘩。她拉紧了工作服的衣领，低头匆匆走出了机关。

　　这时，天色已灰，街道、房屋、行人都是灰的，只有街道两旁的树木应该是深绿见黄的颜色，但因为天色过暗，上面又覆盖了一层厚厚的灰尘，也成了灰色。街景只是由深深浅浅的灰色交织而成，人，只不过是在一片明暗不一的灰色画面上能够移动的一块灰色而已。在这一大片的灰色之中，只有恐惧是血红的，跳跃的，燃烧的，又如半藏在灰色房顶后的残阳。

　　怕受蒙蔽的担心变成了怕被监视被刺探的恐惧。他们还知道什么？我们还做错了什么？还有什么事是能被他们定罪的？李伟玉看着周围，脑子里一片混乱，无从想起地回忆着，并无线索地思索着，毫无逻辑地推测着，乱七八糟的猜测和不祥的预感一时间充塞了她的心，到底是谁写的这张大字报呢？谁是"反戈一击战斗队"？网一样的恐惧，从头顶罩下来，仿佛是笼罩着街景的无所不在的灰暗，是看不见一点儿光明混吞。李伟玉被压得喘不过气来，她不知道还有什么是他们不知道的，因为不论是好事还是坏事，只要他们知道而且愿意都能当成罪证。令李伟玉不解的是，丈夫不是个不懂得保密的人哪？为什么事情竟会弄到了这一步！

　　想到保密，李伟玉猛地想起家里还有一些过去存留的工作日记和朋友的信件，登时头脑一阵晕眩，浑身燥热难当，呼地冒出一阵冷汗，冰凉的汗水顺着后背和腋窝就往下淌。脚下一软，就坐在地上了。有好一会儿工夫，她甚至不知自己身在何处，周围的一切突然变得陌生、隔膜起来，好像眼前的景物在什么地方见过，也许是梦中？时间好像也混乱起来，既像是几十年前的北平，又像是十几年前的开封，她在哪儿生下了方菲，抑或是跟她无关的什么地方。不行，李伟玉模模糊糊地知道自己不能这么迷糊着。她伸出手去，想要扶着树干站起来，却扑了个空。她心里害怕，难道她真的进入了一个虚幻的世界？她再次伸出手去，终于抓住了什么，等她费尽力气抓住那支撑的东西站了起来，一看才发现那是路旁的电线杆子。

　　公共汽车很挤，李伟玉拼命地一辆又一辆地往上挤，最后还是被别人涌上了车。到家已是筋疲力尽，她径直走进自己的卧室，把包往桌子上一放，瘫坐在沙发，连开灯的力气都没有了，手脚微微发抖，迷糊着听见方菲在隔壁客厅里打电话。

方菲在电话里不知说些什么，说了笑，笑了又说，十分热闹。李伟玉漠然地让声音钻进耳膜，夹着一分好奇，只有一分，不知道人的心境怎么会有如此巨大的差距，竟是在两个完全不相干的世界一般。

电话仿佛打了一辈子，终于打完了。

安静之后，隐隐的音乐声才渐渐清晰起来，似乎是舒伯特的《未完成交响曲》。小提琴像一把开了刃的尖刀直向人心刺来，刀尖将颤抖着的神经割裂开来，李伟玉觉得自己的脑子里崩的一声有什么东西断了，她蓦地站起来，走进客厅，本打算冲着女儿大叫一顿，却看到方菲正面对着漆黑的窗外，泪水沾湿了面庞，一动不动地坐着。连她自己都想不到竟噗嗤一声笑了出来：

"傻孩子，听音乐也哭，越活越有出息了。"

方菲吓得一个蹦子从沙发上跳了起来，背过身去用手背抹着脸，难为情地边关留声机边说：

"妈妈什么时候回来的？我怎么没听见？对了，爸爸来电话说他今天不回家了。"

李伟玉出乎意料的平静，仿佛终于等到了正在等待的结果一样："知道了，快去睡吧。"

等方菲一走，李伟玉的心才猛烈地咚咚地跳了起来，她用两个拳头紧紧顶着自己的太阳穴，小声念叨着，"镇静，镇静"，快步走进书房，关紧门，锁好，开始翻找。

半夜，李伟玉把家里能找到的所有日记、信件、会议记录、凡是写了字的纸片儿通通拿到厨房看都不看就一把火都烧光了。黑烟久久不能散尽。

四十三

陈辛吾一连三天没回家，听说是被"反戈一击"的战斗队扣押了，李伟玉立刻想起了那几张大字报，头皮都麻了，紧急地把孩子们叫在一起，紧张地瞪大了眼睛，叮嘱孩子们千万不要声张这件事。

孩子们见妈妈自己吓自己的模样笑了，说，这有什么可声张的？不就是没回家吗？这不是常事吗？现在是个领导干部差不多都被关了起来。

李伟玉嗔怒地呵斥道：

"胡说！谁说是关了起来？就说是因为工作忙，跟所有问到的人都这么说，其实我们也确实工作忙得很。"但还是不放心，又嘱咐道，"尤其不能让厂子里知道。"

孩子们嫌妈妈啰唆，都不耐烦地说，谁没事撑地跑到厂子去宣传这件事，再说工厂那么远，想去也不认得路。李伟玉骂：

"一个个都没有政治头脑，哪里懂得事情的严重！"

方平抓妈妈的话把，说："你自己一边假装说爸爸没事，就是工作忙，一边又说事情严重，自相矛盾，到底哪句是真的？"

李伟玉真被问住了，气得笑：

"你们想气死我呀？一个二个都那么不懂事，气死你妈有你们的什么好？你们哪知道没妈的孩子苦啊？真是身在福中不知福，让你们尝尝滋味儿就知道了……"

"别老拿后妈吓唬我们，你不是活得挺好吗？"方菲帮弟弟的腔。

"跟你们说正事呢，怎么这么不严肃！瞎扯什么亲妈后妈的。"

孩子们咯咯笑："你不提后妈，我们哪儿敢动这个念头啊。"

李伟玉禁不住孩子们歪缠，自己撑不住又先笑了起来：

"嗨！都让你们给我搅糊涂了。说什么来着，对了，说保密。让你们保密就保密，别的废话少说。"

一般情况只要李伟玉先被逗笑了，事情也就算过去了。

"是，别的少说。"方平敬了个礼，李伟玉想笑却没笑出来，伸手摸了方平的脑袋一下，悠长地叹了口气，说：

"都还是孩子呢。"又摸着方敏的脸，问，"你们什么时候才能长大呀？"

孩子们见妈妈没事了，一哄而散，依然各干各的，各忙各的，忙养鸽子，忙成帮结伙地上街游逛，忙出门串联，忙参加学校的运动……只有李伟玉每天提心吊胆，一下班，第一件事就是问爸爸回家没有，一方面明知道此去凶多吉少，但另一方面却心存侥幸，希望忽然看见丈夫回家。

尽管李伟玉心里紧张，害怕出事，但出事的时候，她却在班上。

陈辛吾是被七八个人看押着回到家里的。

开门的是方蓉，被一拥而进的人群挤进了墙角，又惊又气，涨红了脸，却无法动弹。方菲从楼上飞奔而下，见到来势汹汹的人群，猛地停在半腰，目送着父亲。

陈辛吾不看任何人，领着人就往自己的卧室和书房走。只听见背后方辉在大叫：

"爸爸，他们要干嘛？他们到咱们家来干嘛？！"

陈辛吾不得已地头也不回地答道：

"他们看看，没什么，孩子，没什么。"

陈辛吾原指望着孩子们都不在家，结果却发现一个不少地都在，从余光中看到，连方平和方敏都在场。两个孩子的眼睛里流露出让他痛心的恐惧。他扭过脸去，避开孩子们的视线，不自在得脸都红了。

在机关里再大的批斗场面，再多的人面前，都没像现在这样令陈辛吾感到屈辱和尊严扫地。那感觉就好像自己又返回到了童年，也许打翻了瓶子被大人抓住，或者是迟到了被老师责罚，或者是和小伙伴们一块淘气，却只有他被抓住了，总之，是那种错虽不大，但却挺尴尬的不自在。而且孩子们的惊恐、同情、询问、愤怒的目光比老师、父母的目光更让他颜面尽失，他简直不知道为什么要生这么多的孩子，难道就是为了来评判自己，审视自己，同情自己的吗？他真想让他们立刻从眼前消失，但他却不敢张嘴撵他们，深知这会儿没有自己说话的份儿了，只好把脸扭向一边，尽可能地背对着他们。而这时候，一个个子不高戴一副白框眼镜的年轻人转过头来对三个孩子说：

"你们不要在这里，我们有事情。"

三个站在近旁的大孩子都愣怔住了，这是爸爸的秘书于志鹏！但他说话的样子仿佛根本就不认识他们一样。

"于秘书？"方蓉问，眼睛里的意思分明是，你在这儿干嘛？

"别管他叫秘书，他现在已经不是什么秘书了，是我们战斗队的副队长。"一个非常似曾相识的小干部模样的人说。"你们最好离开这儿。"

三个人不动窝儿，回头看看爸爸。陈辛吾不得已，只能转过身来，但却不抬眼皮，一筹莫展地机械地重复道：

"去吧，他们有公事。"

父亲的脸色之尴尬，目光之无奈，态度之狼狈，让孩子们愣住了。想不到父亲那张自信、镇静、喜怒很少溢于言表的脸竟然还有这样的表情。而一向威严、庄重、总是给别人看脸色的人，竟然也能受别人的驱使，那么驯服地重复一个无足轻重的小秘书的命令。震惊和对超出自己理解范围的事情的敬畏，还混杂着莫名其妙的从未有过的对父亲的怜悯和同情使他们即困惑又畏缩，却又并不甘心地后退了，但只是退到了父亲看不见的地方就又站住了。他们实在想要知道下面还会发生什么事。

而孩子们目光里无意之中流露出来的困惑和震惊让陈辛吾脸红了，他成人以来很少这样因为羞耻而脸红。孩子们的目光竟风马牛不相及地让他想起了小时候独自在学堂角落里啃着干粮的情景。羞愧和尊严的贬损使他心痛得一时间竟忘记了从一出发就担忧着的事情，就是那一堆手稿、信件、日记、照片……只是羞惭万分地看着造反派们在卧室里随意翻检。

卧室的箱子和柜子被一一打开，白的绸衬裙，黑的丝绒旗袍，笔

265

挺的制服，咖啡色的羊绒大衣，被一件一件地抽了出来，抖了一地一床。一些陈辛吾利用仅有的闲暇四处搜集来的放在床头的宝贵的线装书，被一双双从不翻书的手稀里哗啦地抖着；抽屉，像一个个死尸被翻肠倒肚地拉了一地，露出线团、袜子、内裤等从不见天日的最私人的用品。但陈辛吾毫不动心地视而不见地站在一旁，就像这不是他自己的家，不是自己的东西一样。他的心又被那些私人信件、日记等物提了起来。

于志鹏领着人进了书房，后面的人看着眼前的一排排书架子都吃惊地停住了脚。一间偌大的书房里，除了临窗摆着一个大写字台之外，整间屋子都被书充斥着。除了最靠近写字台的壁柜带着玻璃门，其余的都是没上油漆的木质书架。书架不是像一般家居那样沿着墙放，而是像图书馆那样间隔很小地一排排地摆着。书被分门别类地码在书架上，每个架子上都贴着标签，干干净净，没什么尘土。

然而，众人的吃惊只是一瞬，紧跟着，响起了稀里哗啦地翻书声，和书被扔在地上的噼噼啪啪的破碎声。陈辛吾心痛得一时都忘了揪心了，嘴角不由自主地抖动了几下。于志鹏并不跟着大家上书架上翻，而是伸手向陈辛吾要书柜和写字台的抽屉的钥匙。陈辛吾这才陡然清醒，于志鹏用手指指写字台，简单地说道，"都打开"。

陈辛吾从进家门以来第一次抬头看于志鹏，于志鹏并不躲闪，也直视着陈辛吾。他们相互凝视了两秒钟，陈辛吾硬着头皮说：

"我可以打开，但你们要对里面的文件负责。"

"比你这儿重要得多的文件我们都看过，少啰唆。"一个黄脸工人模样的人呛了陈辛吾一句。陈辛吾觉得这人面熟，却想不起来是谁，但对他的态度并不介意，潜意识里还希望于志鹏应该懂得自己那句话的分量。这会儿，其实大家都是心照不宣的，知道陈辛吾担心的绝不会是那些已经失去保密价值的《参考资料》、工作报告、简报等物。于志鹏见陈辛吾还不动手，便简单说了一句，"我负责"，客气而且坚决。

陈辛吾已经适应了和过去的下属们的新关系，唯独对于志鹏的新面目还是不能释然。按说于志鹏的态度并不过分，比那个工人的话也恰当得多，但仍能让陈辛吾心里咯噔一下，说不上是失望、伤心、悔恨、自责还是痛恨。但情急之中再也想不出还有什么借口可以不交钥匙。开抽屉时，他的手哆嗦着，几次插不进锁眼儿。站在一旁的黄脸工人急了，一把夺过钥匙，喊哩咔嚓几下子就把所有的抽屉打开了。陈辛吾只能像小学生一样乖乖地站在一旁看着，所幸的是孩子们不在面前。但即便是在门外，方辉也很快明白过来了：

"他们这是在抄家！"他惊恐地睁大眼睛说。

"那你还愣在这儿干什么呢？"方菲跺着脚地冲方辉急。

"那能怎么办？"

"你那些狐朋狗友们呢？"

一句话点醒了方辉，他一溜烟地跑了。

在抽屉被一个个拉开的时候，陈辛吾的心被那一声声兹拉兹拉的声音割裂着，揪扯着，他提心吊胆地偷偷瞄着抽屉里的东西，攥了一手心儿的汗。拉开一个，半空的，又拉开一个，抽屉全都打开了，柜子也打开了，出乎所有人的意料，包括陈辛吾自己，里面竟萧条得犹如工人阶级的钱包，连毛带分就那么几个，数都不用数。陈辛吾立刻想到是妻子干的，心中感念，大松一口气，那感觉酷似当年做地下工作，终于守住了党的机密，唯一不同的是面对的不是日本人、国民党，而是造反派罢了。

"为什么只有这么点儿东西？"那个似曾相识的小干部模样的人问。

"你老实交代，还有什么地方放东西？"

陈辛吾硬着头皮一口咬定："我个人的东西都在这里了。"

"不行！光凭你说不行，我们得自己看。"

于志鹏始终没说话，不仅陈辛吾心里紧张，别的造反派也都注视着他。他的一句话，一个字要么就救了陈辛吾，要么就害了他。可于志鹏似乎得了陈辛吾的真传似的仍然紧闭着双唇。黄脸工人不甘心地一边往外走，一边说：

"这么大的地方，可藏的地方多了。"

其实，没人不明白，真正能藏东西的地方就在这里。尽管如此，他们还是要看，而且个个房间都要看到，连厨房、饭厅、卫生间、楼梯间、储藏室也必定要看，一处也不能落。排着队参观似的，挨间儿看，还随手乱翻，开一下柜门儿，拉一下抽屉，掀一掀褥子，揪一揪窗帘儿，几个年轻点儿的看得尤其仔细。

陈辛吾被夹着到处走，显得平静多了，而且他知道他们在想什么，因为他自己就是穷小子出身。

造反派们"参观"完楼下，三三两两地开始上楼，最先看见的是大门敞开的方辉和方平的房间，但里面的脏衣服、臭球鞋胡乱扔着，连最爱动手动脚的那个黄脸人都只是进去转了一圈儿看看就走了，大多数人都只探探头儿。

然后是方蓉和方敏的房间。自从奶奶走了之后，方敏不敢一个人睡，搬进了方蓉的房间，东西大部分还留在奶奶屋里。方蓉的屋里多了个人有点儿乱，但所有的东西都非常干净，雪白的床单、家具一尘不染，墙上挂着一幅陈辛吾写的未经裱糊的字，笔力顾长、遒劲、耐看：

"古今之成大事业、大学问者，罔不经过三种之境界：昨夜西风凋碧树。独上高楼，望尽天涯路。此第一境界也。衣带渐宽终不悔，为伊消得人憔悴。此第二境界也。众里寻他千百度，蓦然回首，那人却在，灯火阑珊处。此第三境界也。"落款是"嘱方蓉自勉，父字"

陆陆续续进来的造反派们张望着，有人看着这幅字还在掂量着，看算不算黑话。方蓉站在桌子前，目光中充满敌意，嫌恶地看着出出进进的人东翻西看。有两个人忽然翻到一本相册，竟站在那儿一页一页地翻看起来。方蓉上前一步，冷不防一把夺下相册。那两个人吓了一跳，抬头看着怒视着自己的姑娘，刚想发作，方蓉抢先生硬地说：

"这是我的！"

其中一个要不依，另一个悄悄拉拉他，两人出去了。

"参观"忽然阻塞了，后面的人还在往前走，可前面的却不知什么原因停住了。因为没有任何不对头的动静，后面的人好奇，便更往前挤着去看。有人甚至越过了一些"景点儿"直接向着人多的地方挤。

268

队伍是被堵在了方菲的门前。

方菲的屋门紧闭着，方菲横在门口，在她周围已经聚了一圈儿人。造反派们一时有点儿懵，最后终于有人发话了：

"怎么回事？"

"这屋门不开，有人堵着。"

小干部模样的人挤上前来，看一眼堵在门口的瘦长、苍白、有些弱不禁风的少女，马上回过头来，仿佛在找人似的，问：

"叫人问问陈辛吾，这是怎么回事？"

方菲咬着牙，尽力显得镇定地说：

"这是我的房间，和我爸没关系。"

"嗯，口气还不小。"

方菲不答话。事实上，因为紧张和激动她已经不知道自己是否还能控制住自己的声音了。这样做之前，她没想别的，只是不想让那些不相干的人进入自己的房间，翻她的东西，动她的床铺。等一堆人围在了她的门前，她才发现自己是多么地唐突和冒失。现在，她才意识到这可能会引发一场冲突，但她已经不能往回缩了。她站着不动，也不答话，因为她隔着车窗见过武斗，知道有多么可怕，现在她不想参加武斗，更不想成为武斗的目标。

人群里那个黄脸人往前挤，嘴里还说着"我瞧瞧，让我瞧瞧。"

从这人一进门方菲就觉得十分面熟，而这两句话终于让她想起来了，他是那个曾经来给爸爸开过两天车的司机。有一次正赶上方菲的自行车坏了，他也说过这两句话，并且把方菲的自行车修得别提多好骑了。

这一发现使得方菲忽然忘了怯场，愤怒涨得她满脸通红，眼里不屑的光芒能杀死一头大象。黄脸人可没有大象那么孔武，于是恼羞成怒地尖叫起来：

"她有什么了不起的！屋里准有黑材料！"

这一句话，使剑拔弩张的双方呼地被点燃了。

"无耻！"方蓉站在圈外，最先大叫了起来。人群哗地转过身去。"翻我们的东西算什么？！低级趣味！"这话落在对方的耳朵里就变成了"流氓"。

"你说谁呢?""你什么意思?""竟敢诬蔑革命群众!胆子也太大了!""竟敢说我们是流氓。""太狂妄了!都什么时候了,还这么神气!"

一群成年男人群情激愤地将方蓉团团围住。方蓉非但没被吓倒,反而更来了气,因为被七嘴八舌的怒吼压制着说不出话来,便桀骜不驯地拿眼睛横着人,嘴巴撇着,脑袋昂着,用目光说,你想怎么着?瞧你还敢吃了我不成?

如果人与人之间没有真正水火不相容的仇恨,这群男人会因为这样围攻两个黄毛丫头而感到羞耻。但仇恨不仅存在,而且简直不共戴天。那个黄脸的司机示威似的猛地转过身来冲着方菲就狂喊起来:

"让开让开!今天我们革命群众就是要摸摸这老虎屁股。以为还是你们的天下呢?告诉你们,该我们工人阶级专你们走资派的政了!"

方菲被他的狂怒吓了一跳,他那双布满了血丝的眼睛和被愤怒扭歪的脸,就在她面前晃动。

"什么他妈的人民公仆!纯粹是骑在人民脖子上当官做老爷!瞧瞧你们一家子,住了这么一大幢房子,老百姓一家三代七八口人住一间小房!革命?为了谁?还不是为你们自己!"由于真实,由于发自肺腑,不仅同伙们觉得出气,连站在他们对面的方菲都突然一下子理解了他的愤怒。"我们到这儿来是执行任务的,可不是来受你们的气的。告诉你吧,今天这个门我们是非进不可的,倒要看看是东风压倒西风,还是西风压倒东风。就要摸摸这老虎屁股。"

"对!就是要进去。""让开,否则一切后果自负!""让我们进去!""杀杀他们的威风!"人们又拥向前去。

但一想到这些人就要闯进自己的屋子了,方菲头皮一阵发麻,浑身发紧。腿肚子发软。说不上是委屈还是气愤使得她鼻子发酸。陈辛吾此时已经被带上楼来,站在圈外,气急败坏地对方菲喊道:

"让他们进去!不要阻拦!听话,孩子!"

陈辛吾令人不忍卒听的恳求像一把利刃,一下子割断了方菲紧绷着的神经。她一直拼全力忍着的泪水夺眶而出，她用凄厉刺耳的哭腔绝望地尖叫起来："不！绝不！"脸色由煞白变得通红。如此激烈的反应让造反派们吓了一跳，就好像他们不是要进入一个女孩子的房间而是要强奸她一样。

正在这时候，楼下传来一阵轰隆隆的脚步声，一转眼，呼啦啦涌上楼来一群身着绿军装、蓝制服的学生。他们有的歪戴着帽子，有的挽着袖子，还有的手里舞动着武装带，把造反派们围得里三层外三层的。为首的一个虎头虎脑的男孩子，一双豹眼儿倒吊起来，瞪得溜圆，怒视着那群大人就直冲过去。小干部模样的人紧张起来，拉住陈辛吾就问：

"怎么回事？这是怎么回事？陈部长，他们是谁？想干什么？"

从抄家开始这是第一次有人称呼陈辛吾为"部长"，而且还省略了"副"字。方辉从人群里挤出来说：

"甭问我爸，这都是我的朋友。"大人们一看是正牌儿的红卫兵出场了，就犯怵了。虽然也还硬撑着嘴上不服输，但都开始往后捎，胆儿小的，机灵的已经有悄悄往楼下走了。这群孩子里打头儿的金昌盛一看不要紧了，回过头尊尊敬敬地叫了一声"陈叔叔"，又问，"您没事儿吧？"陈辛吾硬板着脸装没听见，心中暗暗叫苦。

小干部模样的人一边跟在其他人后面往后撤，一边用手指点着说：

"好哇，陈辛吾！唆使你儿子招人来打架！"退到楼梯了，边下还边喊，"你要对这件事情负全部责任！"

陈辛吾的脸色此时要比刚进门时还难看，说不上是红是白还是绿，就像无缘无故挨了人一大耳光子，只是冲着方辉一个劲儿地重复着一句话：

"你这是搞得什么呀！这是搞得什么名堂？"

方辉见人都吓跑了，非常得意，冲着楼下还喊：

"想抄我们家？休想！只要爷爷我在这儿，没门儿！"

陈辛吾急得直跺脚："你这是干什么呀？还不给我住嘴！"大喘了一口气，问，"你知道他们是什么人吗？"等了一下，自问自答说，

"那都是我们机关的造反派！你怎么敢对他们那样说话？"

"我不管他们是谁，谁也甭想抄我们家！"

"你怎么就这么不懂事？"陈辛吾气得直哆嗦，"那是群众！"声音拖得老高，好像那是天王老子一样，"毛主席说什么，我们要相信群众，我要相信党！你怎么能站在群众的对立面上呢？！"见方辉还要还嘴，一个扭脸，冲着那群跟着方辉冲进来的孩子们说，"这儿没人需要你们，你们来干什么？乱弹琴，赶快走吧！"

"陈叔叔……"金昌盛刚要张嘴说话，陈辛吾做出从没见过他的样子，打断了他的话说：

"你是谁？我不认识你！是谁允许你这样胡闹的，赶快走！"俨然一副权威、严厉的主人面孔。

金昌盛是个天不怕地不怕，平日死要强，死要面子的人。现在当着自己的众哥们儿被陈辛吾的突然翻脸弄得下不了台，一下子窘住了，不知所措地涨红了脸，张大了嘴，怒，怒不得，气，又不能发，羞愧得无地自容。

方菲刚从绝望的悬崖边被救了回来，却眼看着父亲非但不感激，反而尽其所能地羞辱了金昌盛，简直都不敢相信自己的眼睛，不敢相信自己的耳朵，不能明白事情怎么会是这样的。

僵持，漫长得犹如一个世纪。

"爸爸，是我让方辉叫他们来的，"终于，方蓉跨上前来说，方菲这才醒过梦来，赶紧跟在姐姐后面说，"是我，是我……"

"好好，好，……"陈辛吾见状，痛苦万分地摆摆手，不知道该说什么才好，正在这时，只听得楼下大喊大叫着：

"陈辛吾！赶快走！回机关去！走！"

他不必再说什么了，也不用再做什么了，而且说什么也没有意义了。陈辛吾摇着头，摆着手，皱着眉，苦着脸，不看着任何人，向楼下走去，脚下像是拖着铅一样沉。孩子们也都安静了，像被他牵着似的身不由己地跟在他身后也往楼下走。

楼下，造反派们围站在门边等着。方蓉一把扯住方辉不让他再往楼下跟了。他们站在楼梯上，眼看着父亲，好像手上戴着无形的镣铐，乖乖地被造反派们牵了过去似的。虽然陈辛吾是背对着大家，但他脸上的表情似乎每个人都能看得清清楚楚，它是那么无奈，那么地痛苦。

　　就在陈辛吾即将消失在大门口的一瞬间，他突然回过头来，抬头看了一眼站在楼梯上的孩子们，脸色出乎意料的平静，不，不仅仅是平静，应该说是陌生。目光中透露出那么不动声色地冷漠、疏远、隔膜，好像看的不是自己的亲生骨肉，而是和自己毫不相干的从来也不认识的人。他没有责备任何人，但每个人都被他的目光深深地刺痛了。

四十四

最后一次全市性的红卫兵大会是在北京展览馆的大剧场举行的。

剧场和莫斯科餐厅连着，是北展的一部分。它像餐厅一样，完全是苏俄风格，豪华、高大、庄重、浪漫，一进去就会让人匪夷所思地想起俄国贵族的上流社会的社交生活，生出一种无旧的怀旧心情。

大会原定两点半举行，但不到两点会场里已经挤得满满的了。大厅里灯火通明，像正式演出一样台上的顶灯和脚灯侧灯都开着，巨大的镶金紫红帷幕拉开着，台上摆了一溜铺着白布的会议桌。

台下，来自全市各学校，以西城、海淀几个干部子弟较集中的学校为主的红卫兵们挤满了会场。他们大多数人还是穿着军装和蓝制服，粗看上去没什么区别，细看，却大不相同。军装有咔叽布和呢子之分，有四个兜和两个兜之分；鞋子有真正的将校靴和普通民用靴之分，蓝制服也有一般的咔叽布和毛料子服之分。有的人更爱漂亮、更在乎穿戴、更愿意显示自己不同凡响的身份地位，便尽可能地把自己盛装打扮起来。他们或者穿件将校呢的上衣，或者披一件军呢子大衣，或者一双锃亮的正统的将校靴，即便外面是一件布军装，里面也要套一件呢子的干部服，这样既把肩膀宽宽地撑了起来，显得挺拔、气派，还给布军服提高了等级。这些人在人群中非常抢眼，惹人注目。还有一些人表面上似乎不那么在乎，他们只戴一顶军帽，其他衣服只是随随便便，仿佛很不在意；还有的连军帽都没有，一身普普通通的蓝布制服，似乎没什么特殊之处，细看，裤子却是纯毛料的；还有的没有毛料裤子，却带块手表，或者连手表都没有只是把短短的小辫梳得又低又后，挺起胸脯，高昂起头，傲慢地看人，也很入流。要的只是个意思，有点儿标志或点缀，有点儿一般老百姓无能拥有无心拥有或不愿拥有的东西就行。最初的那种只要是件绿军装，不管什么质地也不管是什么样子就往身上包的狂热已经消失，是不是绿军装似乎已经不是最重要的了，重要的是以示区别。

他们济济一堂，有的高声谈笑着，互相打着招呼，尽其所能地放出浑身的热量去吸引着周围人的目光；有的两眼放光地四下观望着，在目力所能及的范围内恨不得将每个人都印在脑子里；还有的一脸矜持地目空一切，谁都不去看，谁都不在乎地高高地昂着头，仿佛自己真的就是整个大厅里最为耀眼的明星，万众瞩目地吸引着所有的目光。场地本身的气氛给了他们一种似乎置身于俄国上流社会的社交场合的虚假感觉，这种感觉混杂着他们与生俱来的前不久被江阿姨一语道破的所谓"精神贵族"的感觉，使得眼前的现实与虚幻的梦想交织成了一股似真亦幻的天之骄子的豪情。他们是当然的革命接班人，是当然的革命派，是不容置疑的"自己人"。

和台下轻松的嬉笑、漫谈成鲜明对比的是台上主席台后面坐着各校的红卫兵头头儿们的一脸严肃和郑重。在刚刚开始进入会场时，他们这种表情也许还有着对自己领袖身份的强烈意识而故作表现的成分，但随着时间的一点一滴地过去，这种严肃和郑重变得像真实起来，甚至加入了真正的沉重。他们已经经过了被江阿姨称成为小太阳时的狂喜，经过了受到毛主席接见时的自命不凡，现在，他们更多地预感到了江河日下的悲壮。

原定的开会时间已经到了，但中央文革的人依然迟迟没有露面。

李小华焦躁的双手叉着腰，帽檐儿推向脑后，在后台与主席台之间走来走去，拧着眉毛，不停地用大幅度的动作甩出胳膊来看看颇为人所羡慕很能代表一个人的身份的手表。他是个军队干部子弟，从小受父亲的影响对时间有着极强的概念。

穿一身很不起眼的蓝制服的何延平只有眼镜片亮晃晃的，凑过去低声问他：

"你肯定没弄错？就是今天下午两点半？"

李小华急得汗都下来了，眉毛倒立着，恶声说：

"怎么会？这种事怎么可以搞错？！完全不可能！他当着我们的

面亲口答应来出席会议，不仅他自己来，其他文革成员也会来。我听得清清楚楚，就是这个时间。"这个"他"是指中央文革的成员戚本禹。

半天，何延平又说："都这时候了，估计来不了了，没准儿就是有意回避。"

"有必要吗？故意涮我们……"李小华话没说完，忽然明白了，或许何延平没说错，怒火猛地窜上脑门儿，咬牙切齿地嘶嘶着，"小人！"停了两秒钟，像作出什么重大决定的将军一样，一挥手，果断地说，"按第二套方案进行！"

大会虽然开始了，也有人在台上讲话，但似乎都知道该来的人还没来，台下依然乱哄哄的。

方辉离了歪斜地穿着一身并不太合适的军装混在打扮入时的金昌盛、董太行一干人马中，有说有笑。这群人在会场中颇为打眼，方辉为能与他们为伍而倍感荣幸，他并不在乎开的是什么会，有什么人参加，会上要干什么。他只是喜欢和这些他所熟悉的人在一块儿，认识的和不认识的，反正都是自己人，而且那么多，济济一堂，真他妈带劲儿。顺便还可以看看那些妞儿，一个个儿神气活现的，都像是营养过剩的花儿，开得又大又鲜艳，而且一个比一个招摇，搞得他那双眼睛就像是有线牵着似的不由他自己作主了，倒由那一串串清脆的笑声和一道道如惊鸿一瞥的目光操纵着，左右着。那些目光也许并不是在看他，但照样惹得他心旌动摇，乐不可支。但没多久，在人头攒动的大厅里他便觉得浑身燥热，烦躁不堪。他扯着自己的领子说，太热太热，要出去透透气。金昌盛和另外几个人也都说没劲，中央文革真他妈操蛋，到现在还不来，上大厅里去歇歇。

出了被笼罩在一片红暗灯光里的会场，休息厅里透过巨大的落地窗照射进来的白亮的自然光线令人精神一爽，窗外冬天的景色一览无余，灰色的天空接着衰草黄叶铺就的田野，一条小河蜿蜒着横陈眼前，薄薄的白冰映衬着天空的清冷灰蓝，把从门内带出来的紧张的橘红色一扫而光。恍如两个世界的两种颜色的迅速替换使人突然对仅仅一门之隔的另一个世界的真实性发生了怀疑，门外的冷静、客观、凝然不动和门内的紧张、热烈、分分秒秒都在流动着的主观情绪形成鲜明对照，以至方辉竟调过头去又回到门里，看看那个世界是否真的存在，结果差点儿一头撞在别人身上，金昌盛忍不住笑他：

"你傻头傻脑地找什么呢？"

"外边儿真有点儿俄罗斯风光的感觉。'田野小河边上红梅花儿开，有一个少年真使我心爱……'"方辉旁若无人地唱了起来。

"你丫够酸的。"金昌盛说，可自己也脸红了起来，因为这时候刚好几个漂亮的女孩子从他们身边走过，并投来闪电似的一瞥，金昌盛两只眼睛放着光地尾随着女孩子们的背影。方辉坏笑着说："我酸，你丫色。"

"你才是。"正当两个人瞎逗着，忽然一声锐叫"陈方辉！"吓了方辉一哆嗦，回头一看十米开外的另一群红卫兵中一个又黄又瘦的小个儿女生箭一样冲了过来，原来是"升高"蒋素兰。

待方辉一看清楚，身不由己地就直往金昌盛身后躲，边躲边小声说，"你帮我赶走她，……我得去上趟厕所……"说着把金昌盛往前一推，撒丫子就要颠儿。但他手脚不利索，没走两步便被蒋素兰拦腰断了他的去路：

"怎么？怕我吃了你？"

"没，没有，我……没看出来是你，正想去厕所呢，……"

"你怎么也不来找我呀？你瞧，"说着手一挥，"我们那帮哥们儿都知道你的大名，认识认识吧。"

方辉一听自己挺有份儿，便喜上眉梢，如果换了别人这样拉他，他早就乐不颠儿地去拔拔份儿了。但他实在是太讨厌蒋素兰了，脸上虽然被奉承得得意洋洋，脚底下却不由自主地还在想溜。无奈却一把被蒋素兰扯住，动弹不得，脸上露出怂相。

一直在一旁看热闹的金昌盛瞧着方辉直忍不住想笑，被一个小不点儿女生吓得要尿裤子，便斜着肩膀插过去，说：

"嗨嗨嗨，干嘛呢？干嘛呢？别这么着啊，你没瞧见人家急着要去厕所吗？"

蒋素兰上下打量了一下金昌盛，直冲冲地问：

"这是哪儿冒出来的一根儿葱啊？有你什么事儿？"

金昌盛是个吃软不吃硬的家伙，他本没想打架，可"升高"太狂了，他火儿腾的一下冒了起来：

"我打你丫的，没见着我们是一块儿的吗？"

蒋素兰回头一看自己人离得挺远，便放开了方辉，边退边说：

"今天是声讨中央文革的大会，我不跟你废话，咱们来日方长。"

"怕你丫的，有本事你别溜，臭圈子。"

"好好，后会有期。我们家是计委大院儿的，有种儿的你就来。"说着跑远了。金昌盛这边儿却气得要追，被方辉拉住了。金昌盛余怒未消地瞪着眼睛问方辉：

"哪儿他妈钻出这么个夜叉？她怎么认识你的？"

"我们班的，可狂了。"

"甭怕她，赶明儿有功夫我替你收拾丫的去。"

方辉一见"升高"走远了，脸上也恢复了正色儿，气壮如牛地吹起大话来：

"我怕丫的？打得她满地找牙去。"

金昌盛笑了，知道方辉其实谁也不敢打，他太胆儿小。董太行却故意激方辉说，"她还有一帮哥儿们呢，就怕你打不过。"方辉挣红着脸，仗着胆儿，就像要吃人似的，眼睛瞪得溜圆，冲着已经看不见的"升高"的背影喊，"我哪天花了他小丫挺的，我才不怕呢……"几个人哗地大笑起来。

仿佛回应他们的笑声似的，他们身后的门里"嗡"的一声传出更为洪大的起哄声，他们都愣住了，紧接着，金昌盛第一个反应过来，反身往门里冲，其他人一窝蜂跟着涌进大厅。

桔红的灯光、一张张愤怒的脸、挥着胳膊蹬着椅子站得老高的人还有愤怒的污言秽语仿佛一只巨大的炼铁炉，舔着烈焰，熊熊燃烧着，只要靠近它，不管多么冷静地人都会被它点燃，被它熔化，更何况这是一群本来就没事找事的大孩子。他们并不知道发生了什么事情，但这并不妨碍他们立刻就融入了这疯狂的气氛，也跟在别人后面也开始了狂怒的谩骂。

"混蛋王八蛋，打倒他们丫挺的！""背信弃义，混蛋小人戚本禹！"

原来是中央文革派了个小记者姗姗来迟，传口信说，首长有紧急会议不能到场了。原来如此！他们痛恨得牙都痒痒了，嚷成了一片：

"质问他，为什么失约？""我们不是阿斗！""他们不仁，我们不义，别以为我们是三岁的孩子！"

主席台上，李小华气得口鼻生烟，对着传信的小记者愤怒地大叫：

"这是蓄意的，有预谋有计划地阴谋！"他虽然有预感要坏事，但事情真的发生了，他还是不敢相信竟会是这样的，一个堂堂的中央文革成员能这样对待红卫兵。他觉得自己一片真诚，还想和中央文革面对面的开诚布公地交换意见，解除误会，却没想到受到如此冷遇欺骗。真是是可忍孰不可人。

何延平从背后拉了一把李小华，用手扶了扶白框眼镜，走到麦克风前，竭力控制着自己的情绪，郑重其事地对小记者说：

"我们坚决要求中央文革就此事给我们做出正面解释，并在适当的时候适当的地点另作安排，请你务必将我们全体红卫兵的要求转达中央文革及江青同志。"

小记者一边点头一边退，但早有人耐不住了，冲上台去，抢过麦克风，振臂高呼：

"拥护中央军委四个副主席！"

"坚决拥护党中央的正确领导！"

"不许迫害革命领导干部！"

"不许迫害革命小将！"

这是一群被惯坏了的孩子，而且是用革命思想惯坏了的孩子，从刚懂事起，他们就被告知自己是当然的革命接班人。是中央文革了鼓励他们，承认了他们，给了他们闹革命的机会，就像是他们在革命路上的母亲一样。可现在他们突然发现自己被母亲欺骗了，耍弄了，冷落了，而且抛弃了，这还了得！于是悲从中来，就像被抢走了棒棒糖的三岁的孩子一样，拼命地跳着脚地撒泼打滚儿，玩命地哭闹。冲着妈妈充满仇恨地喊道："妈妈坏，是坏人，我恨你！"伤心欲绝的他们，像个孩子一样自然而然地转向了父亲或者爷爷去告母亲的状，要求讨回公道，还给他们棒棒糖。

中央文革不是故意给我们难看吗？那我们就去找毛主席，就不信毛主席不给我们作主！"我们想念毛主席！"的呼声自然而然地从一个角落里首先发出了，紧接着呼声迅速蔓延开来，一浪高过一浪，整个大厅都被这有节奏的呼喊声震动了。他们痴迷、执着地相信，爷爷一定会向着自己。是啊，他们有理由这样想，因为，毛主席确曾对他们寄予厚望，在最困难的时候确曾拯救过他们支持过他们。他们相信只要他听见了他们的呼声，一定会再次站出来为他们解围，再次为他们叫好。是妈妈不对，爷爷肯定不赞成妈妈的行为。他们怀着这样坚定的信念，一遍又一遍动情地呼喊着，仿佛这声音会穿透时空直接传到毛主席的耳朵里似的。

这时，一个高亢的声音对着麦克风用带抽泣的鼻音唱了起来：

"抬头望见北斗星，心中想念毛泽东，想念毛泽东……"台下齐声合上来，"黑夜里想你有方向……"四溅的激情、唏嘘啜泣的悲壮夹在洪亮的歌声中，撞击着每个人的感情闸门。是谁不让他们见毛主席的？是谁欺骗蒙蔽了他老人家的？是曾经被中央约法三章的不许参政的江青！于是他们毫不犹豫地直接把矛头对准了欺负他们的人：

"打倒中央文革！"

"揪出戚本禹！"

"打倒戚本禹！炮轰江青！火烧谢富治！"

李小华抓过麦克风领着头地发着毒誓：

"以血还血，以命抵命！血债要用血来还！"

会场上的情绪完全白热化了，悲壮、愤怒夹带着委屈、骄横烈焰一样地燃烧着。它烘烤着人们的头脑，刺激着人们的泪腺，让喉咙充血，浑身发热。方辉想起了父亲被斗，家被抄，奶奶和大师傅的走，悲从中来，再也忍不住辛酸，竟哇哇大哭起来，边哭还便跟着喊口号：

"打倒中央文革！打倒打倒！把他们全打倒！"

四十五

　　苦难在想象中似乎要比真实中更有感染力，看到别人落难似乎比自己遇难更能得到同情和心。

　　方菲和本校的红卫兵们一块坐在剧场的前排，当会场秩序大乱时，看见周围晃动着一张张愤怒、流泪的脸，起起落落着一片片的胳膊，耳边是声嘶力竭的一阵阵口号声，她却完全相反地没有激动、愤怒，冷静得像一块铁，硬板板地手脚冰凉，全身僵直，好像周围所有的一切都与自己无关。她只是个外来的闯入者，看着满面涕泪的葛宝华，热泪盈眶地狂呼口号的李小华和何延平，不仅丝毫没有受到感染，相反，却想到他们的老子并没有真正被打倒，也并没有挨斗，充其量也就是上班无事可做，倒是自己的父亲被游街批斗，被抄家打倒了，最应该也最有理由愤怒和伤心的自己却没心没肺地冷静着，像一条冷血的蛇。这让她有点儿吃惊，也有点儿尴尬，还有些自责。但想到前些时候，当别人的父亲挨斗的时候，她也曾像现在会场的所有人一样，愤怒和同情让她热泪盈眶，血液沸腾。但是轮到自己了，她反而没有眼泪了。

　　人真是奇怪。

　　现在，她站得离他们这样近，心却隔得那么远，满脑子的怀疑，怀疑这种针对中央文革的愤怒是否过于矫情。她难以相信一切都是中央文革一手遮天，全盘操纵的。难道打倒老干部仅仅是这些人自己的主意？毛主席就一点儿都不了解情况？万一他老人家不仅知道而且赞成，甚至是一手导演的，那现在这一切不是太可笑了吗？

　　虽然身处激情燃烧的大厅，但方菲心里有的只是冷静的好奇，好奇毛主席到底是怎么想的，这是他亲自发动和领导的。他真的以为这样将老干部打入炼狱就能达到革命目的？这场革命到底将中国推上怎样的一条道路？

　　就在这时候，后台因为涌上来了许多人而混乱嘈杂，郑彬彬站在靠近主席台的一头冲她们这边招手，一边比划着，示意要她们帮着维持一下秩序。方菲跟几个红卫兵一块儿站在通往主席台的通道上，劝阻不断地涌上台来的人回到座位上去。开始方菲还跟着劝阻，但自己很快也被挤了出来，看着史培玲他们唇焦口燥地徒劳地挥舞着胳膊，如同挡在山洪前的小草一样无力地被席卷而走。当人潮又涌上来的时候，前边的人往后一倒，方菲几乎被推个跟头，就在她要倒地的时候，有人从后面有力地将她顶住了，旁边倒下去了一片。方菲站稳脚，自然而然地回头感激地一笑，身后一个高大健壮的男生也一笑，又忙着去扶其他摔倒的人。人前拥后挤的，会很快就开不下去了，宣布散会的时候还有人恋恋不舍，方菲拉着两个好朋友赶快离开了会场。到了外面，大家长出了一口气，史培玲大声问道：

　　"不知道毛主席知不知道这一切？"

　　"真是英雄所问略同！"方菲激动地扑过去抱着史培玲的肩膀，"咱们怎么想到一块去了？"

　　"不是想到一块，是问到一块了。"葛宝华咯咯地笑着说。

　　"你跟清华附中那几个人谈过吗？他们怎么看？"方菲急煎煎地问史培玲。

　　"谈过，开会前，我和郑彬彬还跟他们讨论过时局。"史培玲完全忘记了曾经对他们的崇拜，近乎气愤地说，"没想到，他们这帮红卫兵的理论家们真没水平，除了仗着干部子弟的狂劲儿，大骂中央文革和'三司'之外，根本无理性可言。"

　　"天哪，现在到底谁能告诉我们答案？"方菲失望地翻着白眼，做出一副祷告的样子。

　　"可惜教堂都被砸了。"葛宝华半真半假地说。方菲吃不准她是不是在开玩笑，但已经没心思笑了，认真地说：

　　"也难怪，过去他们可都是领袖级的人物，现在眼看被抛弃了，有怨气，也不奇怪。"

　　葛宝华看着方菲说："我怎么觉得现在的事情那么乱，简直不知道都是怎么回事了？说实在的，我都懒得理这些事了……"

史培玲忽然想起什么重要事情似的大叫着打断了葛宝华，：

"方菲！你记得前些时候咱们去北大参加一个关于血统论的辩论会吗？有一个发言水平特别高，把血统论批得体无完肤，当时咱们还都以为他是个'四三派'，记得吗？"

"记得，个儿挺高，声音有点儿沙，一边说话还一边挥胳膊。"

"后来我听人说他也是个高干子弟，叫周晋生。"

"是吗？"方菲吃惊地睁大了眼睛问。

"他们还有个马列主义学习小组，就在北大附中里，要不咱们去找找他们？听听他们的？"

史培玲这一阵子疯了似的拉着方菲和葛宝华找各种组织派别探讨革命，但很少有能谈到一块去的，更别提能得到启发了。不论是激进的"四三"派，还是温和老实"四四"派，张口都是自己这派如何正确，所谈到的无非就是最近某首长的讲话，某派别的行动，某个政策的对错、是非，而且一谈起自己的观点如何正确就一副排除异己、旗帜鲜明的唯我独正确的自信。方菲对这一套已经有点烦了。

不过，周晋生不叫战斗队，而叫学习小组。这有点新鲜，可他们就真的能不落俗套吗？

一听说还要去找这个学习小组，葛宝华当即表示，她再也不想掺和这些事儿了，没劲，瞎吵吵，谁理呀？人家该干嘛还得干嘛，咱们管得了吗？

"咱们就是死也得死个明白呀。"

"如果都是个死，明白又怎样，不明白又怎样。"

史培玲气得说葛宝华整个一个革命意志衰退。三个人不欢而散。

方菲虽然并不相信这趟上西天就能取着真经，但还是有些好奇，于是，第二天骑着车跟史培玲上了西郊。

当史培玲"彭"的一声推开一扇贴着"马列主义研究学习会"的教室门的时候，大约七八张脸一齐转向门口，显然都被吓了一跳。偌大的教室中，放着一张大会议桌，这些人面对面地围坐在桌旁，每个人面前都放了一摞书和本子。书都是蓝颜色，灰颜色，白颜色的。显然，刚才他们都在安静地看各的书，有的人还在做着笔记。

而两个闯入者自己也被吓了一跳，因为，她们俩一路闯进学校，几乎见不到什么人，整幢教学楼里已是人去楼空，在楼道里走着都能听到自己的脚步声的回音，早已不像刚开始闹文化革命时那般热闹了，因此她们没想到这里会有人，而且有这么多人，清一色的都是男生，而且都在低头读书，读着一些非红颜色的书。

方菲立刻觉出了他们的冒昧，没敢抬眼也能感觉到了自己并不像在别的乱哄哄的战斗队那样受欢迎，便想要退，但史培玲两脚像是钉了钉子，一动不动。方菲尴尬地涨红了脸，自觉不自觉地缩到史培玲的背后，恨不得把自己整个儿藏起来。史培玲却习惯性地昂着头，半眯着眼，一副满不在乎的样子环顾着教室里的人。

因为好一会儿没人开口，有人便低头继续看书，有的还在等待，似乎等着她们发现找错了门，自己走开。然而，门没有关上，两个女孩儿也没有走。几个男生又好奇地抬起头，史培玲非但没有因为被人凝视而局促不安，反而生出居高的傲态。又过了足足两分钟，史培玲才开始说话，这使得男生们简直惊奇得近乎敬佩起来，却让方菲冒出了一身冷汗。

"我叫史培玲，我和方菲想参加你们的研习会，"方菲被史培玲的话吓了一大跳，气都僵住了，嘴也张大了，听任史培玲继续代表自己说话，"我们听过你们这儿一个叫周晋生在北大的辩论会，认为很有水平，"一个坐在远处的男生赶紧谦虚地说，不敢，不敢，史培玲看都没看他一眼继续说道，"但有些问题还没有说得很透，我们还想和你们共同学习、磋商。"

这番宣言像这两个人一样既郑重又突如其来，男孩子们一时竟不知该说什么好，互相交换着目光。又是一阵沉默，史培玲毫无惧色地冷着脸等着。她的沉着和自信给对方留出了充裕的时间调整自己的态度，也给了方菲力量从史培玲身后渐渐抬起头来。终于，在史培玲的坚持下，被打扰者屈服了，坐在远处的周晋生站了起来，热情、友好地说：

"我们也是学习，也有许多问题搞不清楚，大家共同研究吧。"

不仅方菲松了口气，一屋子的人都活跃了起来，跟着微笑着，附和说："进来坐吧，干嘛站着。"

"一块儿学习吧。"

周晋生有些腼腆地呼噜了一下自己的头，眼睛不敢直视着史培玲，声音更沙了：

"我们这个研习会是个松散的组织，大家不过是凑在一块儿学习学习，还是以自学为主，有时候也讨论。我搞国际共运史，"然后指着一个白净脸儿瘦瘦的小个儿说，"这个是万小光，他现在正在研究哲学，这个是季晨，正在学政治经济学……"

万小光细眉细眼，戴副眼镜，深藏不露的眼神在镜片后面闪烁着。只有他，自始至终表情平和，没有太多的变化，一脸的平静如水。季晨则像个运动员一样十分魁梧，即使坐着都能让人觉出是个大个儿。有好一会儿，他都不能收回自己吃惊的目光，这目光使他那双微微下陷的单眼皮的大眼睛变得引人注目地澄澈、深邃。他是这群人里的美男子。

周晋生继续介绍着，"于志国""隋宝平"……并说他们也是才来不久。他们有的点点头，有的笑一笑。

"你们怎么找到这儿的？"周晋生好奇地问，这时候他已经不那么拘谨了，渐渐露出了擅言谈的本色。

"是何延平告诉我们的，说你们在北大附中有个研习会。可以说我们是慕名而来。"史培玲一副满不在乎的劲头，摇摇脑袋说。周晋生被她逗得微微一笑，问：

"你们是哪个学校的？"

"女附中的。怎么？"

"难怪。"

"难怪什么？"

周晋生回头和其他几个人相视一笑，说：

"和别的女生不一样，"顿了一下，说不上是褒还是贬，微微带点儿调侃，又加上了一句，"气度不凡。"

这话听起来像是恭维，史培玲竟然少见地脸红起来，但由于她本来脸色深，不熟悉她的人很难看出来，而她也毫不忸怩地挺了挺胸，好像认可了对方的恭维似的。只有方菲大为惊异，向周晋生投去了那么好奇地一瞥。周晋生没觉出史培玲有什么异样，倒是方菲的目光火一样烫着了他，尽管他始终没有正视过方菲，但从一开始，他便和所有的人一样，不仅"看见"了方菲，而且清楚地"看"见了躲在后面的那张白净、秀色夺人的脸。这使他突然语塞了，史培玲马上夺回了会议的主动权一样，扭过头去向着万小光和季晨，问：

"你们最近都在读些什么书？对什么问题最有心得？"

万小光从容地环顾了一下同伴，包括又在搔头皮的周晋生，和已经平静下来正颇有兴味地看着来访者的季晨。不紧不慢地开口说话：

"各方面都有所涉猎，每个人所关心的侧重面也不一样，读的书也不尽相同。大家可以经常交换一下看法，对一些问题展开讨论时，还可以从各自不同的角度谈。"

好奇怪的说话方式啊，文绉绉，慢悠悠，而"涉猎"，这个很少用在口语中的文词儿，在万小光嘴里自然、普通，就像是每个人都天天在喊着的"打倒""限你几天之内交出……"这类常用语一样平常，方菲的耳朵就像被屹了一下那么难受，可史培玲却熟练地立刻学以致用：

"你涉猎较多的是哲学？"史培玲问得有点拗口，但很坚决。方菲按捺着笑，斜了一眼史培玲，疑心她是在打趣万小光咬文嚼字，但史培玲面无表情，认真地看着万小光。万小光更无戒心，自自然然地说：

"我主要是从哲学史入手，虽然涉及的面比较广，流派也比较多，但不搞清这些问题，对事物的认识就缺乏深度。西方哲学史上有建树的思想家比较多，搞清他们的思想对世界历史发展的影响很重要，有许多问题，直到今天哲学家们仍然各执一说，有待研究。"万小光并不等史培玲再发问，自顾自地、有条不紊地慢慢开说。不仅像黑格尔、费尔巴哈这些读毛选读社论看报纸就耳熟能详的哲学家被提到，一些陌生的、闻所未闻的哲学家笛卡尔、康德、休谟、斯宾诺莎之类的也被万小光信手拈来地谈起。他谈他们的哲学的基本观点，他们之间的内在联系，分歧，承袭关系，还谈他们对马克思主义哲学思想的形成的影响。他的谈话如滔滔流水般平和、客观、从容不迫，既无炫耀也无争论，只是叙述。复杂的哲学问题在他嘴里变得浅显易懂，各种不同的思想体系被他梳理得井井有条。初听起来十分生硬的词汇、用语非但不再引起滑稽感，反而产生了一种不可替代的恰当感。

最令人震惊的是，他用完全相同的淡然态度谈到了毛主席在哲学上的探讨，对两论在哲学上的意义作了一般性的说明，既没有崇拜，也没有贬低，倒是对列宁在哲学上的成就多说了几句，并为他的早逝感到惋惜，对他没能完成自己的研究颇为遗憾。

万小光说话的时候目光既不对着交谈者，也不固定在一个目标上，而是散漫地扫射着，仿佛并不是在对什么人谈话而是在自己整理着自己的思想。他那双不大的眼睛貌似观望着外部世界，但又让人分明感觉到外部世界对他已经不存在了，一切都消失在他自己内心的一条无形的思想长河中了。他所说的话不过是他在这条长河边独自漫步时的沉思而已，他并不在乎别人是否同意，也不在乎听众的反映，只是随意地将自己在这条长河中发现的一粒粒熠熠闪光的贝壳或珍贵的宝石捡拾起来，让人观赏。他做得那么从容平静，那么举重若轻，那么恬淡自如，理性到了让人生出超凡脱俗之感。而这一切和外面的喧嚣的世界形成了尖锐的对比。外面是狂热的推崇和盲目的行动；这里是客观的陈述和冷静地思考。外面是充满了仇恨的你死我活的阶级斗争；这里却是不偏不倚，不夹带任何感情色彩的纯理性思辨。

这一切是那么的令人惊异，以至于史培玲不再眯着眼睛提些刁钻古怪的问题，眼下，她的大脑正在全速飞转，竭力抓住追万小光说的每一个字，想要迅速理解万小光的每一句话，问题都来不及生成就全都挥发了。方菲更是着了迷一样，完全忘却了羞涩，全神贯注地凝视着万小光，生怕遗漏了一个字。然而，她越是怕遗漏，越发现所有的精髓竟沙漏般从指缝间流逝了，她甚至都不能完全弄清楚谁是什么主义。尽管如此，她却分明地感觉到了那条思想的长河正在把她轻轻地托起来，缓缓地将她送到一个她从未见识过的光辉的彼岸。这种感觉是如此奇妙和新奇，仿佛世界原先只向她开了一扇窗，现在却豁然推倒了一面墙，眼前的一切都变得崭新而且开阔，就连原先从窗外能看见的风景都精彩得焕然一新，令人目眩。万小光的模样似乎也在这光辉中模糊了，淡了，远了，她心醉神迷地凝视着，凝视着眼前那条思想和理性的长河。

万小光依然故我，既不被史培玲的咄咄逼人所窘，也不为方菲沉默的凝视所动，只是思路更加清晰，语言更加流畅，让一串串奇思妙想在大脑中飞闪，升华。表面上他还是不紧不慢，但此时脑子里却冒出了那么多的瞬间发现，迸出了那么耀眼的思想的火花，将他的一直想要总结但还没有组织好的思想全都串连在了一起，在说的过程中将自己这一段读书的心得也作了一番总结和思考。

这时候，史培玲开始抓住机会问一两个平日听起来很生硬、现在却十分合拍的问题，气氛越来越活跃。万小光的一人讲演渐渐成了大家各抒己见。有趣的是，只要有人在说话，万小光就绝不开口。但只要谈话稍一停顿，他就抓住间隙，又接着自己刚才的思路继续说下去，仿佛他一直在耐心地等待机会，将被打断的本来是不吐不快的想法再接着叙下去。正是他的这种谦让、不温不火使得谈话始终保持了一个平稳节奏，并充分调节着谈话的气氛。这种态度显得那么超然，令人耳目一新。

谈话渐渐从纯理论转向了现实，谈话的主角也不知不觉地变成了周晋生。周晋生是个瘦高个儿，黑黑的脸上长着一双生动的小眼睛，目光敏锐而且锋利，两片薄薄的嘴唇，说起话来极有煽动性，他一开口就出语惊人：

"文化革命的本质可以说只是个尝试。"

史培玲马上接口问道：

"尝试？怎么讲？现在可不是这个提法儿。"

周晋生并不辩驳，只用一个更大更新的角度一下子就让史培玲没法儿接口了：

"从国际共运史来看，由列宁所建立的社会主义国家已经不是马、恩所预言的社会主义了，而是一个完全不同的社会、国家。但列宁死得太早，未能将他的关于社会主义的理论完成，也未能来得及建立他的社会主义国家，他只是进行了一些探索。于是斯大林建立了第一个社会主义国家苏联。随着越来越多的国家，尤其是东方一些落后的，根本就没有什么工业生产的国家都建立了社会主义国家，问题就出来了。到底什么是社会主义，社会主义应该是什么样的，由于无经典可依据，于是出现了各式各样的社会主义。这种社会主义早就不是马克思理论中的社会主义了。"

听到这儿，方菲连气都不敢出了，天那，都对社会主义的本质提出质疑了，这真是闻所未闻。周晋生接着说：

"其实这条路应该怎样走，谁的心里都没底。"

"连毛主席都没有吗？"史培玲急不可待地问。

周晋生微微一笑，并不直接回答她的问题，只是顺着自己的思路接着说：

"在社会主义国家中仍然存在着管理阶层与被管理阶层之间的矛盾。怎样解决这一对矛盾，各个不同的国家都有自己不同的解决方式。"

这么重大的问题却被周晋生几句话说得那么轻松，然而正是这几句看似轻松的话，却让方菲感觉有如醍醐灌顶。她一直绕不清楚的"人民公仆"和"当官做老爷"的问题一下子就迎刃而解了。不管是用什么字眼儿，本质就是"管理者和被管理者"，只有这样看问题才不至于自己跟自己做起了文字游戏。但还有什么东西堵在胸口，让她一时说不出道不出地牵挂。但她没时间细想，周晋生神采飞扬地继续让人吃惊：

"从社会主义阵营诞生以来，已经发生了大大小小许多次事变，也产生了许许多多的理论。"周晋生口若悬河般地谈起了布拉格之春、匈牙利的裴多菲俱乐部、南斯拉夫被宣判为修正主义以及苏共二十大赫鲁晓夫的秘密报告等一系列国际共运史上的大事件。对斯大林晚期的大清洗尤其说得耸人听闻。这些在人们头脑中早已被定了案的"反革命事件"在他嘴里都获得了一个全新的面貌，他只谈这些事情的起因、过程及后果，却仿佛故意避开了结论，对事件的性质问题闭口不谈。因为他所说的事实确实太令人震惊了，所以当他突然把话题一带，又说到，"现在，不仅东方出现了社会主义，非洲、拉美、包括瑞典这样的国家都宣称自己是社会主义国家，问题就变得更加复杂了。"方菲几乎都没拐过弯来。

史培玲却马上反应过来了，反驳说："那咱们不承认它。"

周晋生眼里闪着调皮地光芒，打趣地说：

"是的，你可以不承认，那是你的事，人家也可以自称，那是人家的事。你有你的理论，人家有人家的做法。说到底，什么事都不全靠说出来的，而是干出来的。文化革命就是主席进行的一种尝试，是他对社会主义的理解和实践。他是用群众运动来促进党和政权的自我清洗、不断革命。"天那！方菲大松了一口气，心想，绕了那么大一个圈子，话题又落在了这里。"这个尝试确实是史无前例的，从某个角度看也应该说是伟大的。不是毛主席，没人敢这样干。"

"这么说，你是赞成这个运动啰。"史培玲又立刻跟进。

"谈不到赞成不赞成，我只是说它可以说是伟大的，但并没有说它是正确的。"

"那你是不赞成？"

"我也没那么说，那不是我现在能够回答的，那要由历史来作出回答。而且，时间短了都不行。"

史培玲一想，觉得周晋生的回答简直妙不可言，高超之极，而且茅塞顿开，兴奋地接过了话头儿，就这个问题一通发挥，什么要历史地、唯物地、辩证地看待文化革命，这得几代人之后才能真正理解文化革命的意义。还说，文化革命将成为一个空前绝后的壮举，必将成为后世研究的重大课题，等等。方菲对史培玲的临场发挥非常担心，生怕她那些拾人牙慧的陈词滥调贻笑大方，但她吃惊地发现，不仅没人笑，而且，竟然有人附和也有人反对，更有人认真思考之后不置可否，使得讨论到更加热烈起来。方菲安心了，渐渐生出了一些自信，脸上也露出了浅浅的笑容，浅到只在眼角若有若无地闪那么一下。

史培玲虽然引起了一阵热闹，但方菲的思想却并没跟着史培玲走，这热闹只是搅扰了她的思路。而那个想法对她是那么至关重要，刚才周晋生似乎已经触到了它。不行，她一定得找到它。方菲脸上出现了与周围世界隔绝的沉思默想的表情。周晋生察觉到她的游离，投去飞快地探询的两瞥。方菲猛醒，是的，是他说过"管理阶层与被管理阶层的矛盾"。趁着大家七嘴八舌的时候得赶紧提出来，她已经顾不得多想了，即使她的话是可笑的她也一定得马上把它们说出来，否则季晨再长篇大套地说起来她就没有机会了。

方菲刚一开口说话，所有的人一下子闭上了嘴，把目光都集中在了她的脸上，一阵冷汗几乎湿透了她的全身，但她好像抱着必死的决心一样竟一口气都不喘地，跟眼前所说的事情毫不沾边儿地，像小学生背书似的说了那么长的一段话。话说完了，好像她的勇气也要使尽了：

"按你们的说法，在社会主义时期，阶级斗争并不主要表现在地主资本家和工人阶级之间，而是在管理阶层和被管理阶层之间。如此说来，这对矛盾的斗争和统一是社会主义时期的主要矛盾，因此也是推动社会前进的主要动力。而管理阶层就是现在所谓的当权派，都是当权派，说其中谁是走资派，谁是革命派，那不过是共产党的自我清洗，换句话说也就是管理阶层的权力移交和权力斗争了，所以，才有的当权派变成了走资派。群众是被卷入了这个清洗运动。他们既推动了这个过程，又被这个过程当成了工具。"

一开口就说了这么多，方菲自己也吓了一跳，等她的话戛然而止的时候，大家又是一阵静默。方菲脸红了，怀疑自己还是说了傻话。周晋生看了万小光和季晨一眼，他们相视一笑。周晋生清了清嗓子，回答说：

"我并没有这么说。"

方菲细想，他是没有这么说。刚才他对史培玲也是这么说的，她忽然明白了，他们只跟你谈史，思想史、国际共运史，站在史的高度，罗列许多事实，许多一般人不可能了解的事实，或并不真正了解的事实，将他们编制起来，呈现在你的面前。这种方式并不给你答案，却提供一个立脚点和一种思维方式，答案是你自己的，他们可并没有这

291

样说。方菲不禁笑了，说：

"是的，你们是没那么说，却让我那么想了。"

万小光和季晨微微一笑，不置可否。周晋生却按捺不住得意，心满意足地咧开嘴，说：

"那是你在想。"说完哄然大笑起来，笑得酣畅、热情、友好，大家都跟着他笑了起来。如果换了别的情况下，方菲一定会感到无地自容，但此时她却吃惊地发现，她感到的竟是一种奇特的心甘情愿的自惭形秽。他们的笑使她满心折服，甚至感到荣幸，因为他们是把她拉上了一座山峰，然后笑她在这个山峰上的笨拙，但不管怎样，她跟随他们已经爬上了这座山。站在这座山上，她不仅看得见历史的长河在她脚下蜿蜒，看得见世界的开阔无垠和丰富多彩，并且对自己所生活的这个时代有了更深刻更客观的理解。面对历史，她越发感到人的渺小，尤其是自己的微不足道，但她却为自己有幸生在这个千年不遇，而且永不可再的历史时期而感到骄傲和沉重，一种深刻的历史责任感或者说是使命感充塞了她的心。她知道了，自己注定是为这个时代而生存的人，这个时代是她生命的宝藏。不管它是好是坏，是成功还是失败，仅为了它的充满了行动，充满了思考，充满了探索，以及它的史无前例和空前绝后，这一切都是值得的。

四十六

"我们一定在哪儿见过"通常是和陌生人套近乎的借口，但方菲一出现在门口，季晨就确信自己肯定见过方菲。他记人的能力超常，熟悉他的人都跟他开玩笑，说他快赶上周总理了。但是在哪儿？他耳朵在听着大家的谈话，心，却在什么地方徘徊；脑子，在皱褶的每一个缝隙中搜索着，印证着，寻觅着，试图从那个角落里把她挖出来。但奇怪的是，他超凡的记忆力竟然失灵了，方菲那张似曾相识的白皙羞涩的脸就像躲在一层云雾后面似的隔膜着，飘忽着，游荡着，不肯浮出海面。

懊恼使得他不能平平静静地看着方菲。坐在她的对面，看着她那仿佛又很陌生的因为好奇而闪闪发光的眼睛，以及专注、兴奋而沉思的表情，他的心变成了一只泵，先是把血液从心脏里全部都抽干，让他疼得发紧，然后又狠狠地灌了回来，让他承受不住地涨满起来。他不是不会说话，也不是不想像平时一样侃侃而谈，然而，他却失去了组织思想的能力和张嘴说话的自信，甚至连发声器官都不听指挥，好听的男低音差强人意地变成了沙哑的嘎嘎声，就像是有人在他的嗓子眼儿里卡了根刺，把声音划破了。他努力试了几次，都让他丧气得要命，终于，他决定放弃努力，不想从一开始就给她留下一个错误的印象。他想自己也许需要时间，充分冷静下来，现在应该是面对漂亮女孩子的正常生理反应。

当天色不知不觉已经完全黑了下来，两个女孩子"突然"开始告辞的时候，他和所有的人一样，吃了一惊，没想到竟然已经过了四五个钟头了。但季晨没有像其他人一样到门口去送她们，只是站起了身，远远地望着，他从来都不做没想好的事情。他相信，他们一定还会再见面。

周晋生与季晨刚好相反，从史培玲一进门，点到他的大名之后，他就责无旁贷地一直以主人的身份自居着。送客的时候，他自然而然地陪她们走到门口，随着这第一个"自然"紧跟着的"而然"就是伸出手去准备握别。史培玲不假思索地伸出手去握了一握，周晋生还在木着，并没过脑子地等着第二只手。而方菲已经先一步到了门口，一只脚都迈出了门槛儿回头才看见了周晋生的握手动作，忽然停了脚，并意识到自己的失礼，犹豫着该不该再回来和周晋生握手，难为情地笑了，说：

"真对不起，占用了你们这么多时间，打扰你们了。"

如同一个不速之客，大吃了一顿，美得忘记了道谢，又突然清醒之后的惭愧不已。这笑容不仅充满了歉意的窘迫和感激，而且意想不到地充满了由衷的谦卑。也许因为谦卑的有些过了头儿而让人犯晕，也不好意思起来，而且还让人在避闪不及之中徒生妄念。

但正是这个笑，像闪电一样不仅将方菲那张只能算是文静秀气的脸魔术般地变得光彩照人起来，而且突然击中了季晨心里的某个暗淡而且隐秘的角落，使他那苍白的记忆突然被激活了一般，生动地出现了一个他当时并没有在意现在却感到撞击心扉的温暖回忆。是的，就是这个笑容！就是在前不久那个拥挤嘈杂的会场上，就是她，向后倒的一刹那，他托住了她，她回头感激地一笑！

那次大会之前，季晨就曾找过几个红卫兵组织的头头们，认为已经没有再开这次大会的必要了，明摆着红卫兵的历史使命已经结束了。再闹，只会损失惨重。

经过一番激烈的争论，大会还是如期召开了，大多数人还是天真地抱着最后一线希望，希望能与中央文革进行对话，尽管能够沟通的可能性几乎是零，但仍不轻言放弃。

季晨怀着复杂的心情参加了这最后一次在他看来是困兽犹斗的绝望之旅，当会场变得混乱不堪时，他已经想要离开了，但一种莫名的责任心将他留住了。他不能在他们走入迷途时撒手不管。

现在，他庆幸自己留下了，并和这个被命运再次送到他眼前的姑娘曾经有过如闪电般迅速地一触！

回忆暖流般涌上大脑、心脏、四肢和每一根神经末梢。如获至宝或者说失而复得的欣喜若狂让季晨怦然心动，继而喜极而痛，一直痛到小腹，痛到每一个指尖。他羞耻而又无奈地发现自己竟是那么地冲动，而且久久不能平息。现在，唯一值得庆幸的是，自己英明地没有跟到门口。因为他已经注意到了方菲这个表情给所有的人带来的灾难。而首当其冲的是周晋生。

方菲的抱歉使得周晋生如梦初醒地怔住了，伸出的那只手忽然一缩，两人的指尖一碰，就划过去了。

仓促的握手使方菲不知所措地窘住了，她想控制着自己别怯场，别在眼前这黑压压的一群男生面前露怯，强迫自己坚持住，不要躲。然而，头可以不低下来，目光也可以不收回来，脸色却是无法控制的。她的脸，火一样地燃烧起来。为了不使人误解，她仍然坚持着直视对方，不转移视线，以表示心怀坦荡。代价是她看得眼睛都红了，汪满了泪。

脸红不仅能够造成误解，而且还可以蔓延。红色像电流一样传到周晋生脸上，脖子上，手上，以至被衣服遮蔽了的全身。他像初见面时一样失去了正视方菲的勇气，先避开了目光，求援似的左右看着，用手挠着头，赶紧说：

"没关系，咱们共同学习吧。……"

似乎只有史培玲没有注意到这一切，接过话头儿大言不惭地说：

"对啦，这样共同讨论讨论，大家都能受益。"

一句话说得周晋生更不好意思了，好像是自己不够谦虚似的，更加窘急，竟然一时接不上话来了，倒是万小光平平静静，眯着细眼，不慌不忙地回答：

"既然我们都受益匪浅，那就欢迎你们再来吧。共同讨论讨论。"

这本是一句半调侃半认真的话，大家哄然笑了起来，只有史培玲不以为然，一脸的"有什么可笑的？！"

万小光先收起了笑，诚恳地说：

"我们反正多半时间都在这儿学习，一般总是有人，来之前想打个电话也行。"

"到时候你们别嫌我们烦就行。"

所有的人几乎异口同声地"哪里，""怎么会，""不会的"。史培玲大大咧咧一笑，爽朗地说：

"要的就是你们这句话。我们明天还来。"

方菲此时好不容易刚刚抚平了脸上和心里的窘迫，一听这话，又开始不安。她紧张地看看史培玲，又看看男生们，怕史培玲的穷追猛打会让人讨厌，怕明天真的又要见面，怕别人以为自己像史培玲一样情急煎煎的，怕……而她最怕的还是现在张口说话，因为她知道，一张嘴，她就会脸红，无缘无故地脸红，她恨自己如此轻易地就会脸红，好像一个轻薄的女孩子。出乎意料的是男生们都笑了，是善意地笑了。

"明天我们可能要上北大去，"周晋生虽然脸色依然没有完全复原，但却已经镇静下来了，只看着史培玲说话，"明天这里可能没人了。"

回家的路上，方菲大大松了一口气，但分明感到了欣喜和狼狈同时交织在心头。史培玲却获胜的将军一般狂喜着，两只手轮流着挥来挥去，兴奋地高声谈论着对文化革命的最新认识。方菲被史培玲的兴奋感染着，很快就忘记了自己的尴尬和难堪，和史培玲一道沉浸在了大彻大悟和先知先觉的狂喜之中，也挥起手臂，大声应和着史培玲的高谈阔论，倾泻着心头的狂喜。她们毫不费力地把自行车蹬得颠簸飞跳起来，耳边呼呼的风声使他们幻觉得自己在云端里飞一样轻松、飘然。世界仿佛真的就在脚下了，他们已经站在了泰山顶上，对尘世的一切真看得一览众山小了。人间的悲苦，个人的不幸和历史的宿命、他们所肩负的历史使命相比起来，都算不得什么了。仿佛真正有意义的只有历史，只有她们不得不生活于其中的历史变革时代，和这时代赋予我们的大起大落，以及大喜大悲。

四十七

齐万强在厂革委会当上了保卫部长后没两天，当了组织部长的秦有德就找到他，问，最近生活怎么样。齐万强兴头很高，说，现在革命形势这么好，生活早就成了小事一段，无所谓了。秦有德不同意：

"哎，革命生产两不误嘛，革命还不是为了生活更好吗？连革命先辈们都懂得这一点，咱们现在有条件，干嘛苦着自己呢？"

齐万强看着秦有德那双滴溜乱转的小眼睛，就知道他有话要说，偏不问，等着。秦有德等了一会儿，自己又说：

"王大头这人顶不是东西，人家两口子闹意见，他跟着瞎掺和什么。按说他的事儿我们不该管，咱们现在都是革命群众，虽然王大头的性质现在没定。不过，如果用阶级观点来分析，对他们家的其他人还得重在表现。我们大伙都瞧着你现在的生活也不容易，给那糊涂娘们儿一个台阶，别跟她一般见识。"

齐万强压着心里的火儿，冷冷地说：

"这话我怎么听着这么别扭啊，我可没把谁撵走，也没骂过谁，或者打过谁，怎么倒是我不给台阶了？好像……"

"这就好，这就好，"秦有德不听齐万强把话说完，赶紧插进来，"这就对了，咱没那么糊涂，也没那么绝，从来也没把人关在门外边过，那就这么着，我还忙着呢，……"边说边退了出去，撂下齐万强一个人发呆生气。

晚上，齐万强下班回家，远远地就发现自家的大门开着，烟筒里冒着白烟，脑门子里火苗就窜了三丈高，骂道，"臭娘们儿，你有本事永远别回来，害得你爷爷好苦啊！"打定主意绝不留着这个泼妇。离家近了，先听到叽叽喳喳小孩子的说笑声，再看，院子里聚了一群孩子，正围着儿子玩儿。多日不见，儿子的小脸还那么圆乎、可爱，齐万强一下子顶不住了，心头一热，眼睛都潮润了。只听儿子正在说话，"……我姥姥也给我买糖，可她不陪我玩儿，不跟我爸是的，给我买枪，……那儿的小朋友也少，……"齐万强忍不住了，叫了一声，儿子惊喜地飞奔过来，投入齐万强的怀抱，大叫着，"爸爸！""我的好儿子，爸可想你了，你想爸吗？"儿子翻头往屋里叫，"妈，我爸回来了！"

齐万强憎恶地看了一眼半遮半掩出现在门口的越发肥胖的老婆，低头儿不语，只当没看见，拍了拍衣服进了门。桌上已经备好了晚饭，大锅的棒碴儿粥冒着热气，一盘子白馒头，两碟小菜，中间还竖着一小瓶二锅头！齐万强一屁股坐下来，拿起筷子，只冲着儿子招呼了一声儿，就吃饭。老婆赶紧上来到酒，盛粥，齐万强虽然怒气未消，但看着老婆紧巴结的样子有点儿找不着碴儿，便独自喝闷酒。夜里，老婆求欢时，齐万强还想撑着，无奈身心是分着家的，但一完了事儿，心里还是恨，白天仍没好脸给老婆看。自此，齐万强在家里倒凭空端起了架子，乐了唱两口，怒了骂两句，这辈子都从没这么顺心过。

人逢喜事精神爽，齐万强家里家外都忽然成了人物，连当劳模时都没这么威风过。现在手下有好几个兵听他指挥，只要厂里开大会，他就成了头号忙人。

这天，他一从厂子回家就嚷着要赶快吃饭，说吃了饭还得回厂去加班，布置明天开斗争会的会场，而且为了明天的大会，走资派们都没放回家，还得安排人去倒班儿看着，一句话，忙，忙得不得了。

胖老婆手忙脚乱地开始做饭，扭身上院子里抱菜、夹蜂窝煤时小声叨叨，"兴头死了，一辈子没见过个官儿，给个棒槌就认真。什么了不起，谁是个什么样的人谁还不知道吗。"进门却换了副嘴脸，说，"我说怎么下班了那帮牛鬼蛇神们还不走，原来是你们安排的。是全厂的批斗大会吗？"

齐万强待答不理地哼了一声，老婆又说：

"这帮当官而做老爷的是该斗一斗，不过，有的人跟咱们没冤没仇的，也不能葫芦马勺一齐下，没个轻重。"

　　齐万强知道这说的是老婆的哥哥王大头，他像大多数车间主任一样，长期在基层工作，有点儿民愤，是个陪斗。李富贵他们虽然有心保他，又怕引火烧身，索性先不管了。

　　"呸！搞革命不能讲裙带关系，阶级立场要鲜明，你别拉拢腐蚀革命干部。"

　　老婆心里骂道，那个瘦妖精才拉拢腐蚀你这个狗干部呢，脸上却强笑道："那是，那是，我不该说情。好在他是个陪斗。"

　　"作恶多端的是陪斗也会变成主要斗争对象，这是辩证法，你懂吗？还得重在表现。"

　　老婆不敢回嘴，心里恨得咯噔噔的：不是那会儿巴结我哥的时候了，昧良心的东西，迟早得倒霉。

　　夜里，齐万强回来得很晚，但上了床才知道老婆并没有睡，正躺在被窝里抹眼泪。这倒使他吃了一惊，他以为老婆只会撒泼打滚，心一软，伸手摸了摸老婆肉滚滚的肩膀。女人顺势钻进齐万强的被窝里，又温柔又激情，使得齐万强浑身的舒服劲儿从骨头缝里往外透，他从没发现妻子竟能如此令人销魂。他一边哼哼，一边顺嘴胡说，"我的小心肝儿，我的好老婆，我真喜欢死你了……"老婆喘着气，"你待我好，待我们家的好，我这辈子变牛变马，任你骑任你赶，这辈子也不忘你的恩德……"

　　几句话坏了齐万强的兴，不再答老婆的话碴儿，闹腾没劲儿了，扭头就睡着了。第二天一早，自己收拾得精精神神的就出门儿了，看都不看老婆那欲言又止的样子，心里骂道，贱货，并且历历在目地想起他那位大兄哥给他穿的每一双小鞋。先是把他的泼妇妹子叫走，然后，借口车床检修，让他去运料。完后把他的车床让别人来开，给了他一个老掉了牙的全车间最破床子让他开，还说因为他是先进，定额一点儿不能减。其他鸡毛蒜皮的各种"现管"就数不清了，压得齐万强喘不过气来。真要说没冤没仇的倒是那些厂头儿，包括李书记。别看他和他们一起开过会，甚至在一个车间劳动过，但每次和李书记面对面时，他看得出来，李书记的话虽然非常亲切，但那只是一个高高在上的首长极力向一个平头百姓表现出来的"和群众打成一片",她并不真的熟悉自己,因此也就没有个人好恶,更谈不上真和自己这样的人过不去。

处分是李书记说的,但一没下文件,二没有具体的处理意见,如果王大头或者说老婆不给自己下家伙,事情完全可以过去。自己真正倒霉还就倒霉在王大头身上。当然李书记是走资本主义的当权派,执行的也是修正主义路线,齐万强觉得他王大头最少也是个修正主义路线的忠实走狗。哼,就这样的人还想逃避批判?没门儿。

老婆是有点儿缺心眼儿,也有点儿可怜,可想当初谁又可怜过自己呢?这样一想,齐万强又心硬了起来。

四十八

齐万强推开厂革委的门的时候，几个小青年正在里面闹着玩儿把一个人按在桌子上，说要革他的命，见齐万强进来，嘻嘻哈哈地放开了手。齐万强先领着大家念了两段"革命不是请客吃饭"的语录，安排了任务，领着他们来到厂会议室。

这里，书记、厂长、总工以及领导干部坐了一屋子，都在低头儿学语录。齐万强大喝一声，"注意了！"所有的人齐刷刷地抬起了头，看着齐万强。"都跟着我念语录：革命不是请客吃饭……"

"革命不是请客……"高高低低、粗粗细细、南腔北调的声音齐声念起来，齐万强听着嫌不带劲儿，大叫，"停停停。重来。怎么一点儿精神都没有。开始！"

杂七杂八的声音加强了，提高了，洪亮了，但依然让齐万强听着不对味儿。他看看表，时间已经来不及了，便收了语录，让手下的人一人押着一个排队往大礼堂走。半路上，忽然刘副厂长提出要上厕所，这是一个头发花白的快六十岁的健硕的老头儿。齐万强脱口回答，"不行！什么时候了，大会马上就要开始了。"老头儿默默不语地回到队伍里，悠着劲儿跟上队伍。

就快到礼堂的时候，齐万强一眼看见三车间的厕所，又突然下令给五分钟时间方便一下。看着头头儿们乖乖地在随身保镖的护送下散开，齐万强蹲在路沿上点燃了一支烟，悠然地吸了一口，他从没感觉烟味儿竟是这么美过。他不知道是什么让他如此地心满意足，是这支烟，还是这种看着平日八面威风的头头儿们现在俯首贴耳，老老实实听他指挥的感觉。就在这一瞬间，他觉得自己过去所受的一切委屈，一切痛苦都是值得的，生活简直太好了。

他领着这群黑帮走进大礼堂时，震耳欲聋的口号声响了起来：

"坚决走毛主席的革命路线！""打倒黑帮走资派！""毛主席的革命路线万岁！"

齐万强眼看着这些黑帮分子们脸色变得煞白、土黄，心中暗想，这群牛鬼蛇神，不做亏心事不怕鬼叫门。执行了修正主义路线，在革命群众面前是得吓破了胆。只有李书记木着脸，毫无表情，但在一群男性中仍然显得两只眼睛格外明亮，而且又圆又大。虽然她和大家一样也穿着蓝制服，但显得更干净，平整，领口露着白边。就在这一瞬，齐万强突然莫明其妙地意识到李书记不难看，真的不难看，好像第一次发现她也是个女人。当然，是个女走资派。他冲着队伍大声说：

"现在是你们向党，向毛主席向革命群众请罪的时候啦，你们必须老老实实，不许乱说乱动，否则就对你们进行无产阶级的革命专政。走！"说着手一挥，黑帮分子们就被扭着胳膊按着头，身子弯成九十度，站在了后台入口处。

齐万强是上过这个台的人，是在这个台上被授予过大红花的人，但现在他站在台上，仍被台下黑压压攒动的人头，白花花举起来放下、又举起来的拳头和嗡嗡震响一浪高过一浪的口号声所震动，一种说不出的惊心动魄使他身不由己地跟着热血沸腾起来。

李富贵从主席台上站起来，走到麦克风前，向台下挥挥手。他现在是革委会的副主任兼秘书长，台下安静了。

"现在，我宣布，大会开始。首先把我厂走资本主义当权派都压上台来。"

戴着红袖章的纠察队员像对罪犯一样一人押着"走资派"们上了台。台下，口号声此起彼伏地响起来。第一排，书记李伟玉居中，其他人两边一字排开，第二排是陪斗的，没人押着，自己低头站着。

革委会主任发言时，场内秩序尚可维持，除了讲话不停地被口号声打断，偶尔有人喊两嗓子，基本还是台上是台上，台下还在台下。李富贵坐在主席台上，脸对这台下，看也不看牛鬼蛇神们，但心里却分明感到不仅李伟玉站在台上，而且张凯，那个让他妒恨交加的人也站着，这使他觉得坐着竟是那么舒心，那么惬意。他挪了挪屁股，坐得更舒服一点儿。他从没想到世界竟是如此轻易地就翻了个身，而且翻得那么彻底，那么自然，那么得来全不费功夫。他现在对生活变得别提多么满意了，盘算着再这么折几个过儿，保不齐自己就能当个更大的官儿呢。所以他看出来了，乱，就有乱的好处。

到了群众发言开始时，场内果然混乱起来。发言的人一边说着，一边就有人从台下往走资派身上扔东西，到栓福子老婆代表家属工发言时，台下已经乱得利害。有人想往台上冲，齐万强赶紧叫人堵住前台入口。李富贵并不着急，而是对着麦克风说，"今天是我们控诉走资派牛鬼蛇神，翻身做主人的日子，大家有气可以理解，但要一个一个地说。"

栓福子老婆文化不高，照着写好的稿子念了没两句就念不下去了，索性扔开了稿子，一把鼻涕一把泪地诉说她被精简后过着怎样猪狗不如的生活。说自己有病，婆婆半瘫在床，丈夫一个人的工资连饭都吃不饱，更别说吃药了。

齐万强明明知道家属工其实并不少挣，只是没有公费医疗罢了。但家中只要有一个正式工，一般的小病全家都能跟着吃药了。栓福子家的生活是什么样他也知道，坏就坏在了一个病卧在床的老人。但他见不得人哭，尤其是女人，便陪着眼睛酸酸的，台下也一片唏嘘，栓福子老婆在台上越发委屈起来，恨不得把心里话一股脑都掏给大家：

"生活紧巴，偏偏还有个不懂事的婆婆，每天躺在床上，一堆麻烦事，侍候得再辛苦都不说你好，更可气的是，甭管家里有点儿什么好的都得先紧着她，厂里好不容易逢年过节发点儿东西，一把岁数了，还跟亲孙子争嘴，我们这对儿老黄牛只有干看着的份儿，……"台下开始有人哄笑起来。

李富贵突然站起来领着大家喊口号：

"打倒走资本主义道路当权派！"

"坚决不能让阶级敌人钻空子！"打断了栓福子老婆的不招调的胡说八道，把大家的情绪又调动起来了。栓福子老婆也醒过梦来，想要接着控诉走资派们的罪行，但群情激愤的呼喊声淹没了话筒里她那失去了说服力的尖叫，一群妇女家属工趁乱涌上台来，冲上去围住书记李伟玉和厂长便揪扯起来。人多，抓挠不着正头头儿的就抓住其他副头儿，一边揪扯一便骂：

"打死你们这些资产阶级官老爷！今天我们也翻身了。"

"让你们作威作福，让你们迫害我们家属工！"

"你们认罪不认罪？低下你们的狗头！"

激昂的情绪如同瘟疫，混战变得没有目标，他们推搡着仇人也撕扯着企图维持秩序的纠察队员。她们疯着、闹着、发泄着，把一肚子苦水趁机都倒了出来。

齐万强傻了，不知道该怎么办。会前，李富贵曾对他说过，要他负责维持好大会的秩序，保证大会地顺利进行，又说，要想把大会开成功，就得彻底打消走资派们的反革命气焰，绝不可以伤害群众的革命积极性。现在，他看着眼前的这场混战，被人群连哭带喊的狂热情绪激动得心怦怦跳，脸涨得通红，双拳紧握，紧绷着如同一根蓄势待发的弹簧，却又茫然地站着，不知道该冲向那里。就在这时候，在混乱的人群中他一眼看见了自己的女人，不知什么时候她也跟着上了台，正往前冲，他推开面前的女人，上前一把拉住妻子，狠道，"你跟着瞎闹腾什么？"胖老婆回头一看，一甩胳膊，眼睛瞪得铜铃大，跺着脚，疯了似的喊道：

"少废话！我受够了！受够了！我要造反！我也要造反！再不造反得让你们欺负死。"齐万强已经习惯了老婆的低眉顺眼，被这个突变吓了一跳，老婆撒泼打滚的威慑力一瞬间又回到了齐万强身上，就在他几乎退缩的时候，他突然想起了自己现在的身份，想起了自己的责任，疯狗一样向老婆扑了过去，骂道：

"这是什么地方，这是什么场合，能由着你在这儿撒泼打滚？！滚！你给我滚下去！"

齐万强的喊声惊动了那些还在哭闹的女人们，趁她们胆怯的一瞬，纠察队员们顺势把她们连推带劝弄下了台。

台上，几个头头已经面目全非了，衣服也拉开了，头发也弄乱了，有的连袖子都被扯掉了。最惨的是李伟玉，衣服从后背扯开了一道长口子，鞋只剩了一只，跪坐在地上，脸涨得深紫，嘴里发出粗重的呼吸，挣扎着要站起来。等她终于站起来，两腿不住地抖，双手拼命撑着膝盖，终于，咕咚一声又摔倒在地上，失去了知觉。

齐万强赶紧领着人把她七手八脚抬到了后台。只见李伟玉双眼紧闭，豆大的汗珠从额头上渗出来，牙关咬得紧紧的。齐万强叫人赶紧去叫厂医，自己又回到前台，继续开会。

大会开了整整一上午，在李伟玉之后刘副厂长和副总工程师张凯又被抬到后台。刘副厂长在后台没待两分钟就清醒了，但两腿软得死活站不起来，就在后台一直躺到大会结束。张凯年轻一些，被打得很重，因为他拒不承认自己有罪，一口咬定自己是跟着党走，工作上有问题也是人民内部矛盾。因为浑身是血，人也不是很清醒，就和李伟玉一道被抬到了医务室。

大会结束后，李富贵埋怨齐万强没掌握好分寸，对阶级敌人该狠的时候不够狠，维持大会秩序时又不够得力，而且公私不分，总之得好好总结一下经验。

齐万强好像当头挨了一棒，一时想不明白都发生了什么事闹得自己里外不是人。这一天下来，从早上的兴致勃勃到现在的茫然沮丧，好像世界来回给他翻了几次脸，每一个人每一件事都让他大吃一惊。他觉得自己就如同一只拨棱鼓，被人反过来调过去地来回左右打脸，都被打晕了。快下班的时候，他才忽然想起医务室里还有两个走资派，赶忙跑去看看，他还有事对他们说呢。

四十九

　　李伟玉想吸气，但有什么东西在胸口压着，堵着，使她无论如何也吸不过来气。她想伸手推开这压在胸口的重物，但使出了浑身的力气也抬不起手来。这是怎么了？她糊糊涂涂地暗想自己是不是瘫痪了？这时候，方辉出现在了门口，身上捆着一条粗绳子。他走过来，在她身边绕了一圈，像没看见她一样，又出去了。李伟玉更加不解了，方辉干嘛捆着绳子，干嘛不理我？难道他没看见我吗？她想叫住方辉问个清楚，但张开嘴，却出不来声儿。依然是憋闷、无力、无知无觉，天那！拉我一把！推我一下！让我活过来！谁能帮我一下？有人吗？就像应了她的想法一样，有人开始拼命地摇她。她觉得自己的心咯噔一下，猛地跳了起来，出了一身冷汗，同时，一下子睁开了眼。周围的一切突然闯进她的眼帘，而疼痛也在同一瞬间刺进了她的肌肤，凿进了她的骨头。但双眼不听话地又合上了，她被人摇着，自己挣扎着，终于再次睁开了眼睛。

　　这是哪儿？为什么都是白颜色的？窗户、窗帘、柜子、床和床单，连椅子都是白的，李伟玉心中纳闷儿，这到底是什么地方？她听见有人说，醒了，她醒了，才看见站在一旁的厂医，终于想起来了，这是厂医务室。记忆开始恢复，八成是自己在批斗会上晕倒了，被抬到这里来的。那么，刚才绕着她走的人就不可能是方辉，也没人用绳子捆着儿子，那不过是一个幻觉。以此类推，她也没有瘫痪，因为瘫痪了的话，她现在就不可能觉得浑身这么疼。她有点儿放心了，用力抬起头，看看周围，确认这就是厂医务室，轻声问，能给我一杯水吗？厂医走到隔壁，轻声重复了一遍她的请求：她想要一杯水。一个相当熟悉的，而她又一时想不起来是谁的青年男子来到她的床边，厂医紧随其后端来一杯水。她喝过水，又疲乏地闭上了眼。

等李伟玉再睁开眼，天已经黑了，那个憨憨厚厚的方头大耳的小伙子又进来了，这回李伟玉想起来了，他就是原来的厂劳模，现在的保卫部长齐万强。她吃力地坐了起来，轻声问：

"小齐，怎么还没下班？都六点半了。"然后用手理理头发，脸色平静、疲惫，为自己开脱似的又说，"我累了，多躺了一会儿。"仿佛从未发生过什么特别的事情，没有批斗会，没有被殴打，也没有晕倒过。她真的只是累了。这是件极平常极一般值不得大惊小怪的事。

她这种若无其事的平静使得齐万强突然鼻子一酸，低下了头。李伟玉问：

"还有事吗？"一种自然而然的就像她仍然是书记齐万强仍然是工人一样的问话。这使得齐万强有一下子清醒了，不明白自己怎么那么容易被软化，难道说他还会同情这个头号走资派吗？不成，他可不能这么心肠太软，这可是立场问题。他清清嗓子，不像是对一个人说话，而是对一群人宣布重大决定似的：

"李伟玉，我代表厂革委通知你，因身体原因，准你两天假。但必须老老实实在家待着，不许外出，不许串联，不许乱说乱动，听候革命群众的批判、审查。"说完，愣着不动，像是意犹未尽，又像是等着对方答话。

李伟玉沉吟了一会儿，没有理会齐万强的通知，而是非常好奇地，或者说是真心实意地讨教似的问道：

"小齐，你能跟我说句真话吗？你们是真的觉得我是走资派？是黑帮份子？"

齐万强傻了，不是因为这个问题，因为这个问题再清楚不过了，根本就不用想，也无需回答，否则文化革命都在干什么呢，自己又是干什么呢？他之所以发蒙，是因为他压根儿就想不到李伟玉会问出这么愚蠢的问题，还问得这么郑重其事，看样子还真不太像是装蒜，亏得她还是一个领导，一个高干！怎么这么点儿头脑都没有。这时候，他又忘了她是个书记，或者是个走资派了，到有点儿像个一时失了主张的女人，让人恨不起来也气不起来了。他茫然地看着李伟玉。

李伟玉把他的沉默理解成了不便于回答，于是神色有些黯然地自言自语地说：

"这确实是个不好回答的问题，因为这是个严重的政治问题，是两类不同性质的矛盾，这个问题可不能草率地就下结论。它关系到一个人的政治生命。"她看了一眼齐万强，慢慢地站了起来，问：

"我可以走了吗？"齐万强点了点头。

李伟玉回到自己的单身宿舍，找了一套整齐的衣服穿上，擦了把脸，梳了梳头，照着镜子，把自己尽可能地打理整齐，又吃了一粒救心丹，提着包，回家了。

从工厂走到有公共汽车的路是那么遥远，远得仿佛永远也走不到头儿；夜是那么凉，风一直吹进了骨头；星空又那么地晴朗，让人看着走着晕着转，双脚和大脑都不是自己的了。李伟玉想，早就考虑在这条路上安排一辆班车，一直没来得及，看来再也没有这个机会了。可能我真的是没把群众的事放在心上，真的是在当官做老爷，执行了修正主义路线？可是事情多得人简直顾不过来，事无巨细都要考虑周全，稍不留神就会出差错，自己连家都扔在一边了，还是不能事事圆满。

风吹起李伟玉的头发，钻进她的衣领，冻僵了她被疼痛燃烧着的肢体，冷却着她被自责、委屈、反省和理不清的矛盾搅乱了的头脑。一种从未有过的悲哀吞噬了她的心，她从没怀疑自己的生活，从没像今天一样觉得自己的一生都是那么的徒然，即使在最困难的时候，她都充满了信心，坚定地相信好日子还在后面，但现在她开始动摇了，也许她一生最好的时光已经完结了？

她上了公共汽车，木然看着车窗在黑色的夜景中映出她突然间变得苍白衰老的脸，汽车轰的一声震响猛地发动起来，耳鼓和心脏被咚咚地敲击着，模糊的窗影一下子就被震碎了，她身子一歪，差点儿摔倒。车上并不拥挤，但车站上还是有一个人没上来。

李伟玉打死也想不到站上那个强壮的身影会是齐万强。然而，那的确是他。

齐万强临下班赶到医务室本来只是想向李伟玉和另一个副厂长

宣布革委会的通知的，结果听说副厂长早就回家了，便知道只有李伟玉是真正伤得利害了。心想，也好，就只给真正需要放假的人假。从医务室出来后，他在厂里转了一圈，上各保卫部门看了看才回家。因为已经过了下班时间，路上几乎没有人了，一出了厂门儿，借着月光就看见前面孤零零地有个人，那胖胖的身段和缓慢而不稳的脚步使他立刻意识到那是李伟玉。而他既不想走上去搭讪，也不想理都不理地超过去，只好慢慢地跟在后面。

李伟玉在前面走走停停，仿佛在用尽自己全身的力气支撑着那不稳的脚步。齐万强每次觉得她要跌倒了，结果停了一会儿，她又接着走起来。已经到了岔路口了，他本应该拐弯儿回家，但他却鬼使神差地没有拐，而是继续跟着李伟玉一直走到大路上，看着她上了公共汽车。

在回家的路上，他安慰自己说，他是保卫部长，所以他只不过是在尽职而已。

五十

李伟玉觉得自己几乎是爬到家的，就像是一条狗，又饿又累又冷又疼，但却不敢停下脚步，一点儿一点儿一步一步，艰难、痛苦、疲惫却又充满了渴望，充满了求生本能地朝着自己的家挪步。回家，这唯一的念头支持着她的心脏，支撑着她的双腿，拉直了她的腰板儿，给了她力气。她知道她必须走到家，否则，她就永远也到不了家了。

她还不知道方辉是不是真的出了什么事，尽管那只是个幻觉，但她还是放心不下；还有方平，他从串联回家后就感冒发烧，都好几天了，不要转成其他什么病。让方蓉带他去看，也不知道去没去；奶奶走了以后方敏老是一副受了惊的样子，说话也开始有点儿结巴，真见鬼，一个漂漂亮亮的小姑娘万一成了个结巴咳子，以后可怎么办，这可是一辈子的大事。

她必须回家，必须看到自己的孩子，看见他们都平平安安。腿疼得她直咬牙，一点儿力气都没有，但她绝不能停步。当她终于看见二楼窗户里桔黄色灯光时，两行热泪竟不知不觉地顺着腮帮子唰唰地流个不停，她都不敢相信自己终于到家了。

一楼没人，李伟玉不开灯也没叫孩子们，精疲力竭地躺倒在沙发上。开始她还清醒地想，我歇口气就起来，喝口水，再上厨房看看还有什么吃的，一定要烫烫脚再上床睡觉，否则明天该起不来了……但梦已经模糊了她的知觉，让她深深地沉进了无边的黑暗之中。半夜里，有几次她觉得自己醒了，觉出了浑身的疼痛，觉得自己已经歇得差不多了，应该起来去干点儿事了，但却挣扎着站不起来。

她终于醒了，将她唤醒的不是刺目的阳光，也不是饥饿和疼痛，而是高一阵低一阵的吵闹声。家，这就是她的家，她的孩子们，她总也放心不下的宝贝孩子们。她浑身疼痛，眼睛干涩，虽然醒了，却不想马上起来。这吵闹声让她觉得世界是那么遥远，远得仿佛隔着高山大海，远得仿佛是两个毫不相干的星球。他们还有什么事值得这么认真地过不去？还那么孩子气，都二十多岁的人了。

外面方蓉和方辉的吵吵声越来越大，李伟玉也越来越清醒：

"……就会拿家里东西去讨好狐朋狗友，这大衣你也穿不了啊。"

"你甭管，我就愿意。你才是狐朋狗友呢，我们哥们儿倍儿仗义，别拿你小人之心度君子之腹。"

"就你那帮人还君子之腹呢，上回拿走的呢子制服拿回来了吗？说是借，我看是就是让他们密了。你再敢拿走这件，我连上回的事儿一块儿给你告妈妈。"

"你敢！瞧我怎么治你！你个狗奸细！"

"我怎么不敢？……"话音没落只听得好像打碎了什么东西似的稀里哗啦一阵乱响。李伟玉的心随声崩地狂跳起来，紧接着又是咕里咕隆的声音，两个人听声儿还真的动起武来了。李伟玉像是被绳子抻起来似的立刻双脚落地，冲出客厅，叫着：

"你们这是干什么呀！"只见方蓉顶在门口，方辉正撕扯着要往外走。两人踩在一地的玻璃碎片上轧轧响，猛一看见妈妈都愣了。方蓉先缓过神儿来，都没顾得问妈妈是什么时候回来的，就急着告状说：

"方辉又往外拿东西……"话音没落，方辉一拳就打在姐姐的头上，方蓉被打的两眼冒金星，见方辉第二拳又抡过来了，赶紧低头，用双手抱着脑袋，嘴里还不示弱：

"家里的东西都被他拿走了……"

方辉一手抱着大衣，一手抡着王八拳，一边还嘴骂道：

"你再敢胡说，再敢造谣，我打你臭丫廷的！我叫你告密，看我不打花了你臭圈子！"

"你人赃俱在，小狗才造谣。"

"我……你，……"方辉恼羞成怒，顺手从门背后抄出一把笤帚，用木把横抡起来。李伟玉又气又急，脸色骤然变得通红，拦住方辉，

311

跺着脚痛心疾首地叫道：

"你亡魂了！还不给我住手！放下东西，……"

方辉此时已经急红了眼，一跳三丈高，就像没看见妈妈似的，指着方蓉就破口大骂：

"你他妈混蛋！我操你八辈祖宗，你个臭不要脸的两面三刀的密探！你满嘴喷粪，不是东西！小王八羔子操的……"举起木把儿还要打。李伟玉被方辉一大串污言秽语惊呆了，都顾不上拦架了，叫：

"你骂谁呢儿子！？"方辉已经气昏了头，顺嘴就说：

"骂你，骂你们！你们都他妈是一个鼻子眼出气，都是臭流氓，没一个好东西，每天不干好事，操出一窝王八羔子，以为我什么都不懂，还想假装圣人，你们少管我……"

李伟玉听见这几句话，血都凉了。儿子混，心性愚钝，可并不歪，万想不到他的性启蒙竟是如此粗鄙下流。心痛遮蔽了其他所有的痛，李伟玉连声音都变了，哆哆嗦嗦地说：

"你，你，说什么呢？儿子，你才 16 岁啊，这话都是哪来的？都是，都是谁教给你的？"

"还不是他那帮狐群狗党，每天往大街上跑，能有个好？！"方蓉恶狠狠地说。

一句话到提醒了方辉，他那帮哥们儿还等着他呢，他顾不上再多说，夺门就走，临走还没忘了提着大衣，那是陈辛吾的一件深棕色的羊绒烤花呢大衣，相当值钱。方蓉又奋力去抢，被摔了个跟头，没能拉住方辉也没抢下大衣。李伟玉绝望地喊了起来：

"你个该天杀的！挨枪崩的，老天，我上辈子造了什么孽生出你这么个不争气的东西，败类！你走，你走了就别再回来……"

方辉跑出了门，蹬上了车，好远了似乎还能听到妈妈歇斯底里的绝望的叫声。"你个自私懦弱的孩子，任性妄为，没出息，看你将来怎么办……"这些话他不听都能背得出来。还有爸爸的老生常谈，什么"都是我害了你们，就是我这两个钱害了你们。干部子弟，个个没出息，好吃懒做，纨绔子弟，看你们靠老子能靠到那一天……"

方辉听见这些话就不服气，当年一口一个"有数学才能，小华罗庚"，"咱们家孩子里方辉最有钻劲儿"。夸我的是你们，现在恨不得要杀了我的还是你们，到底让我信那句话？我还是我，好孬就都由你们说了。我呀，还谁的也不听了。现在，你们谁也甭想管着我。过去我太傻，被人骗得就知道学习，可学习有什么用？白搭！世界这么大，有那么多好吃好玩好乐的东西，可我就知道瞎学习了，怎么那么傻。方辉如梦初醒般地冲着好吃好玩好乐的事儿就冲了过去，一去就不回头，生怕误了这些好东西似的猴急，他要把失去的损失都加倍补回来，让自己好好享受享受生活，他再也不想读书了，再也不想！

313

五十一

　　方辉出了门儿，就直奔住在机关大院儿里的董太行家。还在楼梯上就听见里面乱哄哄的，方辉的心跳都加快了。一拉开单元门儿，里面就像着了火似的往外喷烟，呛得方辉猛地咳嗽起来。里面人听见了，有的跑出来看，叫，"来了来了"，还有怪罪的：

　　"可来了，你小子。"

　　"我们以为你不来了呢。"

　　"就等你了，今儿你是主角，你不来就没劲了。"

　　"哪儿能啊，我姐讨厌，净挡横儿。害得我差点儿出不来。"

　　"还以为你小子缩头了呢。"

　　"你姐据说特横。"

　　方辉被大家七嘴八舌连激带捧说晕了，便开始说大话：

　　"嘿，我能怕她丫的，打她。"

　　安三儿过来拍拍方辉的肩膀，说：

　　"有种儿，咱谁也不怕。"拉把椅子让方辉坐下，"别着急，别上火。不过，还真别把咱哥们儿惹火儿了。真惹火儿了，还谁也不认了。哥们儿上回在西单，一个人，过来几个小子，跟我叫份儿，我装着没看见，一个比我高半头的家伙过来拿肩膀扛我。我没理，他还以为我认怂了。等他们一过去，我回手就捅了他两刀，撒丫子就颠儿。嘿，真他妈悬！那几个人后边儿一通穷追……"说到这儿，卖关子地停住了，方辉着急地问，后来呢？安三儿这才得意地接着说，"能追上咱哥们儿的人还没生出来呢，想当年哥们儿在学校是百米冠军！"

　　方辉大松了一口气，跟着安三儿大笑起来。董太行斜了一眼笑得跟个呆瓜似的方辉，没吭声。旁边有人问：

　　"你们认识吗？"有人问。

"谁他妈认识谁呀！甭管是谁，少跟哥们儿来这套。后来听说那是个胡同串子，正经流氓集团里的一个小头头儿……"安三儿吹着，"这叫无毒不丈夫。"

安三儿虽说因为心黑手狠而名声在外，但真正跟他熟悉的人并不怎么喜欢他，大多数人对他都有点儿敬而远之。一屋子人，不是抽烟就是在聊别的，唯有两个新来的年龄小的孩子和方辉听着安三儿的故事热血沸腾。方辉简直佩服得都傻了，半张着嘴，瞪着眼儿，就差没流出哈喇子了。今天被这三个新手围着，好不得意，还要接着吹，董太行一看再不拦着，这三个傻冒儿就要被安三儿收了，赶紧插话：

"上礼拜我上钓鱼台去观战来着，你们谁去了？"董太行人缘比安三儿好多了，大家都抻过脑袋来听，而且马上就有人问：

"谁和谁打？"。

"计委大院一帮子和组织部的一帮子干来着，说是为了几个女的。"这个话题新，一下子吊起了大家的好奇，果然方辉撇下安三儿，迫不及待地就问：

"女的？怎么是为女的？谁赢了？"

"你们听说过叫'飘派'的一帮女的吗？好像就是你小姐姐她们学校的，还有两个外语学校的。盘儿特亮，特狂。好像就是为了她们，具体是为什么我也不太清楚。那天我是和金昌盛一块儿去的，他说他和里头一个女的认识。"

不仅是方辉，所有的人都对那几个"飘派"大感兴趣，一通追根究底。董太行说：

"详细的你们得问金昌盛了，他跟里边一个叫'片儿威'的住一个院儿，因为追随她的男生特多，把他们那一片儿都镇了，倍儿威风，所以就叫'片儿威'。还有一个叫什么'毛白鸽儿'的，据说条儿倍儿顺。"

"是金昌盛在街上拍的婆子吧？"

"不是，他的婆子是一个叫小文的女的，是他们院对面的学校里的。"

"丫老金什么时候拍上的婆子？"

方辉马上问道，但没人回答他的问题，而是闹哄哄地问道：

"说了半天你们见着那几个女的了吗？"

"没有！人家根本就没露面儿。"

"闹了半天还没真见着那几个女的？"有人着急地问。

"没劲没劲。"大家大失所望地不再问了，只有方辉没泄气，问："那最后谁赢了？"

"傻B，女的不在能真打起来吗？"董太行说。

"那女的干嘛不去呀？"还问。董太行咧大了嘴乐了：

"八成是来月经了吧。"一屋子人都狂笑起来，嗷嗷地起哄，只有方辉还没转过弯儿来，心里好不纳闷儿，嘴上便不由得吐露了出来：

"那怎么就不能来了？"

早有人笑成了一团，先是为董太行的"脏话"，既而又为方辉的冒傻气。董太行趁着乐劲儿，大声招呼说：

"得，得，别在屋里闷着了，上哪儿撮一顿儿去？"

"有页子吗？"（"页子"是指钱）

安三儿伸胳膊踢腿地说：

"想当初抄家的时候，要多少有多少，现在成了血统论，成了反动组织，没戏了。"顺手捞起方辉带来的大衣，又说，"这件大衣可值钱，不能让那个奸商再占了咱们的便宜。"

"喝，方辉家净是值钱的东西，到底是部长家，就是不一样。"

"把我们家翻一个底儿朝天也翻不出这么件东西来啊。"

"咱们这儿，数方辉页子活。"（页子活是指有钱）"而且倍儿仗义，我就服这样的人！"

有几个人过来羡慕的用手摸摸大衣，问，是什么料子的，这么软。方辉被捧得满脸放光，仿佛又找到了自己的自信，一种熟悉的优越感油然而生。他从来也不承认自己那么差劲，那么罪该万死，他们瞧不起我，有人承认我。一高兴，顺嘴又说：

"哥们儿别的没有，弄两个钱大家花花还不成问题。钱算什么，不过是身外之物嘛。"

大家一窝蜂出了门，一人骑一辆车，呼啦啦一群，旁若无人地占了几乎整条马路，横冲直撞，来了车也不避让，依然耀武扬威地飞驰而过，所有别的车辆得给他们让道儿，连庞大的公共汽车遇上了都得减速，小心地从他们身边蹭过去。周围人越是惟恐避之而不及，他们自己便越是得意，仿佛行人的恐惧刚好给他们自己带来不可一世的威风。尤其是像方辉这样本来并不凶悍的人，更获得了一种不可言喻的满足感。

方辉夹在人群中，正得意地品味着御风而行的令人飘飘欲仙的快感，只见他前边的安三儿从一个紧着靠边儿骑车的人头上伸手抄了一把，抢了顶军帽。那人下意识地回手挡了一下，没挡住，想要追安三儿。忽然有人喊了一声儿，"这小子是臭流氓，打。"一群人呼啦啦围上去，那人猛醒，扔了车想跑，已经来不及了。安三儿抽出带铁头的车锁，照着那人的头上就抡，只听"啊"的一声惨叫，立刻见了红。

鲜血和叫声在方辉来不及思索的头脑里像是一道闪电，从一早就充溢在他体内的骚动忽然找到了一个出口。他的心狂跳起来，直往胸膛骨上撞，在眼前晃动的鲜血激得他神经紧张到了极点。他浑身发冷，两腿哆嗦，从那人后边靠上去，冲着那人后屁股就是一脚，那人膝盖一软，跪在地上。这时候，有踢的，有打的，每个人都激动得脸红脖子粗，没两分钟，一个站立着的人就变成了一堆躺倒在地的血肉模糊的垃圾。方辉更加大着胆子上来踹两脚，忽听一声大呼，"快撤！后边有援兵。"

方辉吓得头都大了，脚底下拌蒜，屁股坐上了车，脚却死活探不着脚镫子，眼看着伙伴们飞车而去，急地乱叫："等等我，等等我……"当他终于赶上大家还在喊，"你们倒是等我会儿啊……"一头的汗。大家哄笑起来，说，那是坏小子安三儿使得坏，哪儿有人。方辉惊魂未定地回过头去，只见人行道上远远地一个黑点在蠕动，街上一片空旷，这才放了心，顿时来了情绪，说："谁怕他们呀，我一夫当关万夫莫开。那帮臭流氓。"

317

男孩子们"有种！""好样儿的！"嗷嗷地起着哄，在大街上飞驰，招得一大街人远远地看。

这一天，方辉硬充老手，强忍着嗓子眼儿被辣得喘不过气来的感觉，又喝酒又抽烟，一夜没回家。

五十二

　　陈辛吾回家时穿一身干干净净的兰卡其布制服，头发梳得整整齐齐，连胡子都刮过，显得出奇的整洁。几天没看见父亲，孩子们的目光怯怯的，过来问好。陈辛吾显得疲倦而又和蔼，孩子们放心了，散开了。

　　李伟玉接过丈夫手中的公文包，眼睛并不看着陈辛吾，转身从衣架上拿了一把刷子，让陈辛吾站在门厅里，从头到脚地给他刷衣服，然后，转身进了客厅，给丈夫沏茶。

　　陈辛吾仰坐在沙发上，默默地喝茶。李伟玉说我去做饭，走了。自始至终没有正视丈夫。而陈辛吾也有意无意地避开了目光，他们不再找机会单独相对，即便是单独面对也没话了。

　　李伟玉借口陈辛吾睡觉老翻身，影响自己的睡眠，在大床边上另置了一张小床。陈辛吾默不做声地帮她铺床，瞟了一眼李伟玉，只见她抖床单的时候，疼的一龇牙，但马上掩了过去。陈辛吾勉强直起酸痛的腰，装作什么也没看见。

　　尊严变成了一层窗户纸，将他们俩隔开了。尽管他们都能猜到对方身上可能发生的事情，但却没法捅破这层纸，捅破了，不仅不能让他们互相得到慰藉，相反只能带来更大的伤害，更大的痛苦，而且连仅有的一点儿尊严也没有了。

　　他们就两只受伤的骄傲的兽中之王，为了尊严而相互躲避着，并且，不可避免地也相互疏远了。

　　对于陈辛吾来说，不说话似乎还没什么，但对于李伟玉来说，这种沉默简直令她窒息。这样的日子不知道还得持续多久？

　　经验告诉她，一次运动一般有个两三年怎么也该进入尾声了，不能没完没了啊。刘邓陶倒台了，二月逆流也过去了，连中央文革中的革命派们都换了几茬儿了，掐指一算，也快两年了。真不知道毛主席亲自领导的伟大战略部署下一步是什么？

在李伟玉焦急的忍耐中，下一步来了，但却和李伟玉的愿望背道而驰。陈辛吾终于被机关宣布隔离审查。

所谓终于，是因为六个部长副部长中，陈辛吾是最后一个被宣布隔离审查的。但正因为是最后一个，才给了李伟玉幻想，以为陈辛吾为人谨慎，谦逊，做事从不露锋芒，就连学生冲击部领导的时候，他都能应付裕如，没被抓住一根小辫子。而且他又是个有专业知识的老干部，偌大的机关，铺天盖地的大字报中，部级干部的就属他的少。但他仍未能幸免。

上一次，陈辛吾只是被一个造反派组织扣了一周，这一次，连换洗衣服都带上了，而且是军管会的通知，说是让他交代历史问题。

历史问题？难道会有历史问题？陈辛吾也有历史问题？

李伟玉傻了，脑子里转不过弯来，两眼直愣愣的。孩子们又吵又闹的，她就像是没听见，饭也不做，让孩子们都上机关大院里的食堂去吃。

夜里，还睁着两只眼睛胡思乱想。

渐渐她想明白了，结婚时，陈辛吾既然可以对自己隐瞒了曾经结过婚的事情，进了城以后，可以神不知鬼不觉地用了个狐媚子女大学生当秘书，如果还有其他事情自己不知道也就没什么好奇怪了。

那么，到底他还有些什么历史问题呢？

李伟玉细细一想，好像许多事情都很可疑。

就说他在北平上大学吧，是谁给了他资助？他一个穷学生哪儿来的钱念书？他自己说是乡亲资助，是那个少爷的地主老子给了些工钱，可信吗？即便自己认为会有这种事情，长在新社会里的年轻人能接受这种说法吗？另外，他和前妻的关系能那么单纯吗？和那个国民党参议员老丈人就没有一点儿政治关系？延安整风时他在前线，只赶上了一个尾巴，会不会因此而漏网了？

想得多了，就头发晕，浑身冒汗，耳边像是放着一只蝉，玩儿命叫，胸口隐隐作痛。她知道血压一定又升上来了，赶紧晕头转向爬起来找药吃。吃了一次，半天没睡着，还在瞎想。

曾经并没引起注意的细节，又都突然浮现。

关于前妻的事，的确是陈辛吾主动说的。而她的不满意，主要还是恨他欺骗了自己，没在结婚前说出来。但现在细想，当时正是在整风运动中，也许他压根就不是出于对自己的诚实，而是不得已的吗？

关于那个女秘书，李伟玉记得更是清楚，进城以后，一方面因为她正一个接一个地生育孩子，不愿意出门；另一方面，她死看不上那些一进城就摆官太太架子的浅薄女人，就讨厌以夫人的身份出现在任何场合，因此，虽然陈辛吾的机关离家很近，但她从来都不去。但那一天，下午突然下起了大雨，而且越下越大，快下班了仍没有要停的意思，李伟玉想到陈辛吾最近几天有些咳嗽，跑去送伞，一进办公室，迎头看见一个那么漂亮的文文静静的女孩子，站在陈辛吾的办公桌前，瞪着两只少女特有的清澈的大眼睛，看着陈辛吾。就那么一瞬，李伟玉也就见过那女孩子一面，但那画面让李伟玉一辈子都忘不了，尤其忘不了女孩子那纯真的眼神。

李伟玉的突然出现，吓了他们一跳。陈辛吾几乎是关心地说，"真是的，让你跑一趟。"女孩子也马上微笑着说，"我还正说着陈部长这两天咳嗽没好，要不要我回家去取把伞来呢。"

一切都正常得再没那么正常了，但李伟玉的心已经被触动了，因此，越是正常就越让李伟玉不放心，到底闹得陈辛吾换了秘书。而陈辛吾从此再不用女秘书了。

如果不是那场雨，如果她不是去送伞，如果……所以，再好的男人也不可掉以轻心，再相爱的夫妻也不可信任爱情。

那么，他会不会就像隐藏女人一样隐藏历史问题呢？

还有那个所谓的老丈人！难道……

当然。部里都贴了他那么多大字报，可他却沉得住气，竟能只字不提。那么，所有见不得人的历史都可以这样保密！

李伟玉知道，如果陈辛吾真的是有历史问题，自己的罪名可就不单单是走资派了。她不敢想象万一丈夫被审查出个什么问题。

就在这一夜，李伟玉突然对共同生活了几十年的丈夫失去了信任。

一切不过是一个美丽的童话，而她，就在这个童话中虚幻地活着，一直相信自己找到了一生都可信赖的人，一直以为自己是个幸运儿，不像周围的许多夫妇一样，相互之间并没有爱情，却为了孩子又不得不生活在一起。现在看来，她和任何别人都是一样的，所不同的只是她比别人醒悟得更晚一点，更傻一些罢了。

药白吃了，起来又吃，吃完还是睡不实，她晕晕乎乎地不知道自己吃了几次药，也不知道睡到了什么时候，一夜的梦魇。

白天，她有些迷糊。上次去机关看大字报后的那种精神状态又出现了。脑子里一片空白，一片混沌，周围的一切都是颠倒的，模糊的，一种远离现实，远离真实的感觉包围了她。在她和周围的事物之间似乎有了一层透明柔软的隔膜。隔着这层膜，她能够看见外界，但却不能够真正触摸到真实的墙壁、门、家具和人，而外部世界也不能再触到她，或者伤害她了。这种感觉既平淡又新奇。平淡的是，她可以不再为外界所动；新奇的是，这感觉又轻松又超然，人好像能化成一阵风就消失了似的。再没有什么可忧虑的，也没有什么值得高兴的了。连上了班，每天受批判都让她不那么痛苦了，因为感知世界的那根神经已经死了，或者至少是麻痹了。一切都只能听天由命了，李伟玉像一只被兽夹夹住了脚的动物，放弃了挣扎，因为每挣扎一下，都会带来更大的痛苦。

就这样，她反而得到了暂时的平静。她只希望这样暂时的平静多一天是一天，虽然知道纸里是包不住火，但心里还是存了一丝希望，她告诉孩子们说：

"要保密，千万不要对外人说你们的爸爸被隔离审查了。"

"有什么可保密的，现在只要是个当权派，都关在'牛棚'里。"

孩子们都不当事儿地说。李伟玉问什么叫"关牛棚"？就是关牛鬼蛇神的房子呗，这都不懂？孩子们嗔怪。

"难道你们也认为爸爸是牛鬼蛇神？"李伟玉眼睛瞪圆了。

"你怎么了？妈妈？"李伟玉绝望的样子吓了大家一跳，"干嘛这么大惊小怪的？"

"是我大惊小怪？！"一看妈妈真要急，孩子们作鸟兽散。

吃饭的时候，李伟玉一脸郑重其事，又提起要"保密"。

方蓉怜悯地不好意思地微笑看着妈妈，似乎在为妈妈的幼稚可笑感到羞愧。方菲满不在乎地问："跟谁保密？"

其他人接二连三地问："怎么保密？"

"保得住密吗？"

"怎么那么多问题，叫你们保密就保密呗！"李伟玉又急了。

方蓉冲大家呵斥道："不许跟妈妈对嘴，叫咱们保密，咱们尽力而为吧。"言外之意，能不能保可就不管了。

"好，好，好，保密，保密，就保密。"孩子们敷衍着赶紧答应。李伟玉气得要哭，骂：

"你们想气死我呀？一个二个都那么不懂事，气死你妈有你们的什么好？你们哪知道没妈的孩子苦啊？真是身在福中不知福，让你们尝尝滋味儿就知道了……"孩子们本来就不怕妈妈，一吵一闹就更没人当回事儿了。

"知道了，知道了，您可千万不能死，我们不想有个后妈……"又是七嘴八舌一通吵。

"跟你们说正事呢，怎么这么不严肃！有个后妈你就知道什么叫亲妈了。"忽然自己拍了自己的头一下，骂，"什么亲妈后妈的，都让你们给我搅糊涂了。说什么来着，对了，说保密。让你们保密就保密，别的少说。"

"是，别的少说。"方平敬了个礼，李伟玉想笑却没笑出来，伸手摸了方平的脑袋一下，自己都没注意怎么就叹了口气，说，"都还是孩子呢。"方平的脸一下子红了，赶紧缩到一边去了。李伟玉拉过方敏，摸着小女儿的脸，问"你们什么时候才能长大呀？"

五十三

"牛棚"是一个废弃了的仓库，大而且冷。

部里的几个头面人物分散在屋子的几个角落里。一人一张床，一张桌子，一把椅子。白天晚上有人轮班看着，不许交谈，不许靠近，不许东张西望，不许……

白天，除了参加学习，开批斗会，就是写材料，写自己的历史，写自己的罪行……

如果一个人活了半个多世纪了，突然有一天要把在这半个多世纪里所做过的事情一件一桩地都捋清楚谈何容易。消散了，遗忘了，倒错了，丢失了，模糊了，一切的一切即清晰又不确切，即恍如昨日又遥远得难以置信。

陈辛吾面对铺开在眼前的白纸，几次拿起笔，几次又放下。单单拉出一张简历，就像以前给中组部填的表，都得参照自己留的一个底儿，现在仅凭记忆就要写清楚那年到那年都干了些什么，和什么人一起干的，有什么人能作证，是绝无可能的。就这么一张白纸铺在面前，他简直不知道该从何下笔。

造反派说他们"消极怠工"，"对抗文化革命"，"不老老实实就要打倒他们"。一个老红军出身的工农干部说，"年代久了，记不清了。"这句话招来一通臭骂：

"找借口！自己干了什么自己记不住？！谁相信你们的鬼话，这分明是态度问题，你们那点鬼，能骗得了革命群众？自己干了什么见不得人的勾当，惧怕自己的罪行昭然若揭，耍花招。我正告你们，别想钻革命群众的空子！只有老实交代一条出路。"

老红军小声冷笑道："老子耍滑头的时候，你小子的爹妈还挖屎呢。"几个听见的人忍住笑，也附和道："人老了，记不真切了，写错了对不起组织上。"

过了两天，造反派宣布可以参照《毛选》和党史资料，记不全的，拣重要的，需要检讨的先交代，以自我批评为主。

陈辛吾明白了，就是要自己批判自己，这就好办了。重点当然是放在参加革命之前。事实上，参加革命之前，陈辛吾并不是个纯粹的马列主义者，而是装了一脑子叔本华、卢梭、托尔斯泰、司汤达、尼采等各种思想的大杂烩，马克思的阶级斗争学说只是他这一锅烩中的一味，于是批判的重点就出来了。对扣帽子他可不陌生，"个人主义""非无产阶级思想""资产阶级思想""小资产阶级的个人奋斗"这些帽子他丝毫不吝啬，全都给自己戴上了，但却小心地避开了"反动"和"反革命"这样的字眼儿。

这段历史他写得很顺手，并不要费太多的思量。但写着写着，他的笔就涩了，对他来说最关键的问题越来越近，越来越令他难以下笔，越来越不知道有些事情怎样才能让那些"爹妈还在挖屎"的人理解。是啊，他怎么才能解释清楚，他和一个国民党参议员小姐之间的关系呢？怎么才能使人相信自己和那位老丈人之间并没有政治关系呢？他犯难了。呆呆地看着已经写了好几页的检讨书。

他们不可能相信，一个国民党大官儿的千金在学校里只是一个非常朴素、聪明的好学生，既不爱出风头，也不歧视穷人。而在他这个穷学生认识她以至爱上她之前竟对她的身份一无所知。是啊，这听起来是多么地荒唐，多么地难以说服人，遗憾的是这就是事实。

相识是简单、自然，而且偶然的。

大学里经常举办些讲演会，陈辛吾是学生会里的积极分子，在学生中小有影响。开会时，他知道有人看着自己，因为他就站在每一个发言人的身旁，而他却很少注意别人。看见霞是偶然的，在他的目光扫过人群寻找下一个发言人时，人群中一双眼睛突然逃避似的跳开了。他的目光随即往回搜索，一双非常漂亮，不对，应该是非常妩媚的眼睛正目不转睛地盯着发言者，而不是自己，但她那涨红的脸和强作镇静的目光使得陈辛吾认定她就是那逃跑者。陈辛吾若无其事地移开了目光，但那双眼睛从此嵌入了他的每一根感觉神经中。她用一个带磁力的场包围着他，吸引着他，使他在开会的几小时里不用眼睛看，也知道她在那儿。

起初，他以为睡两觉就可以忘了，像以前曾经有过的那样。但过了几天，他吃惊地发现他不仅没有忘记反而记得更清楚了。他笑自己的荒唐，不论从哪方面讲他都必须忘掉这件事，局势的动乱，自己的前途渺茫，最重要的是一切的一切都在似有若无之间，就在他感觉自己的努力没有白费的时候，他们碰面了。

霞在校刊当编辑，找陈辛吾约稿。

遗忘本是上天赐给人生存下去的一种武器，陈辛吾当然充分地领受了它的恩惠。多年来，他从不想起，从不回忆，从不翻开这尘封的一页。因此，他以为一切都已成为过眼烟云，一切都平淡得完全可以面对了，但是，他错了，当笔尖被逼到对这件事情的叙述中，他才惨痛地知道他大错特错了。他终于明白，是自己害怕面对这件事，便匆匆将它掩埋了，回避了，摆平了。他自欺欺人地认为只要不触动，他就可以不疼，就可以认为没事了。实际上，伤口依然还在，稍一触碰就流血不止。

是的，那双眼睛，那种表情，那样的态度，那种无可言喻的感觉，以及它们带给他的痴迷和震颤，竟刻骨铭心到不能回想的地步。以至即便是现在，在大而空冷的屋子里，在一张白纸一支笔面前，霞竟活了似的凝视着陈辛吾，目光是那么坦白、诚恳，含了那么多的崇敬、羞怯和爱慕，看得陈辛吾心都疼了，让陈辛吾愧疚和歉意得无地自容。人，只有他面对自己亏负了的爱才能有不解的情结，尽管当时自己看似多么有理，而且多么无奈，多么不情愿。

怎么能让造反派们明白他们爱得那么突然，让人猝不及防，不能自拔，直到霞带陈辛吾去见家人的时候，才吓了陈辛吾一大跳。霞解释说，她希望两个人的爱是纯而又纯的纯粹的爱，爱只是他们两个人的事情，她不想他们的爱受到任何外界因素的干扰。但陈辛吾还是一时难以接受，他受到的震动甚至超过了感动，他一直以为霞就是个浪漫的追求个性解放的新式女性，从来没想到她竟会是个有着这样背景的大家闺秀！更没想到这样一个女孩子竟能如此大胆、坦诚地毫无保留地爱着自己。

霞的父亲是个人精，一眼便看出女儿对这个恃才傲物的小个子已经以身相许了，二话没说，谁的意见也没问，便发了帖子，办了婚宴。在陈辛吾的生活中，"身不由己"这是第一次，但却不是最后一次。

婚后不到半年，陈辛吾陷入进退两难的地步。岳父一家因时局紧张准备迁往重庆。陈辛吾尊重老岳父，深爱妻子，但对老岳父的党却毫无信心。他对共产党虽然了解并不算多，却抱有较多的期望。中国太贫穷了，政府太腐败了，他还是一个有良知的热血青年，不能做家庭的奴隶。

霞却必须跟着父亲去重庆，因为她已经有了身孕。

这么痛苦的抉择，现在想想都怕，陈辛吾长长地出了口气。

霞看出了陈辛吾的矛盾和苦恼，要他别顾及自己，等她把孩子生下来，不管陈辛吾到了天涯海角，即使是延安她也一定会去找他。但陈辛吾还是延捱着，下不了决心。霞趁陈辛吾不在，偷偷地回了父亲家，留下一封长信。陈辛吾字字泣血地读过信，咬牙跟一群同学离开了北京。

他不记得自己是怎样一路的艰辛，怎样一步一回首地来到了延安，只有那段撕心裂肺的苦涩难言的沉重深深地留在了记忆中。从此天各一方，何时能再见面简直就是一场春梦。

陈辛吾知道霞不是个平常的女子，但离得越远，似乎才越清晰地知道霞有多么地不寻常，才越清楚地看出在霞柔弱外表下掩藏着怎样的豪侠。就好像霞是一座山，当他身处其中的时候只知道这是一座山，但出了山，才发现这山竟是如此地巍峨，壮丽，丰富。

现在，当他回首往事的时候，突然惶惑不安地发现，所有常人认为生命中辉煌的时刻，成功的喜悦，还有他为之奋斗的事业，与这些感情生活的波澜相比都变得黯然了，褪色了，没有了激动人心的力量。时间遮盖了它们的光彩，抹淡了它们的色泽，唯有这段他从不去触动的，一直被当作错误的婚姻却像阿里巴巴山洞里的宝藏，由于封存的极好，一旦揭开，痛苦竟如三十年前一样鲜明、锐利、难以忍耐。

327

没有霞，没有她坚决的支持，陈辛吾不知道自己今天会是什么样子。陈辛吾闭上眼睛，咬紧牙关，对自己说，这是不得已的。他仍然觉得当初的决定并没有错，只是说不清为什么事情过去这么久了，他还不能安心，还不能处之泰然。

霞死于难产。陈辛吾作为重庆谈判的中共代表团成员，在重庆见到了老岳父才知道的。老人一句埋怨的话都没有，只是眼圈潮润，声音暗哑，还问陈辛吾愿不愿意去美国读书，费用不必多虑。陈辛吾看着老丈人那双儒雅的眼睛，不忍告诉他自己已经又结婚了，而且入了党，再不是当年那个思想混乱的青年了。

李伟玉的眼睛多少有些像霞，却不如霞温柔、妩媚，比霞多了点儿咄咄逼人的豪爽之气。后来有认识霞的人会把李伟玉错当成霞，但陈辛吾心里却知道，她们只是形有略似，而神全不似。

这件事李伟玉知道，组织上也清楚。

李伟玉知道的时候，大哭了三天，说他欺骗了她。陈辛吾没去哀求也没再多解释，而是上了前线。等他再回后方时，李伟玉又大哭着投入了他的怀抱。

但现在是造反派要他交代，不论怎么交代，什么时候交代，交代到什么程度，都是难以过关的。"特务""内奸""混入党内的假党员"之类的帽子造反派不给他戴给谁戴？

有生以来陈辛吾第一次暗自庆幸霞的早逝，这正是她的福分。

霞的父亲解放后并没有理所当然地去台湾，而是留在了大陆，解甲归田。他曾经给陈辛吾来过信，简单谈了谈自己在老家的生活。陈辛吾也回了封信，信写得煞费苦心，说深了不是，浅了也不是，心里打翻了五味瓶子。老人没回信，一晃两年，肃反运动开始了，老人悄悄进了一趟城，来找陈辛吾。

仅仅是十几年的功夫，人世沧桑。霞的父亲变得让陈辛吾不敢认，衰老得不成样子。弯腰驼背这些生理上的变化是在意料之中的，倒并不让陈辛吾吃惊，让他难受的是印象中的那个通达精明的显赫之人全不见了踪影，站在他面前得已经是一个畏缩、唯诺，显然受了惊吓的可怜的老人。

霞的父亲言谈中充满了懊悔，当初原以为回乡归隐可以安度晚年，谢绝了省里要他作政协委员的邀请，可现在地方上的基层干部没见过世面，很同他过意不去，不但土地被没收，连房子亦充了公，自己只好用积蓄盖了几间小房，眼看着运动要来，恐怕……

陈辛吾不用他细说也能想象老人在基层的处境，心里难过。老人所在省份又与自己并无关系，一时又想不起此事能托付何人，便安慰老人，一定要相信党的政策，相信党组织，政府不会错判一人。并出主意先通过正常渠道找省政协谈谈。

老人默默地听着，目光中流露出那么无言的失望和理解，让陈辛吾至今想起来都汗颜。

他本想请老人到家里来，回家刚跟李伟玉提了个头儿，还没来得及说到正文，只说了一句，霞的父亲来了，李伟玉就像个没文化的村妇一样，立刻炸了，义正严词地开起了陈辛吾的批判会，什么阶级界限划不清；与前妻藕断丝连；万一影响出去了，你浑身是嘴也说不清楚。你自己的政治前途不要了，孩子们以后怎么办；我们这个革命家庭的清白不能因为你这个不明智之举就此被抹上污点；然后下了最后通牒：

"你非要见那个老丈人，我也管不了，我们先到组织上去备了案，表明我的态度，将来万一出了事，我们划清界限！"

陈辛吾本来是个谨慎人，经过延安整风运动也深知此事得厉害，但对李伟玉如此过激的反应还是心中不快，明白她是借题发挥，可又无法挑明，只能咽下一口气，答应妻子不再做任何"出格儿"的事情。李伟玉逼着陈辛吾明确承诺"不仅不见面，也不再过问"。陈辛吾都一一答应，这才算平息了一场风波。

陈辛吾果然没再和老人有任何联系，也不知道他现在怎么样了？关于这个问题，又该作何交代？

陈辛吾匆匆忙忙的生活，匆匆忙忙地工作，匆匆忙忙地转眼过去了近二十年，突然一切都停顿了，有了时间，有了空闲，被逼无奈地开始回顾，想不到竟如此不堪。他望着眼前的这张白纸，手里的笔有千斤重。

五十四

　　季晨比以往任何时候都频繁地往郊外跑，过去一周也就去个两三趟，现在几乎是天天。他连一分钟都没有怀疑过除了因为终于找到了一群和自己一样能够在乱世之中他人皆醉我独醒的知己之外，还会有别的什么动机。但是，当他拿起电话，犹豫着要不要拨那个他从未拨过但又烂熟于心的电话号码的时候，才第一次想到也许没那么简单。

　　事情是这样的：

　　一天，他意外地接到原先在红卫兵总部里的好朋友董阳洋——一个副主席的儿子的电话：

　　"你也消失得太彻底了吧，都干嘛呢？"董阳洋不满意的口气。

　　自从季晨退出西城区纠察队简称"西纠"之后，他和董阳洋已经很久没有联系了。

　　"没干嘛，能干嘛呀。"季晨就像看见电话那头董阳洋皱着眉头好不满意的样子，微笑了，缓和地回答道。

　　"你也快成了逍遥派了，知道要出大事了吗？！"不等季晨答话，董阳洋气急败坏地告诉他说内部消息，公安局马上就要开始抓人了，海淀两个小时前已经有人被抓走了。季晨半信半疑，问："真的吗？是什么罪名？"

　　"还用什么罪名，说他们反中央文革，'联动'被宣布为反动组织了。"

　　"这太可笑了，我怎么不太相信。再说……"

　　"求你了！"董阳洋用季晨从没听见过的迁就口气打断了季晨的话，"现在，没时间多说了，你赶快去趟'西纠'吧，我给他们打电话，老是占线，你们家离着那儿最近，晚了……真的就来不及了……"

董阳洋焦急的话都说不连利了，季晨虽然将信将疑但深知事关重大，不敢怠慢，蹬着车就往'西纠'跑。

"西纠"坐落在西长安街的一个大四合院儿里，据说这院子原先是京剧名角马连良的私产。破"四旧"的时候，这家人被撵了出去，院子就被收归国有了。当初建立"西纠"的时候，就由周总理的秘书周荣鑫批给了"西纠"。

当季晨还是学校的红卫兵头头儿时，曾经在这个院子里和董阳洋等一群各校的红卫兵领袖们共过事。他们发起并成立这个组织的时候，初衷本是为了通过群众自己组织自己，自己约束自己，达到红卫兵能自我完善的目的。并带有控制和约束各校的红卫兵组织，成为一个司令部，统一各校的红卫兵行动。

然而，红卫兵，作为一个并没有具体宗旨纲领的组织，只要是造反，只要出身没问题，印个红袖章就能成立个红卫兵的组织，要想规范起来谈何容易。

季晨一开始和董阳洋配合的还不错，但随着这个组织在社会上影响越来越大，行动越来越失控，季晨眼看着它滑向"打、砸、抢"的无组织无纪律的群氓运动而无回天之力。他开始意识到红卫兵的衰落是必然的，是任何人都阻止不了的，自己不能拯救它，别的任何人也不能力挽狂澜，便建议解散这个组织。

董阳洋为此和他发生了激烈的冲突，大骂他是逃跑主义，失败主义，悲观主义，对革命不负责任……季晨无法说服朋友们，继续搞下去只有死路一条，也生气了，说你们就是把我骂成张国焘，骂成王明，也没用，我反正今后不再参与你们的行动了。结果不欢而散。从那以后，他就没再去过这个院儿，若不是董阳洋如此万分火急地打电话要他来，恐怕他自己是再也不会来了。

季晨进了院子，看见水池假山、雕梁画栋依旧，只是到处都是大字报的碎纸片，标语口号的残留痕迹，还有若无其事人来人往的红卫兵们。季晨找到了两个过去在他手下干过的现在看样子已经是小头头儿的半熟脸儿的红卫兵，将董阳洋的话告诉他们，要他们赶快采取行动。

可这两个人歪戴着帽子，一脸的神气，手里甩着皮带，根本就不信。然后，开始先盘问起季晨来了，意思好像是说别你自己走了，还来煽动我们大家伙也走。我们可是坚定的革命派。

季晨见状，知道和这两个懵懂不化的孩子没理好讲，只好自己劝说院子里的其他人先离开这里，回家避一避。一些胆小听话的，不声不响地就有人散去，还有一些不甘心的就问：

"你说的是真的吗？如果我们不走呢？他们会把我们怎么样？"有人响应道：

"我就不信他们敢把咱们怎么样，难道还能杀头？"

"我们就这样溜了，不是太悚了吗？"

"我们不能当逃兵！"

"我们要和'西纠'共存亡！"有人开始煽动起来。

季晨一听见"逃兵"两个字就刺耳，看了一眼那个剃着光头，一脸骄横气的少年，有心扭脸就走，但却拔不开腿，一种莫名其妙地对这群无知少年责任感使他狠不下心来。他忍了一口气，耐心地劝他们：

"战略转移，这是战略转移，不能叫逃兵。懂战略战术吗？大家要冷静要服从指挥。"

"你是谁？凭什么来指挥我们？"

人群里有认识季晨的，也开始帮着季晨劝说大家。

这时候，那两个小头头儿也接到了电话，出来对大家说，大家还是先散一散吧，说罢，自己就先开溜了。不少人跟着他们也纷纷散去。

但是，因为这里是个谁想来就来，谁想走就走的地方，有人走了，但还有人陆陆续续地进来。季晨看了看表，觉得不能再待了，正往门口走，只见又涌进一群人来，他一边往外走，一边挥着手招呼着大家。几个愣头小子从他胳膊下一钻，进了院儿。只听后边有人冲着前边大叫：

"陈方辉！你丫跑什么跑！等会儿，哎。"

　　季晨站住了，回头一看，是个晃着大脑袋的高个儿男孩子，便脱口问道：

　　"你叫陈方辉？认识陈方菲吗？"

　　一个虽然已经像大人一样高了，但满脸仍然稚气未脱的男孩儿站住了，傻笑着回答：

　　"她是我姐姐。"紧接着又冒出来一串问题，"你是谁？你怎么认识我姐的？叫我干嘛？"

　　季晨笑了，回答：

　　"我叫季晨。"他怎么也想不到这傻二爷似的人物就是方菲的弟弟，不仅长得不像，气质不像，说话不像，浑身上下简直就找不着一丁点儿像的地方，只有笑起来嘴角弯弯地上翘似乎有点像。他忍着笑，说，"你先别问这么多了，还不快走，这儿情况可不妙。"

　　方辉大大咧咧地一笑，说：

　　"那是抓你们这样的头头儿的，我就是来玩玩儿，没我什么事。"

　　季晨口干舌燥地说了一个多钟头儿，还没碰上像方辉这么一份儿没心没肺的，不但憨傻憨傻，还天真地自私。看着这个愣小子不由得心都软了，他连拉带劝，可方辉说他的哥们儿都在这儿，自己也不能走。季晨让他动员大家一起走，方辉傻二爷似的摇着大脑袋：

　　"没事儿，没事儿。哪儿有什么事儿啊。"

　　前面又有人叫他，季晨眼看着方辉从自己面前走开，去追他那一伙人。一个虎头虎脑的孩子回过头来瞟了一眼季晨，问方辉，你丫认识人家吗？跟人废什么话呢？

　　"他说和方菲认识，还说让咱们赶紧离开这儿。"

　　那孩子停下了脚步，大眼睛骨碌碌地转着，上下打量着季晨。若是在别处，看见这样傻狂傻狂的毛头小子季晨很可能理都不理，但现在，因为方辉似乎对他也平添了亲切感，和颜悦色地劝道：

　　"快离开这儿吧。带着你的小哥们儿。听说市局会来抄查。"

　　这孩子显然和方辉年龄相仿，听其他孩子似乎管他叫金昌盛。表面上看他和方辉一样好像愣头愣脑，天不怕地不怕，但季晨很快就注意到在他的莽撞之中显然透着精细，并在他的眼睛里看见了一丝犹豫。但不知为什么，很快，他又摆出一副"少来，你丫管谁呢"的架势，晃着肩膀扬长而去了。

季晨看出来，方辉显然是跟着这个狂小子跑的，气得直咬嘴唇，暗暗骂道，败类！傻狂什么？！但不管怎么样，院子里的人还是越来越少了，季晨只盼望着自己带来的消息是一场虚惊，先回家了。路上，方辉那副傻二爷的样子总在他脑子里晃，后面还叠加着那个叫金昌盛的少年的影子，渐渐，后面的那个影子晃到了前面，特别是那双眼睛，威武之中透着精明，牢牢地刻在了季晨的脑子里。

第二天清早，季晨接到董阳洋的电话，说市局把"西纠"给查封了。他的心往下一沉，算了算，也就是他走后大约半个钟头的事。自责淹没了吃惊和愤怒，他坐在沙发上感到从未有过的沮丧，说不上来的一种因为不幸而言中的悲哀袭上心头，这就是下场，这就是结局，那些无知的孩子们。他立刻想到了方辉，心悬了起来，想给方菲打电话问问，摸着电话机，半天不敢开始拨号。

事实上，他和方菲和史培玲在研习班上又见过几次，一起谈天说地，讨论时局，应该说已经比较熟悉了。虽然她的态度始终不像史培玲那么冲，但已经较少拘谨了。而季晨也不再一看见方菲就脸红心跳得不能自己，但是他们之间的交往仍然像刚认识的时候一样，仅限于在大庭广众之下，谈论所有人都感兴趣的事，讨论公开的话题，从没有过单独相处的机会。

远远地看着方菲，甚至和她争论问题，季晨已经能够从容应对了，但是，给她打电话，询问她的弟弟，他甚至都不清楚她到底有几个兄弟姐妹，一种有可能更接近方菲的恐惧和紧张使得他再三踌躇起来，万一她多心了怎么办，如果是史培玲，事情就要简单得多了。

从电话里传来方菲的声音果然显得警觉而且戒备，仿佛还有一丝丝的不快。季晨真希望是自己多心了，赶紧解释说，这两天风声挺紧的，如果她们家人一切都好他就没事了。方菲的口气缓和了下来，沉吟了一下才说：

"我弟弟到现在还没回家，不过，一夜不归以前也不是没有过……"

得知方辉一夜未归，季晨愧疚得半天说不出话来，好一会儿才吞吞吐吐地说：

"昨天下午我在'西纠'看见你弟弟了……"

"你怎么认识他的？你知道他现在在哪儿？"

"我也不敢确定，但是……"

"什么？"方菲焦急地问。

"……也许，你……或者我跟你们一块儿去趟公安局……"然后，季晨把自己所知道的说了个大概。电话那头儿没声音了，半天，方菲才说：

"谢谢，我们自己先找找看吧。"电话啪地挂断了。

季晨举着电话，半天不能放下。方菲没说一句埋怨的话，相反到十分客气，可越是这样，季晨倒越觉得委屈。他不明白自己怎么了，为什么一个客客气气的电话竟然像一把刀子一样扎在他的心上，令他痛楚难当。他到底是怎么了？难道……他不敢往下想了。

季晨咬紧牙关，放下手中的电话，硬将涌到嗓子眼儿的委屈咽了回去，仰倒在了沙发上。然而，自责和愧悔越来越深地将他淹没了，不单是因为方辉，也不单是因为这件事，似乎更深更广，是无能为力，无所作为，没能控制，没能挽救的遗憾。他知道这不是他的错，也知道红卫兵运动只是一个政治现象，它的兴衰与存亡有着它自己不可抗拒的规律，他甚至都预见过它必然失败的结果，但这么快，而且是以这样的方式收场，仍使他不能不难过。想起它的轰轰烈烈，它鼎盛时的意气风发，再看看它现在衰落时的颓废败坏，如同昙花一现，快得令人来不及回味，来不及细想，便结束了。

季晨想大哭一场，但欲哭无泪。

又过了两天，季晨听说董阳洋也被捕了，还有李晓华等许多红卫兵头头，负罪感突然消失得无影无踪了，心里剩下的只有愤怒，不知道中央文革到底想要干什么！为什么事情会变成这个样子？将来还会变成什么样子？难道这就是革命？乱，脑子里全是问题。

335

五十五

方菲听到季晨好听的声音，心里一震，立刻想到季晨是没事套磁，也就是套近乎。虽然终于听明白了事情的原委，但那个震颤还留在了心里。

方菲并不是从一开始就注意到了季晨，她只是看见了他。在一群人中间，季晨是不可能不被看见的，因为他长得实在是太出众了，不仅身个硬朗、高大，而且面目如同雕像一般的标致。从侧面看去，额头光滑平整，鼻线为中国人少有的丰隆、笔直，下巴略微突出，双目呈橄榄形，微微凹陷。

真正注意到他，是后来见得多了。

季晨虽然沉默寡言但却并不沉闷，相反倒显示出一种气度，一种沉稳的内在美。因此，只要有他在场，即使方菲不看着他，仍然能够感觉到他就在身边，并且能够感觉到他停留在自己身上的目光。

为了不生出误会，方菲很少从正面盯着季晨看，而是更多地把目光落在侃侃而谈的万小光和周晋生身上，但只要一有机会，只要她坐在季晨的侧面，她便不再约束自己的目光，让他们更自由、更放肆地停留在季晨那近乎完美的面孔上。让自己完全沉醉在对美的欣赏之中，就像是一个画家，看见美便不能不注目，不能不动心，并且不知不觉地就陶醉于心了。

由于季晨的肤色较黑，只有细看之下，才能看出这张脸竟完美得挑不出瑕疵来，如果硬要鸡蛋里挑骨头，那便是嘴唇略显丰满，线条略显柔软。但正是因为这张嘴，才使得季晨的英俊更近人情，更亲切，同时也更显肉感。

尽管如此，方菲心里清楚地知道，对季晨的英俊，她仅仅是欣赏，仅此而已。

在电话里，她不假思索地拒绝了季晨的热心，并不是因为客气，而是生怕让他介入了自己的家事，接受了他的帮助而感觉亏欠了他，或者因此而生出令人恐惧的亲密感来无法自拔。

上次因为抄家，金昌盛仗义相助，可父亲竟然做得那么绝，对那么熟悉的人竟然能够装得压根就不认识。以至使她对金昌盛一直充满了愧疚，她可不想再欠别人的情了。

当然，幸好金昌盛那个傻小子并不介意，反而气壮如牛地说，这叫保家卫国，哪儿能都让他们得逞，凭什么？！

方菲尽管满眼含着赞赏看着金昌盛眯眯笑着，但对他的理论却不以为然，说，这不是文化革命吗？老干部就是特权阶层，也该轰一轰。

"我不觉得是特权阶层，哪儿特权了？"金昌盛不服气。

"怎么没有？住的房子大，拿的钱多，困难时期还有特供，每逢节假日还可以上人民大会堂玩儿。多了，一般老百姓有这种享受吗？"

"那也是应该的，共产党都是提着脑袋干革命，用生命和鲜血换来的，当初他们怎么不参加革命啊？谁打的天下谁坐！有什么不对？"

"坐天下就坐天下，这也没什么，还非得说是为人民服务，人民一听当然有气，我们人民住小平房，你们当官的住豪宅，结果还号称你们为我们服务了，他当然不干了。"

"我说不过你，反正我觉得不是那么回事。就是不能让他们得势，反而骑到咱们头上拉屎，没门儿！"

方菲见他嘴软了，说："好吧，看在你虽然年幼无知，但却挺仗义面子上，不说了。"

金昌盛低头腼腆地笑了，嘟囔着反驳："谁小，谁无知……"

方菲被他的笑容征服了，心像蜡烛一样融化了，但脑子里却越发看小了他，越觉出他的单纯、可爱和可笑。

季晨不一样，方菲本能地知道，如果他也伸手相助的话，会给自己带来更多的烦扰。对金昌盛她可以亏欠，他只是一个孩子，但对季晨，她却不能。他是她敬重得犹如生命般珍贵的一群朋友之一。他们使她感到从未有过的谦卑，并且有生以来，第一次心服口服地深感自己的平凡、渺小和无知。她爱他们，崇敬他们，佩服他们，把他们几乎当成了上天恩赐给她的意外之喜。她甚至为此而庆幸自己投生到了这个动乱的时代，才有可能可到了本不属于她的机会，认识了这些她本来是可望而不可即的优秀人物，她确信他们将是了不起的人物。不能为了自己那讨厌的弟弟而毁坏了她跟他们的友谊。

而且，对于季晨她只愿意远远地看着他，欣赏他，就像是她只想听万小光一套一套地发表宏论，让自己的思想跟随他自由翱翔，只想跟周晋生参加各种活动，让自己体会社会活动家不可阻挡的热情和魅力一样。他们在她的眼睛里是一个不可分割的整体，她不会单独地和他们之中任何一个有任何更多、更深的关系。

这种感觉既痛苦又幸福，让方菲觉得上天对她的馈赠即丰富又贫乏，同时让她感到空前的孤独，而且是永不得解脱的孤独。她甚至知道，这是一种她自找的孤独。

她打算自己去弄清楚到底方辉出了什么事，事实上，即使父母亲在家，也得差遣方蓉和她去干这种事。虽然她只比方辉大一岁，但却习惯于事事领着弟弟，找方辉当然是她不可推卸的责任。

窗外，阴沉的天空开始像晃煤渣似的落下一颗颗雪渣来，又硬又冷，寒浸浸的。只有北京才有这样的雪，他们简直就不是雪，而是白色的煤渣从天而降，沙沙拉拉掷地有声地沉重地砸在院子里、房顶上。

方菲出门顶着雪一步一滑地往大院里跑。按照方辉说过的董太行家的楼门牌号在楼群中找到了董太行家，还站在门外，就能听见门内闹哄哄的吵嚷声。敲开门的同时，迎面扑出的热气、烟气、吵闹声把方菲一路的寂寥一扫而光，开门的女孩儿冲屋里大声叫："是找方辉的！"

方菲在烟气腾腾的屋里极力辨认着，真希望方辉能从某个角落里站起来，或者虽然躲在暗处却大声骂她"来找死"，只要确定他人还在，她会二话不说扭头就走，一句都不跟他废话。

但是，来到她面前的是一个又白又壮的男生，斜叼着一根烟，挺面熟，方菲估计就是董太行本人。

"他没在这儿，估计他小子吹得拉的了，折局子里去了。"

"能肯定吗？"

"昨天他们一伙上西纠去了，再没回来，还有一伙前些日子冲公安部去了，结果也是有去无回。操他妈文革！孙子透了，卸磨杀驴！"

董太行嘴里喷着烟气，大骂起来。其他人他七嘴八舌地也跟着骂。方菲无心听这些，又问：

"你能肯定吗？"

"这只是估计，现在托关系打听消息去了，金昌盛也没回家，这不，他婆子也来了，"说着朝一个女孩努了努嘴，"都在找他们呢。"

方菲从方辉嘴里已经听说过金昌盛有"婆子"的事，好像是安三儿的婆子介绍的，安三儿的婆子是从大街上拍来的。只要一个男孩儿在街上随便和喜欢的女孩儿搭讪交朋友就算拍上婆子了。也怪，虽然满大街上所有的人都穿着蓝制服、灰制服或者绿军装，但是，这些小红卫兵们还是能够把同类从一片灰蓝色中互相认出来，相互追逐。他们不说"看"而说"照"。几个人迎面走过，倘若有人多看了对方两眼，就会有人大怒，问，"你丫照什么照！？"有时候，就会因为这一句话打得头破血流。对女孩子，把长得漂亮的叫盘儿靓的；身材好的，叫条儿顺的；气质好的，叫有派儿的。

在方菲看来都是些小孩的玩闹，连她自己都在大街上被人拍过，知道并不能当真，就连方辉那样的朦头傻青儿都有个"婆子"，是他的同班同学，绰号叫"升高"，有机会就来逮方辉。这个黄毛丫头虽然自称是方辉的婆子，可是每次来找方辉，后面还都跟着几个男生。方辉躲她跟躲鬼似的，只要她一来，吓得方辉满处找地方藏，完全失了平日的混蛋劲儿。方蓉提起"升高"就格外地解气，说真是一物降一物。

方菲以前隐约也听说过金昌盛似乎有个叫小文的婆子，现在突然面对面，好奇得眼睛都亮了。只见一个颇有点儿模样的女孩子转过头来，斜着眼瞟着自己，说不上是狂妄的不屑还是幼稚得不懂和人打交道，总之就那么斜斜着眼睛看着方菲，一言不发。

方菲只好说："我是方辉的姐姐，昨天你和他们在一起吗？"

女孩摇摇头，还是不说话。方菲刚进来时引起的注意已经消失了，该抽烟的接着抽，聊天吹牛的又都放大了嗓门，打打闹闹的从方菲面前跑来跑去。董太行往外送方菲，答应一有消息就告诉她。女孩一直目送着方菲，但始终没说话。

方菲出了门，站在院子里咬牙小声大骂：

"什么他妈东西！臭不要脸！臭圈子！死去吧！"

五十六

"牛鬼蛇神"们被告知回家写检查时，一时都没明白是怎么回事，大家面面相觑，揣着各种推测，收拾好东西，之后像哄鸭子一样被撵了出来。直到后来，才知道是因为机关里两派打派仗打得不可开交，无暇顾及他们，又怕出事，才放了羊。

陈辛吾都站在了大街上，还在犹豫着，不敢相信真的可以回家了。不到半个月的功夫，仿佛隔世。他本应该感到高兴，但却不知为什么心慌慌的，并且坐车坐过了站，被售票员大骂了一顿：

"下车下车下车！发什么愣？真傻假傻装傻？……"打机关枪似的。

陈辛吾吓了一跳，心虚地以为这售票员见过他游街所以这么无理，再看她又转头向另一个方向也大喊大叫着，才镇静下来了，问：

"同志，请问××站怎么没到？"

女售票员白着眼睛上下打量着陈辛吾，陈辛吾一口外地口音，腋下夹着个小包，面色苍黄、疲倦，还"请问"，真够新鲜的，这年月竟然有人说"请"，不耐烦地挥着票夹子说：

"坐反了。下去，下去，上对面去坐。"

天全黑了，陈辛吾才到家，全家人都吓了一跳，孩子们问：

"哟！爸爸！怎么这么晚才回来？"

"机关干嘛不先通知一声？"

只有李伟玉一脸的欣喜，尽管只有一瞬，陈辛吾眼睛潮润了。但李伟玉又立刻把头转向了一边，仿佛躲着，问：

"吃饭了吗？"陈辛吾感激不尽，胃已经隐隐作痛。

陈辛吾吃得很慢，不时地停下来，咬牙忍过胃痉挛。李伟玉坐在一旁又添饭又夹菜，但是一言不发。孩子们在周围站了一圈儿，也都盯着陈辛吾，不说话。李伟玉挥挥手，说：

"都去吧，先让你爸爸吃饭。"

孩子们散开了，陈辛吾以为妻子要说些什么，但她依然默不作声地看着自己。陈辛吾猛然觉得哪儿不对劲儿，一想，少了一个，脱口问道：

"方辉呢？怎么没看见方辉？"

"先吃，吃完再说。"

陈辛吾不坚持问下去了，胃疼得更加厉害，忍不住竟"嗯"出了声。

"怎么了？"李伟玉关心地问。

陈辛吾皱着脸不吭声，然后放下了碗。李伟玉的泪水涌出了眼眶。

"说罢，他怎么了？"陈辛吾出奇的平静。

"不争气的东西，他……被公安局抓走了。"

"是为打砸抢？"陈辛吾心里刀割一样。

"好像还不完全是。"李伟玉怯怯地看了一眼陈辛吾，说，"……好像和联动还有点儿关系。"

早就知道会有今天！我说什么来着，这么溺爱他，这孩子迟早要出事情！陈辛吾紧闭着嘴，把这些话憋着。

如果今天没回家就好了，如果不知道这些事就好了，如果……他转过脸去，甚至不愿意再看一眼妻子，起身进了客厅。

陈辛吾皱着眉，沉着脸，半闭着眼睛仰靠在沙发上。方蓉悄悄走进来，小声说：

"方辉不是主犯，他只是恰巧在场，被捎带上的。我和方菲去过派出所，说回家找你们家大人来。你们去看看也没准儿能领回来。"

"人家还说，弄不好还要送正式监狱，所以得抓点儿紧想想办法。"方菲帮腔说。

陈辛吾一肚子火，终于憋不住了，猛地睁开眼睛，直瞪着两个女儿，声色俱厉地说：

"想办法？！说得轻巧，你们都不动脑子想想，我能去保他吗？！

他会听我的话吗？我做得了他的保吗？我早就对他说过，不要跟一群干部子弟混在一起，不会有好结果的，硬是不听，结果怎么样？现在要我来保，将来说我是他的后台，是'联动'的后台！你们懂吗？"

"那就不管他了？就这么随他去了？"方蓉不死心地问。

"那有什么办法，路是他自己走的，他要毁了自己，别人拦都拦不住。以为自己是干部子弟，就可以无法无天？！想干什么就干什么？那你们可就想错了，我管不了还有政府呢，还有专政机关呢。有能管得了的地方！"

陈辛吾的大喊大叫并没有吓倒方蓉，她一脸无辜地瞪着两只的大眼睛看着父亲，陈辛吾醒悟过来，降低了调门儿接着说：

"孩子们，爸爸已经不是过去的爸爸了，你们可千万不要再存什么幻想，以为还可以吃这个老本儿。那样，你们可就大错而特错了。"

方蓉不敢回嘴，但目光并不服气，转向了刚从厨房跟进客厅的妈妈求援。李伟玉在丈夫没回来时，还在和方蓉商量着去捞方辉，现在看见丈夫便有了主心骨似的，突然改了调调，应和丈夫说：

"也好，是该教训教训他了，他也太无法无天了。我们先不去派出所，让他在里边吃些苦头儿……"

"怎么是先不去？"陈辛吾嗔怪道，"是根本不能去，王子犯法与庶民同罪！听凭政府的处理好了，只当我们没有这个儿子。"

方蓉噘着嘴，垂下了眼睛，如果有母亲撑腰的话，她并不怕父亲发脾气，但李伟玉的临场叛变让她失了主张，既悲伤又泄气，无心再跟父亲争。

原本打算帮腔的方菲看着父亲莫明其妙地暴跳如雷，吃惊得一句话都说不出来了。这回可不是什么金昌盛，可以翻脸不认！这可是他的亲儿子啊，就这么扔在监狱里见死不救！？他怎么做得出来！？怎么可以如此的绝情绝义！那个熟悉的深沉、耐心、富有同情心的爸爸怎么突然变成了这个样子！

尽管这已经不是第一次，但还是让她伤心欲绝。与其说是父亲的冷酷无情让她伤心，还不如说是对世界的幻灭让她难以承受。

方菲的吃惊、悲愤的目光显然刺激了陈辛吾，他越发气急败坏，绷着脸，气狠狠地伸手指着大家又说：

"你们也是一样，不论是那个犯了法，不要指望我会管！"

李伟玉推方蓉让她带着弟弟妹妹出去，陈辛吾冲着孩子们的背影还不依不饶地说，"以为还有个保护伞？谁要是敢以身试法，方辉就是样子。"

终于把人都骂走了，陈辛吾的手臂颓然垂下来，长叹一声：

"要这么多孩子有什么用？都是废物，都是国家的包袱。没有一个懂事的。"

李伟玉一句话也不敢多说，伸手去摸陈辛吾紧握的双拳。但陈辛吾的手固执地不肯松开，仍然一动不动地紧握着。他心疼儿子心疼到了不能原谅自己不能原谅妻子的地步，如果坐坐牢能够挽救儿子，他都会感激不尽的，哪怕仅仅让儿子懂得犯法会受到怎样的惩罚也是好的。否则，他哭的日子还在后头呢。

陈辛吾不想和妻子说话，他怕自己会控制不住口出怨言伤害妻子。

黑夜在沉默中化成一个巨大的磨盘，压得他喘不过气来。噩梦又来了，糟糕的是陈辛吾并没觉得自己睡着了，就好像醒着一样，正和李伟玉站在客厅里，不知道为什么事吵起架来，吵得很凶，他气得发疯，冲进厨房，抄起菜刀，跑出来一看，李伟玉已经被霞劝走了。站在他面前的是霞！陈辛吾的脑子乱了，疑惑着，正要张口问。霞却悲愤地对他说：

"你也不用逼我，我就死给你看！"说完，纵身一跃，从窗口跳了出去。陈辛吾冲过去，往下一看，霞一身血肉模糊地躺在荆棘丛中，用尽最后一口气说，"这下你满意了……"

陈辛吾悲愤欲绝地哀号，"霞……"。

半夜，李伟玉被丈夫恐怖的叫声惊醒，她拧亮台灯，推醒丈夫。陈辛吾一头的冷汗，睁眼四顾，这才明白自己是在做梦，叹了口气又闭上眼。李伟玉没像平常一样问问丈夫梦见什么了，而是背转身去，关了灯，静静地躺着。

陈辛吾把手搭在妻子身上，尽力不去回想，不去咂摸，而是让妻子身上的温热和实实在在的躯体将虚幻的梦魇驱除，让平静的呼吸平抑动荡不安的思绪，这样抚摸着妻子就像又触着大地一样，安稳踏实，他的呼吸渐渐均匀了，又沉沉入睡。

沉默，在陈辛吾身上曾经是一种威严，现在，变成了沉重，心事重重的沉重。

他交上去的检查被否了，说是不老实，不深刻，避重就轻，重写。除了写自传就是写别人的材料，挨批评，做证明，为自己，为别人，为在他长长的几十年革命道路上认识的人，参与的事，做过的工作做证明、写材料。老有外调的要他写些好几十年没见过面的人的材料。这些材料也达不到要求，常常被退回来重写。

来外调的人都千方百计地想从陈辛吾嘴里套出"情况"，或者逼出"情况"。而陈辛吾，则尽可能地少说或不说，因为他知道，自己稍有不慎就会给对方带来灭顶之灾，而且有些他确实也想不起来了。有些经再三回忆，再三提示，就是想起来，也无法提供什么材料，因为许多事情都太淡漠了。

这天，陈辛吾又被叫到机关的"接见室"，来外调的是个操一口大西北话的年轻人。陈辛吾心想又不知道是哪位仁兄落难了。

"你认识汪文慧吗？"

"不，不认识。"陈辛吾斩钉截铁地回答。

"你再好好想想。"来人提供了一些线索。

不，他不可能认识一个在甘肃省的小县城里的土地局工作的比他小十五六岁的女同志，他怎么会认识这么个人呢？

来外调的"启发"他，说汪文慧犯过错误。陈辛吾不说话，因为这个汪文慧犯没犯过错误与他又何干？

外调的又说，他应该最了解情况，因为汪文慧曾给他当过一段秘书。陈辛吾一听这话，就更有把握了，说从进城后不久，他就没再用过女秘书，他肯定不认识这个人。

但来人又说，汪文慧就是刚解放时当过他的秘书。陈辛吾心一动，问：

"什么？叫什么名字？汪文慧？"

难道是那个"小慧"？一张非常年轻的脸，洋娃娃似的娇嫩、明媚、单纯，笑起来甜蜜蜜的面孔跳进陈辛吾的脑海。他含糊了，问：

"她是哪年犯了错误？是什么错误？"

"我们是来外调你的，说你知道的，怎么反倒问起我们来了？她是1951年调到县里的。"

是她，就是那个女大学生！

"怎么？她还在你们那里？！"

陈辛吾的心随即沉进了腹腔最深处，深到他从未意识过的深处。他深深地，那么深地吸了一口气，好像要借着这口气让心浮起来似的。痛，从腹腔深处洪水一样漫上来，升到胸腔，漫到喉头，最后灭到顶上。他疼得低下了头。

"怎么样？想起来了吧？她当时犯了什么错误？"

陈辛吾又一次茫然起来，犯了错误？当时？

"没听说她当时犯了什么错误啊。"

"你再好好回忆回忆，不犯错误的话，为什么在大城市工作得好好的会发配到我们那个边远地区去？"

"她档案上记着犯了错误吗？"

"又来了，又来了。我们是来外调的，不是来回答问题的。"

但陈辛吾非常清楚地记得，把她调走的时候，档案上写得非常清楚，评语相当不错。

"是在县里犯的错误吧？她从我们这儿调走的时候，是工作正常调动。"

两个外调的人仍不死心，说东说西，好像陈辛吾明明知道汪文慧的问题，可就是不肯坦白似的。陈辛吾从两个外调人话里话外的意思里终于明白了，汪文慧自从他那儿调走之后，在人事部门看来一直是个问号，所以始终是内部控制使用，也就是说，只有领导知道，对她的提拔使用是有限的，不管她工作得多么努力，成绩多么卓著。

都过去了十几年了，一件早应该随风消失得无影无踪的小事竟如此残酷地将他当年的行为变成了结果，一个他根本就不可能想到的令人痛心的残忍的结果又随风吹回到了他的面前。陈辛吾说不出话来，再次深深地呼吸着，好像这样就能将一直燃烧到喉头的痛发散开似的。但这口气好像非但没有减轻他的痛，反而将这痛一直吸进了腹腔深处，吸进了他一直自以为清白的良心里。

第一次见到汪文慧时的情形浮出记忆。

他早就知道机关里要新分来一些大学生，其中还有几个女的。中午在食堂吃饭时几个光棍儿汉互相开玩笑说，终于要见到"革命果实"了，而且还可以挑一挑。陈辛吾心里想笑，脸上却只能装作没听见。

一个周末机关的舞会上，"革命果实们"突然露面了，陈辛吾记得那个晚会格外热闹。光棍汉们如同在蜂巢里憋了一冬突然放进了百花园的蜜蜂们，嗡嗡嗡吵得利害，把篮球场上的盯人战术简直发挥到了极致，紧盯着几个女大学生满场飞。而一些像陈辛吾这样的老舞迷也因为来了这么一群年轻漂亮有文化的舞伴儿生力军而暗暗高兴，脸上平平，心里却跃跃欲试，雄性激素分泌大大加快。

一开始，舞场上的形势对光棍汉们很有利。年轻姑娘们谁都不认识，有些腼腆，有这些端茶倒水的殷勤的招呼，很快就适应了舞场的气氛，自在起来。但一跳起舞，光棍汉们就露了馅儿，不是踩了姑娘们的脚，就是一手的热汗硬邦邦地卡在姑娘们的腰间，像根木头。最要不得的是个个顶着一脑门子私心，一副找媳妇的嘴脸就像是司马昭之心，傻子才看不出来。他们不像是来跳舞的，到像是来相亲，让人好不尴尬。

正当姑娘们先是过度兴奋，既而烦躁失望时，老舞迷们不慌不忙地出现了。他们大多三四十岁，也有了家，不像光棍汉们猴急猴急的。不管舞技如何，态度却成熟老练，谈话轻松自如，使女孩子们很快就享受到了舞蹈带给人带来的身心愉悦。舞场的主角一下子就变了，似乎姑娘们的娇艳只是这些英姿勃发的中年男人的衬托了。

陈辛吾请几个女孩子跳了几圈，马上发现汪文慧是个尖儿，不仅舞跳得轻盈，人长得漂亮，尤其难得的是话说得得体，便不由得又多请了她两次。而汪文慧为了躲避"寻妻者们"的纠缠，则乐得在陈辛吾身边多坐了一会儿。两人自然而然地也多说了两句话。然而，正是

347

由于无意，反而比有意似乎更能给人带来单纯的欢愉，轻松的乐趣。陈辛吾本来博闻强记，随口说了两句无伤大雅的小笑话，讲刚进城有的战士们没见过抽水马桶，自来水，电梯和电灯，有的问他是不是共产主义已经到了；有的则要求领导批准他们革这些资产阶级的命；还有的为了看清楚话匣子里有没有人差点儿触电，……笑得汪文慧直捂着肚子说"笑死我了，笑死我了"。

汪文慧一笑，眼睛弯得像月牙一样，逗得陈辛吾也笑起来，他笑她的天真烂漫，笑她这么不禁逗，笑她像个小孩子一样竟然还长着两个酒窝。

舞会上的愉快两个人都没太当回事儿，陈辛吾甚至都没问问汪文慧分到了哪个部门，而汪文慧也只是从陈辛吾的风度气质猜测他也许是个高一点儿的干部。过了几天，当人事处长领着汪文慧到了陈辛吾的办公室报道，两个人才暗暗吃了一惊。汪文慧吃惊的是陈辛吾看着那么年轻，好像比自己的男朋友也大不了几岁就已经是那么"大"的首长了。陈辛吾吃惊的是自己很少去跳舞，而且从不跟自己的下属开玩笑，怎么那么巧，就全让汪文慧碰上了。

见笑意在汪文慧的眼睛里跳跃，陈辛吾装没看见，板着脸，打着官腔，赶快把人事处长打发了，然而打发不掉的是那段只有他们两个人知道的小秘密。一种无言的相通，就在他们第二次见面，那猝不及防的一瞬间接通了。

其实什么事也没有，但正因为什么事也没有，才正是有事，而且也许会是大事。

最先发出警报的是李伟玉。

正在怀孕快要生第二个孩子的她，对男人尤其是男人身上的那个标志物早有了比做姑娘时深刻得多的了解。女人怀孕时，男人是什么样，或者说，陈辛吾这时候应该是什么状态，她知道。然而，陈辛吾这回显然不在状态，每天上班高兴得反常，加班的时间则越来越多而且越来越长。李伟玉还暗自庆幸，幸亏忙。等她都做完了月子，还不见丈夫有正常的生理反应，她依然没多想，还以为就是忙，对陈辛吾反而更关心，怕他累坏了身子。若不是她刚好在产假期间，若不是

348

她太过心疼他，可能也不会去送伞，也就不会刚好"撞上"他们。

李伟玉像个火爆的熟栗子一样炸了。没容得陈辛吾有半点解释的机会，就先把"历史问题"揪了出来。说他骗了她一次还不够，难道想骗她一生吗？老说她的醋劲儿能把死人都腌活了，她说她并不是吃霞的醋，而是不愿意受骗。陈辛吾便做出一副高姿态，好像纯粹为了息事宁人而赶紧妥协。就他这种态度也气得李伟玉直跳。现在看看吧，她是无中生有吗？她绝不会冤枉一个好人，但也绝不会放过一个坏蛋！

陈辛吾此时即使浑身都是理，也搁不住李伟玉这样新账老账一块算，只能一言不发。

见陈辛吾默不作声，李伟玉又语重心长地说，多少战功卓著的老干部，进了城都倒在了糖衣炮弹下，多少人为此身败名裂，你又不是真的要当陈世美，糊里糊涂地陷了进去，后悔都来不及。

这倒是真的，陈辛吾想。

李伟玉最后说，我相信你们什么事都没有，但是，有我没她，有她没我。不仅如此，而且要办得快，远，长。快，越快越好，一个月之内；远，最好出省；长，就是长期，就是永远，就是再也不许露头儿。

恰巧当时有个支边的任务，陈辛吾就顺势把汪文慧远远地打发了。

因为时间很短，处理得又快，加之以后李伟玉绝口没再提过，所以，他几乎把这件事从记忆中抹去了。可现在，都过去十几年了，都已经完全被尘封了的事情，现在却突然冒出来，他简直不敢想，一个如花似玉的天真女孩子，从大城市被发到边远的小县城，一待就是十几年，而且被当成了……就因为……

一阵彻骨的寒冷让陈辛吾忍不住地呻吟起来。

她不为了别的，就是专门为了折磨他的良心而来的，尽管他自认为不是聂赫留道夫，没做伤天害理的事情，但却仍然有个玛丝洛娃在多少年后突然从某个角落里冒出来，摆在你的面前，让人难堪。

五十七

陈辛吾给汪文慧写的证明材料非常详尽，尽可能地说好话，说她积极靠近党组织，是主动报名要求到最艰苦的地方去锻炼，并说就他所知汪文慧从没犯过任何错误，等等。

来外调的人说，陈辛吾的材料不属实，汪文慧绝不像他说的那么优秀，最起码还有生活作风问题，重写。

陈辛吾出了一身冷汗，有生活问题？！难道是指自己？不可能，那么，是谁呢？怎么回事呢？据他所知，汪文慧有个不错的男朋友啊。但他不敢再问。

吃晚饭的时候，孩子们边吃边聊天，就像陈辛吾不在面前一样。而陈辛吾既无心去听，也不插嘴，脑子在别处忙得厉害。

方菲问："怎么样？看见他了吗？"

"看见了，"方蓉看了一眼正在吃饭的父亲，"瘦多了，跟黑非洲的阶级弟兄似的。"

"是拘留所还是真正的监狱？"方平问。

"正经的监狱，有高墙和铁丝网，特森严。听说先在拘留所待过一段，转这儿之前放过一批……"

陈辛吾忽然抬了一下眼皮，好像意识到正在说方辉。但他马上转脸盛汤，四平八稳地拿起汤勺。

"里边吃的好吗？"

"他想家吗？"方平和方敏问。

"废话！一天二顿窝头，还定量。只有一顿饭给点儿水煮白菜，好家伙，饿得脸都绿了，趁人不注意，我递给他点儿点心。他连哼叽带叭嗒嘴儿，急得恨不得连鼻子都跟着嚼上了。平时吃饭像只猪，这回猪都抢不过他……"

方蓉开始还笑，但说着说着眼圈儿都红了，鼻子也声塞了，看了一眼父亲。陈辛吾连眼睛都不眨一下，开始喝汤。汤冒着热气，他喝得很平静。倒是方敏眼泪已经流下来了。方蓉勉强笑笑，劝方敏：

"得得得，你不至于的。他也够浑的。再说，也没什么太可怕的。甭替他太难过。"

几天以来，方菲疯了似的打电话，瞎联络，虽然毫无结果，却听说有不少人都被家长领了回去，因此，和方蓉商量好了，成心在爸爸面前谈这事，但是见爸爸毫无反应，便拣着解气的话说：

"他不是爱吃吗？这回他可以吃个够了，里边儿有的是苦头儿，吃不了，还得兜着走呢。而且还可以好好跟干部子弟扎堆儿了，想不扎都不行。"

陈辛吾听不下去了，一言不发地放下碗筷，站起身来，走出饭厅。

方蓉和方菲面面相觑，一下心凉了，知道方辉这次终于栽了。

第二天，金昌盛意外地露头了。方蓉一开门，立刻叫方菲，说金昌盛来了。

方菲已经有好一阵子没见过金昌盛了，不仅是时间让她觉出了两个人的遥远，还有每一天发生的各种新生事物和新生思想也都让她倍感他的陌生，更加上看见了一个活灵活现的小文之后，方菲觉得自己对金昌盛最后一点喜爱都不复存在了，现在有的只是对自己当初的清醒的庆幸。他只是一个大家都认识的熟人罢了。而方蓉这样单单只叫自己，好像自己真的跟他有过什么特殊关系似的，方菲恨得直咬牙，眉毛不由自主地皱了起来，难道方蓉就不认识他吗？

金昌盛刚进门时还一脸的严肃，看见方菲便一如既往地咧开嘴笑了。然而他的情不自禁却没有得到回应。方菲一脸冰霜地问：

"那天你不是也跟方辉去西纠了吗？你怎么就……"

方蓉赶紧打断方菲，说："我们真的挺着急的，不知道那天到底怎么回事。"

"那天我是跟方辉一块来着，我也进去待了两天，还是我爸把我领出来了。"

方菲明知道这事并不赖金昌盛，但她却忍不住拿出大人的口气训斥金昌盛，只是没有了亲近，更像是嘲讽了：

"你倒有个顶事的爸爸，方辉却没这福气，傻乎乎地跟着瞎跑，大脑根本就有问题，哪有那份机灵劲儿，得！这回折进去了吧……"

金昌盛本是个极要面子的人，被方菲一同抢白，脸上有点儿挂不住了，又听说方辉没出来，更是自责得要命，他哪能想到中央文革就真敢下黑手。脸蓦地一下就红了，气也粗了，横眉立目的，破口就骂：

"中央文革真他妈孙子，狗仗人势的下三烂玩意儿，什么时候端了他们丫的……"

虽然骂的是中央文革，但金昌盛暴怒还是吓了方菲一跳。他那豹眼圆睁的凶样儿使方菲瞠目，就像她隐约觉得自己的愤怒似乎并不完全是为了方辉一样，金昌盛的暴怒也让她觉得并不完全是为了中央文革，脸色越发沉了下来。方蓉一看金昌盛急了，好言相劝：

"别生气了，现在骂中央文革也没用，总有一天他们会被扔进历史的垃圾堆。"

方菲瞥了一眼方蓉，尖刻地说：

"懂什么叫历史的垃圾堆吗？历史就是一个过程，凡是存在过的，就是有其必然性的。都一厢情愿地以为能把别人扔进垃圾堆，结果，自己在历史的垃圾堆里可能连一席之地都没有呢。"

"那你是不能流芳百世也要遗臭万年了？"方蓉质问道。

"我没那么说，我只是说，凡事别太自以为是，谦虚点，客观点，让历史自己说话。"

金昌盛虽然听不太明白方菲的每一句话，但是却感觉到了矛头实际上还是对着他的，气狠狠地抿着嘴，不说话了，方蓉此时也听出来似乎并没有自己什么事，气平了，也不接茬儿了。

正在僵僵的时候，门铃又响了。方蓉撇下方菲和金昌盛赶快跑去开门，方平好奇地也跟了出去，马上传来方平的大叫声：

"是季晨，季晨来了。"

方菲几乎从沙发上滑下去，不明白事情怎么能巧成这样。金昌盛的突袭给她造成的情绪混乱还没稳定下来，季晨又冒了出来，而且来得这么随意，就好像他常来一样。但事实上，以前他只是跟大家伙一块来过，这是他第一次独自登门。

方蓉以前没见过季晨，方菲听见她略带欢喜的声音和季晨低沉好听的声音：

"你就是季晨啊，听方辉说在西纠见过你，还直夸你好，说他可惜没听你的话，……"

季晨愧疚的声音回答道："啊，真有点后悔，当时没硬把他拉走……"

季晨跟在方蓉身后进了客厅，迎头看见金昌盛，一愣。金昌盛敌视地瞥了一眼季晨，满脸的盛怒依然残存着，方菲懊恼得一塌糊涂，但克制着自己，简单介绍道："季晨，金昌盛。"

两个人站开了三步距离，只需各迈一步就可以握握手，或者只要有一个先点点头也算是打过招呼，但他们一动不动地面对面地对视了几秒钟，就在方菲以为他们不打算相互打招呼了，忽然季晨说："我们见过，在西纠。"

金昌盛显然也想起来了，方菲看得出来，但他硬装出一副茫然的样子。然后转过脸来，仿佛没听见一样，假装继续和方菲说话，而且是只和她一个人说话：

"我听我哥说，好多人都在想办法，好像北大附中的几个人给毛主席写信了，还是让汪东兴的儿子给转交的。毛主席知道了还能不管？！这回抓的都是干部子弟，听说有的老帅的儿子也进去了。"

"老帅？干部子弟？怎么了？自以为高人一等？没人敢碰？说不定抓就抓的是这帮人，闹不好就是要给老帅和老干部点儿颜色看。有什么新鲜的？"方菲一点不客气地说，"反正谁碰上了谁倒霉！"

当着季晨，金昌盛不想跟方菲争，又说：

"既然转正式监狱之前放了一批，像方辉这种情况只要活动活动，应该还有希望。"

想不到这几句话又正戳在了方菲心坎上，话里已经带着刺儿了：

"应该的事儿多了，我还应该……"

话没说完，方蓉赶紧打断了妹妹：

"嗨，别提了，你又不是不知道，我爸整个儿一个向左看齐，别

353

说管了，连问都不问……更何况他现在……"

方菲不等姐姐的话说完，特意转过脸去，成心大声问季晨：

"你听到什么消息了？你应该比我们消息灵通。"

季晨今天本打算去北大附中，但不知不觉中就绕到方菲家门口了。等他忽然醒悟了，站在街上犹豫再三，要不要进去，最后还是不够明智地选择了下策。刚一进门，他就觉得有点儿不是时候，等再看见金昌盛那明摆在脸上的敌意，后悔已经来不及了。

季晨原本只是把金昌盛归为瞎打乱冲的初中小孩里，并没有什么特殊的恶感，但他两次无缘无故的无理有点把他惹恼了，心想"我手下有的是你这样的小屁孩儿，瞎狂什么？"但方菲连讽带刺儿地不给金昌盛面子，却也让季晨替他难受起来，但另一方面，他也看出来只有两个非常熟悉的人之间才可以这样闹小脾气，无名的醋意又让他打消了同情心，赶紧回答方菲说：

"也没什么太多的消息，只是听说最近前前后后进去了不少人，真的假的联动份子都有，李小华那帮和'三司'干仗的红卫兵也被抓进去了，还有一些是打砸抢的。看样子，这些抓起来的人一时半会儿是出不来的。"

"方辉算是彻底完蛋了，他自作自受。让他不知天高地厚的家伙这回也好好清醒清醒，瞎狂什么？！吃几天牢饭，就知道厉害了。我爸这招够损的，可也未尝不是个办法。"

方菲把金昌盛撇在一边，看都不再看他一眼，和季晨闲聊起来。话里话外还带着含沙射影。

金昌盛听着不顺耳，咬紧了嘴唇，眉毛都立了起来，硬插进来说：

"明明是中央文革他妈的不是东西，作威作福，卸磨杀驴，不是当初了，什么小太阳，什么革命接班人了，想夺权，整老干部，就拿干部子弟开刀，杀鸡给猴看。"

"那没办法，这就是政治，懂什么叫政治吗？政治就是目的就是一切，为达目的，可以不择手段！你还以为能永远被当成小太阳？天生的子弟兵？是不是还觉得自己是皇亲国戚呢，历朝历代的皇亲国戚们除了作威作福的之外，杀头顶罪的还有的是呢。别太天真了吧！"

方菲几句话顶得金昌盛眼睛都瞪圆了，气得脸通红，站起身来就走。方蓉跟出去，抱歉地小声说：

"别生气，等有什么消息我再告诉你。"

金昌盛就像没听见一样头也不回地走了。

气走了金昌盛，方菲稍微平静了点儿，但心里的别扭劲儿仍然没过去，并且突然失去了和任何人说话的兴趣，但她却不能像对待金昌盛一样对待季晨，毕竟他没做什么真正招惹自己的事情。但她不再找话和他说，对他的问话也只是简单地回答是或不是。

季晨看出方菲不高兴，以为金昌盛走了，过一会儿就能好，于是转过头来跟方平说话，说一进门他看见阳台上有许多鸽子，问是不是他养的。方平高兴地告诉季晨那是自己养的，两个人谈起了养鸽子。方平兴奋得两眼放光。

方蓉送走了金昌盛，心里仍然过意不去，人家好心好意地来关心关心，结果臊了一鼻子灰。回到客厅，见方菲仍然没好气，便暗暗地生她的气，成心主动地找季晨说话。

季晨一边和方蓉、方平闲聊了几句，见方菲仍然不瞅不睬的，失落的心都紧了，一分钟也不能再坐下去了，起身告辞。方菲送他到门口，忽然问道：

"听说周晋生的老爸也被隔离审查了？"

"是，我也听说了。"

方菲低头想了一会儿，说：

"怎么都这么倒霉？而且好像越左越倒霉，自以为代表人民，可没想到人民却不买账。"

尽管这话里丝毫没有道歉的意思，但季晨因为被冷淡而收紧了的心却一下舒缓开来，劝慰道：

"有时间到学习小组来吧，也许大家在一起，能够谈谈。再见。"

方菲避开了季晨眼里的光芒，视而不见地不作应答。其实她宁可他没有来过，没有过关心，也没有被自己伤过然后又这样开释于怀。

两个星期之后的一个大暴雨天，周晋生的父亲服用了过量的安眠药自杀了。

五十八

　　窗外时快时慢地闪过一幅幅招贴画，一条条大标语，一群群穿军装的骑车飞驰而过的学生。汽车路过天安门的时候终于停了下来，被一队队反帝反修的游行示威的人群挡住了去路，一车人都耐心十足地沉默不语地等待着，等汽车重新开动。

　　孟树彬知道着急也没有用，但他心里还是急，好不耐烦地看着紧贴着车身一个挨一个走过去的示威的人，他们的嘴一张一合地喊着口号，戴着红袖章的手臂一高一低地举着小旗，一个人踩着另一个人的后脚跟一步一挪地往前走，就像被牵着线的小木偶人一样呆板、机械、可笑。尤其可气的是他们那不紧不慢的步伐，和对阻塞交通的心安理得，一个个就像走在印度街上的神牛一样旁若无人。

　　孟树彬吃惊地发现自己一向热衷的活动竟是如此让人难以忍受，这让他又伤心又想笑，自己只不过是换了一个位置，只不过是从车下到了车上，只不过是有急事，一切就都不一样了。

　　昨天一接到李妈妈的电话，问他最近忙不忙，为什么都不来玩了，明天是星期天，如果没事，来吃中午饭吧。

　　放下电话，孟树彬吃惊得半天没回过神来。从来北京起，李妈妈从没主动叫过他，难道有什么重要事情？

　　想到这里，孟树彬的头皮都麻了。他已经很有些日子没去陈叔叔家了，他怕，而且愧，想到可能再看见方蓉，便紧张得透不过气来。他无法设想那将会是个什么样的情景。她会不理他吗？会生他的气吗？最可怕的是会骂他臭流氓或者把他当成小人看待吗？而不论是哪一样他都难以忍受。他当时真是昏了头了，连他自己都不明白事情怎么会突然变成那样。

　　而后来的变化更是他始料不及的。

356

　　最初的一段时间，他心里别扭的利害，人只要闲着，那一幕就会溜进他的大脑里，难以言喻的羞耻，愧悔，自责就会让他的脸一阵红一阵白的不得安宁。夜里他甚至梦见自己一脚踩进了茅坑，弄得又臭又湿，恶心得他一下子就醒了。后来他试图安慰自己，这没什么了不起的，过去了就让它过去吧，但一闭眼看见方蓉那双天真、惊骇的眼睛，他就又觉得不对味儿了。他开始想，难道真的是自己心里龌龊吗？难道自己真的就那么见不得人吗？如果是他真的对她有感情呢？那也是自己不对吗？真的有感情是不是应当用更好的方式来表达而不是那样做呢？可他不是故意的，故意什么呢？想到这儿他脑子又乱了，如果他真的"爱"她，为什么要这么苦恼呢？悔恨使他变得绝望而又伤心，不敢回首也不敢再往前想，只希望时间能抚平他那个令人难堪的记忆。

　　但就在这时候，他所参加的那一派在几个回合的政治较量中渐渐有些败下阵来。当初，在胜利冲昏了头的时候曾跟着派头儿们签名写了一张退出"修正主义的党"的声明，现在似乎也被认了真，千辛万苦挣来的党票突然岌岌可危，闹得他万念俱灰。

　　苦闷万分的孟树彬不知道该找什么人倾诉，方蓉那儿他是不敢去了，原本对他热情似火的赵延丽也突然蒸发了似的不见了踪影。为了忘记所有这些烦恼，使自己平静下来，孟树彬开始一有机会就去打打球，活动活动，出一身臭汗，想要借此忘掉所有的不顺。

　　事实证明，这方法非常有效，他不仅暂时忘记了令人懊恼的"党票"问题，而且，方蓉那个令使他羞惭不已的表情也逐渐淡去了。代价则是，一天不活动活动就难受，每天不见到那几个球友就缺了什么似的，而球友中唯一的女性，曹丽娜也仅仅进入了他的视线。她比孟树彬大两岁，有着舞蹈家般完美的身材，而且刚刚失恋。

　　开始，孟树彬自认为对曹丽娜并无非分之想，但队友们却拿他开玩笑，说他是"琼花"。孟树彬半推半就地抗议着，心里痒痒的，带着三分得意。

　　招女孩子带见，又好又不好。好处自不必说，害处是闹得人心里常常七上八下的，就像被搁在了一个姹紫嫣红的大花园里，每一朵花都争奇斗艳地向你招手，可气死人的是你只能摘一朵花，于是，看在眼里，舍不得手上的；闻着近处，又看见远处更逗人喜爱的；难怪古人说是春兰秋菊，环肥燕瘦，各领风骚。孟树彬觉得这并不是自己的错，而是造物的游戏，他就想看人的笑话，拿人消遣呢。可怜的是，自己竟跳不出他的手心，连五指山下撒泡猴尿的本事都没有，乖乖地蹲在人家的手心里，被攥得死死的。

和曹丽娜在一起孟树彬很放松，大有同是天涯沦落人的感觉。

曹丽娜不像方蓉，不仅不怕拉拉手，碰碰胳膊，而且总能成功地让孟树彬不由自主去吻她。她让他觉得是那么地唾手可得，和甜美可人，最重要的是，她理解他，而且需要他。孟树彬不能拒绝，也不想拒绝，以为这不会有什么结果，也不会妨碍他对方蓉的感情。

然而，直到现在，当他被李妈妈召见的时候，他才突然心虚了。

李伟玉打电话叫孟树彬，其实是很经过了一番思想斗争的。

什么叫心头肉，没孩子的人不懂；有孩子，没自己奶过的，懂得不透彻；不但有孩子，自己奶过，而且是在战争年代一个人拖着孩子东奔西跑的人才懂得透透的，而且，也只有这样的孩子才能称得上是妈妈的心头肉。

李伟玉有五个孩子，但只有方蓉是她的心头肉。

以前她并不承认，说，"十个手指头，咬咬哪个都疼。对方辉还不够疼吗？"奶奶却偏偏火眼金睛，说，再疼，方辉也只是个命根子。言外之意，珍惜归珍惜，性命相关的事，谁能不珍重呢？但比起心头肉来，却不那么时时刻刻地血肉相连，件件事情地丝丝相扣，神经相通地跟着喜怒哀乐地疼。

方蓉小的时候，洪苏延就常常开玩笑地提过"把你的方蓉就留在我家吧，""我们也结个儿女亲家吧，"李伟玉知道女朋友喜欢方蓉，但连打哈哈都没答应过，生怕弄假成真。如果求的是方菲，甚至是方敏都好说，只要孩子自己愿意就行。然而，一提到方蓉就像是摘她的心一样，就狠不下心来吐这句话。

洪苏延也看出了点儿意思，提了两次就不再继续提这话题，而是谈起部队相对地方来讲，在运动中所受到的冲击要小得多，老孟基本上没怎么挨斗，自己的处境也还好，军队大院里安全情况也好一些。李伟玉当然明白这些话的意思，现在到处都在军管，听说她的工厂里也要来了一批军管干部。她只好连连点头，心里就是千般地委屈，万般地觉得孟家公子配不上自己的女儿，也不敢把路堵死了。虽然眼下造反派们都在忙于打派仗，暂时顾不上开批斗会了，她还能喘口气，可下一步会是什么？能指望局势很快得到控制吗？尽管她坚信自己没有任何政治问题，总有一天会得到公正待遇，可那又是哪一天呢？

自己和丈夫的处境，已经使她硬不起腰杆儿来说任何拒绝的话了。她也半开玩笑地说，"到什么时候方蓉也都得认你这个妈妈的，不光是方蓉，就是其他孩子投奔到你那儿，你难道还能不收留吗？"

"那还用说，那还用说，"洪苏延笑成了一朵花，"什么时候来都欢迎，听树康说，方菲带了几个同学上我们那儿大串连，还在我家里住了几天，我和老孟都正好出门了。几个小的一说起来还都崇拜得不得了，北京来的红卫兵嘛。"

孟树康是洪苏延的三儿子，比方菲小一岁。李伟玉压根儿就没听方菲提过这件事，只好应酬着笑。洪苏延又问李伟玉最近见没见过小彬，李伟玉再也躲不过，有来不往，非礼也，只好自己打电话叫孟树彬过来玩。

人真是此一时也彼一时也，李伟玉不得不考虑让方蓉和孟树彬多接触接触了。但她想起这事来还是有些窝火，便拿方菲出气，说是有情况也不通报，串联去人家住也不吭声儿。方菲气得发誓赌咒说当然"通报"过，而且有前言有后语地说李伟玉还问孟叔叔现在怎么样。李伟玉这才隐隐糊糊地觉得似乎有这么个事，可能当时心里想着别的乱七八糟，没听进去，只好心虚地不吭声儿了。方菲蹭鼻子上脸地吵，"我说话你从来不听，明明你自己忘了，还诬赖好人。"摔门就走了。

所有这些，不仅孟树彬不知道，连方蓉都蒙在鼓里。方蓉甚至不知道孟树彬今天要来，只是吃着半截饭，突然看见他，心都快跳出喉咙了，羞得连饭都吃不下去了。孟树彬更是心里怀着鬼胎，加上迟到，好半天不知道眼睛该看着什么地方，手该放在哪里，幸亏李伟玉东一句西一句地和他说着不相干的话。孟树彬是个只要有话说就能放松的人。但一吃完饭，李伟玉照旧不见了，孟树彬坐在沙发上，又紧张起来。这时候，方菲迈着长腿端了一杯茶，放在他面前的茶几上。茶几上蒙着一层尘土，桌子上地上凌乱地堆着报纸衣物冰鞋等杂物，窗帘环也掉了两个就那么耷拉着。孟树彬问方菲："奶奶呢？"

"找她？"

"不，我只是随便问问。"

"回老家了。"方菲简单地回答。孟树彬上下看了她两眼，说："我看你好像又长个儿了？"

"是吗？"方菲干巴巴地一点儿不起劲儿地答应了一声儿。

"干嘛这么严肃？是不是你们那派打派仗输了？"

孟树彬笑嘻嘻地逗方菲说话，竭力不去看方蓉，好像他一门心思地想和方菲说话一样。方菲一仰脸，不屑地说：

"对不起，我现在是逍遥派，不参加打派仗。我看你到有点儿'战犹酣'的样子。"

孟树彬笑了，虽然被方菲呲答了两句，但至少不至于尴尬了。

"我现在的主攻方向是篮球，怎么样，你有兴趣吗？"

方菲一听这话，渐渐来了点儿情绪，说：

"那你可不见得能占上风。我们院儿里有个篮筐，不信什么时候有功夫比试比试。"

孟树彬见方菲恢复了"正常"，开始跟她东拉西扯，说自己大串连去了多少好玩儿的地方，说得方菲两眼放光，也跟着大吹，说大串联都结束了自己还又"窜"了多少地方，问孟树彬信不信自己进过男厕所，还进过男浴池。孟树彬笑得脖子都歪了，问：

"进去干嘛去了？总不至于是'串联'去了吧？"

"我到想！人家同意吗？"

孟树彬假装歪头想了想，眼睛在笑，一本正经地回答说：

"够呛，估计不会同意。"

方菲被逗得笑得直跺脚。然后，绘声绘色地讲起她和几个"敌后游击队"为了去云南玩，弄不着票，便想扒火车。在火车站上，同行的男生上厕所的时候发现厕所的一道小门通着月台，一脚踹开，跑出来招呼女生。她们几个女生便在众目睽睽之下，穿过大街直眉瞪眼地就飞蹿进了男厕所。

"厕所里有人吗？"孟树彬拼着笑，挤出话来。

方菲得意地说：

"有！都看傻了。"然后又把怎么进男浴池的事说得天花乱坠。

"我的天，我的天哪，我看你还是给我讲讲你哪儿不敢去吧。"

方菲脸色变了，讥诮地撇着嘴："监狱。"

"怎么凭空想起那儿来了？"

"这可不是凭空，是眼见为实。方辉才在里边待了仨月，出来脸都绿了。"

孟树彬吓了一跳，等问明白原委，沉吟了一下，看只有方蓉和方菲在听他说话，便压低声音说道：

"有的话传出去会杀头的，江青这人其实烂的很，当初毛和她结婚时，有过约法三章，其中最重要的一条就是夫人不许干政。康生一直就是个极左，在延安时就属他能整人……"接着讲了一堆党内斗争的内幕，然后，又千叮咛万嘱咐地说，"这些事你们自己心里明白就行了，千万别让小孩听见，传出去不得了。何止是坐牢，搞不好还会把命丢了。"

"这些事我也听见许多传闻，按这个逻辑，文化革命完全是为了排除异己，说是党内斗争的外化也行，说是权力之争也行，……"

"那当然，都是为了一个权字呗，党内有党，党外有派。"

"你说得太简单了，仅仅是这一个目标，用斯大林的清党办法就完全可以解决，用着动这么大的干戈？"

"用那个办法搞得动吗？难道还没搞过吗？结果呢？"

孟树彬又大谈起党内派系斗争的内幕来，说话的声音也更低了，方菲不得不靠得更近，虽然不信任地斜视着孟树彬，但显然好奇得两眼放光。坐在一旁的方蓉几乎听不清楚他们俩的确切交谈，被晾在了一边。

方菲原本并不想搭理孟树彬，整个一个肤浅的花花公子，但现在连自己都不明白中了什么邪，被他完全吸引了。

而孟树彬本来就觉得方菲十分有趣，她随时变换的表情和心情，随口而出的戏谑和讥刺跟他喜好幽默的天性颇为相投，和她说话就避免了和方蓉面对面的紧张。而方菲的微微的不以为然和强烈的好奇心很快就刺激起了他说话的欲望，将他最近感到的所有的失意一股脑地勾了出来，说得痛快了，渐渐忘形了。

只有方蓉，眼看着妹妹和孟树彬亲近愉快地交谈着，完全不把自己当回事，心里泛起了说不清的嫉恨，愧悔，不安和痛楚。她既不能主动插进谈话，又不能完全装成一个毫无感觉的木头桩子戳在一旁，虽然以前他们在一起时也常这样，但现在却突然变得难耐了，终于，她腾地站起身来，扭头摔门，蹬噔噔跑上了楼去了。

孟树彬猛醒般地突然停住了，望着方蓉出去的那道门，一脸的悔恨和尴尬。方菲一看，乐了，幸灾乐祸地拍着手，说：

"得，这回犯大错误了。完了完了。现在就差定性了，是右派还是走资派，是人民内部矛盾还是敌我矛盾，属于大方向错了呢还是站错了队，是好人犯错误呢，还是阶级敌人钻进了革命队伍？"说着大笑起来，只顾拿孟树彬开心，一点不在乎方蓉生气。

一向拿别人开玩笑的孟树彬被方菲奚落得脸上红一块白一块，一句话也没有，但却没有生气，只是连连摆手。这倒让方菲对他生了几分好感，露出狡黠的微笑，问道：

"得了，我姐姐是个气包子，要不要我给你上楼叫她去？"

想到已经够尴尬的处境，孟树彬觉得好没意思，便说：

"不必了，反正已经当上了右派，摘了帽也是摘帽右派，不如索性破罐破摔，将错就错了。"

方菲误会了，一龇牙，撇撇嘴：

"嗯，你倒大方，反正有的是罐子，可以随便乱摔。我可没你大方，我得敝帚自珍。"说完也起身扭头上楼了。

孟树彬原来是一个习惯成为被追捧中心的人物，政治上的冷落已经让他很不受用，现在，突然间连女孩子们都哄不住了，大脑顿时短路了，难道女孩子的脸比中央文革的表态还善变吗？

　　李伟玉到客厅里拿报纸时，看见孟树彬正和方平、方敏有一搭无一搭地在聊养鸽子，学校上课都上些什么等闲淡话题，也不知道出了什么事。

　　孟树彬看见李伟玉，马上站了起来告辞了。

　　为了忘记所有这些烦恼，使自己平静下来，孟树彬开始一有机会就去打打球，活动活动，出一身臭汗，只有在这时候，他才变得轻松些，舒服些。慢慢，方蓉那个令使他羞惭不已的表情才在脑子里逐渐淡去，他也基本上不再热衷于打派仗。代价则是，一天不活动活动就难受，每天不见到那几个球友就缺了什么似的，尤其是曹丽娜，球友中唯一的女性，也是这群人中的灵魂人物，一个有着舞蹈家般完美身材的漂亮女性。

　　他自认为对曹丽娜并无非分之想，但朋友们却拿他开玩笑，说他是"琼花"。孟树彬半推半就地抗议着，虽说只是个玩笑，倒让他心里痒痒的，带着三分得意。怎么说这也是个彩头儿。

五十九

　　"他怎么来了？谁叫他来的？我怎么不知道他要来？他来干什么？"

　　李伟玉上楼一进方蓉的房间还没等开口说话，就被方蓉呛得张不开口。见女儿满面怒容，李伟玉心虚地问：

　　"出什么事了？"

　　"能有什么事？就是不想见他！"

　　"为什么？你们原来不是还处得不错嘛？"

　　"此一时，彼一时也。"

　　"到底出什么事了？"

　　方蓉涨红了脸，恼羞成怒地叫道：

　　"怎么那么烦哪？！告诉你没事没事，穷打听什么呀？"

　　从来没见过方蓉这么无理，这么没上没下的，李伟玉气得怔住了。但她一向对方蓉纵容惯了，除了惹不起还心疼，只好咽下一口气，半天才说：

　　"好好好，我不打听了，爱怎么着就怎么着。我不管了……"一边退了出去。临出门，方蓉还在身后补了一句：

　　"关门，给我关门！"

　　李伟玉带上门，站在门外几乎挪不动步子。被心爱的女儿关在了门外，除了使她微微地感到屈辱之外，更多的却是失落。原本和女儿亲密无间的朋友似的关系好像突然结束了，横在她们之间的似乎不是一扇门，而是一堵墙，断绝了她们相互间的息息相通。难道是女儿大了，自己变得多余了？

　　路过方菲的房间时，只见方菲正坐在床上，背靠着被子垛，手举着一本书在看。床头茶几上放了一杯茶，她舒舒服服地跷着脚，还悠闲自得地晃悠着脚尖。

李伟玉仿佛被吸引了似的进了二女儿的房间。方菲赶紧坐了起来，穿鞋下地。李伟玉摁住方菲，一看是本列宁的《国家与革命》，说：

"没事，看你的书吧。"

方菲还是放下了书，看着母亲。虽然她的房间只和方蓉的一墙之隔，但母亲很少没事进来坐坐，只在有事的时候才光顾，因此，她几乎是站着，等着李伟玉说话。

李伟玉只好说："你姐姐怎么了？她和孟树彬出什么事了？"

一听是问这事，方菲明显地放松了下来，但也有点微微的不自在，往椅子上一坐，怪腔怪调地说：

"鬼才知道，抽神经呢吧。"

"她没跟你说过什么吗？"

"没跟你说过的事她会跟我说？"

李伟玉还不死心，又问：

"你觉得孟树彬这人怎么样？"

方菲耸耸肩，没说话。李伟玉挥挥手：

"算了，我就是随便问问。"

方菲看着妈妈的眼神明摆着巴不得她快点离开自己的房间，尽管她觉出来妈妈这样没话找话可能是想和她亲近亲近，但这不仅没有打动她，相反，让她本能地龟缩了起来，警惕着，戒备着。

李伟玉见方菲一言不发，失望地走了。这个女儿就好像不是她生的一样，一点都不亲。但是，看她高高瘦瘦的那么苗条的站在面前，心想，女儿真的变了，想不到变得这么动人，这是原来那个黄瘦皱巴的小姑娘吗？李伟玉问自己，难道我真像她所说的不爱她吗？不，她摇摇头，正因为爱她，希望她变得完美，才挑剔她，修正她。她能懂得我一片苦心吗？"偏心眼"三个字又扎进李伟玉心里，让她气不打一处来，下了楼，只见哪儿哪儿都乱得就像遭了的洗劫，不由地骂道：

"女儿养这么大都白养了，一个个油瓶子到了都不扶一下……"

李伟玉来回走着归置东西，犹豫着要不要上楼去把两个女儿骂一顿。正在这个时候，方辉一头闯了回来，歪戴着帽子，嘴里叼一根烟。猛地一见妈妈在家，先是一愣，从出了监狱回家后，白天他还没在家见过妈妈，然后露出一脸的欣喜。但李伟玉吃惊的怒容，使他才想起嘴上的烟，头一缩，就想往楼上溜。

李伟玉终于"炸了锅"，何止是"锅"，竟是"炸了颗手榴弹"。"败类""流里流气""自甘堕落""没出息""让人绝望""你太让人失望了""你个孽种，什么时候才能懂事""该枪崩的"……一通狂轰滥炸，炸得方辉晕了，没敢上楼，反头儿出门又跑了。李伟玉这才觉得儿子可能没吃饭，又拼命追了出去，叫：

"饿死你个臭孩子，吃没吃饭……"

方辉出狱以后，本以为一定少不了一顿臭揍，最少也是一通骂，结果不但没有打，连骂都没挨上，连着一个星期他和爸爸妈妈都没照上面。只是听方蓉说，"今天爸爸回来过，"或者听方菲说，"有几天我也没见到他们了。"每个人都在各行其是，甚至比"文革"前还要自在，连学校都可去可不去。方辉马上竟比蹲班房之前还要玩儿得开，因为他在班房里又结识了一帮铁哥们儿。但他却不是一点儿乖都没学到，凡是与政治有关的事他一律不参加不过问，说那是瞎操蛋，政治就是个娼妓，谁来谁干。今天是他第一次真正看见妈妈，一腔子高兴，又兜头被泼了一盆冷水，落荒而逃。

看着儿子远去的背影，李伟玉突然一肚子气都消了。

盛夏，已经在庭院中灿然来临。浓绿浓绿的树荫将绕屋而转的水泥板铺就的路面遮蔽得一块深一块浅的。院子中央的花圃今年园丁没有修剪过，姹紫嫣红的繁花枝枝权权毫无规则地胡乱滋长着。小鸟和昆虫们却浑然不觉地仍然忙碌得让人羡慕。和任何一个夏天没有两样儿，和任何一天也没什么两样，但是，又好像截然不同，全然两样似的。

李伟玉清清楚楚地记得方辉刚生下来的那个夏天，也是这样灿烂炎热，也是这样浓绿浓绿的。

在两个女儿之后降生的儿子，让她惊喜不已。儿子不早不晚，刚好在和平了，有家了，他们的奋斗理想实现了，新生活开始的时候降临了。儿子给她带来的何止是满足，何止是幸福，何止是希望，简直就是上天为他们的出生入死，艰苦卓绝地付出而赐给他们的报偿。

生活圆满得都快失去了真实感了，直到现在，那种幸福的感觉仍然真实生动得触手可摸，就如同她现在睁眼就能看见的面前的繁花似锦的灿烂世界。啊，那是多么地灿烂，灿烂得让人心痛。那时候，自己家住在园中最大的一幢欧式房子里，另外还有几幢房子都隐在不远不近的树丛中。虽然没有规整、修葺的花园，但东一片西一片地种着些美人蕉，红色、黄色的花朵镶嵌在绿色之中，格外地娇艳。而大片绿色的草坪和树木一直延伸到很远的地方。站在门前，眯起眼睛，便是一片盎然的绿意不断，久违了的平静，欣喜从每一滴浓绿中涌出来，滴在心田里，洇散开来，潜入灵魂的每一根细枝末节中。那光景仿佛就在昨日。

洪苏延来贺喜的时候，羡慕地说，你倒真是会生啊，缺什么来什么，是不是结婚时吃了花生了。你瞧我，一堆臭小子，就是不生女儿。

李伟玉违心地说，儿子女儿都一样，都是国家的未来，革命的接班人。但满心的欢喜却像溢满了的水，从眼角、嘴角、眉梢、声音里掩饰不住地往外流，甚至她那光滑泛彩的皮肤都是幸福的证明。那个夏天给她留下了那么生动鲜艳斑斓的印象。

现在，儿子的不争气竟然引发了如此强烈的感触，让当年那种令人眩晕的幸福瞬间卷土重来，把现在这令人窒息的痛苦衬托得如此尖锐。就像一把尖刀在她的心里搅动，把原本坚硬的和软了，原本完整的打碎了，原本明确的涂污了。把李伟玉整个人变得瘫软无力。仿佛她再也没有力气支撑下去了。

其实，不管是被批斗，还是扣帽子，甚至挨打，李伟玉都能咬牙顶住，因为这是群众运动。对群众的过激行为，她虽然深受其害，但她知道，总有一天，她会得到公正的待遇，党会给她做出正确的结论。做工作哪能不受到误解，当党委书记，哪能不得罪人哪？只是，儿子啊，儿子，她就弄不懂为什么会变成现在这样了？！

李伟玉在所有的重大问题上都是听陈辛吾的，这不仅是因为夫唱妇随的传统思想起作用，也不仅是因为陈辛吾是领导，更重要的是因为陈辛吾是个有见识的人，他们经历过的大多数的事情结果都证明当初陈辛吾的预见是对的，于是，听从渐渐成了习惯，习惯渐渐成了信心，信心过于坚定了，终于变成了盲从。

许多事情都做得违背了她的本意，比如说，方辉上初中的时候，李伟玉完全有能力将他转入好学校中，但听了陈辛吾，让方辉留在了连高中都没有的一所分配学校中；当方菲被舞蹈学校选中的时候，李伟玉又听了丈夫的，没让她去；还有，在对厂子里那批复转军人的任用上，也是征求了陈辛吾的意见之后，才定了下来。所有这些，李伟玉很少再去想做这样的选择是否正确，但是，方辉这次出狱，让她第一次动摇了。

原本指望儿子在监狱里吃吃苦，接受教训，懂点事，改掉坏毛病，虽不指望他立地成佛，但怎么也能有所改进。然而，事与愿违，不仅老毛病没改，还新学会了抽烟。

李伟玉站在盛夏的阳光里，一身冷汗。

六十

　　无缘无故地被抓进去，又糊里糊涂地被放了出来，方辉觉得冤透了，倒霉透了。在牢房里，他脑子里常常会莫明其妙地出现展览馆剧场里的那扇门，从门内热烈而喧闹的橘红色一步迈出来就是门外冷清、安静的蓝灰色，然后又一步迈进去，世界重又变得嘈杂、轰轰烈烈。没有过度，没有缓冲，也没有等待，只需迈一步，就立刻天上地下，两个世界了。

　　他不明白为什么这个场景反复出现过几次，都是在出其不意的最不该想什么事情的时候，比如，刚要入睡的时候，或者凌晨一睁眼的时候，还有一次是在挨训的时候。这让他直犯糊涂，干嘛老想起这不沾边的事情？

　　终于，当他被从监狱里放出来的时候，身后大铁门的咣当一声响，把他大脑里的某根神经突然被震通了，原来世界上的事情就这么简单，在你面前只拦着一道门，迈过去，就是另一个世界，迈不过去，就永无出头之日了。他曾在硬冷、粗粝的牢房里打定了主意，只要出去，就一定要把人生中没来得及享受的所有好事尽其可能地尝个遍，之后，死了也不冤了。在门里边的时候，这些都是奢望，梦想，但现在不一样了，他已经站在了门外，一切都变得有可能了。他没想到梦想竟然如此轻易地就可以实现了，就好像只需推开一扇门一样那么简单，高兴得连眼泪都顾不上擦，就那么泪流满面地冲回了家。

　　出来以后，吃，是头等大事。先找了一帮哥们儿，直奔西单的峨嵋酒家，每上来一道菜，方辉的目光就粘在菜盘子上，不论是什么菜，荤的素的，咸的辣的，还不及伸筷子必定先说，"太棒了，这是我最喜欢的东西。"连一向避之惟恐不及的羊肉方辉也破例地尝了一筷子，说，"吃了，这我也吃了。"

大伙笑他真是馋牢里放出来的，就差没吃自己的肉了。

吃得满面油光的再逛公园，往西单、王府井、什刹海溜冰场一些热闹地方跑，有时候是和一两个小哥们儿，有时候是一群，不买东西也不看商品，走在来来往往的人群中，横冲直撞的，架着肩膀，仰着脸，"抖份儿"。如果有人多看了他们两眼，他们就会冲上去寻衅，问人家"照什么照"。如果有"不愤儿的"答一句"你丫狂什么狂"，立刻就是一场恶斗，看谁比谁份儿大，谁能镇得住谁。看见漂亮的女生，就"拍婆子"，死缠烂打地非要和人家交个朋友。

在公园里，方辉除了跟着大家跑，还常常会突然一个人眯着眼睛，微微醉意地看着湖光山色，用从骨子里透出来的惬意和享受的满足自言自语地说，"太好了，想不到这么美！太美了。"

坐牢的日子迅速地在方辉脑子里淡化了，但他牢记住了一条，决不能再进去了。跟哥们儿玩儿归玩儿，别的一概不问，要是有人拉他去贴大字报，或者干些跟中央文革做对的事，他立刻说，我可是大大地良民地，监狱地不想进了。

方辉才出来不久，"升高"就露面了，照旧穷横，方辉逼急了，便说"你比我妈、我姐还管得宽。""升高"听了不仅不生气，反而得理了，说，"那我是你姥姥！"

董太行见方辉被一个"升高"就给镇住了，说方辉"太嫩"，要给他"褪褪胎毛"，还说"升高""丫长得忒寒碜，我给你介绍几个盘靓的。"便把方辉领到了红卫兵剧团，说那儿女的比合唱团的多。

乍一见到一群女生盯着他看，方辉吓得扭头就要跑，被董太行断了后路，只好一脸傻笑地眨巴着眼睛，听董太行跟女孩子们闲扯，打情骂俏。渐渐，方辉被女孩子们的巧笑顾盼撩拨得心里痒痒，跃跃欲试地也想跟着说两句，但笨嘴拙腮的，想不出一句像样的话来，憋得脸红脖子粗，盯着女孩子们傻看。

一个圆脸大眼的女生斜着眼睛瞟了方辉几眼，低声问旁边一个中等身材的女生：

"董太行从哪儿带来的小痞子？"

方辉虽然也穿着一身蓝制服，但衣服半敞着，仅剩的两粒扣子还不对称，裤子系得歪歪扭扭，显得邋里邋遢，不说话，只会傻笑，像是一头吃了蜜的熊。

"真的，丫怎么那么色？"

"我来臭他一臭。"说着，圆脸大眼女孩儿用手冲着方辉一指，问道，"嗨！小孩，哪儿的？"

一见有人问，方辉乐得屁颠屁颠儿的，兴奋得脸都红了，但摸不着头脑，傻傻地反问：

"什么叫哪儿的？那你哪儿的？"

董太行赶紧接过话来说："我们一个院儿的，化工部大院儿。他爸是副部长。"

这句话产生了奇效，女孩儿顿时把手放下了。旁边那个中等身材的女生一步上前，问："你认识×××吗？"

"认识，不熟，你哪儿的？"

"'八一'的，我们家是总参的。"又冲圆脸女生努了努嘴，"她们家是计委大院儿的。""八一"是指一所军队干部子弟学校。

正跟董太行说话的几个女生也转过头来问方辉认识不认识这个，认识不认识那个。一个浑身肉鼓鼓的女孩儿还递给方辉一支烟。

方辉上的学校没名儿，认识的人又有限，说话还时不时地露露蛆，但这一切似乎都被他头上那道"他爸是副部长的"光环罩住了，至少暂时没人再笑话他了。神聊了一下午，离开时，方辉满面红光，说这儿真好玩儿，以后还得多来。那个递给他一支烟的女孩子还把自己家的电话号码告诉了方辉。回家的路上，董太行问方辉觉得哪个好，方辉色迷迷地笑着说，哪个都好，是个女的就挺好。

方辉刚跟着董太行去玩儿了几趟就被"升高"发现了，扬言要找董太行"茬架"。董太行一听，大度地笑了，说好男不与女斗，我一个大老爷们儿，跟她茬哪门子的架？加之，方辉在剧团的出现虽然没有抢了他的风头，但有些女生的贱酸样儿却让他很不受用，就此，不再拉着方辉去剧团了。

方辉虽然是个认死理的人，但却只限于让他感兴趣的事。剧团的那帮女的虽然挺好，但却没让他着迷，不去就不去，这儿玩儿不成，别处有的是乐。

一开始，方辉只是毫无目标地随大流地瞎跑，但没多久，安三儿突然发现，方辉变得只去王府井，而且到了王府井也只在一条直线上来回溜达，北头到八面槽向南到百货大楼，连金鱼胡同、东华门都不去。着了魔似的死认准了这一条道。安三儿好生奇怪，骂他"犯什么魔怔"，方辉傻笑着，并不生气，反正一到了八面槽就掉头。为了哄方辉走远点儿，安三儿说：

"听说萃华楼来了一个盘特靓的女招待，咱们去看看哪。"萃华楼在八面槽的北边。方辉无动于衷地要摇头说：

"上萃华楼就得吃饭，光看人有什么劲？"

"那你这是干吗呢？巡逻？"

"当然是看人哪！"

"人哪儿没有，干嘛非认准了这两步路啊？"

方辉神秘地坏笑着，说："我就在这条路上见过她。"

安三儿惊奇地吹了一声口哨："到底是什么人？"

一个叫小耗子的小哥们说：

"就一女的呗，一个溜长辫子的女的。就在这条路上见过两回。"

"哪儿是什么长辫子，也就到胸脯上。"

安三儿隐隐约约想起是有这么回事来，问：

"我记得好像人家没理咱们，还骂咱们是臭流氓来着？"

"没错，没错儿，就是她！"

"就那女的，长得要条没条，要盘没盘儿，干嘛偏偏看上她啊？"

小耗子说："嗨，你瞧着不行，方辉还就迷上了。"

"没劲，没劲，话剧团那么多女的，听说还有一个倍儿靓的，挺贴你的，怎么跑这儿抽风来了。"

方辉说："那他妈也都叫女的？头推得跟男的似的，难看透了。"

"嘿，你够碜的！非得长头发才算女的？瞧咱们江阿姨，那发式，多精干！"

安三儿用手在脑顶儿往后一背，伸长了脖子，捏着鼻子开始学江青说话。吓得方辉赶紧挥挥手说：

"得，得，得，你饶了我吧，"方辉一个劲儿作揖，"你说上哪儿就上哪儿还不成吗？其实是丫小耗子自己喜欢，我也就是觉得她挺好看的，没非得找她。"

由于再没碰上过那个女生，方辉也就把这件事情抛到了脑后，只是在他的性梦中，所有的女性都梳着两条长辫子，两条又凉又滑的长辫子。这让方辉又惊又喜又迷恋，他开始破天荒地注意穿着，虽然新衣服穿在他身上还是不像样，还是七扭八歪的，但这件事还是引起了"升高"的注意。

"呵，学会赶时髦了？"

"升高"用手一撂方辉的军帽儿，连讽带刺地说。见方辉不动，一把把帽子扯走。方辉的大脑袋露了出来，觉得有些凉飕飕的。

"我问你，这两天你又上哪儿混去了？听说在王府井拍了个婆子，你够能的啊。"

"胡说，谁拍了婆子了？"方辉嘴硬，但是心有点儿虚，"把帽子还给我。"

"没拍你急什么呀，我都知道了，还跟这儿骗呢？！"

"升高"拿帽子的手往后一藏，怒视着方辉。若在平日，方辉或许就被镇住了，但那天，方辉刚好气不顺。出狱后，他连着找了几次金昌盛，不是没见着，就是他正跟别人说话，没理他。今天，明明和金昌盛走了个正对面，方辉高兴得刚想叫他，他却一拐，进了一个楼门儿，撂下方辉一个人气得发怔，不明白金昌盛是怎么了，自己什么事得罪他了。

方辉窝着一肚子的莫名火气回了家，迎头看见"升高"，就不耐烦，被她胡缠一顿，窜起一脑门子火，大叫了一声：

"还我帽子！"

"升高"并没看出方辉已经动气了，即便知道，她也自以为能够震慑住他，因此，并不害怕，相反，还扬了扬手中的帽子，说：

"想要帽子啊，没门儿！今天你得坦白从宽，抗拒从严！"

"坦白从宽，抗拒从严"是方辉在监狱里最常听见的一句话，最常见到的一条标语，也是最让他痛恨、最无奈的一件事。因为，他始

373

终不知道自己到底犯了什么事，更不知道他有什么可以坦白的，然而，在这句话的压迫下，却又不停地在坦白着一些连他自己都莫明其妙的"罪行"。这句话，像是一个热烙铁，曾经烙在了他的肉上。它留下的疤痕还没有干透，长好，血痂还半落半粘着肉，被"升高"一揭，其疼痛难忍是可以想见的。方辉全身的血都涌到了头上，咬牙切齿地一边叫着"你拿来，你拿来"，一边猛地向"升高"扑过去。

"升高"从未领教过方辉的暴躁，所以吃惊地愣住了，就在这一瞬，被方辉一把扯住。但"升高"还是本能地把帽子往背后藏，方辉顺势去抢，将"升高"按倒在沙发上，重重地压在她的身上。"升高"在方辉的重压下奋力挣扎着，两人一起从沙发上滚落到地上。当他们还在扭打着，挣扎着，抢夺着的时候，情况就已经开始急转直下，"升高"到底敌不过方辉浑身的蛮力，首先瘫软了。紧接着，事情发生之迅速，之莫名其妙，连他们自己都没想到。但是一切都犹如一匹已经起步开始狂奔的野马，要指望它自己停下脚步已经不可能了。

直到方辉精疲力竭地仰视着天花板上的吊灯时，最先恢复知觉的是胯下火烧一般地疼痛，然后是耳边传来"升高"嘤嘤的抽泣声，最后才是披头散发的"升高"那张扭成一团的难看的脸。

地上是一摊血污和粘液。

从未有过的空虚、失落、失望或者说绝望抓住了方辉，他恨这个丑陋的女孩，但他甚至没有力气将她轰走，自己摇摇晃晃地站起来，看也不看"升高"，艰难地上楼，倒头便睡。

第二天早晨还没睁眼，方辉迷糊着觉得好像还是在监狱里，但听见窗外的鸟叫声，和院子里方敏和小朋友玩的声音，笑了，慢慢地睁开眼睛，望着蓝天，多好啊，在家。紧接着，昨天的事情变得清晰可见，他又笑了。操，贱骨头！缺操。有什么新鲜的？闹了半天是这么个滋味，可惜，丫升高忒他妈坷碜，讨厌。

他穿上衣服，在镜子里照见自己，有生以来头一次觉得自己也人五人六的，像那么回事。过去，他从不在意自己的外貌，觉得什么好看不好看的，那是女孩儿的臭美。现在，他可什么都懂了，人物了。出门就直奔董太行的家去了。

六十一

　　方敏哭丧着脸，气嘟嘟地宣称，"明天我不上学了。"把书包往沙发上一扔，脱下被撕开了口儿的罩衣，强忍着满眼的泪大声宣称。方蓉问："怎么了？"

　　"女生都不理我，说我哥哥是流氓，我爸我妈是走资派，男生还拿小石头砍我，他们……都欺负我。"说着开始抽搭起来了。

　　方菲急忙跑过去低声阻止妹妹，说：

　　"你小声点儿，你小声点儿，方辉还在家呢，你不怕他揍你呀。"方敏却管不了那许多了：

　　"他们还说我是女流氓……"话没说完，哇的一声就放大了嗓门儿哭了起来，瘦小的身子一个劲儿地抽动，委屈得气都喘不上来了。方平气得两眼气得直冒火，说：

　　"你告诉我都是谁欺负你了？"

　　"我们班同学，还有外班的，……对了，校门外还有一帮小胡同串子呢，我一放学就追着我打……"

　　方敏长长的睫毛上挂着泪珠，一边抹眼泪一边告状，从小只要有人欺负她，都是哥哥姐姐们替她出头。方平先气得跳了起来：

　　"告诉我都是谁！我要他们好看！"方平狠狠地说。方蓉赶紧拦住，说：

　　"都是他们班的同学，又不是大院里的小孩，你怎么打？而且，人家也不让你进他们学校啊。再说，你打完了走人了，方敏还怎么待呀。"方蓉又转头问方敏，"老师呢，老师不管吗？她原来不是对你挺好的吗？"

　　方敏在学校一直是好学生。

　　"他们都趁老师不在欺负我。而且，现在我告老师，老师也不理……他们还骂老师呢。"

"也不瞧瞧现在是什么时候，还找老师？！老师还不知道找谁呢！"方菲说。

方蓉只好气得大骂："简直没了王法了！真是一群小人！一帮势利眼。"

"反正我不想上学了，上课也净学《人民日报》社论，没劲。"

"最近要升学了，你不去行吗？"方蓉问。

"我们班还有人也不去，写个病假条就行。"

方蓉看着妹妹，明显地在犹豫，说：

"要不然，我给你写张假条，行吗？"

方菲拦住姐姐说："当然不行，别人可以不去，方敏却不能不去。"

"我不想去，就是不想去。我恨他们！不想看见他们！他们骂我！"方敏又大叫起来。"又不是就我一个人不去，为什么我就不能不去？"

"道理很简单，别人没受欺负，是自己不去的，对吗？"方菲问，方敏点点头，"所以你必须去，否则，你就更没有出头之日了。"

"那我该怎么办？"

方菲看着漂亮得让她心痛的妹妹，慢慢地说：

"好吧，我教你个精神胜利法。"

"什么叫精神胜利法？"

"你就当自己是个美丽绝伦、出身高贵的公主，女生们都嫉妒你，羡慕你，因此而诋毁你；男生则因为得不到你的青睐而憎恨你……"

"什么叫青睐？"方敏问。

"就是，就是，他们想让你喜欢他们。"

"我才不想让他们喜欢我呢！"

"这只是假设。"方敏点点头，方菲继续说，"他们不管做出多么过分的事情都是为了引起你的注意。而你，记住了，不管出了什么事，都没看见，都别理睬，都别生气。你高傲自信，目中无人，他们都不配与你说话，更不配惹你生气，你也不屑与他们为敌，懂了吗？"

"那她们会不会打我？"

"他们不是已经打了你了吗？"

"那我能跑吗？"

"你能跑得脱吗？"

方敏摇摇头，眼里又含着泪。

"还是的，所以一定要沉住气，不看，不听，不回嘴，也不要加快步伐。现在你只有这一条出路，或许，你还能够自救。"

"可是他们骂我也是女流氓……说我哥……"

话音未落，方辉进来了，歪戴着帽子，嘴里叼着一根烟，方敏吓得收住了口。

"干嘛不说了？"方辉一脸坏笑，"你不说我也知道。吃饭吃饭，老老实实给爷爷盛饭，爷爷就不追究了。"

方敏怕方辉，从方辉蹿个儿长大之后就更怕了，吓得赶紧地拿起碗，准备去盛饭。

"甭怕，敏子，让他自己盛，他没长着手吗？"方菲一把夺下方敏手里的碗。方敏斜眼看着哥哥姐姐，小声嘟囔着，"别别，我去盛，……"

"你敢挡横？！"方辉斜着眼睛看着方菲，"不让她盛，你盛也行。"

方辉的样子看起来就像电影里演的坏人一样，方菲气得脸都涨红了，还没等回话，方蓉和方平群起而攻之：

"在家里还欺负人！有本事你上外面去逞能，在家里欺负妹妹算什么本事！"

方辉一看人多势众，急了，骂道：

"混蛋！少跟我这儿装丫挺的，你们都是什么东西我还不知道。你们仗着人多，想跟我叫板，没门儿！"然后又转头骂方敏，"这会儿你装好人哪，你小坏心眼子挑拨离间，别当我是傻子，什么都不知道。看等没人的时候我收拾你！"

方敏吓得大哭起来，方平冲上去就要揍方辉，急得两个姐姐死命拦住，方平比方辉矮半个头，真打起来肯定不占便宜。方平挣不脱阻拦，跟姐姐们急眼。方辉在一旁乐了，倒说起风凉话来：

"女的就是女的，跟她们能混出什么来。"

方平脸红了，跟女的混是他的大忌，辩解说：

"谁和她们混了，你少欺负自家人。"

一看方平不横了，方辉又说：

"女的都是贱货，不给她们点儿厉害都以为自己是伊丽莎白二世，其实有什么了不起的？给她们点颜色看，全老实了。咱们男的得一头儿。"

方菲冷笑道："在我们面前逞什么英雄，你敢当着'升高'说这话，才算你能。"

一句话好像戳到了方辉的心窝里，他脸红脖子粗地提高了嗓门儿，格外地硬气起来：

"怕她？谁怕她谁是小狗！她算什么东西，等她再来了，我让你们看看她得听我的。女的都是贱货，你也别装得假正经，数你臭不要脸了，屁股后边臭追着人家金昌盛跑，人家早就有婆子了。"

方菲一听这话非但没生气，反而笑了，说：

"咱们家是有一个臭追着金昌盛跑的，只可惜那人不是我！"

方平也帮着方菲，说："就是，追着金昌盛的也就是你，你不在的时候金昌盛上咱们家来，方菲姐姐把他偏得一愣一愣的。"

方辉一愣，半信半疑地问："什么时候？有这回事？"

"没错儿，我们都在，是不是？"方平转向方蓉和方敏。方敏起劲儿地点着头，方蓉却沉着脸，一言不发。

方辉如梦初醒般地说：

"我说这一阵子见着他怎么不带搭理我的，闹了半天是因为这个！"方辉气得冲着方菲叫道，"你敢说你不想找金昌盛？！你别净装像了，自己干那点儿恶心事儿谁不知道啊。表面看着跟人儿似的，心里肮脏透了。你要不想跟人家金昌盛好，干嘛日记里还给人家写了那么多肉麻的话？真他们臭不要脸，你比江青还会玩儿两面派！你也不照照你自己，人家对咱们家够意思的了，凭什么瞎冲着人家来劲？"

方辉的话显然让所有的人都吃了一惊，方菲脸色煞白，像中了弹的大雁木睁着两只大眼，日记？方辉看了她的日记？方蓉脸色通红，有些尴尬地看看方菲又回头看看方辉，这个浑小子什么时候偷看了方菲的日记？方平则难为情地低下了头，好像是为所有的人感到羞耻。

方辉还自顾自地捡着解气的说，方蓉终于缓过神来，骂方辉，想要就此打断他的话：

"东拉西扯些什么呀，吃饱了撑着了？就你一回来就挑事。"

"我挑事？要不是你把方菲的日记偷出来给爸爸妈妈看，我怎么能知道？"

"那你凭什么偷看？！你算老几？！"方蓉气得脸都红了。

"别以为你是老大就可以搞特权，你瞧你像个老大吗？！就会打小报告，狗仗人势！数你心眼坏透了。什么东西！"

方蓉有口难辩地气得只有"你你你"的说不出话来。

"真有这回事？是真的吗？"方敏悄悄地问方平，"方菲姐姐日记里都写了什么？"

在一片吵闹声中只有方菲置身局外，仿佛这一切都与她无关一样，瞪大的眼睛垂了下来，不敢看方辉，更不敢看方蓉，连方平和方敏都不敢看，两眼紧盯着自己的脚尖，脸色变得苍白，平静，生命好像已经离她而去，只剩下一张皮，一副骨架立在大家面前。

由于事情发生得太突然，而且完全超乎她的想象，以至她一时还不能相信这都是真的。她曾天真地以为没人会对她的任何事情感兴趣，因为她是那么卑微；也曾愚蠢地以为自己是一只躲在坚硬的贝壳里的寄居蟹，随时都可以缩进贝壳；还不可药就地相信她在日记里是隐秘的、安全的、自由的。然而，这一切就在一瞬间颠覆了。

她简直不敢想，所有她在日记里发泄的痛恨、热爱、那些激愤之时写下的诅咒妈妈的话；痛苦之时，发泄心中块垒的激烈言词；还有那些最隐秘的激情萌动的描述，那些只给自己看，甚至原本并不是为了看，而只是因为无处倾诉，无法排解，却又不吐不快只得拿白纸出气的骂完就完的话；还有她视为心中神圣，视为比生命还宝贵的感情体验，竟然都是"司马昭之心路人皆知"的！而自己只是一个光着屁股游街的皇帝，只有她自己以为自己穿着华丽的衣着，仍然大摇大摆恬不知耻地在人前昂首阔步。

现在，她被当众拆穿了，但不是因为一个孩子的天真、诚实，而是因为……

她就像那只被射中的鸟儿一样，来不及惊叫，来不及闭眼，甚至都来不及觉得疼，便直接从高空中张着嘴，倒栽下来，开始下坠。

为了自己的赤身裸体而羞耻，为了自己的愚蠢、鲁莽而无地自容，也为了别人的蒙昧、虚伪和无知而心痛。让她尤其难以接受的是方蓉，正是她让她第一次知道了世界上还有私密权，隐私这回事，也正是她正告她要尊重别人的隐私，可也正是她，粗暴地践踏了她自己鼓吹的理念。

相形之下，倒是爸爸妈妈貌似轻描淡写的询问，小心翼翼地旁敲侧击，让她感动而且感激。尤其难得是妈妈，方菲没忘了自己怎样激烈地咒骂过她，可她不仅从未指责过她，甚至都从未暗示过，相反，倒对她关心有加，以至有时都表现出让她难以领受的亲热。方菲心里翻腾起难以言说的羞愧和自责。

即便如此，父母亲的宽容和谅解还是让方菲感到类似被欺骗的委屈和受伤害的无地自容。

方菲以为自己会伤心致死，即使没有真的死，即使她大睁着眼睛，看着眼前的世界，看着这个已经和她没有一点儿关系的世界，她的心也已经死了。

可怕的是，她并没有死。当她终于坠落到地面上时，才发现自己非常不幸地还活着。而最有力的证明就是，她感觉到了疼，粉身碎骨般地疼痛，连头发稍，指甲盖儿都在燃烧般地疼痛。而她身上却没有一道伤痕，一丝血迹，连一根汗毛都没有损伤。

她艰难地爬上楼，回到自己的屋子里，关上门，习惯性地拉开抽屉，摸了一下那个日记本，好像还想像过去一样给自己排解一下痛苦，但立刻火烫般地把手缩了回来，跳了起来，不知如何是好地在屋子里转了几圈儿，然后才镇定下来，又拉开另一个抽屉，翻开一个读书笔记本，几段话跃入眼帘：

"我向来是不惮以最坏的恶意，来推测中国人的，然而我还不料，也不信竟会下劣凶残到这地步。"——鲁迅

"人们以为，当他们说人性善这句话时，他就说出了一种很伟大的思想；但是，他们忘记了，当人说人性恶这句话时，是说出了一种更大得多的思想。"——黑格尔

"在黑格尔那里，恶是历史发展的动力借以表现出来的形式。……自从阶级对立产生以来，正是人的恶劣情欲——贪欲和权势欲成了历史发展的杠杆。"——恩格斯

方菲从来没有像今天这样体会到这些格言的深刻，但她还是使她不愿意承认，不愿意怪罪，甚至不愿意相信。

渐渐地对别人的怨恨都化解了：可能方蓉并不是存心要侮辱自己，并不真的是要自己难堪，她好奇，或者自以为是在帮助爸爸妈妈；金昌盛可能也只是喜欢她，就像喜欢方辉一样；方辉就更不值一提了。不，并不是他们伤害了她，而是她自己的愚蠢和任情任性给自己带来了羞辱，如果她不这样率意胡为，偷偷地写些足以给自己定"思想罪"的真情实感，怎么会招来如此奇耻大辱呢？她读过这么多的书，这么了解人性，早就应该懂得人都是为了满足自己的某种需要而任意地伤害别人，人都是卑鄙的，不值得尊重的，无法信任的，可是她还是没有戒备，没有防范，因此，还是她自己不好。

对自己的苛刻责难让方菲不能平静。

她的目光再一次落在了那个有着美丽的织锦缎封皮的日记本上。销毁它！这个念头刚一冒出来，就让她浑身从内到外地疼痛起来，好像日记本是她身体的一部分，是和她血肉相连着。然而留着它，就等于留下耻辱，留下罪证，就等于随时还可以被拿出来公之于众。想到这一点，方菲战栗了。没有人逼她，但她终于还是明白了，她没有别的选择，不管她多么地难以割舍，她甚至想到了将来也许会后悔，但眼下却只能这样做了，而且越快越好。

夜里，方菲来到院子里找了个旮旯，划着火柴，红色的火焰刚舔了本子一下，她的手一抖，缩了回来。火柴在她手里一跳一跳地燃尽了，烧疼了她的手。

就像要她亲手杀死自己的另一半似的，她下不了手。

她站起身来，绕着圈地满院子转，好像在看能不能找到一条出路。

月光如白银一样把世界镀上了一层清冷的光，这清冷夹着微凉的秋意沁入她的肺腑，沁入她燃烧着的大脑，冰凉着她的每一寸肌肤。要想安全，要想不再受到侵犯，必须烧掉这个证据，她知道其实她别无选择，烧掉它，是唯一的出路。

她最后又看了一眼这个心爱的日记本，将它点燃的时候，她的心仿佛也跟着被烧成了灰烬。

如果说先前是别人将她杀死了，那么现在，是她自己把自己杀死了。

六十二

后来的一段日子里，方菲平静得吓人。别人都知趣地不去惹方菲，唯有方辉，没皮没脸的一脸坏笑，只要方菲从身边走过，不是成心伸出一只脚似乎要去绊她，就是嬉皮笑脸地小声问，"诈尸呢"，或者"至于吗？"倒是他，越来越活泛，方蓉给他总结了几条：

对外关系已经从狐朋狗友升级为狐群狗党了；活动内容则从抢帽子升级为拍婆子；行为逻辑则过去是从家往外拿东西，现在变成或者往家带人，或者上外边儿去涮夜。最大特点是所有的活动都从地下转为地上，只要两个"当权派"不在家，方辉所有的活动都公开化合法化了。不仅烟卷儿成天叼在嘴上，而且还照着镜子抽烟，配着一身歪歪扭扭的军装，还问，"怎么样，瞧我派不派"。

方蓉忍着笑，连连点头，学着弟弟的行话说：

"派，特派，倍儿靓。"

"你不懂，男的得说帅，女的才说靓呢。昨天我在大街上见一女的，那才靓呢，头发倍儿长。"

"你又去拍人家了？拍上了吗？"

"丫见我直笑，我也不知道为什么。问她，也不说。你们女的就会傻笑。"

方蓉忍不住了，笑出声来，说：

"就是，女的就会傻笑。尤其是看见你这样的男的，就更能傻笑了。"

方辉满不在乎地晃着大脑袋，假装长叹一声，说：

"子曰，'唯女人与小人难养也'。你瞧方菲，不理人了。咱们谁招她惹她了？"

方蓉不搭茬儿了，脸一沉，走开了。虽然她一向讨厌方菲，而且越来越讨厌，一夜之间方菲仿佛真的变成公主了，而且是个那么恶毒、轻佻、出口伤人的傲慢的公主。只是有一件事让方蓉死活不懂，方菲越是这个臭德行，爱慕者反而越多，连孟树彬似乎都被她迷住了。真不要脸！可眼看着方菲现在一天到晚地假深沉，好像真成了受害者，自己已然成了害人者了，方蓉觉得都快委屈死了，难道她能知情不报吗？这不就是她这个老大的职责吗？就赖方辉这个混球干的这混蛋事！这个没心没肺的家伙还有脸提？！

方辉见方蓉气得走开了，更得了乐趣，现在他可知道该怎么对付这帮女的了。女的就是贱。这是方辉"征服"了"升高"之后最大的感触。现在，"升高"已经成了他手里的面团，由着他揉搓。有时候，他越是踩乎她，她倒越巴结。方辉虽然被"升高"纠缠着有机会也和她搞那么一两下，但同时却更加讨厌她，看不起她，倒宁愿像以前那样怕她。他不仅不明白"升高"到底是怎么回事，对自己的身心矛盾更是糊涂得厉害。好在他并不问自己，只是一味地任性胡为。所幸的是两个人真正能单独在一起的机会并不多，所以没惹出更大的娄子。

陈辛吾虽然自己一脑门子的官司，但方辉的状况他却看得明白，知道儿子再这样满北京城地撒野，迟早要出大事。已经有不少人把孩子送进了部队，从不拉关系、求人的陈辛吾老着脸，四面打听，费劲托人，找老朋友帮忙让方辉参军，这样起码有个管束。

哪知方辉一听说要去当兵，登时就炸了：

"不去，就是不去！我在北京待得好好的，你们想干嘛？！我才不上你们的当呢！想把我流放啊，没门儿，不去啊！别想害我！"

李伟玉气得哭笑不得：

"你个傻孩子呀，你爸不是从前了，费了多大劲儿求人，好不容易才弄了个名额，别人都求之不得呢。爸爸妈妈只会为你好，怎么会害你呢？"

陈辛吾曾跟李伟玉商量，是否可以托老孟帮忙。想到方蓉和孟树彬的情况，李伟玉说还是先找别人试试吧。陈辛吾看了妻子一眼，没有多问，由于并不是军事干部出身，大费了一番周折，才弄妥当。眼看着方辉放着阳关大道不走，胡搅蛮缠，不仅李伟玉急，大家都替他着急。方蓉说：

"当了兵就有了前途了，你怎么那么傻啊，怎么会是害你呢？多少人想去都没机会。"

方平也说："可惜我不够年龄，要不然你不去我都想去。"

最高兴的是方敏："嗷嗷，这回好了，我哥哥是解放军了！"

方菲在旁边白了方辉一眼，把声音压在嗓子眼儿里，又从牙缝里挤出来：

"死狗扶不上墙，愣把当兵当成个火坑。真是嗑瓜子儿磕出个臭虫来，什么仁儿（人）都有，邪了。"

方辉被说得急躁了，跳起脚来嚷嚷：

"你们少跟我来这套！我还不知道你们是怎么对我好的？见死不救，下井落石，没一个好的。谁不知道你们想把我骗走，你们好享福？好事？好事你们自己怎么不去啊！"

李伟玉气得直摇头："没见过你这么缺心眼儿的人！怎么就是一根筋呢，连好事坏事都分不清！你可真能把人气死。"

方蓉安慰妈妈说："别着急，没准儿过两天他会想通的。"

"哪儿还能容得他多想？行不行就这几天的事儿。等他想好了，还不知道有什么变化呢。"

几天后，变化，被李伟玉不幸而言中，只不过不是当兵的事，而是她自己。

厂里的一个副总工程师张凯"畏罪潜逃"了。在一次批斗会之后，他没回家，家里以为他在厂里，厂里以为他在家里，待发现之后，全厂大哗。周六夜里，军管会紧急决定派人第二天到各当权派家把人带回厂里，住厂参加运动。

但当权派们并不知情，星期天，李伟玉一早起来拉着方菲跟她去买菜。方菲一路上默不做声地吃力地提着妈妈抢购似的买来的一大篮子食物，到了家放下篮子便对妈妈请假，说和同学有约，赶紧出门了。

李伟玉在厨房里一边收拾菜，一边对站在一旁的方蓉说：

“都那么大姑娘了，不能光知道念书，也得学学烧菜、理家……”

方蓉不高兴了，噘着嘴说：

“什么姑娘不姑娘的，干嘛说的那么难听，就说那么大人不就得了吗？再说，我要干，你也不让干啊。”

李伟玉无可奈何地笑了，说：

“连姑娘都不能说了，比我还封建。让你切肉，你看你，差点连手指头都切了，我也得敢让你干呀？”

“你瞧，又不让干又嫌我不干，我是猪八戒照镜子，里外不是人。”

方蓉气呼呼地顶嘴，说着甩手就要上楼去。正在这时候，门铃响了。李伟玉只当是留住女儿的借口，对方蓉说：

“你开门看看是谁来了？”

方蓉回到厨房时神色大变，说：

“厂里来人了。”李伟玉吓了一跳，问：

“出什么事了？”

“叫你赶紧去呢。我也不知道出什么事了，好几个人。”

方蓉眼睛睁得溜圆，紧张地说。方辉蹬蹬蹬地从楼上跑下来，问方蓉，怎么回事。李伟玉心想，明天就上班了，有什么事情非得今天？一定是有了什么情况。

见到厂里的人，一听是要住厂，暂时不能回家了，李伟玉全身一阵燥热，脑门儿上沁出汗来。她本想问问为什么，但马上明白问也没有用，便回过头对方蓉说：

“去给大家倒茶，让同志们坐，我赶紧收拾收拾。”

回到卧室，李伟玉的手脚忙乱着，又拉抽屉，又开柜子，但，脑子却显然不在场，看着一抽屉的衣物，抓不着头绪地胡乱扯着。陈辛吾看着李伟玉那无助的样子，悄声说：

“不要紧，缺什么再让孩子们送。”

李伟玉茫然地看着陈辛吾，好像没听明白他在说什么。

方辉一看妈妈真要收拾东西，急了，问厂里来的三个人：

“为什么，为什么要住厂里？怎么就非得住厂里？”

"这是军管会的决定。"一个人简单地回答。

"为什么？为什么这么决定？"方辉还不放松。

"别问了，问也没用。"方蓉说。

"你别管，我就想知道为什么，为什么非得住厂里去。"

方辉犯了一根筋的毛病，没人理也问，而且不停地问。

"你丫真傻，这不是明摆着的吗？"方平说哥哥。

"你才傻呢，千万不能让他们带走妈妈！"

除了陈辛吾大家都看着方辉，不明白他到底在想什么。军管会派人来客客气气地请妈妈回厂子，有什么不妥？更何况这又不是头一遭。

若是以前，方辉也会像大家一样，但是自从他进了一回监狱，立刻就明白事情不像他那些傻逼姐妹们想得那么简单，不让回家，住在厂里失去自由和关监狱没什么两样。只有他知道住监狱是什么滋味，那简直不是人日子，每天都有想死想疯的心，可他一时又说不清楚，便只能不停地质问。

李伟玉把要带的东西基本上收拾好了，却一脸茫然地站在卧室里，仍在张望着，寻找着，回忆着，好像在极力要想出那件她应该带着现在却无论如何也想不起来的东西。

陈辛吾在一旁看得清楚，心里一沉，顿时明白了他本来早应该明白却一直未敢正视的事情。

他突然意识到，已经有好一段时间，李伟玉没对自己倾吐了。以前，他一直以为这样对双方都有好处，但现在，他发现这是一个多么严重的错误，李伟玉脸上那种无助的表情像刀子一样割着陈辛吾的心，它让他突然明白，让一个女人把那样可怕的场面和事情埋在心里，独自默默地承担是一个多么可怕的错误。他错误地以为语言已经变得多余，不论多少话，都说不清事情本身有多么复杂、冤屈、可憎、可悲，不论多少理论都解释不了他们所感到的不解、无奈、矛盾和痛苦。他以为他们已无话可说，或者说，是有话而不敢说，不想说，不能说。

在她最需要他的时候，他却没能听她倾诉，没能开导和安慰她，甚至没能好好看看她。即使有些事情说出来有多么地屈辱，多么地难以面对，他也应该诱导她一吐胸中块垒，就像以前一样，但他没有给她机会，没有给她时间，还有热忱。

现在说什么都晚了，他眼看着她站在自己面前一筹莫展，而他却帮不上忙。懊悔咬住陈辛吾的喉咙，他现在非常地想说，而且有好多的话想要说，不仅想说，还想过去抱抱妻子，好好安慰安慰她，开导开导她，鼓励鼓励她。然而这一切都太晚了，都来不及了，都成了一个无法追悔的强烈愿望。

厂里派来的人就站在门口面，把他们俩都罩在他的视线之内，寸步不离。陈辛吾只能眼睁睁地看着妻子背对着那人站在一堆杂物中间，无助地茫然环顾着，让自己的心碎成一片一片。此时此刻，倒是方辉那听似不讲道理的诘问更中陈辛吾的下怀，而方蓉那理智的阻拦到仿佛不近情理似的。

事已至此，他现在唯一能做的就是能引起妻子的注意，哪怕是用一个眼神来传达自己的心意也好。便问，"东西都带全了吗？"希望李伟玉能抬起头来看看自己。但李伟玉犹犹豫豫地看了几眼那两个包裹，低头回答，"差不多了吧。"说着就要转身，陈辛吾又赶紧说：

"要注意身体啊。"两眼直直地瞪着妻子，好像这样便能让李伟玉抬起头来看自己一样。但李伟玉固执地低垂着眼皮，四下扫视，就是不看丈夫，点了点头，突然转身向门口走去。陈辛吾紧追在后面，仍然怀着绝望的期待一路跟出了大门。不知为什么，他觉得让妻子看自己一眼此时此刻变得如此重要，仿佛一件生死攸关的事情一样。

眼看李伟玉就要出门了，方辉突然冲了上去，从后面一把抱住妈妈的腰，往下拽，自己双膝跪地，声嘶力竭地叫道：

"妈！你不能去呀！不能去！"

声音绝望得就如同母亲不是要上工厂去，而是要去赴死。厂里来的人赶紧解释说：

"住厂只是便于管理，完了事就回来。"

方蓉也在一旁劝道："现在有军管会，不会有事的。"

"你怎么知道不会有事的？！有事怎么办？你负得了责任吗！敢

情不是你去。不行，不能让我妈妈走！"

方辉开始要耍混，拦在李伟玉和大门之间。陈辛吾站在一旁，出乎意料地竟然一言不发，而一直不敢出声的方平和方敏这时也围了上来，方敏拉着妈妈的手开始哭泣。李伟玉腾出一只手来抚摸着方敏的头，机械地低声说：

"不要不要，……"

一看情况不好，一个头头模样的人才打开公文包，抽出一张纸，陈辛吾接过来一看，是盖了军管会图章的一份保证书，内容是保证住厂期间李伟玉的人身安全。保证书是铅印的，李伟玉的名字是用钢笔添的。

陈辛吾把保证书给孩子们看，只有方辉还是不放心，但却又说不出道不出的，只能像撒赖似的还在坚持着不让李伟玉走，但是已经没了先前的气概了，被方蓉扯了一把，也就让开了，两眼直勾勾地看着母亲。

李伟玉临出门突然伸手摸着方辉的后脖颈子，抬起充满忧虑的目光看着儿子，说：

"答应我，儿子，听话，去……"话音断了，但方辉从母亲的口形读出了"参军"两个字。他本能地摇摇头，但立刻又点点头，然后放声大哭起来，一屁股坐在了地上。方蓉骂方辉：

"也太耸人听闻了吧，什么事都没有，让你搞得也像上了刑场！"

"别理我！妈妈，你不能走……"

方辉还在身后闹，陈辛吾什么都顾不得了，紧跟在一群人身后，出了大门。他本想追过去，总觉得李伟玉应该对他说点儿什么，但李伟玉一出了院门，就加快了脚步，匆匆地抢在了所有的人之前一下子就钻进了停在院子里的汽车，连一次都没有回望，一句话、一个字都没有留下。汽车扬起一阵轻尘转眼就不见了。

陈辛吾伫立在很快就散去了的烟尘中，感觉妻子像是一下子就从自己手中滑脱了一样，消失得无影无踪，留下刀割一样的失望、懊悔、还有不解，她急什么呢？怎么一出了院门就像仓皇而逃似的呢？陈辛吾从认识李伟玉以来，第一次觉得妻子那晶莹如透明的水晶一样的性格中竟然还有他无法深入、颇为费解的一面，这使他大大吃了一惊。茫然中刚一转身，劈面碰上了孩子们，吓了一跳，定下神来再看，周围有些偷窥的人装作什么也没看见地迅速地一扭脸。陈辛吾这才如醍醐灌顶般明白是什么东西在妻子身上作祟，原来是骄傲！陈辛吾恨自己怎么早没想到呢。因为受审查她觉得自己抬不起头，见不得人，挺不起腰杆，低人一等！天哪！多么可怕的错误！自己的错误，妻子的错误。如果他早知道问题出在这里，那他就会……

陈辛吾都没想清楚自己就会做什么，但他相信自己肯定会……

陈辛吾自己对挨斗已经不太当回事了，私下里还总结出了一整套挨斗的经验，学会了一面应付局面，一面尽可能地保全自己的方法。话，可多可少时，要少；表态，可左可右时，要模糊；挨斗弯腰，可高可低时，要时高时低，根据需要，切不可死顶，也不可太老实；罚站时，要尽可能地活动自己，当然得是偷着，最不易发现的是活动脚趾，看管不严时可以前后晃悠，提提脚跟。批斗时态度要时软时硬，让对方摸不透。硬，不能较劲；软，又不能一出溜到底。遇到人身攻击，人身侮辱，尽量以木然心态承受，事后绝不可再多思量。

然而，他能拿这些"经验"和妻子交流吗？她要尽力躲闪的不正是这些耻辱吗？可其它的，比如说爱，那还用得着再说吗？

冷静下来，陈辛吾才发现自己其实依然什么都不能说，什么也没法说。沉默，似乎是唯一能做的事情。尽管他很不甘心，也始终不愿意相信。

六十三

方辉虽然答应了母亲，但却根本没认真，待陈辛吾真的要送他走的时候，他才突然醒悟，杀猪般地叫着自己上当受骗了，狂骂厂里的造反派害他。方蓉蔑视地眯起眼睛，死活不明白方辉都想什么呢，说他：

"你怎么跟个疯狗似的乱咬，哪儿都不沾边，瞎骂什么？！"

方辉翻头就冲着方蓉开火了：

"你懂什么？数你大傻㞗，狗屁不懂。"

陈辛吾此时已不再与儿子纷争，只是叹着气，摇着头，催促方辉赶紧上车。方辉千般的不愿意，万般的无奈地被陈辛吾押解犯人似的送走了。

方蓉看着汽车出了大门，方辉的恶言相向，让她半天回不过神来。一脸的惊愕、困惑和不知所措，完全不知道自己做错了什么，说错了什么，不明白方辉为什么这么恨她。更要命的是，她都不知道方辉是不是真的有理，自己真的就是个天字第一号大傻瓜。难道她真的像爸爸妈妈说的，都二十岁了，还不懂事？

方蓉觉得活着活着，突然糊涂了，让一群比自己小好几岁的弟弟妹妹们训得跟训孙子似的。过去，她像标兵一样插在北大，让大家学；现在却像靶子一样树在家里，谁想打谁打。最要命的是，对此她非但生不起气来，反而常常感到心虚。

从文革开始，方蓉就常常因为拿不出像样的政治观点而苦恼。尽管她不仅参加各种辩论会，而且认真地看大字报，甚至抄写大字报，她也学习社论，学习毛选，但就是搞不清自己该持什么样的观点。因此，她从没参加过任何一个组织，也加入不到任何一个派别中去，连大字报都没写过一张。现在的潮流是"关心国家大事"，连一个没文化的人都会有自己的观点，哪怕像奶奶那样还有自己的要求，只有方蓉，脑子里一片空白。

她不敢对自己承认自己政治上的低能，不相信自己真的就那么笨，一个最高学府里的高材生，竟会不如一个没文化的人。或者说，她不能接受这个事实，她是真心实意地想要参加进运动中去的，想要站在某一派中。然而，事与愿违的是，在她看来，任何一派都似乎有理，任何一派又都似乎无理；此时此一派有理，彼时又彼一派有理；这件事情上这派有理，另一件事情上另一派有理；对能够坚定地持一种观点的人颇为敬佩，同时也颇为怀疑。就这样，她成了一个没有观点的人，始终没有观点。

政治观点就好像是一个标识，就好像是一顶帽子，没有这顶帽子，别人就无法识别你，无法给你归类，无法与人沟通。哪怕曾经有过观点，像方菲那样，也就有了归属。但方蓉没有，始终没有过。

文革都两年了，方蓉还是没有标识，但是没人能给她扣上一顶不关心国家大事的帽子，因为她确实很关心。

她刚回到学校，刘秀梅就拉她去看大字报，说是又出了一批新的，观点特尖锐，特有水平。方蓉二话没说放下书包就跟刘秀梅走了。

大字报集中地果然人山人海。老远就能看见揪中国的头号走资派的大横幅。刘少奇的名字不仅赫然打着红叉，而且冠上了五花八门的头衔。如雷贯耳的高音喇叭声嘶力竭地正读着一篇宣言。方蓉对广播的内容几乎听不太明白，知道就是造反、革命，但对广播员偶尔读错的字眼儿却十分敏感，就像沙子揉进眼里一样刺激着她，让她无法专心看大字报。她想要不听，却无奈那些带着口音的发音一个劲儿地往耳朵里钻。

刘秀梅在她身边一边看着大字报一边时不时地叫方蓉，"你看，你看。真够尖锐的。"周围人挤人，大都抻长了脖子，踮着脚儿，不错眼珠地看这新贴出来的大字报，也有人像方蓉一样在拿本子抄。忽然附近的大喇叭响起来，人群跟着骚动起来，紧接着呼啦啦都朝一个方向跑，周围马上"万人空巷"，跟被风刮过了似的。刘秀梅说，"不知道又是哪个走资派的飞行批斗会？"见方蓉没反应，急得说，"要不你先在这儿抄，我去看看就来。"方蓉点点头，连窝儿都不挪地仍旧抄她的大字报。

刘秀梅刚走，就有几个提着浆糊桶，夹着大字报的走了过来，就好像预谋似的，专门趁着开大会的机会出来的，或者干脆就是他们使的调虎离山计。刷浆糊的一马当先，挥着沾满了浆糊的笤帚苗，"让开，让开"地撵人。方蓉后退了一步，接着抄，但这些人却要用自己的大字报将方蓉正在抄的显然还是刚贴出不久的大字报覆盖住。方蓉脱口叫了起来：

"嘿嘿嘿，怎么这么快，这儿还没抄完呢。"

后面跟过来的夹着一卷大字报的人说：

"抄他们的观点干嘛？极左！抄我们的吧。"

"怎么见得你们的就是正确的？"

"当然……"

方蓉话音刚落，夹着大字报的男生已经和她面对面了。俩人一愣，几乎同时认出了对方，是袁大宝。原本并不熟悉但却有过"深交"的两个人现在突然面临选择，要么抓住机会重新认识，要么转过脸去，不让"深交"浅化。方蓉不知所措地愣着，袁大宝立刻放缓了口气，重复自己刚开了头的话：

"……我们当然有这个自信，而且……我们从不胡说。"

方蓉没有转过头去走开，而是接了话茬儿：

"就算是这样，你们也得让别人发表意见。"

说完这话，方蓉突然意识到一种可笑的重复，只不过这次争取发言权的不是袁大宝，而是别人，方蓉正替别人争取散播他们的观点的权利。方蓉确信袁大宝和自己一样意识到了这一点，并且应该自动地让开。然而，袁大宝站着没动，也没回话，让方蓉有了继续劝阻的可能：

"别人的大字报也有别人的道理，人人都有发言权。也许你觉得你是对的，他肯定也觉得他是对的，不论是对是错，'凡是存在的，都是合理的。'"方蓉说了一句流行的黑格尔语录，忽然怀疑自己有卖弄之嫌，脸红了，顿了一下，话不那么连利了，"总之……我还没……"

袁大宝从一认出了方蓉，脑子里就闪现出两个皆然不同的印象，第一个是清高、傲慢和难以驾驭的；第二个则貌似缺乏主见，但却自作主张地有意无意地帮助了自己。想不到像这样的女生还会毫无理由得像个小姑娘一样突然脸红！

袁大宝突然觉得也许机会来了，也许他们会更接近，也许……他转手把大字报交给了同伴，把注意力都集中到了方蓉身上，试试看能否再次让她听从自己。

他不和她辩论，因为那就等于以自己的矛来陷自己的盾，而是绕开了主题，转守为攻：

"但总有个是非吧。难道你赞成他们的观点吗？"同时用目光占住了方蓉的双眼、双耳、甚至双腿，使得方蓉不知不觉中随着他走到了一旁。就在这时候，其他人用大字报盖住了别人新贴的大字报。方蓉糊糊涂涂地被引领着，对袁大宝的话感到万分地诧异，问道：

"我，好像，……我只是抄抄而已，没说我就赞成。我记得你不是也挺……左的吗？"

"左，不见得就是不分青红皂白地打倒一切。有的可以打，有的应该批，但不是全部。'怀疑一切'之后还得去伪存真，还得肯定一些东西。还得有个终极的东西吧。再怎么着，也得以最高指示为准吧。"

方蓉原本就不善于辩论，涨红了脸。她不好意思问，到底是哪条最高指示，他们是赞成哪条最高指示的。是"把革命进行到底"呢？还是"军队是长城"呢？因为如果是同意前者就应该炮打军队高级干部，如果是后者，就应该保军队。就在她脑子混乱的时候，眼睛瞥向一旁的时候，却发现袁大宝的同伙已经把自己的大字报贴好了，而且正是贴在她刚才没看完的那张大字报上。

方蓉再转过脸的时候，袁大宝发现她一脸怒容，愤怒几乎使得她眼泪都要出来了。方蓉只要一愤怒，多半会气得说不出话来，或者只会重复几句简单的话：

"你们怎么这样？！你们怎么这样？你们……"

袁大宝假装吃惊地一回头，好像也刚才发现同伴的小手脚一样，跟着问道：

"这帮家伙！怎么这么小人！真没想到，太差劲了！"

方蓉疑惑地看着袁大宝，但袁大宝一脸的真诚，除了躲在玻璃片后的双眼闪着不确定的光芒之外，似乎他和方蓉一样气愤。

袁大宝看着方蓉，忽然说道：

"我觉得你是个非常有头脑、有思想的人。说真的，很不平常。如果你能和我们并肩战斗就好了。我们战斗队明天开会，如果你有时间，希望能来参加。"

从来没有任何人对方蓉说过她是个有头脑的人，系里几乎把她当成了白专典型，爸爸说她是"客观唯心主义"，妈妈说她是"没主意"，弟弟妹妹们只有问作业的时候才听她的。袁大宝的话让方蓉顿时把刚才的不快抛到了脑后，受宠若惊地睁大了眼睛，吃惊地问道：

"你怎么觉得……我怎么会让你觉得……"方蓉的脸又红了。

"我也说不上来，就是这样感觉。"袁大宝突然微笑了，笑容竟像孩子一样纯真，让方蓉大感意外，"有些人一天到晚不停地说，好像挺有思想，事实上，都是在重复别人说过的话，或者说些自相矛盾连自己都不甚寥寥的观点。而你不一样，你的观点好像不单表现在语言中。"

方蓉怔住了，还没有什么人能这样中肯地评价自己，别说最亲近的、最熟悉的、最亲密的人说不出这番话来，就连她自己都是第一次觉得也许这才是她不为人所知的真面目。她开始怯怯地不大自信地先从学校的运动谈起，又谈到各自系里的一些情况。

袁大宝听说方蓉是物理系的，便问，自己有个同乡叫张宓，她认识不认识。方蓉笑了，说那是自己同屋的。张宓就像是把钥匙，忽然打开了一道门，俩人故旧似的倍感亲切起来，话也就更多，原本不可能问到的事情，现在都变成了自然而然。

刘秀梅回来找方蓉，两个人聊得正来劲。方蓉一介绍，刘秀梅就笑了，说："久仰久仰。"

方蓉脸红了，扯了一把刘秀梅。袁大宝问："为什么？"

刘秀梅笑了，说："她不让我说。"

方蓉涨红了脸要打刘秀梅，三个人玩起了年轻人碰到一起的最常见的调情游戏，刘秀梅最后当然还是说出了方蓉钦佩袁大宝的文采的事情。袁大宝是第一次见刘秀梅，觉得她虽然长得不如方蓉打眼，但却很顺眼，更显得朴实、朴素。他笑眯眯地问刘秀梅：

"还有什么秘密？女生好像秘密特别多。"

刘秀梅不好意思了，小声说："男生坏心眼特别多。"

袁大宝哈哈笑了起来，分手的时候，刘秀梅答应第二天跟方蓉一块儿去参加袁大宝的会。

回宿舍的路上，刘秀梅惊叹地对方蓉说："他人长得真帅！"

方蓉吃惊地问："真的吗？"

刘秀梅不解地看着方蓉说："你真的不觉得吗？"

方蓉回答："只觉得还顺眼吧。"

"天那，要什么样的人你才会觉得帅呢？"

方蓉不吭声了，心里涌起一股似乎是骄傲，但却更像是自信的飞升感，如果有人这会儿对她说飞吧，她相信自己一定会就地飞起来。

过了几天，当袁大宝出现在方蓉宿舍时，受到的欢迎是空前的。

张宓以为他是专门来看老乡的，方蓉以为他是来看自己的，而刘秀梅则被两个最要好的朋友的热情和好奇心鼓动得格外兴奋，话也格外多。虽然不是在夸张宓就是抬举着方蓉，但却让袁大宝立刻也就明白了她是班里的唯一党员和团支部书记。她不直接说张宓学习好，而是对袁大宝说你们南方人聪明，脑子灵活。说方蓉家是当权派不直接说，而是说她虽然是高干子弟，却一点都没架子，和我们工农字地关系特亲密。但这显然吓了袁大宝一跳，吃惊地睁大了眼睛，转过头来问方蓉：

"是吗？没看出来！"

方蓉脸红了。

"我还一直以为你是高知子弟呢！"

"那你就拿我当高知子弟得了。"

"有你这样的高知吗？妈妈是大厂的党委书记……"

张宓插进来说。袁大宝倒吸了一口气，强作镇定地笑了笑说：

"你不会紧接着告诉我，你爸爸是部长吧。"

"不，他只是副部长。"方蓉老老实实地回答。袁大宝笑了，笑得有点儿干。方蓉被笑得有点儿发毛，喃喃地不知道再该说些什么好。

"可是方蓉一点架子都没有，真的，一点优越感都没有。"

"干部子弟还有什么优越可言？已经都成了狗崽子了。"方蓉神情黯然。袁大宝赶紧说：

"好了，这没什么，你是你，家庭是不能选择的，我并不相信什么'龙生龙，凤生凤，老鼠生儿打地洞'的谬论。我们家是贫下中农，可我并不觉得光荣，也没觉得就高人一等，农民生活太苦了，你都想象不出来有多么苦。"

"我知道。"方蓉低声说道，语气那么抱歉，仿佛自己也有错似的。

"不，你不知道！"袁大宝突然提高了嗓门儿，把所有的人都吓了一跳。但他马上又缓和下来了，讽刺地微微一笑，"你只是理论上知道。连张宓都不见得知道，她家在镇上，真正的农民确实苦极了。"

袁大宝咬紧了嘴唇，沉默了，两条眉毛拧成了一个结。刘秀梅生怕闹僵了，赶紧说：

"普通工人的生活也很穷的，我妈妈一个月只有三十多元的工资，也得精打细算呢。"

袁大宝和方蓉所熟悉的朋友同学是那么地不同，让她感到一种说不出来的震撼和感动，他的目光犀利得如同两道寒光，寒光直刺进方蓉的心里。她忽然觉得袁大宝像个什么人，是谁呢？是谁呢？对，是法国电影《红与黑》中扮演于连·索黑尔的男演员钱拉·菲利普！真的说不上来是什么地方，是他的脸型？还是他的目光？

袁大宝忽然意识到了自己的失态，一瞬间又舒展开了眉心：

"要不是文化革命，我们是不会站在一条战壕里的。"

方蓉张了张嘴，不知道该说什么好，要不是文化革命，妈妈怎么会……但这革命是毛主席他老人家亲自发动和领导的啊，不能因为家里受到了冲击就否定文化革命……于是，她点点头，不知道是在说服自己还是同意袁大宝。

在接下来关于各种观点的辩论和讨论中，袁大宝多半是和刘秀梅、张宓在讨论，方蓉坐在一旁只是默默地听着，专注地看着每一个说话的人，自己什么观点也没有了。袁大宝并不知道这才是方蓉的常态，越加口若悬河，出口成章了。

六十四

　　收到父母亲的信，孟树彬一般都是既感到亲切又多少有点不耐烦，但母亲最近的一封信却让他彻底晕掉了，而且一晕就是好几天，简直昏天黑地，不见天日了，因为其中有这样两句话：

　　"……最近去陈叔叔家了吗？见到方蓉了吗？李妈妈好像也知道你喜欢方蓉的事情了，她很高兴……"

　　什么意思？怎么回事？怎么办？

　　孟树彬这才明白李妈妈为什么非年非节的突然请他去玩，又回想起方蓉那天的举止，难道方蓉也知道什么了？什么呢？

　　孟树彬知道母亲对方蓉的格外关心，曾开妈妈的玩笑说，你真拿方蓉当女儿了。妈妈也半开玩笑地说，光是我想恐怕不行，如果你也想，那就有可能了。现在孟树彬恍然明白妈妈并不是在开玩笑！这让他心乱如麻。

　　孟树彬当然喜欢方蓉，不仅仅因为她亲近、可爱、漂亮，而且他心里一直就有她，从小到大，只是连他自己都不明白为什么欢喜之中还常常会夹杂着窘迫，老是好像走错了房间似的。这种感觉对他来说既新鲜、陌生又不太舒服。他一直希望能从方蓉那里得到答案，知道自己到底该怎么做。然而方蓉只是困窘地微笑着，局促不安地盯着自己看，满脸通红地沉默着，一句话也没有，一个明确的表示也没有，就像一朵含苞待放的花，用她的娇羞和沉默勾引着爱慕者，只要一碰，就含羞草一样快速地凋谢，让人困窘。

　　在接二连三地又接到妈妈几封信之后，孟树彬知道他必须找方蓉谈谈了。但他并没有想好谈什么，怎么谈，或者决定什么，他只是觉得必须有个了断，不管是对方蓉还是对曹丽娜。

　　孟树彬拨通了电话，但仅听见声音他都能感觉到方蓉得心慌意乱：

　　"有什么事快说吧，我马上就要去工厂。"

　　"去工厂？"

　　"看我妈妈，送点东西，她现在回不了家……"

　　"哦，那你先去吧，以后再说。"

　　"以后……以后别再打这个电话，我们，正在搬家。"

　　"搬哪儿？"

　　"就在楼下，不远，但是没电话了。"

　　谈话匆匆地结束了，孟树彬没有介意，想好了过些时候再联系。

　　方蓉站在一堆杂物中间，满脑子都被要去看妈妈这件事占住了，爸爸还在一旁等着跟她说话，孟树彬的电话只是使她又急又窘，只想赶快结束谈话，都来不及想想他到底有什么事，甚至爸爸连问都不问是谁来的电话也没有让她感到奇怪，一切都乱了套了。机关里勒令他们搬家，一大堆东西没处放。她抓瞎似的在母亲的衣箱里翻找衣物，听父亲站在一旁不时地叮嘱几句话。

　　陈辛吾递给方蓉一包冬瓜糖，说一定要亲手给妈妈，并且要说是爸爸特地让带的。方蓉问为什么。陈辛吾说你只需带去就行了。

　　陈辛吾又让方蓉带方敏一块儿去。方蓉又问为什么，说去工厂的路又远又难走，还有好长一段路没有车。见爸爸沉着脸不再解释，方蓉不敢多问，带着方敏走了。

　　这是厂里将近两个月以来第一次通知家属送东西。

　　从公共汽车上一下来，烈日当空下，走了好久，久到方敏死活不肯走了，才在旷野中看见了工厂矗立着的大烟囱。方敏高兴了没有十分钟，马上发现那烟囱竟海市蜃楼般可望而不可即，有的只是脚下艰辛的每一步，绝望的却是它永远都近在眼前的遥远。方敏哼哼着，一会儿是脚疼，一会儿是鞋里有沙，一会儿又是迷眼了，变着法子地想歇会儿。当他们终于到工厂时，方敏已经累得只干瞪着两只大眼睛，话都不说了。

　　方蓉印象中整齐美丽的柏油路、花池、修剪整齐的小柏树、干净的厂房、都被覆盖上了大字报。渣土、灰尘随处可见，整个厂区如同穿上了一件用破纸做成的褴褛的百衲衣，寒碜、破败、丑陋。

他们被领进一间空空荡荡的大房间，远远地放着两张桌子几把椅子。桌子后面坐着两个人，见两个女孩子进来，依然坐着纹丝不动，也不说话，只抬起眼睛好奇地盯着他们看。

方蓉心想，这怎么像是一间审讯室？那两个人一定是审人的。难道妈妈就是犯人？方蓉脑子里顿时乱了，觉得肺部似乎被压扁了，出不来气，挤压着心脏，挤压着胸腔，胀痛着。

方敏一进门就被吓得早已眼泪汪汪的。方蓉忍耐着，伸出一只手紧紧地握住妹妹，好像这样不仅能给方敏打气，而且还能压回自己喉头的那团火。走廊里传来的脚步声让方蓉紧张得手心出汗，心想不知道妈妈会是个多么可怕的样子，她甚至幻觉自己已经看见妈妈像江姐一样浑身是伤，破衣烂衫，手上脚上都戴着镣铐，脸上带着血迹。

门开了。李伟玉在两个女工一前一后地押解下进来了。

李伟玉干净、整洁、头发梳理得和从前一样齐楚，只是发根处略略显出一些隐隐的花白。那个可怕的想象消失了，方蓉喉头的火熄了。母亲完好无损地出现在眼前，使得方蓉和方敏意想不到地惊喜。她们几乎是高兴地叫了起来，"妈妈！妈妈！"尽管方敏眼里依然含着泪。

李伟玉一进门，目光迅速地从两个女儿身上掠过，先回头看看两个女工，又看看坐在远处的人，最后，才又把目光落在两个女儿身上。面对两个女儿的悲喜，她既没有笑也没有哭，而是戴了面具一般平静、安定，仿佛没认出自己的女儿一样面无表情，凝然不动地望着女儿。

方敏被看得毛了，以为妈妈不认识自己了，不停地叫了起来，"妈妈，妈妈！"声音里夹着惊恐和恳求，拖出了哭腔。

李伟玉点了点头，算是答应了。

方敏没见过妈妈如此沉静、木然，又伤心又害怕，眼泪再也收不住了，一涌而出，哭得泪人儿一般。

方蓉知道自己不应该哭，她已经不是孩子，而且她还有好多事情要说。但是母亲那极富控制的样子，那过于整洁的衣着，还有她从没见过的凝神屏息的表情都使她说不出来的伤心，但她咬着牙，不哭。直到李伟玉直勾勾地看着他们问，"孩子，干吗要哭？"她才发现泪水正顺着自己的面颊不停地淌下来，把衣服都沾湿了。

泪眼中，方蓉看见母亲的眼睛变得温柔了，又和平时一样了，但只是一瞬，温情消失了，一双睁得大大的眼睛专注在方蓉脸上，搜索般地凝视着方蓉。方蓉为自己的泪水难为情得要命，拼命要止住自己的泪。小声说：

"我们来给你……送东西来了。"

李伟玉低头看了一眼泣不成声的方敏，说：

"送东西一个人来就行了。"

方蓉点点头。李伟玉伸出手来拉着两个女儿的手握着。目光在两个人脸上轮流移动着，仍然是既无笑容也无悲哀，只有一双眼睛亮得灼人。方蓉疑惑、期待地看着妈妈，总觉得可能再过一秒钟，妈妈就会摘去脸上这副木然的面具，或者笑一笑，或者现出痛苦和悲哀。可李伟玉的始终保持着这种令人难以理解的陌生表情，让方蓉简直不知道该说些什么或做些什么了。还是李伟玉先问道：

"把我要的东西带来了吗？"

方蓉猛醒，赶紧递上书包。站在李伟玉身边的两个女工没等李伟玉伸手，一把接过书包拿到一边去一一翻检。李伟玉像没看见一样，仍然盯着女儿看，说道：

"我不在家，你要好好照顾弟弟妹妹。看看谁还缺什么衣服，方菲和……方辉……"提到方辉，方蓉心里紧了一下，想起爸爸的叮嘱，不要告诉妈妈方辉当兵只去了两个月，就在复审中被退了回来，但李伟玉问都没问，只接着说道"长个子了，能买就买，不能买就做，等我回去再办也行……"

李伟玉一一交代着方蓉要做的事，除了两只眼睛睁得大大的，干干的，亮亮的，口气平静的令人不安。就仿佛她身体里有一团烈焰，是这团烈焰的火光舔干了她眼里的泪光，将她的喜怒哀乐焚成了灰烬。而李伟玉越是这样，方蓉就越感到凄然、仓皇，不知道妈妈是受到了什么样的折磨，迫于什么样的压力才仿佛变了一个人一样，让人认不出来，不敢亲近。想到这儿，方蓉完全失去了自控，和妹妹一道不能克制地泣不成声。

"为什么？为什么要哭？别哭，好孩子。为什么哭？"

李伟玉声音中透着真正的迷惑。方蓉摇摇头，死命咬住自己的嘴唇，说，"我不哭。"同时想起来自己不单是为了来看看妈妈，而且有好多话要告诉她，要宽慰她，于是忍住了抽泣，说：

"妈妈，现在'走资派'已经不是一小撮而是一大把，组织部长是叛徒，一机部部长是'死不改悔'，好多厂长党委书记都靠边儿站了，咱们院儿里也有好多干部都戴了帽子，好多人都是扣发了工资，按生活费发，……"方蓉罗列着她所知道的消息，任凭咸咸的泪水流进一开一合的嘴里，她没有说出心里的潜台词，就是："大家都和你一样，这不是你一个人的遭遇。"

李伟玉听着，大睁着眼睛，凝视着方蓉，既不问，也不首肯。方蓉以为妈妈一定会明白她的意思。却丝毫没想到李伟玉有她自己的逻辑。

组织部长确曾写过悔过书，不管是按谁的指示写的；市委书记确实被毛主席称为"针插不进"，不管是什么原因；而睡在身边的赫鲁晓夫也的确是有所指的，当然不会是空穴来风。她被划入他们一边也并不为错，因为从组织关系来讲，她就是他们的下级，唯一的不同是，她是受蒙蔽的，是客观条件使然，是不知不觉地把屁股坐到了错误路线一边。她辛辛苦苦拼命干了十几年，结果是低头拉车不看路，一头闯入了"一小撮"。现在说什么都晚了，她不能原谅自己的盲目，也不能心安理得地开脱自己，更不甘心与一小撮为伍。方蓉的话只能使她产生更深的自责，和更痛心的忏悔，还有无法言喻的负疚和隐隐的委屈。

因为有别人在场，她们没法将自己的潜台词说出来，但即使能够说出来，方蓉也未见得能够理解妈妈。而李伟玉也不一定就能向女儿和盘托出自己的想法。她们站得很近，但思想却遥远得像在两个国度；说着同样的话，却互相没能听懂。李伟玉痴痴地看着自己最亲爱的女儿像陌生人一样用无关痛痒的态度说些令她痛心的话。

当然，她只要能看见他们，看见他们完好无损地站在自己面前，她也能得到暂时的安慰。她只想知道更多孩子们的事：

"其他孩子都还好吗？"她打断了方蓉的新闻汇总。

方蓉一愣，觉出了妈妈离自己是那么遥远，但马上转过弯儿来，回答：

"都好，"因为问得突然，方蓉有点儿措手不及，吭哧了一下，又说，"都挺好的，……方平前些时摔了一下……"话没说完，李伟玉担心地插进来问：

"要紧吗？"方蓉甚至微笑了，因为就在这一刻，她又认出了那个她所熟悉的为每个孩子操心的妈妈，"缝了两针，已经没事了。"

"在哪儿？"

"胳膊上。"

方敏突然插了一句："方辉哥哥回来以后老喝酒，方平哥哥是跟他一块儿弄伤的。"

"从哪儿回来？"

"部队。"

李伟玉将目光移到方蓉脸上，问：

"怎么回事？"

对话发生得太快，方蓉还没来得及掩饰，就露馅了。她一脸惊慌，打马虎眼说：

"她瞎说呢，没有的事。"李伟玉看着方蓉不再问话，好像明白了什么，有点儿木木的表情又出现在脸上。生怕妈妈又变得陌生，方蓉情急之中，一个太自然，却又太不该问的问题脱口而出：

"你好吗？妈妈？"

李伟玉的表情倏得变了，迅速地看了一眼桌子后面的那两个人，僵硬、呆滞，面具一样的表情完全盖在了她的脸上。她一字一句地清楚地说：

"我有罪！我对党和人民犯了罪。我得好好反省自己，检讨自己的罪行。回去告诉弟弟妹妹们，不要受妈妈的影响，要跟着毛主席的正确路线走。"方蓉的眼泪一下子涌了上来，李伟玉接着说，"不要哭，为什么又哭了呢？"

方蓉恨不得扑过去抱住妈妈放声大哭，唤回那个有血有肉有苦有乐的熟悉的妈妈。她想冲妈妈叫：

"你别这样，别这样，妈妈！"但却僵立着不能动弹，除了因为周围那几个旁观者禁制着她的行动，更主要的原因还是妈妈那副拒人于千里之外的冰冷、木然的表情。它那么陌生，那么令人心痛，同时也令人不知所措。这时她突然想起了爸爸的嘱托，流着泪说：

"你还需要什么东西？爸爸还让我给你带了些冬瓜糖。"以为这句话会产生"芝麻开门"的奇效，不料李伟玉却不以为意地问：

"还带这些干什么？"令方蓉意外而且失望，完全忘了父亲要她特别强调说是他让带的。李伟玉又说，"爸爸工作忙，家务事你要多做些，让方菲帮着你。"

"爸爸已经不太上班了……"方敏插嘴说，吓得方蓉赶紧押了她一把：

"别瞎说，爸爸是挺忙的，……你放心，搬家的时候……"

方蓉缩住了话头儿，恨自己也说漏了嘴，吓得赶紧顾左右而言其他。爸爸虽然没嘱咐方蓉别说机关要他们搬家的事，但方蓉明白，这些事还是最好少说。但她从妈妈突然又恢复了注意的目光中断定，她已经听明白了。而且听明白的似乎不只是李伟玉一个人，在场的其他人似乎也明白点儿了什么，都支起了耳朵。

"……你放心吧，我会好好照顾弟弟妹妹的，……"方蓉又说。

就在这时候，坐在桌子后面的人宣布说：

"好了，如果没什么其他的，今天就到此为止吧。"一听这话，方敏放声大哭起来，抽得瘦弱的身体剧烈低抖动着。

"不要哭，好孩子，哭什么呢？为什么要哭？"李伟玉好像真的不明白女儿为什么要哭一样，只是眼睛睁得更大，目光更明亮、更专注，看着方蓉，仿佛在挽留两个女儿。

方蓉死死地攥住妈妈的手，迎着妈妈既亲切又拒人于千里之外的目光。那个她不理解，不熟悉，不像是真的妈妈把她的五脏六腑都掏了出来，哽咽得几乎不能呼吸，连一句话也说不出来。

其实李伟玉只是看着女儿，没说一个字，一句话，没做一个动作，每给女儿留下任何一丝哭泣的借口，可就是招得两个女儿止不住得痛哭，自己却一滴泪都没有，显得惊人的冷静沉着。她定睛看着女儿，然后断然扭过头去，夹在两个押送她的女工之间离去了。方蓉和妹妹急忙追了出去，向着母亲的背影哭叫起来：

"妈妈！妈妈再见！"

可李伟玉没有回过头来，也没有回答女儿，就像急着去开会似的，匆匆离去。方蓉和方敏站在原地，目送着妈妈消失在了走廊拐弯处。李伟玉自始至终都没有回过头来。

六十五

她还是那么美丽，那么朴素，那么目空一切的傲慢，一种学也学不来的骨子里透着的高人一等的自信。好像她不必用穿着、语言和表情来向任何人证明自己的高贵，她只需自己知道她就是高贵的就足矣了。

仅凭这一点，齐万强就恨得咬牙根。这是他第二次见到方蓉，他并不知道她叫什么，只知道她是李书记的大女儿。上一次是在李书记的家里，她把齐万强他们领进客厅，那个大的令人瞠目的客厅，跟厂里的办公室一样大，给他们倒了两杯白开水，客客气气的，目光从他们的脸上划过，但并没有看见他们，好像他们不是有名有姓的人，而是什么无关紧要的物件一样。

今天，她是来"探监"的，可依然一副自以为了不起目空一切的样子，一进门，就像是来视察一样眯着眼睛打量着周围。她的样子激怒了齐万强，他恨恨地想，我看你能硬到什么时候。

当然，方蓉并不硬，应该说一点儿都不硬，远不像她的母亲。但奇怪的是，齐万强自己也不够硬。看见她哭了，齐万强原以为自己会感到惬意，会有满足感，没想到他竟然跟着一股一股的鼻酸往上顶。他拼命压制住自己的软弱，拼命让自己回想起方蓉的傲慢，告诉自己一定要顶住。

会面终于结束了，已经只剩他自己时，他仍然心潮澎湃得半天不能平静。有那么一瞬间，他甚至开始怀疑自己是否真的那么恨李书记，不明白自己为什么要那么起劲儿地反对她。他总觉得自己和李富贵他们不一样，他们都有私心。

然而怀疑只是短暂的一瞬，当他出了门，看见走廊里院子里到处贴着的大标语，他顿时清醒了。李伟玉是走资派！十几年来一直在走，不打倒她这个厂内头号走资派，中国的资本主义就会复辟！他吓出了一身冷汗，极力忘掉刚才那动摇他的革命意志的一幕。

他知道自己的弱点，就是太容易动感情。他怕女人的眼泪，但对撒泼打滚的眼泪并不怕，怕就怕那种默默地流泪，他已经栽了一回，栽在了刘淑珍手里。他已经付出过代价了，决不能重蹈覆辙。他开始为自己的一时软弱感到羞耻，咬牙切齿地批判自己，恨不得扇自己小耳光，要自己变得更加坚强些。

中午在饭厅里，他莫明其妙地放大了嗓门说话，更热情地和人打招呼，显得十分轻松。

下午，当他路过会议室，探头看见毛主席像前跪着一个人，从背影看，他敢肯定又是李伟玉，一定是她又在向毛主席请罪。

开始，向毛主席请罪是专案组定的规矩，所有的走资派都要在毛主席像前揭发检讨自己的罪行，一天两次。一次是在早晨全体干部群众的集体早请示之后，一次是集体晚汇报之后，时间不等，视表现和情况而定。这种请罪制度在齐万强看来接近一种惩罚，没人会愿意多在这儿罚站或罚跪。而李伟玉偏偏就是一个例外。除了规定性的请罪之外，她常常一个人待到很晚，手捧一本小红书，嘴里念念有词。

本来齐万强不想进去，但连他自己都不明白是怎么回事却推开了门。李伟玉像没听见一样，继续一动不动地跪着，眼皮下垂，脸色平静的像是在沉睡。齐万强想要走开，但忽然觉得自己不能就这样一言不发地走开显得太软弱，硬着头皮开腔了：

"晚上要开小范围的帮教会，你知道吗？"

李伟玉点点头，眼睛没离开小红书。

"你要更虚心些，思想上不能有抵触情绪，这也是为了搞清楚你的问题，……"齐万强把一大篇套话说了有几分钟，见李伟玉低垂着眼睛不答腔，声音提高了一点，"你上次的检查，群众不能通过，就是因为你不敢深挖自己的思想根源，从阶级本性来揭批自己的问题，出生在大地主家庭，身上就带有阶级烙印……"齐万强原先当劳模练就的口才越发得到了提高，因为自己也意识到了这点，越说越顺嘴了，这样训人，特别是李书记这样的人，给了他一种极大的满足感，不仅如此，他还发现训人是世界上最容易做的事情，没什么了不起的。真没想到李伟玉也有接受自己"教育"的一天，就像自己当年一样。"你的问题要提高到思想路线、组织路线上来看，……"

然而，不管他说的多么头头是道，李伟玉始终只面对着毛主席像，低头不语。尽管他始终并没有提问，也没有要她回答什么问题，但被教育者的长时间的固执的沉默就意味着不服管教，齐万强自己也意识到了：

"你不要看不起群众，总觉得自己是英雄，群众是阿斗。毛主席说'群众才是真正的英雄'，现在你就要摆正自己与群众的关系，……"

回答他的依然是沉默和漠视。

"李伟玉！你必须向毛主席请罪！大声背诵毛主席语录！"

李伟玉开始机械地背诵起《为人民服务》，依然不抬眼。李伟玉的毫无表情和木然服从让齐万强分明感觉到自己的渺小，连他自己都不知道想要什么，只觉得怒火一劲儿往上拱：

"向毛主席弯腰请罪！继续背诵！"

李伟玉艰难地站起来，弯下腰，脸渐渐涨红了，仍然一眼都不看齐万强。

齐万强知道李伟玉支持不了多久，但一种突如其来的残酷的恶意的快感使得他双手发抖，他一定要战胜这个"顽固不化的走资派"，不能让她无视自己的存在，绝不允许她这样公然蔑视和对抗革命群众，而且，她有那么一个傲慢的女儿。她们都看不起自己，不行，他一定要迫使她屈服！但李伟玉好像明白齐万强想要什么一样，偏偏就是不看他。她弯着腰，喘着粗气，一句接不上一句，两条腿很快就筛糠一样抖动起来，豆大的汗珠顺着面颊往下流。但她咬牙坚持着，偶尔用手扶扶腿，眼看就要摔倒在地，但又挺住了。

齐万强又气又怕，自己的双腿也跟着止不住地颤抖起来，不知道该怎么办好。正在这个时候，下班铃响了，齐万强瘫坐在椅子上，松了口气，说，"请罪暂停，下班了。"好像受到体罚的不是李伟玉，而是他自己。

李伟玉此时已经直不起要来了，她勉强挪动着身子，靠在最近的一把椅子上大口大口地喘气，把披散的头发向后拢去，自始至终没看齐万强一眼，没说一个字，甚至没抬一下头。她艰难地向门口挪动着脚步，头也不回地开门走了。

一种难以言喻的混杂着各种不是滋味儿的感情在齐万强心中剧烈翻腾，他想赶快逃离这空荡荡的大会议室，但知道李伟玉不可能那么快就走掉，便不敢马上就出门。坐在椅子上，心中依然感到震撼，并且仍然感到自己的软弱，还有渺小。

会议室的门自始至终都没关严，只是虚掩着。齐万强没有注意到，门外有人看见了这一幕。

第二天中午，齐万强上食堂吃饭时，李富贵端着碗坐在了他的桌前，聊天似的随随便便说：

"这回领教了'顽固不化'的意思了吧？"

齐万强一怔，不明白李富贵阴阳怪气的问话。

"别以为我没看见，昨天晚上……"

齐万强马上不服气地回答说：

"那是没下定决心，排除万难去争取胜利。"

"好样的！有种。"李富贵拍拍齐万强的肩膀说，"我还从没见过她这么难啃的骨头，真是茅坑里的石头，又臭又硬。那回秦有德问那个头号走资派，你怎么不摸电门死呀，你猜她说什么，'你才摸电门死呢，我还有五个孩子呢。'你瞧王凯，只不过是个资产阶级学术权威就又想逃跑，又想攒安眠药自杀。这老太太可倒好，连挨斗都不低头！什么时候迟早得让她服输。"

"那就瞧你的了。"

"别呀，还是咱们抱团才成啊。"

齐万强因为被李富贵整过一次，要不是军管会来了，差点儿就被清除出革委会了，见他那么咬牙切齿地，到存了戒心。但他不敢得罪李富贵，知道他是个睚眦必报的人，加之现在军管会掌权，这帮"老转"很是得势，万一得罪了，没他好果子吃。所以没敢接话茬儿。李富贵等了一会儿，见齐万强还是不说话，站了起来，拍了他一下，皮笑肉不笑地说：

"我还以为你比以前有进步了，得，算我瞎了眼，就算我什么也没说，你别往心里去。"

齐万强心里一沉，有些害怕了，但转念一想，他能把我怎么着？不管怎样，还是不能和李富贵拉得太近。这时候，他看见李富贵又和栓福子坐在了一张桌子上，边吃边聊。齐万强看见栓福子瞪着两只牛眼，专注而佩服地看着李富贵。李富贵说一句，栓福子就点一点头，最后，竟然忘了往嘴里扒饭，吃惊得嘴都张大了。齐万强不知道他们在说什么，但心里突然有了一种不祥的预感，他知道，李富贵从来没有说说而已的话。

六十六

活着，曾经是件乐事，连同所有的烦恼、焦虑、担忧、操劳都是乐事。只要是过去了的，不论多么艰难，都化成了一阵风，一片云，一抹晚霞，一场雨，混沌成一段五光十色的记忆，清晰地留在心里。

但是，现在他们全都改变了，只在一瞬间，只是跨过了一道线，就一切都改变了。事情就仿佛是一只放在桌沿儿上的玻璃杯，只需被什么力量轻轻一碰，掉在地上，就摔得粉碎，一切都不复存在。而且，只是在一刹那间，只需很小的一个力。

跨过这道线，对李伟玉来说是无比的艰难、痛苦，而且不可思议，都已经熬过来了，她仍然不敢相信，她已经站在了生活的另一边。就像是一个跨过悬崖的人，站在此岸的时候，面临万丈深渊，绝不相信自己可以一跃而过；但当她已经站在彼岸，再回过头来，那种惊悚、后怕、恐惧，还有吃惊、难以置信才统统涌上心头。

经过几个月的封闭式学习，批斗，反省，审查，李伟玉已经在她的最后结论"走资本主义道路的当权派"上签了字，等于承认了自己就是一个"走资本主义道路的当权派"。现在，她已经恢复了行动自由，监护她的女工也已经撤掉，只需再参加一周的劳动就可回家住了。

劳动是跟一群清洁工一起，打扫厕所，楼道，院子。清洁工大部分是家属工，劳动本身的脏累对李伟玉来说已经不值一提，家属工随时发泄在她头上的邪火，甚至也能熬过去，最难以面对的还是她恢复了"正常"的生活。

压力在一夜之间消失了，没有了各式各样的日日夜夜的轮番批斗，书面的口头的大会小会的检查，分分秒秒寸步不离的监视监督，自觉的、被迫的、直接的、变相的体罚。别人教育她惩罚她，她自己也狠狠地批判自己对照自己，在灵魂深处闹革命。用别人的理论别人的逻辑说服自己承认别人加在她头上的罪名，以此希望得到革命群众的谅解。她以为自己的清白和真诚会打动别人，但在宣布最后结论的时候，她明白了，她的一切努力都是枉然的、徒劳的，她的罪并没有因为认罪态度好而丝毫有所减轻，倒是做到了"心服口服"，而且还"笔服"。

突然减压不但打破了她的精神平衡，还破坏了她的生理机能，她像一个患深水病的病人一样，由于突然从深海中浮出了水面，而晕眩过去。而逐渐清醒的过程就是从麻木逐渐感知痛苦的过程。她逐渐逐渐地往回细想，仿佛对所发生的事情并不真正知情似的。

"我是个走资派，难道我真的是个走资派？"她好像刚刚明白过味儿来似的，继续深想这件事的意义，"也就是说我承认了我所犯的错误已经不是人民内部问题，而是敌我矛盾！我对党和人民犯了滔天大罪，而且是罪大恶极？"她又开始有点儿犯晕，觉得这不像是真的，有点儿滑稽。辛辛苦苦，丢家弃子，闹了半天竟是个反革命？！可是她已经白纸黑字地承认了自己就是反革命。她糊涂了，不明白这是怎么回事。不明白自己怎么这么糊涂，竟然承认了这么大的罪行。

李伟玉清楚地知道，这一次和以往任何时候都不同，文化革命已经快三年了，已经不是最初发动群众阶段了，而是在军管会的领导下，有组织有领导地对当权派们一一定性，这样的结论是轻易不能推翻的。

悔恨和不服夜夜、时时、一刻不停地啃噬着她的心。但悔的是什么？是不该签字吗？是不该承认吗？那岂不是又和群众对着干了？恨，又能恨谁？手长在自己身上，嘴也受自己的大脑支配，她可以不做昧良心的事。但她是昧着良心了吗？如果重来一次，她还会桩桩件件照样认头的，因为用现在的革命逻辑来分析过去的正常工作，不承认有罪是不可能的。恨革命群众吗？不，她相信他们。结果还是自己错了。

白天还有外界的事情要应付，一到夜里，连安眠药都出现了质量问题，吃多少都不管用。她整夜地不能入眠，不论是往前想还是往后想，无论如何都理不出个头绪。绝对的孤独将她这种无谓的思索圈成了一个圆，她的思维则像是这个圆形跑马场中飞奔得马。马之所以飞奔，其实并不是为了比赛，夺冠，那是人的目的。马的飞奔是为了寻找出路，它以为这样拼命向前飞跑就一定能找到出口，殊不知，路已经被修它的人封死了，只要它跳不出这个圆形跑道，就只有跑死在这条路上。而跑得越快，也死得越快。李伟玉想要停下来，想要不去想，都不可能了，因为她已经上了道。

如果这时候她能够回家，也许陈辛吾能拉她一把，将她拽出跑道；也许一大堆家庭琐事，孩子们的东拉西扯，也能迫使她放慢飞奔的速度。然而，她面前是贴满了革命招贴画、语录、口号的墙壁。她像麻风病人一样被孤立着，连造反派、军管人员都不再来训斥她、"帮助"她了。只有那一群家属工，用最愚蠢、最朴实、然而又是最残忍的方式整整折磨她一白天。这无异于一条条钢鞭在抽打她，逼着她舍命狂奔。

李伟玉并不恨他们每一个人，但却抹不去他们加在她身上的人身侮辱所造成的伤害。他们任意地在她的洁身自好，自尊和骄傲上践踏，以泄一己之私愤。李伟玉竭力不去多想，只想抹去这些残忍的记忆。她拼命地擦，把自己擦出血来了，仍然不能擦干净那些污迹。痛苦到极点时，她便用手痉挛地揪住自己一头本来还是花白现在却已经全白了的浓密的头发，仿佛那些头发就是她要拔除的痛苦似的。头发一团一团地被拉断了，连根拔了下来，可痛苦还是没有消除。因为那痛苦已经深入到她的脑仁子里了，只有用石头敲碎脑壳，连通脑浆一起才能将它们连根抠出来。

她从来都没想到过自己的生活竟会是这样的。

李伟玉像 37、38 年参加革命的许多青年女学生一样，和《青春之歌》里的林道静有着大同小异的生活经历、感情世界、并终于走上革命的道路。

父亲在他的生活中并没有太大的影响，李伟玉三岁上他就一病不起，拖了不到两年便亡故了。是母亲一手把她拉扯大的。在那个已经走向败落的大家庭里，母亲虽然只是个填房，大字识不了一箩，但是为人刚强、泼辣、吃苦耐劳。在丈夫生病期间小心侍候，使出女人的全部本领，尽其所能地从丈夫那里狠抓了一些财产。丈夫死了，她便像一头母狮一样凶猛地维护着自己和爱女的利益。不许任何人碰女儿一个小手指头，把一个没文化的泼辣的劳动妇女所懂得的全部溺爱都倾注在了李伟玉身上。母亲这个"白毛女"不仅没被逼上山，反而把"黄世仁"的后代们收拾得服服帖帖，用地主家的财产娇惯着自己的女儿。

结果，李伟玉像个真正的大小姐一样应有尽有，花钱大手大脚，有点儿骄纵、还有点儿孤芳自赏，但也像母亲一样正直豪爽、泼辣、敢做敢当。"庶出"的身份使得她对旧社会痛恨无比，这也促使她在北京念预科的时候投奔了革命。

参加革命之后，学生出身的她仍是一帆风顺。历史清白的一个污点都找不着，历次运动不是在前线，就是在生孩子，连犯错误的机会都没有。看见别的同志朋友犯了错误，一方面会为他们感到惋惜、同情，另一方面也怪他们不够谦虚谨慎，政治立场不够稳定，或许还有机会不好。但她从来都没想到过这种事情会落到自己头上，她就像是一个忙于在列车上工作的人，看见有同伴们被甩了下去，只是叹口气，从窗口依依不舍地回望他们一眼，手底下还得不停地干着，根本分不出神来多想，更想不到自己也会像他们一样。可现在，她也遭此厄运，一个跟头摔得她头破血流，爬起来，这才放眼四望，这是什么地方？我怎么到了这儿？我都干了什么？这是为什么？

她两手空空，茫茫然然，不知所措。

她从来没想到错误竟是这样犯的，更不能想象错误必须用这样的代价来改正。

李伟玉是个很少反省的人，活着，就像一团烈火，只顾燃烧，从不回顾身后的灰烬；又像一阵风，一路吹去，毫不在乎身后是废墟还是花园。现在一切都突然停止了，没有工作，没有批斗，没有家庭，只有她一个人，孤零零地如同身置荒漠，她只能反省，只能回过头来看自己所走过的生活道路。

工作已经有人给她下了结论，她已经不能评价了。

　　她还有家，是妻子和母亲。是啊，她有一个完美的、关系单纯的家。她爱他们，而他们也需要她。可是，孩子们没有她照样可以活得很好，她一周只回家一次，他们不是照样好好的吗？她虽然生了他们，给了他们生存的物质条件，而这些条件没有她也未尝不可，他们还有父亲。细细想来，她的存在只意味着一些可有可无的照顾，买买衣服，管管家，交交费，甚至开家长会、带孩子看病这一类本来是她应该做的事都由方蓉代劳了。自己充其量也就是他们的生活中一个愉快的周末，没有周末，生活一样可以继续。

　　同样，他们对她，对她的工作，这件几乎占据了她绝大部分的精力和时间的事情也丝毫不了解。更不能想象她现在所受的罪过，这些和他们没有任何关系，不论她平时有多么疼爱他们，此时此刻却谁也替不了她。他们和她是隔绝的，中间何止隔着崇山峻岭，简直就是阴阳两界。

　　同样，她也丝毫不了解他们的想法。她不知道他们到底会怎样对待这件事。现在，她已经不是党委书记，已经从一个有能力的女干部，那个她一直引以为自豪的形象中跌落下来，成了让孩子们背黑锅的"走资派"了。他们是否还能接受她这个"走资派"妈妈。她能要求他们的原谅吗？她现在是个罪人，不仅是党和国家的罪人，更是孩子们的罪人，是她毁坏了孩子们的前途。方蓉和方敏虽然没有明说，但她已经听出来了，方辉可能已经去了部队，但现在又被退了回来。能够拯救他的唯一出路被堵住了，这孩子完了。是她这个做母亲的亲手堵住了这条出路。

　　而别的孩子也不可能有更好的前途，她曾多么希望方蓉能到国家级保密机构中去搞科研哪，她是个有天赋的孩子，现在也绝无可能了。孩子们能原谅她吗？她想起隔壁的张川柏家的事情，心中一阵发凉。我的孩子会做出那样的事情吗？方平那腼腆的笑容出现在眼前，方敏惊恐万状的眼睛里含着泪，不，她的孩子不会做的那样绝情。

　　但即使他们能原谅她，能够不当回事，眼看着她那么心爱的孩子们一个个都因为自己而被断送了前程，她也会因为心痛而死的。她自己这一辈子已经这样了，可孩子们没有罪，他们也要为自己的罪责而背一辈子黑锅，这又使她本来已经难以承载的负罪感更加沉重了，如同一个大磨盘一样重压着她，不停地磨碾着她，她问自己，我这是都干了些什么？！怎么就落到了今天？问题又一次回到了起点，一个没有终点的起点。

奇怪的是在她混乱芜杂的头脑中唯一不让她挂心的人是丈夫。她并不是不爱他，爱，非常地爱。然而这一生中伤她最狠的也是她最爱的这个人。

在她少女的梦中，爱情应该是瑰丽、浪漫、幸福的一件事，但是，陈辛吾却让她却经历了那么多的辛酸和痛苦。年轻的时候，她的爱与恨都还难以割舍，而且她生活得过于匆匆，简直来不及品味，来不及细想。现在，生活突然停顿了，她猛地回头一看，才发现，一切都已经无可挽回地完结了，作为一个女人，她的青春年华，她的活泼泼的生命已经走到了尾声，生活中最美好的部分已经成为往事，她再也没有机会获得她所向往的那种爱情生活了，正所谓人到中年万事休，年轻时所不能舍弃的那份情和爱，现在看来多么盲目。自己含辛茹苦、委曲求全所不能离弃的只是一个平凡男人的平庸爱情。多么不值得。这爱情即不值得骄傲，也并不高尚，更谈不上她所憧憬的崇高、坚贞、生死不渝。充其量只能算是牢固、比较和谐、连专一都没有。她现在也不必再自欺欺人地说自己曾有过比别人更崇高、更值得骄傲自豪的爱情。原来她那样想有多盲目。

她开始用另一种眼光，另一个尺度来重新衡量人生。现在她终于明白了陈辛吾为什么常劝她不要求全责备，因为这世界是不容忍完美，不可能完美，也不应该完美的。如果凡夫俗子都完美了，上帝将被置于何地？李伟玉想起了教会学校教给她的那套曾经很不入耳的理论，嘲笑自己竟那么狂妄地追求过完美，现在得到的却是彻底的破灭。

她不无心酸地想到陈辛吾也会笑自己，又会说她是多么愚不可及。她过去这样想，是带着被宠爱的柔情蜜意，可今天，她一反往常地突然想到丈夫的嘲讽可能并不完全是出于爱，也许就是他的真心。他一直都是不赞成自己的，不赞成她的生活态度，她对工作的选择，她的处事方式，包括她的志向。只不过他用表面的妥协掩盖了内心的并不赞成，李伟玉过去幸福地把这当做男人爱女人的一种方式，今天，却一反往常地突然觉得这样做是不是有些虚伪？这个念头刚一冒出来，自己先吓了一跳，虚伪？这个她一生中最厌恶的品质能和丈夫联系到一起吗？这简直太不可思议了，怎么会？！然而，这个念头一旦出现，就不那么容易甩脱了。几十年，十几年前的往事在李伟玉心里又逐一出现，生活中一直视而不见的点点滴滴也逐一地在脑子里过滤，此时，所有的事实都指向了同一个结论，一个她无法否认的却又让她万分痛心的结论，陈辛吾并不是她真正欣赏、需要、崇拜的一种人。她不明白她是怎样阴差阳错地就能和他相爱了这么多年，而且容忍至今，她糊涂了。

然而有一点她是想明白了，男人眼里的女人从来都没有唯一，有的倒是无奈和适应。陈辛吾更不是一个非她不可的男人，他们只不过是凑巧走到一起来了，只不过是凑巧成了夫妻，只不过是凑巧还算能过到一起罢了。但是这离她所向往的生活相差何止十万八千里。

否定，是从政治、工作、思想开始的，那是被迫的，然而一旦否定的思维定势在脑子里成形，便扩展到了生活中的方方面面。如果现在问李伟玉这一辈子什么事情她做对了，她会回答，没有一件事是对的，全都错了。她不该参加革命，不该当党委书记，不该嫁给陈辛吾，更不该生那么多孩子。所有的一切都不该发生。

过一会儿还得去劳动，可李伟玉感觉很不好，头发晕，心口发堵，身上一阵一阵地冒汗，耳朵里像是有一千只蝉在鸣叫，脚下像踩着棉花团。她想一定是血压又上来了。她吃了一粒降压药，想再睡一会儿，但拿起枕边的手表一看，时间已经不多了。她挣扎着站起身，站在镜子前，拢拢头发，整整衣服，让自己尽可能地显得干净整齐，尽管她知道，这维持不了多久。

六十七

当她手里拿着一块蘸布、一张废报纸在别人的帮助下蹬上一把椅子，推开楼道里的窗户时，一阵风猛地迎面扑向她，噎得她差点儿喘不过气来，一阵晕眩几乎使她失去平衡，她下意识地一把紧抓住窗框，大口大口地喘气。她模模糊糊地听见有人厉声问道：

"你行吗？不行还是跟家属工去扫厕所吧。"

不，她宁可在这里。她勉强睁开眼睛，挣扎着说：

"行，……一会儿，我适应一下……"

她从来没有这么悬空地站在天地之间，顶上是苍黄的天空，远处是一望无际的田野，脚下那么轻飘地踩着一把椅子，人随时都会从这里飞出去，飞向她亲眼看着一砖一木建造起来的再熟悉不过的厂区。她紧紧地抓住冰冷的窗框，紧得手指都发白了，心脏擂鼓一般咚咚地跳个不停。她宁可紧张得双腿发抖地站在这里，也不愿回到那些分分钟钟都在想主意折磨她的女人堆里去。

想到她们，她舒了一口气，腿也不那么抖了，虽然还不很自信，但却可以开始干活儿了。

走廊里时不时地有人走过，偶尔还有人告诉她哪儿擦得不太干净。干活儿的时候是她心里最平静的时候，她只需注意哪儿还没擦干净就行了。上午一晃就快到吃饭时间了。当她正在犹豫着是不是要请人帮自己从椅子上下来，其他人就已经手脚麻利地一下子都走掉了。李伟玉这时候才感觉到身体极度地不适，头晕、恶心，而且两腿发软。没有别人的帮助，她觉得自己都下不来，有点儿慌神儿了。可自尊心又不允许她露出自己尴尬的处境，便无可奈何地继续站在椅子上装做还在擦玻璃。

空寂寂的走廊忽然有人过来，她决心等他走近了再请他帮忙。

然而，还没等她回过头来，还没等她张嘴请求帮忙，她便觉得突然心头一撞，没来得及想，没来得及叫，甚至没来得及吃惊，便双脚飘然离地，腾身飞了起来。

最初的一刻她有些糊涂，但马上明白过来是有人周了她一把。灰暗的天空那么贴近她的面颊，挤压着她的双眼、嘴唇、和五脏六腑。心脏就像被掏空了，撕碎了，压扁了。她感觉到了痛苦、惊诧，以及明白后的无奈，唯独没有遗憾和眷恋。

在飞向天空的一刹那，她才突然发现自己一直期望的事情正是这样，奇怪的倒是她为什么一直就没有觉悟到？直到她已经被人推上了这条路，才明白这正是她应该走的唯一一条路。

现在好了，马上就要结束了。她甚至感谢上苍，借什么人的手帮她完成了自己不敢想却又一直想做的事情。这样，她即不必对任何人感到抱歉，也不必再为做一件错上加错的事情而苦恼了。

李伟玉安然认可了生命中的这最后一秒钟，平静、恬然地撒开了她曾不忍离去的这个给了她太多痛苦的世界。她闭上了眼睛，不愿最后看看这个充满了屈辱、丑恶、卑鄙的残忍的世界。从此，她无需再忍受一切强加于她的难堪的人身侮辱，也无须为说服自己认罪而折磨自己了，更不必为自己的错误而愧对任何人了，所有的苦恼都结束了。

多么简单的结束啊，其实她自己应该早就想到这样做，她真傻。

她平静、安详地躺在地上，没有一丝痛苦和挣扎的痕迹，就像是在血泊里熟睡，连梦都没有。仿佛随时都会醒来，睁开大大的眼睛，叹口气，吃惊地问，哦，我在哪儿？发生了什么事？

六十八

陈辛吾坐在吉普车里，面对着两个机关的造反派，默不作声，精神涣散，没有悲伤也没有痛苦，好像他刚才看见的不是妻子的遗体，而是一个陌路人，或者一个不大相干的熟人。

李伟玉远远地躺在焚化炉前，表情安详、平静，好像在熟睡。

厂里军管会的告诉陈辛吾，李伟玉是自杀，是自绝于人民，自绝于党，是叛党行为。而之所以被认定为自杀，唯一的理由就是她死的时候表情平静，没有挣扎的迹象。军管会出示了派出所的证明，上面只简单地写着这样一句话：

"因死者表情平静，未见挣扎的痕迹，因此断定为自杀。"

下午一点，一发现出事，军管会就将现场保护了起来，同时通知了派出所。两点钟，来了两个二十出头的小民警，围着现场看了看，连照片都没拍，又听军管会汇报了一下情况，三点钟就出具了检验证明。四点钟厂方通知了陈辛吾的机关。五点钟，陈辛吾被从牛棚拉出来，带到了八宝山，在昏暗的一盏红灯下，远远地看了一眼躺在尸床上的妻子。六点半，尸体已经就焚化了。当陈辛吾被问到留不留骨灰的时候，他摇了摇头。

一切都发生得太快，陈辛吾连想一下的时间都没有，但即便有时间想，他也不敢留一个自杀者的骨灰，更何况，他原本就不信有什么灵魂的事情。人死了，不管说什么，做什么都是无意义的了。一把骨灰，什么也说明不了，除了被认为他思想不够坚定，态度不够端正，感情过于软弱划不清阶级界限之外没有任何意义。现在，他必须表现得坚强，最起码有个正确的态度，这是陈辛吾在八宝山想到的唯一的事情。

然而，当他被两个造反派押着坐上了回城的汽车，妻子的面容才

421

又在眼前晃动起来，那样子让陈辛吾感到既熟悉又陌生，但一时又说不出是哪儿不对头。他两眼茫然看着前方，心中的视线却一刻也不放松地盯着远远的那个影像看，极力想要搞清楚是什么地方让他不能释然。

暗红的灯光下罩在妻子的脸上、身上，虽然很遥远，但她那安详的表情却是他熟悉的，连睡熟了都还都微微翘着嘴唇，好像不服气的样子。衣服看上去还算整齐，连头发都一丝不乱，头发……忽然，陈辛吾明白了，是头发，妻子一头乌黑的发丝成了一堆白雪，在暗红色的灯光下，发出奇怪的光泽。

面孔没变，是头发变了！头发全白了！虽然看不清，但他能够断定，那头发绝不是黑颜色。是红光罩在白发上的颜色。

这个发现让陈辛吾只是感到有些吃惊，才三个月，还不到五十岁，却满头的白发！除此之外，他什么感觉都没有。

陈辛吾木然不动的样子显然让两个同车人有些不安，便开始对他交代政策：

"悲伤是可以理解的，但一定要划清界限，她是畏罪自杀，是背叛，是对党的事业不忠，是经不起革命的大风大浪的考验。这样的人要双开除，……"

陈辛吾的脸如同木雕，让说话的人感觉自己的思想工作效果不好，于是不仅话越来越多，而且口气也越来越不客气，最后警告陈辛吾说他可甭想着也跟着一死了之，没那么便宜。

车到家门口了，陈辛吾临下车之前才说了一句，"我会教育孩子们正确对待这件事的。"两个造反派愣了，赶紧说，这样就好。

因为妻子的死，陈辛吾得了两周的假。

家，已经不是那幢两层楼了，早就搬到院子里的车库去了。当他推开车库大门上的小门时，迎面扑来一股闷热的汽油味儿，有人从床上一跃而起。原来是方敏正躺在床上看书。她自知有错地战战兢兢地叫了一声，"爸爸"，直挺挺地站在床边，把书藏在背后，大大的眼睛里露出惊惧的光芒，瞥了一眼狗窝似的乱七八糟的家，似乎正等着挨骂。但是陈辛吾好像什么都没看见似的，漠然问道：

"哥哥姐姐们呢？"

"出去了。"

方敏回答，似乎还在等着。可陈辛吾什么也没说，坐了下来，点着一支烟。方敏缩在角落里，又等了一会儿，见爸爸只顾抽烟，抽得那么专心，好像把自己忘了，便开始挪动，终于蹭到了门边，小声说了一句，"我去找哥哥姐姐们"，便抱着书飞跑了出去。

陈辛吾坐在屋里，一个人抽闷烟，方敏出去了他都不知道。晚上，孩子们什么时候回来的，他也没在意。第二天早上，他还在家待着，也没人敢问。一连两天，孩子们出出进进，若无其事地还在为一些鸡毛蒜皮的事情时不时地吵吵闹闹，陈辛吾不闻不问，心平气和，没人发现有任何异常，以为过两天他会又回机关。

时间拖得越长，陈辛吾越犯难，越不知道该怎样张口，怎样才能跟孩子们说清到出了什么事情，怎样说才能让他们正确理解这件事，怎样才能让他们接受这件事。

他捱着，等着，连自己都不知道在等什么。

陈辛吾在家的日子里，最不介意的是方辉。

从当兵回来，方辉变了一个人似的，只走了几个月的工夫，脸上的皮肤突然变粗糙了，长出了浓浓的胡子茬。虽然还是衣冠不整，但他会下意识地常常摸摸衣领，抻抻衣襟，好像在整理自己的衣冠，当然，这只是一个无意识的动作，没有任何实际效果。人变得阴郁、沉闷，而且烟抽得厉害。同样是抽烟，过去是一副小流氓相，似乎对烟本身并没有多大兴趣，主要是为了摆出一副架势来；现在抽烟是狠狠地，默不作声地，一根接一根地低头猛抽。过去抽烟是背着人抽，至少会背着陈辛吾；现在是公开地抽，并不是故意当着人或者背着人，而是自然而然地想抽就抽，全不在乎有没有人看见，包括父亲。和姐妹们吵吵的时候少了，可一旦被触怒，会比过去更凶，更加蛮不讲理，结果，除了方平姐妹们基本不和他过话了。

由于原来的哥们儿金昌盛、董太行陆续当兵走了，连升高都上西藏当兵了，安三儿则因为抢一顶军帽，打群架伤了人命，被抓了起来，判了死缓，方辉又和另外一帮人混上了。在外面待得高兴了，可以几天不回家；混的没劲了，就家蹲。而陈辛吾对方辉一切所作所为连一句话都没有。他不仅不说方辉，对谁都不说。尽管如此，最难捱的还是方敏。

方敏始终怕父亲，怕得厉害，就像是小羊怕狼一样怕，比哥哥姐姐们更怕。本来一天到晚窝在家里的她，现在像是被占了窝的小鸟，硬着头皮也得往外飞。她或者上大街无目的地溜达，东张西望，看看有什么有趣的事情。累了，就找马路牙子坐下来歇着。一天，两天过去了，见爸爸还不上班，只好把书拿到院子里找个阴凉、僻静、又不受打扰的地方看。书也多半是跟同学借的小人书，有《刘文学》、《欧阳海》、《林海雪原》，还有《水浒》、《西游记》。不认得的字她也不查，看着画连蒙带猜。这天她坐在一棵大树下，正一个人看得津津有味，忽然光线被遮住了。方敏抬头一看，认出是现在住在她家小楼里的几个孩子。她站了起来，把书夹在腋下，谁都不看，昂头准备走开。几个孩子不声不响地让开一条路，忽然一个男孩子冲着方敏的背后喊了一句：

"嘿！你妈自杀了，你妈跳楼死了！"

一向胆小的方敏猛地回过头来，一脸不屑，一字一顿地说：

"你妈才自杀呢，你妈才跳楼呢。"

男孩儿愣了一下，回头对另外两个孩子说：

"她妈是叛徒！打！"

他们捡起小石头、小土坷垃就扔。还远远地冲她啐吐沫，一边用手指头刮脸，羞方敏：

"叛徒，叛徒，跳楼啦，跳楼啦……"

方敏气得脸红脖子粗，一把拉下了自己的公主皮，粗话自动地就从从她嘴蹦了出来：

"少他妈造谣惑众！自己骂自己，自己骂自己！你们他妈混蛋！"
从没骂过人的方敏先是被自己吓了一跳，男孩子们也愣了一下，紧接着轰的一笑，也开骂。愤怒使得方敏忘了恐惧，更不顾势单力薄，边骂边疯了似的冲进那伙人中间。

那帮孩子被方敏的疯狂吓得刚要跑，忽然又站住了，难道还怕一个黄毛丫头吗？于是站着等，方敏不顾一切地一头撞向一个最高的男孩子，就在这时候，还有一个人也跟着撞了过去，那就是从大树上出溜下来的方平。他原本是在树上鸟窝旁支了个夹子，等着抓小鸟的。他一边冲一边发威地大叫着：

"你再敢说一个！再敢说一个！我打死你丫的。"

男孩子们一场混战，方敏站在一旁给哥哥加油。早有人飞跑着去叫大人了，一个中年大屁股妇女远远地边骂边跑上来：

"小杂种！这还了得了？叛徒狗崽子竟敢打击报复革命群众！反了你了。"一把抓住方平的手腕子，"走！找你的走资派老头儿去评评理！"

方平又踢又咬，挣巴着，"你松开，你松开！咱谁也甭跑！你当是我怕你丫……"

两人揪扯着来到车库门前，女人高叫着：

"陈辛吾！你出来，看你儿子撒野打人！你坐飞机还没坐够吗？！"

小门被推开了，陈辛吾迈出门槛，一脸倦容。方平不仅不怕，反而来了劲，挣开了手，理直气壮地冲上去告状：

"是她儿子先说妈妈自杀的。是他先骂方敏是叛徒崽子的！"

"怎么着？说你妈自杀了还有假啊？难道我们还造谣了吗？"

方平和方敏一听，扑上去就要揪扯那妇女。那女人一看来势凶猛，一边用手招架，一边叫道：

"好啊你！陈辛吾，我不理他们，只和你说话！"说着就要来抓陈辛吾。陈辛吾毫无防御地站着不动，脸上露出平静的无奈，温和地叫住两个孩子，然后恳求似的对那妇女道歉：

"孩子小，不懂事，我替他们向你道歉。希望革命群众能谅解。是我们不对，保证下次不再发生这种事。"

方平和方敏好生奇怪地回头看着爸爸，只见大屁股女人哼了一声，气势汹汹地说：

"还想反了你们了？我就不信，你们还能老这么狂！"再低头看看方平，也是鼻青脸肿的，跟自己的儿子模样不相上下，又哼了一声，不知道是解气还是得意，扭着屁股，回身拉着儿子走了。

陈辛吾回身进了屋，半天一言不发，两个孩子站在他面前，傻着，第一次觉得父亲的举止实在奇怪。然而，越是觉得不对头越不敢问。方菲和方辉进门的时候，他们就这样一直奇怪地沉默着。

看见几个孩子都在，几天来，陈辛吾第一次郑重其事地开口了：

"好吧，大家都在这儿，我们来谈谈这件事吧。"

"那家伙瞎说呢！"方平迫不及待地先说。

"什么事？"方辉问。

"他愣告说妈妈自杀了！谁信哪，厂里不是还说了吗，这两天，妈妈就要回来了……"

"可她说的是真的。"陈辛吾赶紧插进来说，仿佛过了这一刻，就没机会说了似的，而且，紧跟着抱歉地笑了一下，"这是真的。我已经去过火葬场了。"

方平哑口无言地看着爸爸，嘴巴张得老大，不仅爸爸的话，而且他平静、微笑的样子也让他觉得简直难以置信。他看着爸爸，显然还在等着，等着爸爸下一分钟似乎就会告诉他们，这是说着玩儿的。

但陈辛吾继续微笑着，样子温和、平静得就像在跟孩子们商量要去什么地方玩儿一样，又重复了一遍刚才的话。虽然脸上挂着笑容，但却绝不是在开玩笑。

不知是被父亲若无其事的平静吓着了，还是明白了，方敏最先哇的一声张大嘴号哭起来。几乎同时间，方辉向陈辛吾一步冲过去，扑通一声跪在父亲的面前，双手紧抱住陈辛吾的腿，也泪流满面地大哭大喊起来：

"爸爸，你怎么了？你可别吓我们，你可千万不能死呀，你可不能再死了，……"

陈辛吾想不到儿子竟有这么奇怪的念头，想把他拉起来。可方辉趴在地上，死活不起来，非要陈辛吾答应他不去死，陈辛吾又无奈又好笑，只好说：

"不会的，爸爸不会死。你放心吧。你们的妈妈背叛了自己的诺言和信念，自绝于党，自绝于人民，她走上了一条错误的道路。爸爸

426

不会犯这样的错误。"

方辉这才站起身来，认真地看着陈辛吾问：

"你真的不会也不管我们了吗？你真的不会死了吗？"

陈辛吾用从未有过的和蔼态度肯定地点点头。方辉这才哇哇大哭起来，边哭边说：

"我早说过，得常去看她，她一个人，在里面，不想死才怪……妈妈，我的好妈妈……就赖他们……"

"我找妈妈，我要找妈妈，我要妈妈……"方敏像个三岁孩子一样只会说这一句话了。

最困难的开头已经过去了，陈辛吾终于可以开始劝解了：

"孩子们，你们要正确认识这件事，一定要和妈妈划清界限，不要站在群众的对立面上，要从思想上认识妈妈的错误，千万要注意……"但没人听他的，方敏倒在床上泪如泉涌，滂沱的泪水将整张脸水洗一般沾湿了，抽泣得喘不上气来，嘴里还不停地叫着妈妈；方辉则激烈地反驳爸爸，"瞎说！不是妈妈的错！是他们！是他们害死了妈妈！哇……都是他们……"

方平两眼发直，眼里汪满了泪，眼看就要滴落下来，但他咬紧了嘴唇，拼命瞪着眼，一眨也不敢眨。只有方菲，两眼干干的，一言不发，奇怪地平静着，好像一切都与她无关似的。

在一片混乱之中，方平凑到陈辛吾身边，悄声问道：

"爸爸，你真的看见了吗？"声音虽小，但所有人都听见了，顿时安静了，怀着一线希望一起质疑地看着陈辛吾。

陈辛吾为难地笑了笑："当然，这种事我怎么会骗你们？这是真的，临火化前我亲眼看见的，你们不要再怀疑了……"

方敏哇地一声又大哭起来，仍然重复着她那唯一的、明确的、然而却是完全不可能的要求。方平眼里的光暗淡了，尽管他仍然挣扎着不流出眼泪，嘴唇咬出了一道血印，但是，目光中的那份绝望正明显地朝着心里流去。

天全黑了的时候，方蓉从学校赶了回来，两只眼睛又红又肿，人刚一进门，就嚎啕起来，引得方敏从床上跳起来，冲过去抱着她就大哭。方蓉鼻涕眼泪得把一张脸涂得花里胡哨，她死活不能相信这是真的，说爸爸也许搞错了，或者没看清楚，因为像妈妈那么热爱生活，热爱孩子的人怎么会自杀？不对，肯定是搞错了。她一个劲儿地重复说：

"不可能！不可能，我不相信！绝对不相信！这怎么可能？！"

陈辛吾无奈地笑了，好像事情与己无关似的解释道：

"不会有错的，组织上已经下了结论。她的脸色很平静，……"

可是方蓉不要听，她拒绝接受妈妈已经死了这个事实，不管是怎么死的。她任性地打断爸爸的话，只顾自己嚎哭起来：

"这不是真的！妈妈啊，我的好妈妈，你不会死的，这是怎么回事？"

陈辛吾心平气和地说：

"你们的妈妈很任性，从小就没太吃过苦，参加革命以来也一帆风顺，从没遭受过挫折，现在遇到这样的大风大浪就经受不住了。她的自尊心又很强，性格高傲，一点儿也不能受委屈，工作方法生硬，得罪了不少人，所以才有了今天。你们要和她划清界限，要正确理解这场革命，不要因为你们的妈妈死了，就产生抵触情绪。……"

从不对母亲说半个不字的父亲现在忽然说出这么一大堆母亲的不是，方蓉的心都碎了，她一边哭一边固执地摇着头，拼命反驳道：

"不对，不对，不是这样的！我的好妈妈……"

"你们都没尝过那滋味，一关起来我就知道要出事……"方辉说。

"那怎么知道就不是被杀的？！"方平恨恨地问。

"当地派出所派人去了现场，而且她的脸色确实很平静，衣服也完好无损……"

"那她大中午的在五楼上干什么？"

"说是打扫卫生，在擦玻璃……"

"这不是成心吗？成心让她处在危险之中，现在谁能说得清楚是怎么回事？"方平并不认可这种说法。

"不管怎样，现在组织上已经下了结论，至少暂时是这样，我们不能唱反调……"

陈辛吾耐心地劝导着，反省着，平静、客观、毫不留情地一一历数着妻子的性格、脾性、经历，证明着她完全有可能这么做，而且她之所以走到今天，并不是偶然的，而是她的性格发展的必然。他还说：

"你们的妈妈太要强了，也自尊心也太强了，现在一看事情完全不像她理想中的样子，对她的打击太大了。孩子们也不像她期望的那样有出息，……"

"可是我知道她有多么爱我们，她不会扔下我们的，……"方蓉气愤地打断了父亲。

"她是爱你们，可是她对你们也抱着很大的期望啊，你们不知道，她原来多么以你们为骄傲。可是现在，瞧瞧你们，一个二个，都太伤她的心了……我知道，她有多么地失望……"

陈辛吾的目光虽然是朝着方辉望着的，但已经没有严厉和谴责，有的只是对事实的平静的陈述。方辉照例是压根没看见，只顾自己痛恨而又难过地半闭着眼睛，眼泪哗哗地顺着腮帮子往下流，还在不停地念叨着，"我就知道得出事，我就知道，我早就说过，你们得去看，……就他妈是你们不当回事，……"倒是站在一旁的方平在父亲的余光中不胜羞愧地低下了头，好像母亲的死是他造成的，好像父亲的指责是冲着他来的。

陈辛吾知道，孩子们一时是很难接受这个事实的，对孩子们的愤怒、悲哀和怀疑他都能理解。他不着急，耐着性子跟孩子们心平气和地解释着，宽容地微笑着，就好像他早就预见到会有这么一天，早就有了充分的思想准备，反而处乱不惊了。只有方菲，既不说话也不哭泣，干看着自己，让陈辛吾感觉怪怪的，但他还来不及细问，忙于应付和解释，不但对孩子们解释，似乎也在说服自己。

最初的几天，就在劝解和诱导中度过。

六十九

　　天上明明阳光灿烂，眼前却一片黑暗；空气明明清新凉爽，方蓉却无法呼吸，无法得到充分的氧气，无法振作起来。

　　她仍然活着，也就是说，她也吃饭睡觉喝水，就像什么事情也没发生一样，但她的大脑却钻进了一个死胡同，她就是无论如何也不能明白一个好好的人怎么就突然之间没了，消失了，再也见不到了。据说是死了，而且爸爸亲眼见到了，但她还是难以接受这个说法。因为在她脑子里，死，只是一个说法，一个想象，一个传闻，她仍然怀疑它的真实性。她总觉得也许是什么人或者什么是搞错了，过一阵子还会闹清楚事实，还会证明妈妈并没有死，死，只是个讹传。妈妈最终会有一天突然出现在大家面前，用事实制止了谣传。

　　她就怀着这样的侥幸心理，继续着外表的日常生活。只要不提这件事，她就不哭不闹也不说话，该干什么就干什么，但只要有人一提这件事，她就会不由自主地大发脾气，眼前一片漆黑，呼吸困难，紧接着就会泪如雨下，无法自拔。

　　方辉倒是一说便信了，不仅相信母亲已经死了，而且认定就是自杀。人在遭受了那种非人的待遇后，如果不想到自杀才是咄咄怪事。那种痛苦那种折磨，不亲历亲尝，是无人能理解的。他觉得一家人里只有他最有资格谈论这件事情的原因，也最清楚是谁杀死了母亲。提到这件事，他便会从头到尾地大骂，骂文化革命，骂江青，骂中央文革，骂军管会，骂造反派，甚至骂自己的家人，全不顾这些人有没有可能按他所说的应该去看着母亲，总之，所有人都对这件事情应该负责任，当然除了他自己。

　　方敏还小得可怜，除了哭，用那种决心把眼睛哭瞎了的办法哭泣之外，就是蜷缩着瘦小的身子躺在床上发抖，哭累了睡，睡醒了哭，仿佛没有了天日，没有了大地，身体里也没有了足以继续活下去的力量。只有方平能够让她暂时停止哭泣，坐起来吃饭，洗脸。只比妹妹大两岁的方平突然像个成人一样说话行事，他并不对方敏讲什么道理，只是把她拉起来，把碗塞进她手里，领着她去洗手间，递给她一块手绢，让她擦擦泪。方平的眼里突然失去了孩子气的顽皮和笑意，变得又深又黑，深得像一潭死水，黑的如同没有星星没有月亮的漆黑的夜。他有时候会待在一旁自言自语地向什么人提问，"怎么会是自杀？不过完全有这种可能，会不会是被杀？有那么多人恨她！这真是蹊跷。这事是怪，到底是怎么回事？……这世界上有许多事情难以理解……也许……"然后一副茫然的样子，两眼对着虚空，半天半天地苦苦思索。

不管怎么样，有的人哭有的人骂有的人说，甚至有人笑，只有方菲木头似的，没有一句话一滴眼泪一个表情，只是莫明其妙地沉默着。陈辛吾急了，以为她是疼傻了，焦急地围着她转圈子，说：

"孩子，你也哭哭啊，哭哭就好了。"

方菲看着爸爸，眼睛是干的，心里是空的，她并不是强忍着不哭，而是根本哭不出来。她确实不明白，为什么她没有眼泪。她知道自己应该哭，也应该像别人一样或者嚎啕大哭，或者大吵大闹，但她却莫明其妙地心里并不觉得痛，只觉得好像哪儿有个洞，这洞又黑又深，把眼泪、痛苦和悲哀都一股脑吸了进去，只把一个冷冰冰的事实留在了表面，那就是他们被人抛弃了，被本应该对他们的生活负责任的人毫不在意地扔下了。

在她一片空白的大脑里，也只有一句话，那就是"妈妈不要我们了。"而这句话却是无法说出口的。于是，她只能一言不发，干看着爸爸着急。

"哼，她根本就是个冷血，她一点儿都不爱妈妈……"方蓉气恨地指责说。但这话仍不能触动方菲，不能让她反唇相讥，她像没听见一样，仍然独自木着。

"你到底在想什么？孩子，告诉爸爸，说出来就好了，或者哭一哭……"陈辛吾还在问方菲。已经三天了，方菲的样子真的让陈辛吾害怕了，一个看看书，看看电影都要哭得泪水滂沱的人，竟然一滴眼泪都没有，会不会神经出了什么毛病？

爸爸的焦急让方菲难为情极了，她又惭愧又自责，她无法说出自己竟然想到也许妈妈根本就不爱孩子们，包括方蓉，也不爱丈夫，她爱的只是她自己。如果她真像父亲所说的是自杀，那她在死的一瞬间，想到的就只有她自己。

一个做了母亲的人不论在什么样的情况下都是不能死的，因为她已经没有了这个权利。再难，她也得活着，因为她是母亲。死，就意味着背信弃义，就意味着背叛。

事实上，这些天来，她越来越强烈地感到了被遗弃，被欺骗的悲凉。她简直不能接受这个事实，一种类似孤儿的淡漠心境使她一时感到无所适从。而这些她又怎么能说出来呢？即使她想说，也说不出口啊。但父亲万分的焦急大大出乎了她的意料，她没想到自己仅仅是没哭没说话就让爸爸急得团团转。这让她感到非常自责，不忍心再看着爸爸害得为自己着急，只好低声说：

"妈妈不要我们了，她抛弃了……"

话没说完，就被方蓉愤怒地打断了：

"你胡说！不许你这样说妈妈！你是个没有心肝，没有感情的冷血人！"说着大哭起来，"我知道你恨她，对了，你恨她！哦，我的好妈妈……你是世界上最好的人，不许任何人污蔑你，……"

方菲看着方蓉和方敏抱头痛哭，觉得电影里和书里一定都是这样演的和写的，事情似乎也应该是这样，但就是不明白自己为什么做不来，为什么既不能和姐妹们抱在一起，也无法痛哭，难道真是她自己有问题？发自内心的愧疚使她低下了头。

陈辛吾明白了，方菲什么事也没有。他没有责备方菲，因为，事实上方菲的话多少也撞到了他的心坎上了。

他用心良苦地让方蓉带给李伟玉冬瓜糖，就是因为冬瓜糖是自己喜爱的小食品，想用这种方式让妻子想起自己，让她知道自己在等她，支持她，爱她。为了他，她也应该活下来，可她还是去了，根本没把自己放在心上。

从这一刻起，陈辛吾便不再劝慰任何人了，恢复了常态，每天板着脸，一言不发。他又成了猫，孩子们照旧成了老鼠。家里没人再争吵，没人笑，也没人哭，甚至没人高声说话，静悄悄的像是坟墓。只要陈辛吾在家，所有的人都把脚步放轻，把动作放缓。只不过老鼠们的小心翼翼除了恐惧之外更添了一层对猫的担忧，那担忧透过胆怯的一瞥时不时地落在了猫的身上。

然而，陈辛吾并不喜欢这样，更加绷紧了脸，撅起了嘴，阴沉得像是极地的冬季，生气地不去看任何人。事实上，看见孩子们一个一个地在眼前晃，他就不由地会想到妻子的自私。死，是多么容易的解脱方式啊，她都没想过活着的人怎么办呢，她怎么都不替活着的人想想呢？

造反派"宽大"地让陈辛吾在家待着，于是，他可以什么都不干地坐着，一整天一整天地坐着。不必看书，无需读报，写材料也暂免了，真的是什么都不用不做，就那么待着。他一辈子都没有过的"清闲"。

他整天靠坐在一张椅子上，习惯性地面对着桌子，常常一个姿势保持大半天。没有感觉，没有思想，甚至没有意识，当然也更谈不上悲痛，似乎什么什么都没有。人木着，里里外外都木，有时候孩子端来茶，烫着，就喝，吓得方蓉大叫，"烫！"奇怪的是，舌头并不起泡，而他也并不觉得烫，对方蓉的大惊小怪也充耳不闻。

有时候坐久了，手脚就麻木起来，他半天不觉得，稍稍换个姿势，又不动了。还有的时候，他戴着眼镜，借着从高高的顶窗上照进屋里的微弱光线，撕扯着自己的手上翘起的皮，认真而且专心，一撕就是大半天，常常撕出血来都不觉得疼。

如果光阴这时候能够算是光阴的话，在陈辛吾，光阴也是木然无觉的。

七十

陈辛吾的工资早就扣发了，只发生活费，按人头每人每月20元。但因为有李伟玉的工资，一家人过的照旧是花钱不算账的日子。现在，突然少了一半儿，管钱过日子便成了一件大事。对不会过日子的人，钱再多也过不好，更何况钱少了。

又到月底了，方蓉站在副食店里，看着柜台上的几个松花蛋，手在兜里紧紧攥着仅剩的几块钱，攥得手心都出汗了，待要走开，却舍不得，不甘心地又问了女售货员一遍"松花蛋以后还来吗？"售货员不耐烦地回答，"说不好，这哪儿有准儿啊。"方蓉狠了狠心，掏出钱来，说："来……一个……"

"一个？"

方蓉脸红了：

"俩，……还是一个……"

"到底几个？"

"一个。"方蓉咬了咬牙，脸红得像身后写标语的红纸。为自己的寒酸尴尬得眼白都红了。

售货员斜了方蓉一眼，拿了一个小的放在秤盘上。

"劳驾你给拿个大点儿的。"

"这哪儿分得出大小来？不都一样吗？"售货员翻了翻白眼说。

方菲刚好拎着青菜走过来，呛了售货员一句：

"不可能一样。把你这一堆蛋拿出来一个一个的约，也未必有两个一样的，当然分得出大小来！"

"那我挑不出来，就拿这个了。"

"要是给你自己拿，你可会挑呢，给别人拿，能挑出来倒是怪事了。这'斗私批修'看来还任重道远呢。"

434

几句话说得售货员一个大红脸，恼羞成怒地指着方菲就要吵，早过来一个组长模样的男售货员一边打着圆场，一边给方蓉换了一个大点儿的松花蛋，赶紧打发走了姐俩。

出了商店，方蓉托着那只松花蛋，两眼放光地当稀罕物似的端详着，嘴裂的都合不上了，对方菲说：

"我还以为你瞎吵吵没用呢，没想到还真换了一个大的……"

"我也没想到！只不过不能让她白欺负咱们一通。好家伙，现在这售货员都成了祖宗了，谁都不敢惹。就是不给换也得扫扫她的威风，不教训教训她还想上天呢。"说着，也跟着美美地端详着姐姐手里那个松花蛋，"瞧，这个还真大，看着还真不错。"

晚饭前，姐妹俩洗干净了手，一个剁姜末，一个剥松花，仔仔细细地把松花蛋剥干净，用小刀切成八瓣，放在一个小碟子里，撒上姜末，浇上酱油醋，滴了两滴熟花生油，小心翼翼地摆在当饭桌用的小茶几上，特地放在陈辛吾吃饭时常坐的位子面前。

陈辛吾是最后一个来到饭桌前的，心不在焉第拿起了筷子，端起了饭碗，没滋没味地往嘴里扒饭，忽然觉得不大对劲，再看，才发现孩子们没有一个动筷子的，连方辉都没端碗，而是眼巴巴地都盯着自己看。他停了嘴，方菲小声说：

"爸爸，今天方蓉碰上卖松花蛋的，你尝尝。"

陈辛吾一低头，这才看见面前果然有一小碟打理得非常精致、摆放的有模有样的松花蛋。他待住没动，方蓉的眼圈早已经先红了，瓮声瓮气地说：

"你好久没吃到这东西了，这是你最爱吃的……"说不下去了，夹了一块放在爸爸的碗里。

陈辛吾张了张嘴，喉结在消瘦的脖子上上下滑动了几回，眉毛皱了起来，想要说"不要这样……"，但喉咙里却发不出声音。他又张了张嘴，似乎再次试图说话，但在五双眼睛的凝视下，陈辛吾的嘴巴不听指挥地突然抖动起来，五双孩子的眼睛惊异地瞪圆了投向父亲。一股热辣辣的火焰从陈辛吾的胸口向喉咙直冲上去，窒息了他的呼吸，烤焦了他的声带，麻痹了他的双唇，夺走了他指挥自己说话的功能。

陈辛吾低下头，放下筷子，艰难地想要把这突如其来的冲动压回去，一边抬起一只手，想要挡住脸，掩饰住自己的狼狈。然而，他的手还没来得及遮住脸，胸中的火焰便化成了一声撕心裂肺的嚎啕，挣脱喉咙的约束，直喷出胸腔。他不想哭，但是哭声却像喷射性呕吐一样，根本无法控制，直冲出来。

不仅孩子们吓了一跳，而且，陈辛吾自己也被吓了一大跳。这声嚎哭完全不像发自一个有理性的成人，更像出自一个未醒人事的婴儿。陈辛吾想不到自己竟如此狼狈地咧开大嘴，放大了嗓门儿"啊……啊，啊……"地无遮无拦地嚎啕大哭起来，哭得惨烈、陌生。好像这一切都已经不是他自己的，而是深藏在他后面，现在已经不由他支配了的极度悲伤、极度衰弱的另一个人的。这个人比他自己更深、更痛地了解他不幸的程度，以及这不幸的真正意义。这个人已经被这痛苦压制了许久，现在终于被压垮了。

然后，陈辛吾才意识到自己是在孩子们的众目睽睽之下，他站起身，冲到另一个房间，想尽快地控制住自己，然而，他有生以来第一次发现意志已经在他内心深处瓦解了，他一直赖以支撑自己的那个点消失了，所有用于自我控制的手段就像是杠杆没有了支点一样失去作用。他一面挣扎着，不愿放弃努力，一面继续大声地、啊啊地、喘不过气来地痛哭着。好像直到现在，他才明白妻子已经死了，明白妻子的死对他到底意味着什么，并且刚刚感觉到了痛苦。

这顿饭不仅陈辛吾没吃成，连方辉都没吃。但沉重似乎突然被蒸发了，被陈辛吾的嚎哭和炎热的天气弄得失去了重量。这一年的夏季对住惯了大房子的陈辛吾一家来说显得格外炎热。

车库的顶子只是一层水泥板，太阳一晒就透，只有正面木板门上方有一排小窗户，没有后窗。白天，屋子里蒸着刺鼻的汽油味儿，热得几乎不能待人。闷进屋里的热气直到清晨都不能散尽，躺在床上要扇大半夜的扇子才能入睡。两个男孩子索性在院子了铺张席子睡觉，方蓉也躲回学校去了。他们从来都不知道夏天竟然能热成这样，热得

436

人都透不过气来，热得人没处躲没处藏的。这炎热耗尽了人的力气，感觉悲痛也是需要体力的。

对这样的酷热，只有陈辛吾似乎没感觉，一个人守在黑暗、炎热、气味扑鼻的小屋里，安坐着，手里轻轻摇着一把扇子，出神地看着前面，偶尔在院子里大树下坐上个把钟头，依然回家。

仍然是不说话，但却不再吓人地皱着眉，沉着脸，而是奇怪地安然地闲在着，温和而平静地怡然自得着。仿佛躯壳还是他的，但人已经换了，换了一个谁都不认识的人，顶替陈辛吾坐在那里。这人随和、平静、与世无争，还好脾气，但这人是顶着陈辛吾的皮囊坐在那里，即便安静着，不再对任何人皱眉头，大家还是绕着他走，避瘟神似的避着。连院子里的邻居、造反派都不再找他的麻烦，只要看见他在树下坐着，宁可绕路而行，也不愿从他那视而不见的目光前穿过。只有他自己，坦坦然然，既不必听什么，也不必看什么，更不必做什么。让生命如同天上的白云，只需懒懒的飘浮着。风来了，便慢慢地散开；雨来了，便轻飘飘地下坠；阳光来了，便耀眼地反射出一片白光；如果黑夜来临，不再有明天，他便会愉快地不再醒来。仿佛对生命的眷恋全都来自于妻子，过去所有对事业、家庭、孩子以及一切美好东西的珍爱只是因为妻子。他爱妻子，所以妻子那一刻不停地熊熊燃烧着热爱便成了他的热爱，现在照亮他生活的火焰熄灭了，他才突然发现自己的心里只剩下一片寸草不生的荒原，即没有爱也没有恨，有的只是冷冰冰的责任和义务。

陈辛吾不是第一次丧偶，都是痛苦，但感觉截然不同。

他第一次看见李伟玉是在太行山的一个军工基地，李伟玉作为县妇联干部带领几个人前来支持工作。当时陈辛吾正急着和大家一块装箱搬运设备，只见李伟玉笑眯眯地突然出现在眼前，陈辛吾恍惚中吓了一大跳，心想霞怎么来了？李伟玉张嘴说话，陈辛吾猛然明白，这不是霞。再细看，除了口音不同，音量更大些之外，眼前的这个八路军女干部比霞大一圈，身量、五官、气魄都大。再细琢磨，两个人的大模样虽然挺像，可还是有不少差别，唯独那双眼睛和一张脸庞像得厉害，就仿佛在李伟玉那张更显得消瘦的脸上左顾右盼的是霞的眼睛。当然，后来处得久了，陈辛吾才明白其实两个人的眼睛只是形似而神全不似。李伟玉被看得低下了头，陈辛吾这才醒过来，赶紧别过脸去，再不敢看一眼。

后来，有好长一段时间陈辛吾都无法正视李伟玉，只要远远地知道她来了，或者只是意识到她在场，都会心慌，甚至脸红，并且久久不能平静。为了不让自己难堪，他有意无意地处处回避李伟玉。

但罗平的出现硬是把李伟玉拉到了陈辛吾面前，让他再也无处躲藏，真是灵台无处逃神矢。

爱上李伟玉除了因为有罗平这个"义务红娘"的催化作用之外，李伟玉热情似火的性格就像是一个巨大的磁场，在陈辛吾还没明白自己到底在做什么之前就已经被席卷而去了。她完全不似霞那般温柔动人，但却更热烈更强劲，就像她充沛的精力和干练的工作作风一样，恋爱在她也如同冲锋陷阵，不给人喘息的机会，陈辛吾被从波峰抛进谷底，又从谷底飞升至巅峰，好像紧张艰苦的战争生活也进入了他们的感情生活。

对霞的思念很容易变成一个美梦，因为它短暂、柔情，露水一样、诗一样，成了一道生命中的彩虹，一个理想的极致。失去霞，他感觉到的更多的是心痛。

可李伟玉是鲜活的，温暖的，几十年来每天在日常生活中息息相关的，就像是生命本身。她的血肉已经深植于陈辛吾的血肉之中，陈辛吾甚至说不清自己是对那种生活、那个年代更神往还是更受李伟玉的人品、性格的吸引，总之，他对李伟玉的爱似乎已经远不只是一个男人对一个女人的爱情，而是包涵了太多太，失去她，就像是被人生砍去了半个身体，夺去了半条性命，惨痛远远多于心痛。

但是，但是，她却竟然绝情至如此地步，自私至如此地步，冰清玉洁至如此地步，骄傲刚烈至如此地步，宁玉碎而不瓦全。他再次地不能原谅她，又再次地理解了她，像她那样倔强火爆、追求完美的人，在这场运动中能够活下来倒是个奇迹。她只能去死，一切的一切都安排了她死亡的必然。不论是自杀还是他杀，她都难以幸免。所谓木秀于林，风必摧之。做人不可锋芒太露，终招杀身之祸。

　　绝望的宿命使得陈辛吾一点一滴地捡起往昔生活中的遗漏，将它们一一安放在适当的位置上，一块一块地衔接起来，如同拼图一样在脑子里拼接出自己破碎的生活，并且细细地思量着他们存在的理由和毁灭的必然，说服自己，迫使自己接受既成事实。否则，他简直不知道该怎样填补自己往下的日子。

　　人在遭受打击之前并不知道自己承受力的极限，只有在它真正来临时，才发现自己是多么脆弱，多么地不堪一击。但就在人痛苦到了极处，以至一切都变得无足轻重，毫无意义，连死都在所不惜时，常常又能惊奇地发现，人竟是那么坚韧，能伸能屈，而且卑琐得只要有一丝丝理由就能找到出路，就能委曲求全，苟且下来。

　　而陈辛吾的理由就是孩子，这群已经失去了母亲的孩子。

　　在他斥责妻子自杀的错误，教育孩子们要划清界限时，他就已经明白了他不能死，倒不是因为他有多么怜惜孩子们，不，他一点都不怜惜，每个人都有自己的生活道路，谁也替不了谁。有父母庇护是好事，也是坏事。干部子弟应该经受锻炼，世界上的苦孩子多得很，没有了谁，人都能生活下去。他不能自己选择死，只是为了他自己。因为，他已经说了那么多妻子不应该自杀的道理，在说服了别人的同时，他自己更是首先清楚了一条，无论如何，自杀都将只是罪上加罪，都将只能使得孩子们活无立身之本，而自己也将死无葬身之地。妻子的死不仅从道义上而且从实际上也已经堵死了通向死亡的道路。

　　他比以往任何时候都痛苦地追悔着为什么生育了这么多的孩子，有妻子在，一大群孩子也许是幸福家庭的一部分；可妻子死了，而且是背着叛党罪名死的，过度生养的孩子对一个男人来说无疑就成了个包袱。本该由两个人共同承担的责任全都落在了他一个人的肩上，这样的生，对他来说生不如死，毫无意趣。如果他能够选择的话，他也会选择死。

　　可是人难道就是这样来选择自己的生与死的吗？他开始怀疑李伟玉真的是自杀，因为她是那么地热爱生活热爱家庭和这一大群孩子，她说过的，为了孩子，无论怎样艰难他都必须活下去。在擦顶楼的窗户？开玩笑，简直就是谋杀嘛，方平的怀疑是有道理的。但是，就她那种自尊骄傲的性格，从未受过挫折的经历，当然完全可能自杀。想想看，死，就意味着解脱，意味着结束痛苦，她那么向往幸福，追求光明，可这一切都化为了泡影，她又怎么能活下去？两面都有理由，谁能告诉他，妻子到底是怎么死的？陈辛吾知道，不能钻这个牛角尖，便尽力把放下这个问题。但他还是在想，一个人长时间地默想着，却并不确切地知道自己在想什么，孤独地品味着，却又理不清内心真正的感受。他的思想常常又不自觉地回到了死亡这个起点上，并且在这个问题上打出了一个又一个死结。

当然，陈辛吾也并没有认真地想要去死，就如同他也并不想活一样。他活着，只是因为没有死，并不是他想活着。尽管相对于活着，死已经成了相对轻松、容易的事情了，但他却只能不死。

他的大脑已经被掏空了，已经没的可想，没的可思，即不知道自己现在想要什么，也不关心将来还会发生什么，所有的一切都变得毫无意义，工作、事业、家庭、孩子，所有过去他所重视的东西现在在他的头脑中都变得一文不值。就连死，都失去了意义。因为生与死都是需要认可，需要选择，而他连这个力量都没有。在他形同走尸的日子里，脑子里唯一清楚的意识是，什么事情已经终结了，而他正处于终结后无所事事的绝望的宁静之中。

时间沉重如金沙，又轻飘如飞絮，当它过去的时候，在人心里只留下一片荒芜。

七十一

没人想到做父亲的会哭，而且是当众孩子似的嚎啕大哭，哭得上气不接下气，彻底失去了控制。嚎哭烈焰一样将孩子们心里仅存的一线希望烧干净了，母亲再也回不来了，荒凉在每个人心中蔓延。

方蓉呆呆地对着一张好几年前妈妈和孩子们在北海五龙壁前的合影流泪。照片上阳光强烈，李伟玉微笑着张开双手，搭在站在前面高高低低的五个孩子肩上。照片中的方蓉那时还比妈妈矮大半个头，最小的方敏也只有四五岁。孩子们簇拥着妈妈，傻傻地看着镜头，活像是卵翼在老母鸡张开的翅膀下的一群小鸡。而李伟玉张开的两臂则像是老母鸡的一对翅膀。在强烈的阳光照耀下，孩子们有的皱着眉，有的低着头，只有李伟玉露出一脸幸福和满足的灿烂微笑亲切地看着镜头。

可是她没了，方蓉实在不能相信，这么活生生的一个人会没了。她并不是不相信爸爸的话，而是无法接受这个事实，无法相信千想不到万难接受的灾难竟然真的发生了，原来书中所描写的人生悲剧和不幸竟然可以在现实中实实在在地落在他们自己头上。她一直还生活在幻觉中，总觉得什么时候事情会突然出现转机，或者还有缓转的余地，但是现在她才真正明白母亲再也不会出现了。没有了母亲，家不家的已经没什么意义了。她也该到学校去看看了。就像是在与空屋子、墙壁道别一样，没有人对她的走有任何反应。

但是到了学校，平时总是人满为患的宿舍里空无一人，方蓉即失望又放心，一头倒在自己的床上，干瞪着两只眼睛既不能睡也不能哭，一颗心仍然悬挂着，找不到归宿。快吃晚饭了，楼上楼下才陆陆续续有了人声，第一个进门的是刘秀梅，方蓉虽然躺着没动，但鼻子有些酸酸的。看见方蓉刘秀梅果然惊喜地问道：

"呦，什么时候回来的？吃饭了吗？没吃一块去食堂吧。"

"不饿。"方蓉硬撑着回答。

"怎么这么长时间没来学校，到底出什么事了？袁大宝前两天还来找过你，他好像对你印象特别好，我们俩还聊了半天。他说你这人不简单……"刘秀梅丝毫没有觉察出方蓉有什么异样，一边找出餐具，一边往外走，"你不吃我先去了，要不要我给你带点饭？"

"不用。"方蓉的声音已经明显地带着鼻音。

"是感冒了吗？"刘秀梅终于觉出了一点异样，问。

方蓉使劲儿用枕头捂住脸，只要刘秀梅再多问一句，或者再往前凑一下，她就会忍不住大哭起来，但刘秀梅却转过身去，临出门说：

"那我给你带点稀饭来好不好？"

听着刘秀梅沿走廊远去的脚步声，方蓉倍觉凄凉，她攥着拳，咬着嘴唇，强忍着抽泣，此时其他同学也三三两两地进了门。因为怕和同学们打招呼，方蓉赶紧跳起来，冲出门外，远离开人群，往人少的教学楼方向走，漫无目的地在校园里转着。

当她已经站在了男生宿舍的楼下，心里正在奇怪怎么会到了这里？进进出出的男生都迅速而又好奇地看她一眼，这些目光小锤子一样把她敲醒了。她一脸红云，低头扭身就往回疾走，差点儿把一个男生手里端着的浆糊盆打翻。她窘得连声道歉，恨不得现挖个地洞钻进去，哪怕只钻进去个头也好。

"方蓉？！是来找我的吗？"惊喜而又亲切的声音在问。

方蓉抬头一看，是袁大宝！难道我是为找他来的吗？

"啊，我……我也不知道怎么就转到这儿来了……"方蓉疑惑着，犹豫着，心里奇怪着，问，"你在这个搂住吗？"

"不，我们的战斗队在这儿。要不，你跟我一块儿上来？"

"你们正忙着呢？"方蓉欲言又止地看着袁大宝，目光显得十分无助。让袁大宝实在不能撇下她扭头就走：

"要不你等我一会儿。"袁大宝把浆糊盆送到楼门口，翻身来到方蓉跟前，"前几天，我还去过你们宿舍，你不在。"

"我们家……出了点儿事，……我一直都在家。"方蓉艰难地开口说。

袁大宝愣了一下，但紧接着说道：

"你别着急，不管出了什么事，都没关系，只要正确对待就行。"

"我，我不知道你能不能理解，我妈妈……她……"方蓉顿了一下，见袁大宝专注的目光看着自己，犹豫了一下，"我知道你想不到事情会是这样的，我也没想到，但是……你知道，我妈妈……"

"是不是被关了'牛棚'？这个我听刘秀梅说了。"

"是的。我妈妈为人正直，太直率，太……"

方蓉说不下去了，眼泪汪汪地看着袁大宝，好像此时此刻他就是她的救星一样，希望他能替她把所有的痛苦都化解掉。

"好人常常并不一定能得到理解，好人也会做错事，虽然暂时关了牛棚，你一定要正确对待……"袁大宝说着向方蓉转过身来，两只手那么自然地搭在她的肩上，双眼定定地看着方蓉，轻声说，"要相信你妈妈的事情一定会有一个公正的解决的，首先你得有信心。你有的时候真的是太单纯了，……"

袁大宝如丝般柔和低沉的声音一下子勾着了方蓉的心弦，泪水涌上来的时候她自己都没发现，泪珠断了线的珠子般扑簌簌地滴了一身，她才知道是自己在哭。

"怎么了？怎么了？出什么事了？"

方蓉嘴唇哆嗦着，张嘴，却发不出声来。袁大宝还没见过一双眼睛能盛得下那么多的痛苦，心疼地把向自己靠过来的方蓉拉进怀里。一切都自然得就像穿上鞋就走路，端起碗就吃饭一样，方蓉连想都没想自己在做什么，就已经靠在袁大宝温热、结实的胸前。痛苦神奇地融化了，一种从未有过的踏实、安心、平静忽然降临，让她觉得自己像个孩子，一个又找到了妈妈的孩子，一个又找到了可以信靠的人的孩子。好像天大的难处，在他身边，都可以化解。他就是她可以依赖的人。

就像相互靠上去一样自然而然，他们又分开了。方蓉镇定下来，开始把家里发生的一切，妈妈的死，爸爸的批斗，弟弟的参军退回来，……一切的一切，所有困扰着她的一切都断断续续地说了出来。

方蓉说话的时候并不看着袁大宝，她下意识地觉得，只要看他一眼，她就再也没有勇气把所有的话都说完，他眼里的同情一定会逼她大声哭出来，那她可就丢死人了。她拼命克制着自己，仍然忍不住声泪俱下，不能自己。

袁大宝先是长时间的沉默，除了听到方蓉在说话之外，脑子里只剩下一个念头，就是一定要做到处变不惊。为此，他的手攥拳头都攥得痉挛了。连刘少奇被揪出来的时候他都没这么紧张过。等他挣扎着觉得终于能正常发声了，就开始连连轻声地说些连自己也不甚明了的话，"别这样，别这样。你一定要正确对待，你是个坚强人，我相信你一定能……"他也不知道方蓉一定能什么，但他认为她是个坚强的女性，不会被击垮。

这一晚，他的拳头一直没松开过，也没再试图去摸一摸方蓉。他所感到的震惊，已经大大超出了他的想象力，超出了他的大脑所能够承受的运算次数。他这才知道自己一直在被方蓉吸引着，即使知道了她的真实身份之后这种吸引仍然没有停止过。他一直没有认真想过这一切会是什么样的结果，会出现什么情况，就像个掩耳盗铃的人，一直在欺骗着自己。事情不真的临到头上，说什么他也不能相信，最后事情的结局竟会如此残酷。方蓉哭得他心都碎了，但他的双臂却再也不能像刚才一样自然而然地将方蓉拥住，倒仿佛有千斤重似的僵直地垂在两旁。

然而方蓉却并没有意识到这一切，一切的苦恼都在这一个晚上一吐为快了，回到宿舍已经是深夜了，刘秀梅被惊醒了，糊糊涂涂地问了一句，"都几点了"，翻身又睡了。听着一屋子轻微的鼾声，夜的宁静压迫着方蓉的耳鼓，渗进了她的血液。她怀着内疚，从母亲死后第一次安然入睡了。没有梦，也没有泪水，恬静得像个孩子。

方蓉开始像个孩子一样，每天都寻找机会和袁大宝见面，不是拉着刘秀梅就是叫着张宓，而且一有机会就要谈到袁大宝。张宓因为还有个在医学院念书的男生在追求她，渐渐就不怎么跟着跑了，只有刘秀梅成了方蓉唯一的、忠实的朋友。她既能不厌其烦地听方蓉没完没了地谈论袁大宝，还随叫随到地陪着她去见袁大宝。方蓉觉得从来没有任何一个女朋友能像刘秀梅这样对她忠心耿耿，这么知心，以为这才是真正的友谊，这才够朋友。刘秀梅甚至主动提出来要替方蓉去找袁大宝谈谈，干脆捅破这层窗户纸，方蓉赶紧表示不要，说：

"别让他觉得我在追他……再说，人家根正苗红，我不能耽误了他的前程，……我知道他对我挺好的，这就够了，……"

可是过了几天，吃过晚饭，方蓉突然发现近来和自己几乎形影不离的刘秀梅不知什么时候不见了，心里便有点空落落的，本打算洗洗衣服的，可衣服刚泡在盆里，就没心思洗了，宿舍、食堂、操场上转来转去，有意无意地到处寻摸。直到天已经全黑了，同宿舍的其他人都开始打水洗漱，仍不见刘秀梅的踪影，方蓉真的有点儿慌了，尽管表面上和大家一样干着该干的事情，但心猿意马地打来水了，忘了洗脸就又倒了；铺开被子了，没有躺下，却又下楼去转了一圈；洗好的衣服扔在盆里忘了晾起来。

熄灯了，方蓉躺在床上，看着近在咫尺的上铺的床板和房内狭窄的天花板，路灯将树影投射在上面，像是一幅幅变幻着的图案，它们随着风的吹动和方蓉自己随意的想像而迅速地改变着，然而每一幅图画都是零乱的、破碎的、瞬息万变的，就像是方蓉无法理清的思绪一样。夜深了，同屋人的鼾声如同响雷一般吵得她无法入睡，已经快两点了，刘秀梅还没回来，直到这时候，方蓉才确定无疑地知道，刘秀梅一定是找袁大宝去了，而且一定是在谈自己。

方蓉一方面又气又急，怪刘秀梅背着自己偷偷去找袁大宝；一方面又热切地盼望着刘秀梅能带回喜讯，翻来覆去不能安睡，朦胧中"看见"刘秀梅回来了，还笑眯眯地问方蓉，"他问你，你是真的爱他吗？"方蓉又气又急，心想，我爱不爱他，难道你还不知道吗？干嘛不替我说清楚呢？刘秀梅好像没听懂，还是疑问地看着方蓉，终于把方蓉急醒了，睁眼一看，竟然是早晨了。刘秀梅正在窗前梳头，清晨的阳光给刘秀梅略显苍白的面庞抹上了一层玫瑰红，眼睛亮亮的，一条短短的辫子又黑又粗，另一半乌发瀑布般垂下来。方蓉一把将刘秀梅拉到走廊尽头，悄声问道：

"他……说什么了？"

刘秀梅垂下了双眼，方蓉急煎煎地问：

"昨天晚是你是和他在一起的吧？"

刘秀梅没有抬头，但点点头。

"他怎么说？"

见方蓉这么着急，刘秀梅只好说：

"方蓉，咱们待会儿……中午有时间再说，行？"

"你先告诉我个大概。"

刘秀梅看着方蓉，张了张嘴，没吐出话来。

"到底怎么了？是他不同意吗？""他到底说什么了？""你干吗不吭声啊？"

刘秀梅被逼无奈地吞吞吐吐地说：

"说真的，我也没想到事情是这样的，我……我也挺为难的，……"

"没关系，你说吧，到底怎么了？是不是嫌我们家的成分……"

"不不，你千万别这么想，他觉得你特不一般，特了不起，一点都没把你们家的事放在心上，他还说出身是不能选择的，但走那条道路是可以选择的。他这人一点都不势力，……"

"没事，你不必为他辩解，直说吧。他到底是怎么说的？"

"真的，我一点思想准备都没有……"

"我有思想准备，你别不好意思。"方蓉只是以为刘秀梅怕伤害自己才吞吞吐吐，心想，无非是些什么"高攀不上"，"上学期间不宜谈恋爱"，"我们只是同志关系呀"一类的托词。这都没关系，她知道他是爱她的，只不过他害怕了，缩回去了，又不愿意直说，她能理解。但她还是好奇，想要知道他到底会说什么，便越发显得大度作出无所谓的样子说：

"其实，我都能猜得出来，他会说什么。"

刘秀梅抬起了头，如释重负地一下子舒展了眉头，高兴地问道：

"真的！你能猜到？你也有感觉吗？"

"那当然……"方蓉话还没说完，刘秀梅已经兴奋地跳了起来：

"是吗？原来只有我自己蒙在鼓里，如果不是他亲口对我说，我还真不敢相信呢！"

方蓉见刘秀梅这么高兴，奇怪了，问：

"他说什么了？"

刘秀梅嗔怪道：

"你说你不是都看出来了吗？他喜欢的是我啊！"

方蓉像遭了雷击般瞪大了眼睛足足有一分钟：

"什么？！喜欢你！？"

"是啊，你刚才不是说，……你也看出来了……他说，他特喜欢我的朴实，劳动人民本色，他觉得，……"刘秀梅觉得不大对劲了，"他其实一直是想跟我好……"声音低得几乎听不见了。方蓉的样子让她不敢再接着说下去了，低声问道，"你不是说有思想准备吗？"

"啊，……是啊，"方蓉尴尬的眼白都红了，但硬撑着微笑，问道，"那他说我什么了？"

"他觉得你挺棒的，一点没有高干子弟架子，虽然有点儿大小姐脾气，但他一向尊重你，过去和将来都不会变，……方蓉，我确实没想到会是这样的结果……没想到他竟然能看上我……"

"受宠若惊？"

刘秀梅老老实实地点了点头，方蓉又问：

"是他找的你，还是你去找的他？"

"……是，是工宣队的师傅让我……"刘秀梅期期艾艾地越说声音越低，以至方蓉都没真的听明白刘秀梅怎么就能有理由被工宣队师父派到另一个系去找人，但她却明白了是刘秀梅主动找的袁大宝，而且是打着自己的幌子。

方蓉的微笑一直没收起来，仿佛由于惯性，又仿佛害怕自己会哭，于是还在咧着嘴笑：

"其实我早就应该看出来，你们俩其实挺合适的。"

"真的吗？！"刘秀梅抬起头来，两眼放光，感激地看着方蓉。方蓉微笑的努力并没有白费，突然真的开始想笑了，笑自己不切实际的爱情，笑自己整天和一群工农子弟打交道却并不真正了解他们，笑

447

刘秀梅迫不及待地去"抢头功"，笑袁大宝这个大才子在女生如此金贵的大学校园里竟然有本事"挑一挑"，笑自己竟然未被挑中……

但是，她却没有笑出来，而是越想越不是滋味，几乎突然又想哭。刘秀梅和方蓉分手时，看见方蓉的最后一个表情仍然是微笑。

方蓉原以为自己会再也挖不去心中的痛，但回家一说这件事，弟弟妹妹们几乎炸了窝，说，袁大宝有什么好的，说好听了是于连，说不好听了是中山狼，黑不溜秋的整个儿一个农民，没看出哪儿好来。说，当初就觉得这人城府太深，你斗不过，果然被涮了。说，找对象还得是"门当户对"，最起码有共同语言。被弟弟妹妹们七嘴八舌地臭骂了一遍，方蓉连哭都哭不出来了，只能像个犯了错误的孩子，好像做了一件对不起所有人的事情似的尴尬地笑着。

既然大家都说这事幸好没成，方蓉也就不再遗憾，不再痛心，不再苦恼了，只是沉重的感觉又回来了，好像曾经卸给袁大宝的那份沉重又加倍地还了回来，压得她喘不过气来。她忽然想起已经好久没看见孟树彬了，妈妈出事后，他曾经来过，但她没在家。连她自己都不明白为什么现在她突然非常想要见到他，而且，他是她现在唯一想要见到的人！

七十二

　　方菲是被热醒的，睁眼一看只有爸爸在家，便尽快洗漱，赶快出了门。听见门响，陈辛吾连动都不动一下，仍然戴着眼镜，借着微弱的日光撕扯手上的蜕皮。

　　父亲的不瞅不睬老让方菲想起自己那句不近人情的话，想起自己的"绝情"，和"罪恶"。其实她明知道父亲那样子并不是针对她一个人的，也许他也并无责备自己的意思，但她就是挥不去心里深深的自责和羞惭。

　　从黑暗、闷热的家里一步跨入阳光灿烂的室外，世界变得亮丽、生动。清晨斜斜的阳光耀眼地倾泻在大街上。晶亮的光斑在大楼上的玻璃、马路两旁瑟瑟抖动的叶片、穿梭而过的汽车窗、甚至灰黑色的柏油路面上快乐地跳跃着，灼人眼目地摇晃着，闪烁着，将本来就灿烂的世界装点得更加耀眼、斑斓、绚丽，如金光织成的一面旗在人眼前挥舞。

　　方菲站在大街上，拿不定主意该去哪儿，被这面金光闪闪的旗晃得睁不开眼。她眯缝着眼睛，用手遮住光亮，竭力去适应门外这个辉煌的世界。

　　蝉，已经开始预演般地断断续续地鸣叫起来，仿佛是为午后的疯狂大合唱调调嗓门儿；蓝天上一群鸽子呼哨着从大楼顶上掠过，绕回来，又掠过；汽车嘀嘀嘀地叫一路；还有风，那清晨的风，沙沙地，柔和地，清爽地扫过人的面颊，托起鸽子的双翼，传送着阵阵蝉鸣。

　　方菲不想去看，不想去听，不想去感受这纷乱、喧闹、和辉煌，然而，有什么东西开始在她心里有力地搅动着，汹涌着，扼住她的喉头，挤压着她的心脏。泪水突然止不住地喷涌而出，她没想要哭，更不想站在大街上哭，但泪水却止不住地往下淌。她用手不停地抹，左手抹一下，右手抹一下，但泪水如天上下来的雨，挡不住，也抹不干。她停住脚步，靠在一棵大树后面，终于，不出声地哭得像个泪人儿。

"这简直太可笑了，多么荒唐，这算什么？站在大街上哭，为什么？为了天上的云彩？为了这风？还是为了这明媚的阳光？我是不是真的有病？妈妈死了，我不哭，现在却为了这毫不相干的无情的世界而流泪，这到底算怎么回事？你傻吧！就傻死吧！不许哭了，停住！"

然而不管她怎样骂自己，泪水依然汹涌不止。她突然觉得自己太可怜了，她不仅可怜自己，还可怜妈妈，可怜大家。她泪眼婆娑地看着眼前这个只顾炫耀自己的绚烂多彩，并不为任何人的痛苦所动的冷酷无情的世界，心如刀割。

以前她只是感到孤独，现在她却真觉得自己是个孤儿了。从后脊梁升起的一股寒气让她浑身一冷，站在大太阳底下却起了一身的鸡皮疙瘩，泪都干了。当她站在史培玲家门口的时候，已经非常镇定自若了。

史培玲家是一个三居室的单元楼，虽然家中的陈设也和方菲家一样，都是些简单的家具，所不同的是，这些家具上不是铺着一块塑料布就是搭着一块手工编织的花边，或者铺着的确良的罩子、帘子之类的装饰物，就连每一张椅子上都放着一个花布包着的棉椅垫儿。史培玲不屑地把所有这些都称作是她妈妈的"闲情逸致"，"没劲"。

史培玲的父亲是个极其和蔼、话也不多、丝毫不会让人生畏的老头儿，妈妈是个典型的白肤红唇的麻利四川女人，都对史培玲宠爱有加，并且爱屋及乌地也对方菲十分关怀，特别是最近，史培玲还曾邀请方菲来同住，说她的父母亲方面绝对"没问题的"：

"真的，你别多想。我爸特有度量，他才不怕什么走资派的帽子呢，你放心。其实我爸也差点被打成走资派，要不是他特有水平，特别懂得斗争策略，也就完蛋了。真的，我特佩服我爸。他的马列主义水平特高，他早就看穿了，不管机关里的两派怎么逼他表态，他都坚持原则，坚持说大家都是革命群众，愣是没表态。怪的是别瞧他哪派都不支持，可大家都佩服他，……"

史培玲又从佩服父亲说到一般的哲理，说真正的革命者就得能伸能屈，中国革命也走过弯路，毛主席在受排挤、受抵制的时候就是因为能"忍"，能忍人之所不能忍，才等待到了时机赢得了胜利，经受不住考验，就成不了大事……

史培玲口若悬河地高谈阔论起来了，尽管是泛泛而论，但句句话都让方菲如芒在背，心里说不出的愤懑、委屈、不平，还有莫明其妙地对什么人的不服气。难道说自己的父母亲马列主义水平不够高吗？她爸爸所处的位置能和自己的父母相比吗？她想要分辩，想要反驳，但细细一想，却又找不到适当的言词和适当的理由，而她唯一可以做的就是谢绝史培玲的好意。史培玲倒也不在意，要她愿意的时候随时来。

方菲一敲开门，立刻听见屋里人声鼎沸，想退已经来不及了。

来开门的是周晋生。见了方菲，他不好意思地搔了搔头皮，低下了头。他们已经有日子没见面了，本来应该同病相怜两个人，此时却由于难为情，由于羞惭，竟连寒暄的话都没有，默默地一前一后进了屋。好像见面都是不应该的，因为只要见面，哪怕不说一句话，都意味着相互无言地提起了那件让他们难以面对的事情。

周晋生在父亲死后，几乎有两个月的时间凡人不理，几天就掉了五六斤肉，现在方菲却像没事人一样，几乎不到十天就又重新出现在大家面前，除了脸色更苍白些，表面看上去并没有什么大变化。这不仅让周晋生感觉不舒服，让大家也感到意外，谈话一下子中断了。

但这只是一瞬，方菲昂着头，挑衅似的扫视了一圈，万小光首先收回了目光，事实上他也只是抬眼看见了方菲，然后又淡然移开了目光，没事人似的平平静静地又接着中断的话题侃侃而谈起来。当屋子里重新热闹起来没人注意之后，方菲缩进了一个角落里，低下了头。

史培玲正和万小光谈哲学问题。因为万小光说过，要想真正读懂马克思主义的哲学，就得读懂黑格尔，要想读懂黑格尔，还得从休谟和斯宾诺莎读起。于是，史培玲猛读休谟，抄了大本大本的读书笔记。可是对休谟理论的精神实质几乎不能理解，而对斯宾诺莎在哲学上的成就则是不以为然：

"……有些问题根本就用不着用那么繁复的方式加以证明。一张桌子，有就是有，没有就是没有。休谟是用布一挡就宣称桌子不存在了，简直太可笑了；而斯宾诺莎的机械唯物论，又有违常情。只需客观些，有个基本的常识，所有的问题就都可以迎刃而解了，难道这些简单的事实还需要哲学家非那么大的劲儿来反复论证，费力思考？"

"这是因为一方面，科学发展到今天，有些当时成问题的问题今天已经被当成了常识，但在哲学史上这却是重要的一步；另一方面，你所说的客观些，也不是一件容易事。人得吃饭才能生存，而要有饭吃就必须发展生产力，这件事够基本，够客观了吧。但是，在某些历史时期，比如战争，或者现在，生产力显然就是停顿的，或者倒退的，但理论家们可以说是暂时的停顿孕育着更大的发展。"

周晋生笑了，说：

"不破不立，破字当头，立在其中。这还是最高指示呢。"

史培玲不理周晋生的调侃，绷着脸问：

"那到底有没有一个客观标准了？任何事物都有几个面，人可以任选一个角度来为自己所做的任何一件事来辩解啦？"

"其实就是这样，有些客观标准也是相对的。在历史进程中没有哪一件事是绝对的错，哪一件事绝对的对。每一件事都是发展中的一个过程，也就是所谓的凡是存在的就是合理的。当然，凡是对促进生产力发展过程有利的就是好事，是对的，反之，则是错的，坏的。但就是这样，也都难以一言以蔽之。"

所有的人就好像什么事情都没发生一样的高谈阔论麻痹了方菲的感觉，让她淡忘了刚刚离开的那个充满汽油味儿的黑暗的家，和弥漫在家中的压得人喘不过气来的沉重，以及那个绚丽灿烂到了残酷的光彩斑斓的世界。好像她重新来到了另一个理性的世界，又能客观而又平静地看待世界，看待文化革命，看待历史了。她甚至想到，在革命和前进中哪能没有牺牲？哪能不付出代价？虽然自己家里发生了悲剧，但却不能因此而否定整个文化革命，或许社会的前进正是用这种牺牲换来的，就像是无数的革命先烈为革命牺牲了生命一样。个人的喜怒哀乐在历史面前都是微不足道的，人类所创造的精神财富才是永恒的，有意义的。她要多读书，多思考大事，多学习，开阔眼界……

何延平接着万小光的话茬，兴奋地叫起来：

"对！你比如说秦始皇，一直都被认为是个暴君，但毛主席给他翻案，而且还自比，谁还敢说什么？'坑灰未冷山东乱，刘项原来不读书。'本来是反讽，可现在成了警语了。"

周晋生抢着说：

"你再比如说现在的上山下乡运动，你就难说它是好坏是坏。对于个人，可以说经风雨见世面了，锻炼锻炼。但从经济学的角度看，这不就是剩余劳动力嘛！说白了，失业大军，只不过我们是社会主义国家，不承认有就业问题罢了。"

史培玲问："既然这么悲观，哪咱们干嘛还积极筹划着去插队？"

"这是两码事。我们准备下乡是因为那里的确是大有可为，当年中国革命不就是从农村闹起来的吗？但这并不说明大批知青下乡就不是安置就业，解决就业压力。"

季晨也平和地解释道：

"反正咱们这些人想要留城也是不可能的，倒不如拉一帮志同道合的朋友，找一个合适的地方去插队，大家多带些书，交换着看，还能继续我们的学习。而且……"

说到书，大家都转过头来看方菲，都知道她家书多。缩在角落里的方菲突然被罩在众目睽睽之下，她脸色苍白目光清亮地好像忍受刀割一样咬牙任凭在她脸上划过去的一道道目光，一言不发。然后甩甩头，迎着大家的目光望去，试图作出无所谓的样子，勉强微笑了。季晨磕巴了一下，随即转开话题。大家也知趣地挪开了目光。方菲低下头，假装翻看史培玲的笔记本，巴望着被人遗忘。但在后来的时间里，即便没人投过目光来，方菲仍然如坐针毡，有意的回避使她感觉到了更多的注意。她仿佛能用皮肤看见每个人内心的那双粘着在她身上的眼睛，她不知该怎样消除这刺骨的有别于人的感觉，怎样才能够让人不要再注意自己，至少不要让她感觉到这种关注。

幸好这时候史培玲和男生发生了争执。何延平说让史培玲多联系一些女生一块走，因为女生多了可以有人干家务活，一下把史培玲惹火了：

"你们这不是歧视妇女吗？上山下乡还想带保姆是怎么的？到时候还不一定谁更能干，咱们井水不犯河水，各干各的，倒要看看谁更'有作为'！"

几个男生赶紧和稀泥，何延平委屈地说：

"我也没什么恶意，我们男生可以多干些重体力劳动嘛，这叫社会分工不同，怎么能扯上歧视妇女呢？"

季晨赶紧说：

"要说重体力劳动，咱们也干不过农民，还是发挥知识青年的特长，弄个赤脚医生啊，会计，科学种田之类的事……"

男生们赶紧下台阶，七嘴八舌的，扯开了话题，连具体准备到什么地方去插队都谈到了。史培玲紧绷的脸色这才渐渐缓和下来。可何延平却很不以为意，成心扯着周晋生大声聊些不入史培玲耳的话题，说，他弟弟有个叫"肥子"的小哥们儿，有一天在街上盯上了一个女孩，骑着车一通猛追，那女孩儿七拐八弯往前冲，跑着跑着，"肥子"觉得奇怪，怎么那女的进了哥们儿家的门洞，"肥子"上楼敲门，一看那女也在，原来她是哥们儿的哥哥的同学。事情一点不新鲜，但是何延平一通哥们儿、哥哥的，跟说绕口令似的，逗得一屋子人哄笑。只有史培玲笑不起来，但男生们视而不见，周晋生还问：

"你弟多大了？"

"初一的小毛孩儿。要不是文化革命，还分男女生界限呢。"

"纯粹是在城里闲得没事干了，胡来。"史培玲不屑地说。

何延平脸一整，说：

"嘿，你可别这么说，你以为《红楼梦》里的人物都多大呢，也就是这个年龄，照样演尽了人间的爱情悲喜剧。"

"懂什么叫艺术加工吗？那是小说，能对号入座吗？"

眼看两个人又要辩论，季晨又插进来，说：

"十三四是小点儿，十六七还差不多。不过我觉得我上初中的时候，女生长什么模样都没看清楚。现在的孩子就是早熟了些，再不打发了这些人，城里还不都乱了。"

万小光忽然慢悠悠地开口了：

"听说现在当兵的都打破了头，能走的都走了。"

"可不，我们院儿走了好几个了。不过那得有后门，家里不倒台才成。像咱们这些人算是栽了，军干子弟这回可赚了。还美其名曰'子承父志'呢。"

"狗屁，资产阶级法权！谁不知道当了兵就不用下乡了！走后门就是走后门，把这种事合法化就够无耻的了，还贴金！"周晋生恨恨地说。

"就是，以前有多种选择的时候，可以叫'子承父志'，现在还这么说，是有些牵强。"季晨说。

"有可能的话你去当兵吗？"史培玲问周晋生。

周晋生像被戳了似的一缩，咬牙切齿地脸上暴起了青筋，假装没听见地一言不发。何延平却接过来说：

"当然不去，谁受得了那个管制。广阔天地，大有作为。甭管是真是假，起码一条，没人管，我最恨受管制了。"

几乎每个人都参加了谈话，只有缩在角落里的方菲一声不吭。她也想说话，也想像别人一样或者谈谈哲学，或者轻松、调侃地谈点儿日常话题，总之能像别人一样，自自在在。但是，她不仅大脑如同一张白纸连一句恰当的话都想不出来，而且，连随声附和这样简单的事情都做不到，因为声音仿佛鱼刺一样卡在喉咙里，咽不下去，也吐不出来。

尽管如此，她仍然渐渐地平静下来，就好像这些朋友是一堆温暖的火焰，不管他们是用什么为燃料，燃烧的是煤也好，是木头还是稻草都没关系，只要他们在眼前，只要他们在闲聊，她都能感受到温暖，看见光明。

她打定主意一定要和他们在一起，和他们一同去插队，跟随着他们，到农村这个广阔天地去，离开家，离开让她痛苦、压抑得喘不过来气的地方，奔向新的生活。她甚至相信，只要和他们在一起，就有生的希望，就一切都会好起来。

方菲成了联系插队的积极分子，甚至比史培玲还要卖力气。不仅到处联络，到处打探消息，还极力动员要好的朋友们也去插队。这天季晨说又联系了一些人，拉着方菲要去看看。

方菲骑车来到中山公园门口，远远就看见在绿树红墙前季晨依车而立的身形，抢眼而且姿态优美。不论什么时候看到季晨，方菲都会不由自主地感慨他为什么竟是如此完美。季晨的肤色并不白皙，但在阳光下，浅浅的均匀的古铜色更显得紧凑、细腻、有弹性，柔和光亮得像是一匹上好的缎子。不仅营养良好，而且自带着几分贵气。尽管脸上的表情十分放松，但站在那儿的姿态却很挺拔，就像照在他身上的阳光一样明朗。一发现方菲近前来，笑意明显地从心里漾开在脸上。方菲看着他，心里忍不住疑问：

"他为什么如此完美而且幸福？为什么？"

季晨只看见方菲黯淡、忧郁的目光紧盯着自己，心里一阵发紧，说不清是同情还是怜惜，但像所有习惯于受到关注的人一样，可以在凝视中不动声色。他随意地转过脸去，旁边刚好有个冷饮车，若无其事地问道：

"你渴了吗？"

"不，不渴。"方菲条件反射似的接口答道。她兜里没有一分钱。

"我渴了。"季晨像没听见一样，买了两瓶冰镇的北冰洋汽水，递给方菲。

"我真的不渴。"

"喝吧，你也骑了半天车了。"季晨自然而又平静地说。

方菲只好接过冰凉镇手的汽水瓶。凉爽淡黄色的液体冒着泡，一口进嘴就好像将公园的清凉一并吸入了体内。方菲看了一眼此时感觉格外清爽的北冰洋汽水，微微解嘲地说：

"原来我以为只有男女合校的男生有绅士风度，没想到你们男校的也这样。"

"是吗？你是不是讨厌绅士风度？"

"说不上来，有时候让人觉得多少有点虚伪。真正的尊重只能建立在平等的基础上，女士优先本身就暗含着强者对弱者的照顾和怜悯的意思。"

季晨在家里是老大，在学校里是干部。父亲常年在西藏工作，母亲是个留过洋的学者，学问挺大，可就是家里的盐罐子放在哪儿都不清楚。爸爸每次离家前都要叮嘱季晨照顾好妈妈，照顾好弟弟妹妹们。他从来都没想过照顾别人有什么含义，更没想过这和男女合校或"绅士风度"有什么关系。听见方菲这么说，觉得有趣，便问：

"这么说你是讨厌'绅士风度'的了？"

"在我看来'绅士风度'就是变相的男尊女卑，大男子主义。"

"那也太极端了吧？女校的女生自尊心是比较强，史培玲……"

"别拿我和她比，我们不一样。"

方菲迅速地打断季晨的话头。季晨笑了笑，并不恼：

"当然，也许实质不同，但表现出来的都是特有个性。"

"我们怎么实质不一样了？"

"史培玲是虔诚的'男女都一样'的信奉者，可是你……"

"我是什么？"

"你不是因为信念，而是因为个性，还有际遇……"季晨的声调降了下来，顿了一下，终于下了决心似的说，"我觉得其实你不必为了你母亲的事情背包……"

方菲被蜂儿蜇了似的叫了起来：

"才没有，我才没拿它当回事！"喘了一口气，压稳了声音，又说，"我不觉得这有什么。"

季晨被方菲激烈的反应吓了一跳，咬紧了嘴唇，不说话了。刚刚还盛开在脸上的欣喜之花突然凋谢了，变成了一颗悔恨的苦果。一双微微下陷的橄榄形的单眼皮的大眼睛，如同一汪深深的池水，盛满了同情的忧郁。

看着这双眼睛，方菲立刻觉得自己身不由己地掉进了这汪池水之中，被弄得浑身是水，湿淋淋、软绵绵的，好像全身的力气都随着这目光融化了，流走了。一种揪人心肺的痛苦被塞了进来，充斥了她的全身，其中还夹杂着隐隐的内疚。这感觉几乎要了她的命，比周晋生的冷淡、万小光的漠然、史培玲的不着边际都更深地刺伤了她。他使她感觉自己是一个需要同情，需要温存，需要呵护的弱者，他让她脚下的岩石熔化了，变软了，成了一堆烂泥，让她无法立足，无法坚定地站住脚跟。不，她不想要这种感觉，这种感觉会让她彻底完蛋，彻底输光，最后倒在怜悯之中，永远也站不起来了。不行，她必须挣脱，必须跑开，必须坚持划清界限。

"我痛恨怜悯，知道吗？"方菲一字一顿地清晰地说道。

"不，我没有……"季晨猝不及防地分辩道，但马上语塞了，低下了头，"我只是……不想看见你这样。"

"什么样？！"方菲立刻又变得戒备而且警觉。

季晨又顿住了，不想冒犯方菲，掂量着怎样才能说清楚自己的感受。

"你不快乐。"

"哈！我不快乐？你想什么呢？难道你看见我哭了吗？看见我痛苦了吗？没有！你怎么知道我不快乐？！"说着方菲大笑起来，笑得上气不接下气，笑得周围人开始回过头来看她。她满不在乎地继续大笑，好像碰上了天底下最好笑的笑话，笑得眼泪都出来了。季晨看着她，眼里依然是无尽的同情。方菲突然收住了笑，"而且，那与你又何干？"

"因为，因为……"季晨突然发现，自己已经被逼进了死胡同，除了表白，别无出路，但话到嘴边还是没敢直说，"我关心你，希望能够给你带来幸福。"

方菲那么诧异地看了他一眼，冷冷地问道：

"这世界上还有幸福可言吗？"

季晨当然认为这世界上是有幸福的，但他知道，这话绝不能出口。他踌躇着，思量着，小心地避开方菲的痛处，拐着弯地扯开去说：

"有许多事情都有争论，个人都会有不同的理解。那天我和一帮朋友激烈地辩论过，大多数人都认为世界上根本就没有精神恋爱，支持我的是少数，我们吵得一塌糊涂，最后，就只剩我和另外一个人坚持认为有精神恋爱。"季晨说着笑了，问方菲，"你是不是觉得我很可笑？"

"怎么会？"

"你也赞成我的观点吗？"季晨欣喜地说。

"不，不完全赞成。精神恋爱当然有，梅克夫人和柴可夫斯基就是典型。还有许多其他人，但是我觉得只要条件允许，精神恋爱不会只停留在精神上。人毕竟不是个纯精神的物种。"

季晨想不到方菲能说出这么精辟、大胆的话来，全身一阵燥热，冲动得直想一把搂过方菲来。但他克制着自己，不敢轻举妄动，但还是身不由己地向方菲靠近过去。

季晨招女生喜欢是上了中学以后的事，但他自己浑然不觉。等上了高中，班里全是男生了，才突然对女生萌生了好奇心。不论是同院住的女孩子，还是的妹妹的女同学，甚至路上看见一个完全陌生的女生，偶尔都会触动他的心。让他感动的东西常常细小的令人难以置信，有时候是两条小辫，或者一条漂亮的头巾，甚至是一根头绳、一个特别的站立姿态都能让他突然产生非分之想。只不过这种冲动来得快去得也快，真正和女生接触多些还是文化革命开始以后。见得多了，季晨才发现，远远看去迷倒人的一切竟然经不住细看，走近了，小辫就是头发，头绳就是毛线，而一切美丽的琐屑所包裹着的多半是贫乏、空洞和虚荣。直到看见方菲，这一切才意外地改变了，因为他一直以为最初的冲动过去之后，他也会像以前一样慢慢平静下来，然后可以和方菲成为好朋友。但是，方菲就像是一个旋涡，在他只是因为好奇而稍稍靠近时，就身不由己地已经被拉入了无底的深渊，再也挣扎不出来了。他想起周晋生说的，"有的人别看眼儿不大，却像是长了钩子，什么时候被勾走了魂儿都不知道。"说的时候没有指名道姓，但所有的人都明白他是在说谁。

季晨徒劳地发现自己的挣扎是多么地无望，现在，被勾走得已经不是双眼，而是全身心了。

季晨只是靠近了方菲，没有任何的举动，甚至都没有真正触到方菲的肌肤，可即使这样，方菲也立刻敏感到了季晨身体里涌动着的激情。她不敢移动，也不敢说话，木雕一样伫立着。就在这时候，一辆挤满了乘客的大公共汽车开过来，她眼看着几乎整整一车人的目光都投向了自己和身边的季晨，当车从他们面前缓缓开过时，临窗的所有的面孔就像葵花向着日头一样，又齐刷刷地往回扭动，就像是在做团体操。

方菲不知道吸引这一车人的是什么，是季晨的英俊还是她和季晨之间由于默契相通而产生出来的和谐气氛，但她立刻明白了，和季晨在一起，他们是多么引人注目的出色的一对儿！出色到了招来百分之百的回头率。

如果她能够爱，想要爱，应该爱的话，她就应该爱季晨！他绝对是她今生今世能够碰上的最完美的情人。方菲莫明其妙地突然预感到，这样的机会绝对只有这一次，错过了，此生就再也碰不到了。她不应该坐视这大好的机会从手边溜走，如果季晨有所表示的话，她一定要……一定要……

方菲一边下着决心，一边紧紧地抓着汽水瓶子，冰冷冰冷的汽水镇得她手都疼了，好像那不是一瓶汽水，而是一块冰，一块千年难溶的北极冰。

七十三

　　方蓉从来都没有主动找过孟树彬，因此，当孟树彬看见传达室里坐着的是方蓉，紧张得眼睛都瞪圆了，以为又出了什么大事。方蓉说只是路过，来看看，孟树彬才放心。

　　最近，孟树彬事事不顺心，前一段因为一时冲动签名退党的事还没了，一个同屋的偷看了他的日记，发现了一段连他自己都差点忘了的和副总理的谈话记录，话其实并没有什么，但这位副总理现在已经被当成二月逆流的干将打倒了，谈话记录就成了黑材料。幸亏孟树彬的父亲现在是军代表，所以，眼下还没给他定性，正在审查中。碰巧前一阵子和赵延丽来往多了点，曹丽娜打翻了醋瓶子，闹得他不可开交。他可不想再出点什么事了。为了不惹出新的麻烦，孟树彬拉着方蓉赶紧上了大街。

　　若是在几个月之前能和方蓉在一起，孟树彬会乐疯了，但是眼下，连他自己都说不上是种什么心情，只觉得他们走了好长好长的路，说了好多好多累人的话。然而，分手后，又闹得他心里空荡荡的，完全不记得一下午他们都聊了些什么。只记得说到母亲死，方蓉哭的泪人一般，哭得孟树彬站在大街上尴尬得厉害，感觉满大街的人都在看他们丢丑似的。

　　后来，方蓉又接二连三地找过孟树彬几次，被曹丽娜发现了，她一反常态地不仅没有吵闹，反而变得格外温柔，而且一有机会就更温柔更长时间地与孟树彬做爱，帮他做各种杂事，洗洗衣服，甚至涮他的臭球鞋，还说她不在乎能不能嫁给他，她只希望能永远和他这样相爱，如果他真的爱别人，她就祝他幸福；说自己命苦，说孟树彬肯定会像她第一个男朋友一样离去。说得凄惨动人，让孟树彬柔肠寸断，发誓赌咒地说他只爱她一个人。

　　过没多久，孟树彬就听说赵延丽最近有了个男朋友，虽然略有伤感，但却松了口气，赶紧告诉了曹丽娜，不想曹丽娜丝毫没有高兴的表示，反而说，我不是那种小人，也不是那种爱嫉妒的人，她有没有男朋友我才不在乎呢。闹得孟树彬好没意思，仿佛自己倒是揣了鬼胎一般见不得人。

　　有一天，孟树彬陪方蓉散步时间长了一些，曹丽娜整整哭了一下午，而且，在后来的三天里，每天只要单独和孟树彬在一起，就会垂泪。

　　孟树彬心里明白，事情是该有个了结了，但怎样了结，有什么可了结，他又非常茫然。因为尽管方蓉常来找他，常用充满信任和爱意的目光长时间地凝视着自己，但毕竟她什么也没说，而且什么要求也没有，对孟树彬的事情也什么都不打听，只是海阔天空地闲聊而已。如果没有曹丽娜，还有他们之间已经过了界的性爱，孟树彬常常觉得自己忍不住就想要对方蓉说爱她，好几次话到嘴边，但拐了一个弯而又缩了回去。所有的一切都让孟树彬心烦意乱，不知如何是好。

　　当方菲接到孟树彬的电话约她晚上在附近的小公园见面，说有话要谈时，她以为自己听错了，脱口问道：

　　"是我？不是方蓉？"

　　孟树彬一反往常地郑重回答：

　　"是你，……，你能来吗？"

　　"当然。"

　　"晚上见。"口气怪怪的，好像换了个人。

　　方菲原以为自己就像是站在山岗上的一株老树，历尽沧桑，饱受风霜，世间的一切世态炎凉都经历过了似的平静、冷淡、超然、麻木，仿佛已经活过了一千年，再没有吃惊、感动、欢乐和痛苦，"世事洞明皆学问，人情练达即文章"，没有一件事是在意料之外的，好像这样就能将一切伤害都挡在门外。

　　但是这一次，她才发现这世界上还能有她完全料想不到的事情发生。她想不通孟树彬找自己能有什么事情呢？

　　公园门口冷清，无人，老远便可看见孟树彬高大的身影。想到再走几步过去，就得和孟树彬并排漫步或找条长椅坐下来谈话，方菲还是感到一阵莫名其妙的紧张，他不找方蓉找我谈什么呢？现在方蓉每天在家里又满口的小彬哥哥了，尽管听着不像对袁大宝那样充满了敬佩，但也是倍感亲切的。有那么一分钟她甚至开始怀疑自己是不是真的像方蓉说的那样成了个迷人精，真的连孟树彬这样的不着边儿的人都不放过？

孟树彬一看见方菲就友好地微笑着走过来，伸出手，点着头。看见孟树彬那潇洒的派头，看见他的微笑，方菲心一松，也笑了起来，咧着嘴，拿出满不在乎的劲头儿，摇着脑袋，问：

"够神秘的，有点儿像地下工作者在接头。你就不怕被当成共党给抓起来？"嘴上打着哈哈，牙齿却不由自主地有点儿打架，说不上是因为紧张、好奇还是担心。孟树彬苦笑着说：

"能被当成共党是我的荣幸呢，就怕被当成国民党特务了。"

"党票还没找回来？"

"谈何容易，好了，咱们不谈这些了。"

"那谈什么？"方菲好奇地问，四下张望着，"有什么话不能上我们家去谈？还约到这儿来。"

公园里不是老的就是小的，有年轻人也是一群一伙的，像他们这样一男一女的很惹眼。

"我也是没办法，有些话我也不知道怎么说好，……其实我也没主意了，……我实在是没有别的办法了。"孟树彬顿住了，突然露出了窘相，半天没吭声儿，脸竟然也渐渐红了，一改平日洋洋洒洒的派头儿。方菲好奇得眼睛都瞪圆了。

"你别这样看着我，我都不知道该找谁讨主意了，"孟树彬又吭哧了半天，终于说，"你知道方蓉……我们最近常见面。"

"这我知道。"

"你知道？你还知道什么？"

"你先别问我还知道什么，你想要说什么？"方菲的心这才彻底地放回了肚子里。

孟树彬突然又变得期期艾艾起来：

"……我原先一直是喜欢方蓉的……现在也喜欢，但是现在，……你也知道我自己的事儿闹得挺烦的，就爱去打打篮球……有好长一段时间你姐姐根本不理我，我以为……"

孟树彬吞吞吐吐地东拉西扯，一会是他妈妈，一会又是单位里的运动对他的压力，又提到最近老去打篮球，说得方菲一头的雾水，又不好打断，直到一个女人的名字曹丽娜从他嘴里吐出来，方菲才小心翼翼地插嘴问道：

"是个女生？跟你不错？"

"可以这么说吧，她对我挺好的。"

"什么意思？她是你的女朋友吗？你是想让方蓉别妨碍你们？"

"不不，不是这个意思！"

方菲好奇地看着孟树彬，孟树彬深深地叹了口气，低下头说：

"连我自己也不是很明白到底是怎么了。简单说吧，我不知道方蓉到底是什么意思，我十分珍惜我们之间的感情，不想弄出误会来，如果她真的……有那种意思，我……你觉得她……"

方菲伶俐的大脑飞速地转了好几圈，似乎没找到正确的答案，但另一个问题却让她有些好奇：

"先不说方蓉想什么，这个回去问问就可以了，关键是那个什么曹丽娜，她怎么办？"

"说真的，我还没认真想过，但是，我现在关心的是方蓉的想法。曹丽娜嘛，我觉得也挺对不住她的，"孟树彬惭愧地低下了头，"我去过她家，也在她家住过……"

"那你还问方蓉干嘛？你到底……"

孟树彬赶紧打断了方菲的话：

"不过只要方蓉说他爱我，一切困难我都能克服，真的！我什么都不怕，走资派又怎么了，我不在乎。"

尽管走资派三个字让方菲听着好不顺耳，但她已经都顾不上那些了，她只能拣最重要的问：

"那你到底爱谁呢？是方蓉还是曹丽娜？"

"说真的，我谁都不想伤害，对她们俩我都……曹……人挺不错的，对我挺真心的。"

"那你到底爱谁，总不能两个都爱吧！"

"说来你也许不信，两个人，我都爱。"

方菲简直不敢相信自己的眼睛和耳朵，不能相信天底下竟然有如此荒谬的事情！孟树彬见方菲两只眼睛瞪得那么圆，无可奈何地挑高了一边的眉毛，叹了口气，说：

"我也没想到事情会是这样的。"

"确实不大容易想象得到。"方菲讥讽地撇了撇嘴。

孟树彬双手抱住头，痛苦地攥紧了拳头：

"我知道是我不好，我自己也不知道该怎么办，我真的恨自己，都是我不好……我不想伤害她们中任何一个，真的……"孟树彬眼睛里含着的泪，被路灯照得光芒四射；有模有样的面孔上刻出一条条悲哀的线条。方菲心软了，问：

"方蓉说过她也爱你吗？"费力地吐出"爱"这个字眼儿，心里别扭得要命。

孟树彬摇摇头：

"就是因为这个我才找你，不管结果是什么，我都永远是她最可信赖的朋友……永远，……真的，我原来自己都不明白这一点，现在我才明白她在我心里到底有多么宝贵，……"

"让我怎么告诉她，说你真的爱她，也真的爱那个丽娜？"

"我也不知道，你是个聪明人，你比我知道该怎么说。"

方菲突然之间气得直想骂人，却惊讶地发现脑子里竟然没词儿，都不知道该骂什么，骂谁，并且有什么可骂的？开始她并不相信自己会真的没词儿，但想了半天，仍然不知道到底该骂谁，骂什么。因为，不论孟树彬有多么地荒谬，不可理喻，莫名其妙，出乎意料，她却仍然能够感觉到他的痛苦竟是那么地真实，真诚，以至于惊异盖过了愤怒，盖过了不屑，盖过了替方蓉的心痛，让她一句话也说不出来了。直到分手，她仍然晕着，没有真的弄清楚孟树彬到底想要干什么，

方菲气急败坏，吐沫星子乱溅，语无伦次连比划带形容地将所有

的事情一股脑儿地倒给了方蓉，原以为方蓉会气得直跳，不想方蓉木着脸半天没反应。方菲终于不说了，开始不知所措地看着姐姐，想说两句安慰的话，还没出口，突然方蓉笑了起来，笑得咯咯咯的，就像喝醉了酒一样，抑制不住地一个劲儿地笑。方菲急了，问：

"你怎么了？姐姐，你怎么了？"

方蓉一只手挡住眼睛和半个脸，一直手在面前摆着，表示没事儿，仍然忍不住的咯咯笑着。方菲松了一口气，也开始觉得事情是有点儿好笑，可还没等她跟着笑出声来，仍在咯咯笑着的方蓉泪水哗哗地顺着脸颊流了下来，她想要开口说话，想要告诉方菲自己其实没什么，但一脸的鼻涕眼泪让她开不了口。一种难以言喻的混乱到了极点的冲动在她的全身心搅动着，冲击着，撞击着，连她自己都一时无法弄清自己为什么要笑又为什么要哭，她只是忍不住，就是忍不住。当她终于满眼的泪光，能够开口说话了，第一句话就是：

"不，我没什么，我只是拿他当哥哥，真的，我就是觉得失去了一个好哥哥，……"说着眼泪又涌了上来，"我没……爱……过他，没有！"

方菲大惑不解地说："那你就别哭了，干嘛还要哭？！"

"我不哭，他不值得我为他这样，一点儿都不值。"方蓉竭力忍着泪，但泪水却断了线的珠子一样滚滚不断，"可是他对我太好了，我几乎都拿他当亲哥哥，他却这样伤人的心，这么无情，这么……"方蓉难过得说不出话来了。

"卑鄙！"

"不！你别这么说，我只是觉得失望。其实他对我挺好的。"

"这能叫好吗？！同时爱着两个人？亏他好意思说出口！我真闹不懂，他真对你好，怎么还会有那个什么丽娜……"

"不，不！你不懂！我不是那个意思！"方蓉像被蜇了一样地大叫起来。方菲愣住了，方蓉有放缓了口气，"我们……不像你想象的那样，他就像是我的亲哥哥一样，你就是爱把人都想得那么龌龊！"

"我龌龊？！"方菲憋了一晚上的火终于找到了出口，气得连的脸都白了，"闹了半天还是我龌龊！好，你们圣洁！你们是纯洁的友谊！我低级趣味……"方菲张着嘴，忍了又忍，将更难听的话咽回去了，扭头就要走，方蓉可怜兮兮地一把拉住妹妹：

"别，别生气，我不是那个意思。"

可是姐姐伤心欲绝的样子只能让方菲心生厌恶，她叫道：

"我有什么好生气的，这是你自己的事情，你连自己的真实感情都不敢面对！谁难受谁知道！人总不能连自己都骗，你总得对得起你自己吧！"

方蓉眨着眼睛，看着妹妹，想要解释，但却不知道该说什么好。

感情？对他的真实感情？的确，最近她就是想要见到他，就像当初老想要见到袁大宝一样，不，似乎又不完全一样。和孟树彬在一起没那么多思想观点要讨论，没有因陌生而产生的新鲜感，尽管孟树彬曾经让她莫名其妙地心跳脸红，浑身的不自在，但这能算是爱吗？爱情应该是高尚的、纯洁的、美好的。方蓉脑袋馄饨着，无法分辨，也无从承认，更别提说明了。她只能机械地喃喃重复道：

"我真的没有什么，我对他真的只是……真的不像你想的。"

"那好吧，你什么也别说了，我就转告孟树彬，说你对他是纯洁的兄妹感情。"

方蓉一边点头，一边想到这就等于失去了孟树彬，又抑制不住地热泪盈眶：

"是的，是的。难道你不相信我吗？呃，方菲，我也不知道为什么这么难过，好像心都碎了，我真的难过极了，他怎么竟然……袁大宝的事好像都没这么难过，你说这是为什么？"

"我哪儿知道啊，我真的不懂！"方菲也叫起来。"你为什么要哭？为什么要为了一个轻薄的、朝三暮四的人伤心？现在一刀两断是好事情！他有什么可留恋的？！愣她妈告诉说同时爱两个人？我简直……"

"不！不对，他只不过那么说，我知道他不是爱两个人！因为，他对我……"方蓉吞吞吐吐起来，"他……对……曹……肯定只是同情，不可能是爱情！"

"你怎么知道？"

"没什么，我就是知道，"方蓉涨红了脸，"他……拉着我的手不放，说我永远……是他最珍贵的……"

"可他自己都承认了，你还……"

"那是他不愿意伤害曹丽娜！"

方蓉压根就不相信孟树彬会同时爱着两个人，认定孟树彬要爱也只能是爱着自己，只不过他就是心肠太软，前一段自己又过于冷淡才使他投入了曹丽娜的怀抱。肯定是由于两个人已经发生了关系，不忍心伤害她，才说爱她的。方蓉信誓旦旦地保证，事情绝对是这样，而且一口咬定孟树彬绝不是像方菲想的那种人：

"孟树彬能够毫无隐瞒地把事情都告诉你，就说明他是诚实、坦率，负责任的人。"

方菲看着姐姐微微笑着不说话了。

"你笑什么？笑我吗？"方蓉担心地看着妹妹问。

"不，笑我自己，"方菲平静地说。她忽然发现自己太傻了，竟然以为方蓉会像自己一样痛恨孟树彬的花心。

"什么？"

"没什么。"

在后来的几天里，方蓉则寸步不离地跟在方菲身后，痴了一样翻来覆去地重复孟树彬对自己说过的话，细细地想起他们之间经历过的每一件小事，每一次接触，还一面念念有词地背出一大堆古诗词来，什么"弃我去者昨日之日不可留，乱我心者今日之日多烦忧；离情恰似春草，更行更远还生；……"

看姐姐失魂落魄的样子，方菲只能耐着性子听，实在听不下去了，刚说两句，方蓉便忙不迭地用"兄妹感情"来堵方菲的嘴。方菲被堵得心慌，便下意识地满屋子找地儿躲。但屋子小，人多，她们俩人一前一后地在屋子里绕，头两天方蓉的话还新鲜，弟弟妹妹们还支着耳朵听，但由于重复率过高，保鲜期就短了。方辉最先发话，说方蓉是"祥林嫂"，方蓉先还不服气，说又没跟他叨叨，不用他管。虽然也意识到该住嘴了，但她的心就像是一把被提起来的壶，想不把水往外倒都不行。终于，方辉借口方蓉晚上不睡觉聊天影响别人，指着鼻子地把方蓉大骂了一顿，说她是伪君子，假左派真右派，明明就是想跟那家伙好，还不敢承认，假文酸醋地瞎扯说什么兄妹情，骗谁呢，活该没人要！中国人就这么虚伪！

方蓉怔怔地看着方辉，气得半天说不出话来，方菲忙说：

"你疯了，大半夜了，这么嚷嚷不影响人？她说她的，你不会不听？"

"可能吗？！放个屁全家都知道上顿吃的是洋葱还是白菜，就这么点儿地儿，叨叨得人脑子都快炸了。赶明儿急了我打丫孟树彬去。"

"你少耍混！也就是窝里横，见了人孟树彬你跟耗子似的。"

"去，去，去，你别狗拿耗子多管闲事，我就讨厌她那股假道学劲儿，平日老说跟妈妈感情最好，一到关键时刻，什么事都不顶！当初我就知道，没人管她根本不行！你们外面的人哪儿知道里面的人那个难受劲儿，甭管什么人关你丫一个月，都得想死！那时候我就说过，必须去看，必须去看，她就不信！什么他妈老大，狗屁！嘴上说得好听，跟妈妈感情最好，真到办真事的时候，狗屁！要是听我的，妈妈说不定还死不了呢！"

方辉一直为母亲的死在怪罪人，但没人当真，因为那理由偏执得近乎天真，但现在他痛心疾首的样子终于让方蓉明白，他是认真地归罪于自己的。这让她无论如何也不能再当玩笑了，气得火冒三丈：

"怎么赖我？！亏你还有脸说？妈妈一天到晚望子成龙，可你都干了什么！你早别那么气妈妈，说不定她还不至于走上绝路！"

"废话！你以为你就没气妈妈？！数你自私，动不动就跟妈妈耍脾气！气得妈妈都不理你。"

两个人吵得眼睛都红了，方菲忙插进来说道：

"得了，得了！还说这些干嘛！？"

可这时候，方蓉和方辉已经气得火冒三丈，方菲的好意相劝无异于引火烧身：

"你少在这充好人！你以为我们不知道你是什么人？你恨不得妈妈死！"

"你当然不在乎了，我们也不是不知道你，你跟妈妈本来就没感情！"

方菲一直被内疚压得喘不过气来，以为自己无可救药地冷酷无情，但这样被姐姐和弟弟公开指责还是让她感到委屈，而且恼羞成怒了。她忿忿不平地低声嘟囔：

"好，就你们和妈妈有感情！我再没感情，我也没发誓赌咒地说除了妈妈再也不爱任何人了。这可好，这还没几天工夫，一气儿找俩，……"方菲话还没说完，方蓉的眼泪一下子涌了出来，泉水一般哗哗地往下流，方菲咬紧了嘴唇，扭过脸又去骂方辉，"别以为你住过牢就有发言权！就会以小人之心度君子之腹！你怎么能知道到底是为了什么。妈妈在的时候，你懂点儿事，还用着现在指天骂地的？"

方辉嘴拙，冲上来又要打人。地方小，躲避不及，女孩子们尖叫着，往外冲。突然，一直没说话的方平炸了窝似的冲着哥哥姐姐们大喊起来：

"没一个好东西！没一个！都他妈是混蛋，都是混蛋王八蛋！……"一向笑眯眯的方平突然变了个人似的，两眼布满了血丝，额头上青筋暴露，简直就是要吃人，活脱是方辉第二又出世了。一时间，所有的人都愣了，没人知道他到底是在骂谁，也没人在乎他倒是骂谁，只是由于震惊而沉默了。就在这一瞬，方敏哇的一声大哭了起来，哭得悲悲切切，边哭边叫"妈妈，妈妈，……"让人不忍卒听。

七十四

孟树彬没等和方菲联系上，就被召回了学校参加分配去了。等分配方案一下来，他想到的第一件事便是回北京。

深秋的北京，天蓝得让人想要挖一块下来佩在胸前当成最纯净的蓝宝石。这样的蓝法，让人匪夷所思，这样的蓝法南方是没有的。只是蓝天之下满大街的落叶夹着大字报的碎片跟着偶尔开过来的汽车呼呼地疯跑，人很少，全城的红卫兵小将们都被送去上山或者下乡了。

孟树彬有种预感，尽管是周末，他也不一定能见到陈家所有的人。没有和方菲联系上，最初非常害怕见到方蓉，怕见面会弄得非常尴尬，因为不管方蓉对他抱着任何一种感情都会让他觉得难以承受。而方蓉始终没露面，连一个电话都没有，甚至方菲都杳无踪影。孟树彬开始不安，开始非常想要见到方蓉，他对自己说，事情总该有个了结。

这样想了，但就是拖着，因为他也不知道什么叫了结。最后，直到他必须回学校参加毕业分配，已经拿到火车票了，才终于下定了决心，无论如何要去看看陈伯伯。他对自己说，就是去看陈伯伯，这是礼节。

一进机关大院儿，满目的树木凋零，垃圾一地，瑟瑟的秋意比别处似乎更加浓厚。偶尔还能看见勇斗秋风的依然光着屁股满院子乱跑的农村孩子，和随地的大小便。原来是机关大院的食堂被造反的大师傅占了，把农村老婆孩子安顿进来，也把农村的嘈杂、混乱和一切恶习通通带进了城，然后，又以食堂为中心，将自己的势力范围逐渐蔓延至周边地区。

孟树彬早就知道陈家搬出了小楼，他有不少朋友也都从原来的

471

深宅大院里搬进了小房子，所以并不以为怪，但像陈家这样搬进汽车房的却并不多见。一进门孟树彬就被浓烈的汽油味儿呛得直想捂鼻子，但看着方平安之若素的样子没好意思。他四面环顾着问道，就你一个人在家，方平点头，半天孟树彬才适应了屋里的黑暗，在绊脚的家具中勉强绕过，找了个床脚坐了下来。这时，孟树彬注意到方平死尸般地苍白，眼睑发黑，一幅明显的病容，吓了一跳，脱口问道：

"身体不舒服？"

"没有。"方平的回答生硬、不耐烦，让孟树彬略感意外，那个笑嘻嘻的孩子怎么突然变成了一个闷闷的少年？

"就你一个人在家？"

"嗯。"

"……"

但孟树彬不甘心就这样离开：

"别的人呢？"……"我，马上就要回家了，来告别。所以……"

"我爸带着方敏上干校了，方蓉分到甘肃去了，方菲上山西插队；方辉号称去当缅共；我还在等分配。"

方平面无表情地看着孟树彬，仿佛在问，还想知道什么？这都跟你有什么关系？问这么多，有劲吗？

孟树彬知道不能再多待了，更不便多问了，他甚至都不该来这一趟，的确，他已经和这里的一切都没有关系了。

人与人的关系说深好像血肉相连般地亲，说浅，萍水相逢般地毫无牵连。原先诸多的瓜葛、无数的纠缠、多方的不便和考虑一瞬间都被流水拉开了距离、冲开了关联、冲淡了气味以至完全淹了痕迹。如果说还留下什么，似乎只有似是而非的记忆、面目全非的事件、再有就是永远也无法挽回的结果、和不可能愈合的伤口。

孟树彬出了门，最后一次回望着那间蛰伏在小楼阴影下的汽车房，毫无理由地眼圈湿润了，带着最后的伤感走了。

www.ingramcontent.com/pod-product-compliance
Lightning Source LLC
Chambersburg PA
CBHW050120030726
47505CB00007B/1965